HEYNE <

DAS BUCH

Der Planet Mesklin ist einzigartig im ganzen Universum: Schwerkraft, die an den Polen siebenhundertmal so stark ist wie auf der Erde, eisige Temperaturen und Ozeane aus flüssigem Methan – Bedingungen, unter denen kein Mensch auch nur einen Tag überleben könnte. Und dennoch ist Mesklin bewohnt, von einer vielbeinigen, raupenartigen Spezies, die zudem hochintelligent ist. Einer der Miskliniten ist Barlennan, der Kapitän des Forschungsschiffes *Bree*, das am Äquator des Planeten Wettermessungen vornehmen soll. Doch Barlennan und seine Crew haben ein Problem: Dort ist die Schwerkraft um ein Hundertfaches schwächer als an den Polen, und die Meskliniten sind viel zu leicht für diese Umweltbedingungen. Als der menschliche Astronaut Charles Lackland Kontakt zu Barlennan aufnimmt, weil eine Sonde mit streng geheimen Daten über den Polen Mesklins abgestürzt ist, bietet Barlennan den Menschen einen gefährlichen Handel an.
Es ist der Beginn einer atemberaubenden Reise, die Menschen wie Aliens in ferne Galaxien und extreme Welten führen wird ...

Hal Clement verbindet in seinem *Schwerkraft*-Zyklus, der nun erstmals in einem Band erscheint, meisterhaft naturwissenschaftliche Details mit einem packenden Weltraumabenteuer.

DER AUTOR

Hal Clement, eigentlich Henry Clement Stubbs, wurde 1922 in Somerville, Massachusetts, geboren und studierte Chemie und Astronomie an den Universitäten Boston und Harvard. Bis zu seiner Pensionierung im Jahr 1987 unterrichtete er Naturwissenschaften an der Milton Academy in Massachusetts. Neben seiner Lehrtätigkeit widmete er sich dem Schreiben und zählt zu den bekanntesten Vertretern der Hard Science Fiction. Hal Clement starb 2003 in Milton.

Mehr zu Hal Clement und seinen Romanen erfahren Sie unter:

diezukunft.de

MEISTERWERKE DER SCIENCE FICTION

HAL CLEMENT

SCHWERKRAFT

ROMAN

Mit einem wissenschaftlichen Anhang von Uwe Neuhold

WILHELM HEYNE VERLAG
MÜNCHEN

Titel der amerikanischen Originalausgaben
MISSION OF GRAVITY
CLOSE TO CRITICAL
Deutsche Übersetzung von Wolf H. Bergner
STARLIGHT
Deutsche Übersetzung von Horst Pukallus

MIX
Papier aus verantwortungsvollen Quellen
FSC® C014496

Verlagsgruppe Random House FSC® N001967
Das für dieses Buch verwendete
FSC®-zertifizierte Papier *Holmen Book Cream*
liefert Holmen Papers, Hallstavik, Schweden.

Überarbeitete Neuausgabe 07/2014
Redaktion: Rainer Michael Rahn

Printed in Germany 2014
Umschlaggestaltung: Nele Schütz Design, München
Satz: Schaber Datentechnik, Wels
Druck und Bindung: GGP Media GmbH, Pößneck

ISBN 978-3-453-31582-2

www.diezukunft.de

Inhalt

Erster Teil

UNTERNEHMEN SCHWERKRAFT

1 Wintersturm

Der Wind brauste über die Bucht wie ein rasendes, ungebärdiges Lebewesen. Er fegte über die Meeresoberfläche, sodass kaum noch zu erkennen war, wo das Meer aufhörte und der Himmel begann. Er versuchte, Wellenberge aufzutürmen, unter denen die *Bree* zerschellt wäre. Doch die Wellen zerstoben zu feiner Gischt, bevor sie eine Höhe von dreißig Zentimetern erreicht hatten.

So nässten nur die Spritzer der Gischt Barlennan, der sich auf dem Achterdeck der *Bree* hingekauert hatte. Sein Schiff lag sicher am Strand, eine Maßnahme, die er sofort getroffen hatte, als feststand, dass sie hier überwintern würden. Trotzdem hatte er ein ungutes Gefühl. Dieser ungewöhnlich hohe Seegang übertraf alles, was er jemals auf See erlebt hatte. Auch der Gedanke, dass das fehlende Gewicht, das den hohen Wellengang erlaubte, die Wogen gleichzeitig daran hinderte, das Schiff ernstlich zu beschädigen, auch wenn sie noch so hoch den Strand hinaufrollten, konnte ihn nicht wirklich beruhigen.

Barlennan war im Grunde nicht abergläubisch, doch hier, am »Rande der Welt«, konnte man nie voraussehen, was geschehen würde. Selbst die Mannschaft, die sonst kaum durch etwas zu beeindrucken war, äußerte ihr Unbehagen. Irgendetwas stimme hier nicht. Hier ginge es nicht mit rechten Dingen zu, flüsterten sie untereinander. Wer könne schon mit Bestimmtheit sagen, welche Macht, die die wütenden Winterstürme Tausende von Kilometern über diese Welt jagte, jenseits des »Randes« auf sie lauerte. Nach jedem Unglück wurde das Gemurmel lauter, und Unfälle geschahen immer wieder. Dem Kommandanten war klar, dass jemand, der an sein normales Körpergewicht von etwa 270 Kilogramm gewöhnt war, stattdessen aber plötzlich nur noch etwas mehr als ein Kilogramm wog, einen Fehlgriff tun konnte. Anscheinend war ein gewisses Maß an Bildung oder die Fähigkeit zu logischem Denken vonnöten, um mit diesem Umstand fertigwerden zu können.

Selbst Dondragmer, der die Gefahr an sich kennen musste ... Barlennans langer Körper zog sich zusammen, und er brüllte schon einen Befehl, bevor er wirklich begriff, was auf dem übernächsten Deck vor sich ging. Der Maat beabsichtigte offensichtlich in diesem Augenblick, die Verankerung eines Mastes zu überprüfen, und nutzte die niedrige Schwerkraft aus, um seinen Körper zu fast voller Länge aufzurichten. Immer noch war es ein beeindruckender Anblick, ihn mit aufgerichtetem Körper auf seinen sechs Hinterbeinen balancieren zu sehen, obwohl den meisten Mannschaftsmitgliedern der *Bree* inzwischen solche Tricks geläufig waren. Doch nicht allein diese Tatsache beunruhigte Barlennan. Bei einem Gewicht von gerade einem Kilogramm genügte die kleinste Brise, um jemanden vom Deck zu wehen. Und wenn man sechs Beine gerade zum Gehen benutzte, konnte man sich wohl kaum irgendwo festklammern. Schon der nächste Windstoß konnte ... Aber das Tosen des Sturmes hätte selbst den lautesten Befehl übertönt. Der Kommandant wollte gerade über die nächste Pufferzone zum anderen Deck hinüberkriechen, als er erkannte, dass der Maat sich mit einigen Seilen gesichert hatte und ebenso an Deck verankert war wie der Mast.

Barlennan entspannte sich. Ihm wurde bewusst, weshalb Don dieses gefährliche Kunststück vorführte. Einerseits war es eine Trotzreaktion gegenüber den Naturgewalten, die diesen

Sturm entfesselt hatten, andererseits wollte er mit seinem Wagemut die Mannschaft beeindrucken.

Braver Kerl, dachte Barlennan und schaute wieder aufmerksam auf die Bucht hinaus.

Niemand hätte genau sagen können, wo der Strand verlief, denn in hundert Metern Umkreis um die *Bree* versperrten weiße Gischt und heller Sand, die der Sturm aufwirbelte, die Sicht. Selbst die Konturen des Schiffes verschwammen, als schwere Methantropfen gegen den Gesichtsschutz des Kommandanten klatschten. Wenigstens schien das Deck unter seinen Füßen ruhig wie ein Fels zu liegen; das Schiff würde trotz seiner Leichtigkeit wohl kaum vom Sturm fortgetragen werden. Grimmig dachte Barlennan an die Mühe, die es bereitet hatte, das Schiff mit Seilen an tief in den Boden versenkten Ankern und den wenigen Bäumen am Strand zu sichern. Seinem Ermessen nach bestand keine Gefahr, doch es wäre nicht das erste Schiff gewesen, das hier am »Rande der Welt« verschwunden war.

Aber vielleicht hatte die Mannschaft mit ihrem Misstrauen gegenüber dem Flieger doch recht. Schließlich hatte das seltsame Wesen ihn, Barlennan, überredet, hier zu überwintern, ohne ihm allerdings irgendwelche Hilfe oder Schutz für Schiff und Mannschaft zuzusagen. Doch hätte der Flieger sie ins Verderben stürzen wollen, hätte es genug andere Möglichkeiten gegeben, dies rascher und effektiver zu bewerkstelligen. Selbst hier, wo Gewicht als natürliche Größe kaum noch zählte, hätte der Flieger das seltsame Gebilde, in dem er flog, nur auf die *Bree* herabzusenken brauchen, und Schiff und Mannschaft wären verloren gewesen. Barlennan schüttelte diesen unbehaglichen Gedanken ab und wandte sich anderen Dingen zu. Wie jeder normale Mesklinit besaß er eine natürliche Abneigung gegen jegliche feste Materie, die sich über ihm befand.

Die Mannschaft hatte längst hinter der elastischen Decksummantelung Schutz gesucht, selbst der Maat unterbrach seine Arbeit, als der Sturm wieder mit unerwarteter Heftigkeit losbrach. Alle waren an Bord, Barlennan hatte die Konturen unter dem schützenden Stoff gezählt, solange er das ganze Deck überblicken konnte. Er hatte keine Jäger ausgeschickt, denn jeder der Matrosen wusste selbst, wann ein Sturm bevorstand, ohne dass es der Warnung durch den Flieger bedurft hätte. In den letzten zehn Tagen hatte sich niemand weiter als acht Kilometer vom sicheren Schiff entfernt, und bei dem geringen Gewicht waren acht Kilometer keine Entfernung.

Sie besaßen reichlich Vorräte, denn Barlennan war kein Narr und gab sich selbst größte Mühe, auch möglichst keinen Narren anzuheuern. Trotzdem bedeutete frische Nahrung eine Abwechslung im Speiseplan. Er fragte sich, wie lange dieser Sturm sie noch zwingen würde, im Schiff zu bleiben, denn dies war ein Wert, den die Instrumente nicht errechnen konnten, so genau sie auch sonst das Herannahen des Sturmes vorhergesagt hatten. Jedenfalls gab es im Moment nichts zu tun, und deshalb erwog Barlennan, sich mit dem fremden Wesen zu unterhalten. Er betrachtete das Gerät, das ihm der Flieger gegeben hatte, mit Erstaunen und Verständnislosigkeit, wurde aber andererseits nie müde, sich von dessen magischen Kräften zu überzeugen.

Das Gerät lag neben ihm unter der Schutzplane des Achterdecks. Es war ein rechteckiger Block von zehn Zentimetern Kantenlänge und fünf Zentimetern Höhe und Breite. Der kleine Bildschirm darauf wirkte wie ein Auge und funktionierte anscheinend auch so. Die einzige andere Unregelmäßigkeit auf der sonst glatten Oberfläche des Gerätes war ein kleines rundes Loch an der Längsseite des Kastens, die nach oben wies.

Das »Auge« befand sich dicht vor der Plane, die der Sturm leicht gegen die Box drückte.

Barlennan schob einen Arm unter die Plane und tastete mit seiner Zange suchend auf der Oberfläche des Gerätes herum. Schließlich fand er das Loch und steckte seine Zange hinein. Das Gerät besaß keinerlei äußere Regler oder Schalter, was den Meskliniten jedoch nicht verwundern konnte, da er noch nie etwas von Thermik-, Photonen- oder Energie-Schaltungen gehört hatte. Aus Erfahrung wusste er, dass der Flieger sich meldete, sobald man einen nicht reflektierenden Gegenstand in das Loch hineinsteckte. Barlennan wusste auch, dass es zwecklos war, die Funktionsweise des Gerätes ergründen zu wollen, denn das wäre dem Versuch gleichgekommen, einem zehn Tage alten Kind die Navigation eines Schiffes beizubringen. Ihn tröstete der Gedanke, dass die nötige Intelligenz bei ihm sogar vorhanden war, doch ihm fehlten die Grundlagen und die jahrelange Erfahrung.

»Hier ist Charles Lackland.«

Das Gerät erwachte plötzlich zum Leben, unterbrach seine Gedanken. »Bist du das, Barl?«

»Ja, hier ist Barlennan, Charles.«

Der Kommandant antwortete in der Sprache des Fliegers, die ihm von Tag zu Tag geläufiger wurde.

»Ich bin froh, von dir zu hören. Haben wir das kleine Unwetter richtig vorausgesagt?«

»Es brach genau zu dem Zeitpunkt los, den ihr angegeben habt. Einen Augenblick ... ich glaube, es schneit. Das hatte ich noch nicht bemerkt. Doch ich sehe noch keinen Staub.«

»Der kommt sicher noch. Der Vulkan hat bestimmt fünfzehn Kubikkilometer davon in die Atmosphäre geschleudert, und die Wolke dehnt sich schon seit Tagen aus.«

Auf diese Neuigkeit antwortete Barlennan nicht sofort. Dieser Vulkan war immer noch ein Streitpunkt zwischen ihnen, weil er angeblich in einem Teil von Mesklin lag, der gemäß Barlennans geografischen Kenntnissen überhaupt nicht existieren durfte.

»Ich bin besorgt, Charles, wie lange dieser Sturm noch dauern mag. Deine Leute können ihn doch von oben beobachten und müssten seine Ausdehnung bestimmen können.«

»Seid ihr schon in Schwierigkeiten? Der Winter beginnt doch gerade erst, und vor euch liegen noch Tausende von Tagen, ehe ihr zurückkehren könnt.«

»Das weiß ich. Was den Nahrungsmittelvorrat anbelangt, sind wir ausreichend versorgt. Doch eine frisch gekochte Mahlzeit ab und zu könnte nicht schaden, und deswegen wüsste ich gerne, wann ich wieder ein paar Leute auf die Jagd schicken kann.«

»Ich verstehe, doch wir müssen diesen Zeitpunkt sorgfältig auswählen. Ich war zwar im letzten Winter nicht hier, doch ich weiß, dass während dieser Jahreszeit die Stürme in der Gegend da unten sehr dicht aufeinander folgen. Bist du schon einmal am Äquator gewesen?«

»Wo?«

»Ach ja, ihr bezeichnet das als den ›Rand der Welt‹.«

»Nein, so weit bin ich noch nicht vorgedrungen. Ich befürchte nämlich, dass wir jegliches Körpergewicht verlieren, wenn wir noch weiter auf die See hinaustreiben und der Wind uns schließlich ins Nichts bläst.«

»Wenn es dich beruhigt, kann ich dir versichern, dass du dich irrst. Wenn du weiterfährst, wird dein Gewicht wieder zunehmen. Ihr befindet euch derzeit im Äquatorgebiet, und dort ist euer Gewicht am geringsten. Deshalb bin ich auch hier. Allmählich verstehe ich, weshalb du nicht glauben kannst, dass es nördlich von deinem Standpunkt noch Land geben soll. Vielleicht hast du einen Augenblick Zeit, um mir deine Meinung über die Beschaffenheit dieser Welt mitzuteilen, vielleicht hast du sogar Landkarten?«

»Wir haben ein Modell der Schüssel hier auf dem Achterdeck, doch ich kann es dir leider nicht zeigen, weil die Sonne Belne gerade untergegangen ist und Esstes nicht genügend Licht gibt, um diese Wolken zu durchdringen. Wenn die Sonne wieder aufgeht, werde ich es dir zeigen. Meine zweidimensionalen Karten sind kaum von Nutzen, denn sie enthalten noch zu wenig detaillierte Eintragungen, um eine gute Übersicht zu vermitteln.«

»Also gut. Doch während wir auf den Sonnenaufgang warten, könntest du mir deine Umgebung mit Worten beschreiben, nicht wahr?«

»Ich weiß nicht, ob meine Sprachkenntnisse dafür ausreichen, doch ich werde es versuchen. In der Schule hat man mich gelehrt, dass Mesklin eine große hohle Schale ist. Die meisten Leute wohnen auf dem Grund der Schale, weil dort das Körpergewicht am größten ist. Die Philosophen sind der Meinung, dass dieses Gewicht durch die Anziehungskraft einer riesigen Platte hervorgerufen wird, auf der Mesklin sitzt. Je weiter wir uns also dem Rande der Schale nähern, desto weniger wiegen wir, weil wir uns damit immer weiter von der Platte entfernen. Allerdings weiß niemand, worauf diese Platte ruht. Einige der weniger zivilisierten Rassen haben recht seltsame Auffassungen davon.«

»Hätten eure Philosophen recht, müsste jede Fahrt vom Mittelpunkt der Schale bergauf gehen, und eure Ozeane würden am niedrigsten Punkt zusammenströmen«, unterbrach ihn Lackland. »Hast du diese Frage je einem eurer Philosophen gestellt?«

»Als Kind habe ich eine schematische Darstellung dieses Phänomens in der Schule gesehen. Der Lehrer zeichnete ein Diagramm von Linien, die von der Platte ausgingen und sich genau über der Mitte von Mesklin trafen. Dabei erläuterte er, die Anziehungskraft wirke nicht senkrecht nach unten, sondern immer entlang dieser Linien«, entgegnete der Kommandant. »Ich habe diese Erklärung nie ganz begriffen, doch die Sache schien zu funktionieren. Der Beweis für diese Theorie sei die Tatsache, dass die gemessenen Entfernungen mit denen auf den Karten übereinstimmten. Dies wiederum kann ich verstehen, und es scheint mir ein gutes Argument zu sein. Wäre die Form des Planeten anders, würden die Entfernungen von deinem Standpunkt aus nie stimmen.«

»Vollkommen richtig. Ich merke, dass eure Philosophen die Grundlagen der Geometrie beherrschen. Doch ich verstehe nicht, weshalb ihnen entgangen ist, dass es zwei geometrische Formen gibt, bei denen die Entfernungen gleichermaßen richtig sind. Den Beweis dafür kannst du mit eigenen Augen erkennen. Siehst du nicht, dass sich die Oberfläche von Mesklin nach unten absenkt? Wenn deine Theorie stimmen würde, müsste der Horizont doch hoch über dir verlaufen.«

»Das tut er ja auch. Eben daher wissen die meisten primitiven Stämme, dass unsere Welt schüsselförmig ist. Nur hier am äußersten ›Rand‹ sieht sie anders aus. Ich vermute, dass es etwas mit dem Licht zu tun hat. Denn auch im Sommer geht hier die Sonne auf und unter, und deshalb würde es mich nicht wundern, wenn alle Dinge hier anders wären als in den bewohnten Gegenden. Es sieht doch ganz so aus, als ob der … Wie hast du es genannt? … der Horizont im Norden und Süden viel näher läge als im Osten und Westen. Ein Schiff, das sich aus Osten oder Westen nähert, erkennt man schon auf viel größere Entfernung. Daran ist nur das Licht schuld.«

»Hm, dir darauf jetzt eine Antwort zu geben ist nicht leicht.«

Barlennan war mit der Sprache des Fliegers nicht genügend vertraut, um Lacklands amüsierten Tonfall zu registrieren.

»Denn ich selbst habe die Oberfläche ... äh ... den ›Rand der Welt‹ nie betreten, und das kann ich auch in Zukunft nicht. Deshalb konnte ich auch nicht erkennen, dass die Landschaft dort so aussieht, wie du sie beschreibst, und mir fällt es auch jetzt schwer, sie mir so vorzustellen. Doch über den Telekommunikator, den wir euch für euren kleinen Ausflug mitgegeben haben, hoffe ich bald einen Blick darauf werfen zu können.«

»Über eine Erklärung deinerseits, weshalb unsere Philosophen unrecht haben sollten, würde ich mich freuen«, antwortete Barlennan höflich. »Selbstverständlich warte ich, bis du die Antwort weißt. Im Moment bin ich vor allem neugierig auf deine Vorhersage, wann dieser Sturm einmal für kurze Zeit abflaut.«

»Es dauert noch einige Minuten, bis der Bericht der Station auf Toorey eintrifft. Am besten melde ich mich bei Sonnenaufgang wieder. Dann bekommst du den Wetterbericht, und es wird hell genug sein, um mir deine Schüssel zu zeigen. In Ordnung?«

»Ausgezeichnet, ich warte also auf deinen Anruf.«

Barlennan streckte sich wieder neben dem Funkgerät aus und lauschte auf den Sturm, der um ihn herum tobte. Die schweren Methantropfen, die auf seinen gepanzerten Rücken klatschten, störten ihn kaum, obwohl sie in diesen höheren Regionen viel härter aufprallten. Gelegentlich bewegte er sich, um den feinen Ammoniakstaub beiseitezuschieben, der sich im Windschatten seines Körpers ansammelte. Doch das war nur eine kleine Unannehmlichkeit – zumindest bis jetzt. In der Mitte der Winterperiode, in 5000 oder 6000 Tagen, würde das

Zeug im hellen Sonnenlicht schmelzen, aber kurz darauf wieder gefrieren. Entweder musste dann die Flüssigkeit vom Schiff oder das Schiff von der Flüssigkeit entfernt werden, denn sonst hatte die Besatzung die unangenehme Aufgabe vor sich, etliche Hundert Segel aufzutauen. Die *Bree* war kein Flussboot, sondern ein ausgewachsenes, seetüchtiges Schiff.

Der Flieger brauchte tatsächlich nur wenige Minuten, um die gewünschte Information zu erhalten, und wie versprochen ertönte seine Stimme wieder aus dem kleinen Lautsprecher, als die Wolken über der Bucht in der aufgehenden Sonne heller wurden.

»Ich fürchte, ich habe recht gehabt, Barl. Der Sturm wird noch einige Zeit andauern, denn praktisch auf der gesamten nördlichen Halbkugel – auch wenn du diese Vorstellung nicht akzeptierst – schmilzt die Eisschicht. Soviel ich weiß, dauern die Stürme gewöhnlich den ganzen Winter über. In den südlicheren Breiten treten sie nur deshalb in größeren Zeitabständen auf, weil die Coriolis-Ablenkung schon in Äquatornähe kleinere Zellen erzeugt.«

»Wodurch werden die Zellen erzeugt?«

»Durch die gleiche Kraft, die jeden Gegenstand, den du in die Luft wirfst, deutlich nach links abtreibt. Ich habe es zwar selbst noch nicht mit eigenen Augen gesehen, doch die Ablenkung ist bestimmt deutlich auszumachen.«

»Was heißt ›werfen‹?«

»Ach so, wir haben dieses Wort sicher noch nicht benutzt, nicht wahr? Bist du schon einmal gesprungen? Erinnerst du dich an dieses Wort?«

»Nein.«

»Nun, ›werfen‹ bedeutet, dass man einen Gegenstand nimmt und ihn so energisch von sich wegstößt, dass er einige Entfernung zurücklegt, bevor er wieder zu Boden fällt.«

»In zivilisierteren Gegenden würden wir so etwas nie tun. Doch hier können wir Dinge tun, die dort unmöglich oder sehr gefährlich wären. Würde ich in meiner Heimat etwas ›werfen‹, wie du es nennst, könnte es möglicherweise auf jemanden herabstürzen – vielleicht sogar auf mich selbst.«

»Das wäre allerdings fatal. Eine Schwerkraft von drei G hier am Äquator ist schon schlimm genug. An den Polen herrscht gar eine Schwerkraft von fast 700 G, doch wenn du etwas fändest, das klein genug ist, um es mit deiner Muskelkraft hochzuwerfen, könntest du es doch wieder rechtzeitig auffangen oder den Aufprall mildern, stimmt's?«

»Ich kann mir die Situation zwar kaum vorstellen, doch ich glaube, ich kenne die Antwort. Die Zeit reicht nicht für das, was du vorschlägst. Was geworfen wird oder selbst zu Boden fällt, schlägt auf, bevor man etwas dagegen unternehmen kann. Man kann etwas aufheben oder tragen, man kann damit kriechen, doch etwas zu werfen oder selbst zu springen, das wäre für uns ein Ding der Unmöglichkeit.«

»Ich glaube, ich begreife allmählich. Bisher dachten wir immer, dass eure Reaktionsschnelligkeit im richtigen Verhältnis steht zu eurer Schwerkraft, doch ich erkenne, dass dies ein menschlicher Trugschluss ist.«

»Was ich von deinen Worten verstanden habe, erscheint mir vernünftig. Ganz offensichtlich sind wir verschieden, möglicherweise werden wir nie genau wissen, wie verschieden. Trotzdem können wir miteinander sprechen und eine Basis finden, die sich für beide Teile als gewinnbringend erweist.«

»Dessen bin ich sicher. Doch um das zu ermöglichen, musst du mir sagen, wohin du fahren willst. Und ich möchte dir auf deinen Karten zeigen, wohin du für mich gehen sollst. Kannst du mir nun dein Modell der Schüssel zeigen? Jetzt müsste es doch hell genug sein für den Telekommunikator.«

»Sicher. Die Schüssel ist auf dem Deck montiert und daher nicht beweglich. Ich muss eure Bildmaschine hinübertragen, damit du sie sehen kannst. Warte einen Augenblick.«

Barlennan kroch über das Deck zu einem Teil, der mit einer kleineren Plane abgedeckt war. Mit den Beinen hielt er sich an den Decksklampen fest. Sorgfältig rollte er die Plane auf und verstaute sie. Dann befestigte er vier Leinen an der Maschine, sicherte sie ebenfalls an den Decksklampen, entfernte die Schutzhülle von dem Gerät und bewegte es vorsichtig über das Deck. Die Box wog trotz kleinerer Abmessungen beträchtlich mehr als er selbst; dennoch schloss der Kommandant jedes Risiko aus, dass es vom Wind davongeweht werden konnte. Der Sturm hatte an Heftigkeit nichts eingebüßt, und gelegentlich erzitterte das Deck. Als das Auge der Maschine den Rand der Schüssel fast berührte, hob Barl das entgegengesetzte Ende an und legte Keile darunter, sodass der Flieger in das Innere des Schalenmodells schauen konnte. Dann kroch er zur gegenüberliegenden Seite und begann seine Erläuterungen.

Lackland musste zugeben, dass die Karte, die die Schale enthielt, logisch und so genau wie möglich angelegt war. Ihre Wölbung entsprach annähernd der des Planeten – wie er es auch erwartet hatte. Der Hauptfehler lag eben darin, dass die Karte, entsprechend den Vorstellungen der Einheimischen von ihrer Welt, konkav gewölbt war. Das Modell war etwa fünfzehn Zentimeter breit und kaum drei Zentimeter tief. Über die gesamte Karte war eine durchsichtige Abdeckung gelegt – möglicherweise Eis, überlegte Lackland – und fest auf dem Deck verankert. Die transparente Schicht beeinträchtigte Barlennans Versuche, auf bedeutsame Einzelheiten der Karte aufmerksam zu machen, doch andererseits, hätte er sie entfernt, hätte der Wind die Schale in wenigen Augenblicken mit Schneekristallen aus Ammoniak bedeckt. Der Schnee sammelte sich an allen Stellen, die etwas windgeschützt waren. Die Bucht selbst blieb einigermaßen frei davon, doch Lackland und Barlennan konnten sich vorstellen, wie es jenseits der Berge, die die Bucht im Süden begrenzten, aussah. Der Kommandant war insgeheim froh, dass er Seemann war. Eine Reise über Land, die Tausende von Tagen dauern mochte, war alles andere als ein Vergnügen.

»Ich habe versucht, die Karte auf dem neuesten Stand zu halten«, erklärte Barlennan dem Abbild des Fliegers auf dem Schirm. »Doch an der Wölbung der Schale habe ich nichts verändert, weil die neuen Regionen, die wir auf unserem Weg hier herauf erfasst haben, nicht groß genug waren, um sie einzuzeichnen. Ich kann dir hier kaum Einzelheiten zeigen, doch du wolltest ja ohnehin nur wissen, in welche Richtung ich fahre, sobald wir hier wieder freikommen.

Also, im Grunde ist mir die Richtung ziemlich gleichgültig. Ich kann überall kaufen und verkaufen, außerdem habe ich außer Lebensmitteln kaum Waren an Bord, und die werden ebenfalls gegen Ende des Winters fast aufgebraucht sein. Deshalb hatte ich vor, für einige Zeit in den Niedrig-Gewicht-Zonen zu kreuzen und Pflanzenprodukte, die es hier gibt, zu laden. Die Leute im Süden bezahlen gut dafür, weil sie den Geschmack in ihrer Nahrung verändern.«

»Gewürze?«

»Ja, wenn das euer Ausdruck für diese Pflanzen ist. Ich habe schon früher einige Ladungen davon verkauft und gut daran verdient – wie bei allen Gütern, deren Wert weniger in ihrer Nützlichkeit als in ihrer Seltenheit besteht.«

»Habe ich dich richtig verstanden, dass es dir gleichgültig ist, wohin du fährst, wenn du hier geladen hast?«

»Genau. Euer Auftrag führt uns zum Zentrum – für uns genau richtig, denn je weiter wir nach Süden fahren, umso höhere Preise kann ich erzielen. Diese besonders lange Fahrt wird deshalb nicht gefährlicher sein als alle anderen, weil ihr versprochen habt, uns zu helfen.«

»Wir halten auch unser Versprechen. Trotzdem wäre es mir lieber gewesen, wir hätten euch irgendwie bezahlen können, damit ihr nicht längere Zeit darauf verwenden müsst, eine Gewürzladung zusammenzustellen.«

»Nun, wir müssen essen, um zu leben. Du sagst, eure Körper – und folglich auch euer Essen – bestünden aus anderen Substanzen als unsere; deshalb können wir eure Nahrungsmittel nicht essen. Offen gesagt, ich kenne kaum irgendwelche für uns wertvollen Rohstoffe, die ich mir nicht in jeder beliebigen Menge viel leichter beschaffen könnte. Am liebsten wären mir deswegen einige deiner Maschinen, doch du behauptest, dass sie erst unseren Verhältnissen angepasst und deshalb völlig neu konstruiert werden müssten. Unter diesen Umständen scheint mir unser Abkommen die beste Lösung zu sein.«

»Ganz recht. Sogar dein Kommunikator musste extra für dieses Unternehmen gebaut werden. Außerdem könntest du es nicht reparieren, weil deine Leute, soviel ich weiß, nicht die erforderlichen Werkzeuge dafür besitzen. Aber wir können später während der Fahrt noch darüber reden. Vielleicht ergeben sich neue Möglichkeiten, wenn wir uns erst einmal besser kennen.«

»Davon bin ich überzeugt«, erwiderte Barlennan höflich.

Er erwähnte natürlich nicht, dass er mit seinen eigenen Plänen vielleicht Erfolg haben könnte. Der Flieger wäre wohl kaum mit ihnen einverstanden gewesen, hätte er sie gekannt.

2 Der Flieger

Die Vorhersage des Fliegers war richtig gewesen: Über 400 Tage verstrichen, ehe der Sturm nachließ. In dieser Zeit meldete sich der Mensch fünfmal über Funk bei Barlennan, eröffnete das Gespräch jedes Mal mit der Wettervorhersage und unterhielt sich danach mit ihm ein oder zwei Tage lang über allgemeine Themen. Barlennan hatte schon früher, als er die Sprache der fremden Wesen erlernte und zum Lohnempfang mehrmals ihren Außenposten in dem seltsamen »Hügel« in der Nähe der Bucht besucht hatte, bemerkt, dass die Menschen, wie sich die fremden Wesen nannten, einem merkwürdigen Lebensrhythmus unterworfen waren. Er konnte sicher sein, den Flieger zu bestimmten Zeiten essend oder schlafend vorzufinden. Sein Leben schien in einem Zyklus von achtzig Tagen zu verlaufen. Barlennan war kein Philosoph – er teilte im Allgemeinen die Meinung seiner Artgenossen, die Philosophen als hoffnungslose, unnütze Träumer betrachteten – und ordnete dieses Faktum einfach der schwachen, aber zugegebenermaßen interessanten Natur der Menschen zu. Wie sollte er sich auch mit dem wenigen Wissen, das sich die Meskliniten inzwischen über ihre Umwelt aneignen konnten, vorstellen können, dass es eine Welt gab, die achtzigmal langsamer als seine eigene um ihre Achse rotierte?

Lacklands fünfter Anruf unterschied sich erheblich von den anderen und war aus verschiedenen Gründen auch willkommener. Erstens kam er zu einer ungewohnten Zeit, und zweitens brachte er eine günstige Wettervorhersage.

»Barl!«

Der Flieger hielt sich nie mit langen Vorreden auf, denn er wusste, dass der Mesklinit sich immer in Hörweite des Telekommunikators befand.

»Die Station auf Toorey hat sich vor wenigen Minuten gemeldet. Verhältnismäßig klares Wetter kommt auf uns zu. Der Mann konnte keine genauen Angaben über die Stärke des Windes machen, doch die Wolkendecke ist aufgerissen, und er konnte die Planetenoberfläche sehen. Ich bin sicher, dass deine Jäger nicht vom Wind davongeweht werden, vorausgesetzt, du wartest etwa zwanzig bis dreißig Tage, bis sich die Wolken einigermaßen verzogen haben. Etwa hundert Tage danach dürfte das Wetter konstant gut bleiben. Die Meteorologen auf Toorey haben mir versprochen, mich rechtzeitig zu warnen, sollte sich das Wetter ändern. Mir bliebe also immer noch genügend Zeit, deine Leute zu warnen, damit sie rechtzeitig zum Schiff zurückkehren.«

»Aber wie bekommen sie deine Nachricht? Wenn ich ihnen das Gerät mitgebe, kann ich mich mit dir nicht mehr über unser Vorhaben unterhalten. Bleibt es jedoch hier, haben meine Leute keine Möglichkeit ...«

»Daran habe ich auch schon gedacht«, unterbrach ihn Lackland. »Am besten besuchst du mich hier oben, sobald sich der Wind einigermaßen gelegt hat. Dann gebe ich dir einen zweiten Telekommunikator – vielleicht wäre es sogar besser, du hättest mehrere. Deine Reise in unserem Auftrag ist nicht ungefährlich, und ich weiß selbst, dass sie verdammt lang ist. Über 45 000 Kilometer Luftlinie – wie die Krähen fliegen, sagt man bei uns –, aber bis jetzt kann ich noch nicht absehen, wie viel davon über Land zurückgelegt werden muss und wie viel mit dem Schiff zu schaffen ist.«

Lacklands Vergleich bewirkte eine Verzögerung. Barlennan wollte wissen, was die Wörter »Krähe« und »Fliegen« bedeuteten. Der erste Begriff war nicht weiter schwierig zu erklären, doch die Vorstellung, dass ein lebendes Wesen aus eigener Kraft flog, schien ihm noch unmöglicher als der Sinn des Wortes »werfen« – und auch erschreckender. Schon mit der Tatsache, dass auch Lackland durch die Luft reisen konnte, hatte er sich nie vertraut machen können, die Vorstellung war einfach zu fremd für ihn. Lackland wusste das.

»Ich wollte noch einen weiteren Punkt mit dir besprechen«, fuhr Lackland schließlich fort. »Sobald sich das Wetter so weit gebessert hat, dass meine Leute landen können, werden sie mir einen Raupenschlepper herunterbringen. Vielleicht kannst du den Sinn des Wortes ›fliegen‹ besser begreifen, wenn du die Rakete landen siehst.«

»Vielleicht«, antwortete Barlennan zögernd. »Doch ich weiß nicht recht, ob ich auch wirklich die Landung der Rakete sehen will. Ich habe schon eine Landung erlebt, wie du weißt, und … ich möchte vermeiden, dass die Besatzung dieses Schauspiel miterlebt.«

»Warum? Glaubst du, der Anblick jagt ihr einen solchen Schrecken ein, dass die Leute zu nichts mehr zu gebrauchen sind?«

»Nein«, antwortete der Kommandant offen, »ich will ihr den Anblick eines Käptens, der sich fürchtet, ersparen.«

»Du überraschst mich, Kommandant!« Lackland versuchte seinen Worten einen scherzhaften Beiklang zu geben. »Trotzdem habe ich Verständnis für deine Befürchtungen und kann dir deshalb versprechen, dass die Rakete nicht über euch hinwegfliegen wird. Wenn du unmittelbar neben meiner Kuppel wartest, werde ich den Piloten anweisen, sie nicht zu überfliegen.«

»Wie weit von uns entfernt wird sie landen?«

»Ein gutes Stück abseits. Das kann ich dir versprechen, denn es betrifft meine Sicherheit ebenso wie deine. Der Pilot muss selbst hier am Äquator die Triebwerke mit voller Kraft arbeiten lassen, um landen zu können. Ich bin selbst daran interessiert, dass er dabei nicht meine Kuppel trifft.«

»Also gut, ich komme. Es wäre tatsächlich schön, mehrere deiner Funkgeräte zu haben. Was ist dieser ›Raupenschlepper‹, von dem du gesprochen hast?«

»Eine Maschine, die mich über Land befördert, wie dein Schiff euch über die See trägt. Du wirst sie in einigen Tagen selbst sehen können, vielleicht sogar schon in einigen Stunden.«

Barlennan fragte nicht nach der Bedeutung des neuen Wortes, da die Erklärung ihm einleuchtete.

»Ich komme, um sie mir anzuschauen.«

Die Freunde des Fliegers, die auf Mesklins innerem Mond einen Stützpunkt eingerichtet hatten, behielten mit ihrer Vorhersage recht. Der Kommandant, zusammengerollt unter seiner schützenden Plane, hatte erst zehn Sonnenaufgänge gezählt, als das Aufreißen der Wolkendecke und das Nachlassen des Windes das ruhige Auge des Sturmes ankündigten. Seine eigenen Erfahrungen deckten sich mit der Ansicht des Fliegers, das bessere Wetter werde mindestens hundert Tage anhalten.

Mit einem Pfeifton, der Lacklands Trommelfell hätte platzen lassen – wäre er in der Lage gewesen, einen Ton mit solch hoher Frequenz zu hören –, lenkte Barlennan die Aufmerksamkeit der Mannschaft auf sich und gab seine Befehle.

»Zwei Gruppen unter Dondragmers und Merkoos' Führung gehen auf die Jagd; beide sollen sich jeweils neun Männer aussuchen. Ich bleibe an Bord und halte den Kontakt mit dem Flieger, der uns noch einige seiner Sprechmaschinen zur Verfügung stellen will. Sobald der Himmel klar ist, werde ich zu seinem ›Hügel‹ gehen und sie in Empfang nehmen. Die Maschinen und andere Dinge werden ihm von seinen Freunden dort oben gebracht, deshalb bleibt die gesamte Besatzung bis zu meiner Rückkehr in der Nähe des Schiffes. Etwa dreißig Tage später werden wir aufbrechen.«

»Hältst du es für richtig, das Schiff so früh zu verlassen? Der Wind wird immer noch sehr stark sein.«

Der Maat war so gut mit Barlennan befreundet, dass dieser seine Frage nicht als unverschämt ansah, obwohl andere Kommandanten in gleicher Lage jeden Zweifel an ihrer Urteilsfähigkeit zurückgewiesen hätten. Barlennan wedelte mit seinen Zangen in einer Art, die seiner Amüsiertheit Ausdruck verlieh.

»Du hast vollkommen recht. Trotzdem möchte ich Zeit sparen, und der ›Hügel‹ des Fliegers liegt nur einen Kilometer entfernt.«

»Aber ...«

»Außerdem weht der Wind in die gleiche Richtung. In den Spinden hängen genügend Seile, ich befestige zwei an meinem Panzer. Terblannen und Hars lassen unter deiner Anleitung, Dondragmer, die Leinen immer so weit nach, wie ich vorankomme. Vielleicht verliere ich ab und zu meine Bodenhaftung, aber wenn der Wind so stark wäre, dass die Leinen reißen könnten, läge die *Bree* jetzt schon kilometerweit landeinwärts.«

»Aber was passiert, wenn der Wind dich in die Luft wirbelt?«

Dondragmer schien immer noch ernstlich besorgt, und seine Vorstellung ließ selbst den Kommandanten zutiefst erschrecken.

»Richtig, ich könnte fallen ... Doch denk daran, dass wir hier nahe am ›Rand‹ sind, uns ›auf dem Rand‹ befinden, wie der Flieger gesagt hat. Ich werde wissen, ob ich ihm glauben kann, sobald ich von seinem Hügel nach Norden geschaut habe. Doch wie ihr selbst gemerkt habt, hat ein Sturz hier in dieser Gegend kaum schwerwiegende Folgen.«

»Du hast uns aber doch ausdrücklich befohlen, wir sollten uns wie bei normaler Schwerkraft verhalten, damit keine Gewohnheiten entstehen, die nach unserer Rückkehr in bewohnte Zonen gefährlich werden könnten.«

»Ganz richtig, aber in diesem Fall handelt es sich nicht um eine Gewohnheit, weil mich der Wind in bewohnten Gegenden nicht durch die Luft wirbeln könnte. Mein Entschluss steht fest. Terblannen und Hars sollen die Seile überprüfen ... Nein, kümmere dich selbst darum. Die beiden können dir dabei helfen, denn es wird ohnehin lange genug dauern.

Das ist im Moment alles. Die Freiwache soll schlafen, die Deckwache die Anker und Haltetaue überprüfen.«

Dondragmer, der die zweite Wache hatte, sah seine Einwände beiseitegefegt und beeilte sich in seiner üblichen zuverlässigen Art, den Befehlen Barlennans nachzukommen. Zusätzlich bestimmte er ein paar Männer, die die Decks vom Schnee freihalten sollten, denn ebenso wie sein Kapitän hatte er die möglichen Konsequenzen eines Tauwetters, dem wieder eine Frostperiode folgte, erkannt. Barlennan selbst entspannte sich, fragte sich aber im Stillen, welcher seiner Vorfahren für seine Begabung verantwortlich war, sich kopfüber in Situationen zu stürzen, die gleichermaßen unangenehm und unwiderruflich schienen.

Die Idee mit den Stricken verdankte er einer plötzlichen Eingebung, und er brauchte tatsächlich die meiste Zeit, ehe die Wolken sich verzogen, dafür, sich von seinen eigenen Argumenten, die er dem Maat gegenüber angeführt hatte, zu überzeugen. Selbst als der Zeitpunkt gekommen war, dass ihn die zwei kräftigsten Mitglieder seiner Mannschaft an den Seilen, die er sich um den Körper gebunden hatte, auf den Strand hinunterließen, und er sich in Richtung Bucht vom Schiff entfernte, war er immer noch nicht hundertprozentig von seinem Plan überzeugt.

Die Seile behinderten ihn anfangs etwas durch ihren Zug, doch glich die ansteigende Landschaft diese Unbequemlichkeit rasch aus. Auch schützten ihn die Bäume, an denen die Haltetaue der *Bree* festgezurrt waren und die landeinwärts dichter beieinanderstanden, vor dem Wind. Es waren niedrige, gedrungene Gewächse mit weit ausladenden Kronen und dicken Stämmen, ähnlich den Bäumen, die Barl in den südlichsten Breiten von Mesklin gesehen hatte. Hier jedoch reckten sich die Äste, bedingt durch die fast zweihundertfach geringere Schwerkraft gegenüber den Polgegenden, viel steiler in den Himmel. Sie wuchsen so dicht, dass die Zweige sich umeinanderschlangen, was sich für Barlennan als große Hilfe erwies. Er hielt sich mit seinen vorderen Zangen an ihnen fest und zog seinen raupenförmigen Körper auf seinen Hinterbeinen nach. Gelegentlich verhedderten sich die Stricke, doch da sie einigermaßen elastisch waren, wurde er gut mit diesen Schwierigkeiten fertig.

Der Strand stieg nach etwa 200 Metern verhältnismäßig steil an, und auf der Hälfte des Weges fand sich Barlennan fast zwei Meter höher als die Decks der *Bree*. Von dieser Stelle aus war der Hügel des Fliegers selbst für jemanden zu sehen, dessen Augenhöhe sich wie die der Meskliniten nur knapp über dem Boden befand. An dieser Stelle legte der Kommandant, wie er es oftmals vorher schon getan hatte, eine Pause ein, um den Anblick in sich aufzunehmen.

Auch das letzte Stück des Weges war dicht bewachsen, und das Vorankommen wurde erschwert durch hohe Schneeverwehungen.

Aus dieser Wildnis ragte einsam der »Hügel« des Fliegers empor. Dem Meskliniten fiel es immer noch schwer, ihn als künstlich errichtetes Gebilde zu akzeptieren, teilweise wegen seiner monströsen Höhe, teilweise auch wegen eines Daches, dessen seltsame Form seinen Ansichten über geometrische

Architektur vollkommen zuwiderlief. Das Dach bestand aus einer schimmernden Metallhalbkugel von etwa sechs Metern Höhe und einem Durchmesser von etwa zwölf Metern. Die Halbkugel wies große, transparente Flächen auf und besaß zwei zylindrische Ausbuchtungen, die Eingänge. Der Flieger hatte behauptet, die Türen seien so konstruiert, dass man die Kuppel betreten oder verlassen könne, ohne Luft hinein- oder hinauszulassen. Die Türen waren tatsächlich groß genug für das fremde, hochgewachsene Wesen. Eines der niedrigeren Fenster hatte man mit einer provisorischen Rampe versehen, um auch kleineren Wesen von der Größe Barlennans den Zutritt zur Scheibe zu ermöglichen, durch die sie dann ins Gebäude sehen konnten. Der Kommandant hatte viel Zeit auf dieser Rampe verbracht, als er die Sprache des Fliegers verstehen und sprechen lernte. Er hatte auch die vielen eigenartigen Maschinen im Innern der Kuppel gesehen und vergeblich zu erraten versucht, welchem Zweck sie dienten. Der Flieger selbst schien ein amphibisches Wesen zu sein, denn meistens lag er auf dem Rücken in einem großen Tank, der bis zum Rand mit Flüssigkeit gefüllt war. Angesichts seiner gigantischen Größe war dies nur logisch. Barlennan seinerseits kannte keine Kreatur auf seinem Heimatplaneten Mesklin, die größer war als er und seine Artgenossen und nicht in den Meeren oder Seen lebte. Trotzdem gestand er sich ein, dass solche Wesen durchaus in diesen weiten, unerforschten Gebieten des »Randes« dieser Welt leben konnten, wenn lediglich das Gewicht berücksichtigt werden musste. Er selbst hoffte darauf, ihnen nie zu begegnen, zumindest solange er sich hier an der Küste aufhielt. Denn Größe bedeutete auch Gewicht, und nur lebenslange Selbstdisziplin hielt ein Wesen wie ihn davon ab, sein absolut unbedeutendes Körpergewicht als fortwährende Gefährdung zu empfinden.

In der Umgebung der Kuppe gab es nichts außer der üblichen, undurchdringlichen Wildnis. Offensichtlich war die Rakete noch nicht gelandet, und einen Augenblick lang spielte Barlennan mit dem Gedanken, an dem Ort, an dem er sich gerade befand, ihre Landung abzuwarten. Sicherlich würde sie auf der entgegengesetzten Seite des Hügels landen – dafür würde schon der Flieger sorgen, solange Barlennan nicht bei ihm eingetroffen war. Doch ließ es sich vielleicht nicht vermeiden, dass die Rakete über seinen gegenwärtigen Standort hinwegflog. Und daran konnte auch Lackland nichts ändern, da er ja den Aufenthaltsort des Mesklíniten nicht kannte. Nur wenige Erdenmenschen waren vermutlich imstande, ein vierzig Zentimeter langes und fünf Zentimeter breites Lebewesen, das direkt am Boden durch dichtes Unterholz kroch, aus einem halben Kilometer Entfernung zu erkennen. Der Kommandant beschloss deshalb, bis zur Kuppel weiterzugehen, wie der Flieger es vorgeschlagen hatte.

Er schaffte die Strecke ziemlich rasch, obwohl es unterwegs mehrmals Nacht wurde, und erreichte den Hügel des Fliegers bei einbrechender Dunkelheit. Auf dem letzten Teil seines Marsches wies ihm das leuchtende Licht, das aus dem Fenster fiel, den Weg. Bis er jedoch die Seile an einem Baum festgebunden hatte und über die Rampe nach oben gekrochen war, tauchte zu seiner Linken die Sonne über dem Horizont auf. Obwohl der Wind noch ziemlich heftig wehte, waren die Wolken fast gänzlich verschwunden, und Barlennan hätte durch das Fenster ins Innere hineinschauen können, selbst wenn drinnen das Licht ausgeschaltet wäre.

Lackland befand sich nicht in dem Raum, in den das Fenster Einblick gewährte, und der Mesklinit drückte auf den Rufknopf, den man an der Rampe angebracht hatte. Sofort ertönte die Stimme des Fliegers aus dem Lautsprecher neben dem Knopf.

»Ich freue mich, dich zu sehen, Barl. Ich habe Mack bis zu deiner Ankunft oben festgehalten, doch jetzt kann er landen; beim nächsten Sonnenaufgang müsste er hier eintreffen.«

»Wo ist er jetzt? Auf Toorey?«

»Nein, er wartet in einer Kreisbahn in 900 Kilometern Höhe. Mach dir keine Gedanken darüber, dass er vielleicht wegen dir dort hätte ausharren müssen. Er konnte nicht landen, bevor der Sturm abgeflaut war. Während wir auf ihn warten, könnte ich dir schon die Telekommunikatoren hinausbringen, die ich dir versprochen habe.«

»Da ich allein gekommen bin, wäre es vielleicht gut, mir diesmal nur ein Gerät zu geben. Sie sind zwar nicht schwer, aber doch recht sperrig und schlecht zu tragen.«

»Vielleicht warten wir dann doch besser auf den Schlepper, um sie zu transportieren. So kann ich dich auch zu deinem Schiff zurückbringen – der Schlepper ist rundum isoliert, sodass du dich während der Fahrt nicht verletzen kannst. Was hältst du davon?«

»Eine gute Idee. Willst du mir bis zu seiner Ankunft wieder Sprachunterricht geben, oder kannst du mir noch weitere Bilder des Planeten zeigen, von dem du stammst?«

»Ich habe noch einige Filme, es dauert nur eine Minute, den Projektor vorzubereiten. Inzwischen wird es draußen auch wieder dunkel genug sein, sodass du gut sehen kannst. Augenblick – ich komme in den Vorraum.«

Der Lautsprecher verstummte, und Barlennan beobachtete die Tür, die er durch das Fenster am anderen Ende des Raumes erkennen konnte. Nach wenigen Augenblicken erschien der Flieger und bewegte sich wie gewöhnlich mithilfe der künstlichen Gliedmaßen, die er »Krücken« nannte. Er trat zum Fenster, nickte Barlennan mit seinem mächtigen Kopf freundlich zu und schaltete den Projektor ein. Der Projektionsschirm, auf den das Gerät seine Bilder warf, befand sich an der Wand gegenüber dem Fenster, und Barlennan, der jede Bewegung des menschlichen Wesens aufmerksam verfolgte, schob seinen Körper in eine bequemere Position. Dann wartete er schweigend, während über ihm die Sonne langsam ihre Bahn zog. Ihre Strahlen waren warm, angenehm, obwohl nicht stark genug, um ringsum den Schnee zum Tauen zu bringen. Der stetige Wind, der von den nördlichen Polargletschern herüberwehte, verhinderte das. Barlennan döste halb vor sich hin, während Lackland den Film in die Maschine einlegte, dann zu seinem Entspannungstank hinüberging und sich darin ausstreckte. Barlennan war noch nie die hauchdünne Membran aufgefallen, die über die Oberfläche der Flüssigkeit in dem Tank gespannt war und die Kleidung des Fliegers trocken hielt. Hätte er sie gesehen, wäre ihm vermutlich klar geworden, dass die Menschen doch keine Amphibien waren. Aus seiner schwebenden Position griff Lackland nach einem Schaltpult und bediente zwei Knöpfe. Die Lichter im Raum erloschen, und der Projektor begann zu arbeiten. Der Film dauerte fünfzehn Minuten und war noch nicht ganz zu Ende, als Lackland sich wieder erhob und Barlennan mitteilte, dass sich die Rakete im Landeanflug befand.

»Willst du Mack beobachten oder lieber den Film zu Ende sehen?«, fragte er. »Möglicherweise ist er schon gelandet, wenn der Film zu Ende ist.«

Barlennan riss sich zögernd von den Bildern auf der Leinwand los.

»Ich würde zwar lieber die Bilder sehen, aber vielleicht ist es besser, mich an den Anblick von fliegenden Dingen zu gewöhnen«, antwortete er. »Aus welcher Richtung wird die Rakete kommen?«

»Aus Osten, nehme ich an. Ich habe Mack eine genaue Positionsbeschreibung der Anlage hier gegeben; außerdem besitzt er Fotografien davon. Ich weiß, dass ein Anflug aus dieser Richtung am einfachsten ist. Leider steht die Sonne genau in deiner Blickrichtung, doch wenn du dich anstrengst, kannst du ihn sehen. Er fliegt in etwa vierzig Kilometern Höhe – genau über der Sonne.«

Barlennan starrte in die angegebene Richtung, erkannte aber im ersten Moment nichts. Doch dann sah er den leuchtenden Punkt etwa zwanzig Grad über der aufgehenden Sonne.

»Höhe zehn ... Entfernung ebenfalls«, berichtete Lackland im gleichen Augenblick. »Ich habe ihn hier auf dem Schirm.«

Das Glitzern wurde heller, es kam direkt auf die Kuppel zu. Die Rakete hielt exakt Kurs. Im nächsten Augenblick war sie nahe genug, dass Einzelheiten zu erkennen gewesen wären, hätte die aufgehende Sonne nicht alles in ein gleißendes Lichtmeer getaucht. Wie bewegungslos schwebte Mack einen Augenblick lang einen Kilometer östlich der Station, und Barlennan konnte die Bullaugen und Türschleusen in der zylindrischen Hülle erkennen, als die Rakete unter der Sonne Belne hinwegtauchte. Der stürmische Wind war fast gänzlich abgeflaut, doch jetzt wehte ein feuchtwarmer Hauch, der stark nach geschmolzenem Ammoniak roch, von der Stelle her, wo die glühenden Triebwerkstrahlen den verschneiten Boden trafen. Die halb flüssigen Tropfen regneten auf Barlennans Augenlider, doch unentwegt starrte er zu dem Platz hinüber, an dem diese riesige Masse aus Metall langsam herniedersank. Jeder Muskel in seinem langen Körper war angespannt, seine Arme lagen dicht an, und er presste seine Zangen so stark zusammen, dass er einen Stahldraht hätte durchkneifen können. Die Herzen in jedem seiner Körpersegmente schlugen heftig. Wahrscheinlich hätte er auch, wenn er Atemorgane besessen hätte wie die Menschen, den Atem angehalten. Sein Verstand sagte ihm, das Ding könne nicht fallen – jedenfalls redete er sich das selbst ein. Doch seine Gefühle waren nicht so einfach über die Tatsache hinwegzutäuschen, dass in dieser Umgebung ein Fall aus zwanzig Zentimetern Höhe selbst für seinen gepanzerten Körper gefährlich sein konnte. Im Unterbewusstsein erwartete er, dass die Rakete abstürzen und am Boden zerschmettern würde, denn schließlich war sie immer noch mehrere Hundert Meter hoch ...

Auf dem Boden unterhalb der Rakete, die jetzt frei von Schnee war, stand plötzlich die spärliche Vegetation in hellen Flammen. Schwarze Asche wurde in alle Richtungen davongeblasen, die Erdschicht glühte weiß auf, bevor der glitzernde Zylinder langsam aufsetzte. Sekunden später verstummte das Donnern der Triebwerke, das sogar das Dröhnen eines mesklinitischen Hurrikans übertönt hätte. Barlennan entspannte sich und streckte seine verkrampften Muskeln.

»Warte einen Moment, ich komme gleich mit den Funkgeräten zu dir hinaus«, sagte Lackland.

Der Kommandant hatte noch nicht einmal bemerkt, dass der Flieger den Raum verlassen hatte.

»Mack bringt den Schlepper hierher, du kannst ihn beobachten, während ich meinen Schutzanzug anlege.«

Barlennan sah allerdings nur den ersten Teil der Fahrt. Er beobachtete den Schlepper, als der aus der geöffneten Ladeluke rollte, und der Anblick vermittelte ihm den Eindruck von der Form des Gerätes, wobei ihm allerdings unklar blieb, wodurch die Raupen bewegt wurden. Das Ding war groß genug, um mehreren Wesen von der Gestalt des Fliegers Platz zu bieten, falls das Innere nicht angefüllt war mit Maschinen und Geräten. Wie die Kuppel hatte der Raupenschlepper zahllose große Fenster. Hinter einem dieser Fenster in seiner Vorderfront erkannte der Kommandant einen weiteren Flieger in einem Schutzanzug, der offensichtlich die Fahrt der Maschine kontrollierte. Was auch immer das Gerät bewegte, aus der Entfernung von knapp zwei Kilometern hört man kaum ein Geräusch.

Bei Einbruch der Dunkelheit hatte der Schlepper nur einen kleinen Teil dieser Entfernung zurückgelegt, und die Einzelheiten des Gefährtes verschwammen in der Dämmerung. Esstes, die kleinere Sonne, hatte Belne vom Himmel verdrängt und leuchtete heller als der Mond der Erde. Doch Barlennans Augen waren nicht stark genug, bei diesem Licht Einzelheiten erkennen zu können. Außerdem wurde er von dem hellen Lichtstrahl geblendet, den der Schlepper jetzt aussandte. Der Kommandant wartete deshalb geduldig. Schließlich würde er die Maschine bei Tagesanbruch ausgiebig von allen Seiten betrachten können. Aber vielleicht musste er sich auch damit noch gedulden, denn die Flieger würden vermutlich nicht zulassen, dass er ihre Maschine auf seine Weise untersuchte.

3 Über dem Boden

Nun geschah fast alles gleichzeitig. Der Raupenschlepper erreichte sein Ziel, Lackland trat aus der Hauptschleuse der Kuppel, und Belne, die größere Sonne, ging auf. Das Fahrzeug stoppte nur wenige Meter von der Rampe entfernt, auf der Barlennan seinen Körper ganz zusammengezogen hatte. Der Fahrer stieg aus, und die beiden Menschen unterhielten sich miteinander. Barlennen fragte sich, weshalb sie nicht in die Kuppel gingen, da sie ganz offensichtlich unter der Schwerkraft Mesklins litten. Doch der Pilot schlug Lacklands Einladung aus.

»Ich würde dir gern den Gefallen tun, Charly«, sagte er stattdessen, »aber würdest du an meiner Stelle eine Minute länger als nötig auf diesem grässlichen Staubkorn im Weltall bleiben?«

»Ich könnte ebenso gut von Toorey aus oder von einem Schiff in der Umlaufbahn arbeiten«, entgegnete Lackland, »doch ich halte den persönlichen Kontakt für äußerst wichtig. Ich möchte noch vieles über Barlennan und seine Artgenossen lernen. Ich bin immer noch davon überzeugt, dass wir ihnen für das, was wir von ihnen erwarten, viel zu wenig bezahlen. Vielleicht können wir doch etwas mehr für sie tun. Vergiss nicht, die Meskliniten schweben hier in großer Gefahr, und für sie mag es wichtig sein, einen von uns in ihrer Nähe zu wissen.«

»Ich verstehe leider nicht …«

»Barlennan ist ein Fahrensmann, eine Art Entdecker und Händler zugleich. Im Augenblick befindet er sich in einem Gebiet, das vor ihm noch kein anderer seiner Rasse betreten hat.

Er überwintert hier, während die schmelzende nordpolare Eiskappe unglaublich heftige Stürme hier an der Äquatorzone entstehen lässt. Stürme von ungeahnter Stärke, deren Auswirkungen weder wir noch er abschätzen können. Wenn ihm etwas zustößt, ist es fraglich, ob wir jemals einen Ersatz für ihn finden.

Du weißt ja, dass er normalerweise unter einer Schwerkraft lebt, die die Erdgravitation um das Zweihundert- bis Siebenhundertfache übersteigt. Wir können also nicht einfach zu ihm nach Hause gehen und mit seinen Artgenossen Kontakt aufnehmen. Außerdem gibt es vielleicht kaum einhundert Meskliniten, die seinen Job ausüben und auch mutig genug sind, sich so weit von ihrem Zuhause zu entfernen. Welche Chance hätten wir also, jemanden wie ihn zu finden? Selbst wenn wir einmal annehmen, dass dieser Ozean der meistbefahrene auf dieser Welt ist, welche Chance hätten wir, einen Mann wie ihn zu finden? Diese Bucht da gehört zu einem Meeresarm von fast 9000 Kilometern Länge und 3000 Kilometern Breite, mit einer sehr zerklüfteten Küste. Wie sollten wir da von oben einen neuen Mann entdecken können, sei es an Land oder auf dem Wasser? Barlennans *Bree* ist etwa zwölf Meter lang und etwa vier Meter breit. Sie gehört zu den größten seetüchtigen Schiffen, obwohl sie kaum einen Meter über die Oberfläche aufragt. Nein, Mack, unser Zusammentreffen mit Barlennan war reiner Zufall, und ich bezweifle, dass sich ein solcher nochmals wiederholen würde. Deshalb ertrage ich gern noch vier oder fünf weitere Monate bei drei G, bis der Frühling hier im Süden anfängt. Ich möchte allerdings nicht meinen Kopf darauf verwetten, dass wir jemals unsere technischen Geräte im Wert von nahezu zwei Milliarden Dollar, die wir ihnen zur Verfügung gestellt haben, in diesem 1500 Kilometer breiten und über 230 000 Kilometer langen Teil des Planeten wiederfinden werden.«

»Du hast vollkommen recht, Charly«, gab der Pilot zu, »trotzdem bin ich froh, dass du hier unten bleiben musst, und nicht ich. Vielleicht, wenn ich Barlennan besser kennen würde …«

Beide Männer wandten sich zu der kleinen, raupenförmig zusammengekauerten Gestalt auf der hüfthohen Rampe um.

»Barl, verzeih mir, dass ich dir Wade McLellan noch nicht vorgestellt habe«, sagte Lackland rasch.

»Wade, das ist Barlennan, der Kapitän der *Bree* und der mutigste Seemann auf dieser Welt. Das sagt er nicht von sich selbst, aber seine Anwesenheit bestätigt diese Tatsache.«

»Ich freue mich, deine Bekanntschaft zu machen, Flieger McLellan«, antwortete der Mesklinit. »Die Entschuldigung war nicht notwendig, denn ich bemerkte, dass eure Unterhaltung auch für meine Ohren bestimmt war.« Barlennan vollführte die typische Begrüßungsgeste der Mesklinten und ließ seine Zangen klicken. »Ich bin sehr froh über den glücklichen Zufall, der uns zusammengeführt hat, und ich hoffe, meinen Teil der Vereinbarungen erfüllen zu können, so wie ihr sicher den euren einhalten werdet.«

»Du sprichst unsere Sprache bemerkenswert gut«, stellte McLellan fest. »Hast du sie wirklich in kaum sechs Wochen gelernt?«

»Ich bin nicht sicher, wie lange eine eurer ›Wochen‹ währt, doch ich bin deinem Freund vor etwa 3500 Tagen begegnet«, antwortete der Kommandant. »Ich bin sehr sprachbegabt – aber in meinem Beruf muss man das auch sein. Und die Filme, die Charles mir gezeigt hat, waren sehr aufschlussreich für mich.«

»Zum Glück kannst du unsere Sprechlaute nachahmen. Wir haben manchmal etwas Schwierigkeiten mit euren.«

»Das ist wohl ein Grund von vielen, weshalb ich eure Sprache schneller lerne als ihr die unsere. Viele der Laute, die wir benutzen, sind viel zu schrill für eure Stimmbänder, vermute ich.« Barlennan hütete sich, den Menschen zu verraten, dass die normale Sprechfrequenz der Meskliniten zu hoch lag, um von menschlichen Ohren überhaupt erfasst zu werden. Vielleicht war Lackland noch nicht auf diese Tatsache gestoßen, und selbst der ehrlichste Händler überlegte es sich zweimal, jemanden in seine Geheimnisse einzuweihen. »Ich kann mir allerdings vorstellen, dass auch Charles inzwischen einige Grundbegriffe unserer Sprache beherrscht, da er uns ja über den Telekommunikator, wie er das Bild-Sprechgerät nennt, auf der *Bree* sehen und hören kann.«

»Aber leider nur sehr wenige«, bekannte Lackland. »Du scheinst, sofern ich das beurteilen kann, eine bestens ausgebildete Mannschaft zu haben. Ein Großteil eurer Tätigkeit wird ohne Befehle automatisch ausgeführt. Und mit den Besprechungen, die du manchmal mit einigen deiner Leute abhältst, ohne dass dann irgendwelche Aktivitäten folgen, kann ich nichts anfangen.«

»Du meinst, wenn ich mit Dondragmer und Merkoos rede? Die beiden sind der Erste und Zweite Offizier meiner Mannschaft, und mit ihnen rede ich am häufigsten.«

»Hoffentlich bist du jetzt nicht verletzt, wenn ich dir sage, dass ich deine Leute kaum voneinander unterscheiden kann. Ich kenne eure Unterscheidungsmerkmale noch zu wenig.«

Barlennan hätte beinahe laut gelacht.

»Bei mir ist es noch viel schlimmer. Ich weiß nicht einmal, ob ich dich schon ohne Schutzanzug gesehen habe oder nicht.«

»Nun, wir schweifen zu weit ab. Die Zeit bleibt nicht stehen, du willst vermutlich so rasch wie möglich zu deiner Rakete zurück und hinauf in den Raum, wo das Gewicht nicht mehr zählt und Menschen wie Ballons schweben. Wenn du zurück bist, sorge dafür, dass für jeden dieser vier Telekommunikatoren hier ein Empfänger bei euch installiert wird. Stellt sie dicht genug beisammen auf, damit ein Mann zwei Geräte gleichzeitig überwachen und bedienen kann. Es dürfte wohl kaum nötig sein, sie hintereinanderzuschalten, zumal unsere Freunde hier sie bisweilen benutzen werden, um zwischen verschiedenen Gruppen Kontakt zu halten, und dann auf verschiedenen Frequenzen senden. Barl, die Geräte stehen in der Luftschleuse. Das Einfachste wäre, ich lade dich und die Telekommunikatoren auf den Raupenschlepper, bringe Mack hinüber zur Rakete und fahre dich mit den Geräten dann zur *Bree.*«

Bevor der Kommandant sich dazu äußern konnte, setzte Lackland seine Worte schon in die Tat um. Für Menschen war sein Vorschlag auch vernünftig, doch der Mesklinit hätte fast seinen Verstand verloren vor Schreck. Die geschützte Hand des Menschen sank zu dem kleinen Lebewesen herab und hob es vorsichtig hoch. Einen entsetzlichen Augenblick lang schwebte Barlennan durch die Luft, dann wurde er auf der ebenen Oberfläche des Schleppers abgesetzt. Instinktiv suchte er mit seinen Zangen auf dem glatten Metall nach Halt, obwohl die Saugnäpfe seiner vielen Beine schon auf der Oberfläche hafteten. Seine Augen spiegelten seine unbeschreibliche Furcht wider, als er nichts als gähnende Leere rings um seinen Standort erblickte. Für einige lange Sekunden – vielleicht gar eine Minute – verschlug es ihm die Sprache, und als er endlich redete, war seine Stimme nicht zu hören. Er befand sich zu weit entfernt von dem Mikrofon auf der Rampe, als dass es seine Worte noch hätte aufnehmen können – er wusste das aus früherer Erfahrung. Doch selbst in dieser entsetzlichen Lage fiel ihm noch rechtzeitig ein, dass sein sirenenhafter Angstschrei, den er ausstoßen wollte, deutlich an Bord der *Bree* zu hören wäre, weil dort ein Telekommunikator stand. Und dann hätte die *Bree* einen neuen Kapitän benötigt. Nur sein persönlicher Mut hatte die Mannschaft dazu bewegen können, mit ihm bis an den »Rand der Welt« zu fahren. Verlöre sie jetzt das Vertrauen zu ihm, büßte er Schiff und Besatzung ein, und wahrscheinlich auch sein Leben. An Bord eines seegängigen Schiffes gab es keinen Platz für einen Feigling, und obwohl kein Meer zwischen ihm und seiner Heimat lag, kam er gar nicht erst auf den Gedanken, einen Fußmarsch von über 60 000 Kilometern entlang der Küste in Erwägung zu ziehen.

All dies dachte Barlennan nicht bewusst, doch das instinktmäßige Wissen um die Folgen ließ ihn schweigen, während Lackland die Geräte auflud und dann mit McLellan im Innern des Gefährtes verschwand. Das Metallungetüm erbebte leicht und setzte sich einen Moment später in Bewegung.

Im gleichen Augenblick ging eine seltsame Veränderung in dem nicht menschlichen Passagier vor. Eigentlich hätte er durchdrehen müssen, denn seine Situation war in etwa vergleichbar mit der eines Menschen, der sich verzweifelt mit einer Hand am Fensterkreuz im vierzigsten Stock eines Hochhauses festklammert. Doch er verhielt sich genau wie sonst, und selbst seine besten Freunde hätten kaum eine Veränderung an ihm festgestellt. Ein Erdenmensch, der vertrauter mit der Eigenart der Meskliniten gewesen wäre als Lackland, hätte den Kommandanten einen Augenblick lang für betrunken halten können, doch auch dieses äußere Anzeichen verschwand rasch wieder – und mit ihm die Furcht.

Sechs Körperlängen über dem Boden hatte der Mesklinit sich ausgestreckt, presste seinen Körper aber dicht gegen die kühle Metallfläche. Später erinnerte er sich dankbar daran, wie gut es war, dass der Wind noch mehr nachgelassen hatte, obwohl die glatte Metallfläche seinen Saugnäpfen an den Beinen einen ungewohnt guten Halt gewährte.

Barlennan staunte selbst darüber, dass er an seiner Situation Vergnügen fand – ja, er begann sie regelrecht zu genießen;

er freute sich an der Tatsache, auf die Dinge ringsum herabblicken zu können. Dabei bekam er ein vollkommen neues Bild von seiner Umgebung. Sie sah von hier oben aus wie eine Landkarte, und er hatte bisher noch keine Landkarte als plastisches Bild gesehen.

Ein Gefühl unbeschreiblichen Triumphes erfüllte ihn, als der Schlepper bei der Rakete anhielt. Der Mesklinit winkte mit seinen Zangen fröhlich dem aussteigenden McLellan zu und war zutiefst befriedigt, als er ihn im Licht der Scheinwerfer zurückwinken sah. Der Schlepper wendete auf der Stelle nach links und steuerte auf die Bucht zu, wo die *Bree* lag. Mack erinnerte sich rechtzeitig daran, dass Barlennan ungeschützt war, und startete erst, als der Schlepper fast einen Kilometer entfernt war. Der Anblick, wie das Schiff scheinbar ohne Unterstützung langsam nach oben schwebte, erschreckte den Meskliniten, und für einen Augenblick gewann seine ursprüngliche Furcht wieder die Oberhand. Doch er kämpfte diese Anwandlung grimmig nieder und beobachtete die Rakete, bis sie in den Strahlen der untergehenden Sonne verschwand.

Lackland hatte den Start offenbar ebenfalls beobachtet, doch als das letzte metallische Aufblitzen des Flugkörpers erlosch, verlor er keine Zeit mehr und fuhr rasch die letzte Strecke zur *Bree* hinüber. Etwa hundert Meter vor dem Schiff hielt er an, erkannte aber die Bestürzung der Mannschaft angesichts der Tatsache, dass ihr Kommandant auf dem Dach des Gefährtes hockte.

Ihr Erschrecken wäre nicht größer gewesen, wenn er ihnen den Kopf ihres Führers aufgespießt auf einer Lanze übergeben hätte. Selbst Dondragmer, der intelligenteste und vernünftigste Mesklinit an Bord – den Kapitän nicht ausgenommen –, stand einige Zeit wie gelähmt. Als Erstes gerieten seine Augen wieder in Bewegung, er schielte zu den Flammstaubtanks und den dazugehörenden »Kanonen« auf den Außendecks hinüber. Zum Glück für Barlennan wehte der Wind nicht landeinwärts. Die Temperatur des Chlors in den Tanks lag wie gewöhnlich unter dem Schmelzpunkt. Wäre der Wind günstig gewesen, hätte der Maat dem Schlepper eine Feuerwolke entgegengeschleudert, ohne einen Gedanken daran zu verschwenden, ob sein Kapitän noch lebte oder nicht.

Die versammelte Mannschaft begann deutlich ihrem Ärger Luft zu machen, als sie Lackland in seinem Raumanzug aus dem Fahrzeug steigen sah. Ein Leben wie ihres – halb Händler, halb Piraten – ließ nur die Stärksten überleben, die ohne Zögern bereit waren, beim geringsten Anlass zu kämpfen. Die Feiglinge waren schon vor langer Zeit aus ihren Reihen ausgemerzt worden, die Individualisten hatten mit ihrem Leben für ihre Einstellung zahlen müssen. Lackland hatte, als er ausstieg, sein Leben lediglich einer Gewohnheit der Meskliniten zu verdanken – der Gewohnheit nämlich, sich kriechend fortzubewegen, anstatt die hundert Meter Entfernung mit einem einzigen Satz zu überwinden, was sie bei dieser für sie geringen Schwerkraft nur ein Muskelzucken gekostet hätte. Er sah, wie ein schwarzroter Wasserfall an allen Seiten vom Schiff herabschwärmte und sich kriechend über den Strand an die fremde Maschine heranarbeitete. Doch er missverstand ihre Beweggründe völlig und beeilte sich deshalb nicht sonderlich, Barlennan von seinem Ausguck herabzuheben und auf dem Boden abzusetzen. Danach holte er die versprochenen Funkgeräte aus dem Fahrzeug und stellte sie neben dem Kommandanten in den Sand.

Inzwischen dämmerte der Besatzung, dass ihr Kapitän noch lebte und offensichtlich unverletzt war. Unversehens kam die Angriffslawine zum Stillstand, verharrte voller Verwirrung auf halber Strecke zwischen Schiff und Schlepper. Eine Kakofonie von sehr schrillen bis zu den tiefsten Bassstimmen ließ Lacklands Kopfhörer erdröhnen. Obwohl er, wie Barlennan schon richtig vermutet hatte, sich die größte Mühe gegeben hatte, die einheimische Sprache zu erlernen, verstand er kein einziges Wort aus dem Stimmengewirr der Mannschaft. Das konnte nur gut sein für seinen Seelenfrieden, denn er hatte schon früher feststellen müssen, dass das Material seines Raumanzuges zwar dem hohen Druck auf Mesklins Oberfläche standhalten konnte, aber keinen Schutz vor den scharfen Zangen der Einheimischen bot.

Barlennan brachte seine Besatzung durch einen Schrei, den Lackland vermutlich auch ohne Kopfhörer in seinem Raumanzug gehört hätte, wären seine Ohren durch das Stimmengewirr nicht schon fast taub gewesen, zum Schweigen. Der Kommandant hatte genau erkannt, was seine Leute vorhatten, und hegte kaum den Wunsch, Lacklands Körper als Gefrierfleisch am Strand liegen zu sehen.

»Beruhigt euch!«

Innerlich aber freute er sich über die entschlossene Reaktion der Mannschaft, ihn aus der Gefahr zu retten, in der er sich ihrer Meinung nach befunden hatte, doch hätte er sich das niemals anmerken lassen.

»Die meisten von euch haben schon wegen der geringen Schwerkraft die waghalsigsten Kunststücke vorgeführt. Jeder Einzelne wusste also genau, dass ich zu keinem Zeitpunkt in Gefahr gewesen bin.«

»Aber du hast sie doch verboten ...«

»Wir dachten ...«

»Du warst da oben ...«

Ein Chor von Einwänden schallte ihm entgegen, doch mit einer Zangenbewegung brachte er seine Leute zum Schweigen.

»Ich weiß, dass ich solche Aktionen verboten habe, und ich habe euch auch erklärt, warum. Wenn wir mit anderen Verhaltensweisen und Gewohnheiten in die hohen Schwerkraftzonen zurückkehren, kann die geringste Achtlosigkeit lebensgefährlich sein.«

Er deutete mit einem zangenbewehrten Arm nach oben zur Schlepperplattform.

»Ihr alle wisst, was unsere normale Schwerkraft anrichten kann, nur der Flieger offensichtlich nicht. Er hat mich dort auf die gleiche Art hinaufgehoben, wie er mich eben herunternahm, ohne überhaupt daran zu denken. Ihr habt es alle mit euren eigenen Augen gesehen. Er kommt von einer Welt, auf der fast Schwerelosigkeit herrscht. Er könnte dort wahrscheinlich häufiger der Länge nach zu Boden stürzen, ohne sich im Geringsten zu verletzen. Wüsste er den Begriff ›Höhe‹ richtig einzuschätzen, wie könnte er dann fliegen?«

Die meisten seiner Zuhörer hatten ihre stumpfen Beine tief in den Sand gestemmt, als ob sie dadurch seine Worte besser begreifen könnten. Ob sie sie wirklich begriffen oder nur einfach so hinnahmen, war nicht zu erkennen. Doch schließlich schienen sie von ihrem Plan in Bezug auf Lackland Abstand zu nehmen.

Erneut ging ein Raunen durch ihre Reihen, doch diesmal eher erstaunt als wütend. Nur Dondragmer, der etwas abseits stand, schwieg, und Barlennan war klar, dass er seinem Maat eine ausführlichere Erklärung schuldig war. Dondragmers Vorstellungsvermögen war von mehr Wissen und Intelligenz getragen, und er bedachte sicher schon die Auswirkungen, die Barlennans Abenteuer auf sein Nervensystem gehabt haben könnte. Doch das hatte Zeit bis später, die Mannschaft war das vordringlichere Problem.

»Sind die beiden Jagdmannschaften bereit?«

Barlennans Frage brachte die Mannschaft erneut zum Schweigen.

»Wir haben noch nichts gegessen«, erwiderte Merkoos unbehaglich, »doch die Ausrüstung – Waffen und Netze – liegt bereit.«

»Ist das Essen fertig?«

»Innerhalb eines Tages, Herr.«

Karondrasee, der Koch, machte sich ohne weitere Befehle sofort auf den Weg zum Schiff.

»Don, Merkoos, ihr nehmt jeder eines dieser Geräte. Ihr habt auf dem Schiff gesehen, wie ich es bedient habe. Ihr braucht nur dicht heranzugehen, um miteinander sprechen zu können. Die Dinger sind leicht mit den Zangen zu tragen, weil sie klein genug sind. Die Führer brauchen einander ja nicht unbedingt beim Sprechen zu sehen. Don, ich bleibe wahrscheinlich nicht an Bord, wie ich es ursprünglich vorhatte. Ich habe nämlich festgestellt, dass man von der Fahrmaschine des Fliegers aus über weite Entfernungen sehen kann. Wenn er es erlaubt, fahre ich mit ihm in euer Operationsgebiet.«

»Aber, Herr ...«

Dondragmer war bestürzt.

»Wird das Ding nicht alles Wild vertreiben? Man kann es schon aus hundert Metern Entfernung hören, und ich weiß nicht, wie weit es sichtbar ist. Außerdem ...«

Er schwieg und überlegte, wie er sein stärkstes Argument am besten vorbrachte. Doch Barlennan kam ihm zuvor.

»Außerdem könnte sich niemand auf die Jagd konzentrieren, solange er mich so hoch über dem Boden weiß, stimmt's?« Der Maat – ebenso wie der größte Teil der Mannschaft – machte eine zustimmende Zangenbewegung.

Einen Moment lang war der Kommandant versucht, mit ihnen zu diskutieren, doch noch rechtzeitig sah er die Nutzlosigkeit eines solchen Versuchs ein. Erst kürzlich hätte er noch ebenso wie sie auf seinen Plan reagiert, hätte sich ebenso wenig von seinen ihm selbst jetzt »vernünftig« erscheinenden Argumenten überzeugen lassen.

»Einverstanden, Don, ich bestehe nicht unbedingt auf meinem Vorhaben. Ich bleibe mit dir in Funkverbindung, wenn auch außerhalb der Sichtverbindung.«

»Willst du wirklich auf diesem Ding fahren, Herr? Was ist los mit dir? Ich weiß zwar genau, dass hier am Rand der Welt ein Sturz aus einigen Zentimetern Höhe harmlos ist, doch würde ich mich selbst nie bewusst in eine solche Situation bringen. Ich kann ehrlich nicht begreifen, was dich dazu treibt. Ich mag mir nicht einmal vorstellen, wie man sich dort oben auf dem Ding fühlt.«

»Wenn ich mich recht erinnere, bist du neulich erst mehrere Zentimeter an einem Mast hochgekrochen«, konterte Barlennan trocken. »Oder war das ein anderer, der die oberen Rahen überprüfte, ohne den Mast vorher umzulegen?«

»Das war doch etwas anderes. Ich befand mich schließlich mit meinem Körperende noch auf dem Deck«, erwiderte Dondragmer kleinlaut.

»Dein Kopf hätte trotzdem tief stürzen können. Außerdem habe ich ähnliche Kunststücke auch bei anderen beobachtet. Dabei dachte ich, ich hätte vor unserer Fahrt in diese Region diesbezüglich klare Anweisungen gegeben.«

»Das stimmt, Herr. Sind diese Anweisungen aber noch in Kraft, seitdem du …?«

Der Maat zögerte, Barlennan wusste aber trotzdem, was er hatte sagen wollen. Er überlegte rasch.

»Die Anweisungen werden hiermit aufgehoben«, sagte er schließlich langsam. »Sie haben zwar ihre Berechtigung, doch jeder von euch trägt das Risiko selbst, wenn ihm etwas zustößt, sobald wir in die Schwerkraftzonen zurückgekehrt sind. Jeder muss selber wissen, was er tut. Möchte jemand mit mir fahren?«

Entsetzt lehnten alle ab. Nur Dondragmer zögerte erst, winkte aber dann ebenfalls ab. Barlennan hätte sicher gegrinst, wäre ihm das physisch möglich gewesen.

»Macht euch fertig für die Jagd. Ich bleibe mit euch in Funkverbindung.«

Damit entließ der Kommandant die Besatzung, die gehorsam zur *Bree* zurückkehrte. Barlennan wandte sich an Lackland und berichtete ihm sinngemäß von der Auseinandersetzung. Er tat dies etwas abwesend, denn die Unterredung mit der Mannschaft hatte ihn auf einige neue Ideen gebracht. Doch mit ihnen musste er sich beschäftigen, wenn er mehr Muße dazu hatte. Im Moment wünschte er nur, wieder auf dem Dach des Schleppers zu sitzen.

4 Das Unglück

Die Bucht an der Südküste, in der die *Bree* überwinterte, war etwa dreißig Kilometer lang und an ihrer Mündung kaum drei Kilometer breit. Sie begann am Südufer eines größeren Golfs von etwa 400 Kilometern Länge, der seinerseits nur eine Fortsetzung des offenen Meeres war, das sich unendlich weit über die nördliche Hemisphäre erstreckte, wo es allmählich ins Eis des Polargebietes überging. Bucht, Golf und Meer verliefen ziemlich genau von Osten nach Westen, wobei zwischen Bucht und Golf, aber auch zwischen Golf und Meer schmale Halbinseln Schutz vor Wind und Stürmen boten. Die Position der *Bree* war besser gewählt, als Barlennan ahnte, denn die Halbinseln schützten sie an ihrem Liegeplatz vor den Stürmen aus dem Norden. Dreißig Kilometer westlicher schwand dieser Schutz immer mehr, und Barlennan und Lackland konnten sich vorstellen, welche Naturgewalten ihnen diese kleine Bucht erspart hatte. Der Kapitän saß wieder auf dem Schlepper, doch diesmal hatte Lackland einen Telekommunikator dicht neben ihm angebracht.

Zu ihrer Rechten rauschte das Meer, dehnte sich aus bis zum Horizont. Die Halbinsel, die die Bucht vom Golf trennte, war nicht zu erkennen. Hinter ihnen lag der Strand, sanft ansteigend, bedeckt mit der schwarzen, niedrigen Vegetation, die fast auf dem ganzen Planeten zu finden war. Vor ihnen jedoch hörte die Vegetation fast gänzlich auf. Der Strand war flacher, der Sandstreifen zwischen den Hügeln und der Bucht wurde allmählich breiter. Überall im Sand sah man dunkle bewegungslose Flecken, die der letzte Sturm an Land geworfen hatte. Zum Teil waren es große Knäuel Seetang – zumindest hatten sie Ähnlichkeit damit –, zum Teil aber auch die Körper von Meerestieren, einige von beachtlicher Größe. Lackland wunderte sich nicht so sehr über die Ausmaße dieser Tiere, da sie im lebenden Zustand normalerweise im Meer trieben, sondern vor allem über die Tatsache, dass ihre Kadaver so weit landeinwärts lagen. Ein geradezu gigantisches Tier lag fast einen halben Kilometer landeinwärts, und der Erdenmensch bekam allmählich eine Vorstellung davon, was die Winde auf Mesklin selbst bei einer solchen Schwerkraft anrichteten, wenn sie in der Lage waren, solch riesige Wogen aufzutürmen. Er wäre gern zu dem Küstenabschnitt gefahren, an dem die äußere Halbinsel keinen Schutz mehr vor dem offenen Meer bot, doch bis dorthin war es eine Fahrt von über 150 Kilometern.

»Was wäre aus deinem Schiff geworden, Barlennan, wenn diese Wogen hier darauf herabgestürzt wären?«

»Das kommt auf die Art der Woge an, und darauf, wo wir uns zu dem Zeitpunkt befinden. Auf der offenen See wären wir ohne Schwierigkeiten darüber hinweggeglitten, doch am Strand wäre von der *Bree* nichts mehr übrig geblieben. Ich hätte nie geglaubt, dass die Wellen hier am ›Rand‹ eine solche Höhe erreichen. Doch je länger ich darüber nachdenke, glaube ich, dass selbst die größten Wogen harmlos sind, weil es hier kaum Schwerkraft gibt.«

»Ich fürchte nur, dass das Gewicht in diesem Fall kaum eine Rolle spielt. Deine erste Annahme war vermutlich richtig.«

»Daran habe ich auch gedacht, als wir einen geschützten Liegeplatz für den Winter suchten. Aber ich muss zugeben, dass mich die Größe der Wogen überrascht hat. Kein Wunder, dass hier am ›Rand der Welt‹ die Forschungsschiffe regelmäßig verschwinden.«

»Dabei kann es hier nicht sehr schlimm gewesen sein. Wenn ich mich recht erinnere, liegt dort drüben noch eine zweite Landzunge, deren Höhenzüge auf unseren Bildern deutlich zu erkennen waren. Dadurch ist diese Bucht hier noch relativ geschützt.«

»Eine zweite Landzunge? Das habe ich nicht gewusst. Soll das heißen, dass jenseits der Halbinsel eine weitere Bucht liegt?«

»Richtig. Ich habe nur nicht daran gedacht, dass ihr meistens in Küstennähe bleibt. Ihr seid entlang der Küste von Westen gekommen, nicht wahr?«

»Ja. Dieser Teil des Meeres hier ist fast gänzlich unerforscht. Seine Küstenlinie erstreckt sich über 4500 Kilometer in westlicher Richtung, wie du wahrscheinlich weißt. Langsam bekomme ich eine Ahnung, wie wichtig es für dich ist, von oben auf die Landschaft herabschauen zu können. Die Küste biegt dann ganz allmählich nach Süden ab. Sie ist sehr unregelmäßig, denn sie verläuft in einem Abschnitt wieder einige Tausend Kilometer in östlicher Richtung. Ich schätze, dass unser Heimathafen etwa 25 000 Kilometer südlich von hier liegt, wobei die Fahrt an der Küste entlang natürlich sehr viel weiter ist. 1800 Kilometer über die offene See in westlicher Richtung liegt dann meine Heimat. Die Küsten dort kennt jeder Seemann genau, und man kann sie befahren, mit dem üblichen Risiko jeder Seereise natürlich.«

Während sie sich unterhielten, kroch der Schlepper langsam auf das gestrandete Ungetüm zu. Lackland wollte es natürlich näher in Augenschein nehmen, da er bisher kaum etwas über Mesklins Tierwelt wusste. Auch Barlennan war einverstanden, er hatte sehr viele Meereswesen auf seinen Reisen gesehen, doch war er sich nicht sicher, ob dieses zu den ihm bekannten gehörte.

Die Form des Tieres war weder Lackland noch Barlennan wesentlich fremd. Es ähnelte einem stark stromlinienförmigen Wal oder einer ungewöhnlich dicken Seeschlange. Das Wesen erinnerte den Erdenmenschen an das Zeuklodon, das vor etwa dreißig Millionen Jahren in den Meeren seiner Welt lebte. Doch hatte kein Wesen, das jemals auf der Erde lebte und der Nachwelt durch Fossilien bekannt wurde, jemals die Größe dieser Kreatur erreicht. Der Kadaver erstreckte sich 200 Meter weit über den Strand, sein Körper musste in lebendem Zustand zylindrisch gewesen sein, mit einem Durchmesser von etwa fünfundzwanzig Metern. Doch jetzt, da er nicht mehr von Flüssigkeit gestützt und getragen wurde, sah er aus wie eine Wachsfigur, die in der heißen Sonne zerlaufen war. Obwohl sein Fleisch nicht halb so fest war wie das irdischer Lebewesen, fiel es Lackland schwer, das Gewicht des Tieres, das durch die erhöhte Schwerkraft hier noch verdreifacht wurde, zu schätzen. Es war unfassbar.

»Was machst du, wenn dir auf See ein solches Wesen begegnet?«, fragte er Barlennan.

»Ich habe nicht die geringste Ahnung«, antwortete der Mesklinit trocken. »Ich habe schon früher ähnliche Wesen wie dieses gesehen, doch nur selten. Gewöhnlich leben sie in großen Tiefen und kommen selten an die Oberfläche. Ein einziges Mal ist mir ein Wesen begegnet, das noch viermal größer als dieses hier war. Ich weiß nicht, wovon sie leben, doch offensichtlich finden sie ihre Nahrung nicht an der Oberfläche. Mir ist noch nie zu Ohren gekommen, dass sie ein Schiff angegriffen hätten.«

»Das glaube ich dir gern«, antwortete Lackland trocken, »denn ich kann mir nicht vorstellen, dass es in diesem Fall Überlebende gäbe. Wenn es sich auf die gleiche Weise wie die Wale meines Heimatplaneten ernährt, würde es wahrscheinlich eins eurer Schiffe verschlucken, ohne es überhaupt zu bemerken. Wir wollen uns einmal sein Maul anschauen und versuchen herauszufinden, wovon es lebt.«

Er fuhr langsam an dem Tier entlang, bis er ans andere Ende gelangte und den Kopf des Ungeheuers vor sich hatte.

Das Wesen besaß ein Maul und eine Art Schädel, den jedoch sein Eigengewicht beim Aufprall weitgehend zerschmettert hatte. Doch war genügend übrig, dass Lackland seine Theorie über die Nahrung des Wesens korrigieren konnte. Ein Wesen mit solchen Zähnen konnte nur ein Fleischfresser sein. Zuerst erkannte der Mensch sie überhaupt nicht als Zähne, nur die Tatsache, dass es an einer solchen Körperstelle keine Rippen geben konnte, ließ ihn die Wahrheit erkennen.

»Vor diesen Ungeheuern bist du ziemlich sicher, Barl«, sagte er schließlich langsam. »Das Wesen hier würde nie daran denken, euch anzugreifen. Denn eines eurer Schiffe könnte seinen Appetit nie stillen. Die *Bree* müsste schon hundertmal größer sein, um überhaupt die Aufmerksamkeit dieses Ungetüms zu erregen.«

»In der ständigen See muss also eine Menge Fleisch herumschwimmen«, sagte der Mesklinit nachdenklich. »Doch wer könnte schon damit etwas anfangen?«

»Ganz recht. Doch was meinst du mit dem Ausdruck ›ständige See‹, den du eben gebraucht hast?«, wollte Lackland wissen. »Gibt es hier noch eine andere Art von Meer?«

»Ich bezeichne damit die Meere, die auch vor Beginn der Winterstürme noch Ozeane sind«, lautete die Antwort. »Im Frühjahr erreichen alle Meere ihren höchsten Pegelstand, denn während der Wintermonate haben die Stürme sie wieder aufgefüllt. In den folgenden Monaten des Jahres sinkt ihr Spiegel wieder ab. Hier am ›Rand der Welt‹, wo die Küsten steiler abfallen, bemerkt man diesen Höhenunterschied kaum. Doch in meiner Heimat, wo die Schwerkraft normal ist, weicht das Meer in diesen Monaten zwischen 300 und 3000 Kilometer zurück.«

Lackland pfiff erstaunt. Halblaut murmelte er: »Mit anderen Worten bedeutet das, dass eure Ozeane innerhalb von vier Erdenjahren fast völlig verdunsten, gefrorenes Methan über den Polkappen ablagern und dann die ganze Flüssigkeit in den fünf oder sechs Monaten zurückbekommen, die in der nördlichen Hemisphäre zwischen Herbst und Frühjahr liegen. Jetzt wundert es mich nicht mehr, dass dabei derart heftige Stürme entstehen.«

Er wandte sich wieder näherliegenden Dingen zu.

»Barl, ich werde jetzt aus dieser Konservendose aussteigen. Schon immer wollte ich Gewebeproben der hiesigen Tierwelt sammeln, seit ich erfuhr, dass auf Mesklin tierisches Leben existiert. Dabei hätte ich dir wohl kaum eine Gewebeprobe abnehmen können. Glaubst du, dass das Fleisch dieses Ungeheuers seit seinem Tod stark verwest ist? Hast du eine ungefähre Vorstellung?«

»Für uns wäre es wahrscheinlich ohne Weiteres genießbar, doch nach dem, was du mir erzählt hast, könntest du es niemals verdauen. Fleisch verdirbt gewöhnlich nach etwa hundert Tagen und wird giftig, wenn es nicht getrocknet oder auf andere Weise konserviert wird, doch während dieser Zeit verändert sich sein Geschmack nur wenig. Ich kann dir ja ein Stück holen, wenn du willst.«

Ohne auf eine Antwort zu warten – und ohne sich suchend umzuschauen, ob nicht jemand aus seiner Mannschaft sich hier herumtrieb –, spannte Barlennan seine Muskeln an und schnellte sich von der Oberfläche des Schleppers ab. Doch hatte er sich in der Entfernung gewaltig verschätzt, und anstatt auf dem Kadaver des Tieres zu landen, segelte er weit darüber hinaus. Einen Augenblick lang verspürte er die altvertraute Panik, doch er bezwang sie und landete weich im Sand. Diesmal schätzte er seinen Abstand genauer und sprang zurück. Dann wartete er, bis Lackland die Einstiegsluke des Schleppers öffnete und ausstieg. Das Fahrzeug besaß keine Luftschleuse, und der Mensch trug immer noch seinen Druckanzug. Er hatte lediglich den Helm geschlossen, und als er ausstieg, folgte ihm eine Wolke weißer Kristalle – Eis und Kohlendioxid, in Mesklins eisiger Kälte gefrorene Erdatmosphäre. Barlennan besaß keinen Geruchssinn, spürte aber ein Brennen in seinen Atemporen, als die sauerstoffhaltige Wolke ihn erreichte. Hastig sprang er zurück. Lackland erkannte den Grund und entschuldigte sich bei ihm, weil er vergessen hatte, Barlennan rechtzeitig zu warnen.

»Es macht nichts«, antwortete der Kapitän. »Ich hätte selbst daran denken müssen. Das Gleiche ist mir schon einmal passiert, als du aus der Luftschleuse deines Hügels heraustratest. Außerdem hast du mir oft genug erklärt, wie sehr sich der Sauerstoff, den du atmest, von dem Wasserstoff unserer Atmosphäre unterscheidet. Damals, als ich eure Sprache lernte, weißt du noch?«

»Stimmt, trotzdem war es meine Schuld. Ich kann von einem Wesen, das nicht mit der Kenntnis verschiedener Welten und dem Wissen um ihre unterschiedlichen Atmosphären aufgewachsen ist, nicht erwarten, dass es ständig dieser Tatsache Rechnung trägt. Doch dir scheint nichts zugestoßen zu sein. Leider weiß ich noch zu wenig über die biochemischen Merkmale von Mesklin, um abschätzen zu können, wie sich Sauerstoff auf deinen Organismus auswirken könnte. Deshalb möchte ich dem Kadaver Gewebeproben entnehmen.«

In einer Außentasche seines Raumanzuges trug Lackland einige Instrumente mit sich, und während er, behindert durch seine schweren Schutzhandschuhe, danach tastete, war Barlennan schon dabei, dem toten Monstrum die erste Gewebeprobe zu entnehmen. Vier Zangenpaare zertrennten die Haut, schnitten einen Fleischfetzen los und führten ihn zum Mund. Einige Sekunden lang kaute der Mesklinit prüfend darauf herum.

»Es ist keineswegs verdorben«, erklärte er schließlich. »Wenn du nicht das ganze Tier für deine Untersuchungen brauchst, rufe ich die Jäger hierher. Ehe der nächste Sturm losbricht, haben sie genug Zeit, das Fleisch zu konservieren. Außerdem liegt hier mehr, als sie wohl woanders finden dürften.«

»Gute Idee«, murmelte Lackland geistesabwesend. Er achtete kaum auf seinen Begleiter, denn er versuchte gerade, die Spitze eines Skalpells durch die zähe Haut des Meeresungetüms zu stoßen. Selbst die Annahme, er könnte das ganze Tier für seine Untersuchungen brauchen – der Mesklinit hatte eine merkwürdige Art von Humor –, lenkte ihn nicht von seiner Arbeit ab.

Lackland war natürlich klar, dass die Lebewesen auf diesem Planeten sehr zäh sein mussten. Obwohl Barlennan und seine Artgenossen so klein waren, wären ihre Körper unter Mesklins Polarschwerkraft zu unförmigem Brei zerquetscht worden, hätte ihr Fleisch die gleiche Konsistenz besessen wie das der Menschen. Lackland war darauf gefasst gewesen, mit dem Skalpell nur schwerlich die Haut des Monsters durchtrennen zu können, hatte sonst aber kein weiteres Problem in seinem Vorhaben gesehen. Doch jetzt erkannte er seinen Irrtum. Auch das Fleisch unter der Haut schien so hart wie Teakholz zu sein. Das Skalpell besaß eine speziell gehärtete Schneide, die mit Muskelkraft allein nicht abzubrechen war. Doch der Mensch schaffte es nicht, mit dem Instrument die Haut zu durchtrennen, und musste sich schließlich begnügen, einige Fasern von der Oberfläche abzukratzen, die er in eine Flasche steckte.

»Gibt es am Körper des Tieres auch noch weichere Stellen?«, fragte er den interessiert zuschauenden Meskliniten, nachdem er die Flasche verschlossen hatte. »Sonst brauche ich motorgetriebene Schneidewerkzeuge, damit ich genügend Proben zusammenbekomme, um die Jungs auf Toorey zufriedenzustellen.«

»Das Innere des Rachens ist vielleicht ein wenig weicher«, antwortete Barlennan. »Doch wäre es nicht einfacher, wenn ich ein paar Stücke für dich abbeißen würde? Du brauchst mir bloß die Körperteile zu zeigen, aus denen du Proben haben willst, und ihre Größe anzugeben. Oder bestehen deine Kameraden darauf, dass die Stücke mit einem Metallinstrument abgetrennt werden?«

»Das glaube ich kaum«, antwortete Lackland. »Vielen Dank. Wenn es den Herrschaften da oben nicht passt, können sie ja herunterkommen und sich selbst ihre Stücke abschneiden. Wir werden es so machen, wie du vorgeschlagen hast. Am besten versuchen wir es gleich mit der Zunge.« Kopfschüttelnd fügte er hinzu: »Wahrscheinlich habe ich hier nicht einmal die Haut durchtrennen können.«

Rasch ging er am Kopf des gestrandeten Ungeheuers entlang zu einer Stelle, an der die Schwerkraft die Lippen hatte aufplatzen lassen und auf diese Weise die Zähne, den Gaumen und ein Gebilde, das die Zunge sein konnte, freigelegt hatte.

»Schneide mir ziemlich kleine Stücke, die leicht in diese Flaschen passen.«

Vergeblich versuchte der Erdenmensch nochmals, sein Skalpell anzuwenden, wobei er feststellte, dass die Zunge tatsächlich etwas weicher war als das übrige Fleisch. Barlennan machte sich bereitwillig daran, Gewebestücke in gewünschter Größe abzuschneiden. Nur gelegentlich wanderte ein Stück davon in seinen Mund – er war nicht eigentlich hungrig, aber dies hier war frisches Fleisch –, und so füllten sich die Probenbehälter schnell. Lackland richtete sich schließlich auf und warf einen bedauernden Blick auf die säulenartigen Zähne.

»Um einen von ihnen herauszubrechen, wäre eine ganze Menge Sprengstoff nötig«, murmelte er.

»Was ist das?«, wollte Barlennan wissen.

»Ein Sprengstoff – eine Substanz, die sich von einem Moment zum anderen in Gas verwandelt, dabei einen starken Druck erzeugt, der von einem lauten Knall begleitet wird. Wir brauchen dieses Material beim Bergbau, zum Abbruch von alten Häusern – und auch beim Kampf im Krieg.«

»War das eben der Knall eines Sprengstoffs?«, erkundigte Barlennan sich.

Einen Augenblick lang war Lackland sprachlos. Ein sehr lauter Knall auf einem Planeten, dessen Bewohner nicht einmal wussten, was Sprengstoff ist, und auf dem kein anderes Mitglied der menschlichen Rasse außer ihm anwesend war, konnte recht verblüffend sein, wenn er so passend kam wie in diesem Augenblick. Und bei Lackland von Verblüffung zu sprechen war noch milde ausgedrückt. Er konnte nicht genau die Entfernung und die Ausmaße der Explosion abschätzen, da er den Knall nur durch Barlennans Funkgerät und durch seine eigenen Kopfhörer wahrgenommen hatte. Doch ihn beschlich ein unangenehmes Gefühl. Er ahnte die Ursache der Explosion.

»Es hörte sich zumindest sehr stark danach an«, beantwortete er die Frage des Meskliniten zögernd.

Rasch umrundete er den Kopf des Ungetüms und lief zurück zu der Stelle, an der sie den Schlepper zurückgelassen hatten. Er ahnte schon, was er vorfinden würde. Barlennan folgte ihm in seiner typisch kriechenden Fortbewegungsart. Er war höchst neugierig.

Als er den Schlepper zu Gesicht bekam, atmete Lackland erleichtert auf, doch diese Erleichterung verwandelte sich rasch in Entsetzen, als er den Einstieg des Gefährtes erreichte. Die Abdeckung des Motors war unter ungeheurem Druck aufgeplatzt, fast sämtliche Instrumente waren zerstört. Ein einziger Blick auf den Antrieb genügte dem Menschen, ihm über seinen Zustand Aufschluss zu geben. Der Motor war völlig demoliert. Lackland war erschüttert, und Barlennans deutlich erkennbares Interesse an dem Unglück störte ihn ein wenig.

»Ich vermute, du hast also Sprengstoff in deinem Schlepper mitgebracht«, bemerkte der Mesklinit. »Warum hast du ihn nicht benützt, um damit die Teile des Tieres zu bekommen, die du haben wolltest? Wieso hat der Sprengstoff überhaupt reagiert, während er sich in dem Fahrzeug befand?«

»Du hast ein bemerkenswertes Talent dafür, schwierige Fragen zu stellen«, antwortete Lackland. »Die Antwort auf deine erste Frage lautet: Ich habe keinen Sprengstoff mitgebracht. Und auf die zweite Frage kann ich dir nur antworten: Die Ursache für die Explosion kann ich ebenso wie du nur vermuten.«

»Aber es muss doch etwas gewesen sein, das sich in dem Fahrzeug befand.« Barlennan ließ nicht locker. »Sogar ich kann erkennen, dass es, was immer es auch gewesen sein mag, sich unter dem Boden deines Fahrzeugs befunden haben muss – und herauswollte. Wir auf Mesklin besitzen keine solchen Dinge, die derartig reagieren.«

»Deine Logik ist bestechend, doch meiner Meinung nach kann sich nichts unter der Bodenabdeckung befunden haben, das hätte explodieren können«, antwortete der Mensch. »Elektromotoren und ihre Akkumulatoren können nicht einfach explodieren. Eine genauere Untersuchung wird sicher zutage fördern, wodurch die Explosion verursacht wurde. Es muss sich irgendwie in einem Behälter befunden haben, denn der Druck wirkte nur nach innen, die äußere Haut des Schleppers ist völlig unbeschädigt. Doch im Moment habe ich ein wesentlich schwierigeres Problem zu lösen, Barl.«

»Und welches?«

»Ich bin hier etwa fast dreißig Kilometer von meiner Kuppel entfernt. Außer den Nahrungsmitteln in meinem Raumanzug habe ich nichts bei mir. Der Schlepper ist hinüber. Vielleicht gibt es Menschen, die bei drei G Schwerkraft und acht Atmosphären Druck in einem beheizten Schutzanzug dreißig Kilometer marschieren können, ich jedenfalls kann es nicht. Mein Luftvorrat ist durch die Algen in der Außenhaut des Anzugs, die bei genügend Sonneneinstrahlung Sauerstoff erzeugen, nahezu unbegrenzt, doch ich würde verhungern, ehe ich die Station erreiche.«

»Kannst du nicht deine Freunde auf dem schnelleren Mond rufen, damit sie dir eine Rakete schicken, die dich abholt?«

»Das wäre eine Möglichkeit. Vielleicht wissen sie schon alles, wenn sie unser Gespräch im Funkraum mitgehört haben. Aber wenn ich ihre Hilfe in Anspruch nehme, wird mich Doc Rosten sicherlich für den Winter nach Toorey zurückschicken. Es war schon schwierig genug, ihn dazu zu überreden, mich hier unten auf Mesklin überwintern zu lassen. Ich werde ihm die Sache mit der Explosion mitteilen müssen, doch das möchte ich erst von der Station aus tun, wenn ich sie ohne seine Hilfe erreicht habe. Aber das ist eben das Problem. Ich habe nicht genügend Nahrungsmittel dabei, um die Kraft für den Marsch aufbringen zu können, und du könntest die Station nicht betreten, um sie mir zu holen.«

»Trotzdem werde ich meine Leute rufen«, entgegnete Barlennan. »Sie können sich hier sattessen und noch Fleisch mitnehmen. Ich habe außerdem noch eine andere Idee.«

»Wir sind bereits unterwegs, Barl.«

Dondragmers Stimme ertönte aus dem Funkgerät. Sie erschreckte Lackland ein wenig, da er vergessen hatte, dass die anderen Funkgeräte ständig in Betrieb waren. Auch Barlennan war verblüfft, weil er nicht geahnt hatte, dass sein Maat schon so viel von der Menschensprache verstand.

»In wenigen Tagen werden wir bei euch sein, denn wir folgten der Richtung, in der die Maschine des Fliegers verschwunden ist.«

Diese Worte sagte er auf Mesklinitisch, und Barlennan übersetzte sie Lackland.

»Gut, dass ihr für eine Zeit lang mit Nahrung versorgt seid«, antwortete der Mensch und blickte zu dem Fleischberg hinüber. »Doch was war das für eine Idee, von der du sprachst? Hilft sie mir bei der Lösung meines Problems?«

»Ein wenig schon, glaube ich.«

Der Mesklinit hätte gelächelt, wenn sein Mund ausreichend beweglich gewesen wäre.

»Würdest du dich bitte auf meinen Rücken stellen?«

Einige Augenblicke lang starrte Lackland ihn verblüfft an, denn schließlich glich Barlennan einer großen Raupe, und wenn ein Mensch auf eine Raupe tritt ... dann lächelte er plötzlich und entspannte sich.

»Sofort, Barl. Ich hatte nur einen Augenblick lang die Umstände vergessen.«

Der Mesklinit war zu ihm herübergekrochen, und ohne zu zögern hob Lackland den Fuß und stellte ihn auf Barlennans Rücken. Dabei ergab sich aber eine Schwierigkeit.

Lackland selbst wog etwa 80 Kilogramm. Sein Schutzanzug, ein Wunderwerk der Technik, wog auf der Erde etwa gleich viel. Hier aber, am Äquator Mesklins, besaßen Mensch und Anzug zusammen ein Gewicht von knapp 500 Kilogramm. Lackland hätte ohne den Servo-Mechanismus in den Beinen des Anzugs keinen Schritt tun können. Dieses Gesamtgewicht von fast einer halben Tonne jedoch war um etwa ein Viertel höher als das Gewicht von Barlennans kompaktem Körper im Polargebiet seines Heimatplaneten. Der Mesklinit konnte diese Last mühelos tragen, doch der Versuch scheiterte an der natürlichen Geometrie von Barlennans Körper. Sein Leib war zylindrisch, und es erwies sich für den Erdenmenschen in seinem Schutzanzug als unmöglich, auf dem Rücken des Mescliniten das Gleichgewicht zu halten.

Der Mesklinit war enttäuscht. Aber diesmal fand Lackland den Ausweg. An der Außenseite des Schleppers hatten sich einige Platten durch den Druck der Explosion gelockert, und Barlennan gelang es unter Lacklands Anleitung schließlich, eine dieser Platten zu lösen. Sie war etwa zwei Meter fünfzig lang und achtzig Zentimeter breit. Der Mesklinit brauchte nur den vorderen Rand mit seinen kräftigen Zangen nach oben zu biegen, um die Platte in einen ausgezeichneten Schlitten zu verwandeln. Aber Barlennan wog hier am Äquator kaum eineinhalb Kilogramm und besaß demzufolge nicht die nötige Kraft, um den Schlitten zu ziehen. Unglücklicherweise stand der nächste Baum, der als Stütze hätte dienen können, über 300 Meter weit von ihnen entfernt. Lackland war froh darüber, dass sein rotes Menschengesicht, vom Licht der aufgehenden Sonne hell erleuchtet, den Bewohnern dieser Welt nichts von seinen Gefühlen verriet. Er war enttäuscht über dieses Fiasko. Und dafür hatten sie tatsächlich zwei Tage und eine Nacht gearbeitet, seitdem die Sturmwolken das Licht der kleineren Sonne und der beiden Monde nicht mehr verdeckten.

5 Die kartografische Arbeit

Die Ankunft der Mannschaft wenige Tage später löste Lacklands Probleme im Handumdrehen. Die größere Anzahl der Einheimischen allein bewirkte dies noch nicht, denn selbst einundzwanzig Meskliniten waren nicht imstande, den schweren Schlitten zu ziehen. Barlennan kam schließlich auf die Idee, jeweils ein Besatzungsmitglied unter jede Ecke der Platte kriechen zu lassen. Doch dafür brauchte er alle seine Überredungskünste, denn er hatte gegen die natürliche Abneigung der Meskliniten anzukämpfen, sich unter einen massiven Gegenstand zu begeben. Doch als er schließlich Erfolg hatte, erwies sich auch dieser Plan als undurchführbar. Denn die Metallplatte war nicht dick genug, sondern bog sich in der Mitte unter dem Gewicht des Mannes im Schutzanzug und schleifte über den Boden.

Dondragmer hatte diese vergeblichen Anstrengungen schweigend beobachtet und begann, eines der Netze, die sie sonst zum Jagen benutzten, in seine Einzelteile zu zerlegen und die Stricke miteinander zu verknüpfen. Dadurch entstand ein kräftiges Tau, das bis zu den nächsten Bäumen und sogar noch weiter reichte. Die Wurzeln dieser Pflanzen, von Natur aus in der Lage, den heftigsten Winden auf Mesklin zu trotzen, gaben genug Halt, um den Plan endlich durchzuführen. Vier Tage später brach eine Kolonne von Schlitten, alle geformt aus abgetrennten Platten des Schleppers, in Richtung *Bree* auf. Lackland lag auf dem ersten Schlitten, die übrigen waren mit Fleisch beladen. Bei einer Geschwindigkeit von fast zwei Stundenkilometern erreichte die Kolonne das Schiff in einundsechzig Tagen. Von dort aus gelang es mithilfe der gesamten Besatzung innerhalb von zwei Tagen, Lacklands unförmige Gestalt quer durch den Dschungel bis zu seiner Kuppel zu transportieren, wo ihn die Meskliniten unversehrt vor der Luftschleuse ablegten. Gerade noch rechtzeitig, denn der Wind wurde schon wieder stärker, und die Mannschaft musste eine Seilschaft bilden, um sicher zur *Bree* zurückkehren zu können. Dichte Wolken kündigten bereits den nächsten Sturm an.

Lackland aß ausgiebig, bevor er seine Meldung über den Verbleib des Schleppers an Toorey durchgab. Dabei wünschte er, seine Meldung detaillierter abfassen zu können. Er hatte ein schlechtes Gewissen, weil er nicht imstande war, eine vernünftige Erklärung für diesen Unfall zu geben. Schließlich konnte er nicht einfach einen der Leute auf Toorey beschuldigen, ein Paket Plastiksprengstoff unter dem Boden des Fahrzeugs versteckt zu haben.

Nachdem er bereits den Rufknopf des Funkgerätes betätigt hatte, fiel ihm plötzlich die Antwort ein. Und als Doc Rostens zerfurchtes Gesicht auf dem Bildschirm erschien, wusste er genau, was er zu sagen hatte.

»Doc, mit dem Schlepper war irgendetwas nicht in Ordnung.«

»Das scheint mir auch so. Ein Fehler in der Elektronik oder in der Mechanik? Sehr schlimm?«

»Vermutlich in der Mechanik, obwohl auch das elektrische System dazu beigetragen hat. Wir müssen den Schlepper als Totalverlust abschreiben, fürchte ich. Das Wrack liegt ungefähr achtzehn Kilometer westlich von hier entfernt am Strand.«

»Sehr schön! Dieser verdammte Planet kommt uns allmählich recht teuer zu stehen. Was ist passiert – und wie sind Sie zurückgekommen? Ich kann mir kaum vorstellen, dass Sie in Ihrem Schutzanzug unter diesen Schwerkraftverhältnissen achtzehn Kilometer weit zurückgelaufen sind.«

»Sie haben recht, Barlennan und seine Mannschaft haben mich zurückgeschleppt. Aber was das Fahrzeug betrifft: Ich vermute, dass die Abdichtung zwischen Kabine und Maschinenraum nicht völlig luftdicht war. Als ich den Schlepper verließ, um einige Untersuchungen durchzuführen, drang atmosphärischer Wasserstoff in die Kabine. Die Mischung dort war zu schwach, weil der größte Teil des Sauerstoffs entwich, während ich ausstieg. Doch im Motorraum war noch genug Sauerstoff vorhanden, sodass diese Mischung durch einen Funken zur Explosion gebracht worden ist.«

»Hm, aber was hat den Funken verursacht? Haben Sie die Motoren laufen lassen, als Sie ausstiegen?«

»Selbstverständlich – Servolenkung und Antriebsaggregate liefen. Ich bin auch froh darüber, denn möglicherweise wäre sonst das Fahrzeug erst explodiert, wenn ich die Aggregate wieder eingeschaltet hätte.«

»Aha!«

Der technische Leiter der Expedition schaute missmutig drein.

»Mussten Sie eigentlich aussteigen?«

Lackland dankte den Sternen, dass Rosten Biochemiker war.

»Nicht unbedingt, doch ich wollte Gewebeproben von einem 200 Meter langen Wal entnehmen, der dort tot am Strand lag. Ich dachte, irgendjemand würde sich vielleicht dafür …«

»Haben Sie die Proben mitgebracht?«, unterbrach ihn Rosten wie erwartet.

»Ja, Sie können sie bei mir abholen lassen. Haben wir einen weiteren Schlepper, den Sie mir bei der Gelegenheit zur Verfügung stellen könnten?«

»Wir haben noch einen. Doch werde ich Ihnen dieses Fahrzeug erst gegen Ende des Winters hinunterschicken, denn ich glaube, Sie sind in Ihrer Kuppel sicherer. Womit haben Sie die Gewebeproben konserviert?«

»Mit keinem besonderen Konservierungsmittel. Nur mit atmosphärischem Wasserstoff, also der normalen Luft hier auf Mesklin. Ich habe befürchtet, dass unsere Konservierungsmittel das Zellgewebe ruinieren. Am besten lassen Sie sie bald abholen. Barlennan behauptet nämlich, Fleisch würde nach etwa hundert Tagen verderben. Das lässt den Schluss zu, dass es hier Mikroorganismen gibt.«

»Hätte mich gewundert, wenn dem nicht so wäre. Warten Sie auf mich, in ein paar Stunden bin ich unten bei Ihnen.«

Rosten unterbrach die Verbindung, ohne den zerstörten Schlepper noch einmal zu erwähnen, und Lackland war ihm dafür dankbar. Er streckte sich auf seiner Liege aus und schlief augenblicklich ein, da er vierundzwanzig Stunden lang kein Auge mehr zugetan hatte.

Die Landung der Rakete weckte ihn. Rosten war selbst gekommen, um die kostbaren Gewebeproben abzuholen. Lackland war darüber nicht erstaunt. Rosten behielt seinen Schutzanzug an, nahm die Flaschen, die Lackland für ihn vor der Luftschleuse bereitgestellt hatte, damit sie nicht mit Sauerstoff in Berührung kamen. Der technische Leiter warf Lackland einen prüfenden Blick zu, erkannte seinen Zustand und schickte ihn sofort ins Bett zurück.

»Das Zeug hier ist wahrscheinlich einen Schlepper wert«, erklärte er kurz. »Schlafen Sie sich gründlich aus, denn Sie haben noch viel Arbeit vor sich. Ich werde mich wieder mit Ihnen in Verbindung setzen, wenn ich sicher bin, dass Sie begreifen, was ich sage. Bis bald also.«

Die Tür der Luftschleuse schloss sich hinter ihm.

Lackland erinnerte sich später tatsächlich nicht mehr an Rostens letzte Bemerkung, bis der Bildschirm seines Telekommunikators aufleuchtete und Rostens Gesicht zeigte. »Dieser Winter, der Barlennan an Ort und Stelle festnagelt, dauert nur noch dreieinhalb Monate«, begann der stellvertretende Direktor ohne weitere Vorreden. »Wir haben hier oben eine ganze Sammlung von Telefotos, die noch nicht zu einer Landkarte zusammengesetzt sind, obwohl ziemlich genau feststeht, was sie zeigen. Wir konnten sie noch nicht zusammenfügen, weil wir uns über die Interpretationsmöglichkeiten noch nicht einig sind. Für den Rest dieses Winters wird es Ihre Aufgabe und die Ihres Freundes Barlennan sein, die Fotos zu sichten, sie zu einer brauchbaren Karte zusammenzusetzen und die Route festzulegen, die die Meskliniten auf kürzestem Wege an das Material heranbringt, das wir haben wollen.«

»Aber Barlennan hat es durchaus nicht eilig. Für ihn ist das ganze Unternehmen eine gewöhnliche Handelsreise, bei der er nebenbei unseren Auftrag durchführen kann. Schließlich hat er als Gegenleistung nur unsere Wetterberichte zu erwarten, die ihm seine Reise etwas erleichtern.«

»Das ist mir durchaus klar. Und deswegen sind Sie auch dort unten, falls Sie es vergessen haben sollten. Sie müssen diplomatisch vorgehen. Ich erwarte keine Wunder – keiner von uns tut dies. Auch wollen wir Barlennan bei guter Laune halten. Aber in der Rakete, die dort unten am Pol zurückgeblieben ist, stecken Instrumente für zwei Milliarden Dollar und Aufzeichnungen von unschätzbarem Wert …«

»Ich weiß, und ich tue mein Bestes«, warf Lackland ein, »doch die Bedeutung unseres Unternehmens kann man den Einheimischen hier unmöglich klarmachen. Ich möchte ihnen damit keinesfalls die nötige Intelligenz absprechen, doch ihm fehlt einfach die nötige Ausbildung. Achten Sie weiter auf Schönwetterperioden, damit Barlennan zu mir kommen und sich, wann immer es möglich ist, die Bilder anschauen kann.«

»Könnten Sie ihm nicht einen Unterschlupf auf der Rampe bauen, sodass er auch bei schlechtem Wetter bei Ihnen bleiben könnte?«

»Das hatte ich ihm bereits vorgeschlagen«, antwortete Lackland, »doch er möchte Schiff und Besatzung in solchen Zeiten nicht im Stich lassen. Ich kann seinen Standpunkt verstehen.«

»Ich ebenfalls. Schön, tun Sie, was Sie können. Sie wissen, was auf dem Spiel steht. Diese Aufzeichnungen bedeuten vielleicht den größten Fortschritt auf dem Gebiet der Gravitationsforschung seit Einstein.«

Rosten brach die Verbindung ab, und Lackland machte sich an die Arbeit.

Der Standort der Forschungsrakete, die in der Nähe von Mesklins Südpol gelandet war und nicht mehr hatte starten können, nachdem alle Messungen durchgeführt waren, war mittels der Telemetriesender an Bord festgestellt worden. Trotzdem bereitete es Schwierigkeiten, vom Winterliegeplatz der *Bree* eine Route über Meer und Land zu bestimmen, die zu ihr führte. Die Seereise war nicht übermäßig kompliziert, sie führte etwa 70 000 Kilometer an der Küste entlang, fast die Hälfte davon in Gewässern, die Barlennans Mannschaft schon von früher her bekannt waren. Am Ende dieser Fahrt würde die Bergungsmannschaft so nahe an das Wrack herangekommen sein, wie es in dieser Kette von Meeren überhaupt möglich war. Dort aber waren sie dann immer noch 6000 Kilometer von der Rakete entfernt, und es gab in diesem Küstenabschnitt keine größeren Flüsse, deren Lauf die *Bree* hätte folgen können, um die Reise über Land abzukürzen.

Es gab zwar einen Fluss, der für ein Schiff wie die *Bree* schiffbar gemacht war, und dessen Lauf bis auf fünfzig Kilometer an den Liegeplatz der Rakete heranführte. Aber er mündete in einen Ozean, der offensichtlich keine Verbindung mit den Meeren besaß, die von Barlennans Artgenossen befahren wurden. Diese Kette von Meeren erstreckte sich von einem Punkt nördlich des Äquators über den Südpol hinweg bis zum Äquator auf der gegenüberliegenden Seite des Planeten. Das andere Meer, in das der besagte Fluss mündete, begann nicht weit vom südlichsten Punkt der großen Meereskette und erstreckte sich von dort aus bis in die Nähe des Nordpols. Es lag im Osten der großen Meereskette und schien durch einen Landstreifen von ihr getrennt zu sein, der unter Berücksichtigung der hiesigen Verhältnisse ziemlich schmal war. Lackland stellte jedenfalls anhand der Fotos fest, dass der Isthmus an seiner schmalsten Stelle nicht breiter war als etwa 10 000 Kilometer.

»Uns würde eine Passage von einem Meer zum anderen schon weiterhelfen, Barl«, bemerkte Lackland eines Tages.

Der Mesklinit, der vor dem Fenster der Kuppel ausgestreckt lag, machte schweigend eine zustimmende Bewegung. Der Winter hatte beinahe seinen Höhepunkt erreicht, und die große Sonne schien merklich schwächer auf ihrer Kreisbahn zum nördlichen Horizont.

»Bist du sicher, dass dein Volk wirklich keine Passage kennt? Schließlich sind die meisten Fotos im Herbst aufgenommen worden, und du hast selbst gesagt, dass die Meere ihren höchsten Pegelstand im Frühjahr erreichen.«

»Wir kennen keine, weder in dieser noch in irgendeiner anderen Jahreszeit«, antwortete der Kapitän. »Uns sind zwar einige Einzelheiten bekannt über den Ozean, von dem du sprichst, doch nicht sehr viele. Auf dem Land zwischen den Meeren gibt es eine Vielzahl kleiner Nationen, die sehr unterschiedlich sind und miteinander nicht sonderlich gute Kontakte pflegen. Eine Karawane würde für die Reise über Land viele Jahre brauchen, und dieser Umstand hält meine Artgenossen davon ab, weil es den Handel uninteressant macht. Der Warenverkehr zwischen den Völkern ist nur über viele Stationen aufrechtzuerhalten, und unsere Händler haben kaum Gelegenheit, über ihre Sitten und Gebräuche Einzelheiten zu erfahren, falls sie einmal die andere Küste erreichen. Sollte tatsächlich eine Passage existieren, wie wir sie suchen, müsste sie hier am ›Rand der Welt‹ zu finden sein, wo der Küstenverlauf bisher kaum erforscht ist. Unsere Karte, die wir gemeinsam herstellen, reicht jedoch nicht weit genug. Jedenfalls gibt es kaum eine solche Passage südlich von hier im Herbst. Ich bin schon die ganze Küstenlinie zu dieser Zeit abgefahren. Doch vielleicht zieht sich diese Küste bis zum anderen Meer hinüber, wir sind ihr einige Tausend Kilometer weit nach Osten gefolgt, wissen aber immer noch nicht, wie lang sie wirklich ist.«

»Soviel ich mich erinnere, biegt sie später wieder einige Tausend Kilometer weit nach Norden ab, Barl. Aber ich habe diese Feststellung im Herbst gemacht und kann nicht beurteilen, wie die Küste im Frühjahr verläuft. Es ist eine schwierige Sache, eine brauchbare Karte deiner Welt anzufertigen, weil sich der Verlauf der Küsten den Jahreszeiten entsprechend dauernd verändert. Ich hätte nicht übel Lust, bis zum nächsten Herbst zu warten, damit wir wenigstens die Karte benutzen können, die wir schon angefertigt haben. Doch das hieße für mich, noch vier Erdenjahre zu warten. Und so lange könnte ich es hier unten nicht aushalten.«

»Du könntest doch in deine Heimat zurückkehren und dich dort erholen, bis es so weit ist – obwohl ich bedauern würde, wenn du uns verließest.«

»Ich fürchte, das wäre doch eine zu lange Reise, Barlennan.«

»Wie lang?«

»Nun, mit deinen Entfernungsmaßstäben kann ich dir das nicht erklären. Aber ich weiß etwas anderes. Ein Lichtstrahl würde Mesklins ›Rand‹ in ... etwa einer Achtzehntelsekunde umkreisen.«

Er zeigte Barlennan eine Sekunde auf seiner Uhr, und der Kommandant schaute ihm interessiert zu.

»Der gleiche Lichtstrahl würde etwa elf meiner Jahre oder fast zweieinviertel deiner Jahre brauchen, um von hier aus meinen Heimatplaneten zu erreichen.«

»Dann ist deine Welt also so weit entfernt, dass ich sie nicht sehen kann? Du hast mir über diese Dinge noch nie etwas erzählt.«

»Ich war mir nicht sicher, ob wir dafür das Sprachproblem schon ausreichend gelöst hatten. Nein, meine Welt ist von hier aus nicht zu sehen, doch ich werde dir später meine Sonne zeigen, wenn der Winter vorüber ist und dein Planet sich auf der anderen Seite seiner Bahn befindet.«

Der letzte Satz überstieg Barlennans Vorstellungsvermögen, doch er sagte nichts. Die einzigen Sonnen, die er kannte, waren die leuchtende Belne, deren Auf- und Untergang Tag und Nacht schufen, und die schwächere Esstes, die in diesem Augenblick am Nachthimmel sichtbar war. In etwa einem halben Jahr, gegen Mittsommer, würden die beiden Sonnen dicht nebeneinander am Himmel stehen, sodass die schwächere kaum zu erkennen sein würde. Doch bisher hatte Barlennan über die Bewegungen der Gestirne nie nachgedacht.

Lackland legte das Foto hin, das er dem Mesklinten gezeigt hatte, und blickte nachdenklich zu Boden, der von lose ausgelegten Satellitenbildern bedeckt war. Der größte Teil der Region, die Barlennan kannte, lag bereits als Karte vor, doch es würde noch lange dauern, bis sie die Gegend um diesen menschlichen Außenposten hier kartografisch erfasst hätten. Die größte Schwierigkeit für den Menschen bestand darin, dass er die Fotos nicht einfach aneinanderreihen konnte. Wären sie von einer sphärischen oder nahezu sphärischen Welt gemacht worden wie der Erde oder dem Mars, hätte er sie automatisch nach Korrektur der Projektion zu einer kleineren Karte zusammenbauen können, wie sie auch auf einem Tisch an der anderen Seite des Raumes lag. Doch Mesklin war nicht einmal annähernd kugelförmig. Lackland hatte schon lange erkannt, dass die Proportionen der Schale auf der *Bree*, Barlennans Äquivalent zum irdischen Globus, annähernd stimmten. Sie war etwa einundzwanzig Zentimeter breit und drei Zentimeter tief, ihre Krümmung verlief sanft, aber nicht gleichmäßig.

Erschwerend kam noch hinzu, dass die Oberfläche des Planeten verhältnismäßig eben war und kaum markante topografische Merkmale aufwies. Selbst die Aufnahmen, die Täler oder Berge zeigten, waren verwirrend, weil die Schatten auf jedem Foto in eine andere Richtung zeigten. Da die hellere Sonne in knapp neun Minuten von einem Horizont zum anderen eilte, veränderten sich die Schatten ebenso schnell, aufeinanderfolgende Bilder der gleichen Serie wurden oft aus verschiedenen Richtungen beleuchtet.

»Auf diese Weise kommen wir nicht weiter, Barl«, sagte Lackland schließlich entmutigt. »Es war einen Versuch wert, solange die Möglichkeit einer Abkürzung bestand. Doch du sagst selbst, dass es keine gibt. Du bist ein Seemann, kein Karawanenführer. Diese 6000 Kilometer über Land durch genau das Gebiet, in dem die Schwerkraft am stärksten ist, sind unüberwindlich.«

»Eure Kenntnisse, die euch befähigen zu fliegen, können also nicht die Schwerkraft verändern?«

»Nein, wir können sie nicht aufheben.« Lackland lächelte. »Die Instrumente, die an Bord der am Südpol gelandeten Rakete sind, haben Messungen aufgezeichnet, die vielleicht der Schlüssel zu diesem Geheimnis sind. Genau aus diesem Grunde haben wir die Rakete dort hingeschickt, Barlennan. An den Polen eurer Welt herrscht die höchste Schwerkraft aller uns bisher bekannten Planeten. Es gibt zwar eine Anzahl von Welten, die noch massiver als diese hier sind und auch näher bei meinem Heimatplaneten liegen, doch sie besitzen eine andere Oberflächenkrümmung als Mesklin. Sie sind wie die Erde fast sphärisch. Wir brauchen die Werte eines solch außergewöhnlichen Schwerkraftfeldes – alle Werte, die wir bekommen können. Der Wert der Instrumente, die extra für diese Aufgabe entworfen und in die Rakete eingebaut worden sind, lässt sich in Zahlen nicht ausdrücken. Als die Rakete auf unser Startsignal hin nicht reagierte, wäre es beinahe zur Katastrophe gekommen. Die Regierungen von zehn Planeten wären deswegen beinahe gestürzt worden. Wir müssen diese Messwerte haben, selbst wenn wir einen Kanal graben müssen, damit die *Bree* das andere Meer erreicht.«

»Welche Instrumente befinden sich an Bord dieser Rakete?«, fragte Barlennan.

Schon im gleichen Augenblick bedauerte er diese Frage, denn eine solch gezielte Neugier konnte den Flieger misstrauisch werden lassen und ihn auf des Kapitäns wahre Absichten aufmerksam machen. Doch Lackland erschien diese Neugier natürlich.

»Es tut mir leid, doch das kann ich dir nicht sagen, Barl. Dir fehlt einfach das Wissen, das sich mit Begriffen wie ›Elektron‹ und ›Neutron‹, ›Magnetismus‹ und ›Quanten‹ verbindet. Der Antriebsmechanismus der Rakete könnte dir vielleicht verständlicher sein, doch ich bezweifle es.«

Obwohl der Flieger nicht misstrauisch zu sein schien, beschloss Barlennan, dieses Thema nicht weiterzuverfolgen.

»Wäre es nicht besser«, sagte er nach einer kurzen Pause, »die Bilder herauszusuchen, die die Küste und das Inland östlich von hier zeigen?«

»Es besteht die Möglichkeit, dass die beiden Meere doch irgendwo eine Verbindung haben. Denn ich kann von mir nicht behaupten, die ganze Gegend dort unten zu kennen«, sagte Lackland. »Möglicherweise gehen sie dicht am Polareis ineinander über. In welchem Maße können deine Männer Kälte ertragen?«

»Es ist sehr unangenehm für uns, wenn das Meer gefriert, doch diese Kälte können wir noch ertragen. Es darf nur nicht viel kälter werden. Warum?«

»Es könnte sein, dass ihr sehr nahe an der nördlichen Eiskappe vorbeifahren müsst. Doch das wird sich zeigen.«

Der Mensch wühlte in dem Stapel von Fotos, der immer noch höher war, als Barlennans Körperlänge ausmachte, und zog ein Foto heraus.

»Eines von diesen ...« Seine Stimme erstarb zu einem Murmeln. »Hier haben wir es ja. Auf diesem Foto siehst du die Innenkante des Randes deiner Welt, Barl. Es wurde aus einer Höhe von 900 Kilometern mit einem Weitwinkelobjektiv aufgenommen. Man erkennt deutlich darauf die lange Küste, die große Bucht und hier, auf ihrer Südseite, die kleine Bucht, in der die *Bree* liegt. Dieses Foto wurde gemacht, ehe die Station in dieser Bucht errichtet wurde. Aber aus dieser Höhe wäre sie ohnehin nicht zu sehen.

Fangen wir also noch mal von vorne an. Die Karte östlich von hier ...«

Lackland sortierte die Fotos neu, dann legte er weitere Aufnahmen daneben, und der Mesklinit sah gespannt zu, wie eine Karte des Landes entstand, das er noch nie gesehen hatte. Eine

Zeit lang sah es so aus, als würden sie wieder enttäuscht, denn die Küstenlinie verlief genau in nördlicher Richtung, wie Lackland es sich auch vorgestellt hatte. Tatsächlich schien der Ozean etwa 1800 Kilometer westlich und 700 Kilometer nördlich zu Ende zu sein – die Küste verlief wieder in westlicher Richtung. An dieser Stelle mündete ein breiter Fluss, und Lackland verfolgte seinen Lauf in der Hoffnung, hier eine Passage zum östlichen Meer entdeckt zu haben. Hastig suchte er unter den Bildern nach denen, die die oberen Regionen des mächtigen Stromes zeigten. Doch seine Erwartungen wurden bald schon enttäuscht, denn 400 Kilometer oberhalb der Mündung zeigte der Fluss unzählige Stromschnellen, östlich davon schrumpfte der an der Mündung so riesige Strom rasch zu einem kleinen Rinnsal zusammen. Zahllose Seitenflüsse mündeten in ihn; ganz offensichtlich war der Strom der Hauptabfluss dieser weiten Region des Planeten. Neugierig darauf, in wie viele Seitenarme der Fluss sich auflöste, vervollständigte Lackland die Karte immer weiter in östlicher Richtung, wobei ihn Barlennan interessiert beobachtete.

Der große Strom, sofern man ihn noch so nennen konnte, hatte seine Richtung leicht verändert, sein Flussbett verlief jetzt mehr südlich. Lackland vervollständigte die Karte in dieser Richtung und stellte fest, dass der Fluss am Fuß einer Gebirgskette entsprang. Traurig schüttelte der Erdenmensch den Kopf, denn nun schien festzustehen, dass auch hier kein Übergang in den anderen Ozean möglich war. Barlennan verstand die Bedeutung dieser Geste.

»Du darfst nicht einfach aufgeben!«, drängte er. »Mitten in meiner Heimat, die ja eine verhältnismäßig schmale Halbinsel ist, gibt es einen ähnlichen Höhenzug. Versuch, die Karte so weit zu vervollständigen, dass man feststellen kann, welche Flüsse es auf der anderen Seite des Gebirges gibt.«

Lackland hielt nicht viel von diesem Vorschlag, denn er erinnerte sich deutlich genug an den südamerikanischen Kontinent auf seiner Welt, um an ähnliche Gegebenheiten hier auf Mesklin zu glauben, die Barlennan anscheinend erwartete. Trotzdem fuhr er fort, die Fotos aneinanderzureihen. Das Gebirge verlief als schmaler Streifen groblinig von Ostnordost nach Westsüdwest. Lackland erkannte zu seiner Überraschung, dass die unzähligen kleinen Flüsschen sich auf der anderen Seite des Gebirges bald zu einem beachtlichen Strom zusammenfanden. Dieser verlief eine ganze Zeit lang parallel zum Gebirge und wurde erst breiter, als er aus ihm heraustrat. Hoffnung keimte in Lackland auf. Sie erreichte ihren Höhepunkt, als sie feststellten, dass der Strom 750 Kilometer flussabwärts in einem riesigen Delta in das östliche Meer mündete. Lackland arbeitete fieberhaft, vergaß die Mahlzeiten, vergaß die Ruhepausen, die sein Körper in Mesklins mörderischer Schwerkraft unbedingt brauchte.

Schließlich bedeckte eine neue Landkarte den Boden des Raumes in seiner Kuppel – ein Rechteck, das etwa 3000 Kilometer in ostwestlicher Richtung und etwa die Hälfte in nordsüdlicher Richtung zeigte. An seinem westlichen Ende war die große Bucht zu erkennen, in der sich wiederum die kleine Bucht mit dem Liegeplatz der *Bree* befand. Im Osten war deutlich die riesige Fläche des anderen Meeres zu sehen, dazwischen lag das Festland.

Die Landbarriere war nur schmal, an ihrer engsten Stelle, etwa 750 Kilometer nördlich des Äquators, betrug die Entfernung von Küste zu Küste kaum 1200 Kilometer, und diese Strecke verringerte sich erheblich, wenn man berücksichtigte, dass die großen Flüsse teilweise weit über den Unterlauf hinaus schiffbar waren. Vielleicht 450 Kilometer, die allerdings zum Teil durch das Hochgebirge führten, lagen zwischen der

Bree und einem verhältnismäßig leichten Weg zu dem Ziel, für das die Menschen solch große Anstrengungen unternahmen. 450 Kilometer – im Vergleich zu den üblichen Entfernungen auf Mesklin nur ein kleiner Schritt.

Unglücklicherweise war diese Strecke für einen mesklinitischen Seemann jedoch wesentlich mehr als ein Schritt. Die *Bree* befand sich im falschen Ozean. Lackland betrachtete nachdenklich das Mosaik zu seinen Füßen und machte dann Barlennan gegenüber eine entsprechende Bemerkung. Er hatte keine Antwort oder zumindest nur lauen Widerspruch erwartet, denn seine Feststellung beruhte eindeutig auf der Wahrheit – doch der Einheimische verblüffte ihn.

»Das spielt keine Rolle, wenn ihr noch mehr Metall der gleichen Art habt, auf dem wir dich und das Fleisch zurückgebracht haben!«, antwortete Barlennan augenblicklich.

6 Der Schlitten

Lackland starrte einen Moment lang sprachlos durch die Sichtscheibe in die Augen des Seemanns, während sein Geist dessen überraschenden Vorschlag langsam aufgriff. Doch dann wurde er lebhaft, soweit dies die hohe Schwerkraft erlaubte.

»Du meinst, du könntest die *Bree* auf einem Schlitten über Land ziehen, wie ihr es mit mir gemacht habt?«

»Nicht ganz. Das Schiff ist viel schwerer als wir, und wir hätten wieder die gleichen Schwierigkeiten wie bei dir, den Schlitten von der Stelle zu bewegen. Ich dachte eher daran, dass du uns ziehen würdest, mit einem eurer Schlepper.«

»Hm, ich verstehe. Das wäre auch sicher möglich, solange wir nicht in Gelände vordringen, in dem der Schlepper nicht mehr vorankommt. Doch wärst du mit deiner Mannschaft überhaupt bereit, eine solche Fahrt zu wagen? Reicht denn das wenige, das wir euch geben können, als Entschädigung für die Strapazen, die ihr fern eurer Heimat auf euch nehmt?«

Barlennan amüsierte sich innerlich, machte aber mit seinen Zangen eine zustimmende Bewegung.

»Diese Lösung ist viel besser als unser ursprünglicher Plan. Es gibt Handelsgüter, die über den Landweg vom östlichen Ozean in unsere Heimat gebracht werden. Wenn sie endlich die Küsten unseres Meeres erreichen, sind sie schon sehr teuer, und ein ehrlicher Händler kann aus dem Handel mit diesen Gütern kaum noch einen Gewinn herausschlagen. Wenn ich sie aber direkt an Ort und Stelle laden kann, vergrößert sich die Handelsspanne für mich beträchtlich. Es würde sich gewiss lohnen. Natürlich müsstest du mir versprechen, uns bei der Rückkehr wieder über den Isthmus zu bringen.«

»Das ist kein Problem, Barl, ich bin sicher, meine Freunde werden dem sofort zustimmen. Doch wir reisen dann durch ein Land, das du nicht kennst, wie du selbst zugegeben hast. Glaubst du nicht, dass deine Mannschaft davor zurückschrecken wird, in unbekanntes Land mit steileren Höhenzügen und vielleicht viel größeren Tieren, als ihr sie aus eurer Heimat kennt, vorzudringen?«

»Wir waren schon häufiger großen Gefahren ausgesetzt«, antwortete der Mesklinit schlicht. »Ich habe mich gut an Höhen gewöhnt – selbst an das Dach deines Schleppers. Die Tiere machen mir weniger Sorgen, denn die *Bree* ist mit Flammenwerfern ausgerüstet, und außerdem kann keines der Landtiere die Größe von Meerestieren erreichen.«

»Das stimmt, Barl. Ausgezeichnet. Ich wollte dich auch nicht entmutigen, sondern mich nur vergewissern, ob du dir die Sache gründlich überlegt hast. Denn wir können das Unternehmen nicht mittendrin abbrechen.«

»Das weiß ich sehr gut, Charles. Du brauchst dir deswegen keine Sorgen zu machen. Doch jetzt muss ich zum Schiff zurück. Die Wolken ziehen sich wieder zusammen. Ich werde der Mannschaft sagen, was wir vorhaben, und sollte tatsächlich einer aus Furcht vor dem Unternehmen zurückschrecken, werde ich ihn an den Gewinn erinnern, der ihm seinem Rang entsprechend zufällt. In meiner Besatzung gibt es keinen, der seine Angst nicht überwinden könnte, wenn er die Aussicht hat, reich zu werden.«

»Und du?«

Barlennan kicherte.

»Oh, ich fürchte mich nicht.«

Der Mesklinit verschwand nach diesen Worten in der Nacht, und Lackland erfuhr nie, wie er diese Worte gemeint hatte.

Als Rosten von dem neuen Plan hörte, machte er einige bissige Bemerkungen darüber, dass Lackland sich wieder einen Trick habe einfallen lassen, um zu einem Schlepper zu kommen.

»Trotzdem habe ich den Eindruck, dass die Sache so durchführbar ist«, gab er dann widerwillig zu.

»Wie soll der Schlitten aussehen, den wir für das Schiff deiner Freunde bauen sollen? Wie groß ist das Ding?«

»Die *Bree* ist etwa zwölf Meter lang und fünf Meter breit. Ihr Tiefgang beträgt jedoch wohl kaum mehr als fünfzehn Zentimeter. Sie besteht aus einer Reihe einzelner Flöße, die sich unabhängig voneinander bewegen können. Der Grund dafür auf einer solchen Welt dürfte klar sein.«

»Allerdings«, knurrte Rosten. »Jedes Schiff mit starrem Rumpf, das in die Polregionen vorstieße, dürfte bald nur noch aus Einzelteilen bestehen. Wie wird das Ding angetrieben?«

»Mit Segeln. Jedes der zwanzig oder dreißig Flöße hat einen umlegbaren Mastbaum. Ich könnte mir vorstellen, dass einige von ihnen sogar Kielschwerter haben, die eingeholt werden können, wenn das Schiff an Land gezogen wird. Ich habe Barlennan noch nicht danach gefragt. Ich weiß nicht, wie weit entwickelt die Technik des Segelns hier in dieser Welt ist, aber da der Kommandant mir von sehr langen Reisen erzählt hat, nehme ich an, dass sie gut mit Wind und Wetter zurechtkommen.«

»Das mag schon sein. Also gut, wir werden eine Art Schlitten aus Leichtmetall hier auf dem Mond bauen und ihn zu Ihnen hinunterschicken, sobald er fertig ist.«

»Vielleicht wäre es besser, den Winter abzuwarten. Stellt man den Schlitten irgendwo auf dem Land ab, geht er möglicherweise unter den Schneemassen verloren, und an der Küste müsste erst jemand nach ihm tauchen, wenn der Meeresspiegel so hoch ansteigt, wie Barlennan es angedeutet hat.«

»Wenn das stimmt, wieso lässt die Flut dann so lange auf sich warten? Der Winter ist schon zur Hälfte vorüber, und laut unseren Berichten hat es in der südlichen Hemisphäre schon jede Menge Niederschlag gegeben.«

»Warum fragen Sie mich danach? Sie haben doch Meteorologen, die Ihnen darüber Auskunft geben können, wenn die bei ihren Untersuchungen dieses Planeten noch nicht verrückt geworden sind. Ich habe meine eigenen Sorgen. Wann bekomme ich den Schlepper?«

»Sobald Sie ihn einsetzen können, also im Frühjahr. Und wenn Sie den zweiten auch in die Luft jagen, brauchen Sie nicht nach einem dritten zu fragen, denn es gibt keinen mehr. Es sei denn, wir holen ihn von der Erde.«

Barlennan war höchst zufrieden, als er bei seinem nächsten Besuch fast hundert Tage später das Ergebnis dieses Gespräches erfuhr. Auch die Besatzung sah ungeduldig dem Aufbruch entgegen – sicher nicht nur geködert durch den zu erwartenden Gewinn, sondern auch durch eine allen gemeinsame Lust auf die Abenteuer, die eine Erkundungsreise in unbekannte Regionen mit sich bringen würde.

»Wir brechen auf, sobald die Stürme nachlassen«, sagte Barlennan zu Lackland. »Der Boden wird hoch bedeckt sein mit Schnee. Er wird uns, im Gegensatz zum sandigen Untergrund hier in der Bucht, den Weg über Land erleichtern.«

»Für den Schlepper dürfte das wohl kaum einen Unterschied machen«, erwiderte Lackland.

»Aber für uns«, beharrte Barlennan. »Ich gebe zu, dass ein Sturz vom Deck kaum gefährlich ist, doch während des Essens dürfte er leicht störend wirken. Hast du schon die beste Route für die Überlandreise herausgefunden?«

»Ich habe daran gearbeitet.« Der Mensch breitete eine Karte aus. »Die kürzeste Route, die wir ja gemeinsam entdeckt haben, hat den Nachteil, dass ich euch über das Gebirge ziehen müsste. Das ließe sich zwar prinzipiell bewältigen, doch ich habe Bedenken wegen deiner Mannschaft. Ich weiß nicht, wie hoch diese Berge sind, denn auf dieser Welt kann die geringste Anhöhe zum Hindernis werden.

Ich habe deshalb eine Route ausgearbeitet, die du hier rot eingezeichnet siehst. Sie folgt etwa 1800 Kilometer dem breiten Fluss hier, der auf unserer Seite in die große Bucht mündet. Ich habe die Flusswindungen bewusst nicht mit eingerechnet, da wir sie vielleicht geradlinig abkürzen können. Weiter geht es dann etwa 600 Kilometer landeinwärts bis zum Quellgebiet dieses Flusses hier auf der anderen Seite. Von dort aus könnt ihr vielleicht schon einen der Nebenflüsse benutzen und segeln – oder ich schleppe euch weiter, wenn das Zeit und Mühe spart. Dumm ist nur, dass der Großteil der Strecke etwa 700 Kilometer südlich des Äquators verläuft, was den Druck der Schwerkraft auf mich um die Hälfte erhöht. Doch ich glaube, das kann ich noch ertragen.«

»Wenn du dir dessen sicher bist, halte ich das wirklich für die beste Lösung.« Barlennan studierte nachdenklich die Karte. »Es geht wahrscheinlich schneller, wenn du uns ziehst. Möglicherweise ist der Fluss nicht breit genug, dass wir das Schiff manövrieren können.«

Für das letzte Wort musste der Kommandant seine eigene Sprache bemühen, und Lackland registrierte diesen Satz mit Befriedigung. Also hatte er anscheinend recht gehabt mit seiner Einschätzung der nautischen Fähigkeiten von Barlennans Leuten.

Da jetzt feststand, welchen Weg sie nehmen würden, blieb für Lackland nur noch wenig zu tun, solange Mesklin auf seiner stark elliptischen Bahn von einer Jahreszeit in die nächste driftete. Es würde nicht mehr allzu lange dauern, da der Winter in der südlichen Hemisphäre seinen Höhepunkt ziemlich genau zu dem Zeitpunkt erreichte, an dem diese Riesenwelt seiner Sonne am nächsten stand. Die Bahngeschwindigkeit des Planeten war während der Herbst- und Wintermonate sehr hoch. Jede dieser Jahreszeiten dauerte nur wenig länger als zwei Erdenmonate – wogegen Frühling und Sommer jeweils über 830 Erdentage währten, also fast sechsundzwanzig Monate. Für die Reise blieb ihnen eine Menge Zeit.

Lacklands Zwangspause in seiner Arbeit galt jedoch nicht für die Mannschaft der *Bree*. Zahlreiche komplizierte Vorbereitungen für den Überlandtreck mussten getroffen werden, denn keiner von der Besatzung hatte eine genaue Vorstellung, was dem Schiff bevorstand. Möglicherweise mussten sie während der Fahrt von den eingelagerten Vorräten leben. Vielleicht aber gab es unterwegs Tiere, deren Fleisch die Männer der *Bree* verzehren konnten und deren Häute und Knochen auf den Märkten in der Heimat vielleicht gute Preise erzielten. Möglicherweise war das Unternehmen so gefahrlos wie ein Spaziergang, vielleicht aber drohte der Expedition Gefahr durch die unwirtliche Landschaft und die Tiere, die darin lebten. Gegen die erste Möglichkeit konnten sie nur wenig tun, dafür war der Flieger zuständig. Doch für die zweite Möglichkeit wurden sämtliche Waffen in Schuss gebracht. Große Keulen, die auch Hars oder Terblannen in den höher liegenden Regionen nicht mehr zu schwingen vermochten, wurden angefertigt. Man pflanzte Gewächse, die in ihren Stängeln Chlorkristalle fabrizierten, um damit die Tanks der Flammenwerfer bis zum Rand zu füllen. Waffen, die Projektile verschossen, gab es keine. Die

Bewohner von Mesklin hatten nie solche Waffen entwickeln können, weil sie den Flug eines Geschosses nicht mit den Augen verfolgen konnten. Ein Geschoss vom Kaliber 50, an einem von Mesklins Polen waagerecht abgefeuert, würde auf den ersten hundert Metern seiner Flugbahn über drei Meter an Höhe verlieren.

Seit Lackland Barlennan »unterrichtete«, hatte der Mesklinit eine ungefähre Vorstellung vom Ablauf des »Werfens« bekommen und überlegte, ob er den Flieger nicht bitten sollte, für ihn Waffen zu bauen, die auf diesem Prinzip beruhten. Doch dann entschloss er sich, bei den vertrauten herkömmlichen Kampfmethoden zu bleiben. Lackland seinerseits hatte sich über alle Eventualitäten den Kopf zerbrochen, die bei einem Unternehmen mit Wesen eintreten konnten, die nicht einmal Pfeil und Bogen kannten. Er dachte den Gedanken, den Barlennan ursprünglich gehabt hatte, zu Ende, besprach sich mit Rosten darüber und bat darum, den Schlepper mit einer Kanone vom Kaliber vierzig Millimeter für Brand- und Sprenggeschosse auszurüsten. Nach dem anfänglichen brummigen Widerstreben, das Lackland schon an seinem Vorgesetzten kannte, gab dieser schließlich seine Zustimmung.

Inzwischen war auch der Schlitten fertig. Metallplatten waren reichlich vorhanden, und das Gerüst hatte man schnell errichtet. Gemäß Lacklands Bitte transportierte man ihn nicht sofort auf Mesklins Oberfläche, denn die Stürme brachten immer noch Unmengen von ammoniakhaltigem Methan-Schnee. Der Pegelstand des Ozeans war nahe dem Äquator nur unmerklich gestiegen; die Meteorologen machten schon ihrem Zweifel an Barlennans Ehrlichkeit Luft und spotteten über seine Sprachkenntnisse. Doch als die Sonne auf der südlichen Hälfte von Mesklin im Frühling von Tag zu Tag höher stieg, als neue Fotos geschossen und mit den Herbstaufnahmen verglichen wurden, verstummte ihr Geläster nach und nach, und man sah die »Wetterfrösche« gedankenverloren vor sich hin murmelnd durch die Station wandern. Der Pegelstand war in den höheren Breiten schon um mehrere Meter geklettert – wie die Einheimischen es vorhergesagt hatten – und stieg von Tag zu Tag. Das Phänomen der über weite Teile unterschiedlichen Meereshöhe zur selben Zeit auf der selben Welt lag außerhalb der Erfahrungen der an Erdverhältnissen geschulten Meteorologen und Hydrografen. Auch unter den nicht irdischen wissenschaftlichen Teilnehmern der Expedition war keiner, der Licht in das Dunkel dieses Geheimnisses bringen konnte. Die Wetterfrösche zerbrachen sich noch immer die Köpfe über diese Besonderheit, als die Sonne schon auf ihrer täglichen Wanderung den Äquator überschritten hatte und in der südlichen Hemisphäre der Frühling begann.

Doch lange vorher schon waren die Stürme abgeflaut, ihre Heftigkeit ließ ebenso nach wie ihre Häufigkeit. Teilweise bewirkte dies die extreme Krümmung des Planeten, an dessen Polkappen der Prozess des Abschmelzens durch die fast um die Hälfte größere Entfernung von der Sonne merklich verlangsamt worden war. Barlennan wusste auch dafür keine Erklärung, wollte aber unbedingt mit Beginn des Frühlings aufbrechen, ohne von diesen seltsamen Naturerscheinungen weiter beeindruckt zu sein.

Lackland informierte also die Station auf dem inneren Mond, dass alles bereit sei. Sofort wurden Schlepper und Schlitten verladen und zu Mesklins Oberfläche hinabtransportiert. Man hatte dort oben schon seit Wochen nur auf Lacklands Startzeichen gewartet.

Die Frachtrakete musste zweimal fliegen, obwohl der Schlitten leicht war. Zuerst brachte man ihn auf die Oberfläche, damit die Besatzung der *Bree* ihr Schiff auf das Gestell verladen konnte, während die Rakete zurückflog, um den Schlepper zu holen. Lackland warnte jedoch davor, in der Nähe des Schiffes zu landen. So setzte man das unförmige Gestell neben der Kuppel ab, bis der Schlepper da war, um es zur Küste hinüberzuziehen. Lackland fuhr den Schlepper selbst, während die Besatzung der Rakete in der Nähe blieb, teils um ihre Neugier zu befriedigen, teils aber auch, um mit praktischen Ratschlägen zur Stelle zu sein, sollte es Schwierigkeiten beim Verladen des Schiffes geben.

Doch die menschliche Hilfe wurde hier nicht benötigt. Die Mesklіniten wären trotz dreifacher Erdschwerkraft mit ihrer Kraft durchaus in der Lage gewesen, ihr Schiff hochzuheben und damit davonzuspazieren. Auch ihre schier unüberwindliche Abneigung gegen jegliche Masse über ihren Körpern konnte sie nicht davon abhalten, das Schiff an Seilen über den Strand zu ziehen – wobei sich natürlich jedes Mitglied der Mannschaft mit einigen oder allen Zangen an den umliegenden Bäumen festklammerte. Die *Bree,* mittschiffs gezogen, glitt mit gerefften Segeln mühelos durch den Sand auf die schimmernde Metallplattform des Schlittens. Barlennans Bemühung, den Rumpf den ganzen Winter über eisfrei zu halten, machte sich jetzt bezahlt. In den letzten Wochen war der Meeresspiegel gestiegen, wie überall auf der südlichen Hemisphäre, und schon allein die steigende See hätte die *Bree* vom Eis befreit, was jedoch sicher noch einige Zeit gedauert hätte. Die Erbauer des Schlittens auf Toorey hatten vorausschauend genügend Ösen und Klampen an der Konstruktion angebracht, damit die Seeleute ihr Schiff fest vertäuen konnten.

Lackland kamen die Taue zwar etwas dünn vor, aber den Einheimischen schienen sie zu genügen, hatten sie doch schließlich ihr Schiff während der heftigen Winterstürme vor Anker gehalten, in denen Lackland sich nicht einmal in voller Ausrüstung ins Freie gewagt hätte. Es wäre sicher interessant zu wissen, ob das Tauwerk und das Material, das die Meskliniten dafür benutzten, irdische Temperaturen aushielt.

Barlennan unterbrach seinen Gedankengang und meldete, dass alles bereit zum Aufbruch sei. Der Schlitten hing an seinem langen Tau hinter dem Schlepper, der mit genügend Lebensmitteln beladen war, sodass sein Fahrer mehrere Tage damit auskam. Lackland würde im Verlauf der Reise durch die Rakete versorgt werden, wobei sie weit vor dem Treck landen sollte, um die Einheimischen nicht zu sehr zu beunruhigen, und auch das nur so oft wie eben nötig. Nach dem Unfall mit dem ersten Schlepper wollte Lackland möglichst selten den Einstieg des Schleppers öffnen müssen, damit die Außenatmosphäre nicht eindringen konnte.

»Schön, dann können wir also aufbrechen, kleiner Freund«, beantwortete Lackland Barlennans Meldung. »Für längere Zeit kann ich ganz gut ohne Schlaf auskommen, sodass wir es ein gutes Stück flussaufwärts schaffen können. Schade nur, dass eure Tage nicht länger sind, denn ich fahre während der Nacht höchst ungern über ein Schneefeld. Selbst deine Mannschaft könnte den Schlepper nicht aus einem Loch herausziehen, auch wenn sich deine Leute irgendwo festklammern könnten.«

»Das bezweifle ich ebenfalls, obwohl mein Urteilsvermögen bezüglich des Gewichtes hier am ›Rand der Welt‹ sehr eingeschränkt ist«, antwortete der Kapitän. »Doch die Gefahr eines Einbruches dürfte meiner Meinung nach sehr gering sein. Der Schnee ist nicht fest genug, um ein großes Loch zu überdecken.«

»Wenn er es nicht bis obenhin ausfüllt. Doch darüber können wir uns noch unterhalten, wenn es so weit ist. Alle Mann an Bord!«

Lackland kletterte in den Schlepper, verriegelte den Einstieg und pumpte die Wasserstoffatmosphäre aus der Kabine, um sie durch irdische Luft zu ersetzen. Der kleine Algentank, der den verbrauchten Sauerstoff wiederaufbereitete, leuchtete hell auf, als die Ventilatoren in ihm die ersten Luftblasen erzeugten. Ein kleiner »Spektrometer-Schnüffler« zeigte an, dass der Wasserstoffgehalt in der Luft ungefährlich war; erst jetzt startete Lackland den Schlepper und steuerte ihn mit seinem unförmigen Anhängsel in Richtung Osten.

Das beinahe tischebene Land entlang der Küste veränderte sich allmählich. Als Lackland nach etwa vierzig Tagen anhalten musste, um zu schlafen, hatten sie fast achtzig Kilometer hinter sich gebracht und befanden sich in einer welligen Hochebene, deren höchste Erhebungen sich etwa 300 Meter über dem Meeresspiegel befanden. Bisher war die Fahrt im Schlepper wie auch auf dem Schlitten ohne Schwierigkeiten verlaufen. Barlennan meldete über Funk, dass seine Mannschaft das Erlebnis genieße und die ungewohnte Tatenlosigkeit bis jetzt noch niemanden störe. Der Schleppzug legte etwa acht Kilometer in der Stunde zurück, war also um vieles schneller als die Meskliniten in ihrem gewohnten Kriechgang. Trotzdem wagten sich einige von ihnen aufgrund der geringen Schwerkraft immer wieder vom Schlitten herunter und versuchten sich in anderen Fortbewegungsarten. Noch war keiner auf die Idee gekommen zu springen, doch es sah ganz so aus, als ob Barlennans jüngst erworbene Gleichmütigkeit den Fallgesetzen gegenüber bald von vielen anderen geteilt werden würde.

Während der Fahrt trafen sie auf keine lebenden Tiere, obwohl sie im Schnee gelegentlich Spuren fanden. Sie wiesen starke Ähnlichkeit mit denen der Tiere auf, die den Meskliniten als Nahrung dienten. Das pflanzliche Leben hier unterschied sich deutlich von dem, das sie bisher in der Nähe der Küste kennengelernt hatten. An einigen Stellen überwucherten grasartige Gewächse fast gänzlich den verschneiten Boden. Einmal baten die Mesklinten Lackland, an einem Gewächs anzuhalten, das in seinen Augen ein verkümmerter Baum war, um diesen höchst erstaunt zu betrachten. Noch nie hatten sie eine Pflanze gesehen, die so hoch über dem Boden aufragte.

Während Lackland schlief, so gut es eben in seiner engen Kabine ging, durchkämmte die Mannschaft die Umgebung. Zwar gaben die Männer vor, nach Nahrung Ausschau zu halten, doch war in Wirklichkeit die Suche nach verkäuflichen Gütern ihre treibende Kraft. Alle kannten sie die verschiedenen Pflanzen, die Lackland als »Gewürze« bezeichnet hatte, doch fanden sie keine davon in der Nähe. Es gab viele Gewächse, die Samen trugen, und alle hatten blätterähnliche Auswüchse und Wurzeln. Das Problem war, dass niemand von der Mannschaft wusste, ob diese Pflanzen überhaupt essbar waren, ganz zu schweigen davon, ob sie auch schmeckten. Keiner von Barlennans Leuten war gierig oder naiv genug, von einer Pflanze zu kosten, die er nicht kannte. Mesklins Flora schützte sich durch starke Gifte wirksam vor dem Zugriff der Einheimischen. Die Entscheidung, ob eine Pflanze giftig war oder nicht, basierte lediglich auf der Beobachtung kleiner Versuchstiere, die an der Pflanze knabberten. Was ein Parsk oder ein Ternee fressen konnte, war ungiftig. Doch leider hatte das einzige Tier an Bord der *Bree* den Winter nicht überlebt, oder besser gesagt, den Äquator. Die heftigen Böen eines der zahlreichen Winterstürme hatten es davongetragen, als sein Besitzer es einmal nicht angebunden hatte.

Die Matrosen brachten eine Menge Proben von ihren Ausflügen mit, doch keiner konnte einen brauchbaren Vorschlag machen, was man mit diesen Funden anfangen sollte. Einzig Dondragmers Ausflug konnte man annähernd als erfolgreich bezeichnen, da er einfallsreicher war als seine Genossen und unter die »Objekte« geschaut hatte. Tatsächlich hatte er, zuerst ein wenig furchtsam zwar, größere Felsbrocken umgedreht. Mit der Zeit verschwand seine Furcht völlig, ihn ergriff eine nie gekannte Begeisterung für diesen neuen Sport. Selbst unter ziemlich großen Steinen gab es eine Menge interessanter Dinge zu entdecken. Und schließlich kehrte er mit einer Anzahl von Funden zum Schiff zurück, die jedermann als Eier bezeichnete. Karondrasee nahm sie in Verwahrung – die Mesklineten aßen tierische Produkte –, und alle waren überzeugt, dass es wirklich Eier waren. Es stimmte auch – es waren Eier, und sie schmeckten fantastisch. Erst als man sie verzehrt hatte, kam einer aus der Mannschaft auf die Idee, dass man sie hätte untersuchen müssen, um festzustellen, von welcher Tierart sie stammten. Dondragmer ging gar noch einen Schritt weiter und schlug vor, ein Ei auszubrüten und das Tier anstelle des verloren gegangenen Ternees aufzuziehen und zu halten. Diese Idee wurde begeistert aufgenommen, und die gesamte Mannschaft machte sich auf Eiersuche. Als Lackland erwachte, war die *Bree* zu einer Zuchtfarm umfunktioniert worden.

Er vergewisserte sich, dass die Mannschaft wieder an Bord war, und setzte die Fahrt nach Osten fort. In den folgenden Tagen wurden die Hügel merklich höher, und der Treck musste zweimal Methanbäche überwinden, die zum Glück so schmal waren, dass der Schlitten sie überbrückte. Es war günstig, dass sich der Aufstieg langsam vollzog, denn immer noch fühlten sich die Matrosen ein wenig unwohl in ihrer Haut, wenn sie in die Tiefe schauten. Doch auch das schien sich langsam zu geben, wie Barlennan berichtete.

Und dann, etwa zwanzig Tage nach ihrem Aufbruch zur zweiten Etappe, vergaßen die Mesklinîten ihre Angst vor der Höhe völlig, denn die Aufmerksamkeit der Lebewesen in Schlepper und Schlitten wurde von etwas gefesselt, das alle anderen Gedanken ausklammerte.

7 Die steinerne Falle

Bis jetzt waren die meisten Hügel ziemlich glatt und von Wind und Wetter gleichmäßig abgeschliffen. Nirgendwo zeigten sich Spalten, Löcher oder Schluchten, die Lackland vor Beginn der Reise so gefürchtet hatte. Die Hügelkuppen waren so glatt, dass sie kaum ihre Reisegeschwindigkeit vermindern mussten, um sie zu überqueren. Der Schleppzug hatte gerade den höchsten Punkt eines solchen Hügels erreicht, von dem aus man einen guten Überblick über die Umgebung hatte, als sich die Blicke aller Expeditionsteilnehmer verblüfft auf den nächsten lang gestreckten Hügel konzentrierten.

Er war wesentlich länger als die zahlreichen Erhebungen, die sie gerade überquert hatten, und verstellte ihnen als natürliche Barriere den weiteren Weg. Doch der größte Unterschied zeigte sich in seiner Kuppe. Anstatt der bisher gewohnten sanft abfallenden Rundung wirkte sie diesmal gezackt. Bei näherem Hinsehen entdeckte man, dass Felsbrocken in regelmäßigen Abständen aufgereiht waren, was auf eine zweckgerichtete Anordnung schließen ließ. Die größten Brocken waren etwa so groß wie der Schlepper, die kleinsten besaßen den Umfang eines Basketballs. Aber alle hatten sie, von kleineren Abweichungen abgesehen, das gleiche kugelförmige Aussehen. Sofort hielt Lackland sein Fahrzeug an und griff nach seinem Fernglas. Er trug zwar seinen Raumanzug, hatte den Helm aber abgelegt. Barlennan vergaß vor lauter Verblüffung die Anwesenheit seiner Mannschaft und überwand die zwanzig Meter, die die *Bree* von dem Schlepper trennten, mit einem einzigen

Satz. Sicher landete er auf dem Dach des Schleppers, wo Lackland vor Beginn der Fahrt ein Funkgerät für ihn montiert hatte. Er sprudelte seine Worte hervor, kaum dass er festen Boden unter den Füßen hatte.

»Was soll das sein, Charles? Ist das eine solche Stadt, wie es sie deiner Erzählung nach auf deiner Welt gibt? Sie hat aber wenig Ähnlichkeit mit den Bildern, die du mir gezeigt hast.«

»Ich dachte, du könntest mir eine Erklärung dafür geben«, antwortete der Mensch. »Ganz sicher ist es keine Stadt, denn die Steine sind zu weit voneinander entfernt, um als Schutzwall oder Befestigungsanlage zu dienen. Kannst du etwas Lebendiges in ihrer Nähe entdecken? Durch das Fernglas hier sehe ich nichts, doch vielleicht hast du bessere Augen.«

»Ich kann gerade erkennen, dass die Hügelkuppe anders ist als die bisherigen. Wenn du mir sagst, die seltsam geformten Dinge sind Felsen, muss ich es dir glauben, bis wir näher herangekommen sind. Daher kann ich sicher nicht erkennen, ob sich dort etwas bewegt. Ein Lebewesen meiner Größe wäre auf diese Entfernung ohnehin nicht zu erkennen.«

»Ich könnte dich ohne das Fernglas auf diese Entfernung erkennen, jedoch nicht deine Augen oder Arme zählen. Mit dem Fernglas erkenne ich jedoch genau, dass die Hügelkuppe verlassen ist. Ebenso kann ich dir garantieren, dass diese Steine nicht zufällig dorthin gekommen sind. Wir müssen also die Augen offen halten. Du solltest gleich deine Leute warnen.«

Lackland registrierte die Tatsache, dass Barlennan nicht gut sehen konnte. Er kannte sich in der Medizin zu wenig aus, um die Sehfähigkeit des Meskliniten anhand der Augengröße abschätzen zu können.

Sie blieben noch zwei oder drei Minuten an der gleichen Stelle und beobachteten die Felsen, während die Sonne über den Himmel eilte und Gebiete, die bisher im Schatten gelegen hatten, erhellte. Doch außer den wandernden Schatten bewegte sich nichts, und schließlich startete Lackland wieder den Schlepper. Während sie den Hang hinabfuhren, ging die Sonne unter. Der Schlepper war nur mit einem Suchscheinwerfer ausgerüstet, der den Weg beleuchtete, sodass Lackland nicht sehen konnte, was inzwischen bei den Felsen vorging – wenn überhaupt etwas geschah. Bei Sonnenaufgang durchquerten sie gerade die Talsohle, und die Spannung stieg, als sie am Fuße des nächsten Hügels angekommen waren und den Anstieg begannen. Ein oder zwei Minuten lang schien ihnen die Sonne direkt in die Augen, sodass sie nichts erkennen konnten. Dann wanderte sie weiter und tauchte die Umgebung in helles Licht.

Lackland hatte zwar das unbestimmte Gefühl, dass jetzt mehr Felsbrocken auf der Hügelkuppe lagen, und dieses Gefühl wurde auch von den Meskliniten geteilt. Da jedoch niemand daran gedacht hatte, die Felsbrocken zu zählen, musste man den Beweis für diese Vermutung schuldig bleiben. Auch jetzt war nirgendwo eine Bewegung zu erkennen. Der Schlepper brauchte fünf oder sechs Minuten, um den Hügel zu erklettern, sodass die Sonne bereits hinter ihnen stand, als sie am höchsten Punkt angelangt waren. Lackland erkannte, dass einige Öffnungen zwischen den Felsbrocken groß genug waren, um Schlepper und Schlitten durchzulassen, und er steuerte auf eine zu. Dabei rumpelte das schwere Fahrzeug über einige kleinere Felsbrocken, und Dondragmer, der an Bord des Schiffes geblieben war, dachte schon, der Schlepper sei beschädigt, als er plötzlich stehen blieb. Immer noch saß Barlennan auf dem Dach des Schleppers und hielt seine Augen starr auf die Landschaft unter sich gerichtet. Der Flieger war natürlich nicht zu sehen, doch der Maat der *Bree* nahm an, der Mensch fände seine Umgebung so interessant, dass er vergaß weiterzufahren.

»Kapitän! Was ist los?«, rief der Maat und gab gleichzeitig den Bedienungsmannschaften der Flammenwerfer einen Wink. Der Rest der Mannschaft verteilte sich auf den äußeren Decks und hielt, ohne dazu aufgefordert zu sein, Keulen, Messer und Speere griffbereit. Barlennan antwortete nicht sofort, und der Maat wollte schon ein paar Matrosen zum Schlepper hinüberschicken – er wusste nicht, dass Lackland eine Schnellfeuerkanone zur Verfügung stand –, als der Kommandant sich zu ihm umwandte und eine beruhigende Geste machte.

»Alles in Ordnung«, rief er. »Wir sehen nirgendwo eine Bewegung. Wartet einen Moment, der Flieger wird euch ein Stück vorziehen, dann könnt ihr selber alles sehen, ohne von Bord gehen zu müssen.«

Er wechselte zur Sprache der Menschen und trug seine Bitte Lackland vor, der sie auch prompt erfüllte. Und diese Aktion veränderte die Lage völlig.

Lackland hatte bis jetzt nur das breite, schalenförmige Tal unter sich gesehen, das gänzlich von Hügeln wie dem, auf dem sie standen, eingeschlossen wurde. Nach seinen Vorstellungen hätte sich auf dem Grund ein See oder Teich befinden müssen, denn es gab keine sichtbaren Abflüsse für Regen oder geschmolzenen Schnee. Doch dann bemerkte er plötzlich, dass kein Schnee auf den talseitigen Abhängen der umliegenden Hügel lag. Ihre Oberfläche war kahl – und seltsam. Sie konnte unmöglich auf natürlichem Wege entstanden sein. Gleich unterhalb der Kuppe begannen breite, seichte Gräben von seltsam regelmäßiger Anordnung. Ein Querschnitt dicht unterhalb ihres Ausgangspunktes am Gipfel hätte dem Betrachter Wellenlinien wie von Meereswogen gezeigt. Weiter abwärts, der Mitte des Tales zu, wurden die Kanäle schmaler und tiefer, als ob sie dazu vorgesehen wären, Niederschläge einem zentralen Reservoir zuzuführen. Dieser Hypothese widersprach aber die Tatsache, dass sie sich nicht alle in der Mitte des Tales trafen, ja, die meisten führten nicht einmal so weit, sondern reichten nur bis zum Rand der Talsohle. Doch weit interessanter als die Kanäle selbst waren die Mauern, die sie voneinander trennten. Diese wurden umso höher, je tiefer die Kanäle sich in den Boden gruben. Auf der oberen Hälfte der Hänge bildeten sich sanft abgerundete Erhebungen, doch ließ man den Blick an ihnen entlangwandern, wurden sie immer steiler, bis sie genau im Winkel von neunzig Grad über der Kanalsohle aufragten. Einige dieser kleinen Mauern reichten fast genau bis zur Mitte des Tales. Sie liefen nicht alle auf den gleichen Punkt zu, sondern beschrieben sanfte Windungen, wodurch sie eher wie der Radkranz einer Zentrifugalpumpe, nicht wie Speichen eines Rades aussahen. Die Grate dieser Mauern waren zu schmal, als dass ein Mensch darauf hätte laufen können.

Lackland schätzte, dass die Kanäle an ihrem unteren Ende etwa vier bis sechs Meter weit waren. Die Wände selbst waren durchaus breit genug, dass Mesklinten darin leben konnten, und die zahlreichen Öffnungen in Bodennähe verstärkten noch den Eindruck, dass es sich tatsächlich um Behausungen handelte. Durch das Fernglas konnte Lackland erkennen, dass zu den höher liegenden Öffnungen Rampen hinaufführten. Und bevor er überhaupt ein lebendes Wesen sah, wusste er, dass er eine Stadt vor sich hatte. Offensichtlich lebten die Einwohner tatsächlich in den Wänden und hatten das Kanalsystem angelegt, um den Regen abzuleiten. Die Frage, warum sie nicht an den Außenhängen der Hügel wohnten, wo die Niederschläge von selbst abgeflossen wären, kam ihm überhaupt nicht in den Sinn.

Barlennan bat ihn, die *Bree* über die Hügelkuppe zu ziehen, solange das Sonnenlicht eine gute Sicht gewährte. Als sich der Schlepper wieder in Bewegung setzte, tauchten überall in den

Öffnungen, die Lackland für Eingänge gehalten hatte, dunkle Gestalten auf. Auf diese Entfernung waren jedoch keine Einzelheiten erkennbar. Doch die Wesen, wie auch immer sie beschaffen sein mochten, waren lebendige Kreaturen. Lackland widerstand heldenhaft der Versuchung, den Schlepper sofort wieder anzuhalten und zum Fernglas zu greifen, ehe er die *Bree* in eine gute Sichtposition gezogen hatte.

Es zeigte sich, dass er sich damit nicht zu beeilen brauchte, denn die Wesen verharrten bewegungslos und beobachteten anscheinend die Eindringlinge. Lackland konnte die Wesen in aller Ruhe bis zum Sonnenuntergang sorgfältig beobachten. Doch auch durch das Fernglas blieben die Einzelheiten verschwommen – weil sich die Kreaturen anscheinend nicht mit ihrer ganzen Körperlänge aus ihren Behausungen hervorwagten. Soweit ihre Körper erkennbar waren, schienen sie mit Barlennans Rasse verwandt zu sein. Sie waren lang und raupenförmig, mehrere Augen – unmöglich zu zählen auf diese Entfernung – befanden sich auf dem vorderen Körpersegment, das seitlich ebensolche zangenbewehrte Auswüchse zeigte wie bei Barlennan und seinen Leuten. Auch ihre Körperfärbung hatte die gleiche Mischung aus Rot und Schwarz, wobei das Schwarz wie bei der Mannschaft der *Bree* dominierte.

Barlennan war nicht in der Lage, all diese Einzelheiten zu erkennen, aber Lackland beschrieb sie ihm genau, bis der Sonnenuntergang weitere Beobachtungen unmöglich machte. Barlennan nutzte diese Gelegenheit, der angespannt wartenden Mannschaft das Nötigste in seiner eigenen Sprache zu übermitteln. Danach fragte Lackland:

»Hast du je von Leuten gehört, Barl, die so nahe hier am ›Rand‹ leben? Glaubst du, dass sie von deiner Rasse sind oder zumindest die gleiche Sprache sprechen?«

»Das bezweifle ich stark. Du weißt ja, dass sich meine Rasse nördlich der ›100-6-Linie‹, wie du diese Grenze genannt hast, nicht mehr wohlfühlen kann. Ich kenne zwar mehrere Sprachen, doch die Wahrscheinlichkeit, dass eine von ihnen hier gesprochen wird, halte ich für sehr gering.«

»Was sollen wir also tun? Einen Bogen um die Stadt schlagen oder mitten hindurchfahren, in der Hoffnung, dass die Bewohner friedlich bleiben? Ich würde das da drüben gern aus der Nähe betrachten, doch andererseits haben wir eine schwierige Aufgabe zu erfüllen. Ich möchte den Erfolg dieser Expedition nicht leichtfertig aufs Spiel setzen. Wie, glaubst du, werden sie sich uns gegenüber verhalten?«

»Das kann ich wirklich nicht vorhersagen. Vielleicht sind sie bis ins Innerste erschrocken über den Schlepper und die Tatsache, dass ich hier oben sitze – obwohl sie hier am ›Rand‹ vielleicht nicht unsere angeborene Furcht vor der Höhe teilen. Auf unseren Fahrten sind wir vielen seltsamen Völkern begegnet; entweder konnten wir mit ihnen Handel treiben, oder wir mussten gegen sie kämpfen. Mein Vorschlag wäre, die Waffen zu verbergen und unsere Handelsgüter zur Schau zu stellen. Vielleicht überlegen sie erst, anstatt gleich gewalttätig zu werden. Auch ich möchte die Stadt gerne sehen. Glaubst du, dass wir mit dem Schlitten durch die Kanäle kommen?«

Lackland überlegte einen Moment lang.

»Daran habe ich noch gar nicht gedacht«, gab er schließlich zu. »Ich müsste die Kanäle vorher genauer ausmessen. Vielleicht ist es besser, wenn der Schlepper zunächst allein hinunterfährt. Du und diejenigen, die dabei sein möchten, können ja auf dem Dach mitfahren. Das wirkt vielleicht auch friedlicher. Sie müssen die Waffen gesehen haben, mit denen deine Leute ausgerüstet sind, und wenn wir sie hier zurücklassen ...«

»Sie können die Waffen nur gesehen haben, wenn ihre Augen viel besser sind als unsere«, wandte Barlennan ein. »Doch ich pflichte deinem Vorschlag bei, erst die Breite der Kanäle festzustellen. Oder noch besser wäre es, das Schiff auf die andere Seite des Tales zu ziehen und dann erst einen Abstecher in die Siedlung zu machen. So haben wir das Risiko, in den langen Kanälen stecken zu bleiben, umgangen.«

»Ausgezeichnet. Das ist eine gute Idee. Teile deinen Leuten unseren Beschluss mit und frage, wer anschließend mit uns in die Stadt fährt.«

Barlennan nickte und begab sich zu *Bree*. Hier konnte er leise sprechen, obwohl er kaum befürchtete, dass man seine Worte bis in die Stadt hören und verstehen würde.

Die Mannschaft akzeptierte den Plan, das Schiff um die Stadt herum zu schleppen, doch dann ergab sich eine kleine Schwierigkeit. Jeder wollte die Stadt sehen, doch keiner war dazu bereit, auf dem Dach des Schleppers mitzufahren, obwohl sie ihren Kapitän lange genug dabei beobachtet hatten. Dondragmer löste das Problem durch den Vorschlag, die gesamte Mannschaft, außer den Leuten, die als Wache auf der *Bree* zurückbleiben mussten, solle dem Schlepper zu Fuß in die Stadt folgen, denn die Leute konnten ohne Weiteres bei dem Tempo, das Lackland bis jetzt vorgelegt hatte, mithalten. Dieses Gespräch währte nur einige Minuten, doch am Horizont ging die Sonne schon wieder auf. Auf Barlennans Zeichen hin wendete der Erdenmensch den Schlepper um neunzig Grad und folgte dem Rand des Tales unter den Hügelkuppen. Bevor er startete, warf er noch einen Blick auf die Stadt. Dort hatte sich nichts gerührt. Doch als sich Schlepper und Schlitten in Bewegung setzten, tauchten viele Gestalten in den Türöffnungen auf – viel mehr als zuvor. Lackland konzentrierte sich aufs Fahren; er konnte sicher sein, dass die Bewohner noch da waren, wenn er Zeit hatte, sie aus der Nähe zu studieren. Er brauchte einige Tage, um das Tal zu umrunden und den gegenüberliegenden Hang zu erreichen. Dann wurde das Zugseil gelöst, und die Fahrt ging ins Tal hinunter.

Steuern war dabei überflüssig, das Gefährt folgte von selbst dem Lauf des ersten Kanals, in den es einfuhr, auf die Stelle zu, die Lackland bei sich – ohne zu wissen, weshalb – als Marktplatz der Stadt bezeichnete. Fast die Hälfte der Mannschaft der *Bree* folgte dem Schlepper, der Rest war unter dem Kommando des zweiten Maates als Wache auf dem Schiff zurückgeblieben. Wie gewöhnlich fuhr Barlennan auf dem Dach des Schleppers mit. Hinter ihm stapelte sich ein kleiner Berg Handelsgüter.

Die Sonne ging hinter ihnen auf, als sie sich der Stadt näherten. Die Sicht war gut. Ein paar Stadtbewohner waren gänzlich aus ihren Behausungen gekrochen. Weder Lackland noch Barlennan schenkten der Tatsache Beachtung, dass sich nur die Städter jenseits des offenen Platzes hervorwagten; die Bewohner der Behausungen in der Nähe des Schleppers verharrten in ihrer Deckung.

Als die Entfernung immer mehr schrumpfte, wurde deutlich, dass die Kreaturen nicht, wie ursprünglich angenommen, der gleichen Rasse wie Barlennan angehörten. Sie ähnelten ihr zwar äußerlich in Körperform, Proportionen, Zahl der Augen und Zangen. Doch die Bewohner dieser Stadt waren fast dreimal so lang wie die Expeditionsteilnehmer aus dem Süden. Ihre Körper erreichten eine Länge von etwa eineinhalb Metern und waren entsprechend dick.

Einige hatten das vordere Drittel ihres Körpers hoch in die Luft gereckt, um die Annäherung des Schleppers genau beobachten zu können – auch ein Faktum, das sie von Barlennans Volk unterschied. Ihre vorderen Segmente schwankten dabei leicht hin und her, wie die Vorderkörper der Schlangen, die Lackland in einigen Museen auf der Erde gesehen hatte. Abgesehen von dieser kaum wahrnehmbaren Bewegung rührten sie sich nicht, als das fremdartige Metallungetüm stetig durch den Kanal heranrollte. Der Schlepper verschwand fast ganz zwischen den Mauern, die die Behausungen der seltsamen Wesen darstellten. Schließlich erreichte er den Platz, der sich nach hinten zu einer Gasse verengte, die gerade breit genug für ihn war. Weder Lackland noch Barlennan konnten hören, ob die Wesen miteinander sprachen. Jedenfalls gestikulierten sie nicht mit ihren Zangen, was die Meskliniten, die Lackland kannte, bei einer Unterhaltung immer taten. Diese Wesen beobachteten sie nur abwartend. Die Matrosen der *Bree* drängten sich an dem Schlepper vorbei nach vorn, kaum dass Lackland aus dem Kanal herausgefahren war, und starrten ebenso schweigend zu den Kreaturen hinüber. Die Bauten neben und hinter ihnen waren ungewöhnlich für sie, da sie aus hohen Wänden mit künstlichen Dächern bestanden, die Schutz vor dem Wetter boten. Die Vorstellung, unter dem Schutz von festem Material zu leben, war den Matrosen der *Bree* absolut fremd. Hätten sie die riesigen Stadtbewohner nicht mit eigenen Augen aus ihren Behausungen herauskommen sehen, hätten sie die steinernen Gebilde für neue, durch die Natur geschaffene Formationen gehalten.

Lackland saß still an seinen Steuerkontrollen, schaute hinaus und stellte unzählige Vermutungen an – Zeitverschwendung im Grunde, da er keinerlei Maßstäbe für eine konstruktive Vorstellung besaß. Doch sein Geist war ruhelos, brauchte einfach etwas, womit er sich beschäftigen konnte. Der Mensch ließ seine Blicke über die Stadt schweifen und versuchte, sich das Alltagsleben ihrer Bewohner vorzustellen, bis Barlennans Verhalten seine Aufmerksamkeit beanspruchte.

Der Kapitän hielt nichts von Zeitverschwendung. Er wollte mit diesen Wesen hier Handel treiben. War dieses Interesse nur einseitig, würde er sofort weiterfahren. Er stieß die verpackten Waren vom Dach des Schleppers herunter und befahl seinen Leuten, die Bündel zu öffnen. Dem letzten Packen sprang er selbst hinterher – was die schweigend zuschauenden Riesenwesen nicht zu beeindrucken schien – und half seinen Leuten beim Ausbreiten der Waren. Interessiert schaute der Erdenmensch zu.

Da gab es Ballen mit stoffähnlichem Gewebe in verschiedenen Farben, Bündel aus getrockneten Wurzeln und Seilrollen, kleine verschlossene Krüge und größere, die leer zu sein schienen – eine gut sortierte Auswahl von Dingen, deren Verwendungszweck der Mensch nur erraten konnte.

Kaum waren die Güter ausgebreitet, drängten die Bewohner näher – ob aus Neugier oder als Warnung, wusste Lackland nicht zu sagen. Doch keiner der Seeleute zeigte die geringste Furcht. Lackland hatte inzwischen einige Fertigkeit darin erlangt, die Gefühlsregung dieser Rasse zu deuten.

Der Schlepper war inzwischen auf drei Seiten von den Einheimischen umringt, nur die Kanalmündung auf dem Platz war noch frei für einen eventuellen Rückzug. Immer noch schwiegen die Wesen, und diese Tatsache fand Lackland besorgniserregend. Doch entweder registrierte Barlennan dies nicht, oder er verbarg seine Gefühle meisterlich. Er pickte sich scheinbar wahllos einen dieser Riesen aus der Menge heraus und begann sein Verkaufsprogramm abzuspulen. Lackland war es unbegreiflich, wie er es anstellte. Der Kapitän hatte behauptet, er glaube nicht, dass diese Wesen seine Sprache verstünden, und doch redete er jetzt mit ihnen. Auch seinen Gesten konnte der Flieger nichts entnehmen, da Barlennan sich ihrer ganz willkürlich bediente. Dem Menschen blieb es ein Rätsel, wie hier eine Verständigung zustande kam, doch offensichtlich schien Barlennan einigen Erfolg mit seiner Methode zu haben. Leider hatte Lackland in der kurzen Zeit, die er mit den Meskliniten zusammen war, keinerlei Einblick in die Psyche dieser fremden Kreaturen gewinnen können. Allerdings versetzten die Mesklinitén noch Jahre später irdische Fachleute auf diesem Gebiet in höchstes Erstaunen. Viele ihrer Verhaltensweisen und Gesten waren eingebunden in ihre rein körperlichen Funktionen, und ein Mitglied der gleichen Rasse verstand sie sofort. Auch diese riesenhaften Stadtbewohner schienen genügend artverwandt, um die Verständigung weniger schwierig zu machen, als Lackland erwartet hatte. Und es dauerte nicht lange, bis einige Kreaturen in den Gebäuden verschwanden und mit Gegenständen zurückkamen, die sie offenbar gegen Barlennans Waren eintauschen wollten. Schon beteiligten sich auch weitere Mannschaftsmitglieder der *Bree* an diesem Tauschhandel, der sich auch fortsetzte, nachdem die Sonne untergegangen war. Barlennan hatte Lackland gebeten, den Scheinwerfer einzuschalten. Das künstliche Licht schien die Riesenwesen keineswegs zu erschrecken oder zu überraschen, denn selbst Barlennan konnte bei keinem irgendein Anzeichen von Furcht entdecken. Sie konzentrierten sich ganz auf das Geschäft und machten anderen Platz, sobald sie ihre Ware losgeworden waren und dafür das Gewünschte eingetauscht hatten. So dauerte es nur wenige Tage, bis Barlennan seine Ware abgesetzt und das Tauschgut auf den Schlepper verladen hatte. Das meiste davon war Lackland ebenso unbekannt wie Barlennans Güter, doch zwei Dinge erregten seine Aufmerksamkeit ganz besonders. Es waren offensichtlich lebende Tiere, obwohl er wegen ihrer geringen Größe kaum ihre Körperform erkennen konnte. Beide Lebewesen schienen zahm, denn sie wichen nicht von der Seite des Matrosen, der sie erstanden hatte. Lackland vermutete ganz richtig, dass es sich dabei um Tiere handelte, die die Matrosen züchten wollten, um sie später unbekannte Pflanzen auf ihre Genießbarkeit testen zu lassen.

»Ist der geschäftliche Teil jetzt beendet?«, rief er, als sich das letzte einheimische Wesen aus der Umgebung des Schleppers zurückgezogen hatte.

»Ja, denn wir haben nichts mehr zum Tauschen. Hast du noch etwas Besonderes vor, oder werden wir jetzt unsere Fahrt fortsetzen?«

»Ich wüsste gern, wie es im Inneren dieser Behausungen aussieht, doch ich käme nicht durch den Eingang, selbst wenn ich meinen Schutzanzug ablegte. Könntest du oder einer deiner Leute nicht versuchen, einen Blick hinein zu werfen?«

Einen kurzen Moment lang zögerte Barlennan.

»Ich weiß nicht, ob das ratsam wäre. Diese Leute haben zwar friedlich mit uns gehandelt, doch irgendetwas hat mich an ihrer Art gestört, auch wenn ich es nicht genau bezeichnen kann. Vielleicht lag es daran, dass sie nicht genug gefeilscht haben.«

»Du willst sagen, du traust ihnen nicht? Befürchtest du, dass sie versuchen werden, ihre Tauschgüter mit Gewalt zurückzuholen?«

»Das möchte ich nicht behaupten. Wie ich schon sagte, kann ich mein Gefühl nicht begründen. Aber ich mache dir einen Vorschlag: Sobald wir mit dem Schlepper den Talrand erreicht haben und der Schlitten mit der *Bree* wieder am Schleppseil hängt, ohne dass die Wesen uns angegriffen oder aufzuhalten versucht haben, kehre ich selbst nochmals um und schaue mir ein solches Bauwerk von innen an. Einverstanden?«

Weder Lackland noch Barlennan hatten während ihrer Unterhaltung auf die Eingeborenen geachtet. Diese jedoch zeigten zum ersten Mal eine Reaktion. Die Wesen, die dem Schlepper am nächsten waren, betrachteten voller Neugier das kleine Gerät, aus dem Lacklands Stimme drang, und krochen im Verlauf des Gesprächs immer näher heran, um zu lauschen. Dieses ungewöhnliche Schauspiel, ein Wesen mit einem Kästchen sprechen zu sehen, das viel zu winzig war, um auch die kleinste intelligente Kreatur zu beherbergen, schien die Mauer ihrer Zurückhaltung, die nicht einmal der Anblick des Schleppers zu brechen vermocht hatte, ins Wanken zu bringen. Als Lackland jetzt dem Vorschlag Barlennans zustimmte und damit die Unterhaltung beendete, verschwanden einige Zuhörer rasch in ihren Behausungen und kamen mit verschiedenen Tauschobjekten zurück. Diese boten sie mit unmissverständlichen Gesten feil, und die Matrosen verstanden genau, was sie wollten. Die Riesen wollten den Telekommunikator und waren bereit, eine ganze Menge dafür zu »bezahlen«.

Barlennans Weigerung schien sie zu verblüffen, und jeder bot mehr als sein Vorgänger, bis der Kommandant schließlich eindeutig demonstrierte, dass er das Gerät nicht tauschte. Er hob es auf den Rand des Schleppers, sprang hinterher und befahl seinen Leuten, ihm die eingetauschten Waren zuzuwerfen. Zunächst schienen die Riesen wie erstarrt, dann wandten sie sich wie auf ein Zeichen hin ab und verschwanden in ihren Höhlen.

Barlennan fühlte sich noch unbehaglicher als zuvor und behielt so viele Eingänge wie möglich im Blickfeld, während er die erworbenen Güter auf dem Schlepperdach stapelte. Doch die Gefahr kam aus ganz anderer Richtung. Der große Hars erkannte sie zuerst, als er sich hinter einem seiner Kameraden hoch aufreckte, um einen besonders sperrigen Packen seinem Kapitän hochzuwerfen. Dabei streifte sein Blick zufällig das obere Ende des Kanals, den sie durchfahren hatten. Sofort stieß er einen dieser unglaublich lauten Schreie aus, die Lackland jedes Mal erschreckten – und amüsierten. Dem Schrei folgte ein Schwall für einen Menschen unverständlicher Laute, deren Sinn Barlennan jedoch genau zu verstehen schien. Sofort rief er Lackland in dessen Sprache zu:

»Charles, sieh dort oben! Nichts wie weg hier!«

Lackland fuhr herum – und verstand mit einem Schlag die seltsame Anlage dieser Stadt. Einer der riesigen Felsbrocken, etwa halb so groß wie der Schlepper, der zuvor an der oberen Mündung des Kanals gelegen hatte, rollte zu Tal, wobei die langsam ansteigenden Kanalwände wie Leitplanken seinen Lauf steuerten. Er war noch etwa einen halben Kilometer entfernt, doch wuchs seine Rollgeschwindigkeit durch die Einwirkung der dreifachen Erdschwerkraft mit jeder Drehung …

8 Eine Kur gegen Höhenangst

Lebendige Wesen sind bezüglich ihrer Reaktionsschnelligkeit Grenzen unterworfen, doch Lackland überwand rasch seinen Schrecken. Er verschwendete keine Zeit an langwierige Überlegungen, wann der Felsbrocken den Schlepper wohl erreicht haben würde, sondern startete das Gefährt, wendete es um neunzig Grad – so abrupt, dass beinahe die Ketten absprangen – und steuerte es mit Höchstgeschwindigkeit aus dem Kanal, durch den das riesige »Geschoss« herabdonnerte. Doch erst jetzt begriff er wirklich die Anlage der Stadt. Die Kanäle mündeten nicht direkt auf den offenen Platz, wie er zuvor angenommen hatte, sondern waren so geschickt angelegt, dass man mit zweien von ihnen jeden Winkel des Platzes mit Felsbrocken bombardieren konnte. Demzufolge bannte seine Flucht aus dem ersten Kanal nicht die Gefahr, denn man hatte seine Reaktion vorhergesehen. Auch durch die anderen Kanäle rollten die seltsamen Geschosse zu Tal. Verzweifelt hielt Lackland nach einer Fluchtmöglichkeit Ausschau, dann lenkte er entschlossen den Schlepper in einen der Kanäle und fuhr den Hügel hinauf. Auch in diesem Kanal rollte ihm ein Gesteinsbrocken entgegen – Barlennan schien er von allen der größte zu sein und mit jeder Sekunde noch zu wachsen. Der Mesklinit spannte schon seinen Körper an für einen Sprung, wobei er sich fragte, ob der Flieger wohl den Verstand verloren hätte. Dann ertönte plötzlich neben ihm ein Donnern, das auch den lautesten Schrei, den sein Sprechorgan produzieren konnte, bei Weitem übertönte. Hätte sein Nervensystem jetzt reagiert wie das der meisten Tiere auf der Erde, fände er sich jetzt sicher auf halber Höhe des Hügels wieder. Doch die Schreckreaktion seiner Rasse äußerte sich genau gegenteilig: Die Meskliniten erstarrten zur Bewegungslosigkeit, und man hätte schon starke Werkzeuge benötigt, um Barlennan jetzt vom Dach des Schleppers herunterzukriegen. 300 Meter oberhalb, noch etwa fünfzig Meter vor dem herabpolternden Felsbrocken, verwandelte sich ein Stück des Kanals plötzlich in Flammen und Staub – die Aufschlagzünder von Lacklands Geschossen waren so empfindlich, dass sie bei dem geringsten Widerstand die Explosion auslösten. Einen Augenblick später verschwand der Felsbrocken in der Staubwolke, und wieder erwachte die Schnellfeuerkanone zum Leben, jagte diesmal so dicht hintereinander etwa ein halbes Dutzend Geschosse hinaus, dass die Schüsse beinahe wie ein einziger klangen. Ein Stück des Felsens, nur noch etwa halb so groß, tauchte aus der Staubwolke auf; seine äußere Form hatte die ursprünglichen Rundungen verloren. Der Aufprall der Geschosse hatte seinen Schwung gebremst, und das bisschen Fahrt, das er noch besaß, ging durch die Reibung verloren, lange bevor er den Schlepper erreichte. Der Felsrest hatte einfach zu viele Ecken bekommen, um noch weiterzurollen.

Oben auf dem Hügelrand am Eingang des Kanals lagen noch mehrere Brocken, doch sie blieben, wo sie waren. Anscheinend waren die Riesen in der Lage, eine neue Situation sehr rasch zu begreifen, und hatten bemerkt, dass sie auf diese Weise den Schlepper nicht zerstören konnten. Lackland hatte keine Vorstellung davon, wie die Riesen ihnen sonst gefährlich werden konnten. Am wahrscheinlichsten war ein direkter Angriff. Es dürfte den Riesen – ebenso wenig wie Barlennan – kaum Mühe bereiten, auf das Dach des Schleppers zu klettern und sich all ihre Tauschgüter einschließlich des Telekommunikators zurückzuholen. Lackland sah keine Chance, sie daran zu hindern. Er sprach mit Barlennan darüber.

»Möglicherweise werden sie das tatsächlich tun«, lautete dessen Antwort. »Doch während sie versuchen hochzuklettern, werden wir sie zurückschlagen. Sollten sie springen, benutzen wir unsere Keulen. Ich kann mir nicht vorstellen, wie jemand einen Keulenhieb abwehren könnte, während er durch die Luft segelt.«

»Doch wie willst du allein einen Angriff von mehreren Seiten zurückschlagen?«

»Ich bin nicht allein.«

Bei diesen Worten machte er wieder die typische Zangenbewegung, die das mesklinitische Äquivalent für ein Lächeln darstellen sollte.

Lackland konnte über das Dach seines Schleppers hinaussehen, wenn er seinen Kopf in die kleine, durchsichtige Aussichtskuppel steckte, doch das gelang nur, wenn er seinen Schutzhelm abnahm. Deshalb konnte er auch nicht wissen, zu welchen Reaktionen seine Attacke auf den Felsbrocken bei den Besatzungsmitgliedern geführt hatte, die mit in die Stadt gekommen waren.

Diese Unglücklichen befanden sich jetzt in genau der gleichen Situation wie ihr Kapitän, als Lackland ihn zum ersten Mal auf das Dach des Schleppers gesetzt hatte. Die Matrosen sahen Brocken – riesige Brocken – auf sich herniederstürzen, während sie selbst zwischen hohen Wänden eingeschlossen waren. An ihnen hinaufzuklettern, erschien ihnen unmöglich, obwohl die Saugnäpfe an ihren Füßen, die ihnen in der Zeit der Stürme so gute Dienste geleistet hatten, auch hier ausreichend Halt geboten hätten. Und einfach zu springen, wie ihr Kommandant es ihnen schon so oft demonstriert hatte, war ebenso schlimm – vielleicht sogar noch schlimmer. Und doch war es ihnen körperlich möglich – wo der Verstand zu keiner Reaktion fähig ist, tun die Körper automatisch das Richtige. Alle Besatzungsmitglieder bis auf zwei wagten den Sprung. Einer der beiden Zurückgebliebenen kletterte rasch und geschickt an der Wand eines dieser seltsamen Häuser empor. Der andere war Hars, der die Gefahr als Erster erkannt hatte. Vielleicht neigte er aufgrund seiner körperlichen Überlegenheit weniger zu panischen Reaktionen als die anderen. Vielleicht aber besaß er auch eine größere Furcht vor der Höhe. Doch was auch der Grund sein mochte, er befand sich immer noch auf der Kanalsohle, als ein Felsbrocken von der Größe eines Basketballs – und fast ebenso rund – über die Stelle hinwegdonnerte, an der er sich befand. Im Grunde hätte der Brocken ebenso gut auf eine gleich große Gummimasse aufprallen können, denn der harte Schutzpanzer des Mesklinten bestand aus einem Material, das chemische und physikalische Ähnlichkeiten mit dem Chitinpanzer der irdischen Insekten aufwies. Seine Widerstandskraft und Elastizität entsprach genau den Anforderungen, die ein Leben auf Mesklin an seine Bewohner stellte. Trotz der drei G Schwerkraft sprang der Felsbrocken von Hars' »Panzer« fast zehn Meter hoch in die Luft, prallte gegen eine Wand, die seinen Flug normalerweise gestoppt hätte, rollte darüber hinweg und fiel auf der anderen Seite in den angrenzenden Kanal, dessen Lauf er folgte, bis sein Schwung abflachte.

Als der Felsen auf dem freien Platz aufgeschlagen war, hatte sich nur noch Hars dort aufgehalten. Die übrigen Besatzungsmitglieder, die schließlich doch noch Ordnung in ihren zuerst recht überstürzten Rückzug gebracht hatten, saßen entweder schon auf dem Dach des Schleppers neben ihrem Kapitän oder beeilten sich, dorthin zu gelangen. Auch der Kletterer hatte seine Fortbewegungsart geändert und folgte in hastigen Sprüngen den anderen.

Obwohl Hars nach irdischen Maßstäben unglaublich zäh und widerstandsfähig war, hatte er diese Art »Strafe« für seinen Mut doch nicht völlig unverletzt überstanden. Er rang zwar nicht nach Atem, da er keine Lungen besaß, doch sein Körper war übersät mit Kratzern und Prellungen, und der Aufprall hatte seinen Gleichgewichtssinn durcheinandergebracht. Eine ganze Minute verging, ehe er seine Bewegungen wieder unter Kontrolle gebracht hatte und dem Schlepper folgen konnte. Weder Lackland noch Barlennan oder Hars selbst konnte jemals eine Erklärung dafür finden, warum ihn die Stadtbewohner während dieser Minute nicht angegriffen hatten. Der Erdenmensch vermutete, die Tatsache, dass sich Hars trotz dieses schweren Aufpralls noch bewegen konnte, habe den Einheimischen jeden Gedanken daran ausgetrieben. Barlennan, mit der Natur der Meskliniten besser vertraut, war der Meinung, sie seien mehr daran interessiert gewesen, ihre eingetauschten Waren wieder in ihren Besitz zu bringen, als Hars zu töten. Doch was auch immer der Grund sein mochte, erhielt Hars Gelegenheit, seine Kräfte zu sammeln und seinen Kameraden zu folgen. Lackland, dem man schließlich die Ereignisse mitgeteilt hatte, wartete, bis er den Schlepper erreichte. Zwei Männer der Mannschaft mussten zu ihm hinabsteigen und ihn auf das Dach hochhieven, wo seine Kameraden auch sofort erste Hilfe leisteten. Als alle Passagiere – einige so nahe am Rand des Daches, dass ihre neu gewonnene Unempfindlichkeit der Höhe gegenüber auf eine harte Probe gestellt wurde – an Bord waren, begann Lackland den Hang des Hügels hinaufzufahren. Er hatte den Matrosen eingeschärft, der Kanonenmündung nicht zu nahe zu kommen, und behielt den Finger am Abzug. Doch auf dem Hügelkamm rührte sich nichts, keine Felsen polterten dem Gefährt entgegen. Offenbar hatten sich die Eingeborenen, die sie ins Rollen gebracht hatten, durch unterirdische Gänge in die Stadt zurückgezogen, was jedoch nicht bedeuten musste, dass sie nicht wieder auftauchten. Deshalb achteten alle Wesen im und auf dem Schlepper auf die kleinste Veränderung.

Lackland fuhr nicht den gleichen Kanal hinauf, den er zur Abfahrt benutzt hatte. Daher erreichte er die Hügelkuppe etwas abseits vom Schlitten, doch bald sichteten sie die *Bree*, deren Wachmannschaft auf den äußeren Decks zusammengedrängt stand und besorgt in die Stadt hinunterspähte. Dondragmer fluchte in seiner Sprache darüber, dass die Zurückgebliebenen keine Posten nach allen Seiten hin aufgestellt hatten, und Barlennan übersetzte Lackland seine Worte in abgeschwächter Form. Doch die Sorge des Maats erwies sich als überflüssig, der Schlepper erreichte den zurückgelassenen Schlitten, wendete und nahm ohne weitere Zwischenfälle seine Schlepplast wieder an den Haken. Dabei dachte Lackland, dass die Riesen die Wirksamkeit seiner Kanone überschätzt haben mussten. Ein Angriff aus den näher liegenden Gebäuden oder den unterirdischen Gängen, durch die die Stadtbewohner auf die Hügelkuppe gelangt sein mussten, um die Felsen auf sie loszulassen, hätte die Kanone völlig nutzlos gemacht, denn so dicht bei der *Bree* und ihrer Mannschaft wäre es nicht möglich gewesen, Spreng- oder Brandgeschosse abzufeuern. Widerstrebend fasste der Mensch den Entschluss, bis zum Ende der Fahrt keine weiteren Umwege oder Erkundungen mehr zu unternehmen, bis die *Bree* die offenen Gewässer des östlichen Ozeans erreicht hatte. Barlennan war ebenfalls damit einverstanden, allerdings mit gewissen Vorbehalten, die er Lackland gegenüber nicht offenbarte. Wenn der Flieger schlief, würde er sich jedenfalls nicht davon abhalten lassen, seine Leute auf Erkundung auszuschicken.

Nachdem die getauschten Waren eiligst von dem Dach des Schleppers auf das Schiff transportiert worden waren, setzte sich Lackland mit Toorey in Verbindung und erstattete Bericht. Er ließ Rostens Donnerwetter geduldig über sich ergehen und besänftigte ihn wie schon zuvor mit dem Hinweis, dass wieder mehrere Pflanzenproben abholbereit seien, sobald ihm der Direktor die nötigen Behälter dafür geschickt hätte.

Zu diesem Zeitpunkt war die Rakete schon weit genug vor ihnen gelandet, um die Nerven der Meskliniten zu schonen, und wartete auf ihre Ankunft. Die Besatzung verlud die neuen Proben, wartete einige Tage, bis sich der Schlepper aus der Gefahrenzone des Triebwerkstrahls entfernt hatte, und startete dann wieder. Die folgenden Tage während der Fahrt verliefen ereignislos. Nur wenige Kilometer voneinander getrennt wurden hier und dort Hügel sichtbar, deren Kuppen die runden, künstlichen Felsbrocken krönten. Doch der Schleppzug machte immer einen weiten Umweg, und die riesigen Eingeborenen ließen sich nicht außerhalb ihrer Städte blicken.

Diese Tatsache beunruhigte Lackland, der sich nicht vorstellen konnte, woher die Einheimischen ihre Nahrung bezogen. Während der eintönigen Fahrt hatte er genügend Zeit, mehrere Hypothesen über diese seltsamen Wesen aufzustellen. Gelegentlich sprach er mit Barlennan darüber, doch auch dieser konnte ihm nicht dazu verhelfen, sich für eine zu entscheiden, und ihre Unterhaltungen verliefen äußerst unfruchtbar.

Doch mehr als alle anderen Gedanken beunruhigte Lackland die Frage, warum die Riesenwesen ihre Städte in dieser Art angelegt hatten. Sie konnten doch unmöglich den Schlepper oder die *Bree* erwartet haben. Andererseits schien die Bauweise nicht zur Abwehr von Überfällen geeignet zu sein, denn die Bewohner der anderen Städte waren mit diesem System offensichtlich ebenfalls vertraut und würden sich hüten, in die Falle zu gehen.

Doch auch auf diese Frage gab es vielleicht eine Antwort. Lackland war sich darüber im Klaren, dass seine Hypothese auf schwachen Füßen stand – aber sie erklärte zumindest drei Tatsachen: die seltsame Architektur der Städte, die auf die Ansiedlungen beschränkte Lebensweise der Städter, und das Fehlen landwirtschaftlich genutzter Flächen in der Umgebung. Da Lackland seinen eigenen Argumenten nicht so recht traute, erwähnte er diese Theorie, die zum Beispiel keine Erklärung dafür bot, weshalb sie bisher unbelästigt geblieben waren – sonst hätten sie schon wesentlich öfter die Kanone benutzen müssen –, gegenüber Barlennan nicht. Stattdessen hielt er die Augen offen und war auch nicht allzu überrascht, als sich etwa 200 Kilometer von der Stadt entfernt, in der Hars sich seine Verletzungen zugezogen hatte, plötzlich vor dem Schlepper ein kleiner Hügel auf zahlreichen stämmigen, elefantenähnlichen Beinen aufrichtete, seinen Kopf auf einem fünf Meter langen Hals in die Höhe reckte und aus einer ganzen Batterie von Augen einen Moment lang zu ihnen herüberstarrte, ehe er langsam auf den Schlepper zutrottete.

Barlennan saß ausnahmsweise nicht an seinem üblichen Platz auf dem Dach des Schleppers, antwortete aber sofort auf Lacklands Funkspruch. Der Mensch hatte den Schlepper gestoppt. Bei der jetzigen Gangart des Ungetüms blieben ihnen einige Minuten, in denen sie überlegen konnten, was zu tun war.

»Barl, ich gehe jede Wette ein, dass du so etwas noch nie gesehen hast. Selbst bei einer Gewebedichte, wie sie auf deinem Planeten hier keine Seltenheit ist, könnte dieses Wesen niemals sein Eigengewicht außerhalb der Äquatorregion tragen.«

»Du hast vollkommen recht, ich habe ein solches Wesen weder jemals gesehen noch davon gehört und weiß daher auch nicht, ob es gefährlich ist. Allerdings lege ich auch kaum Wert darauf, diese Frage hier zu klären. Doch es ist Fleisch – vielleicht ...«

»Falls du nicht weißt, ob es Fleisch oder Pflanzen frisst, tippe ich auf Ersteres«, erwiderte Lackland. »Es wäre schon ein merkwürdiger Pflanzenfresser, der beim Anblick eines Gegenstandes, der größer ist als er selbst, darauf zugeht – es sei denn, er wäre so dumm, den Schlepper für ein weibliches Tier seiner eigenen Art zu halten, was ich aber sehr bezweifle. Außerdem bin ich der Meinung, dass ein großer Fleischfresser die beste Erklärung für die Tatsache ist, dass die Riesenwesen nie außerhalb ihrer Städte zu sehen sind und ihre Ansiedlungen als wirksame Fallen angelegt haben. Vermutlich locken sie die Tiere an, die auf den Hügeln über ihren Städten auftauchen, indem sie sich ihnen auf der Talsohle zeigen, und töten sie dann mit den Felsen, wie sie es bei uns versucht haben. Auf diese Art und Weise bekommen sie ihre Nahrung direkt vor die Haustüre geliefert.«

»Das alles klingt recht logisch, aber im Augenblick ist es unwichtig«, antwortete Barlennan ungeduldig. »Was fangen wir mit diesem Ungetüm an? Deine Waffe, die den Felsen hat auseinanderbrechen lassen, würde es vermutlich ebenfalls töten, doch dann bleibt wohl kaum etwas von dem Fleisch übrig. Machen wir uns andererseits mit unseren Netzen auf die Jagd, stehen wir zu dicht vor der Mündung, sodass du uns nicht helfen kannst, wenn die Sache gefährlich wird.«

»Soll das heißen, dass ihr dieses Ungeheuer mit euren Netzen fangen wollt?«

»Natürlich. Die Netze würden halten, wenn wir das Tier erst einmal hineinbekommen. Doch leider sind seine Füße zu groß; sie passen nicht durch die Maschen, und daher können wir die übliche Jagdmethode, Tiere auf diese Weise zu Fall zu bringen, nicht anwenden. Wir müssten die Netze über den ganzen Körper und die Glieder spannen und dann festzurren können.«

»Weißt du keine andere Methode?«

»Nein ... und wir hätten auch gar keine Zeit dazu, uns eine zu überlegen. Das Biest ist gleich hier.«

»Spring vom Schiff und häng den Schlitten ab! Ich werde mit dem Schlepper auf das Tier zufahren und es so eine Weile in Schach halten. Falls ihr euch entschließt, es doch mit ihm aufzunehmen, dabei aber in Schwierigkeiten geratet, warne ich euch rechtzeitig, bevor ich die Kanone benutze.«

Barlennan folgte ohne zu zögern dem Vorschlag, sprang vom Achterdeck des Schiffes und löste mit einer einzigen Bewegung das Zugseil, das den Schlitten mit dem Schlepper verband. Danach stieß er einen schrillen Schrei aus, um Lackland anzuzeigen, dass diese Arbeit erledigt war, sprang wieder auf die *Bree* und unterrichtete seine Mannschaft rasch über die neue Situation. Diese Erklärung war im Grunde genommen überflüssig, denn die Matrosen konnten das riesige Tier mit eigenen Augen sehen, weil der Flieger den Schlepper zur Seite gelenkt hatte und ihnen die Sicht darauf freigab. Eine kurze Zeit lang beobachteten sie voller Interesse, einige erstaunt, doch ohne nennenswerte Furcht, wie Tier und Maschine sich einander langsam näherten.

Die Kreatur blieb zunächst stehen, als der Schlepper weiter vorrollte. Sein Kopf sank hinunter bis dicht über den Boden, und der lange Hals bewegte sich von einer Seite zur anderen, während die unzähligen Augen die Situation aus allen möglichen Blickwinkeln betrachteten. Das Wesen schenkte der *Bree* keinerlei Beachtung. Entweder bemerkte es die Bewegungen der kleinen Lebewesen auf den Decks überhaupt nicht oder hielt den Schlepper für das weit lohnendere Objekt. Als Lackland den Schlepper in einem weiten Bogen auf seine Flanke zulenkte, drehte es seinen gigantischen Körper ebenfalls, sodass sich der Schlepper wieder frontal vor seinem Kopf befand. Lackland überlegte schon, ob er das Ungetüm zu einer ganzen Drehung von 180 Grad verleiten sollte, damit die *Bree* genau hinter ihm läge, doch dann fiel ihm ein, dass das Schiff sich dadurch genau in seiner Schusslinie befand, sollte er gezwungen sein, die Kanone einsetzen zu müssen. Deshalb beendete er die Bewegung, als sich der Schlitten mit der *Bree* an der rechten Flanke des Wesens befand. Mit der seltsamen Anordnung seiner Augen konnte das Tier ohnehin nach allen Seiten gleichzeitig sehen und würde die Matrosen rechtzeitig erspähen, wenn sie es wagten, sich ihm zu nähern.

Er steuerte den Schlepper auf das Tier zu. Es hatte sich zu Boden gekauert, als Lackland das Drehmanöver beendete, doch nun richtete es sich wieder auf seinen unzähligen Beinen auf und zog den Kopf schützend ein, bis er fast im Rumpf verschwand. Wieder hielt Lackland den Schlepper an, griff nach seiner Kamera und fotografierte es mehrmals. Da das Tier offenbar nicht die Absicht hatte, ihn anzugreifen, blieb er mit dem Schlepper an Ort und Stelle stehen und betrachtete es eingehend ein oder zwei Minuten lang.

Sein Körper war beträchtlich größer als der eines irdischen Elefanten und ähnelte in seinen Bewegungen entfernt an die einer Schildkröte. Auf der Erde hätte das Tier sicher acht bis zehn Tonnen gewogen. Dieses Gewicht war gleichmäßig auf zehn Beinpaare verteilt, die sehr kurz und enorm dick waren. Lackland bezweifelte, dass sich das Tier viel schneller als bisher fortbewegen konnte.

So vergingen ein oder zwei Minuten, und das Wesen wurde langsam unruhig. Es streckte vorsichtig seinen Kopf wieder etwas vor und schwenkte ihn von einer Seite zur anderen, als ob es nach weiteren Feinden Ausschau hielte. Lackland, der unbedingt vermeiden wollte, dass sich die Aufmerksamkeit des Wesens auf die manövrierunfähige *Bree* und ihre Mannschaft richtete, steuerte den Schlepper ein weiteres Stück nach vorn. Sofort zog sich das seltsame Wesen wieder in seine Verteidigungsstellung zurück. Dieses Spiel wiederholte sich in immer kürzeren Zeitabständen, bis die Sonne hinter den Hügeln im Westen unterging. Als schließlich die Nacht hereinbrach, schaltete Lackland, der nicht beurteilen konnte, ob das Biest auch in der Nacht angreifen würde, sämtliche Scheinwerfer des Schleppers an. Dadurch erreichte er zumindest, dass das Wesen geblendet wurde und in der Dunkelheit außerhalb der Reichweite der Scheinwerfer nichts erkennen konnte, was sicherlich eine neue und seltsame Erfahrung für es sein musste.

Ganz offensichtlich war ihm das Licht unangenehm. Es blinzelte mehrere Male, als ihm das Licht des Hauptscheinwerfers in die Augen stach, und Lackland sah deutlich, wie sich die großen Pupillen zusammenzogen. Plötzlich trottete das Wesen, einen wehklagenden Laut ausstoßend, der von dem Dachempfänger des Schleppers aufgefangen und deutlich in den Innenraum übertragen wurde, einige Schritte vorwärts und griff an. Lackland hatte nicht bemerkt, dass er den Schlepper so nah an das Tier herangefahren hatte – oder, besser gesagt, dass das Tier eine solche Reichweite besaß. Der Hals reckte sich zu voller Länge und schleuderte den massiven Kopf wie ein Geschoss seitlich am Schlepper vorbei. Dann änderte sich plötzlich die Bewegungsrichtung; mit voller Wucht prallte der Kopf gegen die Flanke des Schleppers. Einer der großen Fangzähne donnerte heftig gegen die Panzerung, und im gleichen Augenblick erlosch der Hauptscheinwerfer. Ein schriller Schmerzensschrei ließ Lackland vermuten, dass das angreifende Untier mit seinem Zahn den Stromkreis berührt haben musste, der den Scheinwerfer speiste. Doch ihm blieb keine Zeit, aus dieser Situation einen Vorteil für sich herauszuschlagen. Hastig fuhr er den Schlepper zurück und schaltete gleichzeitig die Kabinenbeleuchtung aus, um zu verhindern, dass das Biest mit seinen Zähnen die Einstiegsluke zertrümmerte. Die gespenstische Szene wurde jetzt nur noch erhellt durch das Licht der Frontscheinwerfer, die tief in der Panzerung des Gefährtes eingebettet lagen. Lacklands Rückzug schien das Wesen ermutigt zu haben, denn es trottete vorwärts und versuchte, mit dem nächsten Stoß auch diese auszulöschen. Der Mensch wagte nicht, die Scheinwerfer auszuschalten, weil er dann seinen Gegner in der Dunkelheit nicht mehr hätte erkennen können. Stattdessen schickte er über seinen Sender einen dringenden Hilferuf aus.

»Barl! Wie steht's mit euren Netzen? Wenn ihr nicht bald etwas unternehmt, bleibt mir nichts anderes übrig, als die Kanone einzusetzen, ohne Rücksicht auf eure Fleischversorgung. Wenn es so weit kommt, haltet euch von dem Schlepper fern. Ich muss Brandgeschosse abfeuern, weil sich das Biest zu dicht beim Schlepper befindet, als dass ich gefahrlos Explosivgeschosse einsetzen könnte.«

»Die Netze sind noch nicht klar, doch wenn du es schaffst, das Tier auf die windabgelegene Seite des Schiffes zu locken, werden wir auf andere Weise mit ihm fertig.«

»In Ordnung.«

Lackland konnte sich zwar nicht vorstellen, wie diese andere Methode aussehen sollte, glaubte auch nicht so recht an einen Erfolg. Aber solange sein Rückzug ins Konzept des Kapitäns passte, war er bereit mitzumachen. Ihm kam es nicht im Traum in den Sinn, dass Barlennans Waffe dem Schlepper gefährlich werden könnte, und auch Barlennan erkannte dieses Problem nicht. Der Mensch verhinderte durch mehrmaliges hastiges Zurücksetzen, dass die Fangzähne des Ungetüms weiteren Schaden an der Außenhaut des Schleppers anrichteten, und das Biest schien nicht die Intelligenz zu besitzen, seine Ausweichbewegungen vorauszuahnen. Zwei Minuten etwa dauerte dieses Katz-und-Maus-Spiel, das das Tier schließlich in die richtige Position brachte.

Auch Barlennan hatte diese Zeit nicht ungenutzt verstreichen lassen. Auf den leeseitigen Decks, die dem Kampfplatz von Maschine und Monster zugewandt waren, befanden sich vier Geräte, die Ähnlichkeit mit Blasebälgen hatten, über deren Mündungen Fülltrichter angebracht waren. Zwei Matrosen warteten nun an jedem Blasebalg auf ein Zeichen ihres Kapitäns und begannen dann mit aller Kraft zu pumpen. Ein weiterer Matrose füllte feinen Staub in den Trichter, den der Luftstrom vor der Düse aufnahm und auf die beiden kämpfenden Parteien zutrieb. Die Dunkelheit machte es schwierig, den Staubflug genau zu verfolgen, doch Barlennan kannte sich mit den Windgeschwindigkeiten bestens aus. Er ließ die Bedienungsmannschaften noch eine Weile pumpen, dann gab er einen weiteren Befehl.

Die Matrosen an den Trichtern reagierten sofort und betätigten eine Vorrichtung an der Mündung der Blasebälge. Ein glühender Flammenteppich schoss auf die beiden kämpfenden Parteien zu und hüllte sie ein. Die Schiffsbesatzung war rechtzeitig hinter den Persennings in Deckung gegangen, auch die Geschützbedienungen hatten sich unter der Verkleidung ihrer »Waffen« in Sicherheit gebracht.

Lackland gebrauchte einige Ausdrücke, die er Barlennan bisher noch nicht beigebracht hatte, während er den Schlepper hastig im Rückwärtsgang aus der Feuerwolke steuerte und dabei betete, dass die Quarzscheiben in den Bullaugen nicht durch die Hitze schmolzen. Das Tier jedoch, anscheinend immer noch von dem Drang beseelt, den Schlepper zu verfolgen, schien die nötige Kontrolle über sich verloren zu haben. Es bewegte sich zuerst in eine Richtung, dann wieder in die entgegengesetzte, schien offenbar einen Fluchtweg zu suchen. Die Flammen selbst erloschen in Sekundenschnelle, ließen aber eine dichte Wolke weißen Dampfes zurück, der im Scheinwerferlicht hell aufleuchtete. Entweder hatte der Flammenstoß ausgereicht, oder der Dampf war ebenso tödlich, denn die Verwirrung des Wesens nahm ständig zu. Die taumelnden Schritte wurden kürzer, und schließlich trugen die Beine den riesenhaften Körper nicht mehr. Das Tier brach zusammen und rollte auf die Seite. Noch einmal zuckten die Beine im Todeskampf, der lange Hals schoss mehrmals vor und zurück, wobei der schwere Kopf an seinem Ende jedes Mal heftig auf dem Boden aufschlug. Bei Sonnenaufgang zuckten Kopf und Beine noch einmal, dann wich das Leben aus dem Körper des riesigen Ungetüms.

Die Besatzung der *Bree* war schon vorher von Bord geklettert und folgte jetzt der dunklen Spur, die die Flammenwolke in den Schnee gefressen hatte, um das tote Ungetüm zu zerlegen. Die tödliche weiße Wolke trieb in einiger Entfernung davon und löste sich dabei langsam auf. Lackland war verblüfft, auf dem Schnee, über den die Wolke hinweggezogen war, Spuren von schwarzem Staub zu sehen.

»Barl, was zum Teufel war das für ein Stoff, mit dem ihr die Feuerwolke erzeugt habt? Und hast du nicht daran gedacht, dass die Fenster des Schleppers in der Hitze hätten schmelzen können?«

Der Kommandant, der sich an Bord des Schiffes in der Nähe eines seiner Funkgeräte aufhielt, antwortete sofort. »Tut mir leid, Charles, aber ich habe nie darüber nachgedacht, aus welchem Stoff die Fenster bestehen. Woher sollte ich auch wissen, dass unsere Flammenwolke deiner riesigen Maschine etwas anhaben könnte? Das nächste Mal werde ich vorsichtiger sein. Als Munition für unsere Flammenwerfer benutzen wir einen bestimmten Staub, den Pflanzen hervorbringen. Sie erzeugen ziemlich große Kristalle, die wir vorsichtig bei völliger Dunkelheit zu Pulver zermahlen müssen.«

Lackland nickte langsam und verarbeitete diese Information. Er besaß nur oberflächliche chemische Kenntnisse, doch sie genügten, um sich vorzustellen, wie dieser Staub beschaffen sein musste: Er war lichtempfindlich, brannte in Verbindung mit Wasserstoff und erzeugte eine weiße Dampfwolke, hinterließ schwarze Rückstände im Schnee … Es konnte sich hierbei nur um einen Stoff handeln: Chlor ist bei den Außentemperaturen Mesklins ein fester Stoff, der in Verbindung mit Wasserstoff heftig reagiert, wodurch sich ein feiner weißer Staub bildet – Wasserstoffchlorid. Schmelzender Methanschnee gibt seinen Wasserstoff ebenfalls an dieses unersättliche Element ab, zurück bleibt Kohlenstoff.

Das pflanzliche Leben auf dieser Welt war in der Tat hochinteressant! Er musste seine neuen Erkenntnisse unbedingt nach Toorey durchgeben – doch vielleicht hob er sich die Neuigkeit besser für den Fall auf, dass er Rosten wieder einmal verärgerte.

»Es tut mir wirklich sehr leid, dass ich den Schlepper in Gefahr gebracht habe.« Barlennan schien sich nochmals entschuldigen zu wollen. »Vielleicht ist es wirklich besser, wenn du in Zukunft solchen Feinden mit deiner Kanone zu Leibe rückst. Oder könnten wir lernen, sie zu bedienen? Ist sie, wie die Funkgeräte, besonders für die Verhältnisse auf Mesklin entwickelt worden?«

Der Kapitän fragte sich, ob er diesmal mit seiner Neugier vielleicht zu weit gegangen war, doch eine Antwort auf diese Frage schien ihm das Risiko wert zu sein. Aber entweder sah er

Lacklands Lächeln nicht, als er ihm antwortete, oder er konnte es nicht interpretieren.

»Nein, die Kanone ist nicht für diese Welt entwickelt oder umgebaut worden, Barl. Hier funktioniert sie ganz gut, doch bei dir zu Hause wäre sie leider völlig nutzlos.« Lackland zog seinen Rechner hervor und fügte hinzu, nachdem er kurz nachgerechnet hatte: »Seine maximale Reichweite betrüge an den Polen allenfalls knapp fünfzig Meter.«

Barlennan schwieg enttäuscht.

Mehrere Tage vergingen, bis das tote Ungetüm zerlegt war. Lackland behielt vorsichtshalber den Schädel, um Rosten damit notfalls milde stimmen zu können. Schließlich setzte sich der Treck wieder in Bewegung.

Kilometer um Kilometer, Tag um Tag zerrte der Schlepper seine Last vorwärts. Gelegentlich sichteten die Expeditionsteilnehmer Städte der Felsenschleuderer, zwei- oder dreimal unterbrachen sie die Fahrt, um Lebensmittel für Lackland aufzunehmen, die von der Besatzung der Rakete entlang ihrer Marschroute zurückgelassen worden waren. Manchmal begegneten sie anderen größeren Tieren, einige ähnlich dem, das die Mannschaft der *Bree* erlegt hatte, andere wiederum sehr unterschiedlich in Größe und Körperbau. Zwei Matrosen fingen zwei riesige Pflanzenfresser mit ihren Netzen und töteten sie, um ihren Fleischvorrat aufzufüllen. Lackland schaute ihnen bewundernd zu. Der Größenunterschied war weit beachtlicher als der zwischen irdischen Elefanten und den afrikanischen Pygmäen, die sie manchmal jagten.

Das Land wurde allmählich hügeliger, je weiter sie vordrangen, und der Fluss, dessen Lauf sie, abgesehen von wenigen Unterbrechungen, über Hunderte von Kilometern gefolgt waren, wurde schmaler und verästelte sich schließlich in zahllose kleinere Bäche. Zwei dieser Seitenarme waren immerhin so breit, dass der Schlitten sie nicht überbrücken konnte. Die Vertäuung der *Bree* musste gelöst werden, sodass das Schiff an einer Zugleine schwimmend den Fluss überquerte, während Lackland mit Schlepper und Schlitten das Flussbett unten auf dem Grund durchquerte. Doch in den letzten Tagen waren die Bäche so schmal geworden, dass der Schlitten sie bequem überbrückte und es keine Verzögerungen dieser Art mehr gab.

Etwa 1800 Kilometer von der Bucht entfernt, in der die *Bree* überwintert hatte, und etwa 450 Kilometer südlich des Äquators, in einer Gegend, in der Lackland noch mehr unter der um ein halbes G höheren Schwerkraft litt, begannen die Bäche und Flüsse schließlich in die Richtung zu fließen, die die Expedition verfolgte. Lackland und Barlennan ließen mehrere Tage verstreichen, um ganz sicherzugehen, doch schließlich gab es keinen Zweifel mehr daran, dass sie die »Wasserscheide« zum östlichen Ozean erreicht hatten. Die Stimmung, die von vornherein nie schlecht gewesen war, hob sich sichtlich, und auf dem Dach des Schleppers hockten jetzt immer einige Seeleute, die darauf hofften, hinter jeder nächsten Erhebung das weite Meer im Sonnenlicht glitzern zu sehen. Sogar Lackland, meist zum Umfallen müde, hatte wieder bessere Laune. Umso größer waren dann der Schock und die Enttäuschung für ihn, als sie plötzlich, ohne jede Vorwarnung, einen tiefen Felsabbruch erreichten. Vor ihnen befand sich ein etwa zwanzig Meter tiefer Steilabfall, der, so weit das Auge reichte, im rechten Winkel zu ihrer Fahrtrichtung verlief.

9 Über die Klippe

Lange Zeit herrschte enttäuschtes Schweigen. Lackland wie auch Barlennan, die beide die Reiseroute anhand der Fotografien sehr sorgfältig ausgearbeitet hatten, waren viel zu verblüfft, um etwas sagen zu können. Die Mannschaft, sonst nicht gerade arm an Eigeninitiative, beschloss diesmal sofort einstimmig, die Lösung dieses Problems ihrem Kapitän und seinem fremdartigen Freund zu überlassen.

»Wieso gibt es diesen Felsabbruch überhaupt?«

Barlennan ergriff schließlich als Erster das Wort. »Ich sehe ein, dass sie nicht besonders tief ist, verglichen mit der Höhe, aus der euer Flugkörper Fotos gemacht hat. Doch hätte diese Felswand in den Minuten vor Sonnenuntergang nicht einen langen Schatten über das darunter liegende Land werfen müssen?«

»Stimmt, Barl, und ich weiß nur eine Erklärung, warum wir die Steilwand nicht bemerkt haben. Du erinnerst dich sicher, dass jedes Foto viele Quadratkilomter Land abdeckte. Ein einziges Foto umfasste das ganze Land, das wir von hier aus überblicken können, und noch viel mehr. Das Foto von diesem Gebiet muss zwischen Sonnenaufgang und Mittag gemacht worden sein, in der Zeit also, in der dieser Steilhang keinen Schatten wirft.«

»Dann reicht dieser Abbruch also nicht über das Gebiet hinaus, das auf diesem einen Foto erfasst worden ist?«

»Vielleicht. Doch ebenso ist es möglich, dass die Rakete, von der aus die Aufnahmen gemacht worden sind, auch die angrenzenden Gebiete in den Mittagsstunden fotografiert hat. Ich weiß nicht, welchen Kurs sie geflogen ist. Flog sie von Ost nach West, wäre es durchaus kein allzu großer Zufall, wenn sie diesen Felsabsturz mehrmals zur gleichen Tageszeit überflogen hätte. Doch ist diese Frage jetzt nicht das vorrangige Problem. Da es die Felswand nun mal gibt, sollten wir uns Gedanken darüber machen, wie wir unsere Reise fortsetzen können.«

Diese Frage hatte wiederum ein lastendes Schweigen zur Folge, das zu Lacklands und Barlennans Erstaunen schließlich von dem Ersten Maat unterbrochen wurde.

»Wäre es jetzt nicht ratsam, die Freunde des Fliegers von oben feststellen zu lassen, wie weit sich die Klippe nach beiden Seiten ausdehnt? Möglicherweise finden wir mit ihrer Hilfe einen sanfteren Abstieg, ohne allzu große Umwege machen zu müssen. Außerdem können sie eine neue Karte anfertigen, auf der die Felswand eingezeichnet ist.«

Barlennan übersetzte diese Bemerkung seines Maates, die dieser in der Sprache der Meskliniten gemacht hatte. Lackland zog die Augenbrauen hoch.

»Dein Freund könnte sich ebenso gut unserer Sprache bedienen, Barl, er scheint unsere Unterhaltung ziemlich genau verstanden zu haben. Oder kannst du dich mit ihm auf eine Weise verständigen, die ich noch nicht kenne?«

Barlennan fuhr herum und starrte seinen Maat verblüfft an. Er hatte Dondragmer seine Unterhaltung mit dem Flieger nicht übersetzt. Der Flieger hatte recht – sein Maat war der Sprache der Menschen teilweise mächtig. Unglücklicherweise traf Lackland mit der zweiten Vermutung ebenfalls ins Schwarze. Barlennan war sich lange Zeit sicher gewesen, dass viele Töne, die sein Sprechorgan erzeugte, für das Erdenwesen unhörbar waren, obwohl er nicht wusste, warum. Mehrere Sekunden lang suchte er fieberhaft nach einer Entscheidung, ob es besser sei, Dondragmers neu gewonnene Fähigkeit preiszugeben, das Geheimnis ihrer Kommunikation zu offenbaren oder gar beides einzugestehen. Vielleicht brauchte er auch nichts zu verraten, wenn er nur rasch genug die Situation durch schnelles Reden in den Griff bekam. Er versuchte es.

»Offenbar ist Dondragmer klüger, als ich dachte. Stimmt es, dass du ein paar Worte von der Sprache des Fliegers gelernt hast?«

Diese Frage stellte Barlennan laut in der Menschensprache, sodass Lackland sie hören konnte. Dann fügte er in der höheren Tonlage seiner eigenen Sprache rasch hinzu:

»Sag die Wahrheit – ich möchte die Tatsache, dass wir uns für ihn unhörbar miteinander verständigen können, so lange wie möglich vor ihm geheim halten. Antworte ihm in seiner Sprache, wenn du kannst.«

Der Maat gehorchte, doch sein Kapitän hätte die Gedanken nicht erraten können, die Don durch den Kopf gingen.

»Ich habe sehr viele Worte deiner Sprache gelernt, Charles Lackland. Ich wusste nicht, dass du etwas dagegen hast.«

»Ich habe nichts dagegen, Don. Im Gegenteil, ich bin froh und zugegeben – ein wenig überrascht. Wärst du mit Barl zu meiner Station gekommen, hätte ich dir gern ebenfalls Unterricht erteilt. Da du dir aber selbst genügend Kenntnisse angeeignet hast – vermutlich durch den Vergleich unserer Gespräche mit den folgenden Reaktionen deines Kapitäns –, solltest du am besten gleich an unserer Beratung teilnehmen. Dein Vorschlag klang sehr vernünftig, ich werde sofort die Station auf Toorey rufen.«

Die Leitstelle auf dem Mond antwortete unverzüglich, da jetzt ständig ein Funker die Frequenz des Hauptsenders im Schlepper mithilfe von mehreren Relais-Satelliten überwachte, die im Orbit über Mesklin kreisten. Er begriff das Problem sofort und versprach, dass so schnell wie möglich ein erneuter Aufklärungsflug stattfinden würde.

»So schnell wie möglich« bedeutete aber immerhin doch ein paar Mesklintage, und während sie auf das Ergebnis warteten, überlegten sich die drei, wie sie die Klippe auf andere Art überwinden konnten für den Fall, dass sich eine Umgehung des Felsabsturzes in der näheren Umgebung als unmöglich erweisen sollte.

Ein paar Matrosen bekundeten ihre Bereitschaft, einfach in die Tiefe zu springen – sehr zum Ärger und Entsetzen von Barlennan. Er war der Meinung, die natürliche Furcht der Mesklniten vor der Höhe dürfe nicht völlig verschwinden, obwohl die gesamte Mannschaft inzwischen eine Vorliebe für das Klettern und Springen entdeckt hatte. Er bat Lackland, seine Leute von ihrer Absicht abzubringen, und dieser schaffte es, indem er ausrechnete, dass ein Sprung von der zwanzig Meter hohen Klippe hier die gleiche Wirkung habe wie ein Sturz aus der Höhe von dreißig Zentimetern in ihrer Heimat. Dadurch rief er bei den Matrosen genügend Kindheitserinnerungen wach, sodass sie ihr Vorhaben augenblicklich aufgaben. Als der Kapitän später über diese Dinge nachdachte, kam er zu dem Schluss, dass er, selbst an seinen eigenen, schon weit gesteckten Maßstäben gemessen, über eine Mannschaft aus Irren gebot, wobei er sich selbst bis zu einem gewissen Grade dazuzählte. Doch er war sicher, dass sich diese spezielle Form der »Krankheit« auszahlen würde.

Niemand hatte eine Idee, wie der Abbruch zu bewältigen wäre, und Lackland nutzte die Pause, um den Schlaf nachzuholen, den er dringend benötigte. Zwei Phasen lang schlief er und unterbrach den Schlummer nur, um eine herzhafte Mahlzeit zu sich zu nehmen. Dann traf endlich der ersehnte Bericht der Aufklärer-Rakete ein. Er war kurz und entmutigend. Etwa

900 Kilometer nordöstlich ihres Standpunktes, fast genau am Äquator, fiel die Klippe zum Meer hin ab. In entgegengesetzter Richtung erstreckte sie sich fast 1800 Kilometer weit, wurde nur langsam niedriger und verschwand erst gänzlich in der Fünf-G-Region. Sie verlief nicht völlig gerade, sondern machte an einer Stelle dicht am Ozean einen scharfen Knick und ragte tief ins Landesinnere hinein. An diesem Punkt befand sich jetzt die Expedition. Zwei Flüsse ergossen sich in Kaskaden über den Felsabbruch ins Tiefland, und genau zwischen diesen beiden Katarakten war der Schlepper mit seiner Last gefangen.

Um einen der beiden Flüsse mit der *Bree* und ihrer Mannschaft sicher überqueren zu können, hätte Lackland viele Kilometer flussaufwärts fahren müssen, denn die gewaltigen Stromschnellen und Katarakte in der Nähe der Klippe machten eine Überquerung unmöglich. Einer der beiden Wasserfälle tobte etwa fünfzig Kilometer im Süden, der andere stürzte etwa 160 Kilometer nordöstlich hinter der Biegung der Klippe ins Tiefland darunter. Von der Rakete aus war es natürlich nicht möglich gewesen, die volle Länge der Klippe exakt mit allen Details zu erfassen, doch der zuständige Kartograf bezweifelte, dass der Schlepper eine geeignete Stelle zum Abstieg finden würde. Am günstigsten wäre es, diesen Versuch in der Nähe eines der beiden Flüsse zu wagen, wo die Erosion deutliche Spuren hinterlassen und möglicherweise passierbare »Pfade« geschaffen hatte.

»Wie, zum Teufel, kann sich überhaupt eine Klippe in dieser Form ausbilden?«, fragte Lackland aufgebracht, als er diese schlechte Nachricht erfuhr. »Ein 2700 Kilometer langer Felsabbruch, gerade hoch genug, um ein Hindernis darzustellen – und wir müssen ausgerechnet darauf stoßen. Ich verwette meinen Kopf, dass es auf dem ganzen vermaledeiten Planeten keine zweite Klippe in dieser Form gibt!«

»Wetten Sie lieber nicht zu hoch«, ermahnte ihn der Kartograf. »Die Jungs von der Physiografie haben nur genickt, als ich ihnen die Klippe beschrieb. Einer von ihnen behauptete, er sei verwundert, dass Sie nicht schon früher auf einen Felsabsturz gestoßen sind, worauf ein anderer einwandte, dass solche Formationen normalerweise nur in größerer Entfernung vom Äquator zu finden seien, weshalb er nichts Seltsames daran fände. Als ich ging, stritten sie sich noch immer.«

»Das ist vielleicht eine Denkweise«, brummte Lackland, schwieg aber abrupt, weil ihm etwas eingefallen war. »Wenn derartige Auffaltungen in der Landschaft so normal sind, können Sie mir doch sicher sagen, ob es zwischen meinem jetzigen Standort und der See noch weitere gibt. Oder müssen Sie deswegen einen weiteren Aufklärungsflug unternehmen?«

»Nein, ehe ich den letzten durchführte, habe ich mich mit den Geologen beraten. Wenn Sie dieses Hindernis überwunden haben, ist alles in Ordnung. Wenn Sie das Schiff Ihres Freundes direkt am Fuß der Klippe in den Fluss setzen, dürfte er den Rest dann allein schaffen. Ihr einziges Problem ist, das Schiff über die Klippe zu heben.«

»Heben … hm. Hank, Sie haben das zwar nur bildlich gemeint, doch der Gedanke hat etwas für sich. Vielen Dank einstweilen. Vielleicht setze ich mich später nochmals mit Ihnen in Verbindung.«

Lackland wandte sich von seinem Empfänger ab und streckte sich nachdenklich wieder auf seiner Koje aus. Er hatte die *Bree* noch nie schwimmen sehen, das Schiff lag schon auf dem Strand, ehe er Barlennan begegnete. Und als er sie über die Flüsse gezogen hatte, war er selbst mit dem Schlepper unter der Oberfläche gefahren. Daher wusste er nicht, welchen Tiefgang das Schiff besaß. Doch um auf einem Ozean aus flüssigem Methan zu schwimmen, musste es schon sehr leicht sein, da Methan nur das halbe spezifische Gewicht von Wasser hatte. Also war das Schiff nicht hohl – das heißt, es schwamm nicht, weil es einen Hohlraum mit Luft umschloss, der sein ursprüngliches Gewicht verringerte, wie etwa die Stahlschiffe auf der Erde –, sondern bestand aus einzelnen Flößen, die gleichzeitig als Decks dienten. Das »Holz«, das man für den Bau der *Bree* verwendet hatte, war einfach leicht genug, auf Methan zu schwimmen und dabei noch Mannschaft und Ladung zu tragen.

Ein einzelnes Floß konnte daher nicht mehr als ein paar Kilogramm wiegen, selbst bei der hier herrschenden Schwerkraft. Lackland musste also in der Lage sein, mehrere Flöße gleichzeitig über den Rand der Klippe herabzulassen. Und den Schiffsrumpf zu tragen, wäre keine Schwierigkeit für zwei Matrosen, wenn man sie nur überreden könnte darunterzukriechen.

Lackland besaß keine Seile außer dem Strick, an dem der Schlitten hing, doch auf der *Bree* gab es davon genug. Die Mannschaft sollte außerdem fähig sein, eine Art Hebebaum zu bauen – für alle Fälle. Auf der Erde wäre dies eine Aufgabe, die jeder Seemann im Handumdrehen erledigen konnte – doch hier? Auf Mesklin bedeutete dies aufgrund der Abneigung und Vorurteile seiner Bewohner gegen jede Art von Höhenüberwindung, sei es durch Heben, Springen oder Werfen, ein echtes Problem. Doch zumindest konnten die Matrosen die Seile verknoten, und das Gefühl, gezogen zu werden, musste ihnen inzwischen ebenfalls vertraut geworden sein. Dieses Problem ließe sich also lösen. Die größte Schwierigkeit bestand nach wie vor darin, ob sich die Matrosen zusammen mit ihrem Schiff über die Klippe abseilen lassen würden.

Andere hätten diese Sorge dem Kommandanten der *Bree* überlassen, doch Lackland vermutete stark, dass er selbst diesen

Plan durchsetzen musste. Doch war es unbedingt nötig, Barlennans Meinung zu diesem Punkt zu erfahren. Lackland streckte schwerfällig den Arm aus, schaltete den Telekommunikator ein und rief seinen kleinen Freund.

»Barl, ich habe nachgedacht. Warum können deine Leute das Schiff nicht mit Tauen über die Klippen herablassen, Floß für Floß, und es unten wieder zusammenbauen?«

»Und wie kämst du herunter?«

»Überhaupt nicht. Etwa 45 Kilometer südlich von hier gibt es einen Fluss, der bis zur Küste schiffbar ist, wenn Hank Stearmans Bericht zutrifft. Ich schlage deshalb vor, euch bis zu dem Wasserfall zu schleppen, und helfe euch noch, die *Bree* über die Klippe nach unten abzuseilen. In den Fluss setzen müsst ihr sie dann selbst. Mir bleibt dann nur noch übrig, euch viel Glück zu wünschen. Von diesem Moment an können wir euch nur noch mit Wetterinformationen und Navigationshilfen zur Seite stehen, wie wir es versprochen haben. Ihr habt doch Seile, nicht wahr, die das Gewicht eines Floßes halten können?«

»Natürlich, in dieser Gegend hier würden normale Seile sogar das Gewicht des ganzen Schiffes aushalten. Wir müssen die Seile allerdings um Bäume, deinen Schlepper oder etwas Ähnliches schlingen, denn die gesamte Besatzung könnte diesem Zug nicht standhalten. Doch das ist kein Problem. Ich würde sagen, du hast die Lösung gefunden, Charles.«

»Was ist mit deinen Leuten? Ihnen wird die Vorstellung, über die Klippe abgeseilt zu werden, sicher nicht behagen.«

Barlennan überlegte kurz.

»Ich glaube, das geht schon in Ordnung. Ich werde sie auf den Flößen nach unten schicken. Sie sollen darauf achten, dass sie nicht gegen die Felswand stoßen. Das wird sie daran hindern, nach unten zu schauen, und sie ausreichend ablenken, sodass sie nicht an die Höhe denken. Bei dem geringen Körpergewicht, das sie hier haben, fürchten sie sich kaum vor einem Sturz ...«

Lackland brummte zustimmend.

»... für meine Begriffe sind sie in diesem Punkt ohnehin viel zu sorglos. Wir schaffen das schon. Sollten wir uns nicht besser sofort auf den Weg zu diesem Wasserfall machen?«

»Einverstanden.«

Lackland stemmte sich in den Fahrersitz. Er war plötzlich sehr müde. Seine Aufgabe bei diesem Unternehmen war nun fast beendet – früher als erwartet –, und sein Körper sehnte sich nach Befreiung von dem fortwährenden überstarken Gravitationsdruck, dem er während der letzten sieben Monate ausgesetzt war. Vielleicht wäre es doch besser gewesen, noch den Winter durchzustehen, doch müde, wie er war, empfand er kein Bedauern darüber.

Der Schlepper wendete auf der Stelle nach rechts und folgte in etwa 200 Metern Abstand dem Verlauf der Klippe. Die Meskliniten mochten ihre Höhenangst allmählich verlieren, doch bei Lackland entwickelte sie sich langsam. Er hatte keinen Versuch unternommen, den Hauptscheinwerfer, der beim ersten Zusammenstoß mit Mesklins Tierwelt zu Bruch gegangen war, zu reparieren, und des Nachts hütete er sich, dem Rand der Klippe zu nahe zu kommen, den er nur schwach im Licht der Frontscheinwerfer ausmachen konnte.

Sie erreichten den Katarakt nach einer ununterbrochenen Fahrt von zwanzig Tagen. Die beiden ranghöchsten Meskliniten und der Mensch hörten ihn schon lange vorher. Zuerst vernahmen sie ein fernes Brausen, das sich zu einem gedämpften Donnern und schließlich zu einem gewaltigen Dröhnen verstärkte. Der Katarakt kam am frühen Morgen in Sicht, und

Lackland hielt unwillkürlich den Schlepper an. Der Fluss war an der Stelle, an der er über den Steilhang stürzte, fast einen Kilometer breit und spiegelglatt. In seinem Bett schien es keine Felsen oder Bodenerhebungen zu geben. Er rauschte einfach über die Steilwand und stürzte in die Tiefe.

Der Fluss hatte eine etwa eineinhalb Kilometer breite Rinne in die Steilwand gegraben, und den Expeditionsteilnehmern bot sich hier ein fantastischer Ausblick über die Schlucht. Die von der Strömung leicht gekräuselte Oberfläche ließ keine Rückschlüsse auf die Fallgeschwindigkeit der Flüssigkeit zu, doch die Gischtwolke beim Aufprall am Fuß der Klippe gab den Betrachtern eine schwache Ahnung davon. Sogar bei dieser Schwerkraft und Atmosphäre verhüllte ein dichter Flüssigkeitsschleier den Fuß und die untere Hälfte der Steilwand völlig. Erst in weitem Abstand von der Wand löste sich der Schleier auf, und man konnte die wirbelnden Strudel des Unterlaufs erkennen. Die Oberfläche des Flusses beruhigte sich aber rasch wieder, während er breit dem Ozean zuströmte. Außer den Luftwirbeln, die der Fall selbst erzeugte, spürte man keinen Wind.

Die Mannschaft der *Bree* war sofort von Bord gegangen, nachdem der Schlepper angehalten hatte, und die selbstsichere Art, wie sie vom Rand des Hanges in die Schlucht hinabspähten, bewies Lackland, dass es beim Abseilen von Schiff und Besatzung kaum Schwierigkeiten vonseiten der Mannschaft geben dürfte. Barlennan beorderte sie schließlich zum Schiff zurück, und sofort wurde die Arbeit aufgenommen. Lackland machte eine Schlafpause, während einige der Matrosen Seile zusammenknüpften und in die Tiefe ließen, um die genaue Höhe der Klippe festzustellen. Andere zurrten die restlichen beweglichen Teile auf den Flößen fest, was schnell getan war, da beim Aufbruch ihrer Reise alles gut vertäut worden war. Wieder andere kletterten in die Konstruktion darunter und lösten die Halterungen, die die Flöße mit dem Schiffsrumpf verbanden, und überprüften die Stoßfänger, die sie gegenseitig auf Abstand hielten. Die Matrosen waren fixe Arbeiter, und bald war Floß um Floß abmontiert.

Nachdem er seine Anweisungen gegeben hatte, kroch Barlennan mit seinem Ersten Maat zum Rand der Klippe, um den besten Punkt für den Abstieg auszuwählen. In der Schlucht selbst war es unmöglich, der Fluss wies eine zu starke Strömung auf. Doch sonst war fast jede Stelle der Klippe für die Aktion geeignet, und die Offiziere entschieden sich rasch für einen Platz, der so nahe wie möglich am Ausgang der Schlucht lag. Das wieder zusammenmontierte Schiff oder seine Einzelteile mussten dann eben ohne Hilfe des Schleppers zum Flussufer hinübertransportiert werden, und es gab keinen Grund, die Reise unnötig zu verzögern.

Am Rand des Abgrunds wurde aus Masten ein Gerüst zusammengebaut, über das die Leinen liefen, um ein Aufscheuern an den Felsvorsprüngen zu vermeiden. Doch ragte das Gestell nicht weit genug über den Rand, um ein Floß freischwebend hinunterlassen zu können. Daraufhin wurde die Takelage zu Puffern zusammengerollt. Lackland beobachtete dies alles voller Interesse. Schließlich schwebte das erste Floß in einer geschickt angebrachten Schlinge, die es waagerecht hielt, unter dem Gerüst. An der Schlinge war ein Halteseil verknotet, das wiederum um einen Baum geschlungen war. Mehrere Matrosen ergriffen nun das Haltetau, und das Floß wurde über den Rand der Klippe geschoben. Alles war bereit, doch Dondragmer und sein Kapitän inspizierten jedes Einzelteil des Gerüstes nochmals sehr sorgfältig, ehe der Maat und ein Matrose auf das Floß krochen, das dicht unterhalb des Abbruches in der Klippe hing. Alle schauten gespannt zu, als die beiden an Bord gingen. Dondragmer gab das vereinbarte Signal, das Floß abzusenken. Alle Matrosen, die nicht das Seil hielten, eilten zum Rand der Klippe, um den Abstieg zu verfolgen.

Lackland hätte selbst auch gerne diesem Schauspiel zugesehen, doch er konnte sich nicht entschließen, entweder den Schlepper oder sich selbst in seinem Schutzanzug der Klippe so weit zu nähern. Abgesehen von seiner eigenen Furcht, dabei eine falsche Bewegung in seinem unförmigen Schutzanzug zu machen, hatte er kein Zutrauen zu dem Tauwerk, das die Meskliniten da benutzten. Es sah aus, als hätte ein ungeschickter Mensch Bindfäden zusammengeknüpft, um daran eine Kilo-Tüte mit Zucker herabzulassen.

Ein begeisterter Schrei und die allgemeine Erleichterung zeugten von der sicheren Ankunft des ersten Floßes am Fuß der Klippe. Lackland rieb sich verblüfft die Augen, als die Matrosen nun mehrere Flöße übereinanderstapelten, während das Seil wieder heraufgezogen wurde. Offensichtlich wollten die Meskliniten nicht unnötig Zeit verschwenden.

Lackland hatte Vertrauen in Barlennans Urteilsvermögen, deshalb beschloss er plötzlich, sich das Abseilen des Floßstapels doch aus der Nähe anzusehen. Er hatte sich schon erhoben, um in seinen Anzug zu schlüpfen, da fiel ihm ein, dass er dafür nicht zum Rand der Klippe zu gehen brauchte. Er setzte sich wieder, rief über sein Funkgerät Barlennan und bat ihn, einen oder mehrere Telekommunikatoren so zu postieren, dass ihre »Augen« die gesamte Aktion einfangen konnten. Der Kapitän war sofort einverstanden und befahl einem Matrosen, ein Gerät am Mastgerüst so festzubinden, dass seine Optik senkrecht in die Tiefe blickte. Ein zweites Gerät wurde auf dem Stapel Flöße befestigt, der schon in der Schlinge hing. Lackland schaltete immer von einem Kommunikator zum anderen, während die Aktion ihren Fortgang nahm.

Das erste Bild war ein wenig verwirrend, da das Halteseil für die Aufnahmelinse nur wenige Zentimeter weit sichtbar war; so entstand der Eindruck, als schwebe die Last ohne Aufhängung in die Tiefe. Das andere Bild vermittelte ihm einen Eindruck von der Beschaffenheit der Felswand, die für einen Geologen zweifellos höchst interessant gewesen wäre. Als der Floßstapel in halber Höhe schwebte, kam dem Flieger die Idee, Toorey zu rufen und die betreffenden Mitarbeiter einzuladen, sich das Schauspiel anzusehen. Die geologische Abteilung schaltete sich dazu und führte während der zweiten Hälfte des Abstiegs ihre Untersuchungen durch.

Eine Ladung nach der anderen sank in die Tiefe, und die Operation verlief insgesamt recht langweilig. Schließlich befestigte man ein doppelt langes Seil an dem Gerüst, und das Absenken der Schiffsteile erfolgte nun von unten, da der größte Teil der Mannschaft schon dort versammelt war. Lackland ahnte, was da auf ihn zukam, als Barlennan schließlich seinen Platz am Rand der Klippe verließ und auf den Schlepper sprang, wo immer noch der Telekommunikator montiert war, den Barlennan bei der Fahrt benutzt hatte.

»Wir haben nur noch zwei Ladungen, Charles«, begann der Kapitän. »Die letzte dürfte wohl ein kleines Problem aufwerfen. Wir würden unsere gesamte Ausrüstung gerne mitnehmen. Das bedeutete aber die Demontage und Abseilung unserer Masten und Rahen, die wir für das Gerüst verwendet haben. Wir können sie aber nicht einfach hinunterwerfen, weil sie möglicherweise zerbrechen. Der Boden dort unten ist felsig. Würdest du also in deinen Anzug steigen und die letzte Ladung mit der Hand für uns abseilen? Sie wird aus einem Floß, den Masten, Rahen und Halteseilen – und mir bestehen.«

Lackland überraschte der letzte Teil der Aufzählung.

»Willst du damit andeuten, dass du dich meiner Stärke anvertraust, obwohl ich schon eine dreieinhalbfach größere Schwerkraft und zusätzlich noch das Gewicht meines Schutzanzuges aushalten muss?«

»Warum nicht? Der Anzug wird schwer genug sein, um dir einen festen Stand zu geben, und wenn du das Seil mehrmals um deinen Körper bindest, dürftest du das Gewicht der Last ohne Weiteres halten können. Ich sehe überhaupt keine Schwierigkeit dabei. Die Last wiegt nur einen Bruchteil deines eigenen Körpergewichtes.«

»Das ist auch nicht das Problem. Euer Seil ist sehr dünn, und in den Handschuhen meines Schutzanzuges bin ich etwas unbeholfen, wenn es darum geht, mit kleinen Dingen zu hantieren. Was passiert, wenn mir dieses dünne Seil aus den Fingern gleitet?«

Barlennan überlegte einen Augenblick lang.

»Wie groß muss ein Gegenstand sein, damit du ihn fest genug packen kannst?«

»Etwa so groß wie einer der Masten, würde ich sagen.«

»Dann gibt es kein Problem. Wir wickeln einfach das Seil um einen Mast, über den du es dann ablaufen lässt. Anschließend wirfst du beides hinunter. Wenn der Mast dabei zerbricht, ist der Verlust nicht allzu groß.«

Lackland zuckte die Achseln.

»Es ist deine Gesundheit und dein Eigentum, Barl, was du da aufs Spiel setzt. Ich brauche wohl kaum zu betonen, dass ich sehr vorsichtig sein werde, denn ich möchte nicht, dass dir durch meine Ungeschicklichkeit etwas zustößt. Ich komme gleich heraus.«

Der Mesklinit sprang zufrieden vom Schlepper herunter und gab den restlichen Matrosen, die sich noch oben befanden, die nötigen Anweisungen. Sie alle schwebten mit der vorletzten Ladung nach unten.

Wenig später stieg der Mensch aus seinem Gefährt. Barlennan erwartete ihn schon. Nur noch ein einziges Floß lag am Rand des Absturzes, die Schlinge des Taues war schon fest verknüpft. Ein Telekommunikator und ein Bündel mit Masten und Rahen waren darauf festgezurrt. Der Kapitän zog einen einzelnen Mast mit dem darumgebundenen Seil zu Lackland hinüber. Der Mensch ging sehr langsam, und mit jedem Schritt schien seine Schwerfälligkeit zu wachsen. Doch schließlich erreichte er einen Punkt etwa drei Meter vom Rand des Abgrundes entfernt, beugte sich vor, soweit dies sein steifer Schutzanzug gestattete, und nahm den Mast von dem winzigen Wesen entgegen, das sich hoch aufgerichtet hatte. Ohne ihn zu mahnen, vorsichtig zu sein – er hatte Vertrauen zu seinem großen Freund –, kehrte Barlennan zum Floß zurück, vergewisserte sich, dass die Ladung gut vertäut war, schob es dann mit aller Kraft über den Rand der Klippe und kletterte rasch hinauf. Dann wandte er sich zum letzten Mal zu Lackland um, und der Mensch hätte schwören können, dass er ihm zuwinkte. Seine Stimme ertönte über das Funkgerät:

»Es geht los, Charles.«

Der Kapitän kroch zum Außenrand des Floßes, der nicht auf der Felskante auflag. Seine Zangen hatte er fest an den Haltetauen des Floßes verankert. Sie hielten ihn auf dem Floß, das durch die einseitige Belastung jetzt abkippte und über den Rand in die Tiefe rutschte.

Die Leine hatte genügend Spielraum, um einem kurzen, freien Fall Raum zu geben. Unvermittelt verschwanden das Floß und sein Passagier in der Tiefe. Ein scharfer Ruck bewies dem Menschen, dass zumindest das Seil hielt, und einen Augenblick später bestätigte ihm Barlennan diese Tatsache.

»Langsam ablassen!«, sagte er dann, und Lackland folgte der Anweisung.

Das Seil lief über eine Rolle und war um den Mast gewickelt, den er mit beiden Händen festhielt. Diese Tatsache erweckte Kindheitserinnerungen in dem Menschen, wie er auf der Erde Drachen hatte steigen lassen. Auch damals hatte er einen Stock benutzt, auf dem die Drachenschnur aufgewickelt war. Doch wenn er diesen »Stock« hier verlor, würde es erheblich länger dauern, bis er darüber hinwegkäme. Der Mast lag nicht sehr gut in der Hand, und Lackland schlang das Seil erst mehrmals um seinen Körper, ehe er es langsam nachließ. In Abständen ertönte Barlennans Stimme, und der Kapitän sagte dem Menschen jedes Mal etwas Ermutigendes. Es schien ganz so, als ob der Mesklinit die Angst des Menschen spürte.

»Die Hälfte haben wir geschafft.« – »Langsam nachlassen!« – »Weißt du, es macht mir nichts aus, jetzt in die Tiefe zu schauen.« – »Wir haben es gleich geschafft, nur noch ein paar Meter. So, das war's. Ich bin unten. Halte den Mast noch einen Augenblick. Ich sage dir Bescheid, wenn ich weit genug weg bin. Dann kannst du den Mast und das restliche Gestänge mit dem Seil herunterwerfen.«

Lackland folgte genau jeder Anweisung. Anschließend wollte er zur Erinnerung ein Stück des Seils abreißen, doch mit seinen Handschuhen schaffte er es nicht. Die Schnalle eines der Anzugverschlüsse erwies sich schließlich als scharf genug für diesen Zweck. Lackland band das Souvenir um einen Arm und wartete auf die weiteren Anweisungen seines kleinen Freundes.

»Wir sind hier unten fertig, Charles. Du kannst jetzt das Seil loslassen und das Zeug herunterwerfen.«

Die dünne Leine verschwand in der Tiefe, und der fünfundzwanzig Zentimeter lange Stab, einer der Hauptmaste der *Bree*, folgte. Dann löste er das Gestänge und versetzte ihm einen Tritt. Dinge in dreifacher Schwerkraft fallen zu sehen war schlimmer, als es sich vorzustellen, fand Lackland. Vielleicht war dies an den Polen einfacher, weil man ihren Fall dort nicht mehr mit dem Auge verfolgen konnte – dort, wo ein Gegenstand drei Kilometer in der ersten Sekunde fällt. Doch möglicherweise strapazierte ein so plötzliches Verschwinden von einem zum anderen Augenblick die Nerven noch mehr. Lackland schüttelte diesen Gedanken ab und kehrte zum Schlepper zurück.

Auf seinen Bildschirmen verfolgte er mehrere Stunden lang den Zusammenbau der *Bree*. Als das Schiff schließlich vom Ufer ablegte, verspürte er doch irgendwie den Wunsch, mit seinen kleinen Freunden zu fahren. Wehmütig verabschiedete er sich von Barlennan, Dondragmer und der Mannschaft. Es fiel ihm nicht schwer, die Bedeutung der Worte zu erraten, die ihm die Matrosen übermittelten. Schließlich trieb die Strömung des Flusses die *Bree* ins Sichtfeld des Schleppers. Lackland hob schweigend eine Hand zum Abschied und schaute dem Schiff nach, bis es immer kleiner wurde und in Richtung weit entferntes Meer verschwand.

Lange Zeit saß er schweigend da. Schließlich erhob er sich, um die Station auf Toorey zu rufen.

»Ihr könnt mich jetzt abholen. Meine Arbeit hier unten ist getan.«

10 Hohle Boote

Der Strom wurde, je weiter er sich vom Wasserfall entfernte, immer breiter und floss träge dahin. Anfangs wehte noch eine leichte Brise, hervorgerufen durch die Luftverdrängung der herabstürzenden Massen des Katarakts. Barlennan hatte, um den meerwärts wehenden Wind auszunutzen, Befehl gegeben, alle Segel zu setzen. Doch nach und nach flaute der Luftstrom ab und überließ das Schiff einzig und allein der Strömung. Sie verlief in die gewünschte Richtung, also war jeder zufrieden. Das Abenteuer des Überlandmarsches war interessant und gewinnbringend verlaufen, denn einige der eingehandelten Pflanzenprodukte konnten sicherlich teuer verkauft werden, wenn die Besatzung in die Heimat zurückkehrte. Trotzdem waren alle froh, dass das Schiff wieder schwamm.

Einige Matrosen schauten zum Katarakt zurück, bis er im Dunst verschwand, und fast alle spähten nach Westen, um einen Blick auf die Rakete zu werfen, deren donnerndes Triebwerk ihre Annäherung angekündigt hatte. Die Stimmung war gelöst, jeder empfand Erleichterung und Vorfreude auf die kommenden Abenteuer.

Nach und nach zogen die Ufer des Flusses die Aufmerksamkeit der Besatzung auf sich. Während ihrer Überlandreise hatten sich die Matrosen an den Anblick von senkrecht stehenden Gewächsen, denen sie alle paar Tage begegnet waren und die der Flieger »Bäume« genannt hatte, gewöhnt. Zuerst hatten diese Pflanzen sie fasziniert, doch noch größer war die Freude, als die Mannschaft herausfand, dass sie die Muttergewächse eines dieser Nahrungsmittel waren, die sie zu Hause verkaufen wollten. Jetzt wurden die Bäume immer zahlreicher, drohten die den Meskliniten vertrauteren, in die Breite wuchernden Schlingpflanzen völlig zu verdrängen. Barlennan fragte sich, ob sich eine hier errichtete Kolonie nicht schon allein durch den Handel mit den »Tannenzapfen«, wie der Flieger sie genannt hatte, am Leben erhalten könne.

Lange Zeit – etwa auf eine Strecke von achtzig Kilometern – waren keinerlei Anzeichen intelligenten Lebens zu erkennen, obwohl sich unzählige Tiere an den Ufern des Flusses zeigten. Der Fluss selbst wimmelte von Fischen, doch anscheinend war keine Art so groß, dass sie eine Gefahr für die *Bree* bedeutet hätte. Schließlich bildeten die Bäume an den Ufern einen durchgehend grünen Wall, der sich weit ins Hinterland auszudehnen schien – wie weit, wusste niemand zu sagen. Barlennan, von Neugier getrieben, befahl, das Schiff näher an ein Ufer zu steuern, um zu erfahren, wie ein Wald – natürlich kannte er das Wort nicht – aussah.

Selbst im Waldesinnern war es recht hell, weil die Baumkronen nicht so ausladend waren wie ihre Gegenstücke auf der Erde, trotzdem wirkte der Wald auf die Matrosen unheimlich. Bei vielen erwachte wieder die alte Angst vor festen Gegenständen über ihren Körpern, während sie im Schatten der hoch aufragenden Äste dahinglitten. Alle waren erleichtert, als der Kapitän dem Rudergänger schweigend einen Wink gab, das Schiff wieder in die Flussmitte hinauszusteuern.

Jeder, der an diesen Ufern lebte, sei an Bord willkommen, rief Dondragmer in den Wald hinein. Doch unglücklicherweise waren seine Worte von den Einheimischen am Ufer nicht gehört oder verstanden worden. Vielleicht befürchteten sie nicht ernsthaft, die Mannschaft der *Bree* wolle ihnen ihren Wald stehlen, doch anscheinend hatten sie beschlossen, kein unnötiges Risiko einzugehen.

Und daher machten die Eindringlinge aus der Schwerkraftzone wieder einmal unliebsame Bekanntschaft mit Wurfgeschossen.

Diesmal waren es Speere, die auf das Schiff herabhagelten. Lautlos schossen sechs davon vom Ufer herüber und bohrten sich tief in den Rumpf der *Bree*, wo sie zitternd stecken blieben. Zwei weitere glitten von den Schutzpanzern zweier Matrosen ab und polterten harmlos zu Boden. Die Getroffenen machten aus einem Reflex heraus einen großen Satz und landeten ein paar Meter vom Schiff entfernt im Fluss. Rasch schwammen sie zum Schiff zurück und kletterten ohne jede Hilfe an Bord, denn ihre Kameraden hielten alle Ausschau nach den mysteriösen Angreifern. Ohne erst den Befehl abzuwarten, steuerte der Rudergänger das Schiff in die Mitte des Flusses.

»Ich frage mich, wer die Werfer sind – und ob sie eine Maschine ähnlich der des Fliegers dafür benutzt haben. Ich habe jedenfalls kein Geräusch gehört.«

Barlennan sprach die Sätze halblaut vor sich hin. Anscheinend erwartete er keine Antwort. Terblannen zerrte einen Speer aus dem Rumpf und prüfte seine Hartholzspitze. Dann schleuderte er ihn probehalber zum zurückweichenden Ufer. Da aber Werfen für ihn eine völlig neue, unbekannte Bewegung darstellte – seine einzige Erfahrung damit hatte er in der Stadt der Steinschleuderer gemacht, als er die eingetauschten Waren zum Dach des Schleppers hochwarf –, schleuderte er den Speer, wie ein Kind einen Stock hochwirft. Das Geschoss wirbelte mehrmals um seine eigene Achse und fiel dann mit dem rückwärtigen Ende zuerst zwischen die Bäume. Barlennans Frage war damit zum Teil beantwortet. Obwohl der Matrose nur kurze Arme besaß, war es ihm mühelos gelungen, die

Waffe zum Ufer zurückzuwerfen. Also brauchten die unsichtbaren Angreifer anscheinend nicht so ein Gerät wie Lacklands Kanone, wenn sie nur die physische Stärke seiner Leute besaßen. Doch vorläufig gab es keinen Weg, sie auszumachen, und eine Suchmannschaft auszusenden erschien Barlennan im Moment zu gewagt.

So trieb die *Bree* weiter stromabwärts, während ein Funkspruch, ein Bericht über die neuesten Ergebnisse, an Lackland auf Toorey abgesetzt wurde.

Über 150 Kilometer weit säumte der Wald ohne Unterbrechung die Flussufer, die immer weiter zurücktraten. Seit ihrem ersten Zusammenstoß mit den geheimnisvollen Waldbewohnern war die *Bree* immer in der Mitte des Stroms gefahren, doch auch das konnte das Schiff und seine Besatzung nicht gänzlich vor unliebsamen Überraschungen bewahren. Nur ein paar Tage nach dem Überfall passierte die *Bree* eine kleine Lichtung am linken Flussufer. Sein Standpunkt, der nur wenig höher lag als die Planetenoberfläche, gestattete Barlennan nicht den guten Ausblick, den er sich wünschte, doch er erkannte deutlich Objekte auf der Lichtung, die einer näheren Untersuchung wert waren. Nach kurzem Zögern befahl er deshalb, das Schiff ans Ufer heranzusteuern. Die Objekte hatten Ähnlichkeit mit Bäumen, waren jedoch kleiner und dicker. Hätte Barlennan einen besseren Ausblick gehabt, hätte er dicht über dem Boden kleine Öffnungen erkannt. Lackland, der das Geschehen über einen der Telekommunikatoren verfolgte, verglich die Objekte mit den Rundhütten afrikanischer Eingeborener, die er einmal auf Bildern gesehen hatte. Ihn interessierten mehr einige andere Gebilde, die halb am Ufer lagen, halb in den Fluss hineinragten. Sie lagen vor einem künstlich geschaffenen Areal, das der Flieger für ein Dorf hielt. Es hätten Baumstämme oder gar Krokodile sein können. Die Einzelheiten waren auf dem Bildschirm nicht genau zu erkennen. Doch Lackland hatte den Verdacht, dass es sich um Kanus handelte. Es war sicherlich interessant zu beobachten, wie Barlennan auf Boote reagierte, deren Bauweise sich so grundsätzlich von der seines Schiffes unterschied.

Es dauerte dann auch eine geraume Weile, bis man auf dem Schiff die »Baumstämme« als Kanus und die anderen Gebilde als Behausungen identifizierte. Eine Zeit lang befürchtete Lackland schon, die Meskliniten würden an der Lichtung vorbeifahren, ohne den Objekten Beachtung zu schenken. Tatsächlich war Barlennan seit dem ersten Überfall sehr vorsichtig geworden.

Aber die anderen waren ebenso neugierig und wollten das Schiff nicht ohne eine nähere Inspektion vorbeitreiben lassen. Ein Strom schwarzroter Körper ergoss sich über das Ufer, als die *Bree* die Lichtung passierte. Lacklands Vermutung bezüglich der »Baumstämme« erwies sich als vollkommen richtig. Die Kanus wurden in den Fluss geschoben, und in jedes sprang etwa ein Dutzend Wesen, die dem Aussehen und der Größe nach zu Barlennans Rasse gehören konnten. Als sie sich dem Schiff näherten, stießen sie die gleichen ohrenbetäubenden Schreie aus, die Lackland gelegentlich auch bei seinen kleinen Freunden vernommen hatte.

Die Kanus waren Einbäume, die genügend tief ausgehöhlt waren, dass von den Besatzungen nur das Kopfsegment zu sehen war. Sie mussten wie die Heringe in ihren Booten liegen, die Paddel betätigten sie mit den vorderen Zangen.

Die leeseitigen Flammenwerfer der *Bree* wurden bemannt, obwohl Barlennan bezweifelte, dass sie in dieser Situation überhaupt von Nutzen sein konnten. Tatsächlich wurde durch die Windstille – ein Zustand, den die Matrosen auf dem offenen Meer nie kennengelernt hatten – die gesamte Verteidigungsroutine des Schiffes über den Haufen geworfen. Die letzte Chance, den Flammstaub einsetzen zu können, wurde zunichte, als sich die Kanuflotte weit auffächerte und die *Bree* von allen Seiten umzingelte. Zwei oder drei Meter von dem Schiff entfernt bezogen die Boote Position, und ein, zwei Minuten lang geschah nichts.

Zu Lacklands großer Verärgerung ging in diesem Moment die Sonne unter, sodass er das Geschehen nicht weiter verfolgen konnte. Die folgenden acht Minuten verbrachte er damit, aus den vielfältigen Geräuschen, die über das Funkgerät zu ihm drangen, sich eine Vorstellung von der Lage dort unten zu machen. Ein sinnloses Unterfangen im Grunde, denn keins der Wesen formulierte irgendwelche Worte oder Laute, die er verstand. Nichts deutete aber auf einen Kampf hin, die beiden Parteien schienen zuerst nach einer verbalen Verständigungsmöglichkeit zu suchen. Lackland glaubte nicht, dass es zu einer vernünftigen Unterhaltung kommen würde und konnte.

Bei Sonnenaufgang musste er jedoch feststellen, dass die Nacht doch nicht so ganz ereignislos verlaufen war. Normalerweise hätte die *Bree* während der Dunkelheit weiter flussabwärts treiben müssen, doch sie befand sich immer noch gegenüber dem Dorf. Außerdem lag sie nicht mehr mitten im Strom, sondern nur ein paar Meter vom Flussufer entfernt. Lackland wollte Barlennan schon fragen, weshalb er ein solches Risiko einging und wie er die *Bree* zu ihrem jetzigen Liegeplatz manövriert hatte, doch er erkannte schon bald, dass der Kapitän über die Wendung der Dinge selbst höchst überrascht war.

Leicht verärgert wandte er sich mit der Bemerkung an den neben ihm sitzenden Mann:

»Barl hat sich schon in Schwierigkeiten gebracht. Er ist zwar ein gerissener Bursche, doch wer noch fast 50 000 Kilometer vor sich hat, darf sich nicht schon während der ersten hundert aufhalten lassen.«

»Werden Sie ihm nicht helfen? Milliarden von Dollars stehen auf dem Spiel – ganz zu schweigen von unserem guten Ruf als Wissenschaftler. Vom Erfolg oder Misserfolg seiner Mission hängt alles ab.«

»Was kann ich denn tun? Ich könnte ihm nur Ratschläge erteilen. Er dagegen kann die Lage viel besser beurteilen und überblicken. Außerdem hat er es mit Wesen seiner eigenen Rasse zu tun.«

»Wie ich das so sehe, sind sie ebenso rassengleich wie Kapitän Cook und die Südsee-Insulaner, denen er auf seinen Fahrten begegnete. Ich vermute zwar auch, dass sie von der gleichen Spezies abstammen, doch wenn sie zum Beispiel Kannibalen sind, dürfte es für ihre Freunde dort unten recht brenzlig werden.«

»Trotzdem könnte ich ihnen nicht helfen, oder? Wie soll man einem Kannibalen eine fette Beute ausreden, wenn man nicht einmal seine Sprache spricht und ihm nicht gegenübersteht. Oder meinen Sie, er würde auf einen kleinen Kasten, der ihn in einer fremden Sprache anredet, hören?«

Der andere zog leicht beleidigt die Augenbrauen hoch.

»Nun, ich bin kein Hellseher, aber ich möchte behaupten, dass die Einheimischen doch ziemlich erschrocken wären und alles täten, was der kleine Kasten verlangt. Als Ethnologe weiß ich, dass es auf vielen Welten, die Erde nicht ausgeschlossen, primitive Rassen gibt, die sich vor einem sprechenden Kasten verbeugen, Volkstänze vorführen und ihm sogar Opfer darbringen würden.«

Lackland verdaute diese Bemerkung schweigend und nachdenklich, nickte dann und wandte sich wieder den Bildschirmen zu.

Einige Matrosen hatten zu den Reservemasten gegriffen und versuchten damit das Schiff Richtung Flussmitte zu staken, doch vergebens. Dondragmer berichtete nach einem kurzen Inspektionsrundgang über die äußeren Flöße, dass das Schiff in einem Käfig aus Holzstämmen gefangen säße, die die Einheimischen tief in das Flussbett hineingetrieben hatten. Nur die stromaufwärts gerichtete Seite war offen geblieben. Es mochte ein Zufall sein – oder auch nicht –, dass der Käfig gerade groß genug war, um die *Bree* aufzunehmen.

Während Don seinen Bericht gab, zogen sich die Kanus von den drei versperrten Seiten des Käfigs zurück und versammelten sich vor der offenen Seite. Die Matrosen, von Dondragmer über die Situation informiert, machten sich bereit, das Schiff in dieser Richtung aus dem Käfig zu staken, warteten aber noch auf Barlennans Anweisungen. Dieser dachte einen Moment lang angestrengt nach, pfiff dann die gesamte Mannschaft zum rückwärtigen Teil des Schiffes zurück und kroch selbst zum Bug, wo er sich allein den dort versammelten Kanus entgegenstellte.

Er hatte inzwischen herausgefunden, auf welche Weise man sein Schiff in diese Falle gedrängt hatte. Bei einbrechender Dunkelheit mussten einige der »Bootsleute« heimlich in den Fluss gesprungen und unter die *Bree* getaucht sein, um sie dann schwimmend in die gewünschte Richtung zu stoßen. Das Tauchen war nichts Ungewöhnliches, konnte er selbst doch ebenfalls unter der Oberfläche eines Flusses oder des Meeres einige Zeit ausharren. Die Frage war einfach, warum die Eingeborenen an dem Schiff interessiert waren.

Als er auf seinem Weg zum Bug an einem der Vorratskästen vorbeikam, zog er die Abdeckung herunter und nahm ein Stück Fleisch heraus. Dieses trug er zum Bug und hielt es den in Schweigen erstarrten Einheimischen entgegen. Sofort erhob sich ein wildes, unzivilisiertes Geschrei unter ihnen, das aber rasch erstarb, als sich eines der Kanus langsam vorschob und ein Eingeborener im Bug sich aufrichtete, um an das Fleisch heranzukommen. Barlennan warf es ihm zu. Die Eingeborenen im Boot untersuchten das Stück von allen Seiten. Dann riss sich der Häuptling – jedenfalls hielt Barl das Wesen im Bug dafür – ein großes Stück heraus, warf den Rest seinen Kumpanen zu und verzehrte sein Fleisch bedächtig kauend. Barlennan schöpfte wieder Mut. Die Tatsache, dass der Häuptling nicht das ganze Stück für sich behalten hatte, zeugte davon, dass die Eingeborenen doch eine gewisse soziale Struktur entwickelt haben mussten. Der Kapitän holte noch ein Stück Fleisch und hielt es dem anderen entgegen. Doch als dieser danach griff, zog er es rasch wieder zurück und versteckte es sicher. Dann kroch er auf den nächstgelegenen Pfahl im Flussbett zu, deutete darauf, zeigte danach auf die *Bree* und auf den Fluss hinaus. Er war überzeugt, dass seine Zeichensprache unmissverständlich war. Die menschlichen Beobachter hoch über ihm verstanden jedenfalls sofort, was er meinte, obwohl kein Wort in ihrer Sprache gesprochen worden war. Doch der Häuptling zeigte keinerlei Reaktion.

Barlennan wiederholte seine Gesten und hielt dem anderen zum Schluss wieder das Stück Fleisch entgegen.

Das Gemeinschaftsdenken des Häuptlings bezog sich anscheinend nur auf seine ihn begleitende Gruppe. Denn als der Kapitän ihm jetzt wieder das Fleisch entgegenhielt, zischte ein Speer wie die Zunge eines Chamäleons heran und durchbohrte es. Das Fleisch wurde Barlennan aus der Zange gerissen und war verschwunden, ehe sich einer der überraschten Matrosen rühren konnte. Einen Augenblick später bellte der Häuptling einen kurzen Befehl, und die Hälfte der Krieger in jedem Boot sprang vorwärts.

Die Seeleute waren auf einen Überraschungsangriff aus der Luft nicht gefasst. Im Gegenteil – ihre Anspannung hatte ein wenig nachgelassen, als ihr Kapitän mit den Fremden zu verhandeln begann. Es kam nicht einmal zu einem Kampf. Die *Bree* war in weniger als fünf Sekunden in den Händen der Eingeborenen. Eine Gruppe unter Führung des Häuptlings begann sofort, die Vorratskisten zu inspizieren. Die Vorräte darin schienen sie aufs Äußerste zu befriedigen, was auch trotz der Sprachbarriere deutlich verständlich wurde. Ohnmächtig vor Zorn musste Barlennan mit ansehen, wie das Fleisch auf Deck gezerrt und von den Einheimischen für den Abtransport in den Kanus vorbereitet wurde. Zum ersten Mal kam ihm jetzt der Gedanke, dass er sich Rat bei jemandem holen könnte, an den er bis dahin nicht gedacht hatte.

»Charles!«

Erstmals seit dem Überfall bediente er sich wieder der Menschensprache.

»Hast du alles beobachtet?«

Lackland, zwischen Ärger und Belustigung schwankend, meldete sich sofort.

»Ja, Barl, ich sehe, was vorgeht.«

Während er sprach, beobachtete er die Reaktion der Angreifer – und wurde in seinen Erwartungen nicht enttäuscht. Der Häuptling hatte sich von der Stelle, an der die Funkgeräte festgezurrt waren, abgewandt, zuckte aber jetzt mit seinen Körperenden wie eine Klapperschlange und schaute sich suchend nach dem Ursprung der fremden Laute um, wobei er – auf fast menschliche Weise – seine Verwirrung zeigte.

Einer der Wilden, der den Kopf dem Gerät zugewandt hielt, als Lackland sprach, zeigte seinem Häuptling den Kasten. Doch der schien ihm nicht zu glauben, nachdem er vergeblich versucht hatte, das Funkgerät mit Speer und Messer zu durchbohren. Diesen Augenblick nutzte der Erdenmensch, um erneut seine Stimme ertönen zu lassen.

»Glaubst du, Barl, man könnte ihnen mit den Funkgeräten Angst einjagen?«

Der Kopf des Häuptlings befand sich diesmal nur wenige Zentimeter vom Lautsprecher entfernt, und Lackland hatte keinen Grund, die Lautstärke seiner Worte zu reduzieren. Jetzt gab es keinen Zweifel mehr für den Häuptling, woher die Laute kamen, und er wich ängstlich vor dem lärmenden Gerät zurück. Er tat dies absichtlich langsam, um vor den anderen Haltung zu bewahren, und doch wieder schnell genug, um seine Bewegungen den Gefühlen, die ihn beherrschten, anzupassen. Lackland musste an sich halten, um nicht laut aufzulachen.

Ehe Barlennan antworten konnte, kroch Dondragmer zu den zum Abtransport aufgestapelten Fleischvorräten hinüber, suchte ein vorzügliches Stück heraus und legte es mit allen Anzeichen höchster Unterwürfigkeit vor dem Gerät nieder. Die Wachen waren durch die neue Situation so abgelenkt, dass sie ihn nicht an seinem Tun hinderten. Lackland begriff sofort, dass der Maat seinen Plan verstanden hatte, und spielte sein Spiel weiter. Er verringerte die Lautstärke seiner Worte in der Hoffnung, dass sein Gemurmel von den Kanuten als weniger bösartig interpretiert wurde, und lobte den Maat für seine Aktion.

»Gut gemacht, Don. Jedes Mal wenn einer von euch etwas unternimmt, werde ich leise sprechen, aber wütend grollen, wenn unsere neuen Bekannten dort etwas tun, was mir nicht gefällt. Du kannst die Verhaltensweisen dieser Wesen besser einschätzen als ich, also tu alles, was in deiner Macht steht, um bei ihnen den Eindruck zu erwecken, diese Funkgeräte seien mächtige Wesen, die Blitze schleudern, wenn man sie ärgert.«

»Ich verstehe. Wir tun unser Bestes«, antwortete der Maat. »Ich habe schon vermutet, dass du so etwas vorhast.«

Der Häuptling, inzwischen wieder etwas mutiger, stach plötzlich mit seinem Speer auf das nächstbeste Funkgerät ein. Lackland schwieg, denn er wusste, dass allein das Zersplittern der Hartholzspitze genügend Eindruck machen würde. Die Matrosen der *Bree* gingen sofort auf Lacklands List ein, nachdem Don sie rasch informiert hatte. Mit seltsamen Schreien, die Lackland für Laute des Entsetzens hielt, wandten sie sich ab und bedeckten die Augen mit ihren Zangen. Als nach einer Weile nichts geschah, legte Barlennan ein weiteres Stück Fleisch vor dem Funkgerät nieder, um dadurch den Eindruck zu verstärken, er wolle mit dieser Geste den unsichtbaren »Gott« milde stimmen. Die Flussanwohner waren sichtlich beeindruckt, und der Häuptling zog sich in den Kreis seiner Begleiter zurück, um mit ihnen die Situation zu beraten. Schließlich nahm einer seiner Berater versuchsweise ein Stück Fleisch und legte es vor dem nächstbesten Funkgerät ab.

Lackland wollte sich dafür mit einem freundlichen Tonfall bedanken, doch Dondragmers Warnung hielt ihn davon ab.

»Weise es zurück!«

Lackland verstand diese Reaktion zwar nicht, vertraute aber dem Urteil des Maates. Rasch erhöhte er die Lautstärke und begann wie ein Löwe zu brüllen. Mit sichtlichem Entsetzen, zitternd vor Furcht, fuhr der Spender zurück. Auf einen scharfen Befehl des Häuptlings hin kroch er wieder vor, packte zaghaft die zurückgewiesene Opfergabe, suchte ein anderes Stück aus dem Fleischstapel und legte dieses wieder vor dem Funkgerät ab.

»In Ordnung«, ertönte die Stimme des Maates, und der Mensch verringerte wieder die Lautstärke.

»Was stimmte vorher nicht?«, fragte er ruhig.

»Ich hätte dieses Stück nicht dem Ternee meines schlimmsten Feindes vorgeworfen«, antwortete Don.

»In schwierigen Situationen erkenne ich ähnliche Verhaltensweisen zwischen deiner und meiner Rasse«, bemerkte Lackland. »Hoffentlich geht's nicht die ganze Nacht so weiter, denn dann kann ich nichts mehr sehen. Wenn etwas geschieht, worauf ich reagieren müsste, dann sagt es mir um Himmels willen.«

Und prompt ging gleich darauf die Sonne unter. Barlennan beruhigte Lackland, indem er ihm die genaue Schilderung aller Vorgänge versprach. Der Kapitän hatte seine Haltung wiedergewonnen und die Lage mehr oder weniger im Griff – soweit dies als Gefangener möglich war.

Die Nacht verbrachte der Häuptling im Kreis seiner Getreuen mit Beratungen. Seine Stimme, gelegentlich von anderen unterbrochen, wurde von den Menschen hoch oben in der Station deutlich empfangen. Als die Morgendämmerung anbrach, hatte er sich offensichtlich zu einem Entschluss durchgerungen. Er trat einen Schritt aus dem Kreis seiner Berater und legte die Waffen nieder. Dann, als das Sonnenlicht über das Deck flutete, winkte er mit einer heftigen Bewegung die Posten, die den Kapitän bewachten, beiseite und kroch zu ihm hinüber. Der Kapitän glaubte zu wissen, was der andere vorhatte, und wartete ruhig.

Der Häuptling hielt kurz vor ihm an, hob seinen Kopf und begann nach einer absichtlich langen Pause zu sprechen. Seine Worte blieben den Matrosen natürlich unverständlich, doch die begleitenden Gesten waren so ausdrucksvoll, dass selbst die Menschen der Station die Bedeutung der Worte verstanden.

Offensichtlich wollte der Häuptling ein Funkgerät für sich. Lackland überlegte, welch übernatürliche Kräfte er in dem Gerät vermutete. Vielleicht hoffte er, es würde Feinde vom Dorf fernhalten oder seinen Jägern Jagdglück bescheren. Doch war dies kaum so wichtig wie seine Reaktion, wenn man ihm diesen Wunsch abschlug.

Barlennan beantwortete dieses Begehren kurz und bündig und reagierte damit in den Augen seines menschlichen Freundes eher tollkühn als besonnen. Die Antwort bestand nur aus einem Wort und einer Geste, deren Bedeutung Lackland schon seit Langem kannte. Doch jetzt lernte er auch akustisch das erste Wort der mesklinitischen Sprache kennen, und das bedeutete: »Nein!«

Barlennan sagte es sehr entschieden.

Sehr zur Erleichterung zumindest eines der menschlichen Beobachter nahm der Häuptling keine kriegerische Haltung ein. Stattdessen gab er seinen Leuten einen kurzen Befehl. Einige von ihnen legten die Waffen beiseite und begannen, die Fleischvorräte wieder in die Kisten zurückzulegen. Der Häuptling war anscheinend bereit, mehr als nur die Freiheit der Besatzung gegen ein Funkgerät einzutauschen. Lackland und Barlennan vermuteten gleichermaßen, dass der Bursche sich scheute, Gewalt anzuwenden, obwohl seine Habgier geweckt war.

Nachdem der halbe Fleischvorrat wieder in den Behältern verschwunden war, wiederholte der Häuptling sein Ansinnen. Als es wiederum abgelehnt wurde, machte er eine resignierende Geste, die verblüffend menschlich anmutete, und befahl seinen Leuten, auch das restliche Fleisch zurückzubringen. Lackland wurde unruhig.

»Wie, glaubst du, wird er sich verhalten, wenn du seinen Wunsch jetzt wieder abschlägst, Barl?«, fragte er leise.

Der Häuptling schaute erwartungsvoll zu dem Kästchen hinüber. Vielleicht hoffte er, dass es darauf bestand, den Besetzern übergeben zu werden.

»Mit Sicherheit lässt sich das nicht vorhersagen«, antwortete der Mesklinit.

»Wenn wir Glück haben, erhöht er sein Angebot und schleppt noch mehr Tauschgüter aus dem Dorf heran. Doch darauf wage ich kaum zu hoffen. Wenn das Funkgerät nicht so wichtig wäre, würde ich es ihm jetzt geben.«

»Um Himmels willen!« Der Ethnologe neben Lackland explodierte förmlich. »Habt ihr all diese Strapazen auf euch genommen und euer Leben aufs Spiel gesetzt, nur um die Sache jetzt an einem billigen Funkgerät scheitern zu lassen?«

»Billig war es bestimmt nicht«, murmelte Lackland. »Es wurde extra angefertigt, um die Schwerkraft an den Polen, die mesklinitische Atmosphäre und die Bedienung durch Mesklinitien zu überstehen.«

»Keine Haarspaltereien, bitte«, zischte der Völkerkundler. »Wozu werden diese Geräte denn sonst benötigt, wenn nicht dafür, Informationen von dort zu übermitteln? Gebt doch eins den Wilden da! Wofür könnte man es besser verwenden, als Einblick in das tägliche Leben einer völlig fremden Rasse zu bekommen? Charles, manchmal wundere ich mich über Sie!«

»Dann hätte Barlennan nur noch drei Geräte, von denen eins unter allen Umständen den Südpol erreichen muss. Ich akzeptiere Ihren Einwand, doch sollten wir trotzdem Rosten entscheiden lassen, ob wir in diesem Stadium des Unternehmens auf eines dieser Geräte verzichten können.«

»Wieso, was hat er damit zu tun? Er riskiert doch nichts dabei. Das Risiko liegt bei Barlennan. Außerdem liegt ihm sicher nichts daran, diese Rasse beobachten zu können, uns dagegen würde das sehr viel bedeuten. Ich bin dafür, dem Häuptling ein Funkgerät zu überlassen. Sicher denkt auch Barlennan so – und ich finde, er sollte in dieser Sache das letzte Wort haben.«

Der Kapitän, der natürlich mitgehört hatte, meldete sich:

»Sie vergessen, Freund von Charles, dass die Funkgeräte nicht mein Eigentum sind. Charles hat sie mir auf meinen Vorschlag hin überlassen, um ganz sicherzugehen, dass zumindest eines von ihnen das Ziel erreicht, sollten mir die anderen durch irgendwelche widrigen Umstände verloren gehen. Daher finde ich, dass er die Entscheidung treffen sollte, nicht ich.«

Lackland antwortete rasch:

»Mach es so, wie du es für richtig hältst, Barl. Du hast schließlich auch die Folgen zu tragen. Außerdem kennst du deine Welt und seine Bewohner besser als jeder von uns. Und wenn du dich entschließt, ein Gerät den Wilden zu überlassen, machst du meinen Freunden hier sogar noch eine Freude.«

»Vielen Dank, Charles.«

Der Kapitän fasste seinen Entschluss, kaum dass der Flieger ausgesprochen hatte.

Hingerissen hatte der Häuptling dem Gespräch zugehört und dabei keinerlei Versuch unternommen, seiner Forderung den nötigen Nachdruck zu verleihen. Jetzt machte Barlennan dem Spiel ein Ende, winkte einige seiner Leute zu sich und gab ihnen ein paar kurze Anweisungen.

Die Matrosen verhielten sich sehr furchtsam und vermieden es sorgfältig, eines der Funkgeräte zu berühren, während sie eine Seilschlinge anfertigten. Dann schoben sie aus »sicherer« Entfernung ein Funkgerät mit Stangen hin und her und hoben es an, bis die Schlinge richtig saß. Danach übergaben sie Barlennan äußerst ehrerbietig eines der Seilenden. Er winkte den Häuptling zu sich heran und reichte ihm, als übergebe er ihm etwas sehr Kostbares und Zerbrechliches, das Seilende. Dann bedeutete er den Ratgebern des Häuptlings, näher zu kommen und die anderen Trageseile zu nehmen, was sie nur zögernd und widerwillig taten. Der Häuptling wählte rasch drei Leute aus, die anderen krochen zurück.

Sehr langsam und vorsichtig schafften die Träger das Gerät zum hintersten Floß der *Bree*. Sofort glitt das Kanu des Häuptlings heran – ein langes, schmales Boot aus einem bis fast auf die Rinde ausgehöhlten Baumstamm. Barlennan beobachtete es misstrauisch. Er selbst war nur auf Flößen gefahren, Hohlschiffe jeder Art waren ihm fremd. Er war sicher, dass das Kanu viel zu schmal wäre, um das Gewicht des Kommunikators zu tragen. Als der Häuptling jetzt auch noch fast allen Ruderern befahl auszusteigen, konnte Barlennan kaum die einem Kopfschütteln entsprechende Geste unterdrücken.

Es würde nichts nützen, wenn das Boot durch die Verringerung der Besatzung leichter würde, glaubte er. Umso mehr war er erstaunt, dass das Boot kaum tiefer sank, als man die schwere Fracht einlud. Verblüfft starrte er einige Sekunden auf den schwimmenden Baum hinab, erwartete jeden Augenblick, Boot und Ladung im Fluss verschwinden zu sehen, doch nichts dergleichen geschah und würde auch nicht geschehen.

Barlennan war ein Opportunist. Das hatte er zum ersten Mal bewiesen, als er sich vor Monaten bereit erklärt hatte, sich mit dem Besucher von der Erde zusammenzutun und seine Sprache zu lernen. Auch dies hier war etwas Neues, das man unbedingt erlernen musste. Wenn man Schiffe bauen konnte, die im Verhältnis zu ihrer Größe viel schwerere Lasten tragen konnten, war dies für eine Seefahrernation eine äußerst wichtige Erkenntnis. Und deshalb wollte er unbedingt eines dieser Kanus in seinen Besitz bringen.

Als der Häuptling und die drei Träger auf das Boot umstiegen, folgte ihnen Barlennan. Die Eingeborenen beobachteten ihn erstaunt und fragten sich, was er wollte, hinderten ihn aber nicht an seinem Tun. Barlennan selbst wusste genau, was er wollte, war aber nicht sicher, ob er damit auch durchkam. Sein Volk jedenfalls hatte einen ähnlichen Grundsatz wie die Menschen: »Wer nicht wagt, der nicht gewinnt«, und Barlennan war kein Feigling.

Sehr vorsichtig und respektvoll berührte er das Gerät, wobei er sich mit seinen Vordersegmenten weit über den Rand des Kanus beugte. Dann begann er zu sprechen:

»Charles, ich muss dieses Schiff hier einfach haben, und wenn ich hierher zurückkehren und es stehlen müsste. Sobald ich jetzt aufhöre zu reden, antworte bitte – egal was. Ich werde versuchen, den Eingeborenen klarzumachen, dass ihr Boot, nachdem es das Funkgerät tragen durfte, zu wertvoll und heilig für seinen bisherigen Verwendungszweck geworden ist und den Ehrenplatz auf meinem Schiff einnehmen soll, an dem bisher der Kommunikator stand. In Ordnung?«

»Man hat mich zwar dazu erzogen, Gaunern – ich werde dir das Wort einmal bei Gelegenheit erklären – nicht noch behilflich zu sein, doch ich bewundere deine Unverfrorenheit. Sieh zu, ob dir dein Vorhaben gelingt, aber riskiere dabei nicht deinen Hals, den du ohnehin nicht hast!«

Barlennan wertete seine Worte als Ermunterung.

Wie zuvor sprach er kaum ein Wort, doch seine Gesten waren selbst für die Betrachter auf Toorey verständlich und für die Eingeborenen umso klarer. Zuerst inspizierte Barlennan das Kanu von allen Seiten und machte, wenn auch zögernd, schließlich zustimmende Gesten. Dann verscheuchte er ein anderes Kanu, das sich genähert hatte, mit lautem Geschrei und bedeutete auch den Eingeborenen auf den Decks der *Bree*, sicheren Abstand zu wahren. Er hob den Speer auf, den einer der Ratgeber niedergelegt hatte, als er zum Träger bestimmt wurde, und machte allen in seiner Zeichensprache klar, dass niemand näher als eine Speerlänge an das Kanu herankommen dürfe.

Danach maß er das Kanu mit dem Speer aus, kletterte an Bord der *Bree* zurück und nahm auch an der Stelle Maß, an der vorher der Telekommunikator gestanden hatte. Auf seine Anweisung hin begann die Mannschaft vorsichtig, die anderen Funkgeräte beiseitezuräumen, um Platz zu machen für den kostbaren Neuerwerb.

Doch anscheinend war Barlennans Schauspiel nicht beeindruckend genug. Der Einbruch der Dunkelheit unterbrach alle Aktivitäten in dieser Richtung, und die Flussanwohner warteten nicht bis Sonnenaufgang. Am Morgen befand sich das Kanu an seinem Liegeplatz am Flussufer.

Barlennan registrierte dies mit Verärgerung. Auch die meisten anderen Boote lagen am Strand, und nur wenige trieben noch in der Nähe der *Bree* auf dem Fluss. Am Ufer hatte sich eine große Menge Einheimischer versammelt, doch befriedigt merkte Barlennan, dass sich keiner nahe an das Häuptlingskanu mit seiner Ladung heranwagte. Anscheinend hatte seine Darbietung die Leute doch beeindruckt.

Der Häuptling und seine Helfer entluden vorsichtig ihren Schatz, der Stamm hielt sich ehrfürchtig in einiger Entfernung. Als sich die Träger mit ihrer Last das Ufer hinaufbewegten, teilte sich die Menge, um sie durchzulassen, und folgte ihnen dann. Bald war das Ufer wie leergefegt, nichts rührte sich mehr – für eine Zeit lang.

Die *Bree* hätte jetzt mit Leichtigkeit ihr Gefängnis verlassen können. Die Besatzungen der wenigen Boote auf dem Fluss beachteten das Schiff kaum. Doch so leicht gab der Kapitän nicht auf. Er hielt den Blick unverwandt auf das Ufer gerichtet und wartete. Und wirklich tauchte nach einer Weile eine lange Prozession rot-schwarzer Körper auf. Einer der Einheimischen kroch auf das Kanu zu. Barlennan erkannte sofort, dass es nicht der Häuptling war, und stieß einen schrillen Warnschrei aus. Der Eingeborene blieb stehen, und eine erregte Diskussion folgte, was Lackland den modulierten Schreien entnahm, die viel lauter waren, als er sie je von Barlennan gehört hatte. Wenige Augenblicke später tauchte der Häuptling auf und begab sich zu dem Boot. Zwei seiner Träger stießen das Boot ins Wasser und ruderten es zur *Bree* herüber. Ein weiteres Boot folgte in respektvollem Abstand.

Der Häuptling ließ sich bis zu dem Außenfloß rudern, von dem aus das Funkgerät verladen worden war, und kletterte an Bord. Barlennan hatte sofort seine Befehle erteilt, als das Kanu ins Wasser geschoben wurde, und die Mannschaft hievte das Boot an Bord und schob es vorsichtig und ehrfürchtig zu seinem vorgesehenen Platz. Der Häuptling wartete diese Operation nicht ab, sondern stieg sofort in das andere Kanu um und ließ sich zum Ufer zurückrudern. Einige Male schaute er zurück. Als er das Ufer erreichte, legte sich auch schon wieder die Dunkelheit über das Land.

»Du hast gewonnen, Barl. Ich wünschte, ich hätte einige deiner Fähigkeiten, dann wäre ich jetzt sehr viel reicher – falls ich noch am Leben wäre. Willst du bis morgen dortbleiben, um noch mehr aus ihnen herauszuschlagen?«

»Wir fahren jetzt weiter!«, entschied der Kapitän, ohne zu zögern.

Lackland verließ seinen Platz an dem dunklen Schirm und begab sich zu Bett. Fünfundsechzig Minuten waren seit dem Auftauchen des Dorfes vergangen – fast vier Mesklin-Tage.

11 Das Auge des Sturms

Der Übergang zur offenen See verlief so allmählich, dass keiner aus der Mannschaft die Veränderung wirklich bemerkte. Der Wind wehte von Tag zu Tag stärker, bis die Mesklinitenwie gewohnt ihre Segel setzen konnten. Der Fluss verbreiterte sich immer mehr, die Ufer traten weit zurück, bis sie schließlich vom Deck der *Bree* aus nicht mehr zu sehen waren. Das Meer war noch klar, ihm fehlten die Schwebstoffe, die einigen Teilbereichen der Ozeane die unterschiedliche Färbung gaben und den Anblick dieser Welt vom Weltraum aus so beeindruckend machten. Doch schließlich bemerkte auch der letzte Matrose erfreut die Veränderung.

Der Kurs des Schiffes verlief immer noch in östlicher Richtung, denn eine große Halbinsel versperrte den Weg nach Süden, genau wie die Flieger es berichtet hatten. Das Wetter war gut, und die Wesen oben im Raum, die sorgsam über die Mesklininiten wachten, würden sie schon rechtzeitig warnen, wenn es umschlagen sollte. Auch Proviant befand sich genügend an Bord. Der Vorrat reichte zumindest so lange, bis sie die reichen Fischgründe der Tiefsee erreichten. Die Mannschaft war glücklich.

Auch der Kapitän war zufrieden. Er hatte teils durch eigene Experimente, teils durch die Erklärungen Lacklands verstehen gelernt, weshalb ein hohles Schiff wie das Kanu im Verhältnis zu seiner Größe so viel mehr Gewicht tragen konnte als ein Floß. In Gedanken beschäftigte er sich schon mit dem Bau eines Schiffes, ebenso groß oder noch größer als die *Bree*, das nach dem gleichen Prinzip gefertigt werden sollte und in der Lage wäre, durch sein Fassungsvermögen an kostbaren Handelswaren den Gewinn von zehn üblichen Reisen mit einer einzigen Fahrt zu erzielen. Auch Dondragmers Pessimismus gelang es nicht, diese überaus rosigen Zukunftsvisionen zu erschüttern. Der Maat war der festen Überzeugung, dass es einen guten Grund haben musste, warum seine Leute solche Schiffe nicht verwendeten.

»Das Ganze ist zu einfach«, sagte er immer wieder. »Bestimmt hätte jemand von unseren Vorfahren schon lange dieses Prinzip erfunden, wenn kein Haken dabei wäre.«

Barlennan pflegte dann nur wortlos zum Heck zu deuten, wo das Kanu, beladen mit der Hälfte ihrer Vorräte, an einer Leine hinterhergeschleppt wurde. Der Maat war zwar nicht in der Lage, den Kopf zu schütteln wie ein alter Droschkenkutscher, der zum ersten Mal ein pferdeloses Fuhrwerk sieht, hätte es aber sicher getan, wenn er einen Hals besessen hätte.

Er lebte ein wenig auf, als die *Bree* endlich Kurs nach Süden nahm, doch dann kam ihm ein neuer Gedanke.

»Du wirst sehen, dass das Boot sinkt, sobald wir wieder normalere Gewichtsverhältnisse bekommen. Für die Lebewesen hier am ›Rand‹ mögen die Boote geeignet sein, doch bei unserer Schwerkraft braucht man Flöße.«

»Der Flieger ist anderer Meinung«, antwortete Barlennan. »Du weißt ebenso gut wie ich, dass die *Bree* hier am ›Rand‹ auch nicht höher aus dem Wasser herausragt als zu Hause. Der Flieger erklärt dies mit der Tatsache, dass auch das Methan hier leichter ist, und seine Begründung klingt vernünftig.«

Dondragmer antwortete nicht, sondern starrte nur mit einem seltsamen Ausdruck, ähnlich einem selbstgefälligen Lächeln bei Menschen, auf die hölzerne Federwaage, die eines der wichtigsten Navigationsinstrumente des Schiffes darstellte. Als die

Waage sich jetzt langsam senkte, war er fast sicher, dass weder der Kapitän noch der Flieger hoch über ihnen erwarteten, was kommen würde. Was dies war, wusste er nicht, doch er war davon überzeugt, dass etwas geschehen würde.

Jedoch das Kanu schwamm weiter, auch als die Schwerkraft langsam anstieg. Es ragte natürlich nicht so hoch über die Oberfläche, wie es beispielsweise auf der Erde der Fall gewesen wäre, da flüssiges Methan nicht halb so dicht ist wie Wasser. Seine »Wasserlinie« lag etwa in der Mitte zwischen Kiel und Dollbord, sodass sich volle zehn Zentimeter unter der Flüssigkeitsoberfläche befanden. Aber die sichtbaren zehn Zentimeter darüber verringerten sich auch während der folgenden Tage nicht, und der Maat war beinahe enttäuscht. Vielleicht hatten Barlennan und der Flieger doch recht …

Die Federwaage, die an sich zum Gebrauch in Gegenden konstruiert war, in denen die Schwerkraft viele Hundert Male stärker war als auf der Erde, sackte kaum merklich von der Null-Position nach unten, als die Eintönigkeit der vergangenen Tage unterbrochen wurde. Die hier herrschende Schwerkraft betrug nur etwa das Siebenfache der Erdschwerkraft. Der übliche Funkspruch von Toorey ließ auf sich warten, und Kapitän wie auch Maat fragten sich schon, ob ihre Empfänger ihn aus irgendwelchen Gründen nicht aufgefangen hatten, als er schließlich doch noch hereinkam. Der Sprecher war nicht Lackland, sondern ein Meteorologe, den die Meskliniten inzwischen recht gut kannten.

»Barl«, begann der Meteorologe ohne Einleitung, »ich weiß zwar nicht, bei welcher Sturmstärke du sonst nicht mehr segelst; ich vermute, du bist einiges gewohnt. Doch da scheint ein Unwetter im Anzug zu sein, bei dem ich weiß Gott nicht auf einem zwölf Meter langen Floß sitzen möchte. Ein heftiger Wirbelsturm von der Stärke eines Hurrikans, selbst für Mesklin ungewöhnlich heftig. Auf seinem bisherigen 1000-Kilometer-Kurs habe ich ihn ständig beobachtet. Er ist so gewaltig, dass er Sand und Schlick vom Meeresgrund an die Oberfläche wirbelt und so eine farbige Spur auf der Oberfläche hinterlässt.«

»Das genügt mir«, antwortete Barlennan. »Wie kann ich ihm ausweichen?«

»Das ist gerade das Problem: Ich weiß es nicht genau. Der Sturm ist noch weit von eurer jetzigen Position entfernt, aber er könnte euren Kurs kreuzen, selbst wenn ihr ihm ausweicht. Vor ihm kommen noch einige kleinere Tiefs auf euch zu, die möglicherweise euren Kurs wie auch den des Wirbelsturms verändern können. Ich wollte euch nur jetzt schon warnen, denn etwa 800 Kilometer südöstlich von euch liegt eine Gruppe größerer Inseln. Vielleicht wollt ihr dort Zuflucht suchen. Mit größter Wahrscheinlichkeit wird der Sturm sie streifen, doch gibt es da sicher ein paar geschützte Buchten, wo die *Bree* so lange vor Anker gehen könnte, bis der Sturm vorüber ist.«

»Kann ich die Inseln noch rechtzeitig erreichen? Im Zweifelsfall bleibe ich lieber auf hoher See, als mich von ihm in der Nähe von Land überraschen zu lassen.«

»Bei eurer Fahrt solltet ihr genügend Zeit haben, dorthin zu gelangen und einen geschützten Hafen für die *Bree* zu suchen.«

»In Ordnung. Wie lautet die Mittagspeilung?«

Die Menschen verfolgten die Fahrtroute der *Bree* anhand der Funkwellen der Telekommunikatoren, denn es war unmöglich, das kleine Schiff selbst mit dem stärksten Teleskop durch die Wolkendecke hindurch zu verfolgen. Der Meteorologe hatte nicht die geringste Mühe, dem Kapitän den neuen Kurs zu geben, den er steuern sollte. Dementsprechend ließ der Kommandant die Segel setzen, und die *Bree* schwenkte gehorsam in die neue Richtung.

Das Wetter blieb vorläufig noch klar, obwohl der Wind merklich auffrischte. Die Sonne wanderte wie gewöhnlich über den Himmel, doch langsam legte sich ein dünner Schleier vor sie, der sich ständig verdichtete, wodurch sie sich aus einer goldenen Scheibe in einen rasch wandernden, perlmuttfarben schimmernden Lichtfleck verwandelte. Die Schatten wurden flacher und verschwanden schließlich ganz, als der Himmel nur noch einer weiten, schwach erleuchteten Kuppel glich. Der Wechsel vollzog sich langsam, über einen Zeitraum von mehreren Tagen, und unterdessen legte die *Bree* unter vollen Segeln Kilometer um Kilometer zurück. Das Schiff war noch knapp 150 Kilometer von den Inseln entfernt, als sich die Aufmerksamkeit der Mannschaft von dem drohenden Sturm ab- und einer neuen Entdeckung zuwandte.

Die Farbe des Meeres hatte sich verändert, aber das kümmerte niemanden. Die Matrosen waren diese Wechsel von Rot nach Blau gewöhnt. Auch erwartete niemand, dass sich die Nähe des Landes irgendwie ankündigte, da die Strömung gegenläufig war. Und Vögel, die einst Kolumbus die Nähe von Land angezeigt hatten, gab es auf Mesklin nicht. Vielleicht hätten große Kumuluswolken, die sich manchmal über festem Land bilden und Hunderte von Kilometern weit sichtbar sind, ihnen die Nähe der Inseln verraten, doch gegen den diesigen Himmel hätten sie sich wohl kaum abgehoben. Barlennan segelte einfach nach seinem Gefühl, auf gut Glück, denn durch die dichter werdende Wolkendecke waren die Inseln auch den Blicken der Menschen entzogen.

Und trotzdem tauchte plötzlich eine große Überraschung am Himmel auf.

Weit vorn, hoch über der *Bree*, erschien ein kleiner, dunkler Punkt, der schwingend auf und ab tanzte. Für die Meskliniten war das eine völlig fremde Fortbewegungsart, doch den Menschen wäre sie sofort vertraut gewesen. Es dauerte einige Zeit, bis man auf der *Bree* darauf aufmerksam wurde, und danach befand sich die Erscheinung bereits zu dicht und zu hoch über dem Schiff, um von den Objektiven der Telekommunikatoren erfasst werden zu können. Der Matrose, der sie zuerst sah, stieß den üblichen schrillen Überraschungsschrei aus, der die menschlichen Beobachter auf Toorey zwar aufschreckte, ihnen jedoch nichts erklärte. So angestrengt sie auch auf die Bildschirme starrten, sie sahen nur die Matrosen der *Bree*, die das Vorderteil ihrer raupenähnlichen Körper hochgereckt hatten und in den Himmel starrten.

»Was ist los, Barl?«, fragte Lackland drängend.

»Ich weiß es nicht«, antwortete der Kapitän. »Einen Moment lang dachte ich, es sei eure Rakete auf einem Aufklärungsflug zu den Inseln, um uns den Weg zu weisen, doch das da ist kleiner und von anderer Gestalt.«

»Es ist etwas, das fliegt?«

»Ja, aber es macht dabei im Gegensatz zu eurer Rakete kein Geräusch. Ich hätte gesagt, es wird vom Wind herbeigeweht, würde es sich nicht so gleichmäßig und gekonnt in die entgegengesetzte Richtung bewegen. Ich weiß nicht, wie ich es beschreiben soll. Es ist breiter als lang, ähnelt ein wenig einem Mast, den man quer zu einer Rah befestigt hat. Besser kann ich es nicht schildern.«

»Könntest du das Objektiv eines der Telekommunikatoren nach oben richten, sodass wir es sehen können?«

»Wir werden es versuchen.«

Rasch alarmierte Lackland über das Bordtelefon der Station einen der Biologen.

»Lance, es sieht ganz so aus, als ob Barlennan einem fliegenden Lebewesen begegnet ist. Wir versuchen gerade, es auf den Bildschirm zu bekommen. Vielleicht kommst du in die Beobachtungszentrale und sagst uns, was es sein könnte.«

»Schon unterwegs!«

Der letzte Teil des zweiten Wortes war kaum noch zu hören; der Biologe musste sein Zimmer schon verlassen haben. Er betrat den Beobachtungsraum, ehe die Matrosen den Telekommunikator nach oben gerichtet hatten, und ließ sich schweigend in einen Sessel fallen.

Kurz darauf ertönte wieder Barlennans Stimme.

»Es fliegt über dem Schiff hin und her, manchmal in geraden Linien, manchmal in Kreisen. Wenn es wendet, neigt es sich etwas zur Seite, doch sonst ändert sich nichts. Wo die beiden Stangen aufeinandertreffen, scheint es einen kleinen Körper zu haben ...«

Er fuhr fort in seiner Beschreibung, doch das seltsame Ding schien so gänzlich außerhalb seiner Erfahrungswelt zu liegen, dass es ihm sehr schwerfiel, angemessene Vergleiche zu finden, zudem noch in einer fremden Sprache.

»Kneifen Sie die Augen zusammen, sobald das Ding in Sicht kommt«, sagte einer der Techniker plötzlich aus dem Hintergrund. »Ich habe eine Hochgeschwindigkeitskamera auf den Bildschirm gerichtet, muss aber die Bildhelligkeit sehr steigern, damit die Aufnahmen genügend Einzelheiten zeigen.«

»... quer zu den Seitenstangen sind viele kürzere Stangen angeordnet, die ein sehr dünnes Segel zu verbinden scheint. Im Moment schwebt es wieder auf uns zu, sehr niedrig jetzt. Diesmal müsste es auf den Bildschirmen zu sehen sein ...«

Die Beobachter richteten sich gespannt auf, und der Techniker umfasste den Schalter fester, der die Kamera in Gang setzen und gleichzeitig die Bildhelligkeit steigern würde. Doch obwohl er darauf vorbereitet war, schoss das Objekt weit ins Bild, ehe er reagieren konnte, und alle im Raum hatten Gelegenheit, einen Blick darauf zu werfen, bis die plötzlich gesteigerte Helligkeit der Bildschirme sie blendete. Sie hatten genug gesehen.

Niemand sagte ein Wort, während der Kameramann den Entwicklungs-Frequenzgenerator der Kamera einschaltete, den Film zurückspulte, die Kamera auf ihrem Stativ zur gegenüberliegenden freien Wand drehte und den Projektionsschalter drückte. Jeder Mann verbrachte die fünfzehn Sekunden, die das Ganze dauerte, in tiefem Nachdenken.

Die Projektion lief in Zeitlupe ab, und jeder konnte sich das Objekt in Seelenruhe anschauen. Kein Wunder, dass Barlennan nicht in der Lage war, es zu beschreiben, denn bis er Lackland vor wenigen Monaten begegnet war, wusste er noch nicht, was Fliegen bedeutete. Demzufolge besaß er auch kein entsprechendes Wort in seiner Sprache. Und der geringe Wortschatz, den er bei Lackland gelernt hatte, enthielt keine Wörter wie »Rumpf« oder »Tragfläche« oder »Leitwerk«.

Das Ding war kein Tier. Es besaß einen Körper – einen Rumpf, wie die Menschen es nannten – von etwa einem Meter Länge, nur halb so lang wie das Kanu, das Barlennan mitführte. An einer schlanken Stange, die nach hinten herausragte, waren die Steuerflächen angebracht. Die Tragflächen besaßen fast sechs Meter Spannweite, und ihr Gerippe aus einer Hauptspiere und zahllosen Querholmen war deutlich durch eine fast transparente Bespannung zu erkennen. Barlennan hatte trotz seines beschränkten Wortschatzes das Ding ausgezeichnet beschrieben.

»Wodurch wird es angetrieben?«, fragte einer der Betrachter plötzlich. »Man sieht weder Propeller noch Düsen, und Barlennan behauptete, es fliege lautlos.«

»Es ist ein Segelflugzeug.« Einer der Meteorologen sagte das. »Ein Gleiter, von jemandem gesteuert, der die Fähigkeit einer irdischen Seemöwe besitzt, die Aufwinde dicht vor einer heranrollenden Woge zu nutzen. Das Flugzeug kann ohne Weiteres mehrere Wesen von Barlennans Größe aufnehmen und praktisch unbegrenzt lange in der Luft bleiben, bis die Besatzung zum Essen oder Schlafen landen muss.«

Die Besatzung der *Bree* wurde allmählich nervös. Die totale Geräuschlosigkeit der Flugmaschine und ihre eigene Unfähigkeit zu erkennen, wer oder was sich darin befand, verunsicherte sie. Niemand lässt sich gerne ständig von jemandem beobachten, den er selbst nicht sehen kann. Der Gleiter schien keine feindlichen Absichten zu verfolgen, doch die Erinnerung an den Angriff aus der Luft mit Speeren war noch zu frisch, als dass sie die Anwesenheit des Gleiters nicht als bedrohlich empfunden hätten. Einige Matrosen brannten darauf, ihre neu erworbene Fähigkeit des Werfens unter Beweis zu stellen, und suchten alle harten Gegenstände auf den Decks der *Bree* zusammen. Doch Barlennan hatte dies strikt untersagt. So segelten sie einfach weiter, bis die blasse Himmelskuppel sich beim Sonnenuntergang verdunkelte. Am folgenden Morgen war das Flugzeug verschwunden, und niemand wusste zu sagen, ob dies ein gutes oder schlechtes Zeichen war.

Der Wind blies nun stärker aus nordöstlicher Richtung, die See war kabbelig. Zum ersten Mal erkannte Barlennan einen Nachteil des Kanus. Flüssiges Methan, das ins Boot geweht oder hineingeschwappt war, blieb auch drinnen. Ehe der Tag vorbei war, musste er das Boot zu den Außenflößen hochhieven lassen und zwei Matrosen zum Ausschöpfen abstellen – eine Aufgabe, für die er weder das richtige Wort noch die geeignete Ausrüstung besaß.

Die Tage vergingen, und der Gleiter tauchte nicht wieder auf. Nur ab und zu suchten die Posten in den Ausgucks den Himmel nach ihm ab. Der Dunst wurde dunkler und verdichtete sich schließlich zu dicken Wolken, die sich bis auf wenige Hundert Meter auf die Meeresoberfläche herabsenkten. Barlennan erfuhr von den Menschen, dass das Wetter zum Fliegen zu schlecht sei, und zog die Posten von den Ausgucks wieder ab. Doch weder er noch die Menschen stellten sich die Frage, wie der Gleiter in der Nacht, in der dichte Wolken eine Orientierung nach den Sternen unmöglich gemacht hatten, seinen Weg gefunden haben mochte.

Die erste Insel, die in Sicht kam, war ziemlich hoch. Sie stieg steil aus dem Meer empor und ragte bis in die Wolken hinein. Sie lag etwas abseits der Fahrtroute der Meskliniten, und Barlennan behielt seinen ursprünglichen Kurs bei, nachdem er kurz die skizzenhafte Inselkarte, die er nach den Angaben der Menschen erstellt hatte, konsultiert hatte. Wie er erwartete, tauchte vor dem Schiff eine weitere Insel auf, ehe die erste im Dunst versunken war. Der Kapitän änderte den Kurs und steuerte leewärts um sie herum. Diese Küste musste, trafen die Angaben der Menschen zu, ziemlich zerklüftet sein, also viele Buchten besitzen, die der *Bree* Schutz bieten konnten. Barlennan hatte außerdem keine Lust, die windwärts gerichtete Küste abzufahren, was sicherlich einige Tage und Nächte gedauert hätte. Diese Insel schien ebenfalls sehr hoch zu sein, denn nicht nur ihre Berge ragten in die Wolken, sondern auch der heftige Wind flaute fast gänzlich ab, als die *Bree* unter ihrer Küste entlangfuhr. Der Küstensaum wurde immer wieder von tiefen Fjorden zerschnitten, und Barlennan steuerte schon die Mündung des nächstbesten an, als Dondragmer ihm riet, eine Bucht zu suchen, die sich nicht geradlinig zum Meer hin öffnete. Der erste Fjord, in den sie dann einfuhren, machte etwa einen Kilometer vom offenen Meer entfernt einen scharfen Knick und verbreiterte sich schließlich zu einem fast kreisrunden See von einigen Hundert Metern Durchmesser. Ringsum erhoben sich Steilwände in den Nebel, nur zwischen der Einfahrt, durch die die *Bree* gekommen war, und einer kleinen Flussmündung dicht daneben gab es einen kurzen flachen Sandstrand.

Es blieb der Mannschaft reichlich Zeit, das Schiff und seine Ladung zu sichern.

Plötzlich geschah Folgendes: Die niedrigen Wolken gehörten zu dem zweiten kleinen Wirbelsturm, den die Meteorologen erwähnt hatten, und nicht zu dem erwarteten großen Hurrikan. Wenige Tage nach dem Einlaufen der *Bree* in die geschützte Bucht klarte das Wasser plötzlich wieder auf, nur der Wind wehte gleichermaßen heftig. Barlennan erkannte, dass ihre Bucht eigentlich der Boden eines schüsselförmigen Tales war, dessen Felswände sehr steil auf etwa 300 Meter Höhe anstiegen. Durch die Schlucht, die der kleine Fluss in die Felsen geschnitten hatte, konnte man weit ins Land blicken, wenn man ein wenig die Uferböschung emporkletterte.

Barlennan machte bei seinem Landausflug eine beunruhigende Entdeckung. Zwischen den niedrigen Pflanzen am Ufer lagen Muscheln, Seetang und die Knochen von ziemlich großen Seetieren verstreut. Barlennan setzte seine Entdeckungsreise fort, um dann festzustellen, dass diese Überreste bis in etwa zehn Meter Höhe über dem gegenwärtigen Meeresspiegel zu finden waren. Viele Knochen waren schon alt und fast bis zur Unkenntlichkeit verwittert, teilweise auch schon von Erde bedeckt, die sicher beim Ansteigen des Meeres angeschwemmt worden waren. Andere wiederum waren verhältnismäßig frisch. Die Bedeutung dieser Erkenntnis lag auf der Hand: Unter bestimmten Gegebenheiten stieg das Meer weit über seinen gegenwärtigen Pegelstand, also lag die *Bree* vermutlich doch nicht so geschützt, wie die Mannschaft annahm.

Nur ein einziger Umstand beschränkte die mesklinitischen Stürme so weit, dass das Befahren der Meere überhaupt möglich war: Methan-Dampf ist viel dichter als Wasserstoff. Auf der Erde trägt die Tatsache, dass Wasserdampf leichter als Luft ist, enorm zur Bildung von Hurrikanen bei. Auf Mesklin dagegen bremste das vom Meer aufgenommene Methan in kurzer Zeit die Luftwirbel, die am Entstehen des Sturmes wesentlichen Anteil haben. Auch die Wärme, die Methan beim Kondensieren abgibt – wodurch sich die Sturmwolken bilden –, ist nur etwa ein Viertel so groß wie bei der gleichen aufgenommenen Menge Wasser; und diese Wärme ist der eigentliche Treibstoff eines Hurrikans, wenn die Sonne die nötige Anfangsenergie geliefert hat.

Trotz dieser Einschränkungen war ein Mesklin-Hurrikan beileibe kein Vergnügen. Barlennan musste das auch sehr plötzlich feststellen, obwohl er Mesklinit war. Er überlegte gerade ernsthaft, ob er die *Bree*, solange die zur Verfügung stehende Zeit dies noch zuließ, weiter flussaufwärts vertäuen sollte, als ihm diese Entscheidung unerwartet abgenommen wurde. Der See, in dem sie sich befanden, floss auf einmal mit erschreckender Plötzlichkeit ab und setzte das Schiff etwa zwanzig Meter tiefer auf Grund. Einen Moment später drehte der Wind um neunzig Grad und schwoll zu einer Stärke an, dass sich die Matrosen an Bord an den Klampen festhalten mussten, während sich die Landgänger an den kräftigsten Büschen festklammerten. Der schrille Befehl des Kapitäns, die Landgänger sollten sofort an Bord zurückkehren, verhallte ungehört im Rund des Talkessels.

Doch die Matrosen brauchten keine Befehle. Sie arbeiteten sich langsam von Busch zu Busch – sich nie mit weniger als zwei Zangen sichernd – zum Schiff zurück, wo sich ihre Kameraden, so gut es ging, an Deck mit Gurten und Seilen festgezurrt hatten. Jeden Augenblick drohte das leichte Gefährt hochzuwirbeln und zum Spielball der Winde zu werden. Regen, oder besser gesagt schwere Gischt, von der Wucht des Sturmes über die ganze Insel getrieben, klatschte auf sie hernieder. Dann, wie von Zauberhand, schlief der Wind wieder ein, und der Regen hörte auf. Keiner wagte, sich loszubinden, nur die letzten Landgänger beeilten sich, zum Schiff zurückzugelangen. Sie hätten es auch keine Sekunde später erreichen dürfen.

Das Auge des Sturmes auf Höhe des Meeresspiegels maß etwa fünf Kilometer im Durchmesser und wanderte mit einer Geschwindigkeit von mehr als hundert Kilometern pro Stunde weiter. Der Wind war nur für kurze Zeit eingeschlafen, das Auge des Zyklons musste also genau über dem Tal liegen. Doch herrschte in ihm ein Unterdruck, der eine mächtige Flutwelle verursachte, als das Sturmzentrum den Eingang des Fjords erreichte. Eine riesige Woge rollte mit wachsender Geschwindigkeit in den Talkessel hinein, schoss an den Steilwänden entlang und riss die *Bree* immer höher in ihren Wirbel – erst sechs, dann acht Meter hoch. Dann brüllte schlagartig der Wind wieder los. Obwohl die Masten der *Bree* aus widerstandsfähigem Holz bestanden, knickten sie wie Streichhölzer. Zwei Matrosen wurden über Bord gespült. Sie hatten sich wohl in der Eile nicht sorgfältig genug gesichert. Der einsetzende Wind packte das Schiff, das keine Masten mehr besaß, und drückte es an die Seite des Wirbels, der an den Talwänden entlangtobte. Wie ein hilfloses Holzscheit schoss die *Bree* genau die Mündung des kleinen Flusses hinauf landeinwärts, vom Wind vorwärtsgepeitscht. Dann stieg der Druck plötzlich wieder, und die Flutwelle wich ebenso schnell zurück, wie sie gekommen war. Nein, nicht ganz so schnell, da die flüssigen Methanmassen, auf denen die *Bree* schwamm, keinen anderen Rückweg fanden als durch das Bett des kleinen Flusses, und das brauchte seine

Zeit. Hätte der Tag etwas länger gedauert, hätte Barlennan die *Bree* unschwer durch das Flussbett steuern können. Doch die Sonne ging in diesem Augenblick unter, und in der Dunkelheit lief das Schiff auf Grund. Die Wogen wichen immer weiter zurück, und als die Sonne wieder aufging, schien sie auf eine Anzahl von hilflos gestrandeten Flößen, die etwa sechs Meter neben einem Rinnsal lagen, das zu schmal und zu seicht war, um auch nur eins von ihnen zu tragen. Das Meer war völlig verschwunden, lag irgendwo jenseits der Hügel. Der unförmige Körper eines fast zwanzig Meter langen Seeungeheuers am gegenüberliegenden Ufer des Baches versinnbildlichte deutlich die hilflose Situation der Expedition.

12 Windreiter

Die meisten Ereignisse hatten die Beobachter auf Toorey mitverfolgen können, denn die Telekommunikatoren waren wie die meisten weniger weit aufragenden Teile auf den Decks der *Bree* nicht aus ihren Verankerungen gerissen worden. Natürlich waren keine Einzelheiten mehr zu erkennen gewesen, als das Schiff in dem Mahlstrom herumwirbelte, doch seine gegenwärtige Situation ließ kaum Fragen offen. Und keiner der Zuschauer im Beobachtungsraum fand ein hilfreiches oder ermutigendes Wort.

Auch die Meskliniten konnten nichts mehr sagen. Ihr Schiff auf trockenem Land zu sehen – das waren sie gewohnt, da das Meer in ihrer Heimat im Spätsommer und im Herbst häufiger zurückwich. Doch dort geschah das niemals so überraschend, und das Schiff lag dann nie hoch über dem Meer. Barlennan und der Maat hatten wenig Grund, ihrem Schicksal dankbar zu sein, als sie sich einen ersten Überblick über ihre Lage verschafft hatten.

Sie besaßen zwar noch reichlich Proviant, obwohl die Vorräte aus dem Kanu verschwunden waren. Dondragmer nutzte diese Gelegenheit, wiederum auf die Vorteile von Flößen hinzuweisen, vergaß jedoch dabei zu erwähnen, dass der Proviant im Kanu kaum oder überhaupt nicht festgezurrt worden war, weil man leichtsinnigerweise auf die hohen Bordwände des Bootes vertraut hatte.

Das kleine Schiff selbst hing immer noch unbeschädigt am Ende des Taus. Das Holz, aus dem es gefertigt war, hatte sich als ebenso widerstandsfähig erwiesen wie das der niedrigen Büsche auf den Hügeln. Die *Bree* selbst, aus ähnlichem Material, wenn auch in anderer Form gebaut, war ebenfalls unbeschädigt, was sicher dem Fehlen von größeren Felsvorsprüngen in den glatten Wänden des Talkessels zuzuschreiben war. Sie lag, wie es sich gehörte, auf ihrem Kiel. Schwierigkeiten bereiteten ihnen nicht die Zerstörungen am Schiff oder das Fehlen von Proviant, sondern lediglich das Fehlen des Ozeans.

»Am besten nehmen wir das Schiff wieder auseinander, wie wir es schon einmal gemacht haben, und tragen die Einzelteile über die Hügel. Sie sind nicht besonders steil, außerdem ist die Schwerkraft hier noch gering.«

Diesen Vorschlag machte Barlennan nach langem Nachdenken.

»Du hast vielleicht recht, Kapitän, doch würde es nicht Zeit sparen, wenn wir dic Flöße in Längsrichtung halbierten oder drittelten und dann eine Kette daraus bildeten? Wir könnten sie ein wenig flussabwärts ziehen oder tragen, und in dem tieferen Wasser dort würden sie sicher auch wieder schwimmen.«

Hars, von seinen Verletzungen durch das Steingeschoss in der Stadt der Steinwerfer gänzlich genesen, machte diesen Vorschlag.

»Das klingt vielversprechend, Hars. Du solltest gleich feststellen, an welcher Stelle der Fluss wieder tief genug ist. Die anderen beginnen inzwischen mit dem Entladen und Auseinandernehmen des Schiffes. Die Ladung dürfte uns leider ziemlich behindern.«

»Ich frage mich, ob das Wetter immer noch zu schlecht für diese Flugmaschine ist.«

Dondragmer sagte diese Worte ganz beiläufig, doch Barlennan schaute unwillkürlich nach oben.

»Die Wolken hängen noch immer sehr tief, und der Wind hat kaum an Heftigkeit verloren«, sagte er dann. »Wenn die Menschen recht haben – und sie sollten es schließlich wissen –, ist das Wetter immer noch zu schlecht. Trotzdem kann es nicht schaden, ab und zu nach oben zu schauen. Fast hoffe ich darauf, schon bald einen dieser Gleiter zu sehen.«

»Gegen einen hätte ich auch nichts einzuwenden«, entgegnete der Maat trocken. »Ich vermute, du willst dem Kanu einen dieser Gleiter hinzufügen. Ich sage dir, dass ich vielleicht im äußersten Notfall einmal dieses Kanu besteigen werde, aber der Tag, an dem ich in eine dieser Flugmaschinen klettere, müsste schon ein heißer Wintermorgen sein, an dem beide Sonnen gleichzeitig am Himmel stehen.«

Barlennan antwortete nicht. Er hatte noch nicht bewusst daran gedacht, seiner Sammlung exotischer Dinge einen dieser Flugkörper hinzuzufügen, doch die Idee gefiel ihm. Was das Fliegen selbst anbelangte – er war zwar aufgeschlossen, doch es gab Grenzen.

Die Menschen hatten ihnen klares Wetter vorausgesagt, und in den nächsten Tagen riss die Wolkendecke tatsächlich auf. Beschäftigt wie sie waren, vergaßen die meisten Matrosen, ab und zu zum Himmel aufzublicken. Hars' Plan hatte sich als durchführbar erwiesen, nur wenige Meter flussabwärts war der Wasserlauf tief und breit genug für die einzelnen Flöße. Barlennans Vermutung bezüglich des Gewichtes stellte sich jedoch als falsch heraus. Jedes Teil war hier bereits doppelt so schwer wie an der Stelle, an der sie Lackland zurückgelassen hatten. Außerdem waren die Meskliniten nicht daran gewöhnt, überhaupt etwas zu tragen. Obwohl sie sehr viel Kraft besaßen, hatten sie sich schließlich infolge der veränderten Schwerkraft so verausgabt, dass sie die Flöße erst entladen mussten, bevor sie sie in Einzelteilen zum Bach ziehen oder tragen konnten.

Das Weitere machte dann kaum noch Schwierigkeiten, die Abfahrt war viel leichter als vermutet. Es vergingen kaum einhundert Tage, da schwamm die *Bree* wieder zusammengebaut und beladen der See entgegen.

Die Flieger tauchten auf, als das Schiff gerade den Teil des Flusses hinabschwamm, wo er sich kurz vor seiner Mündung in den See am tiefsten in den Felsen gegraben hatte. Karondrasee sah sie zuerst. Er bereitete gerade an Bord das Essen zu, während die anderen das Schiff vom Ufer aus durch die Untiefen zogen, und war so durch seine Arbeit weniger abgelenkt als sie. Sein Warnschrei schreckte Menschen und Meskliniten gleichermaßen auf. Doch die Beobachter auf Toorey konnten die Gleiter nicht sehen, weil die Objektive der Telekommunikatoren sie nicht erfassten.

Dafür sah Barlennan sie umso deutlicher. Diesmal waren es acht Gleiter, die ziemlich dicht beieinander, wenn auch nicht in geschlossener Formation flogen. Sie schwebten von vorn heran, nutzten die Aufwinde auf der windabgewandten Seite des Tales, bis sie das Schiff erreichten. Dann flogen sie nacheinander dicht darüber hinweg, warfen etwas ab und änderten dann sofort ihren Kurs, um sich wieder in die Höhe zu schrauben.

Die abgeworfenen Gegenstände sprachen eine deutliche Sprache: Jeder Matrose konnte erkennen, dass es Speere waren, ähnlich denen, die die Flussanwohner benutzt hatten, nur mit einer viel schwereren Spitze. Für einen Augenblick schien die tief verwurzelte Angst vor stürzenden Objekten die Meskliniten wieder in die alte Hysterie zu versetzen, dann erkannten sie, dass die Geschosse sie nicht treffen, sondern in einiger Entfernung vor dem Schiff aufschlagen würden. Wenige Sekunden später kehrten die Segler zurück, und die Matrosen kauerten sich zusammen, weil sie glaubten, die Angreifer würden diesmal besser zielen. Doch auch jetzt fielen die Speere nahezu an den gleichen Punkten zu Boden. Beim dritten Anflug durchschaute die Mannschaft endlich den Plan der Angreifer. Sie hatten absichtlich ihre Speere vor dem Schiff abgeworfen. Jedes Geschoss war senkrecht in das immer noch ziemlich schmale Flussbett gefallen und hatte sich fast bis zur Hälfte in den festen Lehmboden gebohrt. Jetzt blockierten etwa zwei Dutzend Speerschäfte im Fluss die Weiterfahrt des Schiffes.

Als sich die *Bree* der Barrikade näherte, stellten die Angreifer das Bombardement ein. Barlennan hatte geglaubt, sie würden es fortsetzen, um die Mannschaft daran zu hindern, das Hindernis zu beseitigen. Doch das war nicht nötig, wie die Besatzung der *Bree* bald herausfand. Die Speere ließen sich keinen Millimeter bewegen. Der Gegner hatte sie aus einer Höhe von über dreißig Metern bei sieben G ins Ziel fallen lassen. Nur mit maschineller Hilfe hätte man sie aus dem Untergrund herausziehen können. Terblannen und Hars bestätigten diese Tatsache. Nach fünf Minuten vergeblichen Zerrens und Rüttelns gaben sie auf.

»Könnt ihr sie nicht abzwicken?«, fragte Lackland von seinem entfernten Beobachtungsort. »Eure Zangen sind doch, soviel ich weiß, recht kräftig.«

»Die Speere sind aus Holz, nicht aus Metall«, antwortete Barlennan. »Wir bräuchten dafür eine eurer Metallsägen, von denen du sagtest, sie könnten auch unser Hartholz durchtrennen – es sei denn, du hast eine Maschine, um die Speere herauszuziehen.«

»Ihr müsst doch Werkzeuge haben, mit denen ihr sie abschneiden könnt. Wie sonst erledigt ihr Reparaturarbeiten an eurem Schiff? Die Flöße sind doch nicht von selbst in dieser Form gewachsen.«

»Unsere Schneidewerkzeuge bestehen aus Tierzähnen, die wir in starke Rahmen einbetten. Sie sind deshalb nicht gerade leicht zu bedienen. Was wir haben, werden wir selbstverständlich auch verwenden, doch ich fürchte, man wird uns kaum die Zeit dazu lassen.«

»Ich dachte, ihr könntet Feinde mit euren Flammenwerfern abwehren?«

»Wenn sie gegen den Wind angreifen, klappt das auch. Doch mir fällt es schwer, sie für so dumm zu halten.«

Lackland versank in Schweigen, während die Matrosen mit jedem Werkzeug, das sie finden konnten, den Speeren zu Leibe rückten. Ihre Messer waren ebenfalls aus Hartholz und konnten den Speerschäften nichts anhaben, doch es gab auch einige Knochen- und Elfenbeinsägen, die sich tatsächlich in das unglaublich harte Holz hineinfraßen. Einige Meskliniten ließen sich auf den Grund des nur wenige Zentimeter tiefen Rinnsals sinken und versuchten, die Speere auszugraben. Dondragmer beobachtete ihre Arbeit eine Zeit lang und kam dann zu dem Schluss, dass es wahrscheinlich einfacher war, einen Kanal um das Hindernis herum zu graben, als zwei Dutzend Speerschäfte auszubuddeln, die sich über einen Meter in den Grund gebohrt hatten. Dieser Vorschlag wurde von den Matrosen ohne Werkzeuge sofort aufgegriffen, und die Arbeit machte bemerkenswerte Fortschritte.

Die ganze Zeit kreisten die Gleiter unablässig über ihnen. Entweder blieben sie sogar während der Nacht in der Nähe oder waren in den Minuten der Dunkelheit durch andere ersetzt worden, doch wusste das keiner genau zu sagen. Barlennan behielt die Berge beiderseits des Flusses scharf im Auge, erwartete jeden Moment das Auftauchen der Feinde auf dem Boden. Doch die Besatzungen der Gleiter und die arbeitenden Matrosen blieben die einzigen sich bewegenden Lebewesen.

Die Wesen in den Flugzeugen zeigten sich nicht, niemand wusste zu sagen, wie sie aussehen mochten und wie viele von ihnen sich in jedem Gleiter befanden. Doch Menschen wie auch Meskliniten nahmen an, dass sie zu Barlennans Rasse gehörten. Der Gegner zeigte keine Reaktion auf die Aktivitäten der Mannschaft, doch bald wurde deutlich, dass ihm das Treiben unten am Fluss nicht entgangen war.

Die Matrosen hatten den Kanal schon zu drei Vierteln fertiggestellt, als die Angreifer wieder in Aktion traten. Danach war das neue Flussbett ebenso von Speeren versperrt wie das ursprüngliche. Wie zuvor hatten es die Besatzungen der Gleiter sorgfältig vermieden, bei ihrem Angriff jemanden der Mannschaft von der *Bree* zu verletzen. Doch ihr Verhalten an sich war ebenso entmutigend, als hätten sie die Matrosen persönlich angegriffen. Das mühsame Graben war völlig sinnlos gewesen, wenn der Gegner innerhalb von wenigen Minuten die Arbeit von Tagen zunichtemachen konnte. Man musste einen anderen Weg finden.

Dem Rat der Menschen folgend, hatte Barlennan seinen Leuten befohlen, sich nicht in Gruppen zu versammeln. Jetzt rief er sie zum Schiff zurück und wies sie an, entlang der Flöße an beiden Ufern einen lockeren Kordon zu bilden. Die Matrosen standen weit genug auseinander, dass sie von oben kein Angriffsziel boten, und doch wieder nah genug, um sich gegenseitig im Falle eines Angriffes unterstützen zu können. Barlennan hatte keinen Zweifel, dass die nächste Bewegung ein Angriff gegen sie sein musste, doch mehrere Tage lang geschah nichts.

Dann tauchte ein weiteres Dutzend dieser seltsamen Flugzeuge in der Ferne auf, schwebte heran, teilte sich in zwei Gruppen und landete auf den Bergen zu beiden Seiten des gefangen gesetzten Schiffes. Die Landung erfolgte, wie die Flieger es beschrieben hatten, gegen den Wind. Die Maschinen kamen wenige Meter von ihrem Aufsetzpunkt zu einem schlitternden Halt. Vier Wesen entstiegen jedem Fluggerät, sprangen auf die Flügel und sicherten hastig die Maschinen mit Seilen, indem sie die Büsche als Anker benutzten. Was bisher nur eine Annahme war, bestätigte sich jetzt: Die Wesen ähnelten in Gestalt, Größe und Farbe den Matrosen der *Bree*.

Sobald die Gleiter gesichert waren, stellten die Wesen weit vor ihnen in Windrichtung ein zusammenklappbares Gerüst auf und klinkten Zugseile an seinen Haken ein. Dabei schienen sie sehr genau den Abstand des Gerüsts vom nächsten Gleiter auszumessen. Erst danach wandten sie ihre Aufmerksamkeit der *Bree* und ihrer Besatzung zu. Ein lang gezogener Schrei drang von einem Berg zum anderen. Er diente anscheinend als Signal, dass alles bereit war.

Die Besatzungen der Gleiter auf den leeseitigen Bergen begannen, die Hänge herabzusteigen. Sie sprangen dabei nicht wie beim Verlassen ihrer Maschinen, sondern krochen wie Raupen – die Fortbewegungsart, die auch Barlennans Leute als einzige vor ihren Erfahrungen am »Rand« kannten.

Trotzdem kamen sie rasch voran und waren bei Sonnenuntergang »bis auf Wurfweite« heran, wie einige Matrosen murrend bemerkten. Von dort rührten sie sich nicht mehr weg, bis die Nacht vorüber war. Die Monde spendeten gerade genügend Licht, dass beide Parteien erkennen konnten, ob der Gegner etwas Verdächtiges unternahm. Bei Sonnenaufgang setzten die Flugzeugbesatzungen ihren Weg fort, und es dauerte nicht lange, bis der erste Fremde kaum dreißig Zentimeter vor dem ersten Matrosen stehen blieb, während seine Begleiter sich ein wenig zurückhielten. Keiner schien bewaffnet zu sein, und Barlennan kroch zu ihnen hinüber, nachdem er zwei Matrosen befohlen hatte, das Objektiv eines Telekommunikators auf den Ort des Zusammentreffens zu richten.

Der Gleiterpilot verschwendete keine Zeit und begann sofort zu sprechen, als Barlennan ihn erreichte, doch der Kapitän verstand kein Wort. Nach wenigen Sätzen schien der Sprecher dies zu bemerken; er schwieg, fuhr aber nach einer Weile fort. Barlennan vermutete, dass er in einer fremden Sprache redete. Um einer längeren Suche nach Sprachen, die der andere möglicherweise verstand, vorzubeugen, zeigte Barlennan seinem Gesprächspartner diesmal mit Worten an, dass er ihn nicht verstand. Wieder wechselte der Pilot die Sprache, und zu seinem größten Erstaunen hörte Barlennan diesmal seine eigene, zwar sehr grob und schlecht akzentuiert, doch verständlich.

»Es ist lange her, seit ich diese Sprache gehört habe«, sagte der Fremde. »Doch ich glaube, ich kann mich in ihr noch verständlich machen. Kannst du mir folgen?«

»Ich verstehe dich sehr gut«, antwortete Barlennan.

»Ausgezeichnet. Ich bin Reejaaren, der Sprecher von Marreni, dem Kontrolleur der Äußeren Häfen. Ich habe den Auftrag herauszufinden, wer ihr seid und woher ihr kommt. Warum segelt ihr hier zwischen den Inseln umher?«

»Wir sind Handelsreisende ohne bestimmtes Ziel.« Barlennan dachte nicht daran, seine Verbindung zu Wesen von einer anderen Welt preiszugeben. »Wir wussten nichts von der Existenz dieser Inseln. Wir sind einfach vom ›Rand‹ weggesegelt, weil wir von der unwirtlichen Gegend die Nase voll hatten. Wenn ihr mit uns handeln wollt, sind wir gerne bereit dazu, wenn nicht, bitten wir um Erlaubnis, unsere Reise fortsetzen zu dürfen.«

»Nur unsere Schiffe und Gleiter treiben in diesen Seegebieten Handel. Wir haben noch nie fremde Schiffe hier gesehen«, antwortete Reejaaren. »Doch etwas verstehe ich nicht. Der Händler aus dem Süden, von dem ich eure Sprache lernte, behauptete, er käme aus einem Land, das am Meer jenseits des westlichen Kontinents liegt. Wir wissen, dass es zwischen dem Eis und den Inseln hier keine Seepassage zu diesem Meer gibt. Und doch kamt ihr, als wir euch entdeckten, aus nördlicher Richtung gesegelt, was bedeutet, dass ihr absichtlich in diesem Teil des Meeres gekreuzt seid, auf der Suche nach Land. Wie passt das zu deiner Geschichte? Wir mögen keine Spione.«

»Wir sind von Norden her gekommen und haben das Land zwischen unserem und eurem Ozean überquert.«

Barlennan blieb keine Zeit, sich eine überzeugend klingende Lüge auszudenken, obwohl er wusste, dass die Wahrheit noch unglaubwürdiger klingen musste. Reejaarens Haltung bewies dies auch sofort.

»Euer Schiff ist ganz offensichtlich mit großen Werkzeugen gebaut worden, die ihr nicht mit euch führt, in einer Werft also. Doch im ganzen nördlichen Teil des Ozeans gibt es keine solche Einrichtung. Willst du mir einreden, ihr habt das Schiff auseinandergenommen und so weit über Land gezogen?«

»Ja.«

Barlennan glaubte einen Ausweg zu sehen.

»Und wie?«

»Wieso könnt ihr fliegen? Viele Leute würden diese Tatsache viel unwahrscheinlicher finden.«

Seine Antwort schien jedoch nicht die Wirkung zu haben, die sich Barlennan erhofft hatte. Zumindest reagierte der andere unbeeindruckt.

»Du erwartest doch wohl nicht, dass ich dir das verrate. Harmlose Durchreisende haben von uns nichts zu befürchten, doch Spione behandeln wir nicht gerade sanft.«

Der Kapitän ließ sich nicht beirren.

»Ich habe auch nicht erwartet, dass du mir das verrätst. Ich wollte dir nur so taktvoll wie möglich klarmachen, dass du mich auch nicht danach hättest fragen sollen, wie wir mit dem Schiff den Kontinent überquert haben.«

»Das will und muss ich aber. Du scheinst dir über deine Situation nicht im Klaren zu sein, Fremder. Was du von mir denkst, ist unwichtig, doch was ich von dir halte, kann für euch sehr wichtig werden. Einfach ausgedrückt: Wenn ich euch in Ruhe lassen soll, musst du mich überzeugen, dass ihr harmlos seid.«

»Wie könnten wir euch schon gefährlich werden – die Mannschaft eines einzigen Schiffes? Wieso solltet ihr uns fürchten?«

»Wir haben auch keine Angst vor euch!« Die Antwort kam scharf und drohend. »Doch ihr könntet viel Unheil anrichten. Eine einzige Person – von einem ganzen Schiff voller Leute gar nicht zu reden – könnte Informationen sammeln, die wir geheim halten wollen. Wir wissen zwar, dass Barbaren das Geheimnis des Fliegens niemals beherrschen werden, wenn man es ihnen nicht genauestens erklärte. Daher habe ich über deine Frage gelacht. Trotzdem solltest du vorsichtiger sein.«

Barlennan hatte kein Lachen gehört, doch merkte er langsam, dass mit dem Sprecher und seinen Leuten nicht zu spaßen war. Daher schien ihm eine Halbwahrheit angebracht, um bei seinem Gegenüber den Eindruck des Nachgebens zu erwecken.

»Man hat uns geholfen, das Schiff über Land zu ziehen«, sagte er mit mürrischem Ton.

»Wer? Die Steinschleuderer oder die Flussanwohner? Dann musst du eine unglaubliche Überredungskraft besitzen, denn wir wurden immer nur mit einem Geschosshagel empfangen.«

Zu Barlennans Erleichterung aber ging Reejaaren nicht weiter auf diesen Punkt ein, sondern kam auf näherliegende Dinge zu sprechen.

»Also, ihr wollt, da ihr nun schon mal hier seid, Handel mit uns treiben? Womit handelt ihr denn? Ihr wollt doch sicher eine unserer Städte besuchen?«

Barlennan ahnte die Falle und antwortete dementsprechend.

»Wir können überall da Handel treiben, wo ihr es erlaubt – wenn es nur nicht zu weit vom Meer entfernt ist. Allerdings haben wir im Moment nur eine Ladung Nahrungsmittel vom Isthmus an Bord, mit denen ihr zweifellos durch eure Flugzeuge ausreichend versorgt seid.«

»Nahrungsmittel lassen sich immer verkaufen«, sagte der Sprecher unverbindlich. »Würdet ihr den Handel auch gleich hier abschließen?«

»Wenn notwendig, ja, obwohl ich nicht einsehe, warum es notwendig sein sollte. Eure Flugzeuge hätten uns rasch eingeholt, wenn wir versuchten, die Inseln ohne eure Einwilligung zu verlassen, nicht wahr?«

Reejaaren hatte inzwischen sein Misstrauen wohl etwas verloren, doch die letzte Frage ließ es wieder in voller Stärke aufleben.

»Vielleicht könnten wir es, doch darüber werde ich dir nichts sagen. Marreni wird die letzte Entscheidung treffen, doch ich glaube, ihr könnt davon ausgehen, euer Schiff hier zu entladen. Selbstverständlich ist die übliche Hafengebühr zu zahlen.«

»Hafengebühr? Hier ist kein Hafen, und ich bin auch nicht freiwillig hier an Land gegangen. Ich bin hier gestrandet.«

»Trotzdem müssen fremde Schiffe Hafengebühren bezahlen. Ich möchte betonen, dass die Höhe der Zahlung vom Kontrolleur der Äußeren Häfen festgesetzt wird, und er wird sich ein Bild von euch machen nach dem, was ich ihm erzähle. Ein wenig mehr Höflichkeit wäre daher durchaus angebracht.«

Barlennan unterdrückte mühsam seine Wut und stimmte Reejaaren vorgeblich in jedem Punkt zu. Er gab sich unterwürfig und schmeichelte dem Sprecher der fliegenden Wesen, und es gelang ihm tatsächlich, ihn dadurch bis zu einem gewissen Grade zu besänftigen. Jedenfalls zog dieser sich zurück, ohne noch weitere offene oder versteckte Drohungen ausgestoßen zu haben.

Zwei seiner Leute gingen neben ihm, die anderen hielten sich in gebührendem Abstand. Ein paar Besatzungsmitglieder der ersten Gleiter ergriffen hastig die zwei Seile, die an dem seltsamen Gerüst angebracht waren, und zogen daran. Die Seile ließen sich unglaublich lang ausdehnen, bis ihre Haken in die Nase des ersten Gleiters eingehängt werden konnten. Das Flugzeug wurde freigegeben, und die Leinen zogen sich blitzartig zu ihrer normalen Länge zusammen, wobei sie den Gleiter in die Luft schleuderten.

Sofort regte sich in Barlennan der Herzenswunsch, eine solche dehnbare Leine zu besitzen. Er äußerte das auch Dondragmer gegenüber, der ihm zustimmte. Der Maat hatte das ganze Gespräch mitgehört und empfand die gleiche Abneigung gegen den Sprecher des Kontrolleurs der Äußeren Häfen wie sein Kapitän.

»Weißt du, Barl, wir könnten diesen Burschen ein wenig zurechtstutzen. Sollen wir?«

»Ich täte es liebend gerne, doch wir dürfen ihn nicht verärgern, ehe wir nicht in Sicherheit sind. Ich will nicht riskieren, dass er und seine Leute die *Bree* mit ihren Wurfspeeren bombardieren.«

»Ich wollte ihn auch nicht verärgern, sondern ihm ein wenig Angst einjagen. ›Barbaren‹ hat er gesagt. An diesem Schimpfwort wird er noch gehörig zu kauen haben, und wenn ich es ihm persönlich heimzahle. Unsere Rache hängt nur davon ab, ob unsere Menschenfreunde auf ihrer Station oben wissen, wie die Gleiter funktionieren, und ob sie es uns verraten.«

»Sie werden es wahrscheinlich wissen. Doch möglicherweise haben sie es auch wieder vergessen, weil sie schon so lange viel bessere Fluggeräte haben ...«

»Umso besser für mein Vorhaben.«

»... doch ich weiß nicht, ob sie es uns verraten. Ich nehme an, du ahnst jetzt schon, was ich mir von dieser Reise verspreche. Ich möchte so viel wie möglich von dem Wissen und Können der Menschen erlernen. Deshalb will ich auch unbedingt zu ihrer gestrandeten Rakete am Pol. Charles hat selbst gesagt, dass sie die höchstentwickelte technische Ausrüstung an Bord hat, die die Menschen besitzen. Haben wir die erst einmal zur Verfügung, wird es kein Pirat auf See oder zu Lande jemals wieder wagen, der *Bree* zu nahe zu kommen. Dann brauchen wir keine Hafengebühren mehr zu zahlen und machen unsere eigenen Gesetze.«

»Das hatte ich schon vermutet.«

»Deshalb weiß ich nicht, ob sie uns erzählen werden, was du wissen willst. Sie könnten misstrauisch werden und meinen Plan erraten.«

»Ich glaube, jetzt bist du zu misstrauisch. Hast du jemals um Informationen über Dinge gebeten, die du stehlen willst?«

»Ja, und Charles hat dann immer gesagt, sie seien zu schwierig zu erklären.«

»Vielleicht stimmt es, vielleicht weiß er selbst die Antwort nicht. Trotzdem möchte ich irgendeinen der Menschen über diese Gleiter befragen, denn ich sähe Reejaaren zu gerne zitternd und bebend vor mir.«

»Was hast du eigentlich vor?«

Dondragmer erklärte es ihm ausführlich. Zuerst hatte der Kapitän Bedenken, doch dann erwärmte er sich immer mehr für den Plan. Schließlich gingen sie gemeinsam zu den Telekommunikatoren hinüber.

13 Der Versprecher

Zum Glück blieb Reejaaren viele Tage weg. Seine Leute jedoch ließen das Schiff nicht aus den Augen. Vier bis sechs Gleiter schwebten immer in der Luft, und einige andere lagen jederzeit startbereit am Berghang neben ihren Katapulten. Ihre Anzahl änderte sich nie merklich, doch die Zahl der Schaulustigen auf den Bergen wuchs von Tag zu Tag. Die Menschen in der Station hatten Dondragmers Plan mit Begeisterung und, wie Barlennan vermutete, mit ein wenig Belustigung aufgenommen. Ein paar Matrosen begriffen nicht schnell genug, worum es ging, und konnten deshalb in den Plan nicht einbezogen werden. Doch sogar sie verstanden die Situation und würden, dessen war Barlennan sich sicher, ihren Teil zu seinem Gelingen beitragen. In der Zwischenzeit sollten sie die zersplitterten Masten wieder reparieren, die aufgrund ihrer Verankerung nicht vom Schiff heruntergespült worden waren. Der Plan war gereift und lange vor Rückkehr des Sprechers gut einstudiert. Die Offiziere der *Bree* wurden von Tag zu Tag ungeduldiger, ihn in die Tat umzusetzen, obwohl Dondragmer zwischenzeitlich wegen eines anderen Projektes viel Zeit an den Telekommunikatoren verbrachte. Nachdem sie einige Tage hatten verstreichen lassen, trafen sich dann der Kapitän und der Maat eines Morgens auf dem Weg zu den Gleitern am Berghang, um ihren Plan zu testen, obwohl keiner dem anderen etwas von seinem Vorhaben gesagt hatte.

Der Himmel hatte gänzlich aufgeklart, und nur der ständig wehende Wind auf den Meeren Mesklins begünstigte oder verhinderte das Fliegen. Doch offensichtlich war er diesmal günstig. Die Gleiter zerrten an ihren Haltetauen wie lebendige Wesen, und die Mannschaften standen neben den Tragflächen und hatten sich am Buschwerk festgeklammert, um notfalls mit ihrer Körperkraft die Gleiter am Boden zu halten.

Barlennan und Dondragmer näherten sich den Maschinen, bis ein scharfer Befehl sie aufhielt. Sie hatten keine Vorstellung vom Rang oder der Autorität dessen, der da gebellt hatte, weil er keine äußeren Abzeichen trug. Doch für ihren Plan war das auch nebensächlich. Sie blieben stehen und schauten zu den Gleitern hinüber, von denen sie noch etwa dreißig oder vierzig Meter entfernt waren, während die Besatzungen kampflustig zu ihnen herüberstarrten. Offensichtlich war Reejaarens Überheblichkeit eine für sein ganzes Volk typische Eigenschaft.

»Was schaut ihr so erstaunt, Barbaren?«, fragte einer nach kurzem Schweigen. »Wenn ich glaubte, dass ihr durch das Betrachten unserer Flugzeuge etwas Wissenswertes darüber lernen könntet, hätte ich euch schon viel früher aufgehalten. Doch ich sehe ja, wie dumm ihr dreinschaut.«

Er sprach Barlennans Sprache nicht viel schlechter als sein Chef.

»An euren Maschinen gibt es nicht viel zu entdecken. Ihr könntet euch die Mühe sparen, die der momentan heftige Wind euch bereitet, wenn ihr die Vorderkante der Flügel nach unten biegen würdet. Warum sind stattdessen so viele Leute damit beschäftigt, die Gleiter am Boden zu halten?«

Barl benutzte für »Flügel« das Wort aus der Menschensprache, da es in seiner keines dafür gab. Der andere verlangte eine Erklärung. Als Barlennan sie ihm gab, verlor er vor Verblüffung einen Augenblick lang seine Überheblichkeit.

»Du hast früher schon Gleiter gesehen? Wo war das?«

»Ich habe *eure* Art von Flugzeugen nie in meinem Leben gesehen«, antwortete Barlennan. Seine Worte waren wahr, die Betonung aber absichtlich irreführend. »So nahe am ›Rand‹ bin ich vorher noch niemals gewesen, und ich könnte mir vorstellen, dass diese leicht gebauten Geräte unter ihrem Eigengewicht zusammenbrächen, würdet ihr auch nur etwas weiter nach Süden hinunterfliegen.«

»Woher …?«

Der Posten schwieg unvermittelt. Er erinnerte sich daran, dass sein Verhalten nicht dem eines zivilisierten Wesens gegenüber einem Barbaren entsprach. Eine Weile sagte er nichts, überlegte offensichtlich, wie er reagieren sollte, dann entschloss er sich, das Problem seinem Vorgesetzten zu überlassen.

»Wenn Reejaaren wieder hier ist, wird er sich sicher gern eure Verbesserungsvorschläge anhören. Wenn er sie für wertvoll genug hält, reduziert er vielleicht sogar eure Hafengebühr. Bis dahin jedoch rate ich euch, von unseren Gleitern fernzubleiben. Ihr könntet wichtige Einzelheiten erkennen, und dann müssten wir euch leider wie Spione behandeln.«

Ohne Erwiderung kehrten Barlennan und sein Maat zur *Bree* zurück, hochzufrieden mit der Wirkung, die ihr gemeinsamer Ausflug erbracht hatte, und gaben den Menschen einen genauen Bericht.

»Wie hat er reagiert, als du andeutetest, du würdest Gleiter kennen, die in zweihundertfach größerer Schwerkraft fliegen?«, fragte Lackland. »Hat er dir geglaubt?«

»Ich weiß es nicht. Er befürchtete anscheinend, zu viel zu hören oder zu sagen, und schickte uns weg, bis sein Vorgesetzter zurück ist. Doch ich glaube, der Anfang ist gemacht.«

Barlennan mochte recht haben mit seiner Vermutung, jedenfalls äußerte sich der Sprecher nach seiner Rückkehr nicht sofort dazu. Zwischen der Landung und seinem Auftauchen bei der *Bree* war einige Zeit verstrichen, und sicher hatte ihm der Posten von dem Besuch der »Barbaren« und dem Gespräch berichtet.

»Der Kontrolleur der Äußeren Häfen hat sich für den Augenblick dazu entschlossen, euren Besuch als harmlos zu betrachten«, begann der Sprecher. »Ihr habt zwar unsere Küste ohne Erlaubnis betreten, doch er sah ein, dass ihr in Schwierigkeiten wart, und ist deshalb bereit, milde mit euch zu verfahren. Er hat mich beauftragt, eure Ladung zu prüfen und danach die Höhe der Hafengebühr und des Bußgeldes festzusetzen.«

»Der Kontrolleur wird die Ladung nicht selbst inspizieren und einige Gastgeschenke als Beweis unserer Dankbarkeit entgegennehmen?«

Bei diesen Worten unterdrückte Barlennan mühsam den Sarkasmus in seiner Stimme. Reejaaren machte die einem Lächeln entsprechende Geste.

»Dein Benehmen hat sich schon sehr gebessert. Wir werden sicherlich gut miteinander auskommen. Leider wird der Kontrolleur durch Geschäfte auf einer der Inseln festgehalten, deshalb dürfte es etwas dauern, bis er hier sein kann. Solltet ihr dann noch nicht abgereist sein, wird er sicher mit Freude euer Angebot annehmen. Doch inzwischen sollten wir uns um das Geschäftliche kümmern.«

Reejaaren verlor kaum etwas von seiner Überheblichkeit, während er die Ladung der *Bree* inspizierte, gab aber Barlennan dabei unbewusst einige wertvolle Informationen, für deren Preisgabe er wohl eher gestorben wäre, hätte er es bemerkt. Natürlich hatte er an allem, was er sah, etwas auszusetzen und erging sich nebenbei in endlosen Lobpreisungen über die »Gnade und Güte« seines Herrn Marreni. Trotz seiner Mäkeleien beschlagnahmte er eine ganze Anzahl der Tannenzapfen, die während der Überquerung des Isthmus von der Mannschaft der *Bree* eingetauscht worden waren. Er hätte diese sicher auch mühelos bekommen können, denn die Entfernung dorthin konnte für die Gleiter nicht allzu groß sein. Tatsächlich hatte der Sprecher bei einigen Bemerkungen anklingen lassen, dass sie mit den Bewohnern dieser Gegend befreundet waren. Wenn also Reejaaren trotzdem diese Früchte für wertvoll ansah, bedeutete dies, dass die Freundschaft mit den »Barbaren« vom Isthmus doch nicht so tief sein konnte. Anscheinend waren die Eingeborenen dort dem hochkultivierten Inselvolk des Sprechers auf irgendeine Weise überlegen, die ihrerseits keineswegs die Herren der Schöpfung waren, die zu sein sie andere glauben machen wollten. Aus diesem Grund hatte der Plan des Maats gute Erfolgsaussichten, denn der Sprecher würde alles tun, um vor der »barbarischen« Besatzung der *Bree* nicht als minderwertig zu erscheinen.

Barlennan, der auf diesen Umstand baute, fühlte sein Selbstbewusstsein steigen wie eine startende Rakete der Menschen. Er würde es schaffen, diesen Reejaaren wie ein einfältiges Ternee an der langen Leine zu führen.

Er verwandte seine ganze Energie auf dieses Ziel, und die Mannschaft unterstützte ihn dabei nach Kräften.

Nachdem die Gebühren bezahlt worden waren, strömten die Schaulustigen in Schwärmen die Berghänge herab. Barlennan fand seine Vermutung über die tannenzapfenähnlichen Früchte bestätigt, sie schienen heiß begehrt zu sein. Er zögerte daher ein wenig, alle zu verkaufen, weil er damit gerechnet hatte, zu Hause sehr hohe Preise dafür zu erzielen. Doch dann überlegte er, dass er leicht den Bestand an Tannenzapfen wieder auffüllen konnte, ehe er die Heimat erreichen würde.

Viele der Käufer waren selbst professionelle Händler und boten Massen unterschiedlichster Handelsgüter feil, unter anderem auch Lebensmittel, doch auf Anweisung ihres Kapitäns kauften die Matrosen davon kaum. Die Händler verstanden dies, da verderbliche Waren für einen Händler aus Übersee, der sich selbst jederzeit mit Nahrung aus dem Meer zu versorgen in der Lage war, kaum von Wert sein konnten. Nur Gewürze bildeten da eine Ausnahme, und solche wurden von den örtlichen Händlern nicht angeboten.

Trotzdem besaßen einige Händler ein interessantes Warenangebot. Zu Barlennans größtem Erstaunen wurde der Stoff, mit dem die Gleitertragflächen bespannt waren, und die elastischen Seile, die er sich so sehr gewünscht hatte, von ihnen feilgeboten. Der Kommandant begann persönlich mit einem der Händler, der einen großen Vorrat davon besaß, zu feilschen. Lange betastete er prüfend das unglaublich dehnbare und trotzdem widerstandsfähige Material und überzeugte sich, dass es tatsächlich das Gleiche war, das beim Bau der Gleiter verwendet wurde. Reejaaren befand sich immer in seiner Nähe, daher musste Barlennan vorsichtig sein. Von dem Händler erfuhr er, dass der Stoff trotz seiner äußeren Glätte gewebt war, die verwendete Faser aus einer Pflanze gewonnen wurde – der pfiffige Bursche umging es geschickt, näher auf diese Tatsache einzugehen – und nach dem Weben mit einer Flüssigkeit behandelt worden war, die die Oberfläche glättete und die Zwischenräume zwischen den einzelnen Fäden verschloss.

»Dann ist der Stoff also windundurchlässig? Ich glaube, so etwas ließe sich in meiner Heimat gut verkaufen. Das Material ist zwar kaum stark genug für Hausabdeckungen, doch ist es sehr dekorativ, besonders der farbige Stoff. Ich gebe zu, obwohl ich das als geschickter Händler nicht tun dürfte, dass dies das beste Produkt ist, das ich bisher hier auf der Insel gesehen habe.«

»Nicht stark genug?« Reejaaren war über diese Äußerung Barlennans ungehalten. »Dieses Material wird sonst nirgendwo hergestellt, und es ist als einziger Stoff stark und trotzdem leicht genug, um damit die Flügel unserer Gleiter zu bespannen. Wenn du es kaufst, müssen wir es dir in Bahnen schneiden, die für einen solchen Verwendungszweck zu klein sind. Nur ein Dummkopf würde die Flügel mit zusammengenähten Bahnen verkleiden.«

»Natürlich«, stimmte Barlennan eifrig zu. »Aber nur hier, wo das Gewicht niedrig ist, könnte das Material für Flugzeuge verwendet werden. Ich versichere dir, dass es in Regionen mit höherer Schwerkraft völlig unbrauchbar wäre. Ein Flügel, der stark genug wäre, jemanden zu tragen, würde bei dem starken Wind, der für den Auftrieb nötig ist, sofort auseinanderbrechen.«

Damit wiederholte Barlennan fast wörtlich die Erklärung seiner menschlichen Freunde, die der Frage auf den Grund gegangen waren, warum solche Gleiter nie in südlicheren Regionen aufgetaucht waren.

»Stimmt, unsere Gleiter können auch hier nicht sehr viel Ladung aufnehmen«, fügte Reejaaren hinzu. »Doch ist es sinnlos, sie aus stärkerem Material zu bauen, denn dann würden sie zu schwer.«

Barlennan merkte, dass sein Widersacher in taktischen Dingen nicht sehr klug reagierte.

»Ich vermute, eure Schiffe sind fester gebaut, wenn sie solche Stürme überstehen wollen. Stranden sie auch manchmal so hoch auf dem Land wie meines? Ich habe noch nirgendwo eine derart hohe Flutwelle erlebt.«

»Natürlich treffen wir unsere Vorkehrungen, wenn ein Sturm aufzieht. Solche Flutwellen sind nur in diesen Breiten mit sehr geringer Schwerkraft möglich, soweit ich das bisher beobachten konnte. Unsere Schiffe sind deinem sehr ähnlich, wenn auch anders bewaffnet, wie ich jetzt sehe. Eure Waffen sind mir unbekannt; unsere Wissenschaftler haben festgestellt, dass sie hier bei solchen Stürmen nicht verwendbar wären. Habt ihr sehr mit dem Sturm, der euch hierher verschlagen hat, kämpfen müssen?«

»Er hat uns sehr zu schaffen gemacht«, log Barlennan. »Wie sind eure Schiffe denn bewaffnet?«

Nicht eine Sekunde lang erwartete er, dass der Sprecher diese Frage beantworten, sondern ihn stattdessen in seiner hochmütigen Art zurechtweisen würde, doch diesmal reagierte Reejaaren gönnerhaft. Er rief seinen Leuten, die auf dem Berg zurückgeblieben waren, etwas zu, und gleich kam einer von ihnen gehorsam mit einem seltsamen Gegenstand in seiner Zange herunter.

Barlennan hatte noch nie eine Armbrust oder sonst eine Schleuderwaffe gesehen. Daher war er sehr beeindruckt, als Reejaaren drei fünfzehn Zentimeter lange Bolzen mit Steinspitzen hintereinander fast sieben Zentimeter tief in den Stamm einer Hartholzpflanze schoss, die etwa vierzig Meter weit entfernt stand. Aber nun wunderte ihn auch Reejaarens Bereitwilligkeit nicht mehr. Die Waffe wäre schon nicht mehr zu verwenden, ehe Barlennan ein Viertel der Heimreise hinter sich gebracht hätte. Um den Sprecher auf die Probe zu stellen, gab er vor, die Armbrust kaufen zu wollen, doch Reejaaren machte sie ihm zusammen mit einem Bündel Bolzen zum Geschenk. Dem Kapitän war es recht. Als Händler war ihm die Tatsache, für dumm gehalten zu werden, stets willkommen, denn das erhöhte gewöhnlich den Gewinn. Er kaufte also unglaubliche Mengen dieser Gleiterbespannung. Reejaaren achtete nicht einmal mehr darauf, dass dem Kapitän nur schmale Bahnen ausgehändigt wurden. Wahrscheinlich hielt er dies für unnötig.

Der Kommandant erwarb auch einige dieser elastischen Seile und genügend sonstige Waren, die hier hergestellt wurden, um die Decks der *Bree* bis auf den Platz, den die Mannschaft zum Arbeiten brauchte, zu füllen. Er selbst hatte alles verkauft, was er hierher mitgebracht hatte, außer natürlich den Flammenwerfern. Reejaaren hatte sie nicht mehr beachtet, seit man ihm gesagt hatte, sie seien defekt, obwohl er sicher erkannt hatte, dass dies die Bordwaffen der *Bree* waren. Barlennan hatte daran gedacht, ihm einen Werfer ohne Munition zu schenken, doch dann hätte er dem anderen seine Wirkungsweise erklären, vielleicht sogar vorführen müssen. Das lag jedoch keinesfalls in seiner Absicht. Kannten diese Leute die Waffen nicht, würde er ihnen ihre Funktionsweise nicht auf die Nase binden. Kannten sie sie aber, liefe er Gefahr, bei einer Lüge ertappt zu werden. Es war viel besser, Reejaaren bei guter Laune zu halten.

Nachdem die Geschäfte gemacht waren, verschwanden die Einheimischen wieder nach und nach, bis zum Schluss nur noch die Besatzungen der Gleiter – einige in der Nähe des Schiffes, andere auf den Bergkuppen bei ihren Flugmaschinen – zurückblieben. Barlennan fand den Sprecher der ersten Gruppe. Er hatte sich die Zeit damit vertrieben, gelegentlich mit den Matrosen zu reden. Sie meldeten ihrem Kapitän, dass der Fremde sie, wie erwartet, über fliegerische Fähigkeiten ihres Volkes auszuhorchen versuchte. Sie machten das Spiel mit und gaben unverbindliche Antworten, in die sie wie unabsichtlich aerodynamische Fachausdrücke einfließen ließen. Selbstverständlich verrieten sie nicht, wie frisch erworben diese Kenntnisse noch waren, und woher sie sie hatten. Barlennan war überzeugt, dass die Inselbewohner, oder zumindest ihr offizieller Stellvertreter hier, inzwischen glaubten, dass auch sein Volk die Kunst des Fliegens beherrschte.

»Es sieht so aus, als ob ich nichts mehr zu bieten oder zu empfangen hätte«, bemerkte er schließlich, nachdem er Reejaarens Aufmerksamkeit auf sich gelenkt hatte. »Ich glaube, wir haben auch alle Gebühren entrichtet. Steht unserer Abreise jetzt noch etwas im Wege?«

»Wohin werdet ihr jetzt segeln?«

»Nach Süden, wo die Schwerkraft für uns wieder normal wird. Wir kennen diesen Ozean nur aus Berichten einzelner Händler, die die Überlandreise gewagt haben. Ich würde diese Regionen gerne noch besser kennenlernen.«

»Sehr gut. Ihr könnt jederzeit fahren. Zweifellos werdet ihr uns auf eurer Reise noch häufiger begegnen, denn ich fahre gelegentlich selbst in den Süden. Seid auf der Hut vor den Stürmen.« Der Sprecher, jetzt ein Ausbund an Herzlichkeit, wandte sich ab. »Wir werden euch an der Küste treffen«, sagte er, sich noch einmal umwendend. »Der Fjord, in dem ihr geankert habt, wurde mir als geeignet für den Bau eines Hafens gemeldet. Ich werde ihn daraufhin inspizieren.«

Dann ging er zu seinem Gleiter.

Barlennan wandte sich zum Schiff und wollte den Befehl zum unverzüglichen Aufbruch geben – die Waren hatte die Mannschaft sofort nach ihrem Erwerb verladen –, als sein Blick auf die Speere im Flussbett fiel, die ihnen immer noch den Weg versperrten. Zuerst wollte er die Inselbewohner zurückrufen und sie auffordern, die Hindernisse zu beseitigen, doch dann hatte er eine bessere Idee. In seiner Situation war er kaum in der Lage, Forderungen zu stellen, und Reejaaren würde sicher noch überheblicher, wenn er ihn darum bitten müsste. Die Mannschaft der *Bree* war selbst fähig, mit Schwierigkeiten fertigzuwerden.

An Bord gab er einen dementsprechenden Befehl, und die Leute nahmen die Sägen wieder zur Hand. Doch Dondragmer hielt sie zurück.

»Ich bin froh, dass diese Mühe keine Zeitverschwendung war«, sagte er.

»Was meinst du damit? Ich weiß, dass du während der letzten vierzig oder fünfzig Tage etwas ausgeheckt hast, war aber zu beschäftigt, um mich darum zu kümmern. Zum Glück haben wir auch ohne dich das Tauschgeschäft perfekt gemacht. Was hast du in der Zeit getan?«

»Ich hatte eine Idee, kurz nachdem man uns hier festgesetzt hatte. Ich bin darauf gekommen, als du die Menschen nach einer Maschine fragtest, um die Speere herauszuziehen. Ich habe sie später gefragt, ob es eine Maschine gäbe, deren Prinzip nicht zu kompliziert für uns wäre, und einer hat das nach einiger Zeit des Überlegens bejaht. Er erklärte mir ihre Bauweise, und ich habe sie inzwischen fertiggestellt. Wenn wir bei einem der Speere einen Dreifuß aufstellen, werde ich ihre Wirkungsweise ausprobieren können.«

»Aber was ist das für eine Maschine? Ich dachte, alle Maschinen der Menschen seien aus Metall, das wir nicht herstellen können, weil dazu sehr viel Hitze benötigt wird.«

»Hier, das ist sie.«

Der Maat deutete auf zwei Objekte, an denen er arbeitete. Das eine war ein primitiver, unförmiger Flaschenzug mit einem schweren Haken. Das andere Gerät ähnelte dem ersten, war jedoch doppelt so dick und an den Außenrändern der beiden Laufräder mit stiftähnlichen Zähnen bestückt. Die Räder selbst waren aus einem dicken Hartholzblock herausgeschnitten worden und drehten sich aufeinander zu. Wie der erste Flaschenzug war auch dieses Gerät mit einem Haken bestückt, doch zusätzlich lief ein Lederstreifen in einer endlosen Doppelschleife über die Führungen der beiden Räder. Der Lederstreifen wies in regelmäßigem Abstand Löcher auf, in die die Noppen der Zahnräder genau hineinpassten. Der ganze Aufbau erschien den Meskliniten irgendwie sinnlos – Dondragmer eingeschlossen, der nicht begriff, wieso oder ob das Gerät überhaupt funktionierte. Er brachte es zu einem Telekommunikator hinüber und legte es davor am Boden aus.

»Sind die Maschinen so richtig montiert?«, fragte er.

»Ja, sie sollten funktionieren, wenn das Seil lang genug ist«, kam die Antwort von Lackland. »Du musst den Haken des Einzelzuges an dem Speer befestigen, den du herausziehen willst. Ich bin sicher, ihr könnt das mit euren Seilen bewerkstelligen. Der Doppelzug dagegen muss an der Spitze des Dreifußes eingehängt werden. Das Weitere habe ich dir schon erklärt.«

»Ja, ich weiß. Mir ist dann die Idee gekommen, die Maschine nach dem Hochziehen nicht wieder auszuhängen und stattdessen die Halteschlingen zu lösen und das Seil wieder abzuwickeln.«

»Das dürfte funktionieren, vorausgesetzt, du hebst damit keine Ladung, die zwischenzeitlich abgestützt werden muss«, antwortete der Mensch. »Gut gemacht, Don!«

Die Mannschaft wandte sich sofort der Barriere im alten Flussbett zu, doch Barlennan rief sie zurück.

»Hier im Kanal, den wir gegraben haben, sind es nicht so viele Speere. Don, hat der Mensch auch gesagt, wie lange es dauert, die Speere mit dem komischen Ding herauszuziehen?«

»Er konnte es nicht genau sagen, weil er nicht weiß, wie tief die Speere im Flussbett stecken und wie schnell wir arbeiten. Doch er meinte, wir müssten es in einem Tag schaffen, jedenfalls schneller, als wenn wir sie durchsägen würden.«

»Also nicht so rasch, wie ein Teil der Männer den Kanal weitergräbt, während du mit dem Rest die Speere herausziehst. Dabei fällt mir ein: Hat der Mensch dir eine Bezeichnung für das Ding genannt?«

»Er nannte es ›Differenzial-Flaschenzug‹. Der zweite Begriff ist mir klar, doch ich weiß nicht, wie ich den ersten übersetzen soll; das Wort ist mir ein Rätsel.«

»Mir auch. Differenzial – so war es doch? Also los, an die Arbeit. Du beaufsichtigst die Leute am Flaschenzug, ich die Arbeiter beim Kanalbau.«

Die Mannschaft eilte an die Plätze.

Der Kanal wurde zuerst fertiggestellt, da der Großteil der Mannschaft für diese Arbeit herangezogen werden konnte. Zwei Matrosen, die sich am Flaschenzug abwechselten, erwiesen sich als ausreichend, um die Speere langsam Zoll für Zoll aus dem harten Boden zu ziehen. Zu Barlennans Befriedigung waren die Speerspitzen unbeschädigt, sodass er, als alle herausgezogen waren, acht sehr gefährlich aussehende Speere besaß. Sein Volk verwendete nur sehr selten Stein, deshalb waren die Speerspitzen aus Quarz sicher sehr wertvoll.

Nachdem sie das Hindernis beseitigt hatten, währte die Fahrt vom Fluss in den See nur kurz. Dort hielten sie an, um die *Bree* wieder zusammenzusetzen. Die Mannschaft hatte inzwischen Übung darin, sodass diese Arbeit rasch vonstatten ging. Das Schiff schwamm jetzt wieder über tieferem Grund. Die Menschen auf ihren Beobachtungsposten in der Station atmeten erleichtert auf – was sich jedoch leider als verfrüht erweisen sollte.

Während ihrer Fahrt vom Fluss zum See waren hin und wieder Gleiter aufgetaucht. Wenn die Gegner verwundert waren über die Art und Weise, wie die Besatzung der *Bree* mit dem Speerhindernis fertiggeworden war, so zeigten sie es jedenfalls nicht. Barlennan hoffte natürlich, dass sie ihre Tätigkeit beobachtet hatten und es der Sammlung von Informationen hinzufügten, die sie inzwischen über die Talente und das Wissen von Barlennans Volk zusammengetragen hatten. Daher war er auch nicht erstaunt, ein Dutzend Gleiter am Strand nahe der Mündung des Fjords ins Meer liegen zu sehen, und befahl dem Rudergänger, das Schiff dort ans Ufer zu steuern. Vielleicht konnte er die Inselbewohner damit verblüffen, dass er die Speere ohne Beschädigung aus dem Boden gezogen hatte.

Als das Schiff wenige Schritte vom Ufer die Anker warf, begrüßte als Erster Reejaaren die Seeleute.

»Also ist euer Schiff wieder seetüchtig, wie? Wenn ich an deiner Stelle wäre, Barlennan, würde ich die nächsten Stürme weit entfernt vom Land auf dem offenen Meer durchzustehen versuchen.«

»Du hast recht«, pflichtete ihm Barlennan bei. »Die Schwierigkeit dabei ist nur, dass man auf einem fremden Meer nie weiß, wo man sich befindet. Vielleicht gibst du uns einige Hinweise, wo Land zu erwarten ist? Oder hast du einige Seekarten, die du uns überlassen könntest? Ich hätte dich schon früher danach fragen sollen.«

»Unsere Karten sind natürlich streng geheim«, antwortete der Sprecher. »Du kannst diese Inselgruppe hier in vierzig oder fünfzig Tagen hinter dir gelassen haben. Weiter nach Süden hinunter gibt es viele Tausend Tage kein Land mehr. Ich kenne die Schnelligkeit eures Schiffes nicht, daher weiß ich nicht, wie lange genau ihr unterwegs sein werdet. Das erste Land, auf das ihr stoßen werdet, sind wieder Inseln. Die Küste, von der ihr gekommen seid, schwenkt nach Osten, und wenn ihr euch südlich haltet, könnt ihr sie etwa beim …«

Er nannte, nachdem er einen Blick auf die Federwaage geworfen hatte, einen Ausdruck, der dem fünfundvierzigsten Breitengrad der Erde entsprach.

»Ich könnte euch viel über die Länder an dieser Küste erzählen, doch das würde zu lange dauern. Um es kurz zu machen: Die Bewohner dieser Länder sind nicht sehr kriegerisch, sie treiben lieber Handel, obwohl einige sich zweifellos Mühe geben, für das, was sie bekommen haben, nicht zahlen zu müssen.«

»Werden sie uns ebenfalls für Spione halten?«, fragte Barlennan freundlich.

»Die Gefahr besteht, obwohl nur wenige Stämme im Besitz von Geheimnissen sind, die zu lüften sich lohnen würde. Eher würden sie versuchen, euch zu bestehlen, wenn sie vermuten, dass es bei euch etwas zu holen gibt. Ich würde euch daher nicht raten, über die Kunst des Fliegens zu sprechen, solange ihr dort seid.«

»Das hatten wir auch nicht vor«, versicherte ihm Barlennan – innerlich belustigt, doch nach außen hin völlig ernst. »Wir danken dir für den guten Rat und deine Informationen.«

Er gab den Befehl, die Anker zu lichten. In diesem Moment fiel Reejaarens Blick zum ersten Mal auf das Kanu, das, wieder mit Nahrung beladen, an einem Seil hinter dem Schiff herschwamm.

»Das hätte ich früher bemerken sollen«, sagte er. »Ich hätte dann niemals daran gezweifelt, dass ihr aus dem Süden kommt. Wie habt ihr das den Eingeborenen abgeschwatzt?«

Die Antwort auf diese Frage war der erste schwere Fehler, den Barlennan während der Verhandlungen mit den Inselbewohnern beging.

»Wir haben es mitgebracht. Bei uns benutzt man diese Boote, um Zusatzproviant damit zu befördern. Du siehst ja, dass seine Form extra dafür geschaffen ist, hinter einem Schiff hergezogen zu werden.«

Der Kapitän war von den Menschen darüber aufgeklärt worden, was »Stromlinienform« bedeutete, nachdem er das Kanu erworben hatte.

»Heisst das, auch ihr habt solche Schiffe in eurer Heimat entwickelt?«, fragte der Sprecher neugierig. »Das ist interessant. Ich habe noch nie ein solches Boot im Süden gesehen. Darf ich es mir näher anschauen, oder habt ihr keine Zeit mehr? Wir haben nie daran gedacht, solche Boote zu benutzen.«

Barlennan zögerte, vermutete er doch hinter der Bemerkung ein ähnliches Täuschungsmanöver, wie er selbst es im Moment durchzog. Doch dann stimmte er zu, da Reejaaren bei näherer Betrachtung auch nicht mehr erfahren konnte als von seinem jetzigen Standort aus. Denn einzig interessant war die Form des Kanus, und die konnte jeder ohnehin erkennen. Er befahl, die *Bree* näher ans Land zu lenken, zog das Kanu an der Schleppleine heran und gab ihm einen Stoß, sodass es zu dem Insulaner hinüberglitt. Reejaaren kroch den Strand hinunter und schwamm zu dem Boot, das dicht vor dem Ufer auf Grund gelaufen war. Dort reckte er den Vorderkörper hoch, um in das Kanu hineinschauen zu können. Mit seinen kraftvollen, zangenbewehrten Armen presste er die Bootswände zusammen. Diese bestanden aus gewöhnlichem Holz und gaben federnd dem Druck nach. Kaum hatte er das gesehen, stieß der Insulaner einen Alarmschrei aus, der die vier Gleiter in der Luft so fort Kurs auf die *Bree* nehmen ließ und die Mannschaft am Strand in Bewegung brachte.

»Spione!«, schrie er. »Bring dein Schiff sofort an Land, Barlennan – wenn das überhaupt dein richtiger Name ist. Du bist zwar ein geschickter Lügner, doch diesmal hast du dich damit ins Gefängnis gebracht.«

14 Der Ärger mit dem hohlen Boot

Schon mehrfach in den zurückliegenden Jahren seines Lebens hatte man Barlennan gesagt, dass er sich einmal mit seinem Gerede in Schwierigkeiten bringen würde, aus denen er dann nicht mehr herauskäme. Ein paarmal war er der Erfüllung dieser Vorhersage gefährlich nahe gewesen, und jedes Mal hatte er sich geschworen, in Zukunft besser auf sein loses Mundwerk zu achten. Aber diesmal empfand er die Situation ähnlich, wobei hier ein Gefühl der Ohnmacht hinzukam, weil er nicht wusste, wodurch sein Gegner hinter den Schwindel gekommen war. Doch blieb ihm keine Zeit, darüber nachzugrübeln. Irgendetwas musste jetzt geschehen, und zwar so schnell wie möglich. Reejaaren hatte den Gleiterbesatzungen den Befehl zugerufen, die *Bree* mit Speeren am Strand festzunageln, sollte sie auch nur den geringsten Versuch wagen, das offene Meer zu erreichen. Die Katapulte am Strand beförderten die gelandeten Gleiter in die Luft, um die Luftstreitmacht zu verstärken. Eine steife Brise vom Meer her verwandelte sich beim Auftreffen auf die Felswände des Fjords in einen Aufwind, der es den Flugzeugen ermöglichte, so lange wie nötig in der Luft zu bleiben. Barlennan wusste von den Menschen, dass die Gleiter allein mit dem Aufwind, den die Wogen des Ozeans erzeugten, nicht hoch genug steigen konnten, um ihre Speere wirksam einsetzen zu können, doch er befand sich hier nicht auf offener See. Er hatte schon einmal Gelegenheit erhalten, die Zielsicherheit der Gegner zu bewundern, und traute seiner Fähigkeit, den Verfolgern zu entkommen, diesmal nicht allzu sehr.

Doch diesmal ergriff ein anderes Mannschaftsmitglied die Initiative, während Barlennan noch überlegte, wie er sich verhalten sollte. Dondragmer packte die Armbrust, die Reejaaren ihnen überlassen hatte, legte einen Bolzen ein und spannte die Waffe mit einer Schnelligkeit, die offenbarte, dass er sich nicht die ganze Zeit ausschließlich mit den Flaschenzügen beschäftigt haben konnte. Dann schwang er sie zur Küste herum, setzte sie auf das stützende Einbein und legte auf den Sprecher an.

»Halt, Reejaaren! Du bewegst dich in der falschen Richtung!«

Der Insulaner blieb auf dem Weg zu seinem Gleiter stehen, reckte seinen Oberkörper, von dem noch Methan tropfte, und blickte zurück zum Schiff, um zu sehen, was der Maat von ihm wollte. Er erfasste die Lage, war aber einen Augenblick unschlüssig, wie er sich verhalten sollte.

»Wenn du darauf hoffst, dass ich dich verfehlen könnte, weil ich eine solche Waffe nie vorher in der Hand gehalten habe, dann geh ruhig weiter. Ich bin selbst neugierig darauf. Wenn du dich also nicht schnellstens hierherbewegst, werde ich das als Fluchtversuch auffassen. Also komm sofort her!«

Den Befehl gab Dondragmer in sehr barschem, drohendem Ton, der die Unentschlossenheit des Sprechers zunichte machte. Er wagte es wohl nicht, die Schießkünste des Maates auf die Probe zu stellen, machte kehrt und schwamm zur *Bree.* Wenn er daran gedacht hatte, sich dabei durch ein Tauchmanöver in Sicherheit zu bringen, so fehlte ihm anscheinend der nötige Mut dazu. Er wusste zu gut, dass das Methan nur wenige Zentimeter tief war und sicher keinen Schutz vor einem Bolzen bot, der nach einem Vierzig-Meter-Flug bei sieben G Schwerkraft noch in der Lage war, ein fast acht Zentimeter dickes Holzstück zu durchschlagen. Er dachte zwar nicht in dieser Form daran, doch er wusste genau, was diese Projektile anrichten konnten. Er kletterte an Bord, gleichermaßen vor Wut und Furcht zitternd.

»Bildet ihr euch etwa ein, das könnte euch retten?«, fragte er. »Ihr verschlimmert alles nur noch mehr. Die Gleiter werden ihre Geschosse abwerfen, sobald ihr auch nur versucht, euch von der Stelle zu bewegen, egal, ob ich an Bord bin oder nicht.«

»Dann wirst du ihnen eben den Befehl geben, nicht anzugreifen!«

»Sie werden keinem meiner Befehle Folge leisten, solange ich in eurer Gewalt bin. Diese Taktik solltet ihr kennen, wenn ihr zu Hause Kampftruppen habt.«

»Ich hatte noch nie viel für Soldaten übrig«, erwiderte Barlennan und übernahm wieder die Initiative, wie immer, wenn die Dinge sich in eine bestimmte Richtung entwickelt hatten. »Doch ich glaube dir sogar. Du bleibst jedenfalls so lange an Bord, bis wir die Situation geklärt haben. In der Zwischenzeit könnten wir uns ja ein wenig mit euren Gleitern beschäftigen. Schade, dass wir keine moderneren Waffen in diese rückständige Gegend mitgenommen haben.«

»Auf diesen Unsinn falle ich nicht mehr herein«, erwiderte der Gefangene. »Ihr besitzt auch keine besseren Waffen als die anderen Wilden im Süden. Ich gebe zu, ihr habt uns eine Zeit lang täuschen können, doch du hast dich eben selbst verraten.«

»Und was habe ich gesagt, dass du mich für einen Lügner hältst?«

»Ich sehe keinen Grund, dir das zu erzählen. Wenn du es bis jetzt nicht selbst gemerkt hast, bestätigt das nur meine Meinung. Für euch wäre es ratsamer gewesen, nicht zu versuchen, uns hinters Licht zu führen. Wir wären dann vorsichtiger mit Geheiminformationen umgegangen, und ihr hättet nichts erfahren, was eure Gefangennahme notwendig machte.«

»Und hättest du die letzte Bemerkung nicht gemacht, dann hättest du uns vielleicht zum Aufgeben überreden können, obwohl ich dies für unwahrscheinlich halte«, warf Dondragmer ein. »Barl, ich wette, du bist wegen der Sache aufgefallen, die ich dir schon die ganze Zeit klarzumachen versuche. Doch nun lässt sich nichts mehr daran ändern. Wichtiger ist jetzt, wie wir diese verflixten Gleiter loswerden. Bodenfahrzeuge sehe ich keine, und die Mannschaften am Strand haben nur die Armbrüste aus den wenigen, nicht gestarteten Flugzeugen zur Verfügung. Ich vermute, dass sich der Gegner hauptsächlich auf die gestarteten Gleiter verlassen wird.«

Er ging zur Menschensprache über.

»Haben unsere Freunde irgendetwas gesagt, das uns helfen könnte, die Gleiter loszuwerden?«

Barlennan erwähnte ihre begrenzte Höhentauglichkeit über der offenen See, doch sahen beide keinen Weg, wie ihnen das im Moment weiterhelfen sollte.

»Wir könnten die Armbrust gegen sie einsetzen«, schlug Barlennan wieder in seiner eigenen Sprache vor. Reejaaren schnaubte nur geringschätzig. Krendoranic, der Waffenoffizier der *Bree*, der wie der Rest der Mannschaft das Gespräch aufmerksam verfolgt hatte, war da zuversichtlicher.

»Versuchen wir es!«, rief er jetzt laut. »Ich wollte schon immer etwas ausprobieren, seitdem wir das Dorf am Fluss verlassen haben.«

»Und was?«

»Ich bin überzeugt, du willst die Antwort nicht hören, solange unser Freund da uns belauscht. Zeigen wir es ihm stattdessen doch gleich, wenn du einverstanden bist.«

Barlennan zögerte kurz, gab aber dann seine Zustimmung. Er verfolgte mit Besorgnis, wie Krendoranic einen der Flammstaubtanks öffnete, doch der Offizier wusste genau, was er tat.

Er holte ein kleines Bündel, das in lichtundurchlässiges Papier eingewickelt war, heraus und offenbarte jetzt, womit er sich seit der Abfahrt von dem Dorf am Fluss beschäftigt hatte.

Das Bündel besaß eine rundliche Form und konnte mit dem Arm geschleudert werden. Wie alle anderen war Krendoranic sehr beeindruckt von den Möglichkeiten, die diese neuartige Technik eröffnete.

Er nahm einen Bolzen, band das Bündel daran und wickelte ein Stück Tuch um beide Teile, dessen Enden er sorgfältig verknotete. Dann schob er den Bolzen in die Führung der Armbrust, mit der er sich während der kurzen Reise flussabwärts in den Fjord und während des Zusammenbaus der *Bree* vertraut gemacht hatte. Er zweifelte keine Sekunde daran, ein ruhendes Ziel auf eine bestimmte Entfernung hin zu treffen, aber bei sich bewegenden Zielen war er sich nicht so sicher. Doch die Gleiter konnten nur rasch wenden, wenn sie eine scharfe Kehre flogen, und dabei würde er auf sie zielen. Auf sein Zeichen hin kam ein Matrose der Werfermannschaften mit einem Zündwerkzeug herüber und stellte sich abwartend neben ihn. Plötzlich kroch der Offizier, zum Ärger für die aufmerksam beobachtenden Menschen, zu dem nächsten Telekommunikator hinüber und benutzte ihn als Stütze für das Einbein der Armbrust und für sich selbst, um die Waffe nach oben richten zu können. Die Menschen waren nicht mehr in der Lage, das Geschehen zu verfolgen, weil die Objektive der übrigen Geräte andere Blickwinkel zeigten.

Währenddessen kreisten die Gleiter sehr niedrig über der Bucht, in kaum mehr als fünfzehn Metern Höhe, und schwenkten dann im Tiefflug auf die *Bree* zu, damit sie das Schiff jeden Augenblick unter Beschuss nehmen konnten. Auch ein weniger sicherer Schütze als der Waffenoffizier hätte diese Ziele kaum verfehlen können. Als sich jetzt wieder einer der Gleiter näherte, rief er seinem Assistenten einen Befehl zu und zielte sorgfältig. Kaum hatte er das Ziel im Visier, zündete der Matrose auf ein Zeichen von ihm das Bündel am unteren Ende des Bolzens an. Dann betätigte Krendoranic mit seinen Zangen den Abzug der Waffe, und eine Rauchfahne markierte den Weg des davonschwirrenden Geschosses.

Der Waffenoffizier und sein Helfer ließen sich sofort flach auf das Deck fallen und rollten sich gegen den Wind seitlich ab, um der Rauchwolke, die das Geschoss hinterlassen hatte, zu entgehen. Die Matrosen in der Nähe schnellten nach allen Seiten auseinander. Als sie sich in Sicherheit gebracht hatten, war die ganze Aktion beinahe schon vorbei.

Der Bolzen hätte sein Ziel fast verfehlt, da der Schütze die Geschwindigkeit des Gleiters unterschätzt hatte. Er bohrte sich gerade noch in den hinteren Teil des Rumpfes, wo das Bündel mit Chlorstaub hell aufloderte. Die Flamme sprang auf das gesamte Heck des Gleiters über, und dieser zog eine lange Rauchfahne hinter sich her, der die beiden folgenden Flieger jedoch keineswegs auswichen. Die Besatzung des getroffenen Flugzeugs entging dem giftigen Qualm, doch fingen im nächsten Augenblick Höhen- und Seitenruder des Gleiters Feuer. Seine Nase senkte sich nach unten, das Flugzeug geriet ins Trudeln und stürzte dann auf den Strand. Der Pilot und die Besatzung sprangen heraus, kurz bevor der Gleiter aufschlug. Die zwei Flugzeuge, die in die Rauchfahne hineingeflogen waren, taumelten führerlos durch die Luft, nachdem der Chlordampf die Besatzung außer Gefecht gesetzt hatte, und stürzten dann in die Bucht. Alles in allem war dies eine der besten Flugabwehraktionen in der Geschichte des Planeten Mesklin.

Barlennan wartete nicht ab, bis die Gleiter abstürzten, sondern gab Befehl, die Segel zu setzen. Der Wind stand landeinwärts, doch durch geschicktes Kreuzen gelang es Barlennan, die *Bree* Richtung Fjordausgang zu steuern. Die Besatzungen am Strand machten Anstalten, mit ihren Armbrüsten das Schiff zu beschießen, doch Krendoranic hatte die Armbrust mit einem weiteren seiner todbringenden Geschosse geladen und richtete die Waffe auf die Küste. Diese bloße Drohung vertrieb die Gegner, die eiligst in Deckung gingen – mit dem Wind im Rücken. Sie waren eben doch recht sensible Wesen.

Reejaaren hatte die Ereignisse schweigend beobachtet, seine Körperhaltung drückte tiefsten Abscheu aus. Über der Bucht schwebten noch immer mehrere Gleiter, von denen sich einige hoch hinaufschraubten, als ob sie einen Angriff aus größerer Höhe planten. Doch Reejaaren wusste genau, dass die *Bree* dadurch kaum gefährdet werden konnte, selbst wenn die Besatzungen der Gleiter noch so gute Schützen waren. Eine der Flugmaschinen wagte schließlich einen Angriff aus etwa neunzig Metern Höhe, doch eine zweite Rauchfahne, die dicht an dem Gleiter vorbeischoss, verdarb der Besatzung die Lust an jedem weiteren Versuch.

Die Flugzeuge drehten brav außerhalb der Reichweite der Armbrust ihre Kreise, während die *Bree* durch den Fjord auf das Meer zusegelte.

»Was, zum Teufel, war los, Barl?«

Lackland konnte sich nicht länger zurückhalten.

»Ich habe mich bis jetzt nicht eingemischt, weil ich fürchtete, dadurch vielleicht deine Pläne zu durchkreuzen. Doch sagt uns jetzt, was geschehen ist!«

Barlennan schilderte die Ereignisse der letzten hundert Tage in Kürze, gab jedoch ausführlich die Unterhaltung mit dem Insulaner wieder, die die Beobachter nicht hatten verstehen können. Sein Bericht nahm alle Minuten der Nacht in Anspruch, und als die Sonne aufging, schwamm das Schiff schon in der

Mündung des Fjordes. Der Sprecher hatte mit wachsendem Entsetzen die Unterhaltung zwischen dem Kapitän und dem Funkgerät verfolgt. Er nahm nicht zu Unrecht an, dass der Seemann jetzt seinen Vorgesetzten berichtete, was er ausgekundschaftet hatte, wenn er auch nicht wusste, wie das vor sich ging. Bei Sonnenaufgang bat er demütig und in einem Ton, den er vorher bei sich selbst noch nie gehört hatte, darum, an Land gesetzt zu werden. Und Barlennan, der Mitleid hatte mit einem Wesen, das möglicherweise noch nie ein Mitglied eines anderen Volkes um etwas hatte bitten müssen, gestattete ihm, etwa fünfzig Meter vom Strand entfernt vom fahrenden Schiff zu springen. Lackland beobachtete erleichtert, wie der Insulaner ins Meer eintauchte. Er kannte Barlennan recht gut, hatte sich aber doch gefragt, wie sich der Kapitän unter diesen Umständen verhalten würde.

»Barl«, sagte er dann nach einem Moment kurzen Schweigens, »könntest du nicht mal für ein paar Wochen jedem Ärger aus dem Wege gehen, bis sich unsere Nerven und unsere Mägen ein wenig beruhigt haben? Jedes Mal, wenn die *Bree* aufgehalten wird, altern wir hier oben auf der Station um mindestens zehn Jahre.«

»Wer hat mich denn in Schwierigkeiten gebracht?«, entgegnete der Mesklinit. »Hätte man mir nicht geraten, Schutz vor dem Sturm zu suchen, den ich viel leichter auf offener See überstanden hätte, wären diese Gleiterbauer uns nie begegnet. Ich kann jedoch nicht behaupten, dass es mir leidtut, den Rat befolgt zu haben. Ich habe eine Menge gelernt, außerdem weiß ich genau, dass einige deiner Freunde höchst ungern auf das Abenteuer hier verzichtet hätten. Meiner Meinung nach ist die Reise bisher recht ruhig verlaufen. Die wenigen Begegnungen, die wir hatten, erwiesen sich als harmlos und waren für uns erstaunlich einträglich.«

»Was ist dir lieber: Abenteuer oder Gewinn?«

»Das kann ich nicht so genau sagen. Ab und zu lasse ich mich auch auf Dinge ein, nur weil sie interessant zu werden versprechen. Doch bin ich viel glücklicher, wenn ich zum Schluss auch noch Gewinn herausschlagen kann.«

»Dann konzentriere dich bitte darauf, was du mit dieser Reise verdienen kannst. Wenn es dir die Sache erleichtert, will ich dir sagen, dass wir hundert oder tausend Schiffsladungen dieser Gewürze, die du gerade eingetauscht hast, sammeln und dort stapeln könnten, wo die *Bree* überwintert hat. Wir gewinnen immer noch dabei, wenn du uns nur die Informationen verschaffst, die wir so dringend benötigen.«

»Vielen Dank, aber wir können unsere Geschäfte selbst erledigen. Ihr würdet uns nur die Lebensfreude nehmen.«

»Ich habe befürchtet, dass du das so auffassen würdest. Also gut, ich kann dir keine Befehle erteilen, doch denk bitte immer daran, was mit dem Erfolg oder Misserfolg dieser Reise für uns auf dem Spiel steht.«

Barlennan versprach dies mit halbem Herzen und steuerte sein Schiff wieder in südliche Richtung. Einige Tage blieb die Insel, die sie verlassen hatten, noch hinter ihnen sichtbar, und öfter mussten sie den Kurs ändern, um anderen Inseln auszuweichen. Mehrmals sahen die Matrosen in der Ferne Gleiter von einer Insel zur anderen fliegen, doch sie machten um das Schiff stets einen weiten Bogen. Offensichtlich verbreiteten sich Neuigkeiten sehr rasch unter den Inselbewohnern. Doch schließlich versank der letzte dunkle Landstreifen hinter dem Horizont. Die Menschen bestätigten den Mesklinten, dass vor ihnen nur noch das offene Meer lag. Das klare Wetter erlaubte genaue Peilungen von der Station aus.

Nachdem sie die Breiten erreicht hatten, in denen etwa 40 G herrschten, steuerten die Mesklinten das Schiff auf südöstlichen Kurs, um die große Landmasse zu umgehen, die sich, wie Reejaaren gesagt hatte, vor ihnen weit nach Osten hin erstreckte. Sie durchfuhren eine Meerenge zwischen zwei Ozeanen, die jedoch so breit war, dass ihre Küsten vom Schiff aus nicht auszumachen waren. Während dieser Fahrt in den anderen Ozean gab es nur eine bemerkenswerte Veränderung. Als die *Bree* in die Breiten kam, in denen die Schwerkraft auf 60 G anwuchs, begann das Kanu, das immer an der Schleppleine dem Schiff folgte, merklich tiefer in die Flüssigkeit einzutauchen. Dondragmer machte ein höchst befriedigtes Habe-ich-es-nicht-gleich-gesagt-Gesicht, enthielt sich aber jeglichen Kommentars. Man hievte das kleine Boot auf das Heck der *Bree* und untersuchte es. Im Bootsinnern befand sich ein wenig Methan. Die Meskliniten entluden das Boot und untersuchten es, doch es besaß kein sichtbares Leck. Barlennan entschied, dass die hereingeschwappte Gischt schuld an dem tieferen Einsinken des Bootes sein müsse, obwohl die Flüssigkeit viel klarer war als das Meer selbst. Er ließ das Kanu wieder beladen und ins Meer setzen, stellte aber einen Matrosen ab, der es alle paar Tage inspizieren und – wenn nötig – leerschöpfen sollte. Mehrere Tage lang erwies sich diese Maßnahme als ausreichend, die Einsinktiefe des Kanus hatte jedes Mal nach dem Ausschöpfen den alten Stand. Doch das Methan, das hereinsickerte, nahm immer mehr zu. Zweimal holte die Mannschaft das Boot wieder an Bord und untersuchte es, förderte jedoch keine neuen Erkenntnisse zutage. Auch Lackland, zu diesem Problem befragt, wusste keine Erklärung. Er meinte nur, das Holz sei vielleicht porös. In diesem Falle aber hätte das Boot schon immer leck sein müssen. Bei zweihundertfacher Schwerkraft, als die Meskliniten ein Drittel ihrer Seereise hinter sich hatten, erreichte dieses Problem seinen Höhepunkt.

Die Tage dauerten nun länger, da es Frühling wurde und die *Bree* immer höhere Breiten erreichte. Die Reise verlief ereignislos, und deshalb ließ die Wachsamkeit der Mannschaft nach. Auch der Matrose, der das Kanu zu überwachen hatte, war nicht sehr aufmerksam, als er es diesmal an der Leine zum Heck zog und über das Dollbord hineinkletterte. Doch er sollte rasch wach werden. Das Kanu sank natürlich tiefer ein, als er an Bord ging. Die Seitenwände gaben ein wenig nach, dann immer mehr; das Boot sackte tiefer, die Seiten wurden noch mehr nach innen gedrückt, und es sank weiter ...

Wie jede Kettenreaktion geschah dies natürlich viel schneller, als es hier wiedergegeben werden kann. Der Matrose hatte kaum Zeit zu erkennen, dass die Seitenwände sich nach innen bogen, als das Boot auch schon unterging und der Druck von außen so ausgeglichen wurde. Die Ladung, zum größten Teil schwerer als Methan, drückte das Boot noch tiefer, und so fand sich der Matrose plötzlich im Meer statt auf dem Meer schwimmend. Das Kanu wurde zum Treibanker und straffte die Schleppleine zur *Bree*, verlangsamte ruckartig die Fahrt des Schiffes und machte so die gesamte Mannschaft auf das Geschehen aufmerksam.

Der Matrose kletterte eiligst auf die *Bree* zurück und erstattete Bericht. Alle Mannschaftsmitglieder, die nicht im Dienst waren, versammelten sich am Heck und holten das Seil mit dem Kanu ein. Mit einiger Mühe zogen sie das Boot samt dem Teil der Ladung, der ordentlich vertäut worden war, an Bord und richteten das Objektiv eines Telekommunikators darauf. Das Ergebnis der Untersuchung war kaum befriedigend. Durch die ungeheure Elastizität des Holzes hatte das Boot völlig seine ursprüngliche Form wiedererlangt und wies auch diesmal keine Lecks auf, wie man rasch feststellte, nachdem man es wieder ganz entladen hatte. Auch Lackland, der alles mitverfolgte, schüttelte den Kopf und wusste keine Erklärung anzubieten.

»Erzählt mir, was geschehen ist – was jeder, der zugeschaut hat, sehen konnte.«

Die Meskliniten berichteten, und Barlennan übersetzte dem Menschen ihre Worte. Doch erst der Bericht des Matrosen, der das Kanu zu überwachen hatte, erbrachte die Information, die er brauchte.

»Bei unserer guten alten Mutter Erde!«, murmelte Lackland halblaut. »Welchen Sinn hat eine Hochschulausbildung, wenn man sich nicht zu dem Zeitpunkt an die Fakten erinnert, an dem man sie braucht? Der Druck in einer Flüssigkeit entspricht ohne jede Frage dem spezifischen Gewicht der Flüssigkeit, und auch Methan hat unter einer Schwerkraft von mehreren Hundert G ein ganz schönes Gewicht pro Kubikzentimeter. Dieses Holz da ist nicht viel dicker als Papier – ein Wunder, dass es so lange gehalten hat!«

Barlennan unterbrach Lacklands Selbstgespräch mit seiner Bitte um Aufklärung.

»Ich nehme an, du kennst jetzt den Grund«, sagte er. »Würdest du ihn uns bitte mitteilen?«

Lackland gab sich redliche Mühe, hatte jedoch nur teilweise Erfolg. Druck als quantitative Größe verwirrt die meisten Studenten zu Beginn ihrer Vorlesungen.

Barlennan begriff schließlich, dass der Druck, je tiefer man in eine Flüssigkeit eintauchte, immer mehr wuchs, und dass dieses Anwachsen mit der Schwerkraft zusammenhing. Doch brachte er diese Kraft nicht in Zusammenhang mit anderen wichtigen Faktoren wie dem Wind oder seiner eigenen körperlichen Erschöpfung, die er verspürte, wenn er beispielsweise zu schnell schwamm. Das wichtigste Argument war jedoch die Tatsache, dass sich ein bestimmter Teil jedes schwimmenden

Gegenstandes unter der Oberfläche befindet und früher oder später zusammengedrückt werden muss, wenn der Gegenstand hohl ist.

Barlennan vermied es, Dondragmer anzuschauen, als Lackland diesen Punkt berührte, und fühlte sich nicht sehr wohl in seiner Haut, als der Maat darauf hinwies, dass der Kapitän bei dem Gespräch mit Reejaaren genau über diesen Umstand gestolpert war und sich dadurch als Lügner bloßgestellt hatte. Hohle Boote in seiner Heimat – lächerlich! Die Inselbewohner mussten gewusst haben, dass es völlig unsinnig und unmöglich war, tief im Süden solche Boote benutzen zu wollen.

Die Ladung des Kanus wurde an Deck verstaut, und die *Bree* setzte ihre Fahrt fort. Barlennan brachte es nicht übers Herz, sich von dem jetzt völlig nutzlosen Boot zu trennen, obwohl es auf der *Bree* viel Platz in Anspruch nahm. Er kaschierte diese Tatsache, indem er das Boot mit Proviant vollzupacken befahl, die sich sonst auf dem Schiff nicht so hoch stapeln ließ. Dondragmer machte ihn darauf aufmerksam, dass das Boot die Wendigkeit des Schiffes beeinträchtigte, da es durch seine Länge zwei Flöße mit Beschlag belegte. Doch den Kapitän störte das nicht.

Danach verstrich die Zeit in ereignisloser Monotonie, erst Hunderte, dann Tausende von Tagen lang. Den Mesklinten, die sehr alt wurden, machte diese lange Fahrt nichts aus, doch die Menschen auf ihrer Beobachtungsstation begannen sich allmählich zu langweilen, die Expedition wurde zur Routine. Sie beobachteten ihren Fortgang und sprachen mit dem Kapitän, während die Linie auf dem Globus immer länger wurde. Sie berechneten und speicherten die Koordinaten des Schiffes und übermittelten Barlennan den günstigsten Kurs, wenn er sie darum bat. Sie lehrten die Seeleute die Menschensprache und versuchten, die Sprache der Meskliniten von denen zu lernen, denen die Langeweile ebenfalls zu schaffen machte. Mit einem Wort: Sie warteten, arbeiteten, wenn es nötig war, und schlugen ansonsten die Zeit tot. So vergingen vier Erdenmonate – oder 9400 und ein paar Mesklintage. Die Schwerkraft stieg von 190 G an dem Ort, wo das Boot gesunken war, auf 400 und dann auf fast 600 G an, wie die Federwaage, der Gradmesser der *Bree*, anzeigte. Die Tage wurden länger, die Nächte kürzer, bis schließlich die Sonne am Himmel kreiste, ohne unter dem Horizont zu verschwinden, auch wenn sie sich im Süden zu ihm herabsenkte. Den Matrosen, die diesen Anblick gewöhnt waren, erschien sie nach ihrer Reise durch die Meerenge kleiner. Der Horizont, vom Deck der *Bree* aus gesehen, hing ringsum über dem Schiff, wie Barlennan es Lackland vor Monaten geduldig beschrieben hatte. Auch jetzt hörte er wieder ruhig zu, als die Menschen ihm erklärten, das könne nur eine optische Täuschung sein. Doch hing das Land, das endlich vor ihnen auftauchte, ebenfalls hoch über dem Schiff. Wie konnte sich eine Täuschung als richtig erweisen? Und das Land war Wirklichkeit, wie sich herausstellte, als sie es erreichten. Und sie erreichten es tatsächlich am Eingang einer weiten Bucht, die sich fast 3000 Kilometer nach Süden erstreckte – etwa die Hälfte des Weges zu der gestrandeten Rakete. Die Meskliniten segelten die Bucht hinauf und verlangsamten ihre Fahrt erst, als sie sich zur Deltamündung eines Flusses hin verengte. Schließlich genügten die Voraussagen der Menschen über günstige Winde nicht mehr, und die Meskliniten mussten kreuzen, um schließlich weiter aufwärts in eine Flussmündung einfahren zu können. Von hier an benutzten sie nur noch gelegentlich die Segel, wenn der Wind wirklich stark genug war, das Schiff gegen die Strömung des Flusses, der immer noch ziemlich breit war, voranzubringen. Stattdessen treidelte die Mannschaft das Schiff. Sie ging zu bestimmten Tageszeiten an

Land und zog von beiden Ufern die *Bree* mit Seilen flussaufwärts. In dieser Zone extremer Schwerkraft entwickelten die Mesklinten erhebliche Kräfte beim Ziehen.

In den folgenden Wochen wich die Langeweile in der Station der Menschen einer wachsenden Spannung. Das Ziel war greifbar nahe gerückt, und die Hoffnung wuchs …

… und erhielt wie Monate zuvor, als Lackland mit dem Schlepper den Felsabsturz erreichte, einen starken Dämpfer. Auch der Grund war fast der gleiche, nur fanden sich die *Bree* und ihre Mannschaft diesmal am Fuß einer Klippe anstatt auf ihrem Kamm wieder. Auch war die Klippe diesmal etwa neunzig Meter, und nicht wie der Felsabbruch damals nur zwanzig Meter hoch. Und bei etwa 700 G Schwerkraft waren Klettern, Springen oder andere Arten der raschen Entfernungsüberbrückung, derer sich die Mannschaft am »Rand« so fleißig bedient hatte, selbst für die kräftigen kleinen Wesen, aus denen die Schiffsbesatzung bestand, unmöglich.

Die Rakete lag – horizontal gesehen – in etwa achtzig Kilometern Entfernung. Vertikal aber bedeutete dies – nach menschlichen Maßstäben gemessen – eine Kletterpartie von gut fünfzig Kilometern, eine nahezu senkrechte Felswand hinauf.

15 Hohes Land

Die veränderte Einstellung der Matrosen, was Höhe betraf, hatte sich nicht gewandelt. Die blinde, reflexartige Furcht vor der Höhe, ihnen von Geburt an vertraut, war vergangen. Trotzdem besaßen die Meskliniten Verstand genug, um einzusehen, dass in diesem Teil des Planeten ein Sturz aus einer Höhe, die nur die Hälfte ihrer Körperlänge betrug, auch für ihren widerstandsfähigen Organismus fatale Folgen haben konnte. Daher fühlten sich viele trotz der veränderten Einstellung hinsichtlich Höhe nicht wohl in ihrer Haut, als sie jetzt die *Bree* am Flussufer verankerten, dicht unter der Felsbarriere, die ihnen den Weg zur Rakete versperrte.

Die Menschen, die sie schweigend beobachteten, überlegten verzweifelt, wie die Klippe überwunden werden könnte. Keine ihrer Raketen besaß einen so starken Schub, dass sie bei der Anziehungskraft an den Polen abheben konnte. Die Einzige, die dafür konstruiert worden war, lag schon auf der Planetenoberfläche. Außerdem hätte kein Mensch oder Robot-Pilot den Druck dort ertragen können, selbst wenn die Rakete genügend Schub entwickelt hätte. Die einzigen Wesen, die dort leben konnten, waren ebenso wenig in der Lage zu lernen, eine Rakete zu steuern, wie Buschmänner, die man direkt aus dem Dschungel geholt hätte.

»Die Expedition kann also doch nicht so schnell beendet werden, wie wir dachten.« Rosten, den man in den Beobachtungsraum gerufen hatte, analysierte die Situation kurz und bündig. »Trotzdem muss es einen Weg auf das Plateau hinauf geben, oder einen begehbaren Hang. Schön, ich gebe zu, für Barlennan und seine Leute scheint kein Weg dort hinaufzuführen. Aber was sollte sie daran hindern, die Klippe zu umgehen?«

Lackland gab diesen Vorschlag an Barlennan weiter.

»Er hat recht«, antwortete der Mesklinit. »Trotzdem gibt es da eine Reihe Probleme. Es ist jetzt schon schwer genug, Nahrung aus dem Fluss zu besorgen, denn wir sind weit vom Meer entfernt. Auch besitzen wir nicht die geringste Vorstellung davon, wie weit wir noch fahren müssen, wodurch eine gute Planung bezüglich Proviant und anderer Dinge nahezu unmöglich wird. Habt ihr keine Karten – oder könnt ihr keine anlegen –, die genügend Angaben enthalten, um eine Planung sinnvoll durchführen zu können?«

»Eine gute Idee. Ich werde sehen, was sich machen lässt.«

Lackland wandte sich von seinem Mikrofon ab, stieß aber bei all seinen Kollegen nur auf besorgte Mienen.

»Was ist los? Können wir keine fotografische Karte anfertigen wie in der Äquatorzone?«

»Sicher«, antwortete Rosten. »Natürlich können wir eine Karte zusammenstellen, möglicherweise sogar mit vielen Einzelheiten. Doch es dürfte recht schwierig werden. Am Äquator konnte die Rakete nur 900 Kilometer über einem angegebenen Punkt in einen stationären Orbit gehen, wenn sie exakt die Rotationsgeschwindigkeit des Planeten beibehielt – genau an der Innenkante des Rings. Hier am Pol jedoch ist die Rotationsgeschwindigkeit, selbst wenn wir sie uns zunutze machen könnten, zu niedrig. Wir müssten eine hyperbolische Bahn fliegen, um ein paar Nahaufnahmen machen zu können, wenn wir ohne zu hohen Treibstoffverbrauch auskommen wollen. Dies aber würde bedeuten, dass die Aufnahmegeschwindigkeit im Verhältnis zum Objekt am Boden mehrere Hundert Kilometer pro Sekunde betragen würde. Sie können sich die miserable Qualität der Bilder sicher vorstellen. Also müssen wir die Aufnahmen mit Teleobjektiven extrem großer Brennweite aus großer Entfernung machen. Wir können nur hoffen, dass die Bilder für Barlennans Zwecke ausreichen.«

»Daran hatte ich nicht gedacht«, gab Lackland zu. »Trotzdem sollten wir es versuchen. Eine Alternative sehe ich ohnehin nicht. Barlennan könnte zwar selbst einen Weg ausfindig machen, doch damit würden wir fast zu viel von ihm verlangen.«

»Stimmt. Wir starten eine Rakete und machen uns sofort an die Arbeit.«

Lackland übermittelte das Ergebnis des Gespräches an Barlennan, der erklärte, er werde an Ort und Stelle bleiben, bis er die benötigten Informationen erhalten habe.

»Ich könnte weiter flussaufwärts fahren, indem ich dem Flussverlauf nach rechts am Fuß der Klippe entlang folge, oder aber Schiff und Fluss verlassen und nach links unter der Klippe entlangwandern. Da ich aber keinen Überblick von oben habe, weiß ich nicht, welche Richtung besser wäre. Deshalb warten wir. Natürlich würde ich lieber dem Fluss folgen, denn es ist bestimmt kein Vergnügen, Proviant, Waffen und die Telekommunikatoren zu schleppen.«

»Gut. Wie steht es mit eurem Proviant? Du sagtest, die Versorgungslage so weit vom Meer entfernt sei schwierig.«

»Die Versorgung mit Nahrungsmitteln ist nicht so üppig, doch wir sind hier nicht in der Wüste. Zumindest werden wir einige Zeit überstehen können. Sollten wir wirklich über Land reisen müssen, werden wir dich mit deiner Kanone sehr vermissen. Die Armbrust hier ist doch nur ein Museumsstück.«

»Warum behältst du sie dann?«

»Eben aus diesem Grund – als Museumsstück. Die Museen bei uns zahlen gutes Geld dafür. In meiner Heimat hat bestimmt noch niemand eine solche Waffe gesehen oder überhaupt eine Vorstellung davon. Eine Waffe, die Dinge wirft! Du kannst nicht zufällig eine deiner Kanonen entbehren, oder? Sie bräuchte nicht einmal zu funktionieren.«

Lackland lachte.

»Leider nicht, wir haben nur die eine. Wir werden sie hier zwar nicht benötigen, doch ich wüsste nicht, welche Begründung ich dafür angeben sollte, dass ich sie dir geschenkt habe.«

Barlennan machte die Geste eines verständnisvollen Nickens und wandte sich wieder seinen eigenen Problemen zu. Er hatte noch viele Angaben und Daten, die die Menschen ihm während der Reise übermittelt hatten, in die Schüssel einzutragen, die sein Äquivalent für einen Globus war. Er war dadurch jetzt in der Lage, fast alle Küsten beider Meere, die er befahren hatte, in seine konkave Landkarte einzuzeichnen. Dringend war das Proviantproblem. Zwar sah es damit nicht so schlecht aus, wie er Lackland glauben gemacht hatte, doch sie würden von jetzt an häufiger ihre Netze einsetzen müssen. Der Fluss selbst, an dieser Stelle fast 200 Meter breit, schien sehr fischreich zu sein, sodass der momentane Bedarf an Nahrung gedeckt war. Weniger gut sah die Situation dagegen zu Land aus. Steinig und kahl präsentierten sich die paar Meter vom Flussufer bis zum Fuß der Klippe. Jenseits des anderen Ufers dehnte sich eine endlose, wellige Hügellandschaft Kilometer um Kilometer bis zum fernen Horizont. Der felsige Boden war zum Teil glatt wie Glas, wie manche Felsen der Erde, die von Gletschern poliert wurden. Um daran emporzuklettern, hätte der eigene Körper und die nötige Bergsteigerausrüstung zusammen nur das Gewicht einer Fliege haben dürfen (und auf Mesklin wäre selbst eine Fliege dafür zu schwer gewesen). Da und dort war kümmerliche Vegetation zu sehen, und in den ersten fünfzig Tagen ihres Aufenthalts gelang es keinem von der Besatzung, auch nur die geringste Spur von tierischem Leben an Land zu entdecken. Gelegentlich glaubte jemand, eine Bewegung wahrzunehmen, doch es waren jedes Mal nur Schatten, die die Sonne warf, wenn sie kurz über der aufragenden Klippe hervorlugte. Die Meskliniten befanden sich so nah am Südpol, dass sich der Sonnenstand im Laufe eines Tages kaum veränderte.

Für die Menschen waren diese Wochen angefüllt mit Arbeit. Vier Männer der Station, unter ihnen Lackland, gingen an Bord der Rakete und ließen sich von dem schnell kreisenden Mond auf den Planeten hinabfallen. Von ihrem Standort aus wirkte die Welt unter ihnen wie eine Kuchenplatte, die im Zentrum eine Delle hatte. Der Ring bestand lediglich aus einer leuchtenden Linie, die sich gegen die nur vom Sternenlicht erhellte ewige Schwärze des Raumes abhob und die täuschende Flächenhaftigkeit der Riesenwelt noch betonte.

Als die Triebwerke aufdröhnten, deren Schub die Rakete aus der Kreisbahn des Mondes und dem Äquatororbit des Planeten heraustragen sollte, änderte sich das Bild vor den Augen der Besatzung. Der Ring enthüllte sich als das, was er war. Doch auch die Tatsache, dass er in zwei Teile gespalten war, machte seine Erscheinung dem Ring des Saturn nicht ähnlicher. Mesklins Abflachung war viel zu stark, um überhaupt eine Ähnlichkeit mit irgendeinem anderen Planeten aufkommen zu lassen. Man muss einen Planeten mit einem Polardurchmesser von weniger als 30 000 Kilometer und einem Äquatordurchmesser von mehr als 75 000 Kilometer erst einmal gesehen haben, um diese Tatsache zu verstehen. Alle menschlichen Expeditionsteilnehmer hatten Mesklin oft genug betrachten können, und doch faszinierte sie dieser Planet jedes Mal aufs Neue.

Der Sturz aus der Umlaufbahn verlieh der Rakete eine enorme Geschwindigkeit, und doch war sie, wie Rosten es prophezeit hatte, nicht hoch genug. Der Pilot musste die Triebwerke zünden, um sie zu steigern. Obwohl sie den Pol in mehreren Tausend Kilometern Höhe überflogen, war der Fotograf gezwungen, sehr schnell zu arbeiten. Dreimal schwang sich die Rakete um den Planeten, wobei für das Fotografieren immer nur zwei bis drei Minuten Zeit blieben. Die Menschen achteten darauf, dass das Sonnenlicht dabei jedes Mal in einem anderen Winkel einfiel, damit die Höhe der Klippe anhand der Länge des Schattens errechnet werden konnte. Als die Fotos entwickelt auf einem Schneidetisch lagen, verbrauchte die Rakete fast den ganzen Treibstoff, um aus ihrer Hyperbel in einen weiten Bogen einzuschwenken, der Toorey einschloss und die Geschwindigkeit so stark drosselte, dass sie für die Landung kaum mehr Bremsschub benötigen würde. Die Menschen ließen sich mit diesem Manöver Zeit, denn die Arbeit konnte während dieser kurzen Reise weitergehen.

Die Ergebnisse waren wie alles, was mit Mesklin zusammenhing, sehr interessant, wenn auch etwas überraschend. Diesmal war es die Planetenoberfläche, die Anlass zum Staunen gab. Ein Teil von ihr schien als einziger riesiger Block nach oben gedrückt worden zu sein. Er besaß etwa die Größe und Form der Insel Grönland und war etwa 5000 Kilometer lang. Sein nördlichster Zipfel reichte fast bis zu dem Meer, das die *Bree* überquert hatte. Der Fluss, den Barlennan heraufgesegelt war, führte in weiten Windungen um das Felsmassiv herum und berührte erst am äußeren Ende das keilförmige Plateau. Die Höhe der Klippe schien sich nur wenig zu ändern. Messungen der Schattenlängen ergaben, dass sie an ihrem nördlichen Ende in Meeresnähe ein wenig höher war als in dem Abschnitt, in dem die *Bree* sich gegenwärtig befand. Doch war der Unterschied offensichtlich nur gering.

Nur ein einziger Punkt gab zu Hoffnungen Anlass. Auf einem Foto, und nur auf diesem, war der Schatten verwischt, was auf einen weniger steilen Abhang schließen ließ. Er befand sich ebenfalls am breiteren Ende des Keils, etwa 1200 Kilometer vom derzeitigen Standort des Schiffes entfernt. Ausgesprochen günstig für die Meskliniten, denn der Fluss führte bis zu dieser Stelle und machte dort einen weiten Bogen, als habe er sich da ein neues Bett graben müssen, weil das alte von hochgedrückten Felsmassen versperrt worden war.

Die Menschen schöpften wieder Hoffnung. Barlennan hatte jetzt zwar wieder mehr als 2500 Kilometer vor sich anstatt achtzig, und die Hälfte des Weges führte dabei noch über Land, aber selbst dieser Teil dürfte nicht mehr allzu schwierig werden. Lackland äußerte sich in diesem Sinne, doch man riet ihm, erst eine genauere Analyse der Oberflächenbeschaffenheit des Gebietes vorzunehmen, das sein kleiner Freund zu durchqueren hatte. Dies verschob er jedoch bis nach der Landung, da die Auswertungsgeräte in der Mondbasis besser und genauer waren.

Die Mikroskope und Densitometer der Kartografen auf Toorey indes dämpften seinen Optimismus ein wenig, denn das Plateau schien sehr zerklüftet zu sein. Es gab keinerlei Anzeichen von Flüssen oder anderen Ursachen, die den Einbruch in der Felswand, den Lackland entdeckt zu haben glaubte, erklären konnten. Doch dass es diesen Abhang gab, stand schließlich fest. Die Densitometer zeigten an, dass das Plateau in der Mitte niedriger war als am Rand, sodass es wie eine riesige gewölbte Schale wirkte. Ihre Tiefe jedoch konnte man nicht genau bestimmen, weil zur Mitte hin keine Schatten zu erkennen waren. Die Fachleute waren sich aber ziemlich sicher, dass der tiefste Punkt der Senke immer noch weit höher lag als der Landstreifen vor der Klippe.

Rosten prüfte die letzten Ergebnisse und runzelte die Stirn.

»Leider können wir nicht mehr für ihn tun«, sagte er schließlich. »Charlie, Sie werden sich etwas ausdenken müssen, um den Ärmsten dort unten ein wenig moralische Unterstützung zu geben. Etwas anderes haben wir ihnen ohnehin nicht zu bieten.«

»Ich gebe mir die größte Mühe«, erwiderte Lackland.

»Es ist sehr ärgerlich, so kurz vor dem Ziel noch mit einem solchen Hindernis kämpfen zu müssen. Ich hoffe nur, dass Barl uns jetzt nicht im Stich lässt und uns die Freundschaft aufkündigt. Er glaubt uns immer noch nicht alles, was wir sagen. Ich wünschte, jemand könnte ihm zu seiner und auch meiner Zufriedenheit den nur scheinbar höher liegenden Horizont erklären, damit er endlich die Vorstellung verwirft, seine Welt sei eine Schale, und unsere Behauptung, wir kämen von einer anderen Welt, rational akzeptiert und nicht nur aus Aberglauben.«

»Wollen Sie damit sagen, Sie wissen nicht, weshalb der Horizont höher zu liegen scheint?«, rief einer der Meteorologen schockiert.

»Nicht genau, obwohl ich weiß, dass die Luftdichte etwas damit zu tun haben muss.«

»Aber das ist doch ganz einfach!«

»Für mich nicht!«

»Für jeden! Sie wissen, dass eine heiße Luftschicht über einer Straße an einem sonnigen Tag die Sonnenstrahlen in einem bestimmten Winkel reflektiert, weil heiße Luft weniger dicht ist und das Licht sie leichter durchdringen kann. Sie sehen dann die Spiegelung des Himmels und glauben, es sei Wasser. Manchmal sieht man auch auf der Erde noch viel stärkere

Spiegelungen, und sie alle basieren auf dem gleichen Prinzip: Eine ›Linse‹ oder ein ›Prisma‹ aus kälterer oder wärmerer Luft bewirkt eine Refraktion des Lichts. Auf Mesklin ist es das Gleiche, nur dass hier die Schwerkraft daran schuld ist. Die Dichte des Wasserstoffs nimmt rasch ab, je weiter man sich von Mesklins Oberfläche entfernt. Die sehr niedrige Temperatur bewirkt dann ein Übriges.«

»Schön, wenn Sie es sagen, wird es wohl so sein. Ich bin kein …«

Lackland hatte jedoch keine Möglichkeit, seinen Satz zu beenden. Rosten unterbrach ihn grimmig.

»Wie rasch nimmt die Dichte mit zunehmender Höhe ab?«

Der Meteorologe zog einen Rechner aus der Tasche und gab schweigend einige Werte ein.

»Grob gerechnet dürfte die Dichte bei einer allgemeinen Temperatur von minus 140 bis 150 Grad in etwa 450 bis 500 Metern Höhe auf ein Prozent des an der Oberfläche gemessenen Wertes absinken.«

Betroffenes Schweigen folgte seinen Worten.

»Und … wie tief würde sie in einer Höhe von … sagen wir neunzig Metern absinken?«

Rosten brachte diesen Satz nur mühsam heraus. Der Meteorologe rechnete mit lautlosen Lippenbewegungen.

»Wieder nur sehr grob gerechnet: auf siebzig oder achtzig Prozent, vielleicht auch etwas mehr.«

Nachdenklich trommelte Rosten mit den Fingern auf das Pult, seine Augen beobachteten ihre Bewegungen, dann schaute er den Anwesenden in die Augen. Hilflos starrten ihn die Männer an.

»Ich nehme an, dass keiner von Ihnen einen geeigneten Ausweg vorzuschlagen hat, oder glaubt jemand, dass Barlennan und seine Leute bei einem Luftdruck leben und arbeiten können, der sich im Vergleich zu dem gewohnten Druck verhält wie bei uns der Luftdruck in 10 000 bis 12 000 Metern Höhe?«

»Ich bin mir da nicht sicher.«

Lackland runzelte die Stirn und überlegte konzentriert. Rostens Miene erhellte sich ein wenig.

»Da war einmal die Rede davon, wie lange Barl unter Wasser – pardon, ich meine natürlich Methan – bleiben und wie weit er dabei schwimmen kann. Ihr erinnert euch sicher daran, dass die Dorfbewohner auf diese Weise die *Bree* in den Käfig geschoben haben. Haben die Mesklinіten einen Luftspeicher wie unsere Wale, oder halten sie nur die Luft an? Dann nützt uns das nämlich nichts. Doch wenn sie tatsächlich einen Teil des nötigen Wasserstoffs, der in gelöster Form in Mesklins Flüssen und Seen enthalten ist, aus diesen beziehen können, so besteht noch einige Hoffnung.«

Rosten überlegte rasch.

»Also gut. Holen Sie Ihren kleinen Freund an den Apparat, und befragen Sie ihn über diese Fähigkeiten. Rick, untersuchen Sie die Löslichkeit von Wasserstoff in Methan bei acht Atmosphären Druck und Temperaturen zwischen minus 140 und minus 160 Grad. Dave, stecken Sie Ihren Rechner wieder ein, und gehen Sie an Ihren Computer. Berechnen Sie die Wasserstoffdichte auf der Plateauoberfläche so genau, wie physikalische, chemische und mathematische Beschaffenheit und die Götter des Wetters dies zulassen. Da ist noch etwas: Hat nicht einer von Ihnen behauptet, der Luftdruck im Zentrum eines jener tropischen Stürme sinke um drei Atmosphären? Charlie, stellen Sie fest, ob und wie Barlennan und seine Leute diese Druckveränderung empfunden haben.«

Damit war die Besprechung beendet, ihre Teilnehmer machten sich sofort an die Arbeit. Rosten blieb mit Lackland im Beobachtungsraum und verfolgte dessen Unterhaltung mit den Meskliniten auf dem Planeten.

Barlennan bestätigte, dass er ohne Weiteres längere Zeit im Meer oder auch in Flüssen unter der Oberfläche schwimmen konnte, ohne aufzutauchen, hatte jedoch keine Ahnung, was ihn dazu befähigte. Er atmete ohnehin nicht, bekam also auch keine Erstickungsanfälle wie die Menschen, wenn er untertauchte. Blieb er zu lange unten oder bewegte er sich zu viel, wurde er schläfrig – jedenfalls beschrieb er diesen Zustand in Ermangelung des richtigen Wortes, so gut er konnte. Verlor er wirklich das Bewusstsein, war das weiter nicht schlimm. Man konnte ihn später herausholen und wiederbeleben, sofern er nicht in der Zwischenzeit verhungerte. Offenbar war der Anteil des Wasserstoffs für die Meskliniten groß genug, um am Leben zu bleiben, wenn auch zu gering für körperliche Anstrengungen. Rostens Miene erhellte sich sichtlich.

»Der Druckunterschied im Zentrum des schlimmsten Sturmes, den ich je erlebt habe, hat bei mir kein solches Unbehagen hervorgerufen, wie du es angedeutet hast«, fuhr der Kapitän fort. »Zumindest war niemand so schwach, dass er sich nicht während des Sturmes, der uns auf der Insel stranden ließ, am Schiff festzuklammern konnte. Doch wir befanden uns auch nur zwei oder drei Minuten im Auge des Sturms. Worum geht es überhaupt? Ich verstehe nicht, was du mit dieser Frage bezweckst.«

Lackland schaute fragend zu seinem Vorgesetzten hinüber, der schweigend nickte.

»Wir haben herausgefunden, dass die Luft auf dieser Hochfläche, auf der unsere Rakete liegt, sehr viel dünner ist als am Fuß der Klippe. Daher hegen wir ernsthafte Zweifel, ob die Atmosphäre für dich und deine Leute zum Leben und Arbeiten überhaupt noch geeignet ist.«

»Die Klippe ist doch nur neunzig Meter hoch. Wieso sollte sich die Dichte bei diesem Höhenunterschied so stark verändern?«

»Das hängt mit eurer Schwerkraft zusammen. Eine genaue Erklärung würde jetzt zu weit führen, daher nur so viel: Auf jeder Welt wird die Atmosphäre dünner, je höher man aufsteigt. Je größer die Schwerkraft ist, desto schneller nimmt die Dichte ab. Auf deiner Welt sind die Werte eben äußerst extrem.«

»Doch wo wäre nach eurem Maßstab die Luft auf dieser Welt normal?«

»Auf Meereshöhe. Jedenfalls nehmen wir das an. Alle bisherigen Messungen haben wir auf dieser Grundlage vorgenommen.«

Barlennan schwieg eine Zeit lang. Offensichtlich dachte er angestrengt nach.

»Das scheint mir nicht richtig zu sein. Ich vermute, ihr geht bei euren Messungen immer von einer gleichbleibenden Höhe aus. Unsere Meere aber fallen und steigen jährlich um etliche Meter – und ich habe dabei in der Luft noch nie eine Veränderung bemerkt.«

»Aus verschiedenen Gründen glaube ich nicht, dass du sie bemerken würdest. Erstens befindest du dich immer auf Meereshöhe, solange du dich an Bord der *Bree* aufhältst, und somit auch in der untersten Atmosphärenschicht. Vielleicht verstehst du es besser, wenn du dir vorzustellen versuchst, wie viel Luftgewicht auf dir lastet, und wie viel sich unter dir befindet.«

»Trotzdem ist da ein Haken«, antwortete der Kapitän. »Unsere Städte machen die Wanderung des Meeres nicht mit. Gewöhnlich liegen sie im Frühling an der Küste und im Winter zwischen 300 und 3000 Kilometer weit davon entfernt im Landesinnern. Das Land bei uns fällt zwar sehr sanft ab, trotzdem befinden die Städte sich in dieser Zeit auf einer Höhe von mindestens neunzig Metern über dem Meeresspiegel.«

Lackland und Rosten schauten sich verblüfft an, dann ergriff der Chef das Wort.

»Du bist aber dann auch viel weiter vom Pol entfernt. Doch nein, das ist Haarspalterei. Selbst wenn die Schwerkraft nur ein Drittel so stark wäre, würdest du einen enormen Druckunterschied spüren. Vielleicht machen wir auch aus einer Mücke einen Elefanten.«

Er schwieg einen Augenblick lang, doch der Mesklinit antwortete nicht.

»Würdest du den Versuch wagen, das Plateau zu besteigen? Wir werden selbstverständlich nicht darauf bestehen, wenn es sich für eure physische Konstitution als zu kräfteraubend erweisen sollte. Doch du weißt, wie wichtig diese Sache für uns ist.«

»Natürlich werde ich es versuchen. Wir sind jetzt schon so weit gekommen und haben keinen Grund zu der Annahme, dass die Strecke, die vor uns liegt, schlimmer sein könnte als die bisher zurückgelegte. Also, ich werde ...« Er hielt inne und fuhr dann in einer anderen Tonlage fort: »Habt ihr einen Weg die Klippe hinauf entdeckt, oder ist eure Frage hypothetisch gemeint?«

Lackland antwortete für seinen Vorgesetzten:

»Wir haben einen Abhang gefunden, der uns begehbar erscheint, etwa 1200 Kilometer flussaufwärts von eurem momentanen Standort. Wir sind jedoch nicht sicher, ob ihr dort hinaufsteigen könnt. Es scheint eine sanft ansteigende Geröllhalde zu sein, doch wir können von hier oben nicht ausmachen, wie groß die Felsen sind. Wenn ihr dort nicht hinaufkommt, gibt es keinen anderen Aufstieg. Die Klippe fällt außer an dieser einen Stelle in ihrer ganzen Länge senkrecht ab.«

»Ausgezeichnet, dann werden wir also flussaufwärts fahren. Mir gefällt zwar die Vorstellung nicht, selbst über kleine Felsen klettern zu müssen, doch wir tun unser Bestes. Vielleicht könnt ihr uns mit Ratschlägen zur Seite stehen, wenn ihr die Wegstrecke genauer auf euren Bildschirmen seht.«

»Du wirst sehr lange brauchen, um zu diesem Hang zu kommen, fürchte ich.«

»Keine Sorge, wir brauchen weniger Zeit, als du denkst. Aus irgendeinem Grund weht hier ein starker Wind am Fuß der Klippe genau in die Richtung, in die wir wollen. Seit wir hier sind, hat er nicht an Stärke verloren und bläst immer wieder in die gleiche Richtung. Er ist zwar nicht so kräftig wie die Seewinde, wird aber auf jeden Fall die *Bree* auch gegen die Strömung vorantreiben, wenn sich das Flussbett nicht allzu sehr verengt.«

»Der Fluss wird kaum schmaler, zumindest nicht bis zu deinem Ziel. Wir haben auf den Fotos auch keine Anzeichen von Stromschnellen entdecken können.«

»Ausgezeichnet, Charles. Wir brechen sofort auf, wenn die Jagdkommandos wieder zurück sind.«

Eines nach dem anderen trafen die Jagdkommandos wieder beim Schiff ein. Sie hatten alle ein paar Tiere erlegt, wussten aber sonst nichts Interessantes zu berichten. Diese Hügellandschaft dehnte sich endlos nach allen Seiten hin aus. Die Tiere, die hier lebten, waren klein. Es gab nur wenige Flüsse und Vegetation nur an ihren Ufern. Die Stimmung der Mannschaft war etwas gedrückt, hob sich aber wieder bei der Nachricht, dass die *Bree* weiterfahren würde. Die wenigen Gerätschaften, die man ausgeladen hatte, wurden rasch wieder auf den Flößen verstaut, und das Schiff legte ab. Einen Moment lang wurde es meerwärts getrieben, bis die Segel gesetzt waren. Dann blähten sie sich in der ständig wehenden Brise, und das Schiff nahm gegen die Strömung Fahrt auf, schwamm langsam, aber stetig den unbekannten Gefilden des riesigsten Planeten entgegen, den die Menschheit bisher zu erforschen versucht hatte.

16 Im Tal des Windes

Barlennan hatte erwartet, dass die Flussufer kahler würden, je weiter das Schiff flussaufwärts segelte, doch das Gegenteil war der Fall. Büschel wuchernder Gewächse, die aussahen wie Tintenfische, bedeckten die Ufer an beiden Seiten des Flusses. Manchmal trat die Klippe zu dicht an das linke Ufer heran und ließ keinen Raum mehr für Pflanzen. Mehrere Kilometer stromaufwärts von ihrem Rastplatz passierten die Meskliniten die Mündungen mehrerer Seitenflüsse. Der Kapitän hatte nicht übel Lust, zu landen und eine Gruppe zum Jagen auszuschicken, doch zwei Gründe hielten ihn davon ab. Der eine war der Wind, der immer noch stetig in die gleiche Richtung blies, der andere aber sein Wunsch, die Reise allmählich zu beenden und die wunderbare Maschine zu untersuchen, die die Menschen in den Polarwüsten seiner Welt gelandet und verloren hatten.

Je länger die Reise dauerte, umso mehr wunderte sich der Kapitän über den Wind. Er hatte vorher noch nie erlebt, dass eine Brise länger als ein paar Hundert Tage beständig aus der gleichen Richtung blies. Tatsächlich kam dieser Wind hier nicht aus einer bestimmten Richtung, sondern folgte beständig dem Verlauf der Klippe, sodass er manchmal aus dem toten Winkel wehte. Daher konnte Barlennan die Deckswachen auch nicht gänzlich abziehen, erlaubte es aber, dass sie sich zwischendurch einen Tag lang nicht um die Takelage kümmerten. Er selbst wusste nicht mehr genau, wann es das letzte Mal notwendig gewesen war, die Segel neu zu trimmen.

Auch der Fluss behielt, wie die Menschen es gesagt hatten, seine Breite bei. Sie hatten auch recht mit ihrer Annahme, dass er seichter wurde und die Strömung deshalb anstieg. Dadurch wurde die *Bree* etwas langsamer, doch sie kam weiterhin zügig voran, weil auch die Windstärke zunahm. So glitt Kilometer um Kilometer vorbei, verging Tag um Tag, und die Meteorologen zerbrachen sich die Köpfe über dieses Phänomen. Unmerklich erweiterte die Sonne ihre kreisförmige Wanderung über den Himmel, doch vollzog sich diese Veränderung viel zu langsam, als dass die Wissenschaftler sie für den stärker wehenden Wind verantwortlich gemacht hätten. Erst allmählich dämmerte es Menschen wie Mesklinitern gleichermaßen, dass etwas an der Beschaffenheit der Planetenoberfläche daran schuld sein musste. Barlennan unterbrach schließlich die Fahrt und schickte einen Jagd- und Erkundungstrupp an Land, weil er darauf vertraute, dass der Wind auch bei seiner Rückkehr noch mit konstanter Stärke wehen würde. So war es auch, und wieder zogen die Kilometer unter den Flößen der *Bree* dahin. Die Menschen hatten von 1200 Kilometern gesprochen. Der Flussverlauf strafte sie jedoch Lügen, in Wirklichkeit war der Weg viel weiter.

Schließlich erkannten die Mesklinitern vor sich den Einbruch in der Wand, von dem die Menschen ihnen erzählt hatten. Eine Zeit lang verlief das Flussbett parallel zu diesem Hang, sodass sie ihn zunächst nur von der Seite sahen – eine schiefe Ebene, die etwa fünfzehn Meter vor dem Fuß der Klippe begann und im Winkel von etwa zwanzig Grad langsam anstieg. Als sie näher herankamen, beschrieb der Fluss einen Bogen und trat aus dem Schatten der Klippe heraus. Die Mesklinitern erkannten, dass sich die Geröllhalde unterhalb eines Einbruches, der kaum fünfzig Meter breit war, fächerförmig ausdehnte.

Der Hang wurde innerhalb der Schluchten steiler, schien aber trotzdem begehbar zu sein. Doch das war erst sicher, wenn man genau erkennen konnte, wie die Geröllhalde beschaffen war. Der erste Eindruck war ermutigend, denn die Steine am unteren Ende des Hanges waren, selbst an der Körpergröße der Meskliniten gemessen, recht winzig. Falls das Geröll nicht zu locker war, dürfte der Aufstieg nicht allzu schwer sein.

Als das Schiff einen Punkt genau vor dem Felseinbruch erreichte, drehte plötzlich der Wind und fauchte unglaublich heftig von der Felswand herab. Das leise Murmeln, das die Meskliniten ebenso wie die Menschen in den letzten Tagen vernommen hatten, steigerte sich zu einem donnernden Tosen, dessen Ursache deutlich wurde, als die *Bree* den Einbruch erreichte.

Ein heftiger Windstoß traf das Schiff, drohte die Segel zu zerfetzen und es ans gegenüberliegende Ufer zu schleudern. Gleichzeitig schwoll das Tosen zu einem orkanartigen Brüllen an, und von einer Minute zur anderen hatte das Schiff mit einem Sturm zu kämpfen, der alle Stürme übertraf, die es seit Verlassen des Äquators durchgestanden hatte. Doch er dauerte nur wenige Augenblicke. Die Segel waren zuvor schon in den Wind gedreht worden und verliehen dem Schiff genügend Fahrt, es aus der Gefahrenzone flussaufwärts zu treiben, ehe es am Ufer auf Grund laufen konnte. Barlennan änderte sofort den Kurs nach Steuerbord und lenkte die *Bree* zum Ufer. Er überlegte rasch und tat dann das, was ihm in der letzten Zeit in Situationen, die aus dem Rahmen fielen, zur Gewohnheit geworden war: Er rief die Menschen an und fragte sie nach einer Erklärung. Und sie enttäuschten ihn auch diesmal nicht. Sofort meldete sich einer der »Wetterfrösche«, seine Stimme vibrierte mit einem Unterton, den Barlennan bei den Menschen als Zeichen der Freude erkannt hatte.

»Das ist die Erklärung, Barl. Die Muldenform des Plateaus ist schuld daran. Ich versichere dir, du kommst leichter den Hang hinauf, als wir vermutet hatten. Ich weiß nicht, warum wir das nicht früher begriffen haben.«

»Worauf?«

Der Mesklinit war nicht verärgert, doch aus seiner Stimme klang deutliche Verwunderung.

»Darauf, welche Auswirkungen ein solcher Ort auf die Schwerkraft, das Klima und die Atmosphäre haben muss. Hör zu: Der Winter fällt in dem Teil von Mesklin, den du kennst – in der südlichen Hemisphäre also –, genau mit dem Zeitraum zusammen, in dem dein Planet seiner Sonne am nächsten ist. Im Norden ist es dann Sommer, und die Eiskappe am Pol beginnt zu schmelzen. Deshalb kommt es bei euch in dieser Zeit ständig zu heftigen Stürmen. Das wussten wir bereits. Die verdampfende Flüssigkeit – Methan oder wie du es sonst nennen willst – gibt ihre Wärme ab und erwärmt die Luft in eurer Hemisphäre, obwohl ihr dort die Sonne drei oder vier Monate lang nicht seht. Die Temperatur erreicht vermutlich dabei fast den Siedepunkt von Methan – bei dem dort herrschenden Oberflächendruck etwa minus 145 Grad. Habe ich recht? Wird es im Winter bei euch nicht spürbar wärmer?«

»Ja«, gab Barlennan zu.

»Also weiter. Die höhere Temperatur bedeutet aber, dass die Luft in zunehmender Höhe doch nicht so schnell dünner wird. Man könnte sagen, die ganze Atmosphäre dehnt sich aus. Dabei dringt sie über den Rand in die Mulde, an der du dich jetzt befindest ... wie Suppe in eine eintauchende Kelle läuft. Dann wandert der Planet weiter, die Stürme hören auf, und Mesklin entfernt sich wieder von der Sonne. Es wird kälter – richtig? Die Atmosphäre verdichtet sich wieder. Doch in der Mulde hat sich eine Menge Luft angesammelt, deren Oberflächendruck nun höher ist als der in der gleichen Höhe außerhalb der Mulde. Natürlich dringt ein großer Teil aus der Mulde nach außen und strömt entlang der Klippe, wobei sie, bedingt durch die Rotation des Planeten, durch die Corioliskraft nach links abgelenkt wird. Dies also war der Wind, der euch flussaufwärts getrieben hat. Die verbliebene Luft entweicht orkanartig an der einzigen Stelle, an der sie die Mulde verlassen kann, wobei sie an den Seitenwänden fast ein Vakuum erzeugt, was der Wind wieder von den Seiten her auffüllen muss. So einfach ist das.«

»Ist dir das alles eingefallen, während wir den Windgürtel durchquerten?«, fragte Barlennan.

»Natürlich, die Erkenntnis traf mich wie ein Blitz. Ich bin ganz sicher, dass die Luft dort oben dichter ist, als wir geglaubt hatten. Hast du meine Erläuterungen auch begriffen?«

»Offen gestanden, nein. Doch wenn ihr euch damit zufrieden gebt, soll mir das im Moment genügen, denn ich beginne dem Wissen von euch Menschen langsam zu vertrauen. Wie auch immer, das alles war nur Theorie. Was bedeutet das in der Praxis für uns? In diesem Sturm den Abhang hinaufzuklettern ist bestimmt kein Spaß.«

»Doch leider werdet ihr nicht daran vorbeikommen. Irgendwann wird sich der Wind zwar legen, aber es kann Monate dauern, bis der Überdruck völlig aus der Mulde gewichen ist – vielleicht sogar ein paar Erdenjahre. Meiner Meinung nach könnt ihr es schaffen, Barl. Zumindest einen Versuch wäre es wert.«

Barlennan überlegte. Am »Rand« würde ein solcher Hurrikan einen Meskliniten hochwirbeln und ihn in Sekundenschnelle davontreiben. Doch konnte sich dort nie ein solch heftiger Wind bilden, weil die Luft dort nur einen Bruchteil der Dichte, die sie in der Mulde hatte, besaß. Das hatte sogar Barlennan begriffen.

»Wir brechen sofort auf«, sagte er kurz und bündig, wandte sich von dem Telekommunikator ab und erteilte seine Befehle.

Die *Bree* wurde aufs Ufer gezogen und an Pfählen festgemacht, da die Pflanzen in Ufernähe zu klein waren, um eine solche Last halten zu können. Fünf Matrosen blieben beim Schiff zurück. Der Rest lud sich die Tragbehälter auf den Rücken, überprüfte die Riemen und machte sich auf zum Abhang.

Eine Zeit lang hatten die Meskliniten Ruhe vor dem Wind, denn Barlennan hatte extra den Anstieg von der Seite unterhalb des Einbruchs gewählt. Der Untergrund bestand, wie sie schon vermutet hatten, aus Sand und kleinen Steinen, doch die Gesteinsbrocken wurden größer, je höher sie stiegen. Jeder verstand die Ursache dafür: der Wind trug natürlich die kleinsten Teile am weitesten. Die Meskliniten fragten sich besorgt, wie groß die Felsbrocken erst in der Schlucht selbst sein mochten.

Sie brauchten nur wenige Tage, um bis zum unteren Ende der Schlucht vorzudringen. Der Wind frischte hier auf, wenige Meter weiter fauchte er dann dröhnend durch den Felseinschnitt, sodass eine Verständigung nahezu unmöglich wurde. Gelegentlich brauste ein Luftwirbel über die Meskliniten hinweg und gab ihnen einen Vorgeschmack dessen, was sie erwartete. Doch Barlennan erlaubte nur eine kurze Pause. Er versicherte sich nochmals, dass der Behälter auf seinem Rücken gut verschnürt war, nahm dann all seine Kraft zusammen und kroch in den tobenden Sturm. Die anderen folgten ohne Zögern.

Ihre schlimmsten Befürchtungen trafen zum Glück nicht ein. So brauchten sie nicht über einzelne große Felsbrocken zu klettern, die es zwar reichlich gab, zu denen aber von der Talseite her fast immer eine Art »Rampe« aus angewehtem Sand und Gesteinssplittern hinaufführte. Diese »Rampen« überlappten sich größtenteils, sodass die Meskliniten meist durch die großen Felsen vor dem stärksten Sturm geschützt wurden. Auf den wenigen freien Stellen mussten sie sich heftig gegen den Wind stemmen, um vorwärtszukommen. Der Aufstieg war mühsam, trotzdem arbeiteten sie sich langsam voran.

Ein Vorfall bewies den Meskliniten, dass der Wind doch nicht so ungefährlich war, wie sie angenommen hatten. Einer der Seeleute wurde hungrig und legte unter einem Felsen, wo er sich in Sicherheit wähnte, eine Pause ein. Dort öffnete er den Behälter und versuchte, ein Stück Fleisch herauszunehmen. Im gleichen Augenblick fuhr ein Luftwirbel in den Behälter. Dieser wirkte wie ein Fallschirm, zerrte seinen unglücklichen Träger aus der Deckung heraus und ließ ihn den Hang hinunterpurzeln. In einer Wolke aus Sand und Staub verschwand er bald aus dem Sichtfeld seiner Kameraden, die den Blick abwandten. In dieser Schwerkraft konnte ein Sturz aus fünfzehn Zentimetern Höhe tödlich enden, und ihr Kamerad hatte viele solcher Stürze den Hang hinunter erdulden müssen. Selbst wenn es nur ein einziger Sturz gewesen wäre, hätte ihn sein Körpergewicht, das hier mehrere Hundert Kilogramm betrug, so hart auf die Felsen aufprallen lassen, dass er ohnehin an den Folgen gestorben wäre. Die Überlebenden stemmten ihre Füße fester in den Untergrund und ließen jeden Gedanken an eine Mahlzeit vor Erreichen der Hochebene fallen.

In regelmäßigen Abständen tauchte die Sonne vor oder hinter ihnen auf und erhellte die Schlucht. Und jedes Mal, wenn die Felsen in ihren Strahlen erglühten, hatten die Meskliniten ein weiteres Stück des Abhanges hinter sich gebracht, und jedes Mal, so kam es ihnen vor, zerrte der brausende Wind weniger an ihren Körpern. Die Schlucht erweiterte sich merklich, der Abhang wurde weniger steil. Die Meskliniten konnten schon erkennen, wie sich die Schlucht zum Plateau und nach den Seiten öffnete. Schließlich wurde der Weg eben, und sie konnten weit über die Hochfläche hinwegschauen. Der Wind war immer noch sehr stark, aber nicht mehr gefährlich.

Als Barlennan seine Leute nach links führte, flaute er noch mehr ab, weil er hier aus allen Richtungen wehte, ehe er in die Schlucht hineingezwängt wurde. Schließlich fühlten sich die Mesklініten sicher genug, eine Rast einzulegen. Unverzüglich öffneten alle ihre Proviantbehälter und nahmen zum ersten Mal seit 300 Tagen wieder Nahrung zu sich. Eine lange Fastenzeit – auch für Mesklíniten.

Nachdem der Hunger gestillt war, betrachtete Barlennan das vor ihm liegende Land. Er rastete mit seinen Leuten an einer Flanke des Einbruches, fast am Rande der Klippe. Das Land vor ihm senkte sich bis weit in die Ferne langsam ab. Es war ein ödes, entmutigendes Land, übersät mit riesigen Felsbrocken, die sie wohl oder übel umgehen mussten. Sie zu übersteigen war unmöglich. Auch nur eine annähernd gerade Richtung beizubehalten würde schon ein Kunststück sein. Man konnte, befand man sich einmal in diesem steinernen Labyrinth, immer nur einige Meter weit geradeaus schauen, und die Sonne als Richtmarkierung anzupeilen war völlig sinnlos. Sie würden ziemlich nahe am Klippenrand marschieren müssen, überlegte Barlennan, und ein Schauder überlief ihn bei diesem Gedanken. Die Rakete zu finden, sobald man nahe genug zu ihr vorgedrungen war, wäre dann das kleinere Problem, zumal ihnen die Menschen sicher dabei helfen würden.

Ein weiteres vorrangiges Problem aber war der Proviant. Der Vorrat, den die Mannschaft in den Tragebehältern mit sich führte, würde sicher sehr lange reichen. Doch irgendwann mussten sie die Vorräte ergänzen, denn für den gesamten Marsch zur Rakete und zurück sowie für ihre Aufenthaltsdauer dort reichte er nie und nimmer. Dieses Problem erschien Barlennan eine Zeit lang unüberwindbar, dann hatte er plötzlich die Lösung. Er wog das Für und Wider sorgfältig gegeneinander ab, kam aber dann schließlich zu der Einsicht, dass es keine bessere Lösung gab. Kaum war er sich über die Einzelheiten im Klaren, rief er Dondragmer zu sich.

Der Maat hatte bei der mörderischen Klettertour mit einer Gruppe von Matrosen die Nachhut gebildet und ohne Klagen Sand und Gesteinssplitter, von der vor ihm gehenden Mannschaft und vom heftigen Sturm aufgewirbelt, in Kauf genommen. Anscheinend schien es ihm kaum etwas ausgemacht zu haben, er stand dem großen Hars an Ausdauer und Zähigkeit in nichts nach. Auch jetzt nahm er gleichmütig die Befehle Barlennans entgegen, obwohl sie ihm zumindest in einem Punkt gegen den Strich gehen mussten. Unverzüglich rief er seine Leute zusammen und verstärkte sie durch die Hälfte der Matrosen aus Barlennans Gruppe. Die Proviantbehälter wurden geleert und die darin enthaltene Verpflegung dem verhältnismäßig kleinen Trupp, der mit Barlennan zurückblieb, übergeben. Auch ein Seil, lang genug, um mit der gesamten Mannschaft eine Seilschaft zu bilden, ließ Dondragmer verstauen. Er hatte aus einer Erfahrung gelernt, auf deren Wiederholung er absolut keinen Wert legte.

Nachdem die Marschvorbereitungen abgeschlossen waren, verlor der Maat keine Zeit und führte seine Leute zurück zu dem Einbruch, durch den sie gerade mit Mühe emporgestiegen waren, befahl ihnen, sich mit dem Seil zu sichern, und verschwand dann mit ihnen in der Schlucht. Barlennan wandte sich an den Rest:

»Ab sofort werden die Vorräte streng rationiert. Wir brauchen uns nicht zu beeilen, es wäre auch sinnlos. Die *Bree* wird zwar ihren alten Ankerplatz lange vor uns erreichen, doch die

Kameraden haben noch einige Vorbereitungen zu treffen, um uns zu helfen. Die zwei Matrosen, die die Kommunikatoren tragen, haften mir dafür, dass sie nicht beschädigt werden. Denn nur über sie werden wir erfahren, wann wir uns auf der Höhe des Schiffes befinden – es sei denn, einer schaut freiwillig ab und zu über den Rand der Klippe in die Tiefe, was wahrscheinlich ohnehin nötig sein wird. Das werde ich dann selbst erledigen.«

»Brechen wir sofort auf, Kapitän?«

»Nein, wir warten hier, bis Dondragmer das Schiff erreicht hat. Sollte er in Schwierigkeiten geraten, müssen wir vielleicht sogar selbst wieder hinuntersteigen. Es wäre Zeit- und Kraftverschwendung, die Strecke, die wir bis dahin hinter uns gebracht haben, wieder zurückgehen zu müssen, und unsere Zeit ist wertvoll.«

Dondragmer erreichte den Hang ohne Zwischenfälle und befahl den Abstieg, nachdem er sich nochmals vergewissert hatte, dass alle Matrosen sich mit dem Seil gesichert hatten. Er selbst bildete den Schluss.

Das Seil erwies sich als rettende Idee, denn den Matrosen fiel es hangabwärts trotz ihrer vielen Beine schwerer, sich vor einem Abrutschen zu bewahren als beim Aufstieg. Der Wind fand diesmal kein Opfer, da die Matrosen keine Proviantbehälter mit sich trugen, trotzdem war es eine einzige Tortur. Wieder verloren sie jedes Zeitgefühl, und alle waren gleichermaßen erleichtert, als sie den Fuß des Hanges erreichten und hinter der aufragenden Klippenwand auf der linken Seite des Einbruches Schutz vor dem orkanartigen Wind fanden. Zwar schauten sie von dort aus immer noch in die Tiefe – eine außerordentliche Zumutung für mesklinitische Nerven –, doch den schlimmsten Teil des Abstieges hatten sie hinter sich. So benötigten sie für den restlichen Weg zum Schiff auch nur drei oder vier Tage. Die zurückgebliebene Wache hatte die Zurückkehrenden schon lange vor ihrer Ankunft erspäht und einige Vermutungen angestellt, was wohl mit den anderen geschehen sein mochte. Dondragmer beruhigte den Matrosen rasch und informierte die Menschen auf Toorey von seiner Ankunft, damit sie diese Nachricht an Barlennan auf dem Plateau weitergaben.

Das Schiff wurde wieder flottgemacht – mit nur drei Vierteln der Mannschaft und der enormen Polarschwerkraft, die die Flöße tief in den Flussschlamm hatte einsinken lassen, eine Schinderei. Doch schließlich war auch das vollbracht. Zweimal blieb das Schiff in kleinen Untiefen stecken, die seinen Weg flussauf nicht behindert hatten. Auch hier tat der Differenzial-Flaschenzug wieder gute Dienste. Auf ihrer weiteren Fahrt verbrachte Dondragmer die meiste Zeit damit, die Wirkungsweise dieses Geräts zu studieren. Er kannte inzwischen seine Konstruktion gut genug, um es ohne jede Hilfe nachbauen zu können. Doch ihm wurde nicht klar, wieso es auf diese Art und Weise funktionierte. Die Menschen beobachteten ihn mit heimlichem Vergnügen, ohne sich aber ihm gegenüber etwas anmerken zu lassen. Andererseits wollte niemand von ihnen dem Meskliniten die Möglichkeit nehmen, selbst das Problem zu lösen. Sogar Lackland, obwohl er große Stücke auf Barlennan hielt, war schon dahintergekommen, dass der Maat seinem Kapitän an Intelligenz weit überlegen war. Auch er erwartete, dass der Maat das Prinzip des Flaschenzugs enträtselt haben würde, ehe die *Bree* ihren ersten Ankerplatz erreichte. Doch darin irrte er sich.

Die Position der gestrandeten Rakete war ziemlich genau bekannt, die Fehlerquote betrug weniger als neun Kilometer. Ihre Telemetriesender – nicht alle Instrumente sendeten pausenlos – hatten noch etwa ein Erdenjahr lang gearbeitet, nachdem die Steuerung auf die Startsignale nicht mehr reagierte. Während dieser Zeit hatte man unzählige Male die Sender angepeilt. Die Atmosphäre Mesklins beeinträchtigte Funkwellen kaum.

Auch die *Bree* ebenso wie Barlennans Gruppe konnten über Funk leicht geortet werden. Es war jetzt Aufgabe der Menschen, die beiden Gruppen wieder zusammenzuführen und sie zu der gestrandeten Forschungsrakete zu dirigieren. Die Schwierigkeit bestand darin, von Toorey aus an die genauen Koordinaten zu kommen, denn alle drei Ziele lagen, vom Mond aus gesehen, knapp über der Kante der Ringe. Erschwerend kam hinzu, dass ein winziger Irrtum bei der Berechnung der Positionswerte durch die Form des Planeten, einen extrem verformten Rotationsellipsoiden, eine Diskrepanz von Tausenden von Kilometern auf seiner Oberfläche ausmachen konnte, denn die Richtfunkantenne der Station deutete auf den flachsten Punkt von Mesklin, die Polregion. Um ganz sicherzugehen, wurde die Rakete, von der aus man auch die Aufnahmen gemacht hatte, in einen Polorbit gestartet, und sie überflog die Region in regelmäßigen Abständen.

Von diesem Orbit aus, war er einmal erreicht, konnte man die kleinen Sender, die die Meskliniten mitführten, mit zufriedenstellender Genauigkeit anpeilen.

Dondragmer erleichterte diese Arbeit noch, als er mit der *Bree* den alten Ankerplatz erreichte und dort ein Lager aufschlug. Denn jetzt gab es auf dem Planeten einen Sender mit festem Standort, wodurch es möglich war, Barlennan jederzeit innerhalb von ein oder zwei Minuten genau zu sagen, wie weit er noch zu marschieren hatte. Die Expedition wurde wieder zu einem Routineunternehmen – zumindest aus der Sicht von Toorey.

17 Der Aufzug

Für Barlennan dagegen war der Marsch alles andere als Routine. Die Plateauoberfläche hielt, was sie auf den ersten Blick versprochen hatte. Sie war unfruchtbar, steinig, ohne Leben und beängstigend. Der Kapitän wagte nicht, sich zu weit vom Rand zu entfernen. Mitten in diesem Felsenlabyrinth würde er bald die Richtung verlieren. Es gab keine Berge, die als Orientierungspunkte hätten dienen können, zumindest konnte man vom Boden aus keine sehen. Die verstreuten Felsen begrenzten überall, außer am Rande der Klippe, die Sicht bis auf wenige Meter.

Der Marsch an sich war nicht so sehr beschwerlich. Der Boden war, abgesehen von den Felsen, die sie umgehen konnten, fast eben. 1200 Kilometer sind schon ein weiter Weg für einen Menschen, ganz zu schweigen von einem kaum dreißig Zentimeter langen Wesen, das sich nur wie eine Raupe vorwärtsbewegen kann. Und die zahllosen Umwege um die Felsbrocken herum verlängerten den Weg um ein Beträchtliches. Barlennans Leute marschierten zwar, wenn man die Umstände berücksichtigte, sehr schnell, doch waren diese Umstände meist sehr schwierig.

So machte sich der Kapitän allmählich Sorgen wegen des schwindenden Proviants. Er hatte zwar eine bestimmte Karenzzeit in seine Planung einbezogen, doch der Marsch dauerte länger als erwartet. Der Kommandant war gezwungen, die Verpflegung noch drastischer zu verringern. Immer häufiger fragte er bei den Menschen an, wie weit der Weg noch sei. Manchmal bekam er eine entmutigende Antwort, manchmal befand sich aber die Rakete im Orbit auf der anderen Seite des Planeten, und als Antwort erreichte ihn die Bitte von Toorey, sich einen Moment lang zu gedulden, bis die Peilung erfolgt war. Die Relais-Stationen funktionierten zwar, konnten aber nicht dazu benutzt werden, die Angaben direkt seinem Telekommunikator zu übermitteln.

Die Idee, wie er den Weg durch den Felsengarten abkürzen konnte, kam Barlennan erst, als seine Mannschaft sich dem Ziel näherte. Die Sonne selbst hätte ihm nicht als Richtungsweiser dienen können. Sie vollführte in weniger als achtzehn Minuten eine komplette Kreisbahn über den Horizont ringsum, und man hätte schon eine sehr genaue Uhr haben müssen, um damit den gewünschten Kurs anhand ihres Standortes errechnen zu können. Dabei hätten ihm die Beobachter in der Rakete jederzeit ihren Stand im Verhältnis zu seiner momentanen Marschrichtung mitteilen können. Doch ehe jemand auf diesen Gedanken kam, war der Zielort bequem mit einem Marsch am Rande der Klippe entlang zu erreichen.

Sogar ein wenig Proviant war noch übrig, als Barlennan den Punkt erreichte, an dem die Menschen bei der Peilung keinen Abstand zwischen den einzelnen Sendern der beiden Gruppen mehr feststellen konnten. Theoretisch hätte jetzt die nächste Stufe von Barlennans Plan, nämlich der Nachschub an Nahrung, in Angriff genommen werden müssen, doch zuerst war noch ein wichtiger Schritt zu tun. Barlennan hatte zwar diesen Punkt vor dem Marsch erwähnt, doch niemand hatte sich anscheinend eingehender mit dieser Sache befasst. Die Menschen hatten behauptet, Barlennans Gruppe befände sich in unmittelbarer Nähe der *Bree*. Also gab es neunzig Meter unter ihnen genügend Nahrung. Doch bevor sie etwas unternehmen konnten, um an diesen Proviant heranzukommen, mussten vielleicht sogar mehrere einen Blick in die Tiefe werfen. Denn um den Aufzug zu errichten, musste man wissen, in welchem Winkel zum Schiff man sich befand. Dafür war es eben nötig, die ganzen neunzig Meter in die Tiefe zu schauen. Und das war ein Höhenunterschied, den ein Mesklinit nur schwerlich verkraften konnte.

Trotzdem musste jemand den Anfang machen – und der tat es auch. Es war Barlennan selbst, der, eingedenk seines Ranges, als Erster auf die Kante zukroch.

Er ging – zugegebenermaßen nicht sehr schnell – bis auf neunzig Zentimeter an den Rand der Klippe heran, die Augen fest auf die niedrigen Hügel oder andere markante Punkte in weiter Ferne gerichtet. Dann ließ er langsam den Blick zu näheren Bereichen wandern, bis der Klippenrand dicht vor ihm in sein Sichtfeld geriet. Ohne Eile schaute er mehrmals hin und her und gewöhnte sich so langsam an den gigantischen Höhenunterschied. Dann kroch er entschlossen weiter, schaute nach vorn, um die Landschaft am Fuße der Klippe zu studieren. Bei flüchtigem Hinsehen unterschied sie sich kaum von dem weit entfernt liegenden Gelände, doch Barlennan richtete sein Augenmerk ausschließlich auf kleine Details, die er erkennen konnte, und lenkte sich so von seinem gefährlichen Unterfangen ab.

Schließlich sah er den Fluß und wagte sich noch ein Stückchen weiter vor. Das gegenüberliegende Ufer erkannte er, die Stelle, wo die Jagdtrupps an Land gegangen waren, und sogar Spuren ihres Lagers konnte er auf den Hügelhängen ausmachen. Er sah zum ersten Mal in seinem Leben diese Einzelheiten in solcher Deutlichkeit und nahm sie bewusst wahr.

Schließlich wanderte auch das diesseitige Ufer in sein Blickfeld. Er entdeckte die Stelle, an der man die *Bree* aufs Ufer gezogen hatte, und schließlich das Schiff selbst, das jetzt ein wenig weiter flussabwärts vor Anker lag, sah die Matrosen auf den Flößen und am Ufer. Für einen Moment vergaß Barlennan die gefährliche Höhe und kroch noch ein Stückchen vorwärts, um sie anzurufen. Dadurch geriet sein Kopf über den Klippenrand hinaus, und er schaute die senkrechte Klippe hinab in die Tiefe. Als Lackland ihn damals auf das Dach des Schleppers gehoben hatte, glaubte Barlennan, die schrecklichste Erfahrung seines Lebens gemacht zu haben. Doch nach diesem Abenteuer am Klippenrand war er mit sich uneins, welches Erlebnis er als schlimmer empfunden hatte. Er wusste später nicht mehr zu sagen, wie er vom Rand der Klippe zurückgekommen war, fragte aber auch niemals seine Leute danach, ob sie ihm geholfen hatten. Als er seine Umwelt wieder bewusst erlebte, befand er sich gut zwei Meter vom Klippenrand entfernt. Sein ganzer Körper zitterte, seine Bewegungen waren fahrig und unsicher. Er brauchte einige Tage, bis er sein Selbstvertrauen und seine alte Sicherheit wiedergewonnen hatte.

Dann entschied er sofort, was zu tun war. Als er zum Schiff hinuntergeschaut hatte, war noch alles in Ordnung gewesen. Seine Ohnmacht hatte begonnen, als er senkrecht in die Tiefe blickte. Jedenfalls behaupteten das die Menschen, und Barlennan musste ihnen beipflichten. Also war der ursprüngliche Plan durchführbar. Barlennan konnte den Matrosen beim Schiff das vereinbarte Signal geben. Seine Leute waren in der Lage, die Seile hochzuziehen, solange sie nicht senkrecht in die Tiefe blickten. Sie mussten also ihre Köpfe nur wenige Zentimeter vom Klippenrand fernhalten, um keinen Schaden an Leib und Leben zu nehmen.

Dondragmer hatte den Kopf seines Kapitäns nicht über den Klippen auftauchen sehen, doch er wusste, dass die andere Gruppe oben den Zielort erreicht hatte. Die Menschen hatten ihn über ihren jeweiligen Standort auf dem Laufenden gehalten. Er informierte die Mannschaft, und gemeinsam beobachteten sie scharf den Rand der Klippe. Barlennans Leuten gelang es schließlich, sich den Matrosen auf dem Schiff bemerkbar zu machen, indem sie immer wieder einen Proviantbehälter am Rand hin und her schoben. Die Gruppe auf dem Plateau befand sich jetzt genau über dem Schiff. Ehe Barlennan ohnmächtig geworden war, hatte er noch registrieren können, dass er sich mit seiner Gruppe etwas zu weit entfernt befand, und war anschließend mit den Leuten zu einem Punkt senkrecht über dem Liegeplatz der *Bree* weitergewandert.

»In Ordnung, wir haben euch gesehen«, rief Dondragmer, und sein Ruf wurde sofort von den Menschen in der Rakete an Barlennan weitergeleitet. Die Matrosen auf der Klippe schoben den Behälter ein wenig über den Klippenrand, damit er von unten deutlich sichtbar ihren Standort markierte, und zogen sich dann hastig in eine sichere Entfernung vom Klippenrand zurück. Inzwischen hatte man die Seile, die sie mitgebracht hatten, verknüpft und aufgerollt. Ein Ende band man um einen größeren Felsbrocken. Barlennan ließ diese Arbeit mit äußerster Sorgfalt durchführen, denn wenn das Seil verloren ging, würde jeder auf dem Plateau eines schrecklichen Hungertodes sterben.

Nachdem die Leute diese Arbeit zu seiner Zufriedenheit ausgeführt hatten, ließ er sie das Seil nahe zum Klippenrand transportieren, und zwei Matrosen begannen vorsichtig damit, es in die Tiefe abzulassen. Dondragmer wurde darüber informiert; dieser zog alle Matrosen vom Fuß der Klippe zurück. Denn wenn sich bei dieser Aktion Steine lösten oder einem dort oben das Seil aus den Zangen rutschte, konnte das unten recht ungemütlich werden.

Er wartete, bis Barlennan meldete, dass das Seil ganz ausgerollt war. Dann erst begab er sich mit seinen Leuten zum Fuß der Klippe, um das Ende des Seiles aufzugreifen.

Das überschüssige Seilstück lag zusammengerollt auf dem harten Boden. Dondragmer schnitt den überflüssigen Teil ab und vermaß ihn sorgfältig. Er besaß inzwischen ein ziemlich genaues Gefühl für die Höhe der Klippe, denn während der Wartezeit hatte er häufig die Schattenlängen gemessen. Das abgeschnittene Stück erwies sich als zu kurz, um noch einmal bis zum Plateau hinaufzureichen. Also ließ Dondragmer noch ein Seil vom Schiff holen, vergewisserte sich, dass es das andere Stück ausreichend verlängern würde, und band das Ende wieder an dem Zugseil fest. Dann ließ er Barlennan durch die Menschen benachrichtigen, das Seil einzuholen.

Es war ein hartes Stück Arbeit, doch machte es den kräftigen Wesen auf der Klippe kaum Mühe, weil sie sich regelmäßig abwechselten. In relativ kurzer Zeit lag das Seil oben auf dem Plateau. Der Kapitän war erleichtert. Wenn jetzt ein Seil riss oder über die Klippe fiel, hatten sie immer noch ein Ersatzseil.

Die zweite Ladung war kaum mit der ersten zu vergleichen. Sie bestand aus einem Behälter mit Proviant, der ebenso viel wie einer der Matrosen wog. Normalerweise konnte ein einzelner Mesklinit ein solches Gewicht in diesem Teil des Planeten kaum heben, und die verhältnismäßig kleine Mannschaft um Barlennan hatte auch ihre liebe Not damit. Sie schafften es nur, indem sie das Seil um einen mittelgroßen Felsen wickelten und mehrere Pausen einlegten. Als sie die Ladung nach Tagen endlich über den Klippenrand zogen, zeigte das Seil in seiner ganzen Länge die typischen Abschürfungen von der Felswand. Dagegen mussten Vorkehrungen getroffen werden. Während Barlennan und seine Männer sich zum ersten Mal nach der Rationierung wieder richtig sattaßen, überlegte der Kommandant, wie weitere Beschädigungen des Seils verhindert werden konnten. Nach dem Essen ließ er dem Maat seine Befehle übermitteln.

Die nächsten Ladungen bestanden dann gemäß Barlennans Anweisungen auch aus mehreren Masten und Rahen, Seilen und einigen Winden, mit denen die Mannschaft seinerzeit die *Bree* über den Steilabfall zum Fluss hinuntergelassen hatte, als sie die Landenge zwischen den Ozeanen überwanden. Auch diesmal errichteten die Matrosen wieder einen Dreifuß, in dem eine Rolle hing. Das nahm einige Zeit in Anspruch, weil die Einzelteile zusammengebaut und aufgerichtet werden mussten, bevor sie in der richtigen Stellung festgezurrt und gesichert werden konnten. Dabei entfaltete sich die alte Angst der Meskliniten vor über ihnen schwebenden Dingen wieder zu voller Stärke. Sie montierten so viel wie möglich am Boden und benutzten dann Holme und Felsbuckel, um das Gestell aufzurichten. Eine Mannschaft in dieser Stärke hätte unter normalen Gewichtsverhältnissen die Arbeit in einer Stunde erledigt, doch hier brauchten die Meskliniten ein Vielfaches an Zeit dafür – und keiner der Menschen machte ihnen daraus einen Vorwurf.

Der Dreifuß wurde in einigem Abstand vom Rand aufgestellt und dann langsam in seine endgültige Position dicht an die Kante geschoben. Um die Standfüße türmte man zur Sicherheit kleine Felsbrocken, die den Menschen, die von ihrer Station aus die Arbeiten verfolgten, allerdings eher wie kleine Kiesel vorkamen. Dann hängte man die Rolle am Ende eines langen Mastes ein, legte das Seil darüber und schob den Mast in die richtige Position, sodass ein Viertel seiner Länge über den Abgrund hinausragte. Das andere Ende begrub man unter einem aufgetürmten Steinhaufen. Diese Arbeit nahm zwar viel Zeit in Anspruch, machte sich aber bezahlt. Über die Rolle mussten die Matrosen zwar weiterhin das volle Gewicht hochziehen, aber eine Reibung an der Felskante wurde dabei vermieden, und eine Klampe am unteren Mastende hielt das Seil, während die Mannschaft sich ausruhte.

Ladung um Ladung an Proviant stapelte sich auf der Hochebene, während die Mannschaft unten pausenlos jagte und fischte, um den Nachschub nicht abreißen zu lassen. Allmählich bekam das Land um den »Aufzug« ein bewohntes Gepräge, denn zwischen ihrem Dienst am Zugseil fanden die Matrosen noch Zeit, um aus Felsbrocken zentimeterhohe Mauern um ihre Rastplätze aufzuschichten, sodass die unwirtliche Gegend bald das Aussehen einer ihrer Städte in der Heimat annahm. Für die Dächer gab es zwar keine Planen, denn Barlennan verschwendete keine Mühe darauf, welche hochziehen zu lassen, doch sonst wirkten die Parzellen anheimelnd und gemütlich. Die gelagerten Vorräte überstiegen bald die Tragkraft aller Matrosen; deshalb gedachte Barlennan auf dem Weg zur Rakete Vorratslager einzurichten. Der Marsch würde zwar nicht so lange dauern wie der durch die Schlucht, die sie hinaufgestiegen waren, bis hierher, doch plante der Kommandant einen längeren Aufenthalt bei der gestrandeten Rakete, und die Sicherheit seiner Leute stellte er letztlich über alles.

Er hätte zwar gerne ein paar Matrosen mehr zur Verfügung gehabt, um einige beim »Aufzug« zurücklassen zu können, doch das war ein schwieriges Problem. Bis eine zweite Gruppe den Aufstieg durch die Schlucht und den Marsch zu dem momentanen Aufenthaltsort bewältigt hatte, wäre zu viel Zeit vergangen. Und an die andere Möglichkeit mochte lieber niemand denken – außer Barlennan natürlich. Der Kommandant wählte schließlich einen Matrosen aus, um mit ihm ein Experiment durchzuführen.

Nachdem der Mann von Barlennan die Einwilligung bekommen hatte – was dieser später bereute – und die Matrosen unten gewarnt hatte, rollte er einen Stein in der Größe einer Pistolenkugel zum Rand der Klippe und gab ihm dort einen kräftigen Stoß. Die Ergebnisse dieser Aktion waren für die Meskliniten wie für die Menschen sehr aufschlussreich. Die menschlichen Beobachter konnten zwar nichts sehen, denn der einzige Telekommunikator im Unterland befand sich an Bord der *Bree* und war somit vom Ort des Geschehens zu weit entfernt. Doch den Lärm hörten sie ebenso wie die Meskliniten. Tatsächlich aber sahen sie ebenso viel oder ebenso wenig wie diese, denn der Stein verschwand einfach aus deren Blickfeld. Beim Fallen verursachte er ein Geräusch wie das Zwitschern einer gerissenen Violinsaite, dem Sekundenbruchteile später das Donnern eines heftigen Aufpralls folgte.

Der Stein landete auf zwar hartem, aber leicht feuchtem Untergrund, und nicht auf einem anderen Felsen; die auseinanderspritzenden Gesteinssplitter hätten sonst jemanden töten können. Doch Dondragmer hatte seine Leute sicherheitshalber weit genug zurückgezogen. Der Aufprall bei einer Geschwindigkeit von knapp zwei Kilometern pro Sekunde warf den Boden mit einer wellenförmigen Bewegung auf, die mit dem Auge nicht mehr zu verfolgen war, da sie in Bruchteilen von Sekunden wieder verebbte. Von dem Geschoss war nichts mehr zu sehen. Übrig blieb ein kraterförmiger Kranz, der das tiefe Einschlagloch umgab. Langsam versammelten sich die Matrosen dort und betrachteten das Loch, aus dem leichter Dampf aufstieg, wichen dann aber unwillkürlich einige Schritte vom Fuße der Klippe zurück. Es dauerte eine geraume Weile, den Schock, den dieses Experiment bei ihnen ausgelöst hatte, abzuschütteln.

Trotz dieses entmutigenden Versuchs brauchte Barlennan mehr Leute auf dem Plateau, und er war kein Wesen, das aus Furcht, es könnte nicht reibungslos gelingen, ein Projekt aufgab. Er rückte also eines Tages mit seinem Vorschlag heraus, mit dem Aufzug einige Mannschaftsangehörige heraufzuhieven, und stieß wie erwartet auf ablehnendes Schweigen. Doch er ließ sich dadurch nicht beirren und erwähnte den Plan immer wieder. Wie Lackland schon früher bemerkt hatte, besaß Kapitän Barlennan beachtliche Überredungskünste und eine unglaubliche Hartnäckigkeit. Leider kannten die Menschen die Mesklin-Sprache nicht gut genug, um Barlennans mehrfache Anläufe und verschiedene Überredungstaktiken verfolgen zu können – sehen zu können, wie sich die Einstellung der Matrosen von strikter Ablehnung langsam zu Nachdenklichkeit, vom unbehaglichen Zuhören zu mürrischer Zustimmung wandelte. Die Matrosen waren von der Idee nicht angetan, aber Barlennan erwartete auch keine Begeisterungsstürme. Er wusste, dass er keine Wunder zu vollbringen vermochte. Und vermutlich war sein letztendlicher Erfolg nicht ausschließlich seinen eigenen Bemühungen zuzuschreiben.

Dondragmer wünschte sich sehnlichst, unter den Ersten zu sein, die die Rakete erreichten. Über Barlennans Befehl, die andere Gruppe zum Schiff zurückzuführen, war er nicht gerade glücklich gewesen. Doch seine Abscheu vor Leuten, die über Befehle erst diskutierten, ehe sie sie ausführten, hinderte ihn daran, seine Gefühle zu zeigen. Mit der Aussicht, doch noch zu dieser Gruppe zu gehören, fiel es ihm viel leichter, sich an den Gedanken zu gewöhnen, die entsetzlich hohe Steilwand am Ende eines Seils hinaufgezogen zu werden. Ohnehin würde er, sollte das Seil tatsächlich reißen, nichts davon merken. Er wäre noch in derselben Sekunde tot. Daher wurde er unter den Matrosen am Fuß der Klippe zum Vorreiter für Barlennans Idee. Als seine Leute erfuhren, dass ihr Anführer sich als Erster hinaufziehen lassen würde und dies tatsächlich aus freien Stücken anstrebte, begann ihr Widerstand gegen dieses Unternehmen langsam zu bröckeln. Die automatischen Relais-Stationen im Orbit waren inzwischen alle in den richtigen Positionen, und Barlennan konnte wieder direkt mit der Gruppe auf dem

Schiff Kontakt aufnehmen, wodurch seine Autorität noch mehr ins Gewicht fiel.

Also konstruierte man eine kleine hölzerne Plattform mit einer niedrigen, geschlossenen Umrandung – Dondragmers Idee –, sodass niemand aus dem Innern dieses Korbes nach unten sehen konnte. Den Korb versah man mit einer Seilhalterung, in die er waagerecht eingehängt wurde. Damit griff man hier unbewusst auf eine Erfahrung zurück, die man damals beim Abseilen des Schiffes am Äquator gemacht hatte. Die Plattform, deren Verbindungen sorgfältig durch heftiges Zerren auf ihre Haltbarkeit geprüft worden waren – eine Prozedur, die die zuschauenden Menschen sehr interessierte –, wurde schließlich zu dem Seilzug hinübergeschoben und eingehängt. Auf die Bitte des Maats hin prüfte die Mannschaft oben auf der Hochfläche nochmals den Halteknoten, indem sie die Plattform mit einem kräftigen Ruck ein wenig hochzog. Danach kletterte Dondragmer unverzüglich in den Korb, hängte die Umrandung in die Halterung und gab das Zeichen zum Hochziehen. Die Matrosen hatten den Kommunikator vom Schiff zum Aufzug geschafft, sodass der Kapitän seinen Maat hören konnte. Sofort begab sich Barlennan zu der Zugmannschaft.

Zum Glück vollführte der Korb keine Schwingbewegungen. Dondragmer erinnerte sich des unangenehmen Gefühls beim Abstieg am Äquator. Hier war selbst der kräftige Wind nicht imstande, das Pendel zu bewegen, zu dem jetzt auch der Maat gehörte. Das Seil war zu dünn, um dem Wind eine Angriffsfläche zu bieten, und das Gewicht des Korbes so groß, dass dieser nicht ins Schaukeln geraten konnte. Hätte die Last aus irgendeinem Grunde zu schwingen begonnen, wären die ersten Ausschläge von etwa einer halben Sekunde Dauer beim Hinaufziehen immer kürzer geworden und bald in fast hochfrequenzartige Vibrationen übergegangen, die den Dreifuß oben auf dem Plateau sicherlich nach kurzer Zeit aus seiner Verankerung gerüttelt hätten.

Dondragmer war ein Wesen mit praktischer, geradliniger Intelligenz und machte deshalb nicht den geringsten Versuch, sich umzuschauen, während er hochgezogen wurde. Im Gegenteil, er hielt seine Augen fest geschlossen und schämte sich dessen keineswegs. Die Fahrt schien endlos, tatsächlich dauerte sie sechs Tage. Barlennan unterbrach mehrmals seine Leute beim Ziehen, um immer wieder sorgsam das Gerüst und seine Verankerung zu überprüfen, doch er fand keine Mängel.

Schließlich tauchte die Plattform am Klippenrand auf. Die Halteschlinge berührte die Winde, das Seil ließ sich nicht mehr höher ziehen. Der Rand des Korbes schwebte in ein paar Zentimetern Abstand von der Felskante. Der Körperform der Mescliniten angepasst, war der Korb lang und schmal, und ein Stoß mit einer Spiere gegen sein eines Ende brachte das andere über festen Grund. Dondragmer, der beim Klang der Stimmen die Augen geöffnet hatte, kroch dankbar aus dem Korb und floh vom Klippenrand.

Lackland, der die Aktion gespannt verfolgt hatte, kam Barlennan zuvor und informierte die Mannschaft beim Schiff von der glücklichen Ankunft des Maats. Einer der Matrosen, der ein wenig der Menschensprache kundig war, übersetzte seinen Kameraden die Worte. Sie waren, gelinde ausgedrückt, erleichtert. Sie hatten zwar die Ankunft der Plattform beobachten können, wussten aber nicht, wie der Passagier die Fahrt überstanden hatte. Barlennan nutzte dieses Hochgefühl und schickte den Aufzug so schnell wie möglich nach unten, um den nächsten Passagier hochzuziehen.

Die ganze Aktion ging reibungslos über die Bühne. Zehnmal brachte der Aufzug einen Matrosen auf die Klippe, bis Barlennan sich entschloss, nicht noch mehr Leute hochzuziehen, um die Gruppe beim Schiff, die ja für den Nachschub verantwortlich war, nicht zu sehr zu schwächen.

Die Spannung wich von allen Beteiligten, und wieder einmal wurde bei den Meskliniten und den Menschen das Gefühl wach, dass die Expedition kurz vor ihrem erfolgreichen Abschluss stand.

»Wenn du zwei Minuten wartest, Barl«, übermittelte Lackland die Informationen eines seiner Computer, »scheint die Sonne genau in die Richtung, der du folgen musst. Du weißt ja, dass wir die Rakete nur mit einer Fehlerquote von neun Kilometern im Umkreis anpeilen können. Wir werden dich aber genau ins Zentrum dieses Gebietes führen, in der sie liegen muss. Von da ab musst du sie alleine suchen. Ist das Land dort ebenso beschaffen wie hier, wird die Suche sicher nicht einfach sein, fürchte ich.«

»Damit könntest du recht haben, Charles. Wir haben in solchen Dingen keine Erfahrung, doch ich bin sicher, wir werden auch dieses Problem lösen, wo wir schon all die anderen gelöst haben – wenn auch gelegentlich mit eurer Hilfe, wie ich zugeben muss. Steht die Sonne jetzt richtig?«

»Einen Augenblick noch – *jetzt!* Gibt es in dieser Richtung einen markanten Punkt, an den du dich halten kannst, bis die Sonne wieder ihren momentanen Stand erreicht?«

»Leider nicht. Wir müssen eben unser Bestes versuchen und jeden Tag die Richtung nach euren Angaben korrigieren.«

»Kommt mir fast vor wie ein Blindflug ohne Windrichtungs- und Windgeschwindigkeitsangaben. Doch uns bleibt wohl keine Wahl. Wir werden unsere Berechnungen bei jeder neuen Peilung überprüfen. Viel Glück!«

18 Die Rampenbauer

Die Richtung beizubehalten erwies sich als echtes Problem. Es war einfach nicht möglich, einer geraden Linie zu folgen, denn alle paar Meter versperrte ein Stein oder ein Felsen, zu groß zum Überklettern, Sicht und Weg. Die Mesklиniten waren gezwungen, diese Hindernisse zu umgehen. Ihr Körperbau erschwerte noch die ganze Sache, da ihre Augen sich dicht über dem Boden befanden. Barlennan versuchte zwar, bei diesen Umwegen bestimmte Winkel zur Marschrichtung einzuhalten, verschätzte sich dabei aber immer wieder. Es war schon eine gute Leistung, wenn die Richtungspeilung ihnen nur eine tägliche Abweichung von zwanzig oder dreißig Grad vom richtigen Kurs bescheinigte. Alle fünfzig Tage wurde die Senderpeilung korrigiert – mobil war nur der, den Barlennans Mannschaft mitführte. Den anderen hatte er bei der Mannschaft am Aufzug zurückgelassen.

Die Kursbestimmung war Präzisionsarbeit, und gelegentlich zweifelten die Menschen selbst an der Richtigkeit ihrer Daten. Fairerweise ließen sie dann Barlennan nicht darüber im Unklaren und vertrauten seinem Urteil. Waren ihre Zweifel nicht so stark, marschierte Barlennan manchmal weiter, doch meist wartete er ein paar Tage, um ihnen die Möglichkeit zu einer besseren Peilung zu geben. Währenddessen ließ er den jeweiligen Standort befestigen, verteilte die Traglasten und teilte den Proviant neu ein, wenn es ihm notwendig erschien. Es war auch seine Idee, den Weg, den sie gekommen waren, zu markieren; eine Kette aufgeschichteter Steinhäufchen kennzeichnete nun ihren Weg. Barlennan hatte vor, später einmal den Weg von allen Steinen säubern und sie an beiden Seiten aufschichten zu lassen, sodass eine regelrechte Straße entstand. Doch dafür war noch genug Zeit, wenn zwischen der Rakete und der Nachschubbasis am Klippenrand ein regelrechter Pendelverkehr aufgenommen wurde.

Die fünfzig Kilometer zogen sich unendlich in die Länge, doch schließlich hatten die Meskliniten auch diese Strecke bewältigt. Die Menschen hatten getan, was sie konnten, wie Lackland sagte. Wenn die Fehlerquote bei ihren Peilungen null betragen hätte, wäre Barlennan jetzt genau neben der gestrandeten Rakete gestanden. Doch der Telekommunikator und Barlennans Stimme klärten Lackland darüber auf, dass das nicht der Fall war, was ihn nicht verwunderte.

»Wir haben wirklich unser Bestes getan, Barl. Da ich unsere Mathematiker genau kenne, möchte ich meinen Kopf dafür verwetten, dass du im äußersten Fall neun Kilometer von der Rakete entfernt bist – wahrscheinlich aber sehr viel weniger. Du kannst deine Leute für die Suche besser einteilen als ich. Wir werden dir weiterhin zu helfen versuchen, wenn ich auch nicht recht weiß, wie. Wie willst du jetzt vorgehen?«

Barlennan zögerte mit der Antwort. Eine Kreisfläche von neun Kilometern Durchmesser ist ein recht großes Gebiet für eine Suche, wenn die Sichtweite bestenfalls immer nur ein paar Meter beträgt. Er konnte die Fläche natürlich verkleinern, wenn er seine Leute ausschwärmen ließ, was aber bedeutete, dass er in jedem Fall einige von ihnen verlieren würde. Er sprach mit Lackland über dieses Problem.

»Die Rakete ist über sechs Meter hoch«, antwortete der Mensch. »Könntest du einen der größeren Felsen besteigen, würdest du wahrscheinlich das Schiff von dort aus sehen. Gerade das ist ja das Ärgerliche an der ganzen Situation.«

»Stimmt, doch das geht nicht. Die größten Felsen sind etwas über zwei Meter hoch. Selbst wenn wir ihre nahezu senkrechten Flanken erklettern könnten, würde ich niemals mehr senkrecht in die Tiefe schauen wollen – oder das Leben meiner Leute dadurch aufs Spiel setzen.«

»Und doch seid ihr die Schlucht zur Hochebene hinaufgestiegen.«

»Das war etwas anderes. Wir befanden uns dabei nie so nahe an einem Abgrund.«

»Wenn also ein ähnlicher Hang zu einem dieser Felsen da hinaufführte, würde es dir nichts ausmachen hinaufzusteigen?«

»Nein, aber ... hm. Ich glaube zu verstehen, worauf du hinauswillst. Einen Augenblick.«

Der Kapitän nahm seine Umgebung genauer in Augenschein. Mehrere große Felsen lagen ganz in der Nähe, der höchste war, wie er gesagt hatte, gut zwei Meter groß. Ringsum war der Boden übersät mit Kieseln und Geröll, die die ganze Hochebene zu bedecken schienen. Hätte Barlennan Grundkenntnisse in Geometrie besessen, wäre seine Entscheidung sicher anders ausgefallen. Da er aber nicht beurteilen konnte, wie viel »Baumaterial« er für einen solchen Zweck bewegen musste, fand er Lacklands Idee leicht durchführbar.

»So machen wir es, Charles. Hier liegen genug Steine und Erde herum, um alles zu bauen, was wir wollen.«

Er wandte sich vom Funkgerät ab und teilte den Matrosen seinen Plan mit. Wenn Dondragmer irgendwelche Einwände hatte, so behielt er sie für sich, und die Gruppe begann Steine heranzurollen. Das Geröll, das diesem Felsen am nächsten lag, wurde an seinem Fuß aufgeschichtet, bis eine halbkreisförmige Steinschicht die Umgebung des Felsens bedeckte. Dazwischen streuten die Matrosen immer wieder Erde und Gestein, das sie zum Teil mit ihren harten Zangen aus dem Boden brechen mussten, um der Schicht die nötige Festigkeit zu verleihen. Das Gewicht der nächsten Gesteinsschicht drückte diese Füllmasse fest in die Fugen der unteren.

Die Arbeiten kamen nur langsam voran. Schließlich musste ein Teil der Gruppe den markierten Weg zurückgeschickt werden, um Proviant zu holen, eine Maßnahme, die während des ganzen 1200-Kilometer-Marsches von der Schlucht hierher nicht notwendig gewesen war. Aber schließlich betraten doch Füße die relativ glatte Oberfläche des Felsens – wahrscheinlich zum ersten Mal, seit die ungeheuren Energien im Inneren Mesklins dieses Hochplateau geschaffen hatten. Die ersten Meskliniten, die hinaufkletterten, hielten sich sorgsam in der Mitte der Rampe, die an der Flanke des Felsens hinaufführte. Der anderen Seite, die senkrecht abstürzte, wagte sich keiner zu nähern. An diesem Aussichtspunkt nun erfüllte sich Lacklands Vorhersage.

Nach monatelanger, gefahrvoller Reise war das Ziel der Expedition zum ersten Mal sichtbar. Barlennan ließ den Telekommunikator nach oben bringen, damit die Menschen es auch sehen konnten, und zum ersten Mal seit über einem Erdenjahr verlor Rostens Gesicht den gewohnt grimmigen Ausdruck. Viel zu sehen gab es nicht. Vielleicht hätte eine der ägyptischen Pyramiden, mit Metall verkleidet, in etwa Ähnlichkeit gehabt mit dem stumpfen Kegel, der sich über die Felsen erhob. Das Ding ähnelte in keiner Weise der Rakete, die Barlennan bei den Menschen gesehen hatte – tatsächlich besaß sie keinerlei Ähnlichkeit mit irgendeiner Rakete, die im Umkreis von zwanzig Lichtjahren um die Erde jemals gebaut worden war. Doch ganz eindeutig ließ sie sich als künstliches Gebilde in der natürlichen Landschaftsform von Mesklin identifizieren – und selbst den Menschen, die nicht Monate auf der

Oberfläche des monströsen Planeten zugebracht hatten, fiel ein Stein vom Herzen.

Barlennan war ebenfalls erfreut, teilte aber nicht die Ausgelassenheit, die auf der Station fast in eine Party ausartete. Er war eher als die Menschen, die ihre Informationen nur von Bildschirmen bezogen, in der Lage zu beurteilen, welche Schwierigkeiten noch auf sie warteten, bis die Expedition ihr Ziel erreicht hatte. Diese schienen zwar nicht größer, aber auch nicht geringer zu sein als die bisherigen. Außerdem konnten ihnen die Menschen jetzt nicht mehr den Kurs errechnen, und trotz seines guten Überblicks hier war Barlennan nicht recht klar, wie die Gruppe während des eineinhalb Kilometer langen Marsches, der noch vor ihnen lag, die Richtung beibehalten sollte. Die Menschen kannten selbst jetzt nicht den exakten Kurs, wie sollte also ihre Methode noch anwendbar sein? Oder war sie es doch? Er konnte ihnen doch sagen, wann die Sonne die Rakete beschien, und danach müssten sie doch exakt errechnen können, wann sie wieder den gleichen Stand erreichte.

Dafür brauchte er aber die Menschen nicht! Ein Mann, der hier auf dem Felsen zurückblieb, genügte. Doch er besaß nur noch ein Funkgerät, und das konnte nicht gleichzeitig an zwei Orten Verwendung finden. Und jetzt vermisste Barlennan zum ersten Mal das Gerät, das die Meskliniten bei den Eingeborenen am Fluss zurückgelassen hatten. Doch vielleicht brauchte er überhaupt kein Funkgerät. Die Luft hier trug Schallwellen, zwar nicht sehr weit – und das war der einzige Unterschied, der den Matrosen in der dünneren Luft auf dem Plateau bewusst geworden war –, doch die Stimme eines Mesklinitten musste man erst einmal, wie Lackland zu Recht erwähnt hatte, gehört haben, um ihr unglaubliches Volumen zu erkennen. Der Kapitän beschloss, es auf diese Weise zu versuchen. Er würde einen Matrosen auf der Aussichtsplattform hier zurücklassen, dessen Aufgabe darin bestand, jedes Mal so laut zu schreien, wie sein Kehlkopf dies zuließ, wenn die Sonne genau über der Rakete stand. Die Gruppe würde wie bisher den Weg markieren, sodass er den anderen folgen konnte, wenn sie das Ziel erreicht hatten.

Barlennan besprach mit den anderen seinen Plan. Dondraggmer wandte ein, dass sie während des Marsches, wie die bisherigen Erfahrungen gezeigt hatten, zu sehr nach einer Seite hin abdriften konnten, da jetzt keine neuen Peilungen mehr gemacht werden konnten, mit denen die Menschen den Kurs der Gruppe ständig korrigiert hatten. Und wenn des Beobachters Stimme einmal nicht genau aus der entgegengesetzten Richtung zur Rakete ertönte, so hatte dies in diesem Labyrinth aus Felsbrocken, in dem sich zahlreiche Echos entwickelten, überhaupt nichts zu sagen. Doch er gab zu, dass auch er keinen besseren Plan hatte, und trotz allem eine gute Aussicht bestand, die Rakete auf diese Weise zu finden. Also bestimmte man einen Matrosen, der ein besonders lautes Organ besaß und als Ausguck fungieren sollte; dann marschierte man los in Richtung Rakete.

Eine Zeit lang blieb der Posten sichtbar, und Barlennan konnte anhand seiner Stimme ihren Kurs kontrollieren. Dann aber verschwand der Felsen, auf dem der Posten stand, hinter einigen anderen, und ihnen blieb als einzige Korrekturmöglichkeit nur noch der Versuch, genau auf die Sonne zuzugehen, wenn der Schrei ertönte. Tag für Tag wurde das Signal schwächer, doch da es auf dem Plateau von keinen anderen Geräuschen überlagert wurde, konnten die Matrosen sich orientieren, wenn sie eine ferne Stimme hörten.

Keiner der Mesklиniten hielt sich bei Landreisen für erfahren genug, die zurückgelegte Wegstrecke abzuschätzen, und alle erwarteten daher, erst viel später am Ziel anzukommen. So war die Gruppe angenehm überrascht, als plötzlich die Monotonie der Steinwüste durch ein anderes Landschaftsbild unterbrochen wurde. Es war nicht die Veränderung, die die Meskliniten erwartet hatten, doch sie nahm ihre Aufmerksamkeit ganz in Anspruch.

Das ungewöhnliche Objekt lag direkt vor ihnen, und im ersten Augenblick fragten sich die Matrosen, ob sie vielleicht aus irgendeinem unerfindlichen Grunde im Kreise marschiert waren. Vor ihnen erstreckte sich ein langer Hang aus Steinen und Geröll zwischen den Felsen. Er war etwa so hoch wie jener, den sie zu ihrer Aussichtsplattform hinauf angelegt hatten. Als sie näher kamen, merkten sie jedoch, dass er sich seitlich viel breiter auseinanderfächerte – tatsächlich so weit, wie ihr Blick reichte. Die Geröllhalde umspielte die großen Felsen wie eine Meereswoge, die mitten in der Bewegung erstarrt war. Sogar die Meskliniten, die die Wirkung von Explosionen oder Meteoreinschlägen nicht kannten, stellten fest, dass das Geröll von irgendeinem Punkt unterhalb des Hanges hier heraufgeschleudert worden sein musste. Barlennan, der die Rakete von Toorey mehrmals hatte landen sehen, besaß eine ziemlich genaue Vorstellung von der Ursache und dem Anblick, der sich ihnen auf dem Gipfel des Felsens bieten würde. Generell lag er mit seiner Vermutung richtig, wenn auch die Einzelheiten anders waren.

Die Rakete stand mitten in einer schalenförmigen Senke, die Hitze und Druck der gewaltigen Raketenmotoren gegraben hatten. Barlennan konnte sich noch gut daran erinnern, wie der Schnee aufgewirbelt und zur Seite gefegt worden war, als die Versorgungsrakete damals neben Lacklands »Kuppel« gelandet war. Er konnte sich vorstellen, dass die Schubkraft des Antriebs hier viel stärker gewesen sein musste, um die Rakete sanft aufsetzen zu lassen, obwohl sie von den Ausmaßen her kleiner war. In ihrer Nähe gab es keine größeren Felsen mehr, erst am Rand der Senke türmten sie sich zu ungefügen Formen auf. Auch der Boden im Krater war völlig frei von Geröll. Die Triebwerke hatten ihn stark ausgehöhlt, nur ein bis eineinhalb Meter des etwa sechs Meter langen Flugkörpers ragten über den Rand der Senke und die umliegenden Felsen hinaus.

Der Basisdurchmesser der Rakete entsprach fast ihrer Gesamthöhe und änderte sich im unteren Drittel kaum. Dies, so erklärte Lackland, als man das Objektiv des Telekommunikators auf das Innere der Senke gerichtet hatte, war der Teil, der die überstarken Triebwerke beherbergte.

Der obere Teil verjüngte sich rasch zu einer Spitze, und in ihm befanden sich die Instrumente, die auf vielen Welten einen riesigen Aufwand an Zeit, Geisteskraft und Kosten verursacht hatten. Die Außenhaut der Rakete zeigte dort viele Öffnungen, da es nicht nötig war, die Geräte luftdicht unterzubringen. Einige Instrumente, die nur im Vakuum oder einer besonderen Atmosphäre richtig arbeiteten, hatte man in gesonderten Behältern eingeschlossen.

»Damals, als der Schlepper explodierte und dadurch gänzlich ruiniert wurde, hast du gesagt, dass auch hier etwas Ähnliches geschehen sein müsste«, sagte Barlennan. »Doch ich sehe keine äußeren Anzeichen dafür, und wenn die Öffnungen, die ich von hier aus erkennen kann, auch bei der Landung nicht geschlossen waren, wie kann sich dann im Inneren der Rakete noch Sauerstoff befunden haben, um eine Explosion auszulösen?«

Rosten ergriff das Wort, bevor Lackland antworten konnte. Er hatte mit den anderen Leuten im Beobachtungsraum die Rakete auf dem Schirm genau betrachtet.

»Barl hat recht. Es hat keine Explosion stattgefunden, die durch Sauerstoff ausgelöst wurde. Ich kenne die Ursache des Versagens nicht. Wir müssen eben die Augen offenhalten, wenn wir das Innere untersuchen. Vielleicht finden wir sie dabei. Für uns ist das zwar kaum noch von Bedeutung, doch vielleicht interessiert es die Konstrukteure. Wir sollten uns jetzt sofort an die Arbeit machen. Ich habe hier eine ganze Horde Physiker im Nacken, die nach Informationen hungern. Welch ein Glück, dass sie einen Biologen zum Leiter der Expedition bestellt haben, denn diesen Erfolg hier kann mir kein Physiker mehr nehmen.«

»Eure Wissenschaftler müssen sich noch etwas gedulden«, unterbrach ihn Barlennan. »Ihr scheint eine Kleinigkeit übersehen zu haben.«

»Und was?«

»Alle Instrumente, auf die wir für euch das Objektiv des Telekommunikators richten sollen, sind mindestens zwei Meter über dem Boden angebracht. Außerdem sind sie alle mit Metallblenden verkleidet, die wir selbst mit roher Gewalt kaum entfernen können, auch wenn eure Metalle ziemlich weich sind.«

»Zum Teufel, du hast recht. Das zweite Problem ist keins. Die Verkleidung besteht hauptsächlich aus leicht abnehmbaren Platten. Wir können euch zeigen, wie sie demontiert werden. Doch die erste Schwierigkeit ... hm. Ihr habt keine Leitern und könntet sie auch kaum benutzen. Euer ›Fahrstuhl‹ ist erst einsetzbar, wenn er herangeschafft worden ist. Außerdem braucht er eine Bedienungsmannschaft. Tut mir leid, im Augenblick bin ich ratlos. Wir werden uns etwas einfallen lassen, wo wir nun schon so weit gekommen sind.«

»Ich schlage vor, ihr überlegt, bis der Posten von dem Aussichtsfelsen hier eingetroffen ist. Wenn euch bis dahin keine Lösung eingefallen ist, folgen wir meinem Plan.«

»Was? Du hast eine Idee?«

»Sicher. Wir sind doch auch auf den Aussichtsfelsen hinaufgekommen. Warum sollen wir es hier nicht genauso machen?«

Rosten überlegte eine halbe Minute lang, und Lackland hatte ihn in Verdacht, dass er dabei war, sich selbst innerlich zu ohrfeigen.

»Dagegen gäbe es nur einen Einwand«, sagte der Chef schließlich. »Ihr müsstet viel mehr Steine schleppen als zuvor. Die Rakete ist dreimal so hoch wie der Felsen, an dem ihr die Rampe gebaut habt, und außerdem müsstet ihr sie um die gesamte Rakete herum anlegen.«

»Warum können wir nicht eine Rampe von einer Seite bis zur untersten Instrumentenebene bauen? Höher klettern können wir dann doch im Inneren der Rakete, wie ihr es auch in den anderen Raketen macht.«

»Aus zwei Gründen ist das nicht möglich. Erstens könnt ihr nicht innen herumklettern, weil die Rakete nicht dafür konstruiert wurde, eine lebende Mannschaft aufzunehmen. Deshalb gibt es zwischen den einzelnen Decks keine Verbindungsgänge. Die Instrumente sind so eingebaut, dass man von außen an sie herankommt – in der erforderlichen Höhe natürlich. Zweitens könnt ihr nicht von unten her mit eurer Arbeit beginnen. Vorausgesetzt, ihr schafft es, die Verkleidungen abzunehmen, so bezweifle ich doch, dass ihr sie wieder an den alten Platz setzen könnt, wenn ihr mit diesem Abschnitt fertig seid. Das würde bedeuten, dass ihr die gesamte Außenverkleidung abnehmen müsstet, ehe ihr die nächste Stufe in Angriff nehmen könntet. Die Konstruktion der Rakete dürfte dann aber zu schwach sein, das ganze Gewicht der Instrumente zu tragen. Die Spitze des Kegels würde möglicherweise unter ihrem Eigengewicht zusammenbrechen und einsinken. Diese speziell eingerichteten Bedienungsabschnitte beanspruchen größere Teile der Außenhülle und tragen sehr viel Gewicht. Du magst jetzt sagen, die Rakete sei schlecht konstruiert, doch denk daran, dass wir sie ursprünglich im All öffnen wollten, wo es kein Gewicht gibt.

Ich fürchte, ihr müsst die Rakete zunächst bis zur obersten Instrumentenebene mit einer Rampe umgeben und sie dann Abschnitt um Abschnitt wieder freilegen. Vielleicht wäre es ratsam, die Instrumente aus jeder Sektion zu entfernen, mit der ihr fertig seid. Das dürfte das Gewicht dann auf ein Minimum reduzieren. Wenn ihr die Abdeckungen entfernt habt, werdet ihr nur noch ein sehr zerbrechlich wirkendes Gerüst sehen, und ich wage mir nicht vorzustellen, was dann bei siebenhundertfach verstärkter Belastung mit den Instrumenten geschehen könnte.«

»Ich verstehe.«

Barlennan schwieg einen Moment lang und überlegte.

»Und euch fällt keine andere Lösung ein? Dann liegt, wie ihr schon gesagt habt, noch sehr viel Arbeit vor uns.«

»Im Moment jedenfalls nicht. Doch wir werden über deinen Vorschlag nachdenken, bis euer Posten vom Ausguck zu euch stößt. Vermutlich wird's vergebliche Mühe sein, denn meiner Meinung nach gibt es ohne maschinelle Unterstützung keine Möglichkeit. Und Maschinen können wir nicht zu euch schaffen.«

»Das war mir schon lange klar.«

Die Sonne kreiste unentwegt am Himmel, veränderte ihren Winkel um mehr als zwanzig Grad pro Minute. Ein lauter Schrei hatte den Posten auf dem Aussichtsfelsen informiert, dass das Ziel erreicht war. Er befand sich schon auf dem Weg zu seiner Gruppe. Die Matrosen ruhten sich aus und schlugen die Zeit tot. Nur ab und zu stiegen einige in die niedrigen Höhlungen unter den Triebwerken, um die Beschaffenheit der

Felsen dort zu betrachten. Alle waren zu intelligent, die Veränderungen in dem Gestein als Zauberei anzusehen, doch empfanden sie trotzdem ein leichtes Schaudern. Die Arbeitsweise der Triebwerke verstanden sie nicht. Lackland hätte es ihnen ohne Weiteres am Beispiel ihrer Sprechorgane erklären können, wenn er deren Aufbau genauer gekannt hätte. Die Meskliniten besaßen in fortentwickelter Form die gleichen Saugöffnungen wie die Kopffüßer auf der Erde; ihre amphibischen Vorfahren hatten diese Öffnungen zum Schnellschwimmen eingesetzt. Die Meskliniten benutzten sie sozusagen als Blasebälge für ein wie bei den Menschen entwickeltes Paar von Stimmbändern, konnten sie aber zusätzlich auch noch in ihrer ursprünglichen Funktion verwenden. Die Natur hatte sie also genauso ausgestattet, wie die Rakete im Prinzip funktionierte.

Ihr Unwissen war nicht der einzige Grund, weshalb die Matrosen Respekt vor den Menschen empfanden. Ihre Rasse baute Städte, und die Meskliniten hielten sich für ausgesprochen fähige Ingenieure. Doch die höchsten Mauern, die sie je errichtet hatten, besaßen eine Höhe von allenfalls sechs Zentimetern. Mehrstöckige Gebäude oder Dächer aus einem anderen Werkstoff als aus Segeltuch hätten sie in Konflikt mit ihrer angeborenen Angst vor festen Stoffen über ihren Körpern gebracht. Die Erfahrungen auf dieser Reise hatten zwar dazu geführt, dass sich diese Furcht in verständnisvollen Respekt verwandelte, doch im Kern blieb sie existent. Die Rakete war rund achtzigmal so hoch wie das höchste künstliche Gebilde, das die Meskliniten jemals errichtet hatten, und deshalb war ihre Ehrfurcht beim Anblick einer solchen Konstruktion nur zu verständlich.

Bei Ankunft des Postens begab sich Barlennan wieder zum Sendegerät, doch den Menschen war inzwischen keine bessere Lösung eingefallen. Dies verwunderte den Kapitän nicht. Er überhörte einfach Rostens Entschuldigungen und machte sich mit der Mannschaft sofort an die Arbeit. Keiner der Beobachter auf Toorey hätte in diesem Augenblick erraten, welche Pläne ihr kleiner Freund dort unten mit der Rakete verfolgte. Außerdem wäre dieser Verdacht ohnehin zu spät aufgetaucht – zu spät, um etwas dagegen zu unternehmen.

Die Arbeit ging überraschenderweise schneller voran als erwartet. Der Grund dafür lag auf der Hand: Die Felsen und das Erdreich, von den Bremsstrahlen der Rakete beiseitegefegt, waren verhältnismäßig locker auf dem Boden verteilt, weil das Klima in der dünnen Luft des Plateaus keine Verwitterung zuließ. Ein Mensch, ausgerüstet mit einem Schwerkraft-Neutralisator, den die Wissenschaftler mithilfe der Daten in der Rakete zu entwickeln hofften, hätte keine Schaufel auch nur einen Zentimeter unter das Geröll schieben können, denn die Schwerkraft packte es zu unglaublicher Dichte zusammen. Locker war es nur für mesklinitische Begriffe.

Ganze Ladungen ließ man den sanften Abhang bis zu den kleinen Kratern unter den Triebwerken hinabkullern, ebenso rollte man nach Vorwarnung kleine und mittlere Felsbrocken die Hänge hinunter. Die Warnung war auch nötig, denn hatte man die Felsen über den Rand gestoßen, rollten sie mit einer zu hohen Geschwindigkeit in den Krater, als dass das menschliche Auge ihnen hätte folgen können, und verschwanden dann gänzlich in den schon angeschütteten Erdhaufen.

Selbst die pessimistischsten Beobachter auf Toorey glaubten nun nicht mehr an irgendwelche Rückschläge, nachdem sie schon mehrmals ihre in Kisten verpackten Geräte aufgebaut und dann wieder eingepackt hatten. Mit wachsender Freude beobachteten sie, wie die schimmernde Metallhaut der Forschungsrakete immer tiefer in einer Hülle aus Erde und Gestein versank und schließlich ganz verschwunden war, bis auf einen dreißig Zentimeter hohen Kegel, der die oberste Instrumentenebene markierte.

Hier beendeten die Meskliniten ihre Arbeit, und die meisten zogen sich von dem Hügel zurück. Der Telekommunikator wurde hinaufgeschafft und seine Linse auf die feine Ritze im Metall ausgerichtet, die einen Zugang zur obersten Instrumentenebene andeutete.

Barlennan begab sich allein zu dem Schott und erwartete offenbar die Anweisungen von der Station, wie die Abdeckung zu demontieren war. Rosten, der ebenso gespannt wie alle anderen am Bildschirm saß, erklärte es ihm. Die Abdeckung war mit vier Schnellverschlüssen, die sich jeweils an den Ecken der trapezförmigen Platte befanden, befestigt. Die beiden oberen lagen auf gleicher Höhe mit Barlennans Augen, die anderen beiden etwa fünfzehn Zentimeter unter dem aufgehäuften Erdreich. Normalerweise löste man sie, indem man sie mit einem breiten Schraubenzieher nach innen drückte und dann eine Viertel-Drehung vollführte. Die Zangen der Meskliniten konnten ohne Weiteres die gleiche Funktion übernehmen, und Barlennan bewies dies sofort. Die breiten, gekerbten Schraubenköpfe ließen sich mühelos drehen und sprangen dann heraus, doch die Platte bewegte sich nicht.

»Am besten macht ihr Seile an den Verschlüssen fest, damit ihr die Platte aus sicherer Entfernung herunterziehen könnt, sobald die unteren Verschlüsse offen sind«, schlug Rosten vor. »Damit verhindert ihr, dass die schwere Platte auf einen von euch herabstürzt. Sie ist nämlich sechs Millimeter stark. Die unteren Platten sind noch etwas dicker, damit du gleich Bescheid weißt.«

Barlennan folgte dem Vorschlag, dann legten die Meskliniten das untere Ende der Platte frei. Die Verschlüsse hier bereiteten ebenso wenig Schwierigkeiten wie die oberen, und Augenblicke später zerrte ein harter Ruck an den Seilen die Platte aus ihrer Halterung in der Raketenhülle. Die erste Bewegung war gerade noch zu erkennen, dann wurde die Platte unsichtbar und tauchte im nächsten Moment wieder auf, flach auf dem Boden liegend. Gleichzeitig drang ein scharfer Knall an die Ohren der Beobachter auf der Station. Die Sonne, die gerade die Rakete mit ihren Strahlen übergoss, schien durch das Loch auf ein Messinstrument, und die Männer in der Station machten ihrer Freude durch laute Ausrufe Luft.

»Du hast es geschafft, Barl. Wir schulden dir mehr, als du dir vorstellen kannst. Tritt jetzt bitte ein wenig zurück, damit wir das Instrument fotografieren können. Wir sagen dir dann gleich, wie du die Messstreifen herausnehmen und vor das Objektiv des Telekommunikators halten musst.«

Barlennan antwortete nicht sofort, doch sein Verhalten war beredt genug.

Er trat nicht zur Seite, sondern kroch auf das Funkgerät zu und drehte das Objektiv von der Rakete weg.

»Zuerst haben wir noch einige Dinge miteinander zu besprechen«, erklärte er ruhig.

19 Ein neues Abkommen

Im Beobachtungsraum der Station herrschte mit einem Mal betroffenes Schweigen. Der Kopf des winzigen Meskliniten füllte die Schirme, doch keiner konnte den Ausdruck auf dem nicht menschlichen Gesicht deuten. Niemand wagte etwas zu sagen. Barlennan zu fragen, was er vorhatte, war Zeitverschwendung, weil er es den Menschen ohnehin gleich sagen würde.

Der Kommandant machte eine lange Pause, und als er endlich zu sprechen begann, offenbarte er bessere Sprachkenntnisse, als selbst Lackland vermutet hätte.

»Doktor Rosten, gerade haben Sie selbst gesagt, Sie schuldeten uns mehr, als Sie uns jemals zurückzahlen könnten. Ich unterstelle, dass Ihre Worte zumindest in einer Hinsicht völlig ernst gemeint waren. Ich hege keinen Zweifel an Ihrem momentanen Dankbarkeitsgefühl. Doch in anderer Hinsicht waren Ihre Worte bestimmt nur eine Redensart. Sie hatten nie vor, uns mehr zu geben, als Sie versprochen haben – also Wettervorhersagen, Navigationshilfen bei der Fahrt über die unbekannten Meere, die wir überquert haben, und vielleicht eine Bezahlung in Form von vielen Ladungen Gewürzen, die Charles uns vor einiger Zeit angeboten hat. Mir ist völlig klar, dass ich Ihrem Moralkodex entsprechend nichts mehr zu fordern habe. Ich habe mit Ihnen eine Vereinbarung getroffen und sollte sie einhalten, zumal Sie Ihren Teil des Vertrages voll erfüllt haben.

Doch ich will mehr. Da mir aber die Meinung von zumindest einigen Ihrer Leute über mich nicht gleichgültig ist, möchte ich erklären, warum ich dies will. Ich möchte mich nach Möglichkeit rechtfertigen. Ich versichere Ihnen jedoch, dass ich mit oder ohne Ihre Zustimmung und Sympathie genau das tun werde, was ich vorhabe.

Ich bin, wie ihr wisst, Kaufmann und vorrangig am gewinnorientierten Verkauf von Waren interessiert. Ihr habt diese Tatsache berücksichtigt und mir alle möglichen Dinge als Gegenleistung für meine Hilfe angeboten. Es ist nicht eure Schuld, dass ich damit nichts anfangen konnte. Eure Maschinen, so sagtet ihr jedenfalls, würden der Schwerkraft und den Druckverhältnissen meiner Welt nicht standhalten. Eure Metalle kann ich nicht verwenden – und ich würde sie auch nicht brauchen, selbst wenn ich es könnte. Sie liegen überall auf Mesklins Oberfläche herum. Manche Leute machen daraus Ornamente, doch von Charles weiß ich, dass man Metall nicht ohne Maschinen oder größere Hitze, als wir sie produzieren können, umformen kann. Wir verwenden die Hitze, die ihr Feuer nennt, nicht nur in Form von Flammstaubwolken. Leider musste ich Charles damals in dieser Hinsicht täuschen, aber es erschien mir richtig.

Doch kommen wir zum Thema zurück! Ich lehnte außer Wettervorhersagen und Navigationshilfen alle Angebote ab, mit denen ihr uns bezahlen wolltet. Ich hätte gedacht, einigen von euch wäre das verdächtig vorgekommen, doch in eurem Verhalten und euren Worten konnte ich keinen Argwohn entdecken. Also machte ich eine weitere Reise, als je eine in der Geschichte unserer Rasse überliefert worden ist, um euch bei der Lösung eurer Probleme zu helfen. Ihr habt mir erzählt, wie dringend ihr die Messwerte braucht, um neue Erkenntnisse zu gewinnen. Dabei scheint aber niemand auf die Idee gekommen zu sein, dass auch ich neue Erkenntnisse sammeln möchte, obwohl ich jedes Mal, wenn ich eine eurer Maschinen sah, nach ihrer Funktionsweise gefragt habe. Ihr aber habt mir die Antworten auf diese Fragen verweigert, jedes Mal die gleiche Entschuldigung benutzt. Aus diesem Grund fühlte ich mich im Recht, jeden nur denkbaren Weg, der mir dieses Wissen erschloss, zu beschreiten. Häufiger habt ihr den Wert dieser ›Wissenschaften‹, wie ihr es nennt, erwähnt und dabei betont, dass mein Volk dieses Wissen nicht besitzt. Ich kann eines nicht einsehen: Wenn es für euer Volk gut und wertvoll ist, wieso soll es dann meinem Volk vorenthalten bleiben?

Ihr merkt sicher, worauf ich hinauswill. Ich habe diese Reise mit dem gleichen Ziel unternommen wie ihr. Ich machte diese Fahrt, um zu lernen. Ich möchte die Dinge wissen, die euch zu euren bemerkenswerten Leistungen befähigen. Du, Charles, hast mithilfe dieses Wissens den ganzen Winter an einem Ort gelebt, wo du normalerweise sofort ums Leben gekommen wärst. Ich bin sicher, du wirst mir zustimmen, dass dieses Wissen auch das Leben meines Volkes ändern und erleichtern würde.

Deshalb biete ich euch einen neuen Vertrag an. Mir ist klar, dass ihr zögern werdet, ihn mit mir abzuschließen, da ich den ersten auch nicht eingehalten habe. Das wäre schade, denn ich betone nochmals, dass ihr keine andere Wahl habt. Ihr seid nicht hier und könnt auch nicht hierherkommen. Ich bin überzeugt, ihr werdet auch nicht im ersten Ärger eine eurer Bomben auf uns abwerfen, solange wir uns in der Nähe eurer Rakete aufhalten. Das Abkommen ist einfach: Wissen gegen Wissen. Während der Zeit, in der wir für euch diese Maschine auseinandernehmen und die Werte, die sie enthält, an euch weitergeben, unterrichtet ihr mich, Dondragmer oder jeden, der die Zeit und die Fähigkeit besitzt, den Lehrstoff zu begreifen.«

»Halt! Eine derartige …«

»Moment mal, Chef!« Lackland erstickte Rostens empörten Ausruf im Ansatz. »Ich kenne Barl besser als Sie. Lassen Sie mich mit ihm reden!«

Die beiden Menschen konnten sich gegenseitig auf den Schirmen sehen, und ein paar Sekunden lang starrte der Expeditionsleiter Lackland wütend an. Dann siegte seine Vernunft, und er gab nach.

»In Ordnung, Charlie, reden Sie mit ihm!«

»Barl, du unterstellst uns also, wir hätten dir die Funktionsweise unserer Maschinen bewusst nicht erklären wollen. Glaub mir, wir wollten dich nicht hintergehen. Sie sind wirklich sehr kompliziert, so kompliziert, dass die Menschen, die sie entworfen und gebaut haben, fast ihr halbes Leben lang brauchten, um die Gesetze zu erlernen, auf deren Basis die Maschinen arbeiten, und die Kunst ihrer Herstellung zu beherrschen. Es lag uns fern, die Kenntnisse deines Volkes herabzumindern. Stimmt, wir wissen mehr als ihr, doch nur, weil wir vor langer Zeit schon angefangen haben zu lernen.

Wenn ich dich richtig verstehe, möchtest du alles über die Geräte in der Rakete wissen, die du ausbauen sollst. Glaub mir, Barl, es ist die reinste Wahrheit, wenn ich dir sage, dass ich dir kein einziges dieser Instrumente erklären könnte, weil ich sie selbst nicht verstehe. Außerdem würde dir keines dieser Geräte etwas nützen, selbst wenn du seine Funktionsweise verstündest. Ich kann dir nur sagen, dass es Messinstrumente sind, die Dinge messen, die nicht gesehen, gehört, betastet oder geschmeckt werden können – Dinge, die du in anderer Umgebung arbeiten und reagieren sehen müsstest, um sie verstehen zu lernen. Dies soll keine Beleidigung sein. Meine Worte gelten ebenso für mich, und ich bin mit diesen Kräften, die du noch nicht kennst, aufgewachsen und habe ihren Gebrauch erlernt. Auch ich verstehe längst nicht alles. Ich erwarte auch nicht, alles zu begreifen, bevor ich sterbe. Das Wissen, das wir besitzen, birgt so viele Kenntnisse in sich, dass kein einzelner Mensch sie alle erlernen kann. Ich muss mich mit jenem kleinen Gebiet zufriedengeben, auf dem ich Fachmann bin – und kann ihm vielleicht das wenige Wissen, das ein Mensch in seinem Leben hinzugewinnen kann, hinzufügen.

Wir können deinen Vorschlag nicht akzeptieren, Barl, weil es uns physisch nicht möglich ist, eine solche Verpflichtung einzuhalten.«

Barlennan unterdrückte ein Lächeln, das die Menschen ohnehin nie als solches erkannt hätten. Er antwortete unverzüglich.

»Ihr könnt sie einhalten, Charles, ihr wisst es nur noch nicht. Als ich diese Reise begann, trafen deine Argumente alle zu. Ich plante tatsächlich, diese Rakete mit eurer Hilfe zu finden, die Funkgeräte so zu platzieren, dass ihr nichts sehen könnt, und sie dann zu zerlegen, um so an euer Wissen heranzukommen.

Doch inzwischen wurde mir klar, dass du immer die Wahrheit gesagt hast. Dass ihr uns nicht absichtlich euer Wissen vorenthieltet, begriff ich spätestens, als ihr uns die Gesetzmäßigkeiten und Techniken des Gleiterfliegens erklärt habt. Noch deutlicher wurde dies, als ihr Dondragmer beim Bau des Flaschenzuges geholfen habt. Ich hatte erwartet, ihr würdet diese Punkte jetzt als Argumente vorbringen. Warum habt ihr das nicht getan? Es wären gute Argumente gewesen.

Als wir uns über die Gleiter unterhielten, bekam ich zum ersten Mal eine blasse Ahnung davon, was das Wort ›Wissen‹ überhaupt bedeutet. Ich begriff, dass ein solches Gerät wie der Gleiter – so einfach, dass ihr es schon seit Langem nicht mehr verwendet – tatsächlich mehr Kenntnisse über die Gesetze des Universums erfordert, als sich meine Leute jemals vorstellen könnten. Charles, du sagtest einmal, wobei du dich für die Ungenauigkeit der Information entschuldigt hast, dass Gleiter dieser Art von deiner Rasse schon vor mehr als 200 Jahren benutzt wurden. Ich kann mir vorstellen, wie viel mehr du jetzt wissen musst. Bestimmt genug, um mich spüren zu lassen, wie wenig ich weiß.

Trotzdem könnt ihr meinen Wunsch erfüllen. Ihr habt den Anfang schon gemacht, als ihr uns den Differenzial-Flaschenzug erklärt habt. Ich verstehe seine Wirkungsweise ebenso wenig wie Dondragmer, der viel mehr Zeit darauf verwendet hat, das Ding zu begreifen. Doch wir vermuten beide, dass er ähnlich arbeitet wie die Hebel, die wir zeit unseres Lebens benutzt haben. Wir wollen von vorn beginnen zu lernen, obwohl wir genau wissen, dass wir zu Lebzeiten nie euer ganzes Wissen erfassen werden. Doch wir werden hoffentlich lernen, wie ihr diese Dinge alle herausgefunden habt. Sogar ich begreife, dass all dies nicht durch Zufall zustande gekommen ist, oder gar durch Philosophieren wie bei unseren Weisen, die uns erzählen, Mesklin sei eine Schale. Ich neige dazu, in diesem Punkt eher euch als ihnen zu glauben und mir Mesklin als Körper vorzustellen, doch ich möchte wissen, wie ihr diese Tatsache auf eurer Welt herausgefunden habt. Sicher wusstet ihr das schon viel früher, ehe ihr ihre Oberfläche verlassen und sie in ihrer ganzen Größe gesehen habt. Ich möchte wissen, wieso die *Bree* und auch das Kanu – dieses zumindest für eine Weile – schwimmen. Ich möchte wissen, warum der Wind ständig durch diese Schlucht tobt – nein, ich habe eure Erklärung nicht verstanden! Ich möchte wissen, warum es im Winter bei uns am wärmsten ist, obwohl die Sonne nicht scheint, will erfahren, warum ein Feuer brennt, warum Flammstaub tötet. Ich möchte, dass meine Kinder, sollte ich welche haben, oder deren Kinder wissen, wie eure Funkgeräte und der Schlepper arbeiten. Vielleicht kann ich tatsächlich eines Tages verstehen, warum diese Rakete so konstruiert ist. Ich will viel wissen – mehr, als ich lernen kann. Doch wenn ich meine Leute dazu bringen kann, selbst zu lernen – wie ihr es schließlich auch getan haben müsst –, werde ich sofort aufhören, Waren gegen Profit zu verkaufen.«

Weder Lackland noch Rosten wussten lange Zeit etwas zu sagen. Schließlich brach Rosten das Schweigen.

»Barlennan, würdest du, wenn du alles gelernt hast, was du lernen willst, und dein Volk unterrichtest, ihm erzählen, woher dieses Wissen gekommen ist? Glaubst du, es wäre gut für deine Leute, den Ursprung dieses Wissens zu kennen?«

»Für einige sicherlich. Sie würden alles über andere Welten wissen wollen und über die Wesen, die den gleichen Weg zum Wissen beschritten haben, den sie selbst dann vor sich haben. Andere wiederum … Nun, auch wir haben eine Menge Leute, die anderen ihre Last aufbürden. Wenn sie die Herkunft wüssten, würden sie sich keine Mühe geben, selbst zu lernen. Sie würden lediglich fragen, wenn sie etwas wissen wollten, wie ich es auch im Anfang gemacht habe. Und sie würden nie begreifen, dass ihr es ihnen nur nicht sagt, weil ihr es selbst nicht wisst. Sie würden glauben, ihr versuchtet sie zu täuschen. Wenn ich also jemandem erzähle, woher mein Wissen stammt, würden diese Leute es früher oder später auch erfahren. Also schweige ich darüber und lasse sie in dem Glauben, ich sei das Genie – oder Don. Ihn dürften sie eher dafür halten.«

Rostens Antwort war kurz und bündig.

»In Ordnung, unser Deal ist perfekt!«

20 Der Flug der *Bree*

Ein schimmerndes Metallskelett erhob sich zweieinhalb Meter über dem immer flacher werdenden Erdhügel. Mehrere Meskliniten nahmen emsig die nächste Reihe von Abdeckplatten in Angriff, deren obere Halterungen gerade freigelegt worden waren. Andere schafften Steine und Geröll zum Fuß der Rampe. Auf einer gut markierten Straße, die in die Steinwüste führte, bewegten sich wieder andere hin und her. Die Ankommenden zogen flache, mit Rädern versehene Karren mit Nachschubgütern, die Abreisenden brachten die leeren Wagen zum Proviantlager zurück. Überall wurde gearbeitet, jeder schien seine bestimmte Aufgabe zu haben.

Zwei Telekommunikatoren befanden sich jetzt am Ort. Einer stand auf dem Hügel, und ein Mensch überwachte mit seiner Hilfe die Demontage und gab Anweisungen dazu. Der andere war in einigem Abstand davon aufgestellt worden. Dondragmer lag davor und führte eine angeregte Unterhaltung mit einem der fernen Menschenwesen, das er nicht sehen konnte.

Die Sonne wanderte in ihrem endlosen Kreislauf, sank aber allmählich und kaum merklich tiefer und schwoll langsam an.

»Es tut mir leid«, sagte der Maat gerade, »dass es uns schwerfällt zu begreifen, was ihr uns über Bündeln von Lichtstrahlen erzählt. Was Reflektion ist, verstehe ich. Die Spiegel, die ich aus den Metallplatten eurer Rakete geschnitten habe, haben mir das verdeutlicht. Schade, dass das Gerät, aus dem wir die Linse herausnehmen wollten, zu Boden gefallen ist. Wir haben leider nichts, das mit eurem Glas vergleichbar wäre.«

»Ein Stück dieser Linse genügt für unseren Zweck, Don«, antwortete die Stimme aus dem Lautsprecher; es war nicht Lacklands Stimme. Er war ein guter Lehrer, wie sich herausstellte, überließ aber von Zeit zu Zeit das Mikrofon den Spezialisten. »Jedes Bruchstück davon bündelt das Licht und zeichnet ein Muster – doch halt, das kommt später. Schau nach, ob noch Bruchstücke von der Linse vorhanden sind, Don. Hoffentlich hat eure Schwerkraft sie nicht zu Staub zerbersten lassen, als das Gerät herunterfiel.«

Dondragmer wandte sich mit einem Wort der Zustimmung von dem Gerät ab, kehrte aber wieder um, weil ihm noch ein anderer Gedanke kam.

»Vielleicht kannst du uns erzählen, woraus Glas gemacht wird und ob man viel Hitze dazu braucht. Unsere Feuer sind recht heiß, wie du weißt. Es gibt doch diese Schicht über den Polen – ›Eis‹ hat Charles sie, glaube ich, genannt. Wäre das für unseren Zweck geeignet?«

»Ich weiß von euren Feuern, obwohl ich immer noch einen Schock bekomme, wenn ich sehe, wie ihr Pflanzen in einer Wasserstoffatmosphäre verbrennt, um euer Fleisch zu braten. Der Vorschlag mit dem Eis ist nicht schlecht, wenn du solches finden kannst. Ich weiß nicht, woraus der Sand vom Flussufer besteht, doch du könntest versuchen, ihn in dem heißesten Feuer, das du anzünden kannst, zu schmelzen und abzuwarten, was dabei herauskommt. Ich kann natürlich nichts garantieren. Ich weiß nur, dass auf der Erde und anderen Welten aus einfachem Sand eine Art Glas gewonnen wird, dessen Eigenschaften sich durch Zusätze verbessern lassen. Aber ich will verdammt sein, wenn ich weiß, woraus diese Zusätze bestehen oder wo man sie findet.«

»Vielen Dank! Ich werde jemanden ein Feuer schüren lassen. In der Zwischenzeit suche ich nach Stücken der Linse, obwohl ich fürchte, dass nicht viel davon übrig geblieben ist. Wir hätten versuchen sollen, das Gerät am Fuß des Hügels auseinanderzunehmen. Die Hülle, die du ›Fass‹ genannt hast, rollte viel zu leicht.«

Der Maat verließ seinen Platz am Funkgerät und begegnete gleich darauf Barlennan.

»Deine Leute sollen gleich die meinen bei der Rakete ablösen«, sagte der Kapitän. »Ich werde mich einmal zum Fluss hinunterbegeben. Brauchst du etwas für deine Arbeit?«

Dondragmer erwähnte den Vorschlag, Sand zu schmelzen.

»Du könntest mir für diesen Zweck ein wenig vom Fluss mitbringen. Dann braucht das Feuer nicht zu heiß zu sein. Oder hast du vor, eine Ladung anderer Dinge hierherzubringen?«

»Ich habe nichts Besonderes vor. Ich mache die Fahrt nur zum Vergnügen. Da die Frühlingswinde jetzt wieder aus allen Richtungen wehen, könnten ein paar Navigationsübungen recht nützlich sein. Wozu ist schließlich ein Kommandant gut, der sein Schiff nicht steuern kann?«

»Völlig richtig. Haben die Flieger dir erzählt, was in dieser Instrumentenebene war?«

»Sie haben es versucht, doch wenn ich wirklich von dieser angeblichen Raumkrümmung überzeugt wäre, hätte ich es vielleicht besser verstanden. Aber ich kann mir das einfach nicht vorstellen. Zum Schluss haben sie dann wieder behauptet, dass Worte nicht ausreichten, um die Sache zu verdeutlichen. Aber wie, bei allen Sonnen, soll man es anders beschreiben als mit Worten?«

»Das frage ich mich auch«, antwortete Don. »Ich glaube, dies ist die Kehrseite dieses Quantitätscodes, den sie ›Mathematik‹ nennen. Mir ist die Mechanik am liebsten, denn damit kann man von vornherein etwas anfangen.«

Er deutete mit einem seiner Arme auf einen der Karren und mit einem anderen auf den Flaschenzug, der in der Nähe lag.

»Es sieht ganz so aus, als ob wir eine Menge mit nach Hause brächten. Aber einiges sollten wir vorläufig doch für uns behalten.«

Der Kapitän deutete mit einer Bewegung an, was er meinte, und Dondragmer nickte. »Immerhin kann uns niemand davon abhalten, hier damit zu spielen.«

Mit diesen Worten ging der Kapitän seines Weges, und Dondragmer schaute ihm leicht belustigt nach. Er wünschte, Reejaaren wäre jetzt hier. Don hatte den Insulaner nie gemocht. Vielleicht wäre dieser jetzt nicht mehr so sicher, dass die Mannschaft der *Bree* nur aus Lügnern bestand.

Doch solche Überlegungen waren reine Zeitverschwendung. Er hatte zu tun. Die Hülle des Metallungetüms zu entfernen, war weniger schön, als unter menschlicher Anleitung herumzuexperimentieren. Doch auch er musste dabei helfen, ihren Teil der neuen Abmachung zu erfüllen. Also stieg Dondragmer auf den Hügel und rief seine Leute zu sich.

Barlennan ging zur *Bree* hinüber. Sie war bereit. Zwei Matrosen an Bord hatten schon das Feuer entzündet und schürten es. Die gewaltige Fläche der schimmernden, fast durchsichtigen Planen erfreute ihn. Wie der Maat dachte auch er an Reejaaren. Doch er versuchte sich die Reaktion des Sprechers vorzustellen, wenn dieser sehen könnte, wozu seine Planen verwendet worden waren. Auf luftdurchlässige Nähte konnte man sich eben doch nicht verlassen. Barlennans Leute verstanden ihr Handwerk auch ohne Hilfe freundlicher Menschen! Der Kapitän hatte seine Segel mit diesem Zeug unterlegen lassen, ehe sie 10 000 Kilometer von den Inseln entfernt waren, und die Nähte hatten selbst den orkanartigen Wind vor der Schlucht in der Klippe ausgehalten.

Barlennan kroch durch eine Öffnung in der Reling, sicherte den Durchlass hinter sich und warf einen Blick in das Feuerloch, das mit Metallfolie aus einem der Kondensatoren ausgekleidet war, die die Menschen ihm geschenkt hatten. Alle Taue und Leinen waren straff gespannt. Einer der Matrosen ließ einige Scheite in das glühende, flammenlose Feuer fallen, andere warfen die Halteleinen los. Sanft stieg die neue *Bree*, über sich den zwölf Meter hohen Ballon, gefüllt mit heißer Luft, von dem Plateau auf und trieb in der leichten Brise in Richtung Fluss ...

Zweiter Teil

BOTSCHAFTER VON DEN STERNEN

Prolog Untersuchung; Aneignung

Aus einer Entfernung von sechzehn Lichtjahren leuchtete Sol etwas schwächer als der Stern, der die Spitze des Schwertes von Orion bildet, und konnte sich kaum in den Diamantlinsen der seltsamen Maschine widerspiegeln. Aber die Beobachter hatten trotzdem den Eindruck, das Ding werfe einen letzten Blick auf das Planetensystem zurück, in dem es hergestellt worden war. Für ein lebendes, empfindsames Wesen wäre das ganz natürlich gewesen, denn es fiel jetzt bereits auf die riesige dunkle Masse zu, die nur noch wenige Tausend Kilometer entfernt war.

Jeder gewöhnliche Planet wäre aus dieser Entfernung strahlend hell gewesen, denn Altair stand in bestmöglicher Position: Altair ist kein variabler Stern, sondern rotiert so rasch, dass eine beträchtliche Abflachung entsteht, und der Planet befand sich in einem Bereich seines Orbits, in dem er das Licht aus den helleren, heißeren Polregionen erhielt. Trotzdem war die dunkle Masse gegen die Milchstraße im Hintergrund kaum auszumachen, denn das von Altair ausgehende Licht wurde förmlich aufgesogen, anstatt die Planetenoberfläche zu erhellen.

Aber die Augen der Maschine waren speziell für Tenebras Atmosphäre konstruiert worden. Der weiße Plastikwürfel drehte sich langsam um seine eigene Achse, als der Roboter sich auf sein Ziel konzentrierte. Das Metallgerüst, in dem er befestigt war, machte diese Bewegung mit, sodass die dicken Metallzylinder nun auf die Planetenoberfläche wiesen. Noch war nicht zu erkennen, dass dort etwas ausströmte, denn die Atmosphäre war noch zu dünn, um unter dem Aufprall der Ionen zu glühen, aber die Tonnen von Metall und Plastik verlangsamten ihren Fall. Die Düsen verringerten die Anziehungskraft des Planeten, dessen Durchmesser das Dreifache des Erddurchmessers betrug, und sie leisteten so gute Arbeit, dass das Metallgerüst bis zum Eintritt in die Atmosphäre keinen Schaden davontrug.

Die Diamantaugen blitzten nicht mehr, als die Gasschwaden der Planetenatmosphäre die Maschine allmählich umhüllten. Jetzt sank sie langsam und gleichmäßig; der Ausdruck *vorsichtig* wäre vielleicht die beste Beschreibung dafür gewesen. Altair strahlte noch immer, aber schon kurze Zeit später konnten selbst die hochempfindlichen Fotozellen hinter den Diamantaugen das Licht der Sterne nicht mehr aufnehmen.

Dann kam die Veränderung. Bisher war das Ding nur eine ungewöhnlich geformte Rakete gewesen, deren Düsen ihren Fall verlangsamten, als sie zur Landung ansetzte. Dass die Strahlen aus den Düsen Flammenzungen glichen, bedeutete noch nichts; schließlich wurde die Atmosphäre ständig dichter. Aber die Düsen selbst hätten eigentlich nicht glühen sollen.

Sie taten es aber. Die Öffnungen glühten heller, als wollten sie mit aller Gewalt den Fall daran hindern, in einen unkontrollierten Sturz überzugehen, und die Düsen selbst leuchteten kirschrot. Das genügte den Männern, die diesen Vorgang verfolgt hatten; Lichtblitze zuckten entlang der Streben auf, an denen die Düsen befestigt waren. Die Verbindung löste sich sofort, und die Maschine fiel allein weiter.

Nur einen Augenblick lang. Schon eine halbe Sekunde nach der Trennung von den Triebwerken entfaltete sich ein riesiger Fallschirm über dem Plastikwürfel. Unter der hier herrschenden Schwerkraft hätte er sofort reißen müssen, aber seine

Konstrukteure hatten ihr Handwerk verstanden. Er hielt. Die unglaublich dichte Atmosphäre – selbst in dieser Höhe wesentlich dichter als die irdische – bauschte den Fallschirm und leistete energischen Widerstand. Aus diesem Grund wurde das Gerät selbst dann nicht beschädigt, als es hart auf der Oberfläche von Tenebra aufsetzte.

Unmittelbar nach der Landung geschah zunächst gar nichts. Dann bewegte sich der Würfel, ließ den Fallschirm mit der Aufhängevorrichtung hinter sich zurück, entfernte sich auf fast unsichtbaren Raupenketten von dem Gewirr aus Metallbändern und blieb stehen, als wolle er sich umsehen.

Aber er sah sich nicht um; im Augenblick war er noch nicht dazu fähig. Zunächst mussten Anpassungen vorgenommen werden. Selbst ein massiver Plastikklotz, der nur wenige bewegliche Teile aufwies, konnte unter einem Druck von über 800 Atmosphären nicht völlig unverändert bleiben. Seine Abmessungen – außen und innen – hatten sich leicht verändert. Die Pause nach der Landung war erforderlich gewesen, damit die weit entfernten Beobachter feststellen konnten, auf welche Frequenzen er jetzt ansprach. Die Augen, die im luftleeren Raum so ausgezeichnet funktioniert hatten, mussten anders eingestellt werden, damit der veränderte Brechungsindex zwischen den Diamantlinsen und dem neuen Medium nicht alle Bilder hoffnungslos verzerrte. Dieser Vorgang wurde durch die Atmosphäre selbst gesteuert, als sie durch winzige Öffnungen in den Raum zwischen den einzelnen Linsen drang.

Nachdem diese Anpassung vorgenommen worden war, stellte die fast vollständige Dunkelheit für diese Augen kein Problem mehr dar, denn die Verstärker multiplizierten jedes Strahlungsquant, das die Diamanten aufnahmen. Hoch über der Planetenoberfläche starrten Männer gespannt auf die Bildschirme, auf denen das erschien, was der Roboter sah.

Zunächst schien die Landschaft sich nicht allzu sehr von einer irdischen zu unterscheiden. Am Horizont erhoben sich breite Hügel, deren Umrisse nur undeutlich erkennbar waren. Der Boden schien mit Gras bewachsen zu sein, obwohl die sichtbare Spur des Roboters darauf hindeutete, dass es sich dabei um ziemlich brüchige Pflanzen handeln musste. An höher gelegenen Stellen standen einzelne Buschgruppen. Nirgends war eine Bewegung feststellbar, obwohl die Mikrofone des Plastikwürfels ständig ein dumpfes Grollen und Dröhnen aufnahmen.

Die Maschine sah sich mehrere Minuten lang um. Vielleicht hofften die weit entfernten Beobachter, dass die durch die Landung erschreckten Tiere wieder zum Vorschein kommen würden; diese Hoffnung erfüllte sich jedoch vorläufig nicht. Kurze Zeit später bewegte der Roboter sich wieder auf die Überreste der Fallschirmaufhängung zu, richtete seine Scheinwerfer darauf und betrachtete sorgfältig sämtliche Teile. Dann rollte er wieder fort; diesmal allerdings wesentlich zielbewusster.

In den nun folgenden zehn Stunden untersuchte er die Umgebung der Landungsstelle, wobei er gelegentlich anhielt, um einen Gegenstand oder eine Pflanze genauer zu betrachten. Von Zeit zu Zeit stieß er Töne in verschiedener Lautstärke und wechselnder Höhe aus. Dies allerdings nur, wenn er sich gerade in einem Tal oder wenigstens nicht auf dem höchsten Punkt eines Hügels befand; aus irgendeinem Grund schien er sich für die Echos zu interessieren.

In regelmäßigen Abständen kehrte er zu der Fallschirmaufhängung zurück und wiederholte dort die sorgfältige Untersuchung, als erwartete er bestimmte Veränderungen. Unter den hier herrschenden Verhältnissen – Oberflächentemperatur 180 Grad Celsius, atmosphärischer Druck 800 Atmosphären, Treibhausklima aus Wasser, Sauerstoff und Schwefeloxiden – dauerte es nicht lange, bis etwas geschah. Der Roboter registrierte die gleichmäßig fortschreitende Korrosion. Einige Teile widerstanden ihr länger als andere; ohne Zweifel hatten die Konstrukteure verschiedene Legierungen verwandt – vielleicht sogar, um eben diese Tatsache zu beweisen. Der Roboter blieb in der Nähe des Landeplatzes, bis das Metall sich völlig aufgelöst hatte.

Während dieser Zeit erbebte der Boden in unregelmäßigen Abständen. Gelegentlich wurde das Beben von den unerklärlichen Geräuschen begleitet, die schon früher von den »Ohren« der Maschine aufgenommen worden waren. Die Beobachter machten sich deswegen zunächst Sorgen, aber später stellten sie fest, dass die Hügel in der näheren Umgebung nur sanft anstiegen und der Boden weder Felsbrocken noch Spalten aufwies, sodass kein Grund bestand, wegen eventueller Auswirkungen des Erdbebens auf die teure Maschine Befürchtungen zu hegen.

Viel interessanter war das Auftauchen der ersten Tiere. Fast alle waren ziemlich klein, aber trotzdem sehenswert, wenn man die Reaktionen des Roboters als Maßstab nehmen wollte. Er untersuchte alle Tiere aus möglichst geringer Entfernung. Die meisten Tiere besaßen einen Schuppenpanzer und acht Beine; einige schienen sich von der hiesigen Flora zu ernähren, andere waren offenbar Fleischfresser.

Nachdem die Fallschirmaufhängung schließlich verschwunden war, beschäftigten sich die Männer, die den Roboter kontrollierten, längere Zeit ausschließlich mit der Tierwelt. Die Untersuchung wurde einige Male unterbrochen, aber daran waren äußere Umstände schuld. Da die Oberfläche von Tenebra nicht sichtbar war, hatten die Männer seine Rotationsgeschwindigkeit nicht mit der nötigen Genauigkeit feststellen können, sodass das »stationär« über dem Planeten schwebende

Schiff einige Male hinter dem Horizont verschwand. Im Laufe der Zeit wurden jedoch genauere Messungen vorgenommen, durch die diese unangenehmen Unterbrechungen schließlich ausgeschaltet werden konnten.

Das Vorhaben, einen Planeten zu studieren, dessen Durchmesser das Dreifache des Erddurchmessers betrug, musste lächerlich wirken, wenn dazu nur ein einziger Aufklärungsroboter zur Verfügung stand. Wäre das der Zweck der Expedition gewesen, hätte man sie zu Recht als unsinnig bezeichnen müssen; aber die Männer hatten etwas anderes vor. Eine Maschine allein ist nicht viel; eine Maschine mit einer ganzen Mannschaft von Assistenten, die aus verschiedenen Teilen eines Planeten stammen, ist etwas ganz anderes. Die Beobachter hofften, dass sie auf Tenebra Hilfe finden würden – trotz der reichlich unwirtlichen Verhältnisse, die dort unten festgestellt worden waren. Sie hatten ihre Erfahrungen auf anderen Planeten gesammelt und wussten, wie das Leben sich auch auf Tenebra entwickelt haben musste.

Dann vergingen jedoch Wochen und sogar Monate, ohne dass ein Lebewesen aufgetaucht wäre, das mehr als ein rudimentäres Nervensystem besaß. Hätten die Männer die Funktion der nicht als »Augen« erkennbaren Auswüchse auf den Köpfen der Achtfüßer erfasst, wären sie vermutlich hoffnungsvoller gewesen; so resignierten die meisten von ihnen jedoch und waren überzeugt, dass es Jahrzehnte dauern würde, bis die Aufgabe gelöst war. Nur aus Zufall entdeckte der Roboter das intelligente Wesen, als es auftauchte. Wäre das Gegenteil der Fall gewesen – hätte das Lebewesen den Roboter entdeckt –, dann hätte die Geschichte auf einigen Planeten vermutlich einen anderen Verlauf genommen.

Dieses Lebewesen war ziemlich groß, als es auf den Bildschirmen erschien. Es war etwa drei Meter hoch und musste auf diesem Planeten über eine Tonne wiegen. Die acht Beine und der Schuppenpanzer ließen es zunächst wie alle anderen Tiere erscheinen, aber es ging aufrecht auf zwei Hinterfüßen, schien das nächste Paar nicht zu benutzen und gebrauchte die Krallen der vier Vorderbeine wie Hände. Diese Tatsache verriet seine Intelligenz, denn es hielt zwei lange und zwei kurze Speere wurfbereit in diesen Krallen. Die Waffen waren mit Steinspitzen versehen.

Vielleicht enttäuschte diese primitive Konstruktion die Beobachter. Aber vielleicht erinnerten sie sich auch daran, wie wenig dauerhaft Metalle hier waren, und zogen aus der Art des Materials keine voreiligen Schlüsse hinsichtlich der Kulturstufe dieses Wesens. Jedenfalls beobachteten sie den Eingeborenen aufmerksam.

Das war glücklicherweise ziemlich einfach, denn die Landschaft war hier nicht mehr so eben wie an der Landungsstelle. Die Pflanzen waren hier etwas höher und nicht so spröde, obwohl der Roboter noch immer eine deutliche Spur hinterließ. Die Beobachter waren zuerst der Meinung, der Eingeborene habe die Maschine zwischen den Pflanzen nicht bemerkt, aber dann wurde klar, dass das Wesen völlig von anderen Dingen in Anspruch genommen war.

Es bewegte sich langsam weiter und wollte offenbar so geringe Spuren wie möglich zurücklassen. Aber es zog auch in Betracht, dass sich eine Spur nicht vermeiden ließ. Es blieb in regelmäßigen Abständen stehen und errichtete eine Konstruktion aus biegsamen Zweigen und scharfen Steinklingen, die es in anscheinend unbegrenzter Zahl aus einem Ledersack nahm, den es auf den Rücken geschlungen hatte.

Was damit erreicht werden sollte, war klar, nachdem das Lebewesen sich weit genug entfernt hatte, um eine nähere Untersuchung zu ermöglichen. Es handelte sich dabei um Fallen, durch die etwaige Verfolger abgehalten werden sollten. Allerdings konnten sie nur gegen Tiere, nicht aber gegen andere Eingeborene wirksam sein, da sie leicht zu vermeiden waren, indem man neben der Spur ging.

Diese Vorsichtsmaßnahme war aber doch so interessant, dass der Roboter die Anweisung erhielt, dem Wesen behutsam zu folgen. Das Lebewesen legte weitere sieben oder acht Kilometer in dieser Art zurück und stellte dabei fast vierzig Fallen. Der Roboter erkannte sie alle rechtzeitig, löste aber einige andere aus, die früher gestellt worden sein mussten. Die Steinspitzen zersplitterten an dem harten Plastikmaterial. Offenbar war die ganze Gegend auf ähnliche Weise »vermint«, was nicht recht zu erklären war.

Die Spur führte schließlich einen Hügel hinauf. Das Lebewesen erkletterte ihn rasch und blieb vor der Öffnung einer kleinen Höhle stehen. Es schien sich nach Verfolgern umzusehen, obwohl die menschlichen Beobachter bisher noch keine Augen bei ihm hatten feststellen können. Als es sich davon überzeugt hatte, dass keine Gefahr drohte, holte es einen ovalen Gegenstand aus dem Sack und verschwand damit in der Höhle.

Zwei oder drei Minuten später kehrte es wieder zurück, aber diesmal ohne den Gegenstand, den es in den Händen gehalten hatte. Es stieg den Hügel hinab, vermied sorgfältig alle Fallen und entfernte sich in die entgegengesetzte Richtung.

Die Männer, von denen der Roboter seine Befehle erhielt, mussten sich rasch entscheiden. Sollten sie das Lebewesen verfolgen lassen oder lieber feststellen, was es in der Höhle getan hatte? Die erste Möglichkeit erschien logisch, denn schließlich entfernte sich das Lebewesen, während der Hügel an Ort und Stelle blieb, aber dann entschieden sie sich doch für die Alternative. Das Lebewesen konnte nicht einfach verschwinden, ohne eine Spur zu hinterlassen; außerdem würde die Dunkelheit bald hereinbrechen, sodass anzunehmen war, es würde nicht mehr allzu weit kommen. Vermutlich unterschied dieses Lebewesen sich nicht von den anderen Tieren auf Tenebra, die wenige Stunden nach Einbruch der Dunkelheit in einen hilflosen Dämmerzustand versanken.

Außerdem brauchte die Untersuchung der Höhle nicht lange zu dauern. Der Roboter wartete noch einige Zeit, bis das Lebewesen außer Sicht war, und rollte dann den Hügel hinauf. Die Höhle erweiterte sich zu einem Gewölbe; auf dem Boden lagen nebeneinander aufgereiht etwa hundert dieser ovalen Gegenstände, die so deutlich als Eier zu erkennen waren, dass der Roboter nicht den Versuch zu unternehmen brauchte, einen dieser Gegenstände zu sezieren.

Dann schien eine längere Diskussion stattzufinden, denn der Roboter blieb fast eine halbe Stunde unbeweglich stehen. Schließlich verließ er die Höhle, nahm die Spur des Lebewesens auf, folgte ihr durch das »Minenfeld« und bewegte sich rasch weiter.

Bei Tageslicht wäre diese Aufgabe einfacher gewesen, aber jetzt hatte es zu regnen begonnen, sodass sich die Sicht gelegentlich durch Wassertropfen verschlechterte. Die Beobachter hatten noch nicht entschieden, ob es nachts besser war, den Tälern zu folgen und unter Wasser zu bleiben, oder sich entlang der Hügel zu bewegen, um den Überblick bewahren zu können; aber in diesem Fall spielten dergleichen Überlegungen keine Rolle. Das Lebewesen hatte sich nicht um diese Frage gekümmert, sondern war geradeaus weitermarschiert. Die Spur führte etwa fünfzehn Kilometer weiter und endete auf einer Lichtung vor einer Felswand, in der mehrere Höhlen zu erkennen waren.

Einzelheiten konnte man nicht ausmachen, denn es regnete nicht nur, sondern die Dunkelheit war selbst für die Fotozellen des Roboters undurchdringlich. Diese Tatsache schien wieder eine Diskussion auszulösen, denn erst drei oder vier Minuten später schaltete die Maschine ihre Scheinwerfer ein und richtete sie kurz auf die Felswand.

Eingeborene standen in den Höhlen, aber sie reagierten nicht auf den Lichtstrahl. Entweder schliefen sie auf mehr oder weniger menschliche Weise, oder sie waren in den gleichen hilflosen Dämmerzustand versunken, der für die übrige Tierwelt nach Einbruch der Dunkelheit charakteristisch war.

Kurze Zeit später schaltete der Roboter die Scheinwerfer wieder aus und rollte so rasch wie möglich zu dem Hügel mit der ersten Höhle zurück. Dort nahm er zehn Eier auf – alle vom gleichen Ende der Reihe, damit keine verräterischen Lücken zurückblieben – und verstaute sie sorgfältig in seinem Inneren. Dann machte er sich auf die Suche nach den unterhalb des Hügels angelegten Fallen, aus denen er die Steinklingen entfernte, die er ebenfalls aufnahm, falls sie nicht schon bei der ersten Berührung zerbröckelten.

Nach Erledigung dieser Aufgabe entfernte sich der Roboter mit höchster Geschwindigkeit. Als Altair wieder über dem Horizont erschien und die Atmosphäre in Gas verwandelte, waren die Maschine, die gestohlenen Waffen und die »entführten« Eier bereits weit von den Hügeln und noch weiter von den Höhlen der Eingeborenen entfernt.

1 Erforschung; Erwartung; Auseinandersetzung

Nick bog die hohen Pflanzen beiseite, blieb stehen und benutzte einige Ausdrücke, die Fagin nie hatte übersetzen wollen. Er war keineswegs überrascht, als er feststellen musste, dass sich vor ihm Wasser befand – schließlich war es noch früh am Morgen –, aber er ärgerte sich, als er sah, dass rechts und links ebenfalls eine weite Wasserfläche lag. Zu seinem Pech hatte er sich offensichtlich auf eine Halbinsel verirrt. Aber er konnte nur abwarten, denn zurück durfte er nicht mehr.

Selbstverständlich *wusste* er nicht genau, dass er verfolgt wurde, aber er hatte nicht den geringsten Zweifel daran, dass er mit seiner Vermutung recht hatte. Seit seiner Flucht hatte er zwei Tage darauf verwandt, seine Spur so gut wie möglich zu verwischen. Er hatte sogar einen weiten Umweg auf sich genommen und war nach Westen ausgewichen, bevor er sein Heimatdorf ansteuerte. Aus diesen Gründen wollte er sich ebenso wenig wie ein Mensch eingestehen, dass alle seine Mühe unter Umständen überflüssig gewesen sein könnte.

Allerdings hatte er nie Verfolger beobachtet. Er war gelegentlich aufgehalten worden, wenn er auf unwegsames Gelände oder wilde Tiere traf; aber trotzdem hatte ihn niemand eingeholt. Die schwebenden Tiere und Pflanzen, auf die man stets sorgfältig achten musste, hatten sich nie für etwas hinter ihm interessiert. Aber trotzdem stand fest, dass die Höhlenbewohner erstklassige Jäger und Fährtenleser waren. Unter diesen Umständen wäre es nur natürlich gewesen, wenn Nick zu dem Schluss gekommen wäre, seine unbehinderte Freiheit bedeute, dass er nicht verfolgt wurde. Er hätte gern daran geglaubt, aber bei nüchterner Überlegung kam er wieder davon ab. Schließlich hatten sie darauf bestanden, dass er sie zu Fagin führte!

Er schüttelte heftig den Kopf und befasste sich wieder mit der Gegenwart. Überlegungen halfen hier nicht weiter; er musste sich entscheiden, ob er zurückgehen wollte, wobei er unter Umständen seinen Verfolgern in die Arme lief, oder ob er warten sollte, bis der See ausgetrocknet war, was bedeuten konnte, dass die Verfolger ihn in der Zwischenzeit einholten. Die Entscheidung war nicht leicht, aber immerhin konnte er zunächst einen Versuch unternehmen.

Er ging ans Ufer und schlug mit der flachen Hand auf die Wasseroberfläche. Die Wellen, die sich langsam ausbreiteten, interessierten ihn nicht, denn er achtete nur auf die Wassertropfen. Er beobachtete sie, während sie langsam herabsanken, und stellte zufrieden fest, dass selbst die größten Tropfen sich auflösten, bevor sie die Wasseroberfläche erreichten. Der See würde nicht mehr lange brauchen, bis er ausgetrocknet war; Nick ließ sich am Ufer nieder und wartete.

Eine leichte Brise kam auf, als der neue Tag begann. Nick wartete ungeduldig darauf, dass sich die ersten Auswirkungen auf der Wasseroberfläche zeigten – nicht Wellen, sondern Turbulenzwirbel, die anzeigten, dass wärmere Luftmassen herangeführt wurden. Das war der entscheidende Augenblick, denn von diesem Zeitpunkt an würde das Wasser vermutlich schneller zurückweichen, als er ihm folgen konnte. Der Luftzug würde ihm das Atmen erleichtern, sofern er genügend Abstand zu dem Wasser hielt ... Ja, jetzt konnte es nicht mehr lange dauern; der Punkt, an dem er stand, befand sich bereits einen Meter über der Wasseroberfläche. Der See trocknete aus.

In der Zwischenzeit hatte die Brise das Wasser weiter zurückgedrängt, sodass es jetzt wie ein Wall aufragte. Nick folgte langsam, bewahrte aber genügend Abstand. Die Halbinsel schien tatsächlich ein Hügelkamm zu sein, der unter dem See gelegen hatte. Falls diese Vermutung zutraf, konnte er sich nur beglückwünschen.

Dann kam er plötzlich nicht mehr weiter und musste länger als eine Viertelstunde warten, bis sich der See völlig in Luft aufgelöst hatte. Er war ungeduldig genug, das Zeug fast zu schnell einzuatmen, spürte aber keine Nachwirkungen. Wenige Minuten später kletterte er den Abhang am Ostufer des ehemaligen Sees hinauf. Bevor er wieder in das Dickicht eindrang, aus dem heraus er nur die schwebenden Pflanzen über sich erkennen konnte, drehte er sich nochmals um und sah zu der Stelle hinüber, an der er das Wasser erreicht hatte – noch immer entdeckte er keine Verfolger. Zwei oder drei schwebende Pflanzen näherten sich ihm; er griff nach seinen Messern und bedauerte, dass er die Speere verloren hatte. Allerdings brauchte er die schwebenden Pflanzen nicht zu fürchten, solange er sich einigermaßen rasch bewegte – und genau das musste er jetzt tun. Er drang weiter in das Dickicht vor.

Die Pflanzen stellten kein ernsthaftes Hindernis dar, denn sie waren so biegsam, dass man sie einfach beiseiteschieben konnte. Nur gelegentlich musste er sich seinen Weg mit dem Messer bahnen, was unangenehm war – nicht wegen der damit verbundenen Anstrengung, sondern vor allem deshalb, weil er dabei das Messer der Luft aussetzen musste. Messer waren in letzter Zeit ziemlich rar, und Fagin rückte nicht gern ein neues heraus.

Der Morgen verstrich langsam, aber noch immer sah er keine Verfolger hinter sich. Er kam außergewöhnlich rasch voran, weil er bisher kaum Tieren begegnet war. Normalerweise rechnete man bei einem Marsch von sechzig Kilometern mit vier oder fünf Überfällen durch Raubtiere, die abgewehrt werden mussten – aber Nick hatte erst einen Kampf hinter sich.

Er verlor jedoch sehr viel Zeit, als er ein Gebiet durchqueren musste, das rauer und unwegsamer als alle anderen zuvor war. Die Hügel bildeten keine Kuppen mehr, sondern waren steil und zerklüftet; von Zeit zu Zeit stieß er auf lose Felsbrocken, die durch ungewöhnlich heftige Beben in Bewegung gesetzt wurden. Gelegentlich musste er steile Felswände überwinden oder in engen Schluchten marschieren, ohne vorher zu wissen, ob er am anderen Ende einen Ausweg finden würde. Einige Male gab es tatsächlich keinen, sodass er zurückmusste.

Als er dieses Gebiet endlich hinter sich hatte, konnte er kaum noch glauben, dass er verfolgt wurde.

Die Stunden vergingen, während Nick so rasch wie möglich weitereilte. Der eine Kampf hatte ihn kaum aufhalten können; eine schwebende Pflanze, die er schon von Weitem gesehen hatte, war plötzlich herabgesunken. Zum Glück war sie nur klein gewesen; sogar so klein, dass Nicks Arme länger als ihre Nesselfäden gewesen waren. Ein rascher Schnitt mit einem der Messer hatte ausgereicht, genügend Gasblasen zu zerstören, sodass die Pflanze hilflos zu Boden sank. Nick steckte das Messer ein und marschierte weiter, wobei er sich einen Arm massierte, der mit dem Gift der Pflanze in Berührung gekommen war.

Altair stand hoch am Himmel, als er sich endlich wieder in vertrauter Umgebung befand. Er hatte früher einige Male in diesem Gebiet gejagt und erkannte es sofort wieder, obwohl es sich in der Zwischenzeit beträchtlich verändert hatte. Nick marschierte noch etwas rascher und änderte seine Richtung ein wenig. Zum ersten Mal war er davon überzeugt, dass er über seine Gefangennahme würde Bericht erstatten können;

dabei fiel ihm ein, dass er noch gar nicht darüber nachgedacht hatte, wie dieser Bericht lauten sollte. Eine genaue Schilderung seiner Erlebnisse nahm zu viel Zeit in Anspruch; viel wichtiger war, dass Fagin und die anderen sofort flohen. Andererseits musste Nick schon eine stichhaltige Erklärung abgeben können, wenn er den Lehrer von dieser Tatsache überzeugen wollte. Er ging unwillkürlich langsamer, als er sich mit diesem Problem beschäftigte, und wurde erst durch eine Stimme, die seinen Namen rief, aus seinen Gedanken gerissen.

»Nick! Bist du das wirklich? Wo bist du die ganze Zeit über gewesen? Wir dachten schon, du hättest dich verirrt!«

Bei dem ersten Geräusch hatte Nick instinktiv nach seinen Messern gegriffen. Aber als er die Stimme erkannte, ließ er die Arme sinken.

»Johnny! Endlich wieder ein vernünftiges Wort. Was tust du hier? Haben die Schafe alles um das Dorf herum kahl gefressen?«

»Nein, ich bin auf der Jagd, nicht beim Schafehüten.« John Doolittle trat aus dem Dickicht hervor. »Aber wo hast du gesteckt? Du warst seit Wochen verschwunden, und wir haben die Suche nach dir bereits aufgegeben.«

»Ihr habt nach mir gesucht? Das ist schlecht. Aber anscheinend hatte es keine Folgen, sonst hätte ich davon erfahren.«

»Was soll das heißen? Ich verstehe gar nicht, wovon du sprichst. Und was war das mit dem ›vernünftigen Wort‹ – gibt es denn andere? Los, heraus mit der Sprache!«

»Die Geschichte ist ziemlich lang, und ich muss sie ohnehin allen so rasch wie möglich erzählen. Komm mit, dann brauche ich nicht zweimal zu berichten.« Er ging auf das Tal zu, in dem ihr »Heimatdorf« lag, und Johnny folgte ihm wortlos. Obwohl er noch frisch war, hatte er einige Mühe, dem heimgekehrten Forscher zu folgen; Nick schien es ziemlich eilig zu haben.

Unterwegs trafen sie noch zwei andere Mitglieder ihrer Gruppe – Tom und Alice, die Schafe hüteten. Sie folgten Nicks Aufforderung und trieben ihre Tiere so rasch wie möglich in das Dorf zurück.

Fünf weitere Mitglieder der Gruppe befanden sich bereits im Dorf, und Fagin war an seinem gewohnten Platz inmitten der ringförmig angeordneten Häuser. Als er den Lehrer sah, rief Nick ihm zu: »Fagin! Wir sind in Gefahr! Hast du noch andere Waffen, solche, die du uns noch nicht gezeigt hast?«

Wie üblich vergingen einige Sekunden, bevor die Antwort kam.

»Das ist ja Nick. Wir hatten dich schon fast aufgegeben. Was hast du mit Waffen vor? Glaubst du, dass wir uns verteidigen müssen?«

»Wahrscheinlich.«

»Gegen wen?«

»Nun, sie sehen wie ganz normale Leute aus; aber sie halten keine Tiere, kennen kein Feuer und sprechen anders als wir.«

»Wo bist du auf diese Leute gestoßen? Und weshalb müssen wir uns gegen sie verteidigen?«

»Die Geschichte ist ziemlich lang, fürchte ich. Am besten fange ich von vorne an, ohne mich mit Einzelheiten aufzuhalten.«

»Einverstanden; ein kurzer Bericht hilft uns allen weiter. Du kannst gleich anfangen.« Nick verlagerte sein Gewicht auf die Hinterbeine und gehorchte.

»Ich wandte mich wie vereinbart nach Süden, kam nur langsam voran und zeichnete eine Karte des Gebiets. In der Gegend, in der wir meistens jagen, hatte sich kaum etwas verändert, aber jenseits der Grenze konnte ich in dieser Beziehung kein Urteil mehr abgeben.

Der auffallendste Punkt am ersten Tag war ein kegelförmiger Berg, dessen Höhe alles übertraf, was ich bisher gesehen hatte. Der Wind war in dieser Gegend ziemlich stark und schien stets auf den Berg zuzuwehen; ich nannte ihn also auf der Karte Sturmgipfel. Dem Wind nach zu urteilen, muss es auf dem Berg eine Menge Pflanzen geben, die nachts wachsen; eine Expedition müsste ihn also jedenfalls vor Einbruch der Dunkelheit wieder verlassen.

Sonst verlief eigentlich alles wie gewöhnlich. Ich erlegte genügend Tiere, um nicht hungern zu müssen, aber die Tiere unterschieden sich keineswegs von denen, die wir kennen.

Am dritten Morgen, als der Berg schon lange hinter mir lag, geriet ich jedoch in die Fangarme eines unbekannten Tieres, das in einer Höhle lebte. Seine Arme umklammerten meine Beine, und das Tier ließ sich durch meine Speere kaum stören. Wahrscheinlich wäre ich nicht entkommen, wenn mir niemand geholfen hätte.«

»Dir hat jemand geholfen?« Die verwunderte Frage kam sofort – ohne die Pause von wenigen Sekunden, die für Bemerkungen des Lehrers typisch war; Jim hatte sich an Nick gewandt. »Wie konnte dir jemand helfen? Von uns war niemand in der Gegend.«

»Es war auch keiner von uns – jedenfalls nicht genau. Er sah aus wie wir und gebrauchte Speere wie wir; aber als wir das Tier in der Höhle getötet hatten und uns zu unterhalten versuchten, sprach er ganz anders. Ich brauchte sogar einige Zeit, bevor ich merkte, dass er überhaupt sprach, denn er stieß ganz merkwürdige Laute hervor.

Nach einiger Zeit fiel mir ein, dass diese Geräusche Worte darstellen mussten, und ich fragte mich, warum ich nicht schon früher auf diesen Gedanken gekommen war – schließlich konnte ich nicht erwarten, dass jemand, der sich seine Worte selbst ausdenken muss, die gleichen wie wir gebraucht. Ich beschloss, ihm zu folgen und seine Sprache nach Möglichkeit zu lernen, denn das erschien mir wichtiger als meine Karte.

Er hatte nichts dagegen, dass ich ihn begleitete, und im Lauf der Zeit lernte ich einige seiner Worte. Das war nicht leicht, denn es genügte nicht, nur die Laute zu beherrschen, mit denen er jedes Ding bezeichnete. Aber wir jagten längere Zeit gemeinsam und lernten dabei die Sprache des anderen. Wir bewegten uns nicht geradlinig vorwärts, aber ich machte mir genügend Notizen und kann sein Dorf in die Karte eintragen, wenn ich genügend Zeit dazu habe.«

»Dorf?« Auch diesmal war es Jim, der ihn unterbrach; Fagin hatte nichts gesagt.

»Das ist der einzige Ausdruck, der mir im Augenblick einfällt. Natürlich war es kein Dorf wie unseres hier; es bestand nur aus einer Reihe von Höhlen am Fuß einer steilen Klippe. Einige davon waren sehr klein, aber andere so groß, dass Leute darin leben konnten. Der eine, den ich kennengelernt habe, gehörte zu diesen Höhlenbewohnern.

Als sie mich sahen, waren sie sehr überrascht und versuchten mich auszufragen; aber ich verstand sie nicht gut genug, um vernünftige Antworten geben zu können. Der eine, den ich bereits kannte, schien ihnen von mir zu erzählen. Die anderen blieben interessiert und beobachteten mich ständig.

Wir hatten die Klippe erst am späten Nachmittag erreicht, und ich fragte mich zunächst, wo ich diese Nacht schlafen sollte, weil ich nicht gleich erkannte, dass diese Leute in den Höhlen lebten. Als ich endlich begriffen hatte, dass dies der Fall war, konnte ich mich nicht recht dafür begeistern. In dieser Gegend waren die Erdbeben heftiger als anderswo, und die Felswand erschien mir ziemlich gefährlich.

Als es dunkel zu werden begann, wollte ich fort, um auf einem der Hügel in der Nähe zu übernachten, musste aber feststellen, dass die Leute mich nicht gehen lassen wollten. Sie hätten mich mit Gewalt zurückgehalten, wenn ich ihnen nicht mühsam erklärt hätte, dass ich nicht fliehen, sondern nur allein schlafen wollte. Ich sammelte ohne größere Anstrengung genügend Holz für die Nacht, wobei mir die Kleineren halfen, als sie erkannten, was ich wollte.«

»Die Kleineren? Waren sie denn nicht alle gleich groß?«, fragte Dorothy.

»Nein, überraschenderweise nicht. Einige waren nicht größer als einen halben Meter, aber manche waren doppelt so groß wie wir – mindestens drei Meter. Aber alle sahen sich ähnlich. Allerdings habe ich nicht herausbekommen können, worauf dieser Größenunterschied beruhte. Einer der Größeren schien den anderen Befehle zu erteilen, und im Allgemeinen kam ich mit den Kleineren besser aus.

Aber das gehört eigentlich nicht hierher. Als ich die Holzstöße aufgeschichtet hatte und sie in Brand setzte, beobachteten mich sämtliche Höhlenbewohner mit erstaunten Augen.

Sie hatten noch nie ein Feuer gesehen; deshalb hatte ich ohne große Mühe genügend Holz in unmittelbarer Nähe der Klippe gefunden.

Natürlich hatte es zu regnen begonnen, als endlich das letzte Feuer brannte, und ich sah belustigt zu, wie die Höhlenbewohner unentschlossen zögerten. Einerseits schienen sie sich vor dem Regen außerhalb ihrer Höhlen zu fürchten, andererseits wollten sie unbedingt die Feuer sehen. Schließlich zogen sie sich jedoch in die Höhlen zurück, obwohl einige lange genug blieben, um zu sehen, wie sich die Feuer auf den Regen auswirkten.

Nachts erschienen sie nicht wieder, aber als das Wasser am nächsten Morgen verdunstet war, tauchten sie sofort wieder auf.

Ich könnte noch viel mehr erzählen, aber dazu fehlt mir jetzt die Zeit. Ich habe ihre Sprache einigermaßen erlernt – eigentlich ist sie ganz logisch, wenn man die Grundbegriffe kennt – und mich lange mit den Leuten unterhalten. Sie interessierten sich vor allem für die Dinge, die ich kannte, aber sie nicht – Feuermachen, Tierzucht und Ackerbau. Sie fragten immer wieder, wo ich das gelernt habe. Daraufhin erzählte ich ihnen von dir, Fagin. Vielleicht war das ein Fehler ... Einige Tage später kam nämlich ihr Anführer zu mir und sagte, er wünsche, dass ich gemeinsam mit dir zu den Höhlen zurückkomme, damit du seine Leute alles lehren kannst, was du weißt.

Natürlich hatte ich nichts gegen diesen Vorschlag einzuwenden. Ich war der Meinung, dass es nicht schaden kann, wenn möglichst viele Leute imstande sind, dir bei dem zu helfen, was du erreichen willst.« Nick machte eine Pause, damit Fagin antworten konnte.

»Richtig«, stimmte der Roboter einige Sekunden später zu. »Aber was geschah dann?«

»Anscheinend entsprach meine Antwort nicht ganz seinen Vorstellungen. Ich betrachtete den Vorschlag nämlich als Bitte und antwortete, ich würde dich gern fragen, ob du zu seinen Leuten kommen wolltest. Der Anführer – sein Name scheint Swift oder so ähnlich zu sein – wurde sofort zornig. Offenbar erwartet er, dass seine Befehle widerspruchslos ausgeführt werden. Das war mir bereits aufgefallen, aber ich hatte im Augenblick nicht daran gedacht. Außerdem konnte ich mir nicht vorstellen, wieso du seinen Befehlen gehorchen solltest.

Unglücklicherweise erwartet er aber nichts anderes; und aus meiner ausweichenden Antwort schloss er, dass du dich vielleicht weigern würdest. In seiner primitiven Art wollte er sofort Gewalt einsetzen und überlegte, wie er unser Dorf angreifen und dich entführen könnte.

Er befahl mir, ihm den Weg zu unserem Dorf zu beschreiben, und als ich mich weigerte, wurde er noch zorniger. In der Nähe lag eine geschlachtete Ziege, und er fiel mit seinen Messern darüber her. Dann wandte er sich wieder an mich.

›Du siehst, was meine Messer anrichten‹, sagte er drohend. ›Wäre die Ziege noch am Leben gewesen, hätte sie einen langsamen und qualvollen Tod erlitten. So wird es dir morgen auch ergehen, wenn du mich und meine Krieger nicht zu eurem Dorf und deinem Lehrer führst. Jetzt ist es schon so dunkel, dass du nicht mehr entkommen kannst; du hast genügend Zeit, um gründlich nachzudenken. Morgen früh brechen wir unter deiner Führung auf – oder du wirst deine Weigerung bereuen.‹ Zwei der stärksten Krieger mussten bei mir bleiben, bis der Regen einsetzte; aber als ich meine Feuer anzündete, kehrten sie in die Höhlen zurück.

Ich überlegte lange, was ich tun sollte. Wenn sie mich wirklich umbrachten, würden sie euch früher oder später doch finden, ohne dass ich euch hätte warnen können. Vielleicht war es besser, wenn ich Swift zum Dorf führte, andererseits gefiel mir seine brutale Art nicht. Er schien der Auffassung zu sein, dass es besser wäre, wenn keiner von uns am Leben bliebe. Das bedeutete also, dass ich auf jeden Fall umgebracht werden sollte – aber wenn ich den Mund hielt, brauchte wenigstens kein anderer mit mir zu sterben.

Dann überlegte ich, ob ich nicht nachts marschieren sollte; das konnte auch den Tod bedeuten, aber ich würde wenigstens im Schlaf sterben – und außerdem bestand die Aussicht, dass ich mit dem Leben davonkommen könnte. Schließlich gibt es einige Tierarten, die weder Feuer noch Höhlen haben und später als die Fleischfresser aufwachen – und trotzdem überleben.

Dann fiel mir etwas anderes ein; ich überlegte mir, ob ich nicht einfach Feuer mitnehmen könnte. Wir zünden unsere

Feuer doch auch mit Holzstücken an, die an einem Ende brennen; warum sollte ich nicht einige lange Stöcke mitnehmen und einen nach dem anderen in Brand setzen? Vielleicht war die Flamme nicht groß genug, um wirklich Schutz zu bieten, aber ein Versuch konnte nicht schaden. Was hatte ich denn noch zu verlieren?

Ich sammelte einen ganzen Haufen langer Stöcke, bis ich keine mehr tragen konnte, und wartete, bis zwei meiner drei Feuer im Regen ausgegangen waren. Dann nahm ich die Stöcke auf, setzte einen davon in Brand und marschierte so rasch wie möglich davon.

Ich wusste nicht genau, ob diese Leute in ihren Höhlen wach bleiben oder nicht – das Wasser reicht nicht bis zu den Eingängen –, aber anscheinend schlafen sie doch. Jedenfalls schien niemand meine Flucht bemerkt zu haben.

Der nächtliche Marsch war nicht annähernd so schlimm, wie ich ihn mir vorgestellt hatte. Man kann den Regentropfen ohne Weiteres ausweichen, wenn man genügend Licht hat, um sie herabschweben zu sehen. Außerdem reichte das Holz ziemlich lange; ich muss über dreißig Kilometer zurückgelegt haben und wäre noch weiter gekommen, wenn ich nicht einen dummen Fehler gemacht hätte. Ich dachte nämlich erst daran, dass ich neues Holz suchen musste, als ich bereits meinen letzten Stock in Brand gesetzt hatte. Aber dann war nirgends genügend Holz zu finden. Ich kannte die Gegend nicht, denn ich war zunächst nach Westen statt nach Norden gegangen, um die Höhlenbewohner zu täuschen, falls sie meine Flucht beobachtet haben sollten. Als das Feuer erloschen war, dauerte es kaum eine Minute, bis sich ein Regentropfen auf mich herabsenkte; und dann war es schon so spät, dass das Zeug nicht mehr atembar war. Aber ich hatte mich immer an die Hügelkämme gehalten, sodass ich morgens aufwachte, bevor mich ein Raubtier hatte anfallen können.«

Nick machte eine kurze Pause und folgte dem Beispiel der anderen – außer Fagin –, die sich nach einem kurzen Beben bequemer zurechtgesetzt hatten. »Obwohl ich einen weiten Umweg gemacht hatte, erwartete ich doch, dass Verfolger hinter mir auftauchen würden. Die Höhlenbewohner sind alle hervorragende Jäger und Fährtenleser. Von nun an suchte ich jeden Abend genügend Holz für ein großes Feuer, um mich vor dem Regen zu schützen. Die Höhlenbewohner holten mich nicht ein, aber ich weiß, dass sie unser Dorf früher oder später finden werden. Deshalb bin ich der Meinung, wir sollten so schnell wie möglich verschwinden.«

Als Nick seinen Bericht beendet hatte, herrschte einen Augenblick lang Schweigen; dann redeten die Dorfbewohner aufgeregt durcheinander, ohne sich viel darum zu kümmern, was der Nächste sagte. In dieser Beziehung verhielten sie sich fast menschlich. Die Diskussion dauerte an, während Nick darauf wartete, dass Fagin sich äußern würde.

Endlich sprach der Roboter.

»Du hast vollkommen recht, wenn du sagst, dass die Höhlenbewohner unser Dorf finden werden; vielleicht wissen sie bereits, wo es liegt. Hätten sie dich aufgehalten, wären sie dumm gewesen, denn schließlich war zu vermuten, dass du hierher zurückkehren würdest.

Ich glaube jedoch nicht, dass eine Flucht sinnvoll wäre, denn die Höhlenbewohner können uns überallhin folgen. Wahrscheinlich werden sie schon bald hier auftauchen.

Ich möchte nicht, dass ihr gegen sie kämpft, denn ich habe euch alle gern. Eure Erziehung hat viel Zeit und Mühe gekostet, deshalb muss vermieden werden, dass ihr abgeschlachtet werdet. Ihr habt noch nie gekämpft – darin konnte ich euch keinen Unterricht erteilen; doch gegen einen ganzen Stamm hättet ihr keine Chance.

Deshalb möchte ich, Nick, dass du und ein anderer ihnen entgegengeht. Sie werden deiner Spur folgen, sodass du sie ohne Mühe findest. Wenn du Swift triffst, kannst du ihm sagen, dass wir gern in seine Höhlen ziehen oder ihn in unserem Dorf wohnen lassen, damit ich ihm und seinen Leuten alles beibringen kann, was sie wollen. Wenn du ihm erklärst, dass ich seine Sprache nicht beherrsche, sodass er dich als Dolmetscher braucht, ist er wahrscheinlich vorsichtig genug, keinem von euch etwas anzutun.«

»Wann sollen wir aufbrechen? Sofort?«

»Das wäre vielleicht am besten, aber du hast einen langen Marsch hinter dir und brauchst etwas Schlaf. Bis zum Einbruch der Dunkelheit dauert es nicht mehr lange, sodass wir heute wahrscheinlich nichts mehr zu befürchten haben. Du kannst morgen früh gehen.«

»Wie du wünschst, Lehrer.« Nick ließ sich nicht anmerken, wie wenig er von dem Gedanken an ein erneutes Zusammentreffen mit Swift begeistert war. Er hatte den Wilden einige Wochen lang beobachten können; Fagin hatte ihn noch nie gesehen. Andererseits wusste der Lehrer fast alles und war schon immer – jedenfalls seit Nicks frühester Kindheit – eine Respektsperson gewesen, an deren Entscheidungen niemand zu zweifeln wagte. Wahrscheinlich würde alles sich so entwickeln, wie Fagin es vorhergesagt hatte.

So hätte es sein können, wenn die Männer hinter dem Roboter nicht die Fähigkeiten der Höhlenbewohner unterschätzt hätten. Nick war noch nicht hinter seinem Feuer eingeschlafen, als Nancy einen lauten Schrei ausstieß. Eine Sekunde später sah er Swift in Begleitung seiner größten und stärksten Krieger den Hügel heraufeilen.

2 Erklärung; Verkettung; Beschuldigung

»Was haben Sie jetzt vor?«

Raeker ignorierte die Frage, denn im Augenblick hatte er keine Zeit für belangloses Geschwätz, obwohl der Fragesteller eine hochgestellte Persönlichkeit war. Er musste handeln. Um ihn herum leuchteteten an den Wänden Fagins Bildschirme auf, die alle riesige Gestalten zeigten, von denen das Dorf überfallen wurde. Raeker hatte den Daumen auf dem Sprechknopf des Mikrofons, aber er drückte den Knopf nicht. Er wusste noch nicht, was er sagen sollte.

Was er Nick durch den Roboter gesagt hatte, stimmte durchaus; ein Kampf war sinnlos. Aber jetzt hatte er bereits begonnen. Selbst wenn Raeker in der Lage gewesen wäre, Anweisungen für die Verteidigung des Dorfes zu geben, hätte er Nick und den anderen nicht mehr helfen können. Für menschliche Augen waren Angreifer und Verteidiger nicht mehr voneinander zu unterscheiden. Speere zischten durch die Luft; Messer und Äxte blitzten im Feuerschein auf.

»Ziemlich lebhaft, das muss man ihnen lassen.« Die schrille Stimme, die vorher die Frage gestellt hatte, ertönte wieder. Der gleichgültige Tonfall machte Raeker wütend, der verzweifelt überlegte, wie er seine Freunde aus ihrer prekären Lage befreien konnte. Aber er dachte rechtzeitig daran, wie wichtig der Sprecher war, und vermied es, eine entsprechende Bemerkung zu machen. Jetzt hatte er endlich eine Idee und drückte auf den Sprechknopf.

»Nick! Hörst du mich?«

»Ja, Lehrer.« Nicks Stimme ließ nicht erkennen, wie sehr er sich im Moment anstrengte, denn sein Stimmapparat war nicht wie bei den Menschen mit dem Atemmechanismus verbunden.

»Gut. Seht zu, dass ihr euch so rasch wie möglich zu der nächsten Hütte durchkämpft. *Versteckt euch so, dass ihr mich nicht mehr seht.* Wenn ihr keine Hütte erreichen könnt, genügt auch ein Holzstoß, hinter dem ihr Schutz findet. Gib mir Nachricht, wenn ihr es geschafft habt.«

»Wir werden es versuchen.« Nick wandte sich ab und lief zu den anderen hinüber. In dem Kontrollraum an Bord des Raumschiffs herrschte angespanntes Schweigen; Raeker griff nach einem anderen Schalter, legte ihn aber vorläufig noch nicht um.

»Einer von ihnen hat es geschafft.« Wieder die hohe Stimme, und diesmal musste Raeker antworten.

»Ich kenne die Leute seit sechzehn Jahren, aber trotzdem kann ich sie nicht von den Angreifern unterscheiden. Wie stellen Sie einen Unterschied fest?« Er sah kurz zu den beiden außerirdischen Lebewesen auf, die hinter ihm standen.

»Die Angreifer haben keine Äxte, sondern nur Speere und Messer«, erklärte ihm der Sprecher ruhig. Raeker wandte sich rasch wieder den Bildschirmen zu. Er wusste nicht, ob der andere recht hatte, denn ihm selbst war nicht aufgefallen, dass die Angreifer nur über Speere und Messer verfügten. Andererseits hatte er keinen Anlass, an der Richtigkeit der Behauptung zu zweifeln. Er wünschte sich, Dromm und seine Bewohner besser zu kennen. Obwohl er auf die Bemerkung des schlanken Riesen nicht geantwortet hatte, achtete er jetzt besonders auf die Äxte, die im Feuerschein aufblitzten. Sie schienen sich tatsächlich den Hütten zu nähern, doch mehr als ein Werkzeug, das plötzlich zur Waffe geworden war, verschwand aus dem Gesichtsfeld des Roboters.

Aber einige schafften es doch. Eine Minute lang stand eine vierarmige Gestalt in dem Hütteneingang und wehrte die Angreifer ab, während drei andere unter ihren starken Armen hindurch in die Hütte krochen. Diese drei waren offenbar verwundet, trotzdem blieb einer von ihnen bei der Gestalt mit der Axt zurück, um ihr beizustehen.

Dann rannte ein weiterer Verteidiger auf die Hütte zu, und die drei zogen sich in das Innere zurück. Die Höhlenbewohner blieben unentschlossen stehen.

»Seid ihr alle in der Hütte, Nick?«, fragte Raeker.

»Fünf von uns sind hier. Ich weiß nicht, was aus den anderen geworden ist. Alice und Tom sind anscheinend tot, denn seit Beginn des Überfalls habe ich sie nicht mehr gesehen.«

»Du musst die anderen warnen, die nicht bei dir sind. Ich unternehme gleich etwas und möchte nicht, dass ihr dadurch zu Schaden kommt.«

»Die anderen sind entweder in Sicherheit oder tot. Der Kampf ist zu Ende, deshalb höre ich dich wieder besser als vorher. Du brauchst dir um uns keine Sorgen mehr zu machen; ich glaube, dass Swifts Leute alle in deine Richtung gelaufen sind.«

»Du hast recht«, stimmte Raeker zu, »sie stehen alle um mich herum. Einer von ihnen kommt geradewegs auf mich zu. Achtet darauf, dass ihr alle in Deckung seid – möglichst an einer Stelle, wo ein Lichtstrahl euch nicht erreicht. Ihr habt nur noch zehn Sekunden Zeit.«

»Wird gemacht«, antwortete Nick. »Wir kriechen unter die Tische.«

Raeker zählte langsam bis zehn und beobachtete dabei die Höhlenbewohner. Als er die letzte Zahl ausgesprochen hatte, legte er den Hauptschalter um; in diesem Augenblick »schien die Welt zu brennen«, wie Nick sich später ausdrückte.

In Wirklichkeit flammten nur die Suchscheinwerfer des Roboters auf, die selbst nach Jahren noch funktionierten. Es war fast unvorstellbar, dass ein Lebewesen, das in der ständigen Dämmerung von Tenebra aufgewachsen war, nicht augenblicklich geblendet wurde. Die Scheinwerfer waren viel lichtstärker als notwendig, weil sie konstruiert worden waren, um Staub oder Nebel zu durchdringen.

Raeker war davon überzeugt, dass die Angreifer geblendet zurückweichen würden. Langsam stellte sich heraus, dass dies keineswegs der Fall war.

Sie waren allerdings überrascht und blieben zögernd stehen. Dann trat ihr Anführer einige Schritte weit vor, beugte sich über den Roboter und schien einen der Scheinwerfer aus nächster Nähe zu betrachten.

Raeker seufzte und schaltete die nutzlosen Scheinwerfer aus. »Nick!«, rief er. »Ich fürchte, dass mein Vorhaben missglückt ist. Kannst du diesen Swift ansprechen und ihm die Verständigungsschwierigkeit erklären? Anscheinend will er mit mir sprechen, wenn ich mich nicht irre.«

»Ich werde es versuchen.« Nicks Stimme klang leise aus den Lautsprechern; dann ertönte nur noch unverständliches Geschnatter in allen Tonlagen aus dem Gerät. Raeker hatte keine Ahnung, was im Augenblick gesprochen wurde, deshalb lehnte er sich unbehaglich in seinem Sessel zurück.

»Könnte der Roboter nicht in den Kampf eingreifen?« Die schrille Stimme des Drommianers unterbrach seine Überlegungen.

»Vielleicht unter anderen Umständen«, antwortete Raeker. »Aber wir sind zu weit von ihm entfernt. Ihnen ist doch bestimmt die Pause zwischen Fragen und Antworten aufgefallen, als ich mich mit Nick unterhalten habe. Wir sind gut 250 000 Kilometer von Tenebra entfernt, was eine Pause von etwa eindreiviertel Sekunden bedeutet. Unter dieser Voraussetzung wäre der Roboter nicht viel wert.«

»Selbstverständlich. Ich hätte selbst daran denken müssen. Entschuldigen Sie die Unterbrechung; ich weiß, dass Sie wichtigere Dinge zu tun haben.«

Raeker wandte sich von den Bildschirmen ab und sah die Drommianer an.

»*Ich* muss mich entschuldigen«, sagte er. »Ich wusste, dass Sie kommen würden, deshalb hätte ich jemand zu Ihrer Begrüßung einteilen sollen. Meine einzige Entschuldigung ist dieser Notfall, den Sie miterlebt haben. Aber vielleicht kann ich Ihnen jetzt behilflich sein. Sie sind doch gekommen, um die *Vindemiatrix* zu sehen?«

»Das hat Zeit bis später. Im Augenblick interessiert mich der Ausgang der Geschichte dort unten wesentlich mehr. Vielleicht können Sie mir einen kurzen Abriss des Projekts geben, während Sie auf die Antwort warten. Ich habe gehört, dass Ihr Roboter sich bereits seit einigen Jahren auf Tenebra befindet; mich interessiert vor allem die Art und Weise, in der Sie dort unten Agenten angeworben haben. Und mein Sohn würde gern das Schiff besichtigen, wenn Sie jemand zu seiner Begleitung einteilen könnten.«

»Natürlich. Ich wusste nicht, dass er Ihr Sohn ist, denn in dem Funkspruch wurde er nicht erwähnt. Deshalb dachte ich, er wäre Ihr Assistent.«

»Schon gut. Mein Junge, das hier ist Doktor Helven Raeker; Doktor Raeker, der junge Mann ist mein Sohn Aminadorneldo.«

»Sehr erfreut, Sir«, sagte der jüngere Drommianer höflich.

»Das Vergnügen ist ganz auf meiner Seite. Wenn Sie einen Augenblick warten, kommt ein Mann, der Ihnen die *Vinde-*

miatrix zeigt – falls Sie nicht lieber hierbleiben und die Ereignisse auf Tenebra verfolgen wollen.«

»Danke, aber ich möchte lieber das Schiff besichtigen.«

Raeker nickte und drückte den Rufknopf, um eines der Besatzungsmitglieder in den Beobachtungsraum zu holen. Er fragte sich, was der Junge hier zu suchen hatte, war aber gleichzeitig froh darüber, dass er mehr Interesse für das Schiff zeigte. Raeker konnte die beiden nicht auseinanderhalten und wusste, dass es einen schlechten Eindruck machte, wenn er sie miteinander verwechselte.

Vater und Sohn waren vom menschlichen Gesichtspunkt aus Riesen; hätten sie sich auf die Hinterbeine erhoben – was eine unnatürliche Haltung gewesen wäre –, hätten sie Raeker um einen guten Meter überragt. Sie glichen zehnbeinigen Ottern, aber die Schwimmhäute zwischen den Fingern des oberen Beinpaares waren verkümmert – das Ergebnis der normalen Evolution bei intelligenten Amphibien, die auf einem Planeten mit einer Schwerkraft lebten, die das Vierfache der irdischen betrug. Beide hatten einen kleinen Behälter auf dem Rücken, aus dem ein dünner Schlauch in den Mundwinkel führte; sie waren an eine Atmosphäre gewöhnt, die dreißig Prozent mehr Sauerstoff als die des Schiffes enthielt.

Im Augenblick lagen sie völlig entspannt auf dem Deck und hoben die Köpfe nur dann, wenn sie auf die Bildschirme sehen wollten. Als das Besatzungsmitglied erschien, richtete sich einer der Drommianer auf und folgte ihm hinaus. Raeker stellte fest, dass er auf allen fünf Beinpaaren ging, obwohl dies an Bord der *Vindemiatrix* kaum notwendig erschien. Andererseits bewegten Menschen sich auf dem Mond auch auf zwei Beinen fort, obwohl man dort ebenso gut auf einem hüpfen konnte. Raeker dachte nicht weiter darüber nach und wandte sich an den anderen Drommianer; gleichzeitig behielt er jedoch die Bildschirme im Auge.

»Sie wollten mehr über unsere Agenten dort unten hören«, begann er. »Eigentlich gibt es nicht allzu viel zu erzählen. Die größte Schwierigkeit lag darin, überhaupt erst einmal auf die Oberfläche des Planeten zu gelangen. Bei einer Temperatur von 180 Grad Celsius und einem Druck von 800 Atmosphären zersetzen sich alle Metalle. Wir brauchten ziemlich lange, bis wir eine Maschine konstruiert hatten, die diesen Verhältnissen entsprach. Schließlich gelang es doch; der Roboter ist jetzt bereits sechzehn Erdjahre dort unten. Falls Sie mehr über die technischen Einzelheiten wissen möchten, müssen Sie sich allerdings an unsere Techniker wenden. Ich selbst bin Biologe und weiß daher nicht allzu gut Bescheid.

Wir schickten die Maschine hinunter, ließen sie ein Jahr lang verschiedene Untersuchungen durchführen und entdeckten schließlich die ersten intelligenten Lebewesen. Als wir sahen, dass sie Eier legten, beschafften wir uns einige davon. Unsere Agenten sind aus diesen Eiern geschlüpft; wir haben sie von der ersten Minute an erzogen. Jetzt wollten wir sie für unsere Zwecke einsetzen, aber dann kam diese dumme Sache dazwischen.« Er wies auf den Bildschirm, wo Swift nachdenklich den Roboter zu betrachten schien; vielleicht hatte Nick bei seinem Überredungsversuch Erfolg.

»Wenn Sie eine Maschine bauen können, die dort unten so lange funktioniert, müssten Sie doch auch eine konstruieren können, in der Sie selbst auf Tenebra landen«, warf der Drommianer ein.

Raeker nickte. »Sie haben völlig recht. Das macht alles noch schlimmer. Wir verfügen bereits über eine Maschine dieser Art; innerhalb der nächsten Tage wollten wir die erste Landung in der Nähe des Dorfes versuchen.«

»Tatsächlich? Ich könnte mir vorstellen, dass die Konstruktion und der Bau lange Zeit erfordert haben.«

»Das haben sie auch. Das größte Problem ist dabei nicht etwa die Landung; der Roboter ist an seinem Fallschirm einwandfrei gelandet. Viel schwieriger ist der Start von Tenebra aus.«

»Weshalb? Die Schwerkraft ist doch nicht einmal so hoch wie auf meinem Heimatplaneten. Jedes Raketentriebwerk müsste doch genügen.«

»Aber die Dinger funktionieren nicht. Das Triebwerk, dem 800 Atmosphären Außendruck nichts anhaben können, muss erst noch erfunden werden. Triebwerke schmelzen einfach – sie explodieren nicht einmal, weil der Druck zu hoch ist.«

Der Drommianer nickte auf überraschend menschliche Weise.

»Natürlich, das hatte ich nicht berücksichtigt. Schon auf Ihrem Planeten arbeiten Triebwerke besser als auf meinem. Aber wie haben Sie das Problem gelöst? Durch einen völlig neuartigen Reaktor?«

»Nicht etwa durch eine neue Erfindung; die Maschine ist schon seit Jahrhunderten bekannt und wurde auf der Erde zu Tiefseeforschungen benutzt – *Bathyskaph* ist der korrekte Name dafür. Im Grunde genommen ist sie nichts anderes als ein lenkbares Luftschiff. Ich könnte Ihnen die Funktionsweise erklären, aber vielleicht besichtigen Sie es …«

»Lehrer!« Selbst Aminadabarlee erkannte Nicks Stimme. Raeker drückte auf den Sprechknopf des Mikrofons.

»Ja, Nick? Was sagte Swift?«

»Er ist nicht auf unseren Vorschlag eingegangen. Er will nichts mit uns, sondern nur mit dir zu tun haben.«

»Hast du ihm erklärt, dass ich seine Sprache nicht verstehe?«

»Ja, aber er meint, dass *du* sie noch viel schneller als ich lernen müsstest, denn schließlich bist du unser Lehrer. Dann braucht er sich nicht auf Leute zu verlassen, denen er nicht trauen kann. Hoffentlich hat er recht. Er will uns im Dorf zurücklassen, aber du sollst ihn begleiten.«

»Am besten stimmst du zu; auf diese Weise habt ihr wenigstens nichts mehr von seinen Leuten zu befürchten. Vielleicht kann ich schon bald eine kleine Überraschung für Swift arrangieren. Du kannst ihm sagen, dass ich alles tun werde, was er von mir verlangt. Wahrscheinlich wird er mit seinen Leuten morgen früh abmarschieren, aber wenn sie länger bleiben wollen, dürft ihr sie nicht belästigen. Wenn sie verschwunden sind, bleibt ihr ruhig an Ort und Stelle und wartet, bis ich mich mit euch in Verbindung setze. Vielleicht hört ihr eine Woche lang nichts von mir, aber das ist nicht weiter schlimm.«

Nick erinnerte sich daran, dass Fagin sich auch nachts bewegen konnte, weil der Regen ihn nicht behinderte. Er glaubte zu wissen, was der Lehrer vorhatte; es war nicht sein Fehler, dass er sich irrte. Das Wort *Bathyskaph* war in seiner Gegenwart noch nie gefallen.

»Lehrer«, wandte er deshalb sofort ein, »wäre es nicht besser, wenn wir einen anderen Treffpunkt vereinbaren würden? Swift kommt bestimmt sofort wieder hierher.«

»Darüber brauchst du dir keine Sorgen zu machen. Ihr bleibt einfach in dem Dorf und kümmert euch um nichts anderes. Ich setze mich wieder mit euch in Verbindung.«

»Wie du willst, Lehrer.« Raeker lehnte sich im Sessel zurück und nickte langsam.

Der Drommianer musste längere Zeit auf der Erde verbracht haben, denn er deutete Raekers Haltung richtig. »Sie machen einen zufriedeneren Eindruck«, stellte er fest. »Haben Sie einen Ausweg gefunden?«

»Hoffentlich«, antwortete Raeker. »Ich hatte den Bathyskaph ganz vergessen, bis ich ihn Ihnen gegenüber erwähnte; aber als ich endlich wieder daran dachte, wusste ich, dass das Problem gelöst war. Der Roboter kann eben nur auf seinen Ketten rollen, wobei er eine Spur hinterlässt, die verfolgt werden kann. Aber der Bathyskaph fliegt sozusagen; er kann den Roboter nachts aufnehmen und mit ihm verschwinden. Dann kann Swift von mir aus hundert Jahre nach ihm suchen.«

»Hat Nick dann nicht doch recht? Was geschieht, wenn Swift und seine Leute wieder in dem Dorf erscheinen? Ich glaube, Sie hätten Nicks Vorschlag annehmen sollen.«

»Uns bleibt noch genügend Zeit, nachdem wir den Roboter in Sicherheit gebracht haben. Wenn Nick und die anderen das Dorf vorher verlassen, finden wir sie nicht so leicht wieder, selbst wenn wir einen Treffpunkt vereinbaren. Die Gegend ist nur ungenügend vermessen, und selbst die Bereiche, die kartografiert sind, verändern sich ständig.«

»Wirklich? Das klingt eigenartig.«

»Tenebra ist eben ein eigenartiger Planet. Veränderungen sind dort die Norm; die Frage lautet also nicht, ob es morgen regnen wird, sondern ob ein Stück Weideland sich plötzlich in einen Hügel verwandelt. Unsere Geophysiker warten schon gespannt auf den Tag, an dem sie mit Nicks Gruppe in Verbindung treten können, um nähere Untersuchungen durchzuführen. Unter den dort unten herrschenden Verhältnissen ist es kein Wunder, dass die Oberfläche sich ständig verändert.

Im Augenblick bleibt uns nichts anderes zu tun. Bis es auf Tenebra wieder Morgen wird, vergehen einige unserer Tage, und ich glaube nicht, dass unterdessen etwas Wichtiges passiert. Möchten Sie den Bathyskaph mit mir besichtigen, wenn ich abgelöst worden bin?«

»Mit größtem Vergnügen.« Raeker hatte den Eindruck, dass die Drommianer entweder eine sehr höfliche Rasse sein mussten oder dieser eine aus diesem Grund als Gesandter ausgewählt worden war. Aber der Eindruck hielt nicht lange an.

Die Besichtigung des Bathyskaphen konnte nicht sofort erfolgen, denn als Raeker und der Drommianer die Luftschleuse erreichten, die zu der Pinasse der *Vindemiatrix* führte, war das Boot nicht zu sehen. Raeker setzte sich mit dem Wachoffizier in Verbindung und erfuhr, dass die Besatzungsmitglieder, die Aminadorneldo herumführten, die Pinasse benutzt hatten.

»Der Drommianer wollte den Bathyskaph sehen, Doktor, und Easy Rich ebenfalls.«

»Wer?«

»*Councillor* Richs junge Tochter, die ihn begleitet. Der Gentleman neben Ihnen muss mich entschuldigen. Besucher sind jederzeit willkommen, aber wenn sie aus der Besichtigung einen Familienausflug machen ...«

»Mein Sohn begleitet mich«, warf Aminadabarlee ein.

»Ich weiß, Sir. Aber es gibt doch einen gewissen Unterschied zwischen älteren Kindern, die sich bereits vorsehen können, und anderen, auf die man ständig achten muss, damit sie sich nicht die Finger verbrennen. Ich ...« Der Offizier schüttelte verständnislos den Kopf. Er war einer der Schiffsingenieure; Raeker vermutete, dass die Besucher im Maschinenraum gewesen sein mussten, fragte aber nicht danach.

»Wissen Sie, wann die Pinasse zurückkommt?«, erkundigte er sich.

Der Ingenieur zuckte mit den Schultern. »Keine Ahnung. Flanagan ließ *sich* von der Kleinen herumführen. Wahrscheinlich kommen sie zurück, wenn die junge Dame müde ist. Sie können aber auch selbst mit ihm sprechen.«

»Richtig.« Raeker ging in die Funkzentrale der *Vindemiatrix* voraus, ließ sich vor einem der Bildschirme nieder und stellte die Verbindung mit der Pinasse her. Sekunden später erschien Flanagan auf dem Bildschirm und nickte Raeker zu.

»Hallo, Doktor. Was kann ich für Sie tun?«

»Wir wollten nur wissen, wann Sie wieder zurückkommen. *Councillor* Aminadabarlee möchte den Bathyskaph ebenfalls besichtigen.« Raeker nahm die Pause zwischen Frage und Antwort kaum wahr, weil er daran gewöhnt war; der Drommianer brachte jedoch weniger Geduld auf.

»Ich kann jederzeit zurückkommen und Sie abholen; meine Kunden sind völlig mit dem Bathyskaph beschäftigt.«

Raeker machte ein überraschtes Gesicht. »Wer ist bei ihnen?«

»Ich war bei ihnen, aber ich konnte ihnen nicht allzu viel erklären. Sie haben versprochen, nichts anzufassen.«

»Darauf würde ich mich lieber nicht verlassen. Wie alt ist Richs Tochter? Ungefähr zwölf, nicht wahr?«

»Das könnte stimmen. Ich hätte sie nicht unbeaufsichtigt gelassen, aber der Drommianer versprach mir, dass er auf das Mädchen aufpassen würde.«

»Ich glaube ...« Raeker konnte nicht zu Ende sprechen, denn in diesem Augenblick drängte der Drommianer ihn beiseite und starrte den Mann auf dem Bildschirm aus grüngelben Augen wütend an.

»Vielleicht beherrsche ich Ihre Sprache doch nicht so gut, wie ich es mir eingebildet habe«, sagte der Drommianer langsam. »Habe ich richtig verstanden, dass Sie zwei Kinder allein ohne Aufsicht in einem Schiff im Weltraum gelassen haben?«

»Nicht zwei Kinder, Sir«, protestierte Flanagan. »Das Mädchen ist schon ziemlich vernünftig, und Ihr Sohn ist bestimmt kein Kind mehr; er ist so groß wie Sie.«

»Wir erreichen unsere endgültige Größe schon nach einem Jahr«, antwortete der Drommianer. »Mein Sohn ist vier – das entspricht einem menschlichen Alter von etwa sieben Jahren.

Ich habe die Menschen immer für ziemlich fortgeschritten gehalten, aber wenn ein Trottel wie Sie mit einer solchen Verantwortung betraut wird, sind mir die primitivsten Wilden lieber. Wenn meinem Sohn etwas zustößt …«

Er machte eine Pause, denn Flanagan war von dem Bildschirm verschwunden, ohne das Ende der Strafpredigt abzuwarten. Aber der Drommianer war noch nicht fertig; er wandte sich jetzt an Raeker, der ihn erschrocken anstarrte.

»Ich dachte, Ihre Rasse sei zivilisiert. Wenn diese unglaubliche Dummheit das wahrscheinliche Ergebnis hat, wird die Erde dafür büßen müssen. Wir werden dafür sorgen, dass keines Ihrer Schiffe je wieder auf einem Planeten landet, der mit uns in freundschaftlicher Verbindung steht. Überall wird man die Menschen wegen ihrer abgrundtiefen Dummheit verachten und sie …«

Er wurde unterbrochen, aber nicht durch gesprochene Worte. Aus dem Lautsprecher drang ein dumpfer Knall, und verschiedene Gegenstände, die auf dem Bildschirm sichtbar waren, prallten plötzlich gegen das nächste Schott. Sie fielen zurück, flogen aber alle in die gleiche Richtung – auf die Luftschleuse der Pinasse zu, wie Raeker erschrocken feststellte. Ein Buch segelte vorüber und stieß mit einem Metallinstrument zusammen, das langsamer flog.

Aber dieser Aufprall war nicht mehr zu hören. Aus dem Lautsprecher drang kein Geräusch mehr; in der Pinasse herrschte lautlose Stille – die Stille des eisigen Vakuums.

3 Nachdenken; Transport; Emigration

Nick Chopper stand in der Tür der Hütte und dachte nach. Hinter ihm lagen die sieben anderen Überlebenden und verbanden sich gegenseitig ihre Wunden. Nick selbst war nicht ohne Schrammen davongekommen, aber er konnte noch immer gehen – und notfalls kämpfen, überlegte er wütend. Bis auf Jim und Nancy waren die Übrigen für einige Tage außer Gefecht gesetzt.

Er sah ein, dass Fagin recht gehabt hatte, als er Swifts Forderungen erfüllt hatte; so hatte Nick immerhin für seine verwundeten Freunde sorgen können. Aber wenn er an den Überfall zurückdachte, hätte er den Kampf am liebsten sofort wieder aufgenommen.

Aber er grübelte nicht nur darüber nach, sondern überlegte tatsächlich ernsthaft. Zum ersten Mal in all diesen Jahren bezweifelte er, dass Fagin die einzig richtige Entscheidung getroffen hatte. Er konnte sich nicht vorstellen, wie der Lehrer den Höhlenbewohnern entfliehen wollte, nachdem er nicht einmal in den Kampf hatte eingreifen können. Eine nächtliche Flucht war sinnlos; die Wilden würden ihn morgens verfolgen und einholen.

Dann fiel ihm ein, dass die Höhlenbewohner Fagin eigentlich nichts anhaben konnten. Das harte weiße Zeug, aus dem der Lehrer bestand, bot sicher einen ausreichenden Schutz gegen Messer und Speere. Wahrscheinlich verstellte Fagin sich nur, weil er Nick und den anderen nicht schaden wollte; aber wenn er allein bei den Höhlenbewohnern war, würde er bestimmt anders reagieren.

Nick hätte sich gern mit Fagin darüber unterhalten, wenn Swift nicht gewesen wäre. Natürlich konnte der Wilde sie nicht gut belauschen, weil er ihre Sprache nicht verstand, aber er würde wissen, was Nick vorhatte, und ihn daran hindern. Wenn man Swift fernhalten könnte ... Aber das Hauptproblem bestand eben darin, dass man mit Swift nicht umgehen konnte.

Unterdessen war es Nacht geworden; der Regen hatte bereits eingesetzt. Nick sah, dass die Angreifer bei den Feuern Schutz gesucht hatten, beobachtete aber auch, dass sie sich nicht weiter um die Feuer kümmerten. Er hob den Kopf und sah zu den riesigen Regentropfen auf, die aus dem nachtschwarzen Himmel herabsanken, und verfolgte einen, bis er 300 Meter über ihm verdunstete.

Nick beobachtete weiter und stellte fest, dass eines der Feuer erlosch, ohne dass die Wilden sich darum gekümmert hätten. Keiner reagierte, das Feuer wurde nicht wieder entzündet. Sekunden später hatte Nick seinen Plan gefasst.

Er trat aus der Tür und ging zu der Hütte hinüber, in der das Holz gelagert wurde. Dort lud er sich so viel auf, wie er schleppen konnte, und kehrte damit in seine Hütte zurück. Die Wilden kümmerten sich nicht weiter um ihn; seit der Waffenstillstand geschlossen worden war, hatten sie kein Wort mehr mit ihm gewechselt. Nick zündete ein Feuer im Inneren der Hütte an. Dann holte er noch mehr Holz, aber diesmal nahm er eine Fackel mit, die er in den Holzstoß steckte, als wolle er bei der Arbeit Licht haben. Schließlich war seine Hütte voll Holz.

Die Fackel ließ er stecken.

Das Holz auf Tenebra brennt langsam und allmählich wie Zunder; deshalb dauerte es verhältnismäßig lange, bis ein Lichtschein anzeigte, dass der gesamte Holzstoß Feuer gefangen hatte. Aber die Angreifer reagierten selbst dann nicht. Sie lagerten in der Nähe des Roboters, der wie üblich in der Mitte des Dorfes stand.

Unterdessen war bereits die Hälfte der Feuer erloschen, und Nick hatte den Eindruck, dass die Wilden allmählich unruhig zu werden begannen. Als wieder ein Feuer ausging, wurden besorgte Stimmen laut, und Nick lachte leise vor sich hin. Er konnte sich vorstellen, dass Swift in Schwierigkeiten geriet, wenn seine Männer sahen, dass sie dem Regen schutzlos ausgesetzt waren. Wenn die Leute sich nicht beruhigen ließen, musste der Häuptling etwas unternehmen; Nick wusste, dass Swift nichts anderes übrig blieb, als ihn um Hilfe zu bitten. Das würde ein schwerer Schlag für den selbstbewussten Wilden sein.

Aber Nick hatte den Anführer der Höhlenbewohner unterschätzt. Swift erteilte einige Befehle, woraufhin seine Männer zu einem Feuer rannten, das noch immer brannte. Sie rissen lange Äste aus den Flammen, trugen sie zu den erloschenen Feuern hinüber und setzten sie ohne die geringste Schwierigkeit wieder in Brand.

Offenbar schliefen die Höhlenbewohner doch nicht die ganze Nacht durch, denn irgendjemand musste Nick beobachtet haben. Wenn sie auch begriffen hatten, dass die Feuer gelegentlich Holz brauchten … Sie hatten es begriffen, denn jetzt warfen sie Holz auf die Feuer. Aber zu viel Holz; Nick stellte zufrieden fest, dass die kleinen Stöße neben jedem Feuer nicht ausreichen würden. Bisher schien noch niemand bemerkt zu haben, dass der Vorratsstapel ebenfalls brannte; Swift würde scharf überlegen müssen, sobald der Vorrat verbraucht war.

Er bewies, dass er dazu fähig war. Glücklicherweise war Nick wach geblieben, denn Swifts Männer machten keine weiteren Umstände. Sie kamen einfach.

Zu Nicks Überraschung waren sie alle unbewaffnet, aber trotzdem kamen sie ohne zu zögern näher, als erwarteten sie, dass er zur Seite treten würde. Als er keine Anstalten dazu machte, blieben sie dicht vor ihm stehen. Ihr Anführer schien etwas sagen zu wollen, aber Nick kam ihm zuvor.

»Was wollt ihr? Meine Freunde sind verwundet und können euch nicht helfen. In unserer Hütte ist kein Platz mehr. Geht zu den anderen, wenn ihr einen Unterschlupf sucht.«

»Swift schickt uns nach Holz.« Der Wilde sprach ruhig, aber in seiner Stimme lag eine versteckte Drohung, die Nick keineswegs entging.

»Der Vorrat in der Hütte reicht kaum noch für mein eigenes Feuer aus. Ihr müsst Holz von den anderen Haufen holen.«

»Sie sind aufgebraucht.«

»Das ist nicht meine Schuld. Ihr wisst, dass Holz im Feuer verbrennt; ihr hättet sparsamer damit umgehen müssen.«

»Du hast uns nichts davon gesagt. Swift lässt dir ausrichten, dass du uns etwas von deinem Holz abgeben musst. Außerdem sollst du uns sagen, wie viel wir nachlegen dürfen.«

Der Häuptling hatte Nicks Vorhaben richtig gedeutet, aber Nick blieb keine andere Wahl, als seinen Plan zu Ende zu führen.

»Ich habe kaum genug für mein eigenes Feuer«, wiederholte er deshalb. »Ich kann nichts abgeben; ich brauche das Holz für mich und meine Freunde.«

Zu seiner Überraschung zog sich der andere wortlos zurück. Offenbar hatte er seinen Auftrag ausgeführt und ging jetzt zurück, um weitere Befehle einzuholen. Unter Swifts Herrschaft wurde jede Art von Eigeninitiative unterdrückt.

Nick sah der Gruppe hinterher, als sie zu den anderen zurückkehrte und vor dem Häuptling haltmachte. Dann wandte er sich um und stieß Jim an.

»Jim, du musst Nancy aufwecken«, flüsterte er. »Swift gibt sich bestimmt nicht so leicht geschlagen. Ich werde mich so gut wie möglich zur Wehr setzen; ihr beide müsst mich mit Munition versorgen.«

»Was meinst du damit?« Nancy war noch so schläfrig, dass sie langsamer als gewöhnlich dachte.

»Ich kann uns nicht mit einer Axt verteidigen; das wäre reiner Selbstmord. Aber ich werde Fackeln benützen – erinnert ihr euch noch daran, wie schmerzhaft Brandwunden sind? Die Wilden haben keine Erfahrung damit; ich habe sie vor dem Feuer gewarnt, und sie sind immer sehr vorsichtig damit gewesen. Aber jetzt werden sie es zu spüren bekommen!«

Die beiden anderen waren unterdessen aufgestanden. »Wie du meinst, Nick«, stimmte Jim zu. »Wir zünden die Fackeln an und geben sie dir, wenn du sie brauchst. Willst du die Dinger wie eine Lanze benutzen – oder lieber als Wurfgeschoss? Ich wäre nie auf den Gedanken gekommen, dass man sie überhaupt als Waffe gebrauchen kann.«

»Das ist mir auch erst vorhin eingefallen. Zuerst brauche ich lange Stöcke, mit denen ich zustoßen kann. Wenn ich werfen will, müsst ihr mir ganz kurze geben – wir dürfen nicht riskieren, dass die Kerle die Fackeln aufnehmen und zurückwerfen. Diese Gefahr besteht durchaus, denn sie sind längst nicht so dumm, wie sie aussehen!«

Jim und Nancy wandten sich dem Holzstoß zu, der fast die Hälfte der Hütte ausfüllte. Das Feuer brannte in der Nähe der Tür; Nick nahm seine vorherige Stellung wieder ein, während die beiden anderen hinter ihm am Feuer standen, von wo aus sie ihm die Fackeln rasch in die Hand geben konnten. Sie waren kampfbereit, als die Gruppe zu der Hütte zurückkehrte.

Diesmal war sie etwas größer; Swift hatte selbst die Führung übernommen. Er ließ seine Leute fünf Meter von der Hütte entfernt haltmachen und wandte sich an Nick.

»Wenn du uns kein Holz gibst, verschaffe ich es mir mit meinen Messern. Du weißt genau, was ich damit sagen will.«

»Ich weiß«, bestätigte Nick. »Deshalb will ich nichts mit dir zu tun haben. Wenn ihr näher kommt, kann ich für nichts garantieren.«

Er hatte Swift noch nie unentschlossen oder zögernd gesehen, aber jetzt schien der Häuptling einen Augenblick lang zu überlegen, was Nick gemeint haben mochte. Dann reagierte er wie üblich.

»Ausgezeichnet«, sagte er und stürzte sich auf Nick, wobei er seine vier Speere auf die Brust des anderen richtete.

Nicks Schlachtplan erwies sich als undurchführbar; die Speere waren länger als seine Fackeln. Er drückte ihre Spitzen beiseite, bevor sie ihn berührten, konnte Swift aber selbst dann nicht erreichen, als die Speere ihn nicht mehr behinderten. Nick ließ sich durch seinen Hass auf den Häuptling zu einem unbedachten Angriff hinreißen und schleuderte die beiden Fackeln in seinen linken Händen gegen die Brust des Riesen.

Swift duckte sich rechtzeitig. Aber die anderen hinter ihm konnten nicht mehr ausweichen; aus ihren Reihen erklangen schrille Schmerzensschreie, als die Fackeln auftrafen und Funken sprühend zerbrachen. Der Häuptling wich einige Schritte weit zurück.

»Halbkreis!«, befahl er. Die Krieger gehorchten rasch und formierten sich. »Gemeinsam angreifen!« Die Speere richteten sich auf Nick und kamen langsam näher.

Nick hatte keine Angst, denn er sah, dass keiner der Angreifer die Haltung einnahm, die notwendig war, um einen Stoß von unten nach oben zu führen, der seinen Schuppenpanzer hätte durchdringen können. Die größte Gefahr lag im Augenblick darin, dass die Speerträger ihn ablenkten, bis ein anderer mit dem Messer auf ihn eindringen konnte. Nick zögerte und überlegte, ob er stoßen oder werfen sollte; dann entschloss er sich.

»Kurze!«, befahl er Jim und Nancy.

Nancy hatte bereits einige kurze Stöcke im Feuer, die sie ihm sofort gab, bevor sie andere anzündete. Etwa zehn Sekunden lang imitierte Nick ein Maschinengewehr. Einige Fackeln verfehlten ihr Ziel, aber die anderen trafen; kurze Zeit später mussten die Angreifer bereits zurückweichen, denn vor der Hütte lagen überall brennende Holzstücke, mit denen ihre empfindlichen Füße in Berührung kamen. Swift wich als Letzter zurück, aber schließlich hinkte auch er davon. Nick lachte.

»Jetzt kannst du dir selbst Holz suchen, mein Freund! Natürlich ist in der Nähe des Dorfes keines mehr zu finden; aber selbst wenn du wüsstest, wo die besten Holzplätze sind, könntest du keines mehr holen. Du brauchst keine Angst zu haben; wir kümmern uns um euch, wenn ihr schlaft. Ich möchte doch nicht, dass du gefressen wirst, Freund Swift!«

Swift zitterte vor Wut. Er umklammerte seine Speere und richtete sich zu voller Größe auf. Einige Sekunden lang schien es ungewiss, ob er die Speere werfen oder über die glühenden Holzstücke hinweg Nick angreifen würde. Nick war auf beides vorbereitet, hoffte aber auf einen Angriff; er hätte zu gern gesehen, wie Swift sich die Füße verbrannte.

Aber der Häuptling tat weder das eine noch das andere, sondern ließ plötzlich die Speere sinken, als habe er sie völlig vergessen. Er wollte schon gehen, drehte sich aber noch einmal zu Nick um.

»Danke, Chopper. So viel Hilfsbereitschaft hatte ich nicht erwartet. Ich muss mich jetzt leider verabschieden; du übrigens auch – von deinem Lehrer.«

»Aber … ihr könnt doch nicht nachts marschieren.«

»Warum nicht? Du hast es auch gekonnt.«

»Und wie steht es mit Fagin? Ihr wisst nicht, ob er dazu imstande ist!«

»Du hast mir erzählt, dass er alles kann, was ihr könnt. Du hast mir auch gesagt, dass er alles tun wird, was ich ihm sage. Falls er sein Versprechen vergisst oder unterdessen seine Meinung ändert, haben wir eben von dir eine gute Methode gelernt. Oder glaubst du, dass er Feuer lieber als wir spürt?« Swift lachte und erteilte mit lauter Stimme seine Befehle. Nick überschrie ihn noch.

»Fagin! Hast du das gehört? Fagin! Lehrer!« In seiner Aufregung vergaß er ganz, dass der Lehrer immer einige Zeit brauchte, bevor er antwortete.

»Was ist los, Nick?« An der Stimme des Roboters war nicht zu erkennen, dass diesmal nicht Raeker sprach; Nick und die anderen hatten nie in Einzelheiten erfahren, was sich hinter ihrem Lehrer verbarg, sodass sie den Roboter noch immer als selbstständiges Wesen betrachteten. Diesmal wirkte sich die Verschiedenheit jedoch aus; der Wachhabende an Bord der *Vindemiatrix* wusste zwar, was auf Tenebra geschehen war, hatte die Ereignisse aber nicht selbst verfolgt. Deshalb bedeuteten Nicks Worte für ihn weniger, als sie für Raeker bedeutet hätten.

»Swift will zu seinen Höhlen zurück; wenn du nicht freiwillig mitkommst, zündet er ein Feuer unter dir an. Kannst du das aushalten?«

Diesmal dauerte die Pause länger als gewöhnlich. Die Temperatur eines Feuers auf Tenebra war noch nie gemessen worden, und der Wachhabende wollte nichts durch eine voreilige Schätzung aufs Spiel setzen. Hier ging es vor allem um eine ungeheuer kostspielige Maschine.

»Nein«, antwortete er. »Ich komme mit.«

»Was sollen wir tun?«

Raeker hatte seinen Befehl, dass die Dorfbewohner an Ort und Stelle bleiben sollten, nicht an seine Ablösung weitergegeben; er hatte angenommen, dass er lange vor Tagesanbruch wieder auf seinem Posten sein würde. Der Wachhabende überlegte und drückte sich dann so vorsichtig wie möglich aus.

»Handelt nach eigenem Ermessen. Die Wilden können mir nichts anhaben; ich setze mich später wieder mit euch in Verbindung.«

»Einverstanden.« Nick erwähnte den ursprünglichen Befehl absichtlich nicht, weil ihm der neue besser gefiel. Er beobachtete schweigend, wie die Angreifer unter Swifts Führung so viele Fackeln wie möglich aus den noch brennenden Feuern holten. Dann umringten sie den Lehrer und ließen nur an der Seite eine Öffnung, die in der gewünschten Richtung lag. Die Bedeutung dieses wortlosen Befehls war klar genug; der Roboter rollte nach Süden, während die Höhlenbewohner ihm folgten.

Nick sah ihnen nur kurze Zeit nach und überlegte dann, was er jetzt zu tun hatte. Seiner Meinung nach war es am besten, wenn sie das Dorf so rasch wie möglich verließen. Falls sie sich dazu entschlossen, bestand allerdings das Problem, wie Fagin wieder mit ihnen in Verbindung treten konnte. Selbstverständlich war Fagin theoretisch in der Lage, sie überall wiederzufinden, aber Nick war alt genug, um zu wissen, dass niemand allwissend sein kann – nicht einmal ein Roboter. Da Nick aber keinen Ehrgeiz hatte, ein zweiter Swift zu werden, verschob er die Entscheidung darüber auf einen späteren Zeitpunkt; er entschloss sich zu warten, bis die anderen aufgewacht waren, damit sie darüber abstimmen konnten.

Am nächsten Morgen hatte sich ihre Lage keineswegs verbessert. Unter normalen Umständen hätten sie zunächst die Herde bewachen müssen, die nachts in einer Mulde schlief. In dieser Senke blieb das Wasser immer etwas länger stehen, sodass das »Vieh« vor Raubtieren sicher war, bis die Hirten kamen; aber diesmal reichten die Kräfte der Gruppe nicht aus, um das Dorf und die Herde gleichzeitig zu bewachen. Sie verloren mehrere Tiere, bevor Nick die Herde in das Dorf treiben konnte.

Dann mussten sie Holz für die nächste Nacht holen. Nick hatte Swift gegenüber die Wahrheit gesagt. Irgendjemand musste den weiten Weg auf sich nehmen. Schließlich gingen Jim und Nancy und zogen mit vereinten Kräften den Holzkarren hinter sich her. Leider hatten ihre Versuche mit Zugtieren nie Erfolg gehabt; das Vieh ließ sich einfach nicht dazu bringen, unter einem Joch zu gehen und eine Last zu ziehen.

Am zweiten Tag hatten sie sich jedoch alle wieder weitgehend erholt. An diesem Morgen wurde eine Besprechung abgehalten, in der Nick seinen Vorschlag zur Debatte stellte, dass sie sich in das unwegsame Gelände zurückziehen sollten, das er auf der Flucht vor den Höhlenbewohnern durchquert hatte. Er wies vor allem darauf hin, dass sich dort zahlreiche natürliche Verstecke anboten, die mit geringen Kräften wirksam verteidigt werden konnten. Nancy äußerte sich zuerst zu diesem Vorschlag.

»Ich bin nicht völlig überzeugt, dass die Idee gut ist«, meinte sie zweifelnd. »Wir wissen nicht einmal, ob die Verstecke noch vorhanden sind, wenn wir dort ankommen.« Der kurze Stoß eines Erdbebens bestätigte das Gesagte.

»Was macht das schon aus?«, erwiderte Nick. »Wir finden immer wieder andere. Ich habe nicht von einem bestimmten Versteck gesprochen, sondern gesagt, dass ich das ganze Gebiet für ideal halte.«

»Aber wie soll Fagin uns dort finden? Wie können wir ihm den Weg beschreiben, selbst wenn einer von uns bis dorthin vordringt, wo er gefangen gehalten wird? Wir müssten ihn führen, was vielleicht seinen eigenen Plänen widerspricht – du hast vorher ganz richtig vermutet, dass er wahrscheinlich die Tatsache ausnützen will, dass er nachts ohne Feuer marschieren kann.«

Nick fühlte eine gewisse Verstimmung, als er mit diesem Widerspruch konfrontiert wurde, aber er erinnerte sich deutlich genug an Swift, um ihr nicht nachzugeben. Er wollte sich nicht auf die gleiche Stufe mit diesem Wilden stellen; außerdem hatte Nancy vielleicht gar nicht unrecht, wenn man darüber nachdachte.

»Wohin sollten wir deiner Meinung nach gehen?«, erkundigte er sich. »Du hast recht, dass Fagin nur schwer mit uns in Verbindung treten kann, aber ich kann mir keinen anderen Ort denken, der sich leichter verteidigen ließe.«

»Ich glaube, dass Fagin recht hatte, als er sagte, wir sollten uns gar nicht auf einen Kampf mit Swifts Leuten einlassen«, erwiderte Nancy ruhig. »Deshalb denke ich nicht unbedingt an eine Verteidigung; wenn es dazu kommt, haben wir ohnehin bereits verloren, fürchte ich. Nein, ich finde, wir sollten uns an das Meer zurückziehen.«

»Wohin?«

»Du weißt, was ich meine, denn du warst selbst dabei, als es in die Karte aufgenommen wurde. Im Osten liegt ein Meer, das nicht aus Wasser besteht – zumindest trocknet es tagsüber nicht völlig aus. Ich weiß allerdings nicht mehr, was Fagin dazu gesagt hat, als wir davon berichteten …«

»Er hat vermutet, die Flüssigkeit sei Schwefelsäure – was immer das ist –, aber er wusste nicht, wie er das überprüfen sollte«, warf Dorothy ein.

»Jedenfalls trocknet das Zeug nicht aus«, fuhr Nancy fort, »und wenn Fagin uns finden will, braucht er sich nur an das Ufer zu halten. Vielleicht kann er sich sogar darin bewegen, damit die Höhlenbewohner seine Spur verlieren.« Die anderen nickten beifällig, und Nick äußerte sich ebenfalls zustimmend.

»Einverstanden«, sagte er. »Wenn niemand einen besseren Vorschlag machen kann, ziehen wir uns an das Meer zurück. Über die beste Stelle können wir uns erst einigen, wenn wir dort sind; die Karten sind bereits zwei Jahre alt, und ich glaube nicht, dass sie noch zuverlässig genug sind.

Wir müssen uns aber auch überlegen, wie wir dorthin marschieren können, was wir mitnehmen wollen und was zurückbleiben muss. Natürlich laden wir den Karren voll, aber ich möchte wetten, dass wir auf Gelände stoßen, in dem wir ihn nicht mehr bewegen können. Jedenfalls müssen wir uns damit abfinden, dass viel zurückbleibt.

Dann bleibt noch das zweite Problem, wie wir uns mit Fagin in Verbindung setzen. Darüber können wir uns Sorgen machen, wenn wir unser Ziel erreicht haben; vorher sind solche Überlegungen zwecklos.

Ich hoffe, dass wir schon morgen früh aufbrechen können; deshalb müssen wir uns in der Zwischenzeit mit dem zweiten Problem beschäftigen. Wenn jemand eine gute Idee hat, kann er jederzeit damit zu mir kommen.« Die Gruppe ging auseinander, als jeder die Aufgabe in Angriff nahm, der er sich gewachsen fühlte.

Jim und Nancy, die sich wieder völlig erholt hatten, hüteten die Herde. Seitdem sie ihre Arbeit aufgenommen hatten, war kein Tier mehr verlorengegangen. Dorothy stand neben dem Karren und versuchte alles aufzuladen, was die anderen heranschleppten. Trotz aller Mühe konnte sie nicht alles unterbringen und musste die anderen mühsam davon überzeugen, dass nicht jeder alles mitnehmen konnte, was er für wertvoll hielt.

Der Streit darüber dauerte noch an, als die Gruppe abmarschierte. Nick begann eine gewisse Sympathie für Swift zu empfinden; er hatte entdeckt, dass jede Gruppe einen Führer brauchte und dass dieser Führer sich nicht immer nach den Wünschen der anderen richten konnte. Nick hatte selbst einige Befehle erteilen müssen und befürchtete jetzt, dass seine Freunde ihn bereits mit Swift verglichen.

Der Karren war völlig überladen, sodass alle – bis auf die beiden Viehtreiber – ziehen und schieben mussten. Wenn ein Raubtier auftauchte, ließ die Gruppe den Karren stehen und griff zu den Waffen. Allerdings war das kaum notwendig, denn die meisten Tiere waren vorsichtig genug, um einer so großen Gruppe auszuweichen. Die einzige Ausnahme von dieser Regel bildeten die Schweber, die ohnehin mehr Pflanzen als Tiere waren. Ihr Angriff war nicht übermäßig gefährlich, wenn man einen Speer zur Verfügung hatte, der länger als die Fangarme war, mit denen sie ihre Opfer zu umschlingen versuchten.

Nicks Pessimismus erwies sich als voreilig, denn sie legten den ganzen Weg bis zum Meer mit dem Karren zurück. Am Nachmittag des zweiten Tages erreichten sie ihr Ziel, nachdem sie zuvor an immer größeren Teichen vorübergezogen waren, die mit einer öligen Flüssigkeit gefüllt waren.

Selbstverständlich hatten sie solche Teiche bereits früher gesehen; in ihrem eigenen Tal entstanden welche gegen Abend – Löcher, in denen nach Sonnenaufgang Wasser stand, die aber gegen Mittag nur Schwefelsäurepfützen waren. Diese Teiche hier waren jedoch größer und schienen sehr viel tiefer zu sein.

Auch der Boden unter ihren Füßen hatte sich verändert; der Pflanzenwuchs war so reichlich wie überall, aber zwischen den Stängeln lagen Quarzkristalle. Das Vieh kam weiterhin gut voran, doch die Füße seiner Besitzer waren wesentlich empfindlicher, sodass das Marschtempo sich verringerte.

Die Suche nach einem geeigneten Lagerplatz dauerte deshalb weniger lange und wurde vielleicht weniger sorgfältig als sonst durchgeführt. Die Gruppe einigte sich rasch auf eine Halbinsel, die aus einem Hügelrücken bestand, der etwa fünfzehn Meter über die Wasseroberfläche emporragte. Nick war nicht der Einzige, der dabei auch an die guten Verteidigungsmöglichkeiten dachte, die eine Halbinsel bot. Sie trieben das Vieh in die entsprechende Richtung, zerrten den Karren hinüber und begannen sofort mit der Suche nach Holz. Bei Einbruch der Dunkelheit hatten sie bereits einen ziemlich großen Stoß gesammelt und konnten sich zufrieden ausruhen. Nachdem sie die Feuer angezündet und eines der Tiere zum Abendessen verzehrt hatten, ließen sie sich zur Nachtruhe nieder. Erst als die ersten Tropfen fielen, überlegten sie, wie hoch der Wasserspiegel nachts steigen mochte.

4 Verständigung; Durchbruch; Isolation

Aminadabarlee starrte den Bildschirm schweigend an. Raeker empfand ein gewisses Mitgefühl, obwohl der andere gerade unbeherrschte Drohungen ausgestoßen hatte. Er überlegte sich, dass er unter diesen Umständen vermutlich nicht viel anders reagiert hätte. Solange allerdings noch Hoffnung bestand, war Mitleid fehl am Platz; jetzt musste er vor allem handeln.

»Wellenbach! Wie lautet das Kodesignal für den Bathyskaph?«, erkundigte er sich hastig.

Der Nachrichtenoffizier kam heran und griff über seine Schulter. »Ich stelle die Verbindung für Sie her, Doktor.«

Raeker stieß seine Hand beiseite. »Augenblick. Wie sieht der Apparat am anderen Ende aus? Ein ganz normaler Handapparat – oder ist er in das Instrumentenbrett eingebaut?«

»Ganz normal. Warum fragen Sie danach?«

»Weil es nämlich sonst passieren könnte, dass die Kinder die Luftschleuse öffnen oder etwas anderes anstellen, während sie das Rufzeichen zu beantworten versuchen. Wenn der Apparat sich nicht von den sonst üblichen unterscheidet, kann das Mädchen den Anruf gefahrlos beantworten.«

»Richtig. Sie müsste ohne Weiteres dazu in der Lage sein; ich habe selbst gesehen, dass sie mit diesen Apparaten umgehen kann.«

»Gut, stellen Sie die Verbindung her.« Raeker versuchte gelassen zu erscheinen, während der Offizier die Knöpfe drückte.

Vorläufig stand noch nicht einmal fest, was überhaupt geschehen war; *irgendetwas* hatte die Verbindung zwischen der Pinasse und dem Bathyskaph zerstört, aber das musste sich nicht unbedingt auf den Bathyskaph ausgewirkt haben. Sonst waren die Kinder vermutlich bereits tot – obwohl die Möglichkeit bestand, dass sie Raumanzüge trugen. Noch blieb eine schwache Hoffnung.

Aminadabarlee hinter ihm glich einer riesigen Statue aus grauem Metall. Raeker wagte nicht daran zu denken, was geschehen würde, wenn schlechte Nachrichten diese Statue in Bewegung setzten; seine Aufmerksamkeit konzentrierte sich völlig auf das Schicksal der beiden Kinder. Als der Schirm endlich nach einigen Sekunden aufleuchtete, sah er mit Erleichterung, dass seine schlimmsten Befürchtungen ungerechtfertigt gewesen waren.

Ein menschliches Gesicht wurde sichtbar; schmal, sehr blass und mit einer Mähne roter Haare. Ein Gesicht, auf dem mühsam beherrschte Angst zu erkennen war – aber ein lebendes Gesicht. Das war wichtiger als alles andere.

Im gleichen Augenblick stürzte eine Gestalt in die Nachrichtenzentrale und blieb schwer atmend hinter dem bewegungslosen Drommianer stehen.

»Easy! Ist bei dir alles in Ordnung?« Raeker brauchte sich nicht erst umzudrehen, um festzustellen, dass *Councillor* Rich hinter ihm stand. Seine Gegenwart schien einen beruhigenden Einfluss auf das Mädchen zu haben, denn es versuchte sogar zu lächeln.

»Ja, Dad. Vorher hatte ich ziemliche Angst, aber jetzt fürchte ich mich gar nicht mehr. Holst du mich bald?«

Einen Augenblick lang entstand eine gewisse Verwirrung, als Rich, Raeker und der Drommianer gleichzeitig sprechen wollten; dann setzte Aminadabarlees physische Überlegenheit sich durch, und er streckte seinen schlanken Kopf in die Nähe des Bildschirms.

»Wo ist der andere – mein Sohn?«, fragte er.

Easy antwortete sofort. »Er ist hier; ihm fehlt nichts.«

»Ich will mit ihm sprechen.« Das Mädchen verließ seinen Platz; die Männer an Bord der *Vindemiatrix* hörten ihre Stimme, konnten aber nicht verstehen, was sie sagte. Als sie wieder auf dem Bildschirm erschien, war ihr Haar in Unordnung, und auf der linken Backe zeichnete sich eine blutende Kratzwunde ab.

»Er hat sich in der Ecke versteckt und will nicht wieder heraus. Ich stelle den Apparat lauter, damit Sie mit ihm sprechen können.« Sie erwähnte den Kratzer nicht, und zu Raekers Überraschung schwieg ihr Vater ebenfalls. Aminadabarlee schien die Wunde nicht bemerkt zu haben. Er wandte sich in seiner schrillen Sprache an den Jungen und redete einige Minuten lang mit ihm. Dabei machte er nur gelegentlich eine kurze Pause, um auf eine Antwort zu warten.

Zunächst erhielt er keine, aber als er eindringlicher sprach, ertönte schließlich doch ein schwacher Laut aus einer Ecke. Eine Minute später erschien Aminadorneldos Kopf neben Easy auf dem Bildschirm. Raeker konnte nicht beurteilen, ob der Junge sich schämte; aber offenbar hatte sein Vater ihn zu einer Entschuldigung angehalten, denn Aminadorneldo wandte sich an Easy und sprach sie auf Englisch an.

»Tut mir leid, dass ich Sie verletzt habe, Miss Rich. Ich hatte Angst, weil ich dachte, Sie hätten den Krach gemacht und wollten mich jetzt mit Gewalt aus der Ecke holen. Mein Vater sagt, dass Sie älter sind als ich und dass ich tun muss, was Sie sagen, bis ich wieder bei ihm bin.«

Das Mädchen lächelte beruhigend. »Du darfst ruhig Easy zu mir sagen, 'Mina«, erklärte sie ihm. »Ich bin dir bestimmt nicht böse. Keine Angst, ich sorge für dich, bis wir wieder bei deinem Vater sind …« Sie runzelte die Stirn und starrte nachdenklich auf den Bildschirm. Raeker erriet sofort, dass das Mädchen etwas zu sagen versuchte, was ihr Begleiter nicht hören sollte. Er schob den Drommianer beiseite und nahm seinen vorherigen Platz wieder ein. Easy nickte ihm zu; sie hatte ihn bereits an Bord der *Vindemiatrix* kennengelernt.

»Miss Rich«, begann er, »wir wissen noch immer nicht genau, was sich eigentlich bei Ihnen ereignet hat. Können Sie uns erklären, wie alles passiert ist? Oder kann Ihr Führer Bericht erstatten?«

Bei der letzten Frage schüttelte das Mädchen verneinend den Kopf. »Ich weiß nicht, wo Mister Flanagan im Augenblick steckt. Zuletzt war er noch in der Pinasse – wahrscheinlich wollte er dort eine Zigarette rauchen. Er hatte uns gesagt, dass wir nichts anfassen dürften, aber wir waren selbst sehr vorsichtig und betraten den Steuerraum gar nicht. Als wir dann wieder in die Pinasse zurückkehren wollten, schloss sich plötzlich automatisch die Luftschleuse; wir wurden gegen die Wand gedrückt – meiner Schätzung nach mit mindestens vier *g*. 'Mina konnte sich noch etwas bewegen und versuchte mit Mister Flanagan Verbindung aufzunehmen, aber wir bekamen keine Antwort. Die Beschleunigung dauerte etwa eine halbe Minute und setzte erst Sekunden vor Ihrem Anruf aus.«

Unterdessen waren auch andere Besatzungsmitglieder in die Nachrichtenzentrale gekommen. Einige von ihnen nahmen ihre Rechenschieber zur Hand, und Raeker beobachtete sie schweigend, bis der Erste seine Berechnungen abgeschlossen hatte, dann fragte er: »Haben Sie etwas herausbekommen, Saki?«

»Ja«, antwortete der Ingenieur. »Natürlich ist der Bericht keine zuverlässige Rechengrundlage, aber wenn das Mädchen einigermaßen richtig geschätzt hat, muss ein ganzer Satz Feststofftriebwerke gezündet haben. Das entspricht vier g vierzig Sekunden lang – oder einer Beschleunigung von über einem Kilometer pro Sekunde. Allerdings wissen wir trotzdem noch nicht, wo sich das Schiff befindet, bis wir dort sind und es anpeilen können; der Kurs lässt sich nicht berechnen, weil wir keine Ahnung haben, in welcher Richtung das Ding beschleunigt hat. Aber mir wäre wohler, wenn der Bathyskaph etwas weiter von Tenebra entfernt wäre.«

Raeker fragte absichtlich nicht nach dem Grund dafür, aber Aminadabarlee erkundigte sich sofort.

»Warum?«

Der Ingenieur warf ihm einen abschätzenden Blick zu und entschloss sich, lieber bei der Wahrheit zu bleiben.

»Weil eine Beschleunigung von eineinhalb Sekundenkilometern in eine beliebige Richtung dazu führen kann, dass das Schiff in eine Kreisbahn eintritt, die auf der Planetenoberfläche endet«, erklärte er dem Drommianer offen.

»Wie viel Zeit bleibt bis zur Landung?«, wollte Rich wissen.

»Dafür bin ich nicht zuständig. Das muss erst berechnet werden, während wir unterwegs sind. Aber meiner Schätzung nach müsste die Landung innerhalb von Stunden erfolgen.«

»Warum sind Sie dann überhaupt noch hier?«, fragte Aminadabarlee wütend. »Warum werden keine Rettungsmaßnahmen eingeleitet?«

»Ich habe schon alles veranlasst«, antwortete der Ingenieur ruhig. »Eine Pinasse wird eben startklar gemacht und fliegt in einigen Minuten ab. Begleiten Sie uns, Doktor Raeker?«

»Ich würde Ihnen nur im Weg sein«, wehrte Raeker ab.

»Für mich gilt wahrscheinlich das Gleiche«, meinte Rich, »doch wenn Sie genügend Platz haben, möchte ich mitkommen. Ich will Sie aber nicht bei der Arbeit behindern.«

»Bleiben Sie lieber hier«, empfahl ihm Sakiiro. »Wir lassen die Verbindung mit der *Vindemiatrix* nicht abreißen, damit Sie ständig informiert sind.« Er rannte hinaus.

Aminadabarlee hatte offensichtlich ebenfalls mitfliegen wollen, aber nachdem Rich zurückgeblieben war, konnte er nicht mehr darauf bestehen. Er machte seiner Erbitterung Luft, indem er bemerkte: »Man muss schon ein völlig vertrottelter Mensch sein, um an einem noch nicht fertiggestellten Schiff Triebwerke anzubringen.«

»Der Bathyskaph ist bereits fertig – ihm fehlt nur noch die letzte Überprüfung«, antwortete ein anderer Ingenieur gelassen. »Die Feststofftriebwerke dienen nicht nur zur Landung, sondern auch zum Start. Übrigens sollten sie noch gar nicht betriebsbereit sein. Wir müssen sie erst untersuchen, um festzustellen, wodurch die Zündung erfolgt ist. Vorläufig ist es nur Zeitverschwendung, wenn wir darüber diskutieren, wer oder was an der ganzen Sache schuld ist.«

Der Ingenieur starrte den Drommianer feindselig an, aber Rich trat rechtzeitig zwischen die beiden. Raeker bewunderte die Geschicklichkeit, mit der der Diplomat den wütenden Aminadabarlee beruhigte, obwohl dieser eben noch vor Zorn sprachlos gewesen war.

Raeker hätte die Unterhaltung zwischen Rich und dem Drommianer gern verfolgt, aber er hatte genügend mit dem Funkgerät zu tun. Die beiden Kinder hatten gehört, was der Ingenieur gesagt hatte, obwohl sie das alles vermutlich nicht völlig begriffen, und Raeker musste jetzt sein Bestes tun, um sie wieder aufzumuntern. Verständlicherweise waren die Kinder vor Schreck fast gelähmt, aber das Mädchen fing sich nach überraschend kurzer Zeit wieder. Raeker wusste nicht, ob ihre Gelassenheit nur gespielt war, trotzdem stieg sein Respekt vor ihr noch mehr.

Unterdessen war die Pinasse gestartet, und als die Minuten langsam verstrichen, fassten die Besatzungen der drei Schiffe wieder neue Hoffnung. Falls der Bathyskaph sich nicht in einem Orbit befand, die auf Tenebra endete, bestand selbstverständlich keine Gefahr; Nahrungsmittel und Sauerstoff waren reichlich vorhanden. Raeker schätzte, dass die Aussichten für einen anderen Kurs etwa drei zu eins standen, denn schließlich gab es nur vier mögliche Richtungen.

Der Elektronenrechner der Pinasse berechnete laufend neue Kurse; als schlimmste Möglichkeit ergab sich, dass der Bathyskaph innerhalb von fünfundvierzig Minuten in die Planetenatmosphäre eintreten würde. Wenn dies nach 130 Minuten noch nicht der Fall gewesen war, würde das Ereignis nicht mehr eintreten.

Siebenundsechzig Minuten nach der ersten Beschleunigung berichtete Easy von einer weiteren. Unterdessen hatte selbst Aminadabarlee begriffen, was diese Tatsache bedeutete. Die Pinasse hatte sich dem Planeten so weit wie möglich genähert, aber trotzdem war den beiden Kindern damit nicht im Geringsten geholfen. Die Ingenieure konnten den Sender des Bathyskaphen anpeilen und seine Position ungefähr bestimmen; aber sie konnten trotzdem keinen Kollisionskurs innerhalb der Planetenatmosphäre berechnen.

Vorläufig stand nur fest, dass ein Rendezvousmanöver frühestens zu einem Zeitpunkt durchführbar war, an dem der Bathyskaph bereits in die Atmosphäre eingetreten war – aber dann ließen sich die Raketentriebwerke wegen des hohen Außendrucks nicht mehr verwenden. Sakiiro meldete dieses Ergebnis an die *Vindemiatrix* und wandte sich dann sofort an Easy Rich, bevor Aminadabarlee sprechen konnte.

»Miss Rich, bitte hören Sie mir aufmerksam zu. Die augenblickliche Beschleunigung wird in den nächsten Minuten wesentlich stärker werden. Ich möchte, dass Sie sich in dem Pilotensitz anschnallen und Ihren Begleiter nach Möglichkeit ebenfalls auf einem Sitz unterbringen.«

»Er passt aber auf keinen Sessel«, antwortete das Mädchen.

»Aber er ist an vier G gewöhnt«, warf Rich von der *Vindemiatrix* aus ein.

»Wahrscheinlich muss er mehr aushalten; aber in diesem Fall ist es nicht so schlimm. Er soll sich einfach auf den Boden legen. Hören Sie, Miss Rich ...«

»Nennen Sie mich Easy, das spart Zeit.«

»Sagen Sie mir, was Sie auf dem Instrumentenpult vor sich erkennen.«

»Nicht allzu viel. Die Lichtschalter befinden sich links oben – ich kann die Beschriftung lesen. In der Mitte sehe ich den Kontrollschalter für die Luftschleuse; dann kommen ungefähr zwanzig An/Aus-Schalter, mit deren Beschriftung ich nichts anfangen kann ...« Saki nickte, als das Mädchen zu Ende gesprochen hatte.

»Ausgezeichnet. In der Mitte des Schaltpults finden Sie aber nicht nur den Kontrollschalter, sondern auch zwei weitere mit der Aufschrift AERO. Diese beiden müssen auf AUS stehen. Der kleinere Hebel darunter muss nach oben zeigen. Stimmt alles?«

»Alles, Sir.«

»Schön, dann können Sie sich jetzt anschnallen. Der Autopilot des Schiffes steht jetzt mit dem Roboter auf Tenebra in Funkverbindung. Wir wollen es mit einer Landung ohne Triebwerke versuchen, weil das Risiko dabei geringer ist. Sie brauchen keine Angst zu haben, Easy – der Bathyskaph ist speziell für dieses Manöver konstruiert. Haben Sie noch Fragen?«

»Nein. Ich bin angeschnallt, und 'Mina liegt ausgestreckt auf dem Deck.«

»Ausgezeichnet. Legen Sie jetzt den Schalter mit der Aufschrift SUCHE um. Hoffentlich werden Sie nicht leicht luftkrank; in den nächsten Minuten müssen Sie wahrscheinlich einiges aushalten.«

Sakiiro in der Pinasse und die Männer in der Nachrichtenzentrale der *Vindemiatrix* beobachteten gespannt, wie das Mädchen den Schalter umlegte. Zu ihrer Überraschung zeigten die Auswirkungen sich nicht sofort; sie hatten erwartet, dass Easy in den Sitz gedrückt werden würde. Aber das Mädchen schien den Andruck kaum wahrzunehmen.

»Ich spüre etwas«, berichtete Easy. »Das Schiff schwankt ... Tenebra ist jetzt an Backbord zu erkennen ... ich bin schwerer geworden ... der Bug zeigt nach unten – falls ich nicht mit dem Rücken zur Flugrichtung sitze.«

»Sie haben recht«, stimmte der Ingenieur zu. »Der Bathyskaph steuert jetzt den Roboter an und wird langsam abgebremst, bis seine Geschwindigkeit ungefähr 800 Stundenkilometer beträgt. Der Bremsvorgang verläuft ziemlich ruckartig, deshalb müssen Sie angeschnallt bleiben.«

»Verstanden. Wie lange noch?«

»Einige Stunden lang. Aber die Belastung ist auszuhalten.«

Rich wandte sich mit einer Frage an den Ingenieur.

»Was passiert, wenn das Schiff den Roboter überfliegt, bevor die Geschwindigkeit genügend verringert worden ist, Mister Sakiiro? Wie reagiert dann der Autopilot? Steuert er geradewegs nach unten?«

»Ganz bestimmt nicht. Schließlich handelt es sich hier nicht um eine unbemannte Rakete. Der Bathyskaph beschreibt in diesem Fall einige weite Kurven um das angegebene Ziel, bis die Geschwindigkeit auf 800 Stundenkilometer abgesunken ist. Im Notfall wird die Landung automatisch durchgeführt; aber wir hoffen, dass wir das vermeiden können.«

»Wie? Sie erwarten doch nicht etwa, dass Easy das Schiff fliegt?«

»Nein, sie braucht es nicht zu steuern. Aber wenn der Bathyskaph seine Reisegeschwindigkeit erreicht hat, sind die Auftriebtanks mit Luft gefüllt. Dann muss sie nur noch die Elektrolyse in Gang setzen, damit in den Tanks Wasserstoff entsteht, wodurch das Schiff so hoch in der Atmosphäre schwebt, dass die Triebwerke benutzt werden können. Als Nächstes trimmt sie dann nach meiner Anweisung das Schiff so, dass das Heck auf Tenebra gerichtet ist, und zündet die Triebwerke. Wir brauchen dann nur noch hier oben auf sie zu warten.«

»Ich dachte, die Triebwerke seien noch nicht mit dem Kontrollpult verbunden!«

Sakiiro schwieg einen Augenblick lang.

»Sie haben recht; das hatte ich ganz vergessen. Unter diesen Umständen ist die Sache komplizierter.«

»Soll das heißen, dass die beiden dort unten bleiben müssen?«

»Nicht unbedingt. Wir müssen unsere Pinasse nur mit den gleichen Triebwerken ausrüsten, damit wir das andere Schiff erreichen können, wenn es so hoch wie möglich schwebt. Schließlich müssen die Triebwerke auf jeden Fall in der Höhe arbeiten, für die sie gebaut worden sind – die Konstruktion des Schiffes, an dem sie angebracht werden, spielt dabei keine Rolle.«

»Dann ist die Rettung also möglich.« Diese Feststellung war eigentlich mehr eine Frage. Sakiiro war zu ehrlich, um sofort antworten zu können. Aber nach einem kurzen Blick auf das besorgte Gesicht von Easys Vater entschloss er sich doch zu einer Antwort.

»Wir sollten die beiden retten können. Aber ich will Ihnen keineswegs falsche Hoffnungen machen, indem ich verschweige, dass das Rettungsmanöver ziemlich riskant ist. Sie können sich vielleicht vorstellen, wie schwierig es für einen unserer Ingenieure ist, den Bathyskaph zu erreichen, der wie ein Ballon schwebt, um dort die Verdrahtung der Triebwerke zu beenden, bevor er wieder zu der Pinasse zurückkehrt.«

»Warum können die Kinder nicht einfach in die Pinasse umsteigen?«

»Weil ihre Raumanzüge nicht für den Druck gebaut sind, der in dieser Höhe über Tenebra herrscht«, antwortete Sakiiro. »Ich kenne die Modelle der Drommianer nicht, aber unsere sind jedenfalls nicht widerstandsfähig genug.«

»Mister Sakiiro.« Easys Stimme drang aus dem Lautsprecher.

»Ja, Easy?«

»Kann ich nicht etwas tun? Ich mag nicht einfach nur warten – und ich habe ein bisschen Angst.«

Rich warf dem Ingenieur einen fragenden Blick zu. Als Diplomat war er zudem ein ausgezeichneter Psychologe und kannte seine Tochter. Easy war nicht von Natur aus hysterisch, aber für eine Zwölfjährige war die nervliche Belastung schwer zu ertragen. Er selbst war nicht kompetent genug, um etwas vorzuschlagen, womit Easy sich ablenken konnte; aber Sakiiro sah zum Glück ein, dass das Mädchen beschäftigt werden musste.

»Vor Ihnen auf der linken Seite sehen Sie einige Manometer. Wenn Sie uns die gemessenen Werte durchgeben können, ist uns schon viel geholfen. Und Ihr Freund sollte die Sterne beobachten, damit wir wissen, wann sie dunkler werden. Allerdings werdet ihr den Andruck bald so stark spüren, dass die Beobachtung zu schwierig wird.«

Rich nickte ihm dankbar zu; falls Aminadabarlee ein ähnliches Gefühl der Dankbarkeit empfand, ließ er sich nichts anmerken. In den nun folgenden Minuten waren nur die Stimmen der beiden Kinder zu hören, die Messinstrumente ablasen und die Sterne beschrieben.

Dann berichtete Easy, dass der Bathyskaph wieder heftig zu schwanken begonnen hatte.

»Alles in bester Ordnung«, beruhigte Sakiiro sie. »Das bedeutet nur, dass ihr jetzt über dem Roboter seid. Von jetzt an wird die Geschwindigkeit allmählich geringer, wobei der Andruck sich erhöht. Ihre Liege nimmt automatisch die beste Stellung ein, aber sie werden trotzdem darunter leiden. Ihr Freund spürt wahrscheinlich weniger davon, aber er soll sich trotzdem nach Möglichkeit nicht bewegen.«

»Verstanden.«

»Die Sterne verschwinden langsam«, warf Aminadorneldo ein.

»Danke. Was zeigen die Manometer an?«

Das Mädchen las die Instrumente ab, obwohl sie die Zeiger kaum noch erkennen konnte. Bisher war das Schiff senkrecht nach unten gesunken, aber jetzt beschrieb es verhältnismäßig enge Kurven. Die Ingenieure begriffen nicht, warum der Bathyskaph so ruhig in der Luft lag, denn seine Geschwindigkeit war noch immer wesentlich höher als erwartet.

Sakiiro, der sich nur auf Vermutungen verlassen konnte, wollte Easy bereits beschreiben, wie die Elektrolyse in Gang gebracht wurde, als die gleichmäßige Bewegung sich plötzlich in ein hartes Stampfen und Schwanken verwandelte. Das Mädchen blieb angeschnallt auf ihrem Sitz und wurde nur abwechselnd gegen die Gurte gedrückt oder in die Polster geworfen; aber der junge Drommianer rutschte haltlos von einer Ecke in die andere.

Die Ingenieure waren völlig verblüfft; die Diplomaten hatten zu viel Angst um ihre Kinder, als dass sie imstande gewesen wären, ein vernünftiges Wort herauszubringen. Aber Raeker glaubte zu wissen, was sich ereignet hatte.

»Regentropfen!«, rief er.

Später stellte sich heraus, dass er recht gehabt hatte; aber im Augenblick war diese Erkenntnis nicht viel wert. Der Autopilot versuchte einen geraden Kurs zu steuern, was sich aber als kaum möglich erwies, da der Bathyskaph immer wieder mit riesigen Tropfen von über fünfzehn Metern Durchmesser zusammenprallte.

Wenige Minuten später ging das Schiff jedoch wieder in den freien Fall über. Da der Bathyskaph aus einem sechzig Meter langen Hohlkörper bestand, der die kugelförmige Steuerzentrale umschloss, sank er so langsam, dass er vermutlich selbst durch eine harte Landung nicht beschädigt worden wäre. Ein glücklicher Zufall wollte es jedoch, dass das Schiff im Wasser landete.

In einem wirklichen Meer – nicht in der Mischung aus Gasen und Flüssigkeiten, mit der Tenebra nachts zum größten Teil bedeckt war.

Der Bathyskaph landete auf dem Rücken, aber sein Schwerpunkt lag so tief, dass das Schiff sich selbsttätig aufrichtete. Die Beobachter sahen, dass der junge Drommianer sich vorsichtig aufrichtete, zu der Liege des Mädchens hinüberging und es an der Schulter rüttelte. Easy bewegte sich und versuchte sich aufzusetzen.

»Ist bei euch alles in Ordnung?« Beide Väter stellten diese Frage gleichzeitig. Aminadorneldo, der sich an den Befehl seines Vaters erinnerte, wartete geduldig darauf, dass Easy antwortete.

»Ja«, sagte sie schließlich. »Tut mir leid, dass ich vorher geheult habe, Dad; ich hatte plötzlich Angst. Aber ich wollte 'Mina bestimmt nicht erschrecken.«

»Ich bin dir deswegen nicht böse, Easy, und glaube nicht, dass dein Freund sich davon hat beeinflussen lassen. Wir müssen froh sein, dass ihr heil gelandet seid – wenn der Bathyskaph beschädigt wäre, würdet ihr wahrscheinlich nicht mehr leben.«

»Richtig«, stimmte Sakiiro zu.

»Ihr habt einiges aushalten müssen, aber das ist jetzt Gott sei Dank vorüber. Solange ihr dort unten seid, könnt ihr euch ein bisschen umsehen – schließlich seid ihr die ersten Lebewesen von anderen Planeten, die Tenebra mit eigenen Augen beobachten können. Wenn ihr damit fertig seid, sagt Mister Sakiiro euch, wie ihr wieder zurückkommen könnt. Einverstanden?«

»Natürlich, Dad.« Easy fuhr sich mit dem Handrücken über die Augen, bevor sie die Gurte löste und sich unsicher erhob.

»Wann hört eigentlich der Druck auf?«, erkundigte sie sich.

»Wenn ihr wieder hier oben seid«, antwortete ihr Vater.

»Ich weiß; das sollte nur ein Witz sein. Hmm. Dort draußen scheint es Nacht zu sein; ich kann überhaupt nichts erkennen.«

»Richtig«, bestätigte Raeker, »aber selbst wenn es heller Tag wäre, würden Sie nicht mehr sehen. Sogar das Licht von Altair reicht nicht aus, um die dichte Atmosphäre zu durchdringen. Sie müssen die Scheinwerfer einschalten.«

»Wird gemacht.« Das Mädchen sah zu den Lichtschaltern hinüber, ließ sich aber nochmals von Sakiiro bestätigen, dass *dies* die richtigen waren. Saki gab später zu, dass er von diesem Augenblick an erstmals zu hoffen wagte, dass die Kinder gerettet werden konnten.

Als die Scheinwerfer aufflammten, gingen die beiden zu den Bullaugen hinüber.

»Draußen ist nicht viel zu sehen«, berichtete Easy. »Wir schwimmen anscheinend in einem riesigen See, dessen Oberfläche nicht die kleinste Bewegung zeigt. Man könnte glauben, das Wasser sei eine feste Masse, wenn das Schiff nicht zur Hälfte darin eingesunken wäre. Überall um uns herum sinken riesige Kugeln vom Himmel herab, aber sie alle lösen sich auf, bevor sie die Wasseroberfläche erreichen. Sonst ist nichts zu erkennen.«

»Es regnet«, erklärte Raeker ihr. »Der See besteht vermutlich aus verdünnter Schwefelsäure, die wärmer als die Luft ist, sodass die Regentropfen über ihr verdampfen. Das Wasser schlägt keine Wellen, weil kein Wind weht; innerhalb der Atmosphäre von Tenebra gibt es kaum Luftbewegungen. Auf der Oberfläche des Planeten geht es ruhiger als irgendwo sonst in einer Atmosphäre zu.«

»Haben Sie nicht vorher von heftigen Erdbeben gesprochen, die auf Tenebra an der Tagesordnung sind?« Aminadabarlee hatte sich so weit erholt, dass er von etwas anderem als seinem Lieblingsthema sprechen konnte – der abgrundtiefen Dummheit der menschlichen Rasse.

»Richtig«, antwortete Raeker, »ich muss zugeben, dass Sie vielleicht doch einige Wellen sehen werden, Easy, falls Sie lange genug dort unten schwimmen. Aber das bedeutet noch lange nicht, dass Sie dadurch an interessantere Ufer gelangen. Ich fürchte, Sie haben bereits alles Sehenswerte beobachtet, junge Dame; jetzt kommen Sie lieber wieder herauf und lassen sich vorschriftsmäßig retten.«

»Gern. Aber ich möchte noch zwei Fragen beantwortet haben. Wie funktioniert der Bathyskaph eigentlich? Ist der Aufstieg so anstrengend wie die Landung?«

»Keine Angst, diesmal geht alles viel langsamer und sanfter vor sich – wie in einem Ballon. Die erste Frage ist nicht so leicht zu beantworten, aber ich will es so einfach wie möglich ausdrücken. Die Hülle ist in einzelne Zellen aufgeteilt, die selbst wieder von einer Membran halbiert werden. Im Augenblick drückt die Atmosphäre diese Membranen noch gegen die Wandungen der Zellen. Wenn Sie die Elektrolyse in Gang gebracht haben, entsteht Sauerstoff, der ins Freie gepumpt wird. Der zurückbleibende Wasserstoff wird in die andere Hälfte der Zelle geleitet, wodurch sich die Membran ausdehnt und Luft verdrängt. Die früher gebräuchlichen Bathyskaphen funktionierten nach dem gleichen Prinzip, aber ohne die Membranen innerhalb der Zellen.«

»Ja, das verstehe ich. Wie lange dauert es, bis wir zu schweben beginnen?«

»Das kann ich nicht sagen; die Leitfähigkeit der Atmosphäre ist noch nie gemessen worden. Aber über den Schaltern für die einzelnen Zellen sind Amperemeter angebracht; wenn Sie mir nach dem Einschalten die Messwerte durchgeben, kann ich die benötigte Zeit ungefähr berechnen.«

»Wird gemacht. Wo sind die … oh, hier drüben; die Beschriftung ist deutlich genug. Rechts oben – zwölf Kippschalter auf einer Leiste und ein Hauptschalter?«

»Richtig. Die Amperemeter befinden sich unmittelbar darüber. Legen Sie den Schalter um, betätigen Sie die Kippschalter, und geben Sie uns die Werte durch.«

»Augenblick.« Das Mädchen streckte den Arm aus; die Männer hörten die Schalter einrasten. Easy ließ ihren Körper in den Sitz zurücksinken, sah von einem Messinstrument zum anderen und sagte: »Die Zeiger bleiben alle auf null stehen. Was soll ich jetzt tun?«

5 Wanderung; Überlegung; Ohnmacht

Nick hatte sein Feuer in Ufernähe angezündet, sodass ihm das Steigen des Wasserspiegels früher als den anderen auffiel. In dem Dorf war ihnen das Wasser nie gefährlich geworden, weil es ablaufen konnte. Er wusste aus Fagins Unterricht, dass diese Wassermassen irgendwann in ein Meer oder einen See flossen; aber nicht einmal Fagin hatte sich jemals Gedanken darüber gemacht, was dann geschah. Das war ganz natürlich, denn auf der Erde bestand nie die Gefahr, dass die Meere anstiegen, wenn es einmal heftig geregnet hatte.

Aber auf Tenebra lagen die Dinge etwas anders. Dort gab es keine riesigen Ozeane, sondern nur verhältnismäßig kleine Binnenmeere. Welche Folgen sich aus dieser Tatsache ergaben, hätte im Voraus berechnet werden können – aber nicht von Nick oder den Angehörigen seiner Gruppe.

Zunächst schien kein Grund zur Besorgnis gegeben. Die großen Regentropfen schwebten langsam herab und verdampften hoch über den Feuern. Nick saß zufrieden neben dem Holzstoß und legte nur ab und zu einige Stöcke nach. Als er zu der schmalen Landzunge schaute, die sich zuvor zwischen dem Festland und der Halbinsel erstreckt hatte, entdeckte er, dass die Landzunge verschwunden war. Nick kam zu dem Schluss, dass das Wasser stieg; er beobachtete den Wasserspiegel und fand seinen Verdacht bestätigt. Er rief den anderen zu, was er beobachtet hatte, und wenige Minuten später waren sie sich alle darüber einig, dass das Wasser tatsächlich stieg.

»Wie hoch, Nick?« Betseys Stimme klang begreiflicherweise ängstlich.

»Ich glaube nicht, dass es bis hierher steigen wird«, antwortete Nick beruhigend. »Schließlich ist es nicht so rasch wie früher bei uns gestiegen, und der Hügelrücken liegt fast so hoch wie das Dorf. Hier haben wir nichts zu befürchten.«

Einige Stunden später, als das Wasser weiter gestiegen war, ließ sich diese Überzeugung kaum noch aufrechterhalten. Von dem Hügel aus war kein festes Land mehr zu erkennen, und die verhältnismäßig kleine Fläche verringerte sich immer rascher.

Die Insel, die einmal ein Hügelrücken gewesen war, wurde zusehends kleiner. Das Vieh begann unruhig zu brüllen und wurde in den schützenden Feuerkreis getrieben. Trotzdem war das Ende nicht aufzuhalten, denn die wenigen Feuer gingen nacheinander aus, als die Regentropfen immer dichter herabsanken. Nachdem die Glut erloschen war, dauerte es nur Sekunden, bis jedes Lebewesen das Bewusstsein verlor; Minuten später zeigte nur noch ein Strudel die Stelle an, wo das letzte Feuer überflutet worden war. Nicks letzter Gedanke war, dass sie wenigstens keine Angst vor Raubtieren zu haben brauchten; das Wasser würde zurückweichen, bevor eines sie erreichen konnte.

Anscheinend hatte er sich geirrt. Als sie am nächsten Morgen aufwachten, fehlten zehn Stück Vieh, von denen nur noch einige Schuppen sichtbar waren. Zum Glück waren die Tiere nur schwach gepanzert, denn sonst hätten Nick und die anderen vielleicht bessere Opfer für die Raubtiere abgegeben. Jeder aus der Gruppe erschrak bei dem Gedanken daran, dass es Tiere geben musste, die im Meer lebten. Sie alle fragten sich, woher solche Lebewesen den nötigen Sauerstoff bezogen.

Aber die neue Lage erforderte vor allem neue Pläne.

»Meiner Auffassung nach können wir Fagin nicht sagen, dass er sich einfach an das Ufer halten muss, um mit uns zusammenzutreffen«, meinte Nick besorgt. »Die Küste verändert sich zu rasch. Außerdem können wir es uns nicht leisten, jede Nacht zehn Prozent der Herde einzubüßen.«

»Ich finde auch, dass wir uns nach einem besseren Platz umsehen müssen«, stimmte Jim zu. »Am besten wäre natürlich eine geschützte Stelle wie diese hier, die nicht jede Nacht unter Wasser gerät.«

»Wisst ihr«, sagte Nancy nachdenklich, »der Hügel wäre gar nicht so schlecht, wenn man nur die richtigen Leute dazu bringen könnte, sich hier aufzuhalten.« Die anderen dachten eine Weile über diesen rätselhaften Ausspruch nach; ihre Stimmung besserte sich erheblich, als sie endlich begriffen, was Nancy damit hatte sagen wollen. Nach zweistündiger Diskussion hatten sie sich auf einen bestimmten Plan geeinigt.

Selbstverständlich konnten sie ihn erst in die Tat umsetzen, als die Landzunge wieder aus dem Wasser auftauchte. Aber dann begannen sie sofort mit der Ausführung.

Die Herde – beziehungsweise ihre Überreste – wurde von Betsey und Oliver auf das Festland getrieben. Nick überzeugte sich davon, dass er seine Axt und das Feuerzeug nicht vergessen hatte, bevor er nach Süden aufbrach. Die anderen Mitglieder der Gruppe schwärmten in verschiedene Richtungen aus und suchten einen besser geeigneten Lagerplatz. Dort sollten sie Nicks Rückkehr abwarten und jeden Morgen zwei Leute zu der bekannten Landzunge schicken, um ihn abzuholen. Wenn er nach zehn Tagen noch nicht zurück war, mussten sie selbst einen neuen Plan ausarbeiten und umsetzen.

Nick war die Aufgabe zugefallen, mit Fagin Verbindung aufzunehmen. Er allein hatte gewisse Zweifel daran, dass dieses Vorhaben gelingen würde. Vorläufig konnte er nur hoffen, unbeobachtet in die Nähe der Höhlen zu gelangen; alles andere hing von den Verhältnissen ab, die er dort vorfand. Wenn Swifts Leute sich daran gewöhnt hatten, nachts mit Fackeln auf Streife zu gehen, hatte Nick ein zusätzliches Problem zu lösen. Sollte dies nicht der Fall sein, war vieles einfacher – doch dann war Nicks Annäherung umso auffälliger. Aber darüber konnte er sich später noch Sorgen machen.

Am Abend des zweiten Tages erreichte er die Höhlen nach einem ziemlich ereignislosen Marsch. Er hatte einen weiten Umweg nach Westen gemacht, der ihn schließlich an den höchsten Punkt der Felswand führte, in der die Höhlen lagen. Trotzdem hielt er sich bis zum Anbruch der Dunkelheit weit davon entfernt auf, weil er nicht riskieren wollte, mit einer Jagdgesellschaft zusammenzutreffen, die den viel benutzten Weg über die Klippen genommen hatte.

Als jedoch die Dunkelheit hereinbrach, nahm er an, dass Swifts Leute in die Höhlen zurückgekehrt sein würden, und näherte sich vorsichtig dem Grat. Er horchte einige Zeit aufmerksam, bevor er schließlich doch den Kopf über den Rand streckte. An dieser Stelle fiel die Wand über hundert Meter tief ab, aber trotzdem bestand die Gefahr, dass Nick beobachtet wurde, obwohl unter ihm noch keine Feuer brannten.

Vor den Höhlen war nichts zu sehen. Nirgendwo brannte ein Feuer, sodass Nick überhaupt nichts zu erkennen vermochte.

Er zog sich wieder zurück und überlegte. Er wusste genau, dass die Höhlen dort unten lagen, und war überzeugt, dass Fagin sich ebenfalls dort befand. Weshalb kein Feuer brannte, war kaum zu begreifen, aber Tatsachen waren eben Tatsachen. Vielleicht konnte er sich in der Dunkelheit unbeobachtet den Höhlen nähern …? Nein, das war ausgeschlossen, denn der nächtliche Regen musste bald einsetzen.

Nick sammelte Holz und setzte es mithilfe seines primitiven Feuerbohrers in Brand. Er hatte erwartet, dass die Höhlenbewohner den grellen Lichtschein wahrnehmen würden; aber nichts geschah, bis er den zweiten Teil seines Plans ausführte, indem er ein brennendes Stück Holz nach unten fallen ließ. Dann passierte plötzlich alles gleichzeitig.

In dem Lichtschein erkannte er Fagin, der etwa zehn Meter von der Felswand entfernt stand. Ansonsten sah Nick nur Felsen und niedriges Buschwerk. Aber diese friedliche Szene änderte sich bald.

Als der brennende Stock auf den Felsen aufschlug, ertönten plötzlich laute Stimmen aus den Höhlen. Falls die Leute also überhaupt schliefen, war es jetzt noch zu früh dafür gewesen. Einen Augenblick später drang Swifts barsche Stimme durch den Lärm.

»Kümmert euch um das Feuer! Werft Holz darauf! Steht nicht so dumm herum!« Ganze Horden strömten aus den Höhlen und versammelten sich um das Stück Holz; dann schien allen gleichzeitig eingefallen zu sein, dass mehr Holz benötigt wurde, denn sie rannten in verschiedene Richtungen davon. Nick lachte schadenfroh, als er sah, dass das Feuer erlosch, weil die Höhlenbewohner in ihrem Eifer zu viel über dem Stückchen Glut aufgetürmt hatten. Allerdings konnte er sich nicht lange freuen, denn Swift erteilte soeben neue Befehle.

»Seht ihr den Lichtschein dort oben? Das muss ein Feuer sein! Los, kommt mit; wir holen es uns!« Wie üblich gehorchten die anderen widerspruchslos und rannten hinter ihm her. Nick war überrascht, denn die Höhlenbewohner trugen trotz des zu erwartenden Regens keine Fackeln. Allerdings blieb ihm jetzt kaum noch Zeit für solche Überlegungen, denn die anderen suchten Nicks Feuer.

Er handelte rasch und entschlossen. Nachdem er einen langen Stock aus dem Feuer gerissen hatte, zündete er sämtliche Büsche in der Umgebung an und legte eine breite Feuerspur in Richtung Westen. Dann rannte er mit einer wesentlich kleineren Fackel den Grat entlang und hoffte, dass der Lichtschein nicht auffiel. Falls die Höhlenbewohner nur Feuer wollten, konnte er zufrieden sein; wenn sie aber seine Verfolgung aufnahmen, würden sie sich vielleicht durch die falsche Fährte täuschen lassen. Nick hatte nicht sehr viel Vertrauen in seine Kriegslist, weil er Swifts Fähigkeiten aus eigener Erfahrung kannte, aber immerhin konnte der Versuch nicht schaden.

Nick rannte den Grat entlang, erreichte die Stelle, an der die Felswand in einen sanft geneigten Abhang überging, und kletterte zwischen riesigen Felsbrocken ins Tal hinab. Eine Viertelstunde später stand er neben Fagin, ohne dass er von Swifts Leuten bemerkt worden wäre, die noch immer den Grat absuchten.

»Lehrer! Hörst du mich? Ich bin gekommen – Nick!«

»Natürlich höre ich dich. Was hast du hier zu suchen? Bist du an dem ganzen Aufruhr schuld? Was ist überhaupt los?«

»Ja, ich habe die Fackel heruntergeworfen; ich musste doch wissen, ob du hier bist. Der Rest war eigentlich nur Zufall. Ich bin hier, weil wir herausbekommen haben, wie du fliehen kannst, ohne dass Swift dich später wieder erwischt.«

»Ausgezeichnet. Ich hatte auch schon einen Plan, aber in dieser Beziehung sind unerwartete Schwierigkeiten aufgetaucht. Ich brauche dringend Hilfe und glaube nicht, dass Swift für meine Zwecke geeignet ist. Wie steht es also mit deinem Plan?«

Nick beschrieb die Ereignisse seit Fagins Entführung durch die Höhlenbewohner und erwähnte auch die Halbinsel, auf der die Gruppe die erste Nacht außerhalb des Dorfes verbracht hatte.

»Wir wissen, dass du unter Wasser leben kannst«, fuhr er fort, »deshalb brauchst du nur dorthin zu fliehen und auf Swift zu warten. Er könnte nachts nicht mehr fort, aber du hättest alle Vorteile auf deiner Seite. Wir brauchen neue Waffen, die du Swift und seinen Leuten abnehmen könntest, während sie schlafen. Und wenn dir nichts Besseres einfällt, kannst du sie einfach zu einer Stelle transportieren, wo auch tagsüber Wasser steht.«

»Würden sie es dort lange aushalten?«

»Vermutlich nicht, denn im Meer leben Raubtiere, die unser Vieh angefallen haben. Aber wen kümmert das schon? Swift hat Tom und Alice umgebracht und würde uns alle erledigen, wenn er es für zweckmäßig hielte.«

»Wie steht es mit seinen Leuten?«

»Sie haben ihm dabei geholfen. Warum sollen wir sie also besser behandeln?«

»Nick, ich habe Verständnis für deinen Standpunkt, aber ich kann ihm trotzdem nicht beipflichten. Vielleicht lässt du dich später überzeugen, aber im Augenblick ist die Zeit zu knapp.

Dein Plan – falls er diese Bezeichnung überhaupt verdient – hat einige gute, aber auch viele schlechte Punkte. Wenn diese Halbinsel tatsächlich eineinhalb Tage von hier entfernt ist, kann ich sie unmöglich vor Swift erreichen; du musst berücksichtigen, dass er wesentlich rascher vorankommt als ich. Außerdem hast du ihnen jetzt das Feuer wiedergebracht, sodass ein Fluchtversuch bei Nacht schwerer als zuvor durchzuführen ist.«

»Was soll das heißen? Sie haben doch Feuer aus unserem Dorf mitgenommen!«

»Richtig, aber sie haben es schon am zweiten Tag nach unserer Ankunft ausgehen lassen und sitzen seitdem ohne Feuer da. Ich sollte ihnen zeigen, wie man Feuer macht, aber das ist nicht leicht – zum Beispiel kann ich die Schrilllaute in ihrer Sprache nicht sehr gut nachahmen. Swift ist allerdings sehr geduldig mit mir gewesen. Wahrscheinlich ist er jetzt noch umgänglicher, aber ich glaube nicht, dass dadurch die Flucht leichter wird.«

»Dann hätte ich vielleicht doch lieber nicht kommen sollen, Lehrer. Tut mir leid.«

»Mir nicht. Mein ursprünglicher Plan hat sich bereits zerschlagen, sodass ich allen Grund habe, dir dankbar zu sein. Ich wollte nur sagen, dass wir scharf nachdenken müssen, bevor wir aus dieser Klemme heraus sind. Vielleicht versteckst du dich lieber einige Stunden lang, während ich nachdenke; schließlich hat es keinen Sinn, wenn du Swift in die Arme läufst.«

»Aber wie soll ich das anstellen? Swifts Leute haben jetzt wieder Feuer und können mich verfolgen – was sie ohnehin auf jeden Fall tun werden. Wenn der Regen einsetzt, muss ich eine Fackel anzünden, die kilometerweit sichtbar ist. Ich dachte, du würdest gleich mitkommen.«

»Das sehe ich alles ein, aber ich weiß vorläufig noch nicht, was wir dagegen tun können. Wahrscheinlich taucht Swift innerhalb der nächsten Minuten hier auf.« Fagin machte eine Pause, als würde er nachdenken; Nick wusste selbstverständlich nicht, dass dergleichen Unterbrechungen aufgeregte Gespräche zwischen mehreren Männern an Bord der *Vindemiatrix* bedeuteten, die über 250 000 Kilometer entfernt im Raum schwebte. »Hör zu, Nick. Hier liegt doch eine Menge brennbares Zeug herum?«

»Ja.«

»Und der einzige Weg von dem Grat ins Dorf herab führt durch einen engen Felsspalt?«

»Ja, wenn man nicht einen Umweg von mindestens sechs Kilometern machen will …«

»Hm. Von mir aus könnten es auch zehn Kilometer oder mehr sein. Glaubst du, dass du ein großes Feuer am Ausgang der Felsspalte anzünden kannst, von dem Swifts Leute aufgehalten werden, während wir fliehen? Du musst dich aber beeilen; wahrscheinlich kommen sie schon wieder herunter, wenn sie nicht noch nach dir suchen.«

»Ein Versuch kann nicht schaden.« Nick wusste, dass er keine Zeit mehr zu verlieren hatte. »Vermutlich haben sie mich bereits gesehen, aber das ist nicht mehr zu ändern. Wenn ich dich nicht einhole, hältst du dich einfach nach Ostnordost, bis du das Meer erreichst, und folgst der Küste, wo du früher oder später auf die anderen triffst. Ich versuche Swift und seine Leute aufzuhalten; du machst dich lieber sofort auf den Weg.«

Nick wartete Fagins Antwort nicht ab, sondern rannte auf die Felswand zu, wobei er unterwegs Holz aufsammelte. Seine Fackel war fast abgebrannt, aber es gelang ihm trotzdem, den Holzstoß mit dem letzten Funken in Brand zu setzen. Dann machte er sich wieder auf die Suche und schleppte mehr Brennmaterial heran, bis der Felsspalt völlig versperrt war.

Als der Stoß hoch genug aufgetürmt war, machte Nick sich ebenfalls auf den Weg, wobei er Fagins Spur folgte. Das war ziemlich einfach, denn die zwei Meter breite Fährte des Roboters war nicht zu verfehlen. Fagin hatte kaum zwei Kilometer zurückgelegt, als Nick ihn einholte.

»In der gleichen Richtung weiter«, sagte Nick. »Ich will versuchen, Swift und seine Leute in die Irre zu führen.« Er setzte einen Busch in Brand und rannte dann in einem weiten Bogen nach Norden weiter, wobei er ein Feuer nach dem anderen legte. Schließlich erreichte er die Spur, die Fagin zurückgelassen hatte, als er aus dem Dorf entführt worden war. Nick folgte ihr einige Kilometer weit und hinterließ auch hier brennende Büsche. Die Höhlenbewohner mussten sie von dem Grat aus sehen können; vielleicht wurden sie dadurch getäuscht und schlugen die falsche Richtung ein.

Dann rannte Nick zu Fagin zurück, wobei er seine Fackel möglichst verdeckt trug. Er fand Fagins Spur ohne Schwierigkeit, obwohl der Roboter vernünftig genug war, sich möglichst nur in Tälern zu bewegen. Fagin hörte sich Nicks Bericht an und schien zufrieden zu sein.

»Ausgezeichnet«, meinte er. »Ich glaube allerdings, dass wir bald Gesellschaft bekommen werden.«

»Ich auch«, gab Nick zu.

Trotzdem verstrichen die nächsten Stunden, ohne dass hinter ihnen Verfolger auftauchten. Nick konnte leicht mit dem Lehrer Schritt halten, obwohl er die Pfützen umgehen musste, die Fagin in gerader Linie durchquerte. Die Regentropfen wurden durchsichtiger und gleichzeitig gefährlicher; Pfützen und Lachen breiteten sich immer weiter aus, als die unterste Schicht der Planetenatmosphäre wie in jeder Nacht in einen anderen Aggregatzustand überging.

»Obwohl ich eine deutliche Spur hinterlasse, müssen Swifts Leute bei der Verfolgung bereits Schwierigkeiten haben«, sagte Fagin. »Allmählich scheint sich unsere Lage zu bessern.«

»Das glaube ich nicht«, sagte Nick.

»Warum?«

»Die Teiche werden immer größer, und die Täler vor uns sind sehr lang und tief. Ich erinnere mich noch an die Flüsse, die ins Meer fließen. Wenn wir auf einen Fluss stoßen, was sich kaum vermeiden lässt, können wir nicht weiter.«

»Im Gegenteil, das wäre ausgezeichnet! Swift kann keinen Fluss durchqueren.«

»Ich auch nicht.«

»Nicht allein. Aber ich kann dich tragen, was völlig ungefährlich wäre; bisher kenne ich kein Tier, das in klarem Wasser leben kann – oder zumindest bei Bewusstsein bleibt.«

»Im Meer gibt es welche.«

»Das Meer besteht aber erst gegen Morgen aus klarem Wasser. Ich glaube, dass wir in dieser Beziehung nichts zu befürchten haben. Suchen wir lieber nach einem dieser Flüsse.«

»Einverstanden. Hoffentlich hast du recht.« Nick war daran gewöhnt, in sauerstofffreiem Wasser das Bewusstsein zu verlieren, aber trotzdem war er von der Vorstellung nicht begeistert, sich in diesem Zustand wie ein Sack transportieren zu lassen. Wenn Fagin das jedoch für richtig hielt ...

Zunächst schien er sich allerdings zu früh Sorgen gemacht zu haben. Die Tücke des Objekts wollte es, dass sie keinen Fluss fanden, als sie danach suchten. Stattdessen erreichten sie einige Stunden vor Tagesanbruch das Meer.

Dieser Punkt lag weit südlich der Stelle, an der die übrigen Mitglieder der Gruppe warteten. Nick hatte Fagin absichtlich so geführt, damit kein Zweifel daran bestehen konnte, in welcher Richtung sie der Küste folgen mussten. Sie wandten sich nach links.

Selbstverständlich waren sie noch weit von der Halbinsel entfernt, die Nick als Falle für Swift und seine Leute vorgesehen hatte, aber deswegen machte er sich im Augenblick keine Sorgen. Viel schlimmer war, dass weit und breit kein Fluss sichtbar wurde; dazu kam noch ein deutlicher Lichtschein, der in einiger Entfernung hinter ihnen aufleuchtete. Seine Bedeutung war klar.

»Sie holen uns allmählich ein. Ich möchte wissen, wie lange die Feuer sie aufgehalten haben«, murmelte Nick vor sich hin, als er auf den Lichtschein aufmerksam wurde. Er erwähnte ihn Fagin gegenüber nicht, sondern hielt umso besorgter nach einem Fluss Ausschau.

Aber der Roboter nahm das Leuchten kurze Zeit später ebenfalls wahr und begriff sofort, was es zu bedeuten hatte.

»Wenn sie uns zu nahe kommen, bevor wir einen Fluss finden, rennst du lieber allein weiter; vielleicht bist du schneller als sie.«

»Und was tust du?«

»Ich verschwinde im Meer.«

»Warum nimmst du mich nicht einfach mit? Wäre das nicht ebenso gut wie ein Fluss?«

»Du hast vorher das Gegenteil behauptet. Ich möchte nicht, dass du dort zu Schaden kommst, ich kann dich nicht gut verteidigen.«

»Richtig. Dein Vorschlag ist vielleicht besser.«

Allerdings brauchten sie sich doch nicht zu trennen. Als die Fackeln der Höhlenbewohner näher kamen und kein Zweifel mehr daran bestehen konnte, dass Swifts Leute Fagin und Nick innerhalb einer Stunde einholen würden, erreichten die beiden einen Fluss. Nick konnte nicht schätzen, wie breit er war, aber jedenfalls stand fest, dass sie einen guten Zufluchtsort gefunden hatten.

Fagin und Nick näherten sich dem Ufer; unter normalen Umständen hätten solche Wassermassen erschreckend gewirkt, aber jetzt empfanden sie nicht die geringste Angst davor. Nick warf seine Fackel ins Wasser, stellte zufrieden fest, dass sie sofort erlosch, und wandte sich an den Roboter.

»Ich bin bereit, Lehrer.«

Der Roboter rollte auf ihn zu, streckte vier Arme nach ihm aus und hob Nick vorsichtig hoch.

»Keine Angst«, sagte er dabei. »Am anderen Ufer versuche ich so rasch wie möglich einen Hügel zu erreichen. Du bist nicht lange bewusstlos.«

Nick entspannte sich völlig, als die Maschine in das Wasser rollte. Seine Körperwärme genügte, um eine größere Flüssigkeitsmenge in Gas zu verwandeln; aber auch das Gas enthielt keinen Sauerstoff mehr, und sein Aggregatzustand spielte für Nick keine Rolle. Schon nach dreißig Sekunden hatte er das Bewusstsein verloren.

Swifts Krieger erreichten die Stelle, an der die Spur im Wasser endete, eine Viertelstunde später. Der Häuptling war nicht philosophisch genug veranlagt, um die misslungene Verfolgung mit einem Schulterzucken abzutun.

6 Information; Navigation; Beobachtung

»Wie viel Vorsprung haben Sie dadurch, Doktor?«

Raeker antwortete, ohne den Blick von den Bildschirmen des Roboters abzuwenden. »Wahrscheinlich die ganze restliche Nacht und noch einige Stunden dazu – wie lange eben der Fluss braucht, um nach Tagesanbruch auszutrocknen. Bis dahin sind es ungefähr zwanzig Stunden.«

»Vielleicht wachsen die Pflanzen ja in der Zwischenzeit weit genug, um die Spur des Roboters zu verdecken. Wäre das nicht möglich?«

»Leider kann ich das nicht sagen.«

»Obwohl Sie diesen Planeten seit nunmehr sechzehn Jahren ununterbrochen beobachten? Wirklich, Doktor, allmählich müssten Sie etwas mehr darüber wissen.«

»In diesen sechzehn Jahren habe ich nie Gelegenheit gehabt, die Vegetation am Nordufer dieses Flusses zu beobachten«, erwiderte Raeker ungeduldig, »und ich weiß nur von Nick, dass Swift ein guter Fährtenleser ist; wie gut, kann ich von hier aus nicht beurteilen. Ich weiß, dass die letzten drei Wochen bestimmt nicht leicht für Sie gewesen sind, *Councillor;* aber wenn Sie nichts als destruktive Kritik zu bieten haben, helfen Sie Ihrer Tochter keineswegs. Allmählich klingen Sie fast wie Aminadabarlee.«

»Ich bin froh, dass Sie diesen Namen erwähnt haben.« Rich schien überraschenderweise keineswegs beleidigt zu sein. »Doktor, mir ist durchaus klar, dass Sie unter der brüsken Art des

Drommianers zu leiden haben – aber trotzdem müssen Sie anerkennen, dass Aminadabarlee im Vergleich zu seinen Landsleuten ein sanftmütiges Lamm ist, sonst hätte er diesen verantwortungsvollen Diplomatenposten nie bekommen. Deshalb muss ich Sie ausdrücklich bitten, in seiner Gegenwart nicht ungeduldig zu werden, selbst wenn er Sie herausfordert oder sogar beleidigt. Leider besteht tatsächlich die Möglichkeit, dass er seine Drohung wahrmacht. Was das bedeuten würde, brauche ich Ihnen wohl nicht ausführlicher zu erklären, denn ein Mann von Ihrer Intelligenz müsste die schwerwiegenden Folgen dieser Handlungsweise selbst überblicken können. Ich übertreibe keineswegs, wenn ich sage, dass ich noch nie in meiner gesamten Dienstzeit eine ähnliche Krisensituation erlebt habe.«

Raeker starrte Rich einen Augenblick lang an.

»Das war mir bisher noch nicht klar«, sagte er langsam. »Aber ich muss Ihnen leider mitteilen, dass diese Tatsache meine Bemühungen zur Rettung der beiden Kinder nicht beeinflussen wird; ich habe schon mein Bestes getan.«

»Das glaube ich, aber ich musste mit Ihnen über diese andere Sache sprechen. Wäre Aminadabarlee nicht hier, hätten Sie es vermutlich einfacher; aber nachdem Sie sich nicht vor ihm verstecken können, müssen Sie ihn wenigstens zu verstehen versuchen. Denken Sie immer daran, unter allen Umständen die Beherrschung zu bewahren! Ich versichere Ihnen, dass er Ihre Zurückhaltung nicht für Feigheit halten wird; das entspräche gar nicht seiner Denkweise. Er wird Sie umso eher respektieren – und ich ebenfalls.«

»Ich werde mich bemühen«, versprach Raeker, »aber im Augenblick bin ich froh, wenn er sich ein paar Stunden lang nicht sehen lässt. Ich muss Nick über den Fluss bringen, und Nick ist in gewisser Beziehung mein Kind. Wir können uns gern unterhalten, solange alles in Ordnung ist, aber Sie dürfen nicht überrascht sein, wenn ich mich mitten im Satz unterbreche. Haben Sie mit den Kindern gesprochen?«

»Ja. Sie halten sich bewundernswert. Zum Glück ist der Dromianer mit dort unten; ich fürchte, dass Easy schon einen Nervenzusammenbruch bekommen hätte, wenn sie sich nicht für ihren 'Mina verantwortlich fühlen würde. Er scheint davon überzeugt zu sein, dass sie allen Schwierigkeiten gewachsen ist, sodass wir zunächst in dieser Beziehung keine Sorgen zu haben brauchen. Habe ich Ihnen schon erzählt, dass Mister Sakiiro festgestellt hat, weshalb die Elektrolyse nicht in Gang gekommen ist? Die Inspektionsluken waren noch nicht verschlossen, sodass die Kontakte korrodierten, als der Bathyskaph in die Planetenatmosphäre eindrang. Mister Sakiiro will versuchen, den Schaden von Ihren Leuten dort unten beheben zu lassen.«

»Ich weiß. Ich habe schon darüber nachgedacht; aber das bedeutet, dass wir *sie* zuerst finden müssen, und dann müssen *sie* den Bathyskaph finden. Glücklicherweise können die Kinder unbegrenzt lange dort unten leben; die Maschine versorgt sie mit Essen, Wasser und Luft.«

»Richtig, aber Easy kann die starke Schwerkraft nicht ewig ertragen.«

Raeker runzelte die Stirn. »Daran hatte ich noch gar nicht gedacht. Haben die Ärzte Ihnen gesagt, wie lange sie es dort unten aushalten kann?«

»Sie wussten es selbst nicht. Erwachsene könnten monatelang leben, aber mit Kindern hat man bisher noch nie ähnliche Versuche unternommen.«

»Hm, das ist allerdings ein Problem. Wenigstens haben Sie jetzt einen guten Grund, Aminadabarlee gegenüber energischer aufzutreten. Schließlich macht die Schwerkraft seinem Sohn nichts aus.«

»Nein, aber dafür etwas anderes. Der Bathyskaph erzeugt nur menschliche Synthetiknahrung.«

»Und? Haben die Drommianer denn nicht den gleichen Metabolismus wie wir? Sie atmen Sauerstoff, und ich habe selbst gesehen, dass sie an Bord der *Vindemiatrix* an unseren Mahlzeiten teilgenommen haben.«

»Richtig, aber sie brauchen trotzdem andere Vitaminkombinationen, obwohl sie die gleichen Fette, Kohlehydrate und Proteine aufnehmen. Wenn 'Mina noch längere Zeit dort unten bleiben muss, leidet er bestimmt unter Vitaminmangel.«

Raeker pfiff leise vor sich hin und zog nachdenklich die Augenbrauen in die Höhe. Rich dachte bereits, dass der andere sich wegen der Ereignisse auf Tenebra Sorgen mache, aber die Bildschirme zeigten noch immer das Flussbett. Der Diplomat beobachtete schweigend, wie der Roboter weiterrollte und schließlich das gegenüberliegende Ufer erreichte.

Es regnete noch immer, deshalb musste Fagin die Scheinwerfer einschalten, um den Tropfen ausweichen zu können, bis Nick wieder bei Bewusstsein war. Etwa zehn Minuten später setzten die beiden ihren Marsch fort, nachdem Nick eine neue Fackel entzündet hatte. Allerdings brauchten sie jetzt keine Verfolgung mehr zu befürchten.

Dann kam der Mann herein, der die Wache übernehmen sollte. Raeker ließ sich ungern ablösen, weil die Lage noch nicht völlig geklärt war; aber er wusste, dass kein Mensch die ganze Nacht lang konzentriert aufmerksam bleiben konnte. Deshalb wies er seine Ablösung ein und verließ dann zögernd den Raum.

»Ich kann bestimmt nicht gleich schlafen«, sagte er zu Rich. »Vielleicht gehen wir noch einmal in die Nachrichtenzentrale und sprechen mit Easy.«

»Vor zwei Stunden hat sie noch fest geschlafen«, antwortete der Vater des Mädchens. »Deswegen hatte ich Zeit für die Unterhaltung mit Ihnen. Aber wir können nachsehen, ob sie unterdessen aufgewacht ist.«

In der Zwischenzeit habe sich nichts ereignet, berichtete der Nachrichtenoffizier. Die beiden Männer ließen sich trotzdem vor dem Bildschirm nieder. Beide schwiegen, jeder hing seinen eigenen Gedanken nach.

Raeker war schon fast eingeschlafen, als Easys Stimme aus dem Lautsprecher drang.

»Dad! Hörst du mich?« Rich war bestimmt genauso schläfrig wie Raeker, aber er antwortete sofort.

»Ja, Liebling. Was ist los?«

»Wir bewegen uns. 'Mina schläft noch, und ich will ihn nicht aufwecken, aber ich dachte, ich sollte es dir lieber sagen.«

»Sprich lieber gleich mit Doktor Raeker; er kennt Tenebra besser als jeder andere.«

»Ausgezeichnet. Doktor Raeker, Sie erinnern sich doch noch an die erste Nacht nach unserer Landung auf Tenebra, als das Wasser allmählich höher stieg?«

»Ja, Easy. Vermutlich hat der Regen die Säure verdünnt, sodass der Bathyskaph tiefer eintauchte.«

»Seitdem ist es jede Nacht wieder so gewesen; wir liegen so tief im Wasser, dass sogar die oberen Bullaugen überspült werden.«

»Ich verstehe, was Sie damit sagen wollen. Aber in diesem Fall könnt ihr doch überhaupt nicht hinaussehen, vermute ich; wie haben Sie also festgestellt, dass der Bathyskaph sich bewegt?«

»Wenn ich die Scheinwerfer einschalte, sehe ich genug; wir befinden uns auf dem Boden eines Meeres oder eines Sees, wo deutlich Felsen und Pflanzen zu erkennen sind. Wir bewegen uns langsam darüber hinweg und stoßen nur gelegentlich an.«

»Aha. Ich glaube nicht, dass ein Grund zur Besorgnis besteht, obwohl ich selbst gern wissen möchte, was diese plötzliche Veränderung hervorgerufen hat. Bei Tagesanbruch verdampft das zusätzliche Wasser, sodass der Bathyskaph wieder an die Oberfläche gelangt, falls er sich noch in einem See oder Meer befindet. Vielleicht schwimmt ihr aber auch in einem Fluss, sodass ihr strandet, wenn das Wasser verdunstet. Wenigstens ist dann die Landschaft etwas abwechslungsreicher.

Unsere größte Schwierigkeit besteht darin, eure genaue Position auszumachen. Wenn ihr jede Nacht in eine andere Richtung treibt, wird die Suche immer schwieriger. Sie müssen uns alle Veränderungen der Umgebung genau beschreiben, damit wir Nick und seine Freunde benachrichtigen können. Dass Sie sich sofort mit uns in Verbindung gesetzt haben, war richtig, denn wir sind auf Sie angewiesen.«

»Danke, Doktor. Wir halten die Augen offen. Ich möchte Ihren Freund Nick gern kennenlernen.«

»Wir tun alles, damit Sie ihn bald zu Gesicht bekommen. Falls Sie wirklich in der Nähe des Roboters gelandet sind, kann es nicht mehr lange dauern, bis er mit Ihnen zusammentrifft.«

»Vielleicht bleibe ich lieber noch einige Zeit wach, damit ich Sie benachrichtigen kann, falls Veränderungen eintreten. Später kann 'Mina mich ablösen, damit ich etwas Schlaf bekomme.«

»Einverstanden. Hier oben sitzt immer jemand am Lautsprecher, mit dem Sie sich unterhalten können.« Raeker schaltete das Mikrofon aus und wandte sich an Rich. Der Diplomat sah ihn nachdenklich an.

»Wie viel davon war eigentlich als moralische Aufrüstung für Easy oder mich gedacht?«, fragte er.

»Ich habe alles so positiv wie möglich dargestellt«, gab Raeker zu. »Aber ich habe trotzdem nicht gelogen. Ich weiß, dass ich meine Leute in absehbarer Zeit zu dem Bathyskaph führen kann; ich gebe aber auch zu, dass ich noch nicht weiß, was sie dort ausrichten werden. Wir haben keine Ahnung, wie die Maschine im Augenblick von außen aussieht, und müssen erst auf Nicks Bericht warten, bevor wir uns für bestimmte Anweisungen entscheiden.«

Rich starrte den Biologen einen Augenblick lang an, dann nickte er leicht. »Das klingt sehr vernünftig«, sagte er. Vielleicht hätte er noch etwas hinzufügen wollen, aber dazu fand er keine Gelegenheit mehr.

»Nein, das klingt geradezu idiotisch!« Die schrille Stimme war nicht zu verkennen. »Hier wird immer nur davon gesprochen, wie man diesen Wilden beibringen kann, eine Maschine zu reparieren, die ihrer Kultur 2000 Jahre voraus ist. Dabei steht bei diesem Unsinn nicht nur das Leben eines Menschen, sondern auch das eines Drommianers auf dem Spiel! Eigentlich müsste doch sogar ein Dreijähriger einsehen, dass nur ein zweiter Bathyskaph Aussicht hat, eine Rettungsaktion erfolgreich durchzuführen. Aber bisher ist von dieser Möglichkeit überhaupt noch nicht gesprochen worden. Ich nehme an, dass Menschen eher an die damit verbundenen Kosten als an das Leben der Betroffenen denken.«

»Ich habe bisher von keinem Funkspruch nach Dromm gehört, in dem ein ähnlicher Vorschlag gemacht wurde«, gab Raeker wütend zurück. »Schließlich ist die industrielle Kapazität Ihres Heimatplaneten mindestens ebenso groß wie die der Erde, und Dromm ist keineswegs weiter von Altair entfernt. Aber anscheinend sind Sie der Auffassung, die ganze Sache sei eben nicht Ihre Schuld, und kümmern sich deshalb nicht darum.«

Aminadabarlees Reaktion blieb den Anwesenden erspart, da Rich sich einmischte, bevor der Drommianer antworten konnte.

»Doktor Raeker, Sie vergessen sich«, sagte er missbilligend. »Wenn *Councillor* Aminadabarlee mich begleiten will, werde ich seine wertvolle Anregung mit ihm besprechen. Fall Sie noch einen Vorschlag zu machen haben, können Sie sich mit mir in Verbindung setzen. Bitte kommen Sie, Sir.« Die beiden Diplomaten verließen den Raum. Der Wachoffizier warf Raeker einen besorgten Blick zu.

»Drommianer lassen sich nicht gern auf diese Weise ansprechen«, meinte er dann.

»Ich weiß«, antwortete Raeker. »Rich hatte mich soeben davor gewarnt. Ich habe es nicht absichtlich getan, aber ich wollte Rich auf andere Gedanken bringen.«

»Das ist ziemlich riskant. Der Drommianer kann seine Landsleute so gegen die Erde aufhetzen, dass unser Handel praktisch zum Erliegen kommt.«

»Ja, das habe ich bereits gehört«, erwiderte der Biologe unsicher. »Aber bisher war ich immer der Auffassung, die Lage könne unmöglich so ernst sein. Vielleicht war ich wirklich zu voreilig. Jedenfalls haben Rich und der Drommianer jetzt etwas zu tun und lassen uns in Ruhe; konzentrieren wir uns lieber auf die Rettung der Kinder. Von jetzt ab lasse ich die Finger aus diesem diplomatischen Pokerspiel.«

»Hoffentlich! Was halten Sie von dem Vorschlag, einen zweiten Bathyskaph zu bauen?«

»Ich bin kein Ingenieur«, sagte Raeker, »aber ich kann mir trotzdem vorstellen, wie lange der Bau eines zweiten dauern würde. Ich bin Biologe, und meiner Überzeugung nach wären beide Kinder längst tot, bevor der Bathyskaph einsatzbereit gemacht werden könnte. Wenn Rich und der Drommianer es damit versuchen wollen, werde ich sie nicht davon abhalten; der Versuch kann nicht schaden, und vielleicht wird die Maschine sogar schneller fertig. Aber ich bin trotzdem der

Meinung, dass wir unseren bisherigen Plan weiterhin verfolgen müssen.«

»Hat der Drommianer recht gehabt?«

»Sie meinen, dass wir Nick und seine Gruppe einsetzen wollen, um die Reparatur durchführen zu lassen? Ja. Der Gedanke ist keineswegs so lächerlich, wie Aminadabarlee behauptet hat. Ich habe Nick und die anderen sechzehn Jahre lang ausgebildet; sie sind genauso intelligent wie Menschen und können bestimmt ein paar Drähte spleißen.«

Der Wachoffizier runzelte zweifelnd die Stirn.

»Wenn sie nur die *richtigen* Drähte miteinander verbinden«, murmelte er. »Und womit wollen sie das Zeug isolieren?«

»Sie stellen einen Leim aus Tierschuppen her – ich habe ihnen das Verfahren erklärt. Natürlich müssen wir erst feststellen, ob er genügend isoliert, aber deswegen mache ich mir noch keine Sorgen.«

»Obwohl Sie annehmen müssen, dass ein Teil der Körperflüssigkeit dieser Eingeborenen aus Schwefelsäure besteht?«

»Keine *größeren* Sorgen, wollte ich sagen«, antwortete Raeker. »Im Augenblick besteht unser größtes Problem darin, dass wir Nicks Gruppe in die Nähe des Bathyskaphen bringen. Können Sie die Position der Maschine und des Roboters wirklich nicht genauer bestimmen?«

»Leider nicht. Die Chancen, dass die beiden nicht mehr als sechzig Kilometer voneinander entfernt sind, stehen etwa fünfzig zu fünfzig. Außerdem können wir mit neunzigprozentiger Sicherheit behaupten, dass sie nicht weiter als 150 Kilometer entfernt sein dürften. Mehr kann ich nicht versprechen, denn unsere Messungen sind zu ungenau, weil die Ortungsmöglichkeiten sehr beschränkt sind.«

»Das ist eben nicht zu ändern. Ich muss mir die Umgebung von Easy beschreiben lassen und sie mit Nicks Karten vergleichen. Wenigstens brauchen wir die Eingeborenen nicht direkt an den Bathyskaph heranzuführen; die Scheinwerfer sind kilometerweit sichtbar.« Der Offizier nickte, und die beiden Männer starrten schweigend auf den Bildschirm. Falls Easy weiterhin Wache hielt, wie sie versprochen hatte, war sie jedenfalls nicht in dem Kontrollraum. Von Zeit zu Zeit hörten die Männer leise Geräusche; vermutlich trieb das Schiff weiter in einer Strömung, aber bisher hatten sich noch keine Veränderungen ergeben, die das Mädchen erwähnenswert gefunden hätte.

Raeker döste schließlich in seinem Sessel ein. Der Offizier blieb wach, erhielt aber nur die kurze Benachrichtigung, dass Easy jetzt schlief, während Aminadorneldo die Beobachtung übernahm. Auch er schien nichts Bemerkenswertes zu sehen; der Lautsprecher blieb stumm, nachdem das Mädchen sich abgemeldet hatte.

Der Bathyskaph trieb weiter. Gelegentlich blieb er für Sekunden oder sogar Minuten unbeweglich; aber die Reise führte stets nach Kurzem weiter, denn die Strömung riss ihn über die Hindernisse hinweg. Easy wachte wieder auf und bereitete eine reichlich fade Mahlzeit zu – so drückte sie sich wenigstens aus. Aminadorneldo war höflich genug, alles auf die Synthetiknahrung zu schieben; schließlich kann man aus Aminosäuren, Fetten und Traubenzucker nicht allzu viel machen, selbst wenn man Vitaminpulver zugibt.

Die lange Nacht auf Tenebra war noch nicht vorüber; Raeker nahm wieder seinen Dienst in dem Kontrollraum auf und führte Nick und Fagin bis an eine Stelle, die seiner Meinung nach in der Nähe der Gruppe lag. Eine Nacht auf einem Planeten, dessen Rotationsgeschwindigkeit fast hundert Stunden für eine Drehung um die eigene Achse erfordert, kann ziemlich langweilig sein. Allerdings brauchte sie es nicht zu sein, überlegte Raeker, als er sich an die Nacht erinnerte, in der Swift das Dorf überfallen hatte.

Nach Tagesanbruch schien eine Besserung in Sicht – aber jetzt war Raeker bereits wieder schläfrig. Nick erkannte die Gegend wieder, in der er und Fagin sich im Augenblick befanden, und behauptete zuversichtlich, dass sie innerhalb der nächsten beiden Stunden auf den Rest der Gruppe stoßen würden. Raekers Ablösung meldete sich und musste genauestens eingewiesen werden. Aus der Nachrichtenzentrale kam die Mitteilung, dass der Bathyskaph sich nicht mehr bewegte.

»Richten Sie bitte Leutnant Wellenbach aus, dass er nach Möglichkeit hier einen Bildschirm installieren lassen möchte, der mit der Zentrale verbunden ist«, sagte Raeker zu der Ordonnanz, die die Nachricht gebracht hatte. »Ich hoffe, dass ich mich schon bald mit dem Bathyskaph und meinen Schülern unterhalten muss.«

»Selbstverständlich, Sir«, antwortete die Ordonnanz. »Das lässt sich bestimmt ohne Weiteres machen.«

»Ausgezeichnet. Ich gehe jetzt in die Zentrale, höre mir Easys Bericht an und komme wieder zurück, wenn der Bildschirm installiert ist.«

»Sie sollten lieber schlafen, Doktor«, mahnte der Mann, der ihn abgelöst hatte.

»Eigentlich schon, aber vorläufig habe ich keine Zeit dazu. Sie machen auch nach meiner Rückkehr Dienst und schreiten sofort ein, wenn ich irgendwelchen Blödsinn anstelle.«

»Wird gemacht.« Der andere zuckte mit den Schultern. Raeker wusste, dass er unvernünftig war, aber vorläufig würde er ohnehin nicht schlafen können. Er ging in die Nachrichtenzentrale.

Rich und Aminadabarlee waren ebenfalls dort. Der Diplomat hatte den Drommianer offenbar beruhigt, denn Raekers

Erscheinen verursachte keinen neuen Wutanfall. Easy sprach, als der Biologe den Raum betrat.

»... Minuten, seit wir uns zuletzt bewegt haben. Draußen ist es nicht heller geworden, aber unterdessen muss es Tag geworden sein, wenn ich richtig mitgerechnet habe. Wahrscheinlich hat die Strömung nachgelassen, weil das Wasser bereits verdampft.« Sie machte eine Pause, und Raeker sprach sie an.

»Easy, haben Sie oder 'Mina irgendwelche Tiere im Wasser beobachtet?«

»Nein, nur Pflanzen – oder was uns wie Pflanzen erschien.«

»Wie steht es jetzt damit?«

»Noch immer nichts.«

»Dann haben Sie meiner Auffassung nach das Meer noch nicht erreicht. Dort gibt es nämlich Tiere, von denen Nick berichtet hat. Andererseits besteht die Möglichkeit, dass sie wegen der Scheinwerfer nicht zu nahe kommen. Können Sie die Lampen fünf Minuten lang ausmachen und sie dann plötzlich wieder einschalten? Vielleicht ist dann etwas zu sehen.«

»Einverstanden, solange ich die Innenbeleuchtung nicht ausschalten muss. Hier sind ohnehin keine Bullaugen, sodass der Lichtschein nicht nach außen dringen kann. Ich möchte die Beleuchtung nicht gern ausschalten, weil ich dann in der Dunkelheit den falschen Schalter betätigen könnte.«

»Sie haben recht; daran hätte ich nie gedacht.«

»Ich habe in den vergangenen drei Wochen über vieles nachgedacht.«

Einen Augenblick lang erkannten die Männer hinter der zuversichtlichen Maske, die Easy für 'Mina aufgesetzt hatte, die nervöse, erschrockene Zwölfjährige, deren Selbstbeherrschung bis an die Grenze des Möglichen beansprucht worden war. Rich biss sich auf die Unterlippe und ballte die Fäuste; die anderen Männer sahen nicht zu ihm hinüber. Aminadabarlee ließ keine Gefühle erkennen; Raeker fragte sich, ob er überhaupt welche empfand. Dann wandte das Mädchen sich wieder in ihrer üblichen Art an den jungen Drommianer.

»Gehst du bitte an das Bullauge im Arbeitsraum, 'Mina? Wenn du dort bist, rufst du, damit ich die Scheinwerfer ausschalten kann.«

»Sofort, Easy.« Sekunden später meldete 'Mina sich aus dem Nebenraum. Das Mädchen betätigte nacheinander die Lichtschalter.

»Ist es draußen jetzt dunkel?«

»Ja, Easy. Ich kann nichts erkennen.«

»Ich weiß, aber die Scheinwerfer müssen längere Zeit ausgeschaltet bleiben. Doktor Raeker, ist ›'Minas‹ Vater bei Ihnen?«

»Ja, Miss Rich.« Aminadabarlee antwortete selbst.

»Vielleicht erzählen Sie Doktor Raeker und mir lieber, wie lange die Augen eines Drommianers brauchen, um sich an die Dunkelheit zu gewöhnen, Sir.« Raeker wunderte sich wieder einmal über die erstaunliche Intelligenz des Mädchens. Er kannte Studenten, die zehn Jahre älter und doch erheblich langsamer waren – Easy dachte gelegentlich sogar rascher als er selbst, obwohl sie genügend andere Sorgen hatte …

Er beschäftigte sich wieder mit der Gegenwart, als das Mädchen seinen Namen rief.

»Doktor Raeker, 'Mina hat nichts gesehen. Aber vielleicht waren die fünf Minuten zu kurz?«

»Vielleicht«, gab Raeker zu. »Andererseits sind die Tiere unter Umständen gar nicht an dem Bathyskaph interessiert. Jedenfalls können wir vorläufig annehmen, dass Sie das Meer noch nicht erreicht haben. Wahrscheinlich stranden Sie irgendwo, wenn der Regen tagsüber verdunstet. In diesem Fall hätte ich gern eine möglichst genaue Beschreibung der Umgebung, in der Sie sich befinden.«

»Ich weiß. Wir werden unser Bestes tun.«

»Wir versuchen zu arrangieren, dass Sie mehr oder weniger direkt mit Nick in Verbindung treten können, sowie Sie ihm selbst Hinweise geben können. Dadurch wird der Umweg über uns vermieden.«

»Das wäre gut. Aber kann ich denn nicht einfach mit ihm sprechen, ohne diese ganzen Geräte zu benützen? Sind an dem Bathyskaph keine Außenmikrofone und Lautsprecher angebracht?«

»Natürlich. Mister Sakiiro wird Ihnen erklären, wie sie in Betrieb gesetzt werden. Die jetzige Lösung gilt nur vorläufig, bis Nick den Bathyskaph gefunden hat.«

»Einverstanden. Wir setzen uns wieder mit Ihnen in Verbindung, wenn das Wasser verdampft ist. Im Augenblick sind wir beide hungrig.«

Raeker dachte an seinen knurrenden Magen und ließ sich ebenfalls einen Imbiss bringen. Unterdessen war er völlig übermüdet, aber dann erhielt er die Mitteilung, dass der angeforderte Bildschirm bereits angebracht worden war. Folglich musste er ihn überprüfen und ging in seinen Kontrollraum zurück, den er erst einige Stunden später wieder verlassen konnte.

Nick und Fagin waren vor wenigen Minuten auf den Lagerplatz der Gruppe gestoßen, und Nick berichtete den anderen von den Ereignissen der letzten Nacht. Raeker musste aufmerksam zuhören, denn leider bestand immer die Möglichkeit, dass ein Eingeborener die Dinge anders als die menschlichen Beobachter an Bord der *Vindemiatrix* beurteilte und beschrieb. Das war schon öfter vorgekommen, denn selbst eine menschliche Erziehung hatte aus den Eingeborenen keine Menschen gemacht.

Diesmal hatte Raeker keine Einwände gegen Nicks Bericht, aber er musste noch erfahren, was die anderen in der Zwischenzeit unternommen hatten. Auf Nicks Vorschlag hin hatten sie genaue Karten der Umgebung angefertigt, die sie jetzt nacheinander erläuterten.

Wie üblich wurden die Karten dem Roboter gezeigt, sodass sie fotografiert werden konnten; dann folgten ausführliche Erklärungen, weil nicht alle Einzelheiten zeichnerisch festgehalten worden waren. Diese Erläuterungen wurden auf Band gespeichert und den Geologen zur Auswertung und Übertragung auf größere Karten übergeben. Selbstverständlich nahmen die Berichte längere Zeit in Anspruch. Fast zu lange Zeit.

Raekers Ablösung war nicht ausreichend über die Gefahr informiert worden, die vielleicht noch immer von Swift ausging, und Raeker selbst hatte seit seiner Rückkehr in den Kontrollraum nicht mehr daran gedacht. Keiner der beiden war auf den Gedanken gekommen, Nick zu empfehlen, einen Posten aufzustellen. Deshalb wurde die Gefahr nur zufällig rechtzeitig entdeckt.

Während Jane ihre Karte erläuterte, sah Betsey eine Bewegung auf einem der Hügel. Sie wollte schon die anderen warnen, schwieg aber, bis sie deutlich erkannt hatte, dass sich dort ein Eingeborener versteckt hielt. Da ihre eigene Gruppe vollzählig um Fagin versammelt war, konnte es sich nur um einen von Swifts Kriegern handeln, obwohl sie keine Erklärung dafür fand, wie er in so kurzer Zeit hierhergekommen war.

Betsey wandte sich leise an John und Nick, die neben ihr standen.

»Lasst euch nicht anmerken, dass ihr etwas sucht – aber dort drüben auf dem Hügel liegt einer der Höhlenbewohner und beobachtet uns. Was sollen wir tun?«

Nick dachte angestrengt nach.

»Ich sehe nur einen. Und ihr?«

»Ebenfalls.«

»Ihr kennt euch hier besser aus als ich. Kann man den Hügel dort drüben von beiden Seiten umgehen, ohne gesehen zu werden?« John und Betsey überlegten und antworteten fast gleichzeitig.

»Ja, von beiden Seiten.«

»Ausgezeichnet, dann könnt ihr gleich aufbrechen. Verschwindet möglichst unauffällig, als wolltet ihr nur auf die Herde aufpassen. Wenn er euch nicht mehr sehen kann, macht ihr einen weiten Bogen und bringt ihn lebend hierher. Ich möchte unbedingt wissen, wie er so rasch den Weg zurückgelegt hat – und Fagin ebenfalls, das steht fest.«

»Sollen die anderen oder er etwas davon erfahren?«

»Noch nicht. Sie benehmen sich unauffälliger, wenn sie nichts davon wissen. Außerdem stehen noch einige Berichte aus, und Fagin hat Unterbrechungen nicht gern.«

»Ich weiß, aber hier handelt es sich doch um einen Sonderfall.«

»Trotzdem überraschen wir ihn lieber mit einem Gefangenen. Am besten nehmt ihr Äxte mit; die Höhlenbewohner haben anscheinend Angst davor. Vielleicht lässt er sich dann eher gefangen nehmen.«

»Wird gemacht.« John und Betsey gingen in Richtung Herde davon. Die anderen schienen nicht darauf zu achten, und Nick tat sein Bestes, um nicht aufgeregt zu wirken, als die beiden davonschlenderten.

7 Ergreifung; Untersuchung; Belehrung

Weder Raeker noch sein Assistent achteten darauf, dass John und seine Begleiterin verschwanden, weil sie zu sehr damit beschäftigt waren, die Berichte der anderen Mitglieder der Gruppe entgegenzunehmen. Easy und 'Mina konnten die Eingeborenen zwar indirekt beobachten, aber beide wussten zu wenig über ihre Gewohnheiten, um die Veränderung wahrzunehmen. Zudem beschäftigten sie sich lieber mit den Berichten, weil sie hofften, einen Teil der beschriebenen Gegend wiederzuerkennen.

Der Bathyskaph lag jetzt völlig auf dem Trockenen. Das Wasser des Flusses war verdunstet und hatte das Schiff am Fuß eines Hügels zurückgelassen, den Easy prompt Mount Ararat taufte. Die beiden Kinder waren ziemlich aufgeregt, weil sie zum ersten Mal gleichzeitig Nicks Gruppe auf dem Bildschirm und die wirkliche Oberfläche von Tenebra durch die Bullaugen beobachten konnten. Easy saß vor dem Bildschirm, während Aminadorneldo an einem Bullauge stand; beide versuchten, dem anderen zu beschreiben, was sie sahen. Ihre Stimmen waren in dem Kontrollraum der *Vindemiatrix* deutlich zu hören und trugen ihren Teil zu der allgemeinen Verwirrung bei, doch Raeker wollte die Verbindung nicht unterbrechen, solange Hoffnung bestand, dass die Kinder unter Umständen einen wertvollen Hinweis geben konnten.

Jane hatte unterdessen ihre Karte erläutert und einige Fragen beantwortet, die Raeker ihr zusätzlich gestellt hatte. Dann trat sie zurück, damit Oliver Bericht erstatten konnte. Die Karte wurde zunächst fotografiert, während Raeker sich davon überzeugte, dass das Tonbandgerät einwandfrei funktionierte. Eine Minute später war der Biologe fast davon überzeugt, dass seine Anwesenheit nicht mehr unbedingt nötig war.

Doch dann entdeckte der Höhlenbewohner John. Binnen drei Sekunden war Raeker wieder hellwach und hatte völlig vergessen, wie müde er gewesen war.

Swifts Späher reagierte augenblicklich; er sprang auf und suchte sein Heil in der Flucht. John befand sich südwestlich von ihm, Fagin und die restliche Gruppe versperrten ihm den Weg nach Südosten; deshalb wandte er sich nach Norden. In diesem Augenblick tauchte Betsey vor ihm auf. Nick, der den Höhlenbewohner nicht aus den Augen gelassen hatte, deutete dessen Zögern richtig, obwohl er weder Jim noch Betsey sehen konnte. Er unterbrach Oliver ohne weitere Formalitäten und begann seine Anweisungen zu geben.

Die anderen waren einen Augenblick lang überrascht, aber dann rannten sie so rasch wie möglich in die angegebene Richtung. Als Raeker erkannte, dass niemand in der Aufregung auf seine Fragen antworten würde, setzte er den Roboter ebenfalls in Bewegung und gebrauchte dabei einige Ausdrücke, bei denen Easy erschrocken zusammenzuckte. Nick und seine Freunde waren unterdessen längst hinter dem ersten Hügel verschwunden.

Easy wandte sich aufgeregt an den Biologen, ohne zu erwähnen, dass sie seine Flüche gehört hatte.

»Doktor Raeker! Will Nicks Gruppe wirklich einen der Höhlenbewohner fangen? Wie kann er den Weg so rasch zurückgelegt haben? Ich dachte, Swifts Leute wären am Ufer des Flusses zurückgeblieben?« Raeker hatte sich mit dieser Frage bereits selbst beschäftigt, konnte sie aber nicht beantworten und wurde stattdessen vor Verlegenheit rot.

»Das habe ich auch gedacht, Easy. Ich habe keine Ahnung, wie das passieren konnte. Wir müssen warten, bis Nicks Gruppe zurückkommt; falls sie den Späher gefangen genommen haben, können wir ihn verhören. Ich nehme zumindest an, dass Nick den Höhlenbewohner fangen will, denn er hat nichts von Umbringen gesagt.«

»Richtig. Vielleicht sehen wir sie bald wieder, wenn der Roboter auf der anderen Seite des Hügels angelangt ist. Das kann allerdings noch einige Zeit dauern, denn die Maschine bewegt sich schrecklich langsam.«

Die Beobachter an Bord der *Vindemiatrix* und in dem Bathyskaph saßen wie auf Kohlen, bis die Gestalten der Eingeborenen wieder auf den Bildschirmen auftauchten. Unterdessen umringten Nick und seine Freunde den Späher von allen Seiten, aber der Höhlenbewohner ließ sich vorläufig noch nicht einschüchtern und suchte offensichtlich nach einer Möglichkeit zur Flucht.

Nick schien jedoch einiges in Sachen militärischer Taktik aufgeschnappt zu haben, denn er ließ die Mitglieder seiner Gruppe ausschwärmen, bis sie einen lockeren Kreis bildeten, in dessen Mittelpunkt sich der Späher befand. Erst dann sprach er den Höhlenbewohner in seiner eigenen Sprache an.

»Glaubst du, dass du noch fliehen kannst?«

»Ich weiß es nicht, aber einige von euch werden es bedauern, wenn sie mich aufhalten wollen«, antwortete er.

»Was hast du davon, wenn du dabei umkommst?« Der Späher schien um eine Antwort verlegen, offenbar war er über die Frage erstaunt. Er überlegte noch immer, als Nick fortfuhr: »Du weißt, dass Fagin Swift versprochen hat, ihm alles beizubringen. Er will nicht, dass wir miteinander kämpfen. Wenn du deine Speere fortwirfst und mit uns zu ihm gehst, geschieht dir nichts.«

»Wenn euer Lehrer so hilfsbereit ist, hätte er sich anders benehmen müssen. Warum ist er geflohen?«, fragte der andere.

»Weil ihr ihn uns gestohlen habt, obwohl er uns weiterhin unterrichten sollte. Er hat mir gestern geholfen, als ich vor euch fliehen musste; er hat mich durch den Fluss getragen, den ich allein nicht hätte durchqueren können. Als ihr unser Dorf angegriffen habt, wollte er, dass wir mit euch verhandeln; aber ihr habt uns keine Gelegenheit dazu gegeben.«

Nick schwieg, weil er glaubte, dass der andere Zeit zum Nachdenken brauchte. Die nächste Frage kam jedoch sofort.

»Tut ihr alles, was euer Lehrer euch sagt?«

»Selbstverständlich.« Nick erwähnte nicht, dass er gelegentlich an Fagins Entscheidungen zweifelte; im Augenblick hatte er diese wenigen Ausnahmen allerdings tatsächlich vergessen.

»Dann soll er euch in meiner Gegenwart sagen, dass ihr mir nichts tun dürft. Dort drüben kommt er bereits. Ich warte hier, aber ich behalte meine Waffen, bis ich sicher bin, dass ich sie nicht gebrauchen muss.«

»Aber du kennst seine Sprache nicht; du kannst also auch nicht beurteilen, was er zu uns sagt.«

»Während seines Aufenthalts bei uns hat er einige Wörter in unserer Sprache gelernt, obwohl er sie nicht gut aussprechen kann. Ich werde ihn selbst fragen, was er vorzuschlagen hat; er braucht nur Ja oder Nein zu sagen.« Der Späher schwieg und beobachtete die Annäherung des Roboters, wobei er seine Speere weiterhin wurfbereit hielt.

Selbst Raeker verstand, was diese Geste bedeutete, und empfand ein gewisses Unbehagen; falls etwas Unerwartetes geschehen sollte, würde er zwei Sekunden zu spät reagieren. Wieder einmal wünschte er sich, dass die *Vindemiatrix* sich nicht so weit von Tenebra entfernt befand, sondern innerhalb der Planetenatmosphäre kreiste.

»Was sagt er, Nick? Will er kämpfen?«

»Vielleicht nicht, wenn ich ihn davon überzeugen kann, dass ein Kampf unsinnig wäre«, antwortete Nick und fasste zusammen, was der Späher gesagt hatte. »Ich weiß selbst nicht recht, was wir mit ihm anfangen sollen, nachdem wir ihn erwischt haben«, schloss er.

»Eigentlich habt ihr ihn noch nicht«, stellte Raeker trocken fest, »aber ich sehe ein, dass du dich in einer schwierigen Lage befindest. Wenn wir ihn laufen lassen, erscheint Swift innerhalb der nächsten Stunden auf der Bildfläche. Behalten wir ihn aber hier, muss jemand ständig Wache halten – und am Schluss entkommt er vielleicht doch. Natürlich können wir ihn nicht einfach umbringen.«

»Obwohl Alice und Tom umgekommen sind?«

»Trotzdem nicht, Nick. Ich glaube, wir müssen das Beste aus seiner unerwarteten Anwesenheit machen und uns mit der Tatsache abfinden, dass Swift unseren Aufenthaltsort erfährt. Augenblick, ich muss erst nachdenken.« Der Roboter schwieg, aber die Männer, die ihn steuerten, begannen eifrig zu diskutieren; verschiedene Pläne wurden vorgebracht, besprochen und abgelehnt, während die Eingeborenen warteten. Selbst die beiden Diplomaten, die alle Ereignisse von der Nachrichtenzentrale aus verfolgt hatten, hielten ausnahmsweise den Mund.

Der Höhlenbewohner hatte der Unterhaltung zwischen Nick und Fagin selbstverständlich nicht folgen können, aber jetzt verlangte er eine Übersetzung. Er brachte diesen Wunsch so selbstverständlich vor, dass Nick keine andere Wahl blieb, als eine kurze Zusammenfassung zu geben.

»Fagin überlegt, was wir tun sollen. Er will nicht, dass wir dich töten.«

»Er soll es mir aber selbst sagen. Ich verstehe ihn bestimmt.«

»Niemand darf den Lehrer unterbrechen, während er nachdenkt«, wies Nick ihn zurecht. Der Höhlenbewohner schien beeindruckt; wenigstens schwieg er, bis der Roboter sich wieder meldete.

»Nick«, sagte Raeker, »ich möchte, dass du sehr sorgfältig übersetzt, was ich Swifts Späher zu sagen habe. Am besten dolmetschst du Wort für Wort und denkst selbst darüber nach, denn ich werde einige Tatsachen erwähnen, die ich euch aus Zeitmangel bisher nicht mitteilen konnte.«

»Gewiss, Lehrer.« Die Aufmerksamkeit der Gruppe konzentrierte sich jetzt völlig auf den Roboter; der Höhlenbewohner schien dies entweder nicht zu bemerken oder nicht ausnützen zu wollen, denn er unternahm keinen Fluchtversuch, sondern hörte aufmerksam zu. Raeker sprach betont langsam, damit Nick genügend Zeit für die Übersetzung hatte.

»Wie ihr alle wisst«, begann er, »wollte Swift, dass ich seine Leute das lehre, was ihr von mir gelernt habt. Ich war durchaus dazu bereit, aber Swift vermutete, dass meine Leute sich widersetzen würden, wodurch es zu einem Kampf kam, der zu vermeiden gewesen wäre.

Das spielt aber jetzt eigentlich keine Rolle mehr, bedeutet jedoch, dass ein anderes Ereignis verzögert wurde, das nicht nur für uns, sondern auch für Swift und seine Leute wichtig gewesen wäre. Bisher habe ich euch nur Wissen und Informationen geben können. Ich war allein hier und kann nie wieder zurück, sodass ich euch nicht mehr bringen kann, selbst wenn ich noch lange bleibe.

Aber jetzt sind andere gekommen. Sie befinden sich in einem großen Ding; ihr kennt kein Wort dafür, weil ich euch nie davon erzählt habe. Wir haben dieses Ding hergestellt, das uns von einem Ort zum anderen tragen kann, wie ihr einen Eimer oder einen Speer herstellt; denn meine Heimat liegt so weit von hier entfernt, dass man sie zu Fuß nie erreichen könnte, und so hoch über euch, dass nicht einmal eine Schwebepflanze in ihre Nähe käme.

Die Leute, die in diesem Ding kommen sollten, wären von Zeit zu Zeit zurückgekehrt, um neue Werkzeuge und andere Sachen für euch zu holen. Aber die Maschine funktionierte nicht richtig; sie war wie ein Speer, dessen Spitze einen Sprung aufweist. Sie kam hinab, bis in eure Nähe, konnte aber nicht wieder nach oben schweben. Meine Leute können zwar in ihr leben, die Maschine aber selbst nicht reparieren.

Deshalb brauchen wir die Hilfe von Nicks Gruppe – und vielleicht sogar die der Höhlenbewohner, falls sie sich dazu bereit erklären. Wenn ihr die Maschine findet, die meine Freunde nicht verlassen können, werde ich euch sagen, was ihr tun müsst, damit sie wieder zurückkehren und euch später viele wertvolle Dinge bringen kann. Wenn ihr das nicht wollt oder könnt, sterben meine Leute hier, und ihr werdet nichts lernen – denn ich muss eines Tages auch sterben, wie ihr wisst.

Ich möchte, dass Swift davon benachrichtigt wird, damit er einen seiner Leute zurückschicken kann, der seine Antwort überbringt. Ich möchte, dass er und die übrigen Höhlenbewohner bei der Suche nach der Maschine helfen; und wenn sie gefunden ist, können beide Gruppen gemeinsam die Reparatur vornehmen. Dann braucht es keine Kämpfe mehr zu geben. Willst du ihm meine Botschaft überbringen?«

Nick hatte die Ansprache Wort für Wort übersetzt, obwohl seine Kenntnisse des fremden Dialekts sich an einigen Stellen als unzulänglich erwiesen hatten. Der Späher schwieg fast eine Minute lang, als der Roboter verstummt war. Er hielt seine Speere noch immer wurfbereit, aber Raeker glaubte zu erkennen, dass seine Haltung weniger aggressiv war.

Dann begann der Höhlenbewohner Fragen zu stellen, und Raeker musste seine Einschätzung der Intelligenz des Spähers revidieren; er hatte ihn anfangs für einen ziemlich primitiven Wilden gehalten.

»Wenn du weißt, was mit deinen Freunden und ihrer Maschine los ist, musst du irgendwie mit ihnen sprechen können.«

»Richtig, wir ... äh ... ich kann mit ihnen sprechen.«

»Warum musst du dann nach ihnen suchen? Warum können sie dir nicht sagen, wo sie sich befinden?«

»Sie wissen es selbst nicht. Sie sind irgendwo gelandet und fünf Tage lang auf einem See umhergetrieben. Vergangene Nacht wurden sie von einem Fluss fortgeschwemmt. Sie konnten nichts erkennen, weil sie sich völlig unter Wasser befanden – außerdem haben sie diese Gegend noch nie gesehen. Das Wasser des Flusses ist verdunstet, aber das hilft ihnen auch nichts.«

»Wenn du sie hören kannst, musst du sie auch finden können. Ich finde alles, was ich höre.«

»Wir sprechen durch Maschinen, die eine Art Geräusch machen, das nur eine andere Maschine versteht. Ihre Maschine spricht mit einer, die dann wieder mit mir spricht; aber alle sind so weit voneinander entfernt, dass niemand genau weiß, wo sie sich wirklich im Augenblick befinden. Meine Leute können mir nur ihre Umgebung beschreiben; ich gebe die Beschreibung weiter, damit ihr die Suche aufnehmen könnt.«

»Du weißt also nicht einmal, wie weit sie entfernt sind?«

»Nicht genau. Aber wir nehmen an, dass die Entfernung nicht sehr groß ist – nicht mehr als zwei oder drei Tagesmärsche, wahrscheinlich sogar weniger. Wenn ihr mit der Suche beginnt, schalten meine Freunde ein sehr helles Licht ein, das aus weiter Entfernung erkennbar ist.«

Der Höhlenbewohner ließ seine Speere sinken, bevor er antwortete. »Ich bringe Swift deine Botschaft, und wenn er antworten will, komme ich wieder zurück. Bist du dann noch hier zu finden?«

Raeker zögerte unentschlossen, sah aber ein, dass er die Frage bejahen musste. Dann fiel ihm noch etwas anderes ein.

»Würdet ihr lange nach uns suchen müssen, wenn wir weiterziehen würden?«, erkundigte er sich. »Wir waren erstaunt darüber, wie rasch du uns gefunden hast. Habt ihr eine Möglichkeit, Flüsse zu durchqueren, bevor sie ausgetrocknet sind?«

»Nein«, antwortete der Späher mit überraschender Offenheit. »Dieser Fluss beschreibt einen weiten Bogen nach Norden und fließt parallel zur Küste. Swift hat uns entlang des Flusses ausgeschickt, damit wir nach Tagesanbruch an verschiedenen Stellen mit der Suche beginnen konnten.«

»Dann müssen also auch andere unsere Spuren gefunden haben?«

»Selbstverständlich. Vielleicht beobachten sie uns jetzt – oder sie haben gesehen, dass ihr mich gefangen habt, und sind zurückgekehrt, um Swift zu benachrichtigen.«

»Wie kommt es, dass ihr diese Gegend so gut kennt, obwohl sie so weit von euren Höhlen entfernt ist?«

»Wir sind noch nie hier gewesen, aber schließlich weiß jeder, wie Flüsse normalerweise verlaufen und wo Hügel und Täler anzutreffen sind.«

»Ihr verlasst euch also auf eure Erfahrung. Vielen Dank für die Auskunft, aber du gehst jetzt vielleicht lieber, bevor Swift mit seinen Kriegern auftaucht, um den Angriff auf einen seiner Männer zu rächen.«

»Einverstanden. Ich möchte nur noch eine Frage beantwortet haben. Manchmal sagst du ich und manchmal wir, selbst wenn du offenbar nicht dich und deine Leute meinst. Wie ist das zu erklären? Bist du nicht allein in diesem Ding?«

Nick übersetzte die Frage nicht, sondern beantwortete sie gleich selbst.

»Der Lehrer drückt sich immer so aus«, erklärte er dem Höhlenbewohner. »Wir haben uns schon oft darüber gewundert und ihn danach gefragt, aber er hat uns nie eine Erklärung dafür gegeben – das sei nicht wichtig, meinte er. Vielleicht wird Swift daraus schlau.« Nick verhielt sich psychologisch geschickt, obwohl er nicht einmal dieses Wort kannte.

»Vielleicht.« Der Späher marschierte ohne ein weiteres Wort nach Süden davon; Nicks Gruppe, die sich längst um Fagin versammelt hatte, schaute ihm hinterher.

»Das klingt nicht schlecht, Doktor Raeker. Sollen wir von jetzt an die Scheinwerfer eingeschaltet lassen?« Easy Richs Stimme durchbrach das Schweigen.

»Nein, lieber noch nicht«, antwortete Raeker nachdenklich. »Ich weiß vorläufig wirklich nicht, ob ich Swift nach euch suchen lassen soll, oder ob das Ganze nur ein gutes Ablenkungsmanöver war.«

»Was?« Aminadabarlees Stimme klang schriller und lauter als gewöhnlich. »Geben Sie zu, dass Sie meinen Sohn als Köder benützen, um die Wilden von Ihren Lieblingen fortzulocken? Dass Ihnen diese lächerlichen Eingeborenen wichtiger als alles andere erscheinen, nur weil Sie sie ein paar Jahre lang ausgebildet haben? Das ist ja die Höhe! *Councillor* Rich, ich muss Sie bitten, sofort meinen Rückflug nach Dromm in die Wege zu leiten; ich werde dort veranlassen, dass unverzüglich Rettungsmaßnahmen eingeleitet werden. Bisher habe ich den Menschen vertraut, aber jetzt ist meine Geduld zu Ende – und die aller anderen zivilisierten Lebewesen der Galaxis ebenfalls!«

»Entschuldigung, Sir.« Raeker wusste unterdessen, wie man mit dem Drommianer umzugehen hatte. »Vielleicht hören Sie wenigstens auf *Councillor* Rich, dessen Tochter in der gleichen Lage ist wie Ihr Sohn. Er kann Ihnen erklären, dass die ›lächerlichen Eingeborenen‹, um deren Sicherheit ich besorgt bin, als Einzige dazu fähig sind, die beiden Kinder zu retten; und ihm ist vielleicht aufgefallen, dass ich dem Wilden nicht erzählt habe, wie die Gegend aussieht, die Easy und 'Mina beschrieben haben.

Selbstverständlich würden wir die Hilfe Ihres Planeten dankbar begrüßen – aber glauben Sie, dass sie rechtzeitig kommen würde? Bevor das Mädchen wegen der hohen Schwerkraft und Ihr Sohn wegen Vitaminmangels bleibende Schäden davongetragen haben? Ich stelle Ihnen diese Fragen nicht, um Ihre Besorgnis zu steigern, sondern um Sie darauf hinzuweisen, wie Ihre Hilfe aussehen müsste. Falls Sie einen besseren Vorschlag zu machen haben, wie Sie Ihrem Sohn helfen können, machen Sie ihn bitte gleich jetzt.«

Rich stand hinter dem Drommianer und nickte Raeker kurz anerkennend zu. Der Biologe, dem nichts mehr einfiel, was er hätte hinzufügen können, schwieg wohlweislich. Bevor Aminadabarlee sich jedoch äußern konnte, drang Easys Stimme aus dem Lautsprecher.

»Bitte, seien Sie nicht auf Doktor Raeker böse, Sir; 'Mina und ich wissen, was er vorhat, und wir mögen Nick auch.« Raeker fragte sich, wie viel davon wahr war; er wusste selbst noch nicht recht, was er wollte, und die Kinder hatten noch nicht direkt mit Nick gesprochen, obwohl sie ihm und seiner Gruppe einige Stunden lang zugehört hatten. Andererseits war Easy eben die Tochter eines Diplomaten. Raeker hatte unterdessen erfahren, dass sie ihren Vater seit ihrem ersten Lebensjahr auf seinen Reisen begleitet hatte, nachdem ihre Mutter vorzeitig gestorben war. Nun schien sie sich selbst zu einer ausgezeichneten Diplomatin zu entwickeln. »Wie könnte dann Swift uns verletzen«, fuhr sie jetzt fort. »Und weshalb sollte er uns überhaupt etwas antun wollen?«

»Er hat gedroht, dass er den Roboter verbrennen würde, wenn er ihn nicht zu den Höhlen begleitet«, antwortete der Drommianer. »Wenn er mit dem Bathyskaph ähnlich umgeht, geratet ihr in eine üble Lage.«

»Aber er wusste, dass Fagin seine Sprache nicht beherrschte, und erwies sich als sehr geduldiger Lehrer; weshalb sollte er also mit uns weniger Geduld haben? Wir bringen ihm gern alles bei, was er lernen möchte, und wir können uns leichter mit ihm unterhalten als Doktor Raeker – wenigstens tritt dabei keine Verzögerung auf.«

Aminadorneldo wandte sich ebenfalls an seinen Vater und schien Easys Ausführungen zu unterstützen, denn der Drommianer beruhigte sich allmählich wieder. Raeker fragte sich allerdings, wie lange dieser Zustand anhalten würde. Dann konzentrierte er sich wieder auf seine Aufgabe und auf Nick.

Der Eingeborene hatte seine Gruppe an ihren ursprünglichen Versammlungsplatz zurückgeschickt – bis auf zwei, die als Hirten eingeteilt worden waren. Nick stand noch immer neben dem Roboter und schien auf Anweisungen zu warten. Raeker konnte ihm keine erteilen und überbrückte die peinliche Situation, indem er selbst einige Fragen stellte.

»Was hältst du davon, Nick? Glaubst du, dass der Späher zurückkommt? Oder genauer gesagt, dass Swift mit uns zusammenarbeiten wird?«

»Das kann ich nicht besser als du beurteilen.«

»Doch, denn du hast längere Zeit bei Swift und seinen Leuten verbracht und ihn besser kennengelernt. War es richtig, dass ich ihm alles Mögliche versprochen habe? Ich weiß, dass er von uns lernen möchte, aber vielleicht aus ganz anderen Gründen?«

»Durchaus möglich«, gab Nick zu. »Andererseits bezweifle ich, dass man voraussagen kann, was andere Leute tun oder lassen werden.«

»Ich auch, aber einige meiner Freunde sind anderer Meinung.« Fagin und Nick bewegten sich nebeneinander auf die Gruppe zu, ohne den kurzen Erdbebenstoß zu bemerken, der den Boden unter ihnen erschütterte. Nick sammelte unterwegs Holz und hatte alle vier Arme voll davon, als sie die Übrigen erreichten. Fagin berief sofort eine Versammlung ein.

»Ihr habt alle gehört, was ich Swifts Krieger von der Maschine erzählt habe, die irgendwo mit zwei meiner Leute an Bord gestrandet ist. Wenn sie nicht bald gefunden und repariert wird, müssen diese Leute sterben. Ihre Rettung ist wichtiger als alles andere, deshalb lassen wir zunächst alles stehen und liegen, während wir nach dem Schiff suchen.

Ich werde euch die Gegend, in der meine Freunde sich befinden, so genau wie möglich beschreiben. Wir überprüfen dann unsere Karten – dabei helfe ich euch natürlich, weil ich schneller arbeite –, und ihr sucht jeweils zu zweit alle wahrscheinlichen Punkte auf. Wenn wir damit keinen Erfolg haben, müssen wir so rasch wie möglich mit einer systematischen Suche beginnen.

Nick und Betsey bleiben hier, kümmern sich um das Lager und versorgen die Herde; die Suchteams bestehen aus Oliver und Dorothy, John und Nancy, Jim und Jane. Sobald die Karten überprüft worden sind, teile ich jedem Team ein bestimmtes Gebiet zu; in der Zwischenzeit könnt ihr alle Holz für heute Nacht suchen.« Die Gruppe schwärmte gehorsam in verschiedene Richtungen aus.

Die Geologen an Bord der *Vindemiatrix* versuchten seit einiger Zeit, Easys Beschreibung der Umgebung des Bathyskaphen mit den vorhandenen Karten zu vergleichen. Bisher waren sie auf fünf Stellen gestoßen, die jedoch alle nicht sehr aussichtsreich schienen. Als sie sich endlich auf eine sechste geeinigt hatten, rief Raeker die Gruppe zurück und teilte jedem Team zwei Gebiete zu.

Aller Wahrscheinlichkeit nach würden drei Tage für diesen Teil des allgemeinen Rettungsplans genügen – einer für den Hinmarsch, einer für die Suche und der dritte für den Rückweg. Bis dahin hatte Swift sich vielleicht bereits der Gruppe angeschlossen, sodass die Suche in größerem Maßstab fortgesetzt werden konnte. Deswegen sollte Nick auch in dem Lager zurückbleiben, damit er notfalls als Dolmetscher zur Verfügung stand.

Die Teams brachen sofort auf. Nick und Betsey schauten ihnen noch eine Weile nach; weit von ihnen entfernt verließ Raeker endlich den Kontrollraum, um den verlorenen Schlaf nachzuholen. Die beiden Diplomaten blieben wach und unterhielten sich mit ihren Kindern, denen sie die lange Wartezeit verkürzen wollten, bis die Suche erfolgreich sein würde.

Dies war der siebenundzwanzigste Schiffstag seit dem Unfall des Bathyskaphen und der Nachmittag des siebten Tages für Nick und seine Leute. Verständlicherweise waren die Kinder ungeduldig; ihre Väter mussten ihnen immer wieder erklären, wie gering die Aussichten dafür waren, dass sie gleich zu Beginn der Suche entdeckt wurden. Easy wiederholte ihren Vorschlag, die Scheinwerfer als Erkennungszeichen einzuschalten, während ihr Vater sie daran erinnerte, dass Raeker Einwände dagegen erhoben hatte; aber Raeker zog schließlich seinen Einspruch zurück.

»Vielleicht hat sie dann eher das Gefühl, dass sie etwas zu ihrer Rettung beiträgt«, meinte er leise. »Meiner Auffassung nach besteht keine Gefahr, dass Swifts Leute den Bathyskaph eher als unsere Leute finden. Sagen Sie ihr, dass sie ruhig mit den Scheinwerfern spielen darf.«

Easy machte von der Erlaubnis sofort Gebrauch, und der Bathyskaph leuchtete strahlend hell auf. Rich war davon nicht übermäßig begeistert, weil er befürchtete, dass die beiden sich falschen Hoffnungen hingeben würden.

»Hören Sie nur«, sagte er zu Raeker. »Beide brüllen wie verrückt, wenn sich irgendwo etwas zu bewegen scheint. Ein Glück, dass sie sich auf ihre eigenen Augen verlassen müssen, denn auf diese Weise sehen sie wenigstens nicht allzu viel. Wahrscheinlich machen sie so weiter, bis sie vor Müdigkeit umfallen; aber nachdem sie aufgewacht sind, fängt der Zauber wieder an ...«

»Dann sind sie vermutlich bereits wieder unter Wasser«, stellte Raeker fest.

»Und treiben weiter, schätze ich. Wenn das der Fall ist, schnappen sie vielleicht ganz über und betätigen alle möglichen Schalter, weil sie auf ein Wunder hoffen, das sie nach Hause bringt.«

»Ich kenne den Drommianer nicht sehr gut, aber ich glaube, dass Sie Ihrer Tochter unrecht tun«, antwortete Raeker. »Im Allgemeinen habe ich nicht viel Ahnung von Kindern, aber Ihre Tochter wirkt wesentlich intelligenter und erwachsener als andere Kinder in ihrem Alter. Selbst wenn Sie Zweifel daran haben, müssen Sie sie vor ihr verbergen.«

»Ich vertraue ihr völlig«, erwiderte Rich. »Aber sie ist eben doch noch ein Kind, und viele Erwachsene hätten an ihrer Stelle bereits einen Nervenzusammenbruch erlitten. Ich kann Ihnen sogar einen zeigen, der bald einen haben wird. Hören Sie nur, wie es dort unten zugeht!«

Aminadorneldos schrille Stimme drang aus dem Lautsprecher.

»Hier drüben ist etwas, Easy! Komm schnell, sonst verschwindet es wieder!«

»Sofort, 'Mina, ich komme schon.« Das Mädchen eilte durch den Raum. »Wahrscheinlich ist es wieder nur eine dieser großen Pflanzen, die aus der Entfernung fast wie Nicks Leute aussehen.«

»Nein, ich habe deutlich eine Bewegung gesehen!«

»Wo?« Aminadorneldo schien auf etwas zu zeigen, denn das Mädchen schwieg einen Augenblick, bevor es sagte: »Ich sehe noch immer nichts; nur einige Büsche.«

»Es war aber neben den Büschen und sah genau wie Nick aus. Es hat einen Augenblick zu uns herübergestarrt, dann verschwand es wieder. Ich habe es deutlich erkannt.«

»Wenn du dich nicht geirrt hast, kommt es bestimmt wieder zurück. Am besten bleiben wir hier und halten danach Ausschau.«

Rich sah zu Raeker hinüber und schüttelte den Kopf.

»Die beiden …«, begann er, konnte aber nicht zu Ende sprechen. Er wurde von einem lauten Schrei unterbrochen, der in diesem Augenblick aus dem Lautsprecher drang.

8 Strahlen; Verdunstung; Strömung

John und Nancy bewegten sich in westlicher Richtung. Bisher waren sie verhältnismäßig rasch vorangekommen, obwohl sie sich noch nie in dieser Gegend aufgehalten hatten. Sie unterhielten sich angeregt miteinander, denn in den vergangenen Tagen hatten sie mehr über ihren Lehrer erfahren als in den sechzehn Jahren zuvor; aber gleichzeitig waren auch unzählige neue Fragen aufgetaucht. Sie waren noch jung genug, um überrascht zu sein; deshalb die fortgesetzte Unterhaltung, die erst beendet wurde, als sie ein Gebiet erreichten, das auf ihrer Karte verzeichnet zu sein schien.

»Offenbar haben wir unsere Richtung ziemlich genau eingehalten«, stellte Nancy fest, nachdem sie das Gelände mit ihrer Karte verglichen hatte. »Wenn ich mich nicht irre, sind wir nur noch fünfundzwanzig bis zwanzig Kilometer von unserem Ziel entfernt.«

»Ausgezeichnet«, meinte John. »Ich bin allerdings der Meinung, dass wir schon hier mit der Suche beginnen sollten.«

Nancy schüttelte den Kopf. »Die zusätzliche Anstrengung ist kaum der Mühe wert. Die Maschine ist bestimmt schon aus größerer Entfernung erkennbar, wie Fagin uns erklärt hat. Meiner Auffassung nach konzentrieren wir uns lieber auf die Karte, bis wir bestimmt wissen, ob wir in der richtigen Gegend sind.«

»Fagin würde vielleicht anders darüber denken«, antwortete John, »aber du hast natürlich wie immer recht. Los, gehen wir weiter!«

Drei Kilometer, zwanzig Minuten und ein Erdbeben später waren sie beide davon überzeugt, dass sie sich nicht geirrt hatten. Obwohl die Oberfläche des Planeten häufigen Veränderungen unterworfen war, konnte kein Zweifel mehr bestehen. John und Nancy diskutierten einige Minuten lang darüber, ob sie bereits jetzt Holz sammeln oder ihren Marsch fortsetzen sollten, um am nächsten Morgen sofort mit der Suche beginnen zu können. Sie entschlossen sich für die zweite Möglichkeit und setzten den Marsch zunächst fort.

Die Abenddämmerung stand unmittelbar bevor, als sie beide gleichzeitig stehen blieben. Sie brauchten kein Wort zu verlieren, weil sie offensichtlich beide die Erscheinung beobachtet hatten. Weit vor ihnen im Südwesten leuchtete ein Licht.

Sie beobachteten es einige Sekunden lang. Der Lichtschein war nicht übermäßig stark, sondern nur eben wahrnehmbar; aber auf Tenebra konnte jedes Leuchten außer dem Tageslicht nur eine Ursache haben. Fagins Schüler waren jedenfalls mit dieser Überzeugung aufgewachsen.

Dann warfen sie einen Blick auf ihre Karte, um nach Möglichkeit die Lichtquelle zu lokalisieren. Das erwies sich jedoch als ausnehmend schwierig, weil die Entfernung kaum zu schätzen war. Die Richtung war klar, aber dieses Leuchten schien aus der kaum erforschten Gegend zu kommen, die Nick nur einmal auf dem Weg zu den Höhlen von Swifts Leuten durchquert hatte. John und Nancy waren davon überzeugt, dass sie diese Stelle unmöglich erreichen konnten, bevor der nächtliche Regen einsetzte. Sie sprachen jedoch nur kurz darüber und einigten sich sofort darauf, wenigstens einen Versuch zu unternehmen.

Zunächst kamen sie gut voran, aber allmählich wurde das Gelände schwieriger. Dies stimmte mit dem überein, was Nick von dieser Gegend erzählt hatte. Die beiden erinnerten sich auch an die gefährlichen Raubtiere in den Höhlen, trafen aber zum Glück auf keine. Der Lichtschein wurde stärker, aber selbst einige Stunden später hatten sie noch keine Ahnung, wodurch er hervorgerufen wurde.

Dann hatten sie den Eindruck, dass die Lichtquelle auf einem erhöhten Punkt lag, und nach einer weiteren halben Stunde waren John und Nancy fest davon überzeugt. Das war nicht leicht zu verstehen; Fagin hatte gesagt, der Bathyskaph sei am Fuße eines Hügels gestrandet.

Dann erinnerte sich John an einen bemerkenswert hohen Hügel, den Nick in dieser Gegend gesehen hatte. Der Karte nach war es nicht ausgeschlossen, aber auch keineswegs sicher, dass die Lichtquelle sich auf diesem Hügel befand. Aber falls dies zutraf, bestand keine Aussicht mehr, dass sie den Bathyskaph entdeckt hatten. Allerdings bedeutete das ihrer Ansicht nach nichts anderes, als dass Swifts Leute dort oben ein Feuer angezündet haben mussten, wodurch sich einige neue Probleme ergaben.

Der Regen würde bald einsetzen, sodass sie nicht ohne Fackeln marschieren konnten. Wenn vor ihnen tatsächlich Swifts Leute lagerten, begaben John und Nancy sich praktisch freiwillig in Gefangenschaft, falls sie sich ihnen mit einer Fackel näherten. Selbstverständlich bestand die Möglichkeit, dass der Häuptling Fagins Angebot bereits angenommen hatte, sodass sie eigentlich Verbündete waren; aber weder John noch Nancy wollten dieses Risiko eingehen.

Nancy machte endlich einen Vorschlag, den John sofort ablehnte, weil er ihm nicht traute. Nancy wies darauf hin, dass sie in Physik besser als er war. John erwiderte, er sei vielleicht nur ein guter Mathematiker, aber trotzdem wisse er genug über den Regen, um misstrauisch zu werden. Nancy beendete die Diskussion, indem sie einfach losmarschierte, ohne sich darum zu kümmern, ob John ihr folgte oder nicht. Natürlich kam er.

Raeker hätte sich über diese Diskussion gefreut. Er hatte seine Schüler völlig willkürlich benannt, nachdem sie aus den gestohlenen Eiern geschlüpft waren, und wusste noch immer nicht, wer von ihnen männlich oder weiblich war. Nancys weibliche Logik hätte ihn vermutlich davon überzeugt, dass er sich zumindest in ihrem Fall nicht geirrt hatte.

John sah unruhig zum Himmel auf, während sie sich auf den Weg machten. Er wusste zwar genau, dass der Regen erst später zu erwarten war, aber seitdem Nancy sich so leichtfertig über seine Befürchtungen hinweggesetzt hatte, konnte er an nichts anderes mehr denken. Als die ersten Tropfen hoch über ihnen erschienen, hatten sie sich dem Licht so weit genähert, dass sie erkannten, dass etwas zwischen ihnen und der Lichtquelle lag – irgendein Hindernis, vermutlich ein Hügel.

»Wollen wir ihn nicht lieber umgehen?«, fragte John, als diese Tatsache feststand. »Wenn wir nach oben klettern, kommen wir umso eher in den Regen.«

»Das kann uns nur recht sein«, antwortete Nancy ungerührt. »Wenn dort wirklich die Höhlenbewohner sitzen, erwarten sie uns bestimmt nicht aus dieser Richtung, und du siehst gleich, dass ich recht gehabt habe. Außerdem bin ich noch nie auf einem wirklich hohen Hügel gewesen – nach Nicks Beschreibung muss er fast hundert Meter hoch sein. Komm!« Sie ging bereits voran, ohne auf Johns Antwort zu warten.

Bereits wenige Minuten später fiel ihnen auf, dass sich der Boden unter ihren Füßen veränderte. Statt des sonst üblichen Granits, der reich an Feldspat und anderen mineralischen Einschlüssen war, sahen sie jetzt ein dunkleres glattes Gestein. Allerdings erkannten sie nicht, worum es sich dabei handelte, denn sie hatten noch nie Lava gesehen, und Nick hatte keine Gesteinsproben mitgebracht.

Die Regentropfen sanken jetzt bis fast auf den Boden herab. Noch konnte man ihnen leicht ausweichen, denn das Licht beleuchtete sie ausgezeichnet; das Problem bestand darin, dass Nancy ihnen absichtlich nicht auswich. Theoretisch hatte sie recht, denn jeder Tropfen enthielt noch genügend Sauerstoff, aber John brauchte einige Zeit, bis er sich überwand und ihrem Beispiel folgte.

Sie arbeiteten sich einen Abhang hinauf und stellten fest, dass die Lichtquelle tatsächlich nicht mehr weit von ihnen entfernt war. Nancy blieb stehen, um nachzudenken, denn ihr war aufgefallen, dass die Regentropfen nicht mehr senkrecht zu Boden sanken, sondern fast waagerecht darüber hinwegschwebten. Das war leicht zu erklären, wenn man an einen Aufwind dachte. Bemerkenswert war eigentlich nur die Geschwindigkeit, denn der Luftzug war zu *spüren* – und das war hier auf Tenebra bereits ein Orkan. Wenn vor ihnen wirklich ein Feuer brannte, musste es größer als alles sein, was Fagins Schüler bisher gesehen hatten.

John und Nancy diskutierten über dieses Phänomen. »Wenn Swifts Leute das Feuer angezündet haben, müssen sie den ganzen Landstrich in Brand gesetzt haben«, stellte John fest.

»Unmöglich!«, lautete Nancys Kommentar.

»Vielleicht doch nicht. Wir können uns ja selbst überzeugen; ich glaube, dass es Swifts Leute waren. Hast du deine verrückte Idee noch nicht aufgegeben?«

»Natürlich nicht. Nachdem der Wind die Tropfen vor sich hertreibt, ist sie sogar leichter durchzuführen.«

»Hoffentlich hast du recht«, meinte John zweifelnd. Nancy nickte zuversichtlich und ging weiter. Kurze Zeit später hatten sie sich dem höchsten Punkt des Hügels bis auf 200 Meter genähert, sodass Nancy beginnen konnte, ihren Plan in die Tat umzusetzen.

Sie suchte sich einen großen Regentropfen, ließ sich von ihm einhüllen und bewegte sich vorsichtig weiter. Ihre Körperwärme verdampfte einen Teil des riesigen Tropfens, aber trotzdem blieb noch genügend Flüssigkeit übrig, um sie völlig einzuhüllen. John blieb vorläufig zurück, weil er zunächst abwarten wollte, wie das Experiment verlief, bevor er selbst den gleichen Versuch unternahm.

In gewisser Beziehung war das Unternehmen ein voller Erfolg; Nancy blieb bei Bewusstsein, bis der Tropfen verdampfte. Andererseits verschwand er jedoch sehr plötzlich, sodass sie dann schutzlos im Freien stand.

Zum Glück führte das jedoch nicht zu der Katastrophe, die John in diesem Augenblick befürchtete. Nancy blieb drei oder vier Sekunden lang unbeweglich stehen; dann wandte sie sich an ihren Begleiter und rief: »Johnny! Komm schnell!«

John rannte auf sie zu und vergaß dabei fast, dass er sich wegen der Regentropfen vorsehen wollte.

Nancy stand kaum fünf Meter von einem riesigen Krater entfernt, dessen Durchmesser über drei Kilometer betragen musste. Sie beglückwünschte sich selbst zu der Tatsache, dass der Regentropfen rechtzeitig verdampft war; aber die Hitze, die aus dem Krater aufstieg, zeigte ihr, dass dies kein Zufall gewesen war, denn hier waren überhaupt keine Tropfen mehr zu sehen. Der Boden des Kraters glühte und schien an einigen Stellen sogar aus einer helleren Flüssigkeit zu bestehen, die ein besonders starkes Licht ausstrahlte.

Raeker oder selbst Easy hätten einen Vulkan selbstverständlich sofort erkannt, aber Fagins Schüler hatten noch nie von Feuerbergen gehört und starrten dieses Phänomen erstaunt an.

»Ist dir schon aufgefallen, dass das hier ein wunderbarer Platz für ein Dorf wäre?«, fragte John nach einigen Minuten. »Wir brauchten dann wenigstens keine Feuer anzuzünden.«

»Und wovon sollten wir leben?«, erkundigte sich Nancy. »Die Pflanzen, die auf diesem dunklen Gestein wachsen, sind ziemlich verschieden von denen, die wir kennen; vielleicht würde das Vieh sie nicht fressen.«

»Das ließe sich leicht feststellen ...«

»Außerdem hat das nichts mit unserem Auftrag zu tun. Das Licht hier ist zwar sehr interessant, aber vorläufig unwichtig. Wir müssen an unsere Arbeit denken, John.«

»Es regnet aber«, stellte John fest, »und uns hat niemand gesagt, dass wir auch nachts suchen sollen. Wir könnten wenigstens hier schlafen.«

»Richtig, denn ...« Nancy wurde plötzlich unterbrochen, als sie John zustimmen wollte. Etwa 300 Meter von den beiden entfernt brach ein riesiges Stück der Kraterwand mit Donnergetöse los und stürzte nach unten. Selbst die dichte Atmosphäre von Tenebra vermochte den Fall nicht zu bremsen, sodass die rund 10 000 Tonnen die dünne Schicht erstarrter Lava am Boden des Kraters ohne Weiteres durchbrachen. Das Ergebnis ließ keinen Zweifel an dem flüssigen Zustand des heißen Materials – oder hätte keinen Zweifel daran gelassen, wenn die beiden Eingeborenen noch zugesehen hätten. John und Nancy hatten ihren Beobachtungsposten jedoch schon längst verlassen und befanden sich bereits auf der Flucht ins Tal, bevor die Felsmassen sich völlig gelöst hatten.

Sie legten fast zwei Kilometer zurück, bevor sie endlich haltmachten. Der Lichtschein hinter ihnen war sehr hell; dadurch konnten sie sich beim Vergleich mit der Karte davon überzeugen, dass dies der Berg sein musste, von dem Nick gesprochen hatte. Als diese Tatsache feststand, mussten sie noch entscheiden, was jetzt zu tun war. Am liebsten wären sie sofort in das Lager zurückgekehrt, um Fagin von ihrer Entdeckung zu berichten; andererseits lag noch eine Aufgabe unerledigt vor ihnen, bei der es um Leben oder Tod ging.

»Ich finde, wir warten lieber«, meinte John. »Wir können hier übernachten, morgen das Gebiet absuchen und wie vereinbart den Rückmarsch antreten. Schließlich wäre es Unsinn, wegen dieser neuen Entdeckung alles stehen und liegen zu lassen.«

»Wahrscheinlich hast du recht«, stimmte Nancy etwas zögernd zu, »aber hier können wir auf keinen Fall übernachten. Auf diesem schwarzen Gestein wächst nicht genügend Holz, und die Regentropfen werden schon durchsichtig.«

»Das ist mir auch aufgefallen«, antwortete John. »Am besten brechen wir gleich auf – nein, erst müssen wir eine Fackel haben. Vielleicht haben wir später nicht mehr genügend Zeit.«

Nancy war einverstanden. Zehn Minuten später traten sie den Weitermarsch an, wobei sie sich nach Süden wandten, wo in der Karte mehrere Hügel verzeichnet waren. Sie waren beide nicht völlig davon überzeugt, dass man nachts marschieren konnte, obwohl Nick davon erzählt hatte; aber schon bald darauf wurden sie abgelenkt.

Wieder war vor ihnen ein Lichtschein sichtbar geworden. Er war schwächer, weil die glühenden Massen in dem Krater den Horizont hell beleuchteten, aber trotzdem konnte kein Zweifel daran bestehen, dass auf einem der Hügel vor ihnen ein Feuer brannte.

»Willst du es diesmal wieder mit deinem Spezialtrick versuchen?«, erkundigte sich John.

Nancy warf einen kurzen Blick auf die gefährlich durchsichtigen Regentropfen und ließ sich nicht zu einer Antwort herab.

Ihr Begleiter hatte allerdings auch keine erwartet und stellte nun stattdessen eine vernünftige Frage.

»Was fangen wir mit der Fackel an? Sie muss von dort drüben aus deutlich zu sehen sein. Soll ich sie gleich ausmachen?«

»Hm«, antwortete Nancy, »vielleicht wäre das gar keine schlechte Idee. Hier ist es überall noch so hell, dass wir den Regentropfen leicht ausweichen können.«

John warf die Fackel wortlos unter einen großen Tropfen, der eben vor ihm zu Boden sank. Die beiden gingen langsam nebeneinander weiter.

Wenige Minuten später konnten sie jedoch bereits erleichtert aufatmen, weil sich das Feuer als harmlos erwies. Während sie zuvor noch befürchtet hatten, sie könnten plötzlich auf Swifts Leute stoßen, sahen sie jetzt Dorothy und Oliver an dem Feuer sitzen; das mühsame Anschleichen war also zum Glück überflüssig gewesen. Die Begrüßung verlief dementsprechend herzlich, denn auch Oliver und Dorothy freuten sich, dass sie plötzlich Gesellschaft bekommen hatten.

Als sie ihre Erfahrungen austauschten, stellte sich heraus, dass nicht nur John und Nancy von dem Vulkan in diese Gegend gelockt worden waren. Die beiden anderen hatten jedoch beschlossen, vorläufig ein Lager zu beziehen und dort die Nacht abzuwarten, bevor sie dem Lichtschein nachgingen.

»Ich möchte wetten, dass Jim und Jane hier auftauchen, bevor die Nacht vorüber ist«, meinte Nancy, als beide Teams ihre Erfahrungen ausgetauscht hatten. »Ihr Gebiet liegt ganz in der Nähe, und wenn sie nicht eine falsche Richtung eingeschlagen haben, müssen sie das Licht ebenfalls gesehen haben.«

»Vielleicht haben sie sich aber strikt an ihren Auftrag gehalten«, warf John ein.

»Gehört die Suche nach einem hellen Lichtschein etwa nicht dazu?«, erkundigte sich Nancy. »Wenn die beiden nicht innerhalb der nächsten zwei oder drei Stunden hier auftauchen, fange ich allmählich an, mir Sorgen zu machen. Dieser Feuerberg ist beim besten Willen nicht zu übersehen, das weißt du selbst ganz genau.«

Keiner der anderen hatte darauf eine passende Antwort, obwohl sie Nancys Überzeugung keineswegs teilten, weil sie sich daran erinnerten, wie vorsichtig und langsam sie sich dem Berg genähert hatten. Die nächsten Stunden verstrichen, ohne dass Jim und Jane auftauchten. Falls Nancy sich Sorgen machte, merkte man sie ihr nicht an; die anderen machten sich jedenfalls keine.

Die Nacht war sehr ruhig und gab zu keinen Besorgnissen Anlass. Das Licht war ungewöhnlich hell, aber daran war der Feuerberg schuld; der Regen wurde schwächer, aber das mochte ebenfalls auf den Vulkan zurückzuführen sein. Das Feuer verbrauchte mehr Holz als gewöhnlich, aber davon gab es mehr als genug. Bestimmt war der Wind die Ursache dafür – keiner der vier hatte jemals eine so starke Luftbewegung erlebt, und ein Wind, den man tatsächlich spürte, konnte ohne Zweifel eigenartige Erscheinungen hervorrufen. Die vier Eingeborenen saßen um das Feuer herum und dösten, während der Wind stärker wurde.

9 Folgerung; Belehrung; Experiment

»Daddy! Doktor Raeker! 'Mina hat recht gehabt; dort drüben steht wirklich Nick!« Easys Stimme hatte einen fast hysterischen Unterton. Die Männer an Bord der *Vindemiatrix* wechselten besorgte Blicke. Rich zuckte mit den Schultern und überließ Raeker den Platz vor dem Bildschirm. Raeker nickte ihm aufmunternd zu und drückte den Sprechknopf seines Mikrofons.

»Wissen Sie bestimmt, dass Sie Nick vor sich haben, Easy?«, erkundigte er sich so gelassen wie möglich. »Eigentlich sollte er nämlich das Lager nicht verlassen. Sechs meiner Schüler suchen paarweise nach Ihnen; erkennen Sie dort draußen zwei Eingeborene?«

»Nein«, antwortete Easy mit ruhiger Stimme. Ihr Vater atmete erleichtert auf und sank in seinen Sessel zurück. »Es war nur einer, und ich habe ihn nicht länger als eine Sekunde gesehen. Warten Sie – jetzt taucht er wieder auf!« Easy stand mit dem Rücken zur Kamera vor einem Bullauge. »Er versteckt sich hinter den Büschen, sodass nur Kopf und Schultern sichtbar sind. Jetzt kommt er etwas näher. Er muss den Bathyskaph sehen, obwohl ich nicht beurteilen kann, in welche Richtung er blickt. Ich weiß nicht, ob er die richtige Größe hat, aber der Körperbau stimmt jedenfalls. Wie unterscheiden Sie eigentlich die Eingeborenen voneinander?«

»Das ist nicht leicht«, gab Raeker zu. »Aber nach einigen Jahren bilden sich doch gewisse Unterscheidungsmerkmale heraus. Vielleicht beschreiben Sie mir lieber, was dieser eine mit sich herumschleppt; das ist bestimmt einfacher.«

»Einverstanden. Er hat einen ziemlich großen Sack über der rechten Hüfte hängen – beziehungsweise an der Stelle, wo bei einem Menschen die rechte Hüfte wäre –, von dem aus ein breites Band über die linke Schulter führt. Vorn an dem Sack baumelt ein Messer, und ich glaube, dass er noch ein zweites trägt, aber das ist kaum zu beurteilen, weil er sich nie offen zeigt. Er ist mit vier kurzen Speeren bewaffnet, die genau wie die aussehen, die Nick und seine Leute gebrauchen.

Je länger ich ihn beobachte, desto größer wird seine Ähnlichkeit mit Nick.«

»Trägt er eine Axt?«, fragte Raeker.

»Wenn er eine hat, muss er sie auf dem Rücken tragen, wo ich sie nicht sehen kann.«

»In diesem Fall befürchte ich, dass Sie tatsächlich werden beweisen müssen, wie gut Sie mit Swifts Leuten auskommen. Meine tragen nur zwei Speere und zusätzlich eine Axt. Wenn der Eingeborene, den Sie sehen, einer von Nicks Leuten wäre, hätte er bestimmt die Axt in einer der linken Hände. Das bedeutet, dass wir unseren Plan abändern müssen; bisher hofften wir, dass unsere Leute den Bathyskaph zuerst finden würden. Die Entdeckung muss allerdings ein Zufall sein; ich nehme an, dass der Eingeborene auf der Jagd war. Swift hat in dieser kurzen Zeit noch keine Suchaktion organisieren können, selbst wenn er sich dazu entschlossen hätte.«

»Brauchen die Suchteams nicht ziemlich lange, bis sie in das Lager zurückkommen?«, erkundigte sich Easy zögernd.

»Ja, leider; über eine Woche nach unserer Rechnung. Aber in der Zwischenzeit hat Nick bestimmt Swifts Antwort erhalten.«

»Wenn die Zeit auf diesem komischen Planeten nur nicht so langsam vergehen würde! Haben Sie nicht einmal davon gesprochen, dass Sie Swifts Dialekt teilweise aufgezeichnet haben, als der Roboter in seinen Händen war?«

»Richtig. Aber wir wissen nicht sehr viel darüber, für Menschen ist der Dialekt kaum aussprechbar. Andererseits haben wir zahlreiche Bänder bespielt; wir können sie Ihnen zur Verfügung stellen und einige Erklärungen mitliefern, wenn Sie glauben, dass Ihnen damit geholfen ist. Zumindest wäre es ein guter Zeitvertreib.«

Easy lachte verschmitzt. »Mir wäre bestimmt damit geholfen. Nicht wahr, Daddy?«

Rich erwiderte ihr Lächeln. »Natürlich. Sie kann jede Sprache fast so schnell lernen, wie Sie die Tonbänder abspielen, Doktor.«

»Wirklich? Ich habe aber noch nie gehört, dass sie sich mit ihrem jungen Freund dort unten anders als in ihrer Muttersprache unterhalten hätte.«

»Kennen Sie einen Menschen, dessen Stimmbänder es mit denen eines Drommianers aufnehmen können? Easy versteht seine Sprache jedoch genauso gut wie ich.«

»Ich bezweifle jedenfalls, dass sie mit Swifts Dialekt besser zurechtkommt. Einige der höheren Töne sind nämlich kaum aussprechbar. Natürlich hat sie als Mädchen eine höhere Stimme, aber trotzdem glaube ich, dass sie sich auf das Zuhören beschränken muss.«

»Vielleicht haben Sie recht. Wollen wir uns nicht lieber wieder mit der Gegenwart befassen? Was tut der Eingeborene jetzt, Easy?«

»Er ist bis auf dreißig Meter herangekommen und besichtigt den Bathyskaph von allen Seiten. Falls er uns durch die Bullaugen gesehen hat, lässt er sich nicht davon beeindrucken. Er ist noch immer allein. Vermutlich haben Sie recht, Doktor Raeker: Wenn einem Ihrer Leute etwas zugestoßen wäre, hätte der andere bestimmt die Suche abgebrochen und wäre in das Lager zurückgekehrt.«

»Davon bin ich nicht ganz überzeugt, aber ich nehme sicher an, dass der Eingeborene zu den Höhlenbewohnern gehört«, antwortete Raeker. »Berichten Sie uns, wenn er sich anders verhält.«

»Das ist bereits jetzt der Fall. Er entfernt sich wieder in die Richtung, aus der er gekommen ist. Er trägt wirklich keine Axt; wir haben ihn inzwischen von allen Seiten zu Gesicht bekommen. Allmählich ist er kaum noch zu sehen, weil unsere Scheinwerfer die Umgebung nicht sehr weit beleuchten. Jetzt ist er ganz verschwunden.«

Raeker warf einen Blick auf seine Uhr und stellte eine rasche Berechnung an. »In etwa vier Stunden setzt der Regen wieder ein. Easy, haben Sie gesehen, ob der Eingeborene eine Fackel bei sich hatte?«

»Ganz bestimmt nicht. Aber vielleicht trägt er in seinem Sack eine Art Feuerzeug mit sich herum.«

»Swifts Leute wissen nicht, wie man Feuer macht. Nicks Gruppe benutzt dazu Feuerbohrer, aber ich nehme an, dass die Höhlenbewohner den Trick noch nicht begriffen haben. Jedenfalls beherrschten sie ihn gestern noch nicht – also vor drei oder vier Schiffstagen.

Ich wollte damit vor allem sagen, dass dieser Eingeborene ohne Feuer nicht weiter als vier Stunden von Swifts anderen Leuten entfernt sein kann. Vielleicht sogar weniger; halten Sie also lieber die Augen offen, damit Sie uns sofort verständigen können, wenn eine größere Gruppe von Höhlenbewohnern auftaucht. Auf diese Weise hätten wir einen weiteren Hinweis, denn Swift hält sich vermutlich in der Nähe der Höhlen oder an der Stelle auf, wo Nick und der Roboter den Fluss durchquert haben.«

»Ja, das verstehe ich. Wir werden nach ihnen Ausschau halten«, erwiderte Easy. »Aber wie steht es mit den Tonbändern? Je früher wir sie bekommen, desto mehr kann ich lernen.«

Raeker versprach ihr, dass man die Bänder sofort überspielen würde. Die nächsten Stunden verliefen ereignislos; die Nacht und der Regen setzten ein, und als die Regentropfen durchsichtig wurden, erwarteten die Kinder die Eingeborenen nicht mehr. Sie aßen, schliefen und versuchten, die Sprache der Höhlenbewohner zu lernen. Easy erwies sich als ungewöhnlich begabt, war aber nicht ganz das Naturwunder, das ihr Vater in ihr sah.

Kurze Zeit später trat eine weitere Komplikation auf, die niemand vorausgesehen hatte, obwohl sie zu erwarten gewesen war. Der Bathyskaph setzte sich wieder in Bewegung, als der Fluss allmählich durch die Regenfälle anschwoll. Die beiden Kinder konnten beim besten Willen nicht beurteilen, wie rasch sie sich bewegten; sie waren überhaupt erst durch einen Stoß darauf aufmerksam geworden. Bis zu diesem Zeitpunkt konnten sie allerdings erst eine Minute oder schon eine halbe Stunde unterwegs gewesen sein.

Raeker ließ sich durch diese Nachricht keineswegs erschüttern, aber Easy war dem Weinen nahe.

»Auf diese Weise besteht eher Aussicht, dass Nicks Gruppe euch vor Swifts Leuten findet«, erklarte der Biologe ihr. »Die Höhlenbewohner müssen die Suche wieder neu aufnehmen während wir die Position des Schiffes immer genauer bestimmen können.«

»Wie soll ich das verstehen?«, fragte das Mädchen unsicher. »Sie wussten vorher nicht, wo wir waren, und jetzt haben Sie keine Ahnung, wie schnell und in welche Richtung wir uns bewegen. Meiner Meinung nach wissen wir jetzt weniger als zuvor, obwohl man eigentlich nicht weniger als nichts wissen kann.«

»Wir *wissen* es nicht«, gab Raeker zu, »aber wir können ziemlich genau schätzen. Wir nehmen an, dass der Bathyskaph nur wenige Marschstunden – sagen wir dreißig bis vierzig Kilometer – von der Linie zwischen Swifts Höhlen und Nicks Lager entfernt ist. Wir sind außerdem davon überzeugt, dass dieses Gebiet nicht allzu weit von dem Meer entfernt sein kann, das Nick entdeckt hat. Folglich werden Sie allmählich in dieses Meer geschwemmt, und ich wäre sehr überrascht, wenn Sie es nicht innerhalb der nächsten beiden Nächte erreichen.

Das heißt also, dass Nicks Leute nur die Küste absuchen und auch das Wasser im Auge behalten müssen. Ich glaube nicht, dass der Bathyskaph weit auf das Meer hinaustreibt; der Fluss weist keine nennenswerte Strömung auf, und auf Tenebra gibt es keine heftigen Winde.«

Easys Gesicht hellte sich auf. Aminadorneldo, der ebenfalls auf dem Bildschirm sichtbar war, zeigte keine Gemütsbewegung, aber das Mädchen, das ihn beobachtet hatte, schien mit dem Erfolg zufrieden, den Raekers Erklärungen gehabt hatten. Dann fiel ihr jedoch etwas ein; sie stellte eine präzise Frage.

»Wie soll Nicks Gruppe uns helfen, wenn wir auf dem Meer treiben?«, wollte sie wissen. »Weder sie noch Swifts Leute können uns dann erreichen, und Sie sagen, dass es auf Tenebra praktisch keinen Wind gibt, obwohl ich das nicht ganz verstehe.«

»Der atmosphärische Druck ist so unglaublich hoch, dass die sonst gültigen Regeln hier nicht anwendbar sind«, erklärte Raeker ihr. Er war selbst kein Physiker, hatte aber genau diese Frage in den vergangenen sechzehn Jahren oft genug beantworten müssen. »Die äußerst geringen Temperaturschwankungen beeinflussen weder das Volumen noch das spezifische Gewicht oder den Druck wesentlich. Geringe Druckschwankungen bedeuten aber gleichzeitig nur schwache Luftbewegungen, und selbst der Wechsel des Aggregatzustands von gasförmig zu flüssig beeinflusst das spezifische Gewicht so wenig, dass die Regentropfen trotz der hohen Schwerkraft wie Seifenblasen zu Boden schweben.«

»Vielen Dank, wenn ich wieder in der Schule bin, werde ich meinen Physiklehrer danach fragen«, sagte Easy lächelnd. »Sie haben vielleicht recht, aber damit ist noch nicht beantwortet, wie Nicks Gruppe uns erreichen soll, wenn wir im Meer treiben. Entschuldigen Sie bitte, wenn ich wieder die alte Leier anstimme, obwohl Sie das Thema wechseln wollten.«

Raeker lachte laut – zum ersten Mal seit Wochen.

»Ausgezeichnet. Nein, das wollte ich keineswegs; Sie haben nur zufällig eine Frage gestellt, die bisher fast jeder Besucher von mir beantwortet haben wollte, und ich habe ohne nachzudenken geantwortet. Sie haben sozusagen auf den Sprechknopf gedrückt. Was das andere Problem betrifft, können Sie es getrost mir überlassen. Ich unterhalte mich morgen früh mit Nick darüber – jetzt könnte er ohnehin nichts unternehmen.«

»Einverstanden«, meinte Easy. »Dann brauche ich mir also keine Sorgen darüber zu machen. Wie erkennen wir, dass wir auf dem Meer treiben?«

»Der Bathyskaph erreicht wieder die Oberfläche, wenn ein Teil des Wassers verdunstet. Vielleicht steigt er sogar gleich auf, wenn er das Meer erreicht, aber das kann ich nicht mit Bestimmtheit sagen. Ich weiß nicht, wie weit der Regen die Säure verdünnt. Halten Sie die Augen offen, und benachrichtigen Sie uns sofort, wenn eine Aufwärtsbewegung wahrnehmbar ist.«

»Wird gemacht. Das ist nicht schwer.«

Aber sie befanden sich noch immer dicht über dem Boden, als der Bathyskaph zum Stillstand kam. Irgendetwas hatte die Strömung so weit verringert, dass sie den riesigen Hohlkörper nicht mehr bewegen konnte. Raeker vermutete, dass der Bathyskaph bereits das Meer erreicht hatte; ob diese Annahme zutraf, würde sich allerdings erst in einigen Stunden herausstellen, wenn auf Tenebra der nächste lange Tag anbrach.

Dann begann das Schiff langsam nach oben zu schweben; die Bewegung verlief im Zeitlupentempo, sodass drei Stunden vergingen, bevor der Boden nicht mehr sichtbar war. Selbst dann hatten sie die Oberfläche noch nicht erreicht, aber Raeker war fest davon überzeugt, dass der Bathyskaph sich dort befand, wo er ihn vermutete, denn der Fluss war am Vortag wesentlich rascher ausgetrocknet. Er setzte sich mit Easy in Verbindung, beschrieb ihr, was er vorhatte, und wandte sich dann an Nick.

Zunächst erhielt er keine Antwort, aber ein Blick auf den Bildschirm zeigte, dass Nick und Betsey bei der Herde standen. Raeker setzte den Roboter in Bewegung und wiederholte den Anruf mit größerer Lautstärke. Beide Hirten wandten sich um, und Nick lief der Maschine entgegen. Raeker ließ sie weiterrollen, weil er am Fuß des Hügels etwas gesehen hatte, das er für seinen Versuch brauchte.

Nick kam heran und erkundigte sich, was geschehen war.

»Ich erkläre es dir gleich«, antwortete Raeker. »Holst du bitte einen Eimer aus dem Karren und kommst wieder hierher an den Teich?«

»Gern.« Nick rannte den Hügel hinauf. Raeker hatte es absichtlich vermieden, den Roboter einen Eimer holen zu lassen, weil er es sich zur Gewohnheit gemacht hatte, alle beweglichen Teile der Maschine nur in Notfällen zu benutzen.

Der Teich am Fuß des Hügels, den er erwähnt hatte, war wie alle anderen kreisrund und füllte nur einen geringen Teil des Bettes aus, das er nachts einnahm. Raeker vermutete seit Jahren, dass die zurückbleibende Flüssigkeit Schwefelsäure war, und hatte noch keine Tatsache entdeckt, die im Widerspruch zu seiner Theorie stand. Jetzt ließ er den Roboter hindurchrollen, um sicherzugehen, dass der Teich wirklich so seicht war, wie er aussah, und wartete dann, bis Nick mit dem Eimer zurückkam.

»Ist er auch dicht, Nick? Hält er Flüssigkeit, ohne zu lecken?« Statt einer Antwort zog Nick den Ledereimer durch die Flüssigkeit, wartete einen Augenblick, bis die Tropfen abgelaufen waren, und hob ihn dann hoch. Der Eimer schien völlig dicht zu sein.

»Zufrieden?«, meinte Nick schließlich. »Warum ist das eigentlich wichtig? Wir brauchen dieses Zeug nie sehr weit zu transportieren. Teiche gibt es überall genügend.«

»Ich will es gar nicht in dem Eimer haben, Nick. Jetzt kannst du ihn wieder ausleeren und einfach in die Flüssigkeit stellen.« Nick gehorchte. Der schwere Henkel brachte den Eimer fast zum Kentern, und zehn oder fünfzehn Liter Schwefelsäure strömten hinein. Dies reichte aus, um das Gefäß so zu beschweren, dass der Eimer senkrecht bis fast zum Rand in dem Teich versank. Aber nicht weiter; Nick war verblüfft, denn er hatte erwartet, dass der Eimer sofort versinken würde.

»Ich fürchte, dass ich deine Erziehung etwas vernachlässigt habe«, stellte Raeker fest. »Andererseits ist es angesichts der Verhältnisse auf Tenebra entschuldbar, dass ich den guten alten Archimedes ausgelassen habe. Noch einmal, Nick, aber diesmal mit ein paar Steinen in dem Eimer.«

Da lose Steine auf Tenebra bestenfalls in Erdbebengebieten vorkommen, hatte Nick keine zur Verfügung; er füllte das untere Drittel des Eimers jedoch mit zerbrochenen Holzstücken und erzielte damit das gleiche Ergebnis. Diesmal schwamm der Eimer fast senkrecht und wies einen beträchtlichen Freibord auf.

»Mehr Holz, damit wir sehen, wann er zu sinken beginnt«, wies Raeker Nick an. Zur Überraschung aller Beteiligten konnte der Eingeborene den Eimer bis zum Rand mit Holz füllen, ohne dass er unterging. Allerdings hätte bereits eine kleine Welle genügt, um das herbeizuführen – Raeker demonstrierte diese Tatsache sofort. Auf seine Anweisung hin wirbelte Nick die Flüssigkeit mit allen vier Händen auf; die Wellen schlugen über den Rand des Eimers, der sofort versank.

»Glaubst du, dass du einen ähnlichen Behälter konstruieren könntest, der mehrere Leute vor dem Versinken bewahrt?«, fragte Raeker.

Nick war nicht davon überzeugt. »Vielleicht«, meinte er zögernd, »aber ich verstehe noch immer nicht, wie das alles funktioniert. Könntest du es mir nicht erklären? Welchen Zweck hätte denn ein Behälter dieser Art?«

Raeker nahm die Gelegenheit wahr, um Nick das Prinzip der Wasserverdrängung, Easys Berichte über das Erscheinen des Höhlenbewohners und seine eigene Theorie über die augenblickliche Lage des Bathyskaphen zu erklären. Nick begriff wie üblich rasch und überschlug sich fast vor Begeisterung.

»Jetzt verstehe ich alles!«, rief er begeistert aus. »Das Schiff treibt auf dem Meer, wo es keiner erreichen kann, deshalb hast du uns gezeigt, wie man sich dort bewegt. Mit diesem großen Eimer, den wir bauen sollen, könnten wir hinausfahren und das Schiff auf die andere Seite ziehen, wo Swift uns nicht belästigt. Wir fangen sofort mit dem Bau an – am besten kümmern wir uns gleich um das nötige Leder …«

»Langsam, Nick! Meere – selbst so kleine wie auf Tenebra – überquert man nicht so einfach. Außerdem müssen wir noch einen anderen Punkt berücksichtigen. Was passiert, wenn ihr in diesem – äh – Eimer nachts unterwegs seid?«

Nick überlegte kurz. »Warum können wir nicht Holz und Fackeln mitnehmen?«

»Natürlich könnt ihr das; aber damit ist das Problem noch nicht gelöst. Wie verändert sich das Meer nachts?«

»Es steigt; aber würde der Eimer dieser Bewegung nicht ebenfalls folgen?«

»Wahrscheinlich nicht. Während das Meer steigt, verringert sich seine Dichte sehr rasch, und ich fürchte, dass es schon bald danach über den Rand des Eimers schwappen würde – und du hast eben gesehen, was dann passiert.«

»Richtig«, stimmte Nick zu. Er schwieg eine Minute lang nachdenklich, dann fuhr er so begeistert wie zuvor fort. »Augenblick, jetzt weiß ich, was wir tun müssen! Der Eimer sinkt, weil er sich mit Flüssigkeit füllt, wodurch er nicht mehr leichter als die Flüssigkeit ist, die er verdrängt – richtig?«

»Genau.«

»Was passiert also, wenn wir statt des Eimers einen völlig geschlossenen Luftsack haben? Wenn er dicht schließt, kann keine Flüssigkeit hinein, selbst wenn sie noch so hoch steigt.«

»Aber wenn die Flüssigkeit nicht mehr schwerer als Luft ist?«

»Das wäre nicht weiter schlimm, denn wenn ein Teil des Wassers am nächsten Morgen verdampft, schwimmt der Luftsack wieder oben.«

»Aber nur unter der Voraussetzung, dass er tatsächlich völlig dicht schließt. Ich möchte nicht, dass ihr alle euer Leben nachts auf dem Meer riskiert, obwohl deine Idee mit dem Luftsack wirklich gut ist. Vielleicht wäre es besser, ein Schiff aus vielen Luftsäcken zu bauen, damit es schwimmfähig bleibt, selbst wenn einige undicht werden.«

»Das finde ich auch. Aber warum sollen wir nachts nicht auf dem Meer bleiben? Vielleicht wird es Nacht, bevor wir das andere Schiff über das Meer geschleppt haben.«

»Das kommt überhaupt nicht infrage. Ihr arbeitet tagsüber daran und kommt nachts an das Ufer zurück.«

»Und wie steht es mit Swift?«

»Das bleibt meine Sorge. Willst du das Abkommen nicht einhalten, das wir ihm angeboten haben?«

Nick dachte nach. »Doch, wenn er tatsächlich einverstanden ist. Aber wenn einer seiner Späher gestern das Schiff entdeckt hat, stammt die Idee zu einer eigenen Suche vielleicht von ihm.«

»Ich glaube noch immer, dass die Entdeckung ein Zufall war. Wenn deine Ansicht richtig ist, können wir uns später noch genügend Sorgen in dieser Richtung machen. Easy will mit Swift verhandeln, sagt sie. Habe ich recht, junge Dame?«

»Natürlich.«

»*Magst* du Swift?«, fragte Nick sie überrascht. »Ich kann nicht vergessen, dass er zwei meiner Freunde umgebracht hat.«

»Ich bin ihm noch nie begegnet«, erklärte Easy ihm. »Er hätte euer Dorf nicht so brutal überfallen dürfen, aber vielleicht ist ihm nur nichts Besseres eingefallen, um das zu bekommen, was er haben wollte. Wenn du dich nicht ganz dumm anstellst, Nick, kannst du ihn dazu bringen, dass er tut, was *dir* gefällt – und dass er sich dabei noch einbildet, das Ganze sei seine Idee gewesen.«

»Unmöglich!«, rief Nick aus.

»Warte nur, bis Swift wiederauftaucht«, antwortete das Mädchen so zuversichtlich, dass selbst sein Vater verblüfft war. »Dann wirst du schon sehen, was ich meine.«

Rich beugte sich zu Raeker hinüber und flüsterte: »Hoffentlich wird die junge Dame dort unten nicht allzu selbstsicher. Sie bringt zwar Nick nur das bei, was ich ihr immer gepredigt habe; trotzdem bleibt abzuwarten, ob sie das alles in die Tat umsetzen kann. Schließlich ist dieser Swift weder Mensch noch Drommianer!«

Raeker zuckte mit den Schultern. »Vielleicht kommt sie nie in die Verlegenheit. In der Zwischenzeit ist es bestimmt besser, wenn sie selbstsicher ist, statt ständig vor Angst zu zittern.«

»Wahrscheinlich haben Sie recht.« Rich sah wieder auf den Bildschirm und beobachtete seine Tochter, die sich noch immer angeregt mit Nick unterhielt. Raeker hörte einige Minuten lang amüsiert zu und schlug dann vor, Easy solle Nick lieber alles erzählen, was sie über Bootsbau wusste, denn damit konnte der Eingeborene mehr anfangen. Das Mädchen stimmte sofort zu und begann mit seinem Vortrag.

Kurze Zeit später wurde Easy von Aminadorneldo an das Bullauge gerufen und kam zurück, um zu berichten, dass der Bathyskaph die Oberfläche erreicht hatte. »Wir sind weiter von der Küste entfernt, als Sie angenommen haben, Doktor Raeker«, berichtete sie. »Selbst die stärksten Scheinwerfer reichen kaum bis an das Ufer. Ich kann keine Einzelheiten erkennen, aber anscheinend sind der eigentlichen Küste mehrere kleine Inseln vorgelagert.«

»Sieht 'Mina mehr?«

»Nein«, antwortete Easy wenige Sekunden später. »Er sieht überhaupt etwas schlechter als ich, habe ich festgestellt.«

»Aha. Wahrscheinlich können Sie nicht feststellen, ob der Bathyskaph sich bewegt?«

»Das Meer ist völlig still, sodass wir nicht den geringsten Anhaltspunkt haben. Sonst ist hier nichts zu sehen – außer einigen seltsamen Lebewesen, die wie riesige fliegende Quallen über uns schweben. Jetzt bewegen sie sich gemeinsam auf die Küste zu, aber dadurch kann ich nicht erkennen, ob wir selbst uns auch bewegen.«

»Das spielt eigentlich keine große Rolle«, sagte Raeker. »Beobachten Sie von Zeit zu Zeit Ihre Umgebung, und sprechen Sie weiter mit Nick, wenn Sie Lust dazu haben. Er und Betsey geben sich alle Mühe, aber bevor die anderen zurück sind, können sie nicht viel unternehmen. Wahrscheinlich kommen sie erst morgen Abend wieder – also in fünf bis sechs Tagen nach Ihrer Rechnung.«

»Danke, Doktor Raeker. Wir werden uns bis dahin bestimmt nicht langweilen.« Der Biologe ließ sich zufrieden in seinen Sessel sinken, nachdem er das Mikrofon ausgeschaltet hatte. Alles schien wie geplant zu verlaufen; vielleicht etwas langsamer, als er gehofft hatte, aber doch so rasch, wie unter diesen Verhältnissen zu erwarten war. Diese Überlegung musste seinen Gesichtsausdruck beeinflusst haben, denn ein anderer erriet völlig zutreffend, was er eben gedacht hatte.

»So, dann sind Sie also mit sich zufrieden, Sie Mensch!« Der Sprecher brauchte sich nicht vorzustellen. Raeker versuchte sich zu beherrschen, aber seine Anstrengung hatte nicht unbedingt den gewünschten Erfolg.

»Nicht völlig, *Councillor* ...«

»Warum *nicht völlig?*«, erkundigte sich Aminadabarlee mit schriller Stimme. »Weshalb sollten Sie überhaupt Grund zur Zufriedenheit haben? Was haben Sie denn bisher erreicht?«

»Ziemlich viel, finde ich«, antwortete Raeker einigermaßen überrascht. »Wir wissen ungefähr, wo Ihr Sohn steckt, und werden die Rettungsmannschaft innerhalb der nächsten acht oder zehn Tage dorthin dirigieren ...«

»In acht oder zehn Tagen! Und dann müssen Sie die Eingeborenen erst zu Elektroingenieuren ausbilden, wobei Sie nur hoffen können, dass die Kontakte in dem lächerlichen Bathyskaph in der Zwischenzeit nicht bis zur Unkenntlichkeit korrodiert sind. Wie lange dauert Ihrer Meinung nach die eigentliche *Rettung* noch?«

»Diese Frage kann ich nicht ohne Weiteres beantworten«, sagte Raeker so vorsichtig wie möglich. »Wie Sie eben so richtig gesagt haben, muss erst festgestellt werden, welches Ausmaß die Beschädigungen erreicht haben. Ich weiß, dass die Warterei nicht angenehm ist, aber schließlich haben die beiden Kinder es jetzt bereits vier Wochen dort unten ausgehalten, ohne …«

»Sind eigentlich alle Menschen völlig vertrottelt?«, erkundigte sich der Drommianer. »Sie haben doch eben gehört, dass mein Sohn nicht so gut wie *Councillor* Richs Tochter sieht.«

»Richtig, aber diese Feststellung erschien mir nicht bemerkenswert«, gab Raeker zu.

»Drommianer sehen im Allgemeinen wesentlich besser als Menschen, und mein Sohn hat immer ein normales Sehvermögen besessen. Wenn er jetzt schlechter sieht, kann er nicht ganz auf der Höhe sein; ich vermute, dass daran der dauernde Sauerstoffmangel schuld ist. Soweit ich informiert bin, haben Ihre Ingenieure in dieser Beziehung keinerlei Vorkehrungen getroffen.«

»Wahrscheinlich nicht, weil die Besatzung immer nur aus Menschen bestehen sollte«, gab Raeker zu. »Ich sehe ein, dass wir etwas dagegen unternehmen müssen, *Councillor;* ich werde die Rettungsaktion nach Möglichkeit noch mehr beschleunigen. Zum Beispiel muss es einen Weg geben, Nick die Arbeit zu erläutern, die von seiner Gruppe erwartet wird. Ich werde in einer halben Stunde abgelöst, aber der nächste Wachhabende kommt bestimmt schon jetzt, wenn ich ihn darum bitte. Haben Sie sich schon mit Dromm wegen eines Arztes in Verbindung gesetzt? Unser Schiffsarzt zerbricht sich bereits seit Tagen den Kopf darüber, wie sich die Verpflegung der beiden Kinder verbessern lässt.«

»Ich habe einen Arzt angefordert«, antwortete der Drommianer, »aber seine Ankunft wird wahrscheinlich noch einige Tage auf sich warten lassen.«

Raeker hatte das Gefühl, einen guten Schachzug gemacht zu haben, indem er Aminadabarlee zu diesem Eingeständnis veranlasste; leider trug diese Tatsache jedoch keineswegs dazu bei, das cholerische Temperament des Drommianers zu dämpfen. Im Augenblick musste er sich geschlagen geben, aber der unterdrückte Zorn konnte unter Umständen unangenehmer werden als seine sonst übliche hochmütige Art. Aminadabarlee zog sich in seine Privatkabine zurück – in der die »unfähigen« menschlichen Ingenieure eine Klimaanlage installiert hatten, die reichlich Sauerstoff lieferte – und brütete dort weiter vor sich hin. Innerhalb der nächsten drei Stunden setzte er sich fünfmal mit seinem Heimatplaneten in Verbindung, um dringend einen Arzt anzufordern, der bereits längst unterwegs war.

Als der Drommianer den Raum verlassen hatte, ließ Raeker sich nicht vorzeitig ablösen; aber als der nächste Wachhabende erschienen war, machte er sich auf den Weg zu der Konstruktionsabteilung und erläuterte dort den Vorschlag, den er schon Aminadabarlee gemacht hatte. Sakiiro und seine Kollegen waren der Auffassung, dass ein Versuch nicht schaden könne; sie holten die Blaupausen aus den Schränken und überlegten gemeinsam, was Nick wissen musste, um die Arbeit durchführen zu können.

Das nahm einige Stunden in Anspruch. Anschließend ging Raeker in seine Kabine zurück, um dort kurze Zeit zu schlafen. Als er wieder in dem Kontrollraum erschien, erhob der bisherige Wachhabende sich mit einem erleichterten Lächeln.

»Miss Rich hat etwas zu berichten«, sagte er, »aber sie will es nur Ihnen persönlich erzählen.« Raeker zog die Augenbrauen in die Höhe, ließ sich in seinen Sessel fallen und drückte den Sprechknopf seines Mikrofons.

»Ich bin hier, Easy«, sagte er. »Was ist denn geschehen?«

»Ich wollte es lieber gleich Ihnen erzählen, nachdem Sie gesagt haben, wir würden auf dem Meer nicht mehr weitertreiben«, antwortete das Mädchen sofort. »Aber jetzt bewegen wir uns schon seit vier oder fünf Stunden langsam auf die Küste zu.«

Raeker lächelte leicht. »Wissen Sie ganz bestimmt, dass die Küste nicht einfach näher rückt?«, fragte er. »In der Zwischenzeit muss doch noch wesentlich mehr Wasser verdampft sein.«

»Ganz bestimmt nicht. Wir haben eine Landzunge beobachtet, und das Meer ist noch immer an der gleichen Stelle, während wir näher gekommen sind. Dieses Stück Küste unterscheidet sich in einer Beziehung deutlich von seiner Umgebung, sodass wir es gut im Auge behalten konnten, obwohl erst jetzt zu erkennen ist, was sich dort befindet.«

»Was befindet sich denn dort?«, fragte Raeker, der deutlich spürte, dass diese Frage erwartet wurde.

Easy bedachte ihn mit dem Blick, den Kinder für Erwachsene reservieren, die einen unverzeihlichen Fehler gemacht haben.

»Ungefähr fünfzig Eingeborene«, sagte sie.

10 Verständnis; Konstruktion; Überschwemmung

Nick starrte zum hundertsten Mal in die Richtung, in der das Meer lag. Er hätte fast einen Wutanfall bekommen. Selbstverständlich war das Meer von hier aus nicht zu sehen; das Lager war weit von ihm entfernt aufgeschlagen worden, um nachts nicht überflutet zu werden, aber Nick wusste, dass das Meer dort lag. Er wollte es jedoch sehen und sogar darauf herumfahren. Er wollte es erforschen und in seine Karte aufnehmen. Mit dem letzten Problem beschäftigte er sich einige Zeit, bis er den Gedanken vorläufig fallen ließ. Fagin würde ihm erklären, wie man dabei vorzugehen hatte; in der Zwischenzeit musste vor allem ein Boot gebaut werden.

Das war wieder ein Grund zu neuem Ärger, denn ohne die Suchmannschaften war an den Bau nicht zu denken. Selbstverständlich waren Nick und Betsey nicht den ganzen Tag mit Viehhüten und Holzsammeln beschäftigt, trotzdem konnten sie nicht gleichzeitig auf die Jagd gehen; und für das Boot wurden sehr viele Felle benötigt.

Nick konnte die Zahl nicht schätzen, und Fagin hatte sich zu seiner Überraschung geweigert, den Bedarf zumindest überschlägig anzugeben. Das war allerdings nur vernünftig, denn Raeker, der selbst kein Physiker war, kannte weder die genaue Dichte des Meeres noch die Tragfähigkeit eines der geplanten Luftkissen oder das wirkliche Gewicht jedes seiner Schüler. Deshalb gab er Nick nur den guten Rat, er solle sich selbst mit diesem Problem beschäftigen – eine Methode, die in der Vergangenheit stets zu guten Ergebnissen geführt hatte.

Trotzdem musste jemand auf die Jagd gehen, denn es wäre unsinnig gewesen, ein Stück Vieh für diesen Versuch zu opfern. Betsey suchte die umliegenden Täler in der Hoffnung ab, dort etwas Geeignetes zu finden – die Schwebetiere in der Umgebung kamen schon lange nicht mehr in die Nähe der Herde, und die vielen, die es früher doch versucht hatten, waren schon längst von Aasfressern vertilgt worden. Außerdem wäre ihre Haut ohnehin zu dünn gewesen, um gutes Leder zu liefern.

Natürlich bestand kein Zweifel daran, dass Betsey mit einem geeigneten Fell zurückkommen würde, aber Nick wünschte, sie würde sich etwas beeilen. Geduld war nicht eben seine Stärke, was sogar Easy bereits aufgefallen war.

Als Betsey endlich zurückkam, war Nicks Zorn sofort verflogen; sie hatte nicht nur eine geeignete Haut mitgebracht, sondern sie auch gleich entschuppt, sodass Nick sich damit nicht mehr aufhalten musste. Betsey hatte daran gedacht, welchem Zweck die Haut dienen sollte, und hatte sie so wenig wie möglich zerschnitten; trotzdem blieb noch viel Arbeit, wenn daraus ein einigermaßen dichter Sack werden sollte.

Die Zubereitung des Leims nahm beträchtliche Zeit in Anspruch, obwohl das Zeug keine lange Trockenzeit erforderte – genau genommen trocknete der Leim nicht völlig, sondern bildete nur eine genügend klebefähige Schicht zwischen verschiedenen Materialien. Schließlich war der Sack fertiggestellt und wurde zu dem Teich hinuntergetragen, an dem der Versuch mit dem Eimer stattgefunden hatte.

Nick warf den Sack hinein und war nicht im Geringsten überrascht, als er ebenfalls schwamm. Dann watete er selbst in den Teich hinein und versuchte auf den Sack zu klettern.

Das Ergebnis seiner Bemühungen erschien weder Nick noch Betsey besonders amüsant, aber als Raeker später davon hörte, bedauerte er doch, dass er das Experiment nicht verfolgt hatte. Nick verfügte über einen guten Gleichgewichtssinn, was allerdings kein Wunder war, nachdem er sein ganzes Leben auf einem Planeten verbracht hatte, dessen Oberfläche sich immer wieder plötzlich veränderte; aber dem mit Luft gefüllten Sack, der auf dem Teich schwamm, war er doch nicht gewachsen.

Das Ding wollte einfach nicht unter ihm bleiben, obwohl er sich alle erdenkliche Mühe gab, seine acht Arme und Beine so zu gebrauchen, dass er es kontrollieren konnte. Immer wieder fiel er in den Teich zurück, der ihm zum Glück nur bis zur Hüfte reichte; dabei glich er einem Zehnjährigen, der auf einem riesigen Wasserball das Gleichgewicht zu halten versucht.

Es dauerte einige Zeit, bis der Versuch ein brauchbares Ergebnis zeigte, denn Nick wurde von Mal zu Mal wütender und wollte unbedingt beweisen, dass er mit diesem Problem fertigwerden konnte. Erst nach zahlreichen vergeblichen Anläufen machte er eine Pause und überlegte. Da er nicht dumm war und zudem wusste, welche Kräfte hier zu berücksichtigen waren, fiel ihm schließlich eine Lösung ein.

Auf seine Anweisung hin watete Betsey ebenfalls in den Teich hinein, stellte sich auf der anderen Seite des Sackes auf und griff von dort aus nach Nicks Händen. Dann setzten sie vorsichtig nacheinander die Füße auf den Sack und brachten es tatsächlich fertig, nicht sofort wieder in den Teich zu fallen. Leider wurde dadurch aber auch überzeugend bewiesen, dass der eine Sack sie nicht beide tragen konnte; er verschwand nämlich unter der Oberfläche.

Nick und Betsey wateten ans Ufer zurück und zogen den Sack hinter sich her. »Ich habe noch immer keine Ahnung, wie viele wir brauchen, aber anscheinend sind es eine ganze Menge«, stellte er fest. »Wahrscheinlich werden wieder zwei bei der Herde bleiben müssen, während die anderen sich auf den Weg machen. Meiner Meinung nach können wir vorläufig nichts Besseres tun, als möglichst viele Säcke herzustellen.«

»Du hast etwas vergessen«, meinte Betsey. »Wie sollen wir überhaupt nach Fagins Anweisungen arbeiten, wenn wir nur mit Mühe das Gleichgewicht halten können? Ich finde, dass dieses Problem auch noch gelöst werden muss.«

»Richtig«, stimmte Nick zu. »Nachdem wir selbst einen Versuch unternommen haben, erzählt Fagin uns vielleicht eher, was wir noch tun können. Wenn nicht, können wir uns auch an Easy wenden, deren Stimme er uns aus dem Schiff schickt, das wir suchen sollen.

Mir ist noch etwas eingefallen, Betsey. Du hast doch auch gehört, dass er erklärt hat, wie Maschinen Stimmen von einem Ort zum anderen schicken können. Vielleicht ist Fagin gar nicht hier unten bei uns; vielleicht ist er nur eine Maschine, die uns seine Stimme bringt? Was hältst du davon?«

»Sehr interessant und durchaus möglich, aber welchen Unterschied macht es denn?«

»Natürlich keinen. Ich möchte es nur wissen; du weißt selbst, dass Fagin immer behauptet, je mehr man weiß, desto besser kommt man im Leben zurecht. Bisher vermute ich das alles nur, aber ich werde darauf achten, ob ich nicht doch einen schlüssigen Beweis finde.«

»Vielleicht erzählt er es dir sogar selbst, wenn du ihn danach fragst«, meinte Betsey nachdenklich. »Normalerweise beantwortet er doch alle Fragen bis auf die wenigen, bei denen er der Meinung ist, dass wir Erfahrung sammeln, wenn wir die Antwort selbst suchen; aber wie wäre das in diesem Fall möglich, ohne den Lehrer auseinanderzunehmen?«

»Du hast recht, ich werde ihn danach fragen. Aber im Augenblick ist das Boot wirklich wichtiger. Befassen wir uns lieber damit; wir können die andere Frage später immer noch stellen, ohne dass wir uns einen Vortrag anhören müssen, in dem wir ermahnt werden, uns nicht in Kleinigkeiten zu verzetteln.«

»Einverstanden.« Während dieser Unterhaltung hatten Nick und Betsey den Hügel erklettert, auf dem der Roboter zwischen den Habseligkeiten der Gruppe stand. Ihm berichteten sie die Ergebnisse ihres Experiments. Fagin hörte bis zum Ende schweigend zu.

»Ausgezeichnete Arbeit«, sagte er schließlich. »Ihr habt etwas, wenn auch nicht alles gelernt. Die Frage wegen der Stabilität ist gut. Ich schlage vor, dass ihr einen Rahmen aus Holz baut – ungefähr so groß wie die Wand einer Hütte, aber mit mehreren Querstreben. Dann könnt ihr die Säcke an den Ecken befestigen; wenn eine Ecke tiefer als die anderen liegt, erhöht sich der dort wirkende Auftrieb, sodass die ganze Konstruktion ziemlich stabil sein dürfte.«

»Aber Holz sinkt doch. Wie kann man daraus ein Boot bauen?«

»Du musst dir vorstellen, dass die Säcke – vielleicht bezeichnen wir sie lieber als Luftkissen – einfach ein zusätzliches Gewicht tragen müssen. Deshalb werden vermutlich ziemlich viele Luftkissen erforderlich sein, aber deswegen braucht ihr euch keine Sorgen zu machen. Ich schlage vor, dass ihr schon jetzt mit dem Bau des Rahmens beginnt; vielleicht werdet ihr allein damit fertig, nachdem es hier genügend Holz gibt. Dann könnt ihr ein Luftkissen nach dem anderen daran befestigen. Erlegt jeden Tag einige Raubtiere, die der Herde gefährlich werden könnten, dann dürfte die Herstellung nicht schwierig werden.

Während ihr damit beschäftigt seid, könntet ihr jedoch über ein anderes Problem nachdenken. Es besteht darin, dass der Bathyskaph nicht auf dem offenen Meer bleibt, sondern auf die Küste zutreibt.«

»Aber das ist doch kein Problem; das ist die Lösung unseres Problems! Auf diese Weise brauchen wir nur an der Küste entlang nach Süden zu marschieren, bis wir das Schiff gefunden haben. Es liegt doch südlich von uns, nicht wahr?«

»Richtig. Aber Swift und sein Stamm warten offenbar an der Küste. Easy hat zwar Swift noch nicht identifizieren können, weil sie ihn nicht kennt und weil die Entfernung vorläufig noch zu groß ist, aber ich kann mir nicht vorstellen, wer sonst dort warten sollte. Dadurch ergibt sich die Frage, ob Swift unseren Vorschlag angenommen hat oder ob er den Bathyskaph mit den beiden Insassen als seine Beute ansieht, über die er nach Belieben verfügen kann. Seine Antwort kann noch unterwegs sein; aber wenn sie nicht im Laufe des Tages eintrifft, müssen wir annehmen, dass wir auf uns allein gestellt sind, und entsprechend handeln.«

»Wie?«

»Das ist das Problem, mit dem ihr euch beschäftigen sollt. Ich nehme an, dass das Boot bei jeder möglichen Lösung eine Rolle spielen wird; macht euch also sofort an den Bau, und arbeitet zunächst an dem Rahmen.«

Als der Lehrer schwieg, machten seine Schüler sich an die Arbeit. Wie Fagin gesagt hatte, gab es überall reichlich Holz, da das Lager sich noch nicht lange an dieser Stelle befand. Zum Teil war es für den vorgesehenen Zweck nicht geeignet, weil es wie viele andere Pflanzen auf Tenebra zu spröde war; aber einige Arten hatten lange, biegsame Stängel oder Zweige, die allen Ansprüchen genügten. Innerhalb einer Stunde hatten Nick und Betsey das benötigte Holz herangeschafft und konnten mit dem Bau des Rahmens beginnen, der allerdings erheblich mehr Zeit in Anspruch nahm.

Schließlich war ein Geflecht mit einer Seitenlänge von fünf bis sechs Metern entstanden, das an den Kreuzungspunkten mit jungen Trieben festgezurrt war. Weder Nick noch Betsey waren allerdings mit dieser Konstruktion völlig zufrieden, die überall große Lücken aufwies, durch die man leicht mit dem Fuß rutschen konnte. Dann einigten sie sich jedoch darauf, dass der Rahmen genügen müsste, und befassten sich mit dem Problem der Beschaffung weiterer Luftkissen.

Sie erstatteten dem Lehrer Bericht, der die bisher getroffenen Vorbereitungen billigte, ohne sich allerdings näher damit zu befassen, denn Raekers Aufmerksamkeit konzentrierte sich im Augenblick auf eine andere Frage. Easy hatte berichtet, dass der Bathyskaph sich der Küste bis auf fünfzig Meter genähert hatte, wo er auf Grund gelaufen war. Das Mädchen konnte sich nicht vorstellen, was diese Bewegung verursacht hatte, und selbst die Wissenschaftler an Bord der *Vindemiatrix*, die den Planeten nun seit sechzehn Jahren beobachteten, konnten keine Erklärung dafür finden.

Easy ließ sich jedoch von dieser Überlegung nicht aus dem Konzept bringen; sie versuchte jetzt eine Verständigung mit den Eingeborenen über die wenigen Meter hinweg, die Swifts Leute noch von dem Bathyskaph trennten. Raeker bedauerte, dass er diese Unterhaltung nicht verfolgen konnte, aber die Mikrofone für die Außenlautsprecher waren an den Bullaugen angebracht, sodass Easy hätte schreien müssen, um sich gleichzeitig auch Raeker verständlich machen zu können.

Sie sprach jedoch nicht lauter als gewöhnlich und verschwendete die ganze Zeit über kaum einen Gedanken an Raeker oder ihren Vater. Sie war keineswegs an biologischen, geologischen oder klimatologischen Informationen über Tenebra interessiert; die Rettungsmaßnahmen, die sie von Anfang an verfolgt hatte, waren an einem Punkt angelangt, an dem sie nur noch geduldig abwarten konnte; aber hier waren wenigstens Leute, und mit Leuten war bestimmt eine Unterhaltung möglich. Deshalb versuchte sie zu sprechen und ließ sich nur gelegentlich lange genug ablenken, um Raeker Bericht zu erstatten.

Sie stellte fest, dass Swift sich tatsächlich unter den Eingeborenen befand, die an der Küste warteten, und Raeker gab diese Information an Nick weiter; aber auf die Fragen, ob Swift auf den unterdessen übermittelten Vorschlag eingehen wollte, oder wie er den Bathyskaph so schnell gefunden hatte, war keine befriedigende Antwort zu erhalten. Raeker konnte nicht beurteilen, ob die Ursache dafür in Easys ungenügenden Sprachkenntnissen lag, oder ob Swift absichtlich ausweichende Antworten gab.

Jedenfalls war es nicht leicht, sich mit der neuen Situation abzufinden, wenn man sechzehn Jahre lang die Entwicklung auf Tenebra dirigiert hatte. Raeker befand sich in der unangenehmen Lage, dass seine Schüler zum größten Teil nicht erreichbar waren, während der einzige Mensch auf diesem Planeten seine Zeit mit Nebensächlichkeiten vergeudete. Andererseits konnte es sein, dass Easy Swift doch in ihrem Sinn beeinflusste, aber das blieb abzuwarten.

Gegen Nachmittag des gleichen Tages hatte Raeker Grund zum Aufatmen. Jim und Jane kamen früher als erwartet zurück und verstärkten die Schiffsbaumannschaft. Sie hatten keinerlei Schwierigkeiten gehabt, ihr Gebiet in kürzester Zeit zu erreichen, hatten auch das zweite durchquert und waren in Eilmärschen zurückgekommen. In den beiden Suchgebieten war nichts zu sehen gewesen; die beiden hatten den Lichtschein im Süden bemerkt, der aber im Gebiet von John und

Nancy lag, sodass sie lieber bei ihrer Aufgabe blieben, um möglichst bald Bericht erstatten zu können.

Selbstverständlich war dem Roboter nicht anzumerken, was der Mann dahinter dachte, und Raeker hatte seine Stimme so gut unter Kontrolle, dass die beiden nicht ahnten, wie unbefriedigend ihr Bericht im Grund genommen war. Raeker überlegte kurze Zeit, ob er sie nicht nochmals fortschicken sollte, damit sie die Lichtquelle untersuchten; aber dann fiel ihm ein, dass John und Nancy sie bestimmt nicht übersehen haben konnten. Außerdem stand bereits fest, wo sich der gestrandete Bathyskaph befand, sodass Jim und Jane sich eher nützlich machen konnten, indem sie Leder herbeischafften. Der bedauerliche Mangel an Entschlussfreudigkeit, den die beiden an den Tag gelegt hatten, ließ es ohnehin eher geraten erscheinen, sie für solch eine Aufgabe einzusetzen. Raeker erteilte ihnen seine Anweisungen, und die beiden machten sich auf die Jagd.

»Ich nehme an, dass dir etwas aufgefallen ist, Nick«, sagte Raeker, als Jim und Jane verschwunden waren.

»Was soll mir aufgefallen sein, Lehrer?«

»Die beiden haben im Süden einen Lichtschein gesehen. Meiner Meinung nach bedeutet das, dass die Küste nach Westen ausweicht, wenn man ihr nach Süden folgt; und da Swifts Höhlen in der gleichen Richtung liegen, ist es möglich, dass sie sich näher als angenommen an der Küste befinden. Das könnte der Grund dafür sein, weshalb Swift das Schiff so rasch gefunden hat.«

»Vielleicht«, gab Nick zu.

»Du scheinst nicht recht überzeugt zu sein. Wo siehst du einen Fehler?«

»Ich habe einige Wochen bei den Höhlenbewohnern verbracht und bin mit ihnen auf der Jagd gewesen – aber in der ganzen Zeit bin ich weder ans Meer gekommen, noch habe ich

Swifts Leute davon erzählen hören. Außerdem kann ich mir nicht vorstellen, dass die Lichter des gesuchten Schiffes aus einer Entfernung von 150 Kilometern sichtbar sein sollen – und das wäre erforderlich, damit beide Tatsachen miteinander vereinbar sind.«

»Hm. Das hätte ich auch berücksichtigen müssen. Vielleicht lohnt es sich doch, die Lichtquelle aus der Nähe zu besichtigen. Jedenfalls werden wir mehr darüber erfahren, wenn John und Nancy zurückgekommen sind.«

»Richtig«, stimmte Nick zu, »aber vielleicht werden wir auch davon nicht schlauer. Ich muss jetzt wieder an die Arbeit – dabei kommt wenigstens etwas Konstruktives heraus.« Er entfernte sich wortlos und überließ den verblüfften Raeker seinen Gedanken.

Nachdem nun zwei weitere Jäger zur Verfügung standen, kam die Arbeit rascher voran, als Nick zuvor angenommen hatte. In der Umgebung des neuen Lagers lebten selbstverständlich mehr Raubtiere als rings um das alte Dorf, sodass die Häute ebenso schnell angeliefert wurden, wie sie verarbeitet werden konnten. Ein Luftkissen nach dem anderen wurde an den Rahmen gebunden, wobei Nick und Betsey nach ihren üblen Erfahrungen besonders darauf achteten, dass das Gleichgewicht erhalten blieb.

Am späten Nachmittag war es jedoch bereits zu einem Problem geworden, überhaupt noch genügend Platz für weitere Luftkissen zu finden; an der Unterseite des Rahmens reihte sich eines dicht an das nächste. Allerdings wagte niemand zu schätzen, wie viel dieses merkwürdige Floß aushalten würde; das hatte Zeit bis später, wenn die Tragfähigkeit durch einen Versuch ermittelt werden konnte.

Die Arbeit ging selbstverständlich nicht ohne gelegentliche Unterbrechungen vor sich. Nick und seine Freunde mussten essen, Holz für die Nacht sammeln und die Herde beschützen. Letztere Tätigkeit verschaffte der »Werft« allerdings auch einige Häute, aber die damit verbundenen Kämpfe waren weniger gewinnbringend. Zur allgemeinen Überraschung wurde das Vieh einige Male sogar von Schwebetieren angegriffen.

Diese Wesen waren einigermaßen intelligent und begriffen meist schon nach kurzer Zeit, wann und wo ihnen Gefahr drohte. Da sie zudem ziemlich langsam flogen – Easy hatte sie völlig richtig mit riesigen Quallen verglichen, die sich unbeholfen bewegten –, war es im Allgemeinen ausreichend, einige von ihnen zu erlegen, um die Überlebenden davon zu überzeugen, dass die Herde gut genug bewacht wurde.

Nick und seine Freunde waren davon überzeugt gewesen, sie hätten dieses Ziel in dem neuen Lager bereits erreicht; aber an diesem Nachmittag mussten sie innerhalb einer Stunde vier dieser Lebewesen abwehren, um die Herde zu schützen. Diese Situation war nicht nur ungewöhnlich, sondern auch schmerzlich; ein guter Jäger konnte den Angreifer zwar leicht zu Boden zwingen, aber dabei geriet er unweigerlich in den Bereich der langen Nesselfäden, deren Gift kurzzeitige Lähmungen hervorrief.

Dieser eigenartige Umstand erregte natürlich die Aufmerksamkeit der vier Freunde, die sogar die Arbeit an dem Floß für kurze Zeit unterbrachen, um darüber zu diskutieren. Dass gelegentlich ein Schwebetier aus Zufall in eine andere Gegend geriet, war durchaus möglich – aber vier innerhalb einer Stunde konnten sich nicht zufällig verirrt haben. Trotzdem war keine Erklärung für dieses Phänomen zu finden, denn aus der Bewegungsrichtung einzelner Tiere war nicht auf einen regelrechten Zug nach Südwesten zu schließen, wo der Vulkan lag. Deshalb nahmen die vier den Wind erst wahr, als er gegen Abend auffrischte.

Unterdessen war das Floß fertiggestellt; für weitere Luftkissen war kein Platz mehr. Keiner wusste, wie viele Leute es tragen konnte, aber das ließ sich am besten durch einen Versuch im Meer ermitteln.

Als die Gruppe jedoch die Feuer anzündete, erkannte sie sofort, dass die Regentropfen nicht senkrecht nach unten sanken. Dies war das gleiche Phänomen, das John und Nancy bereits in der Nacht zuvor beobachtet hatten, aber hier war zudem keine Ursache dafür zu erkennen. Nach einer kurzen Besprechung entschied Nick, dass im Nordosten drei zusätzliche Feuer entzündet werden sollten, während drei an der gegenüberliegenden Seite nicht unterhalten wurden, um Holz zu sparen. Kurze Zeit später ließ er die Feuer im Südwesten noch weiter reduzieren, da aus dieser Richtung überhaupt keine Tropfen herabsanken. Dann besprach er die Angelegenheit mit Fagin.

»Ich weiß«, antwortete der Lehrer. »Um das Schiff herum ist die gleiche Erscheinung zu beobachten, wie Easy vorher berichtet hat. Die Tropfen schweben ganz deutlich auf die Küste zu. Zu dumm, dass sie die Richtung nicht feststellen kann; dann wüssten wir wenigstens, ob die Küste wirklich abbiegt, oder ob die Regentropfen sich etwa in verschiedene Richtungen bewegen. Beide Feststellungen könnten uns weiterhelfen.«

»Vermutlich spürt sie keinen Wind?«, fragte Nick.

»Nicht im Innern des Schiffes. Spürst du einen?«

»Nur eine ziemlich schwache Luftbewegung, die aber stärker zu werden scheint.«

»Vergiss nicht, mir jede Veränderung mitzuteilen«, mahnte Raeker. »Wir benachrichtigen dich sofort, wenn wir eine Erklärung für das Phänomen gefunden haben.« Diesmal benützte Raeker das Wort *wir* zu Recht; der Kontrollraum füllte sich allmählich mit Geologen, Ingenieuren und anderen Wissenschaftlern. Die Nachricht, dass Tenebra zum ersten Mal seit über eineinhalb Jahrzehnten seine Beobachter vor ein wirkliches Rätsel stellte, hatte sich wie ein Lauffeuer in der *Vindemiatrix* verbreitet.

Easy und der junge Drommianer beschrieben unterdessen genau die Wirkung des nächtlichen Regens auf die Meeresoberfläche. Der Bathyskaph wurde landeinwärts geschwemmt, bis er allmählich wieder zu sinken begann, weil der Regen die Schwefelsäure zu sehr verdünnte. Aber selbst dann ließen gelegentliche Stöße darauf schließen, dass die Bewegung noch nicht zum Stillstand gekommen war.

»Jetzt ist nichts mehr zu erkennen, Dad«, sagte Easy schließlich. »Außerdem sind wir beide ziemlich müde und wollen lieber schlafen. Du kannst uns aber jederzeit aufwecken, falls es sich als notwendig erweisen sollte.«

»Einverstanden, Easy«, antwortete ihr Vater. »In Nicks Lager ist alles unverändert – bis auf den Wind, der aber mehr überraschend als gefährlich zu sein scheint.« Das Mädchen nickte lächelnd und verschwand dann vom Bildschirm.

Von da ab konzentrierte sich die Aufmerksamkeit der Wissenschaftler auf die Monitore des Roboters, auf denen die Oberfläche des Planeten sichtbar war. Aber auch dort zeigte sich nur wenig Neues; der Roboter stand wie üblich in der Mitte eines Kreises, der aus Feuerstellen gebildet wurde. Allerdings verteilten die Eingeborenen sich heute Nacht nicht gleichmäßig auf die Feuer; drei hielten die im Nordosten in Gang, während der vierte die Feuer an den drei verbleibenden Seiten versorgte.

Die Ursache für dieses Verfahren wurde schon nach wenigen Minuten offenbar; für jedes Feuer, das an den drei Seiten ausging, erloschen mindestens ein Dutzend im Nordosten. Von Zeit zu Zeit musste sogar ein Feuer in dem inneren Kreis neu angezündet werden, wenn ein Regentropfen durch eine plötzlich entstandene Lücke in dem äußeren Ring schwebte. Allerdings schien keine unmittelbare Gefahr zu bestehen; die Eingeborenen waren alle bei Bewusstsein und ließen sich keineswegs aus der Ruhe bringen.

Während Raeker beim Essen gewesen war, hatte sein Assistent einen der Schüler eine bestimmte Strecke abschreiten lassen, die er mit der bekannten Länge des Roboters vergleichen konnte. Dann hatte er aufgrund der Zeit, die ein Regentropfen für diese Entfernung benötigte, die Windgeschwindigkeit bestimmen können. Sie betrug fast drei Kilometer pro Stunde, was eine Art Rekord darstellte, aber keiner der Wissenschaftler konnte sich erklären, wie sie zustande gekommen war oder welche Auswirkungen sie vermutlich haben würde. Ein Besatzungsmitglied, das zu dieser Zeit dienstfrei hatte und nun die Vorgänge auf Tenebra neugierig verfolgte, stellte schließlich die entscheidende Frage.

»Wie weit liegt das Lager vom Meer entfernt?«, fragte er.

»Tagsüber ungefähr drei Kilometer von der Küste.«

»Und nachts?«

»Nachts reicht das Meer bis in das Tal unterhalb des Hügels.«

»Ist das ein genügender Sicherheitsabstand?«

»Selbstverständlich. Die Regenmenge verändert sich von Tag zu Tag kaum. Natürlich kann es vorkommen, dass der Boden sich bewegt, aber das ist immer frühzeitig zu erkennen.«

»Trotzdem bin ich der Meinung, dass man überlegen müsste, wie der Wind sich in dieser Lage auswirkt. Wenn das sogenannte ›Meerwasser‹ gegen Morgen nicht viel dichter als die ›Luft‹ ist, könnte selbst dieser kümmerliche Hurrikan bewirken, dass die Küste wesentlich weiter zurückweicht.« Raeker starrte den anderen überrascht an und blickte dann zu den übrigen Wissenschaftlern hinüber. Auf ihren Gesichtern war deutlich zu erkennen, dass sie angestrengt über diese Möglichkeit nachdachten. Raeker überlegte ebenfalls und runzelte dabei sorgenvoll die Stirn. Rich, der ein ausgezeichneter Psychologe war, erriet seine Gedanken.

»Sollten sie nicht lieber den Rückzug antreten, solange sich die Gelegenheit noch bietet, Doktor?«, fragte er.

»Ich weiß nicht recht. Zu viert können sie nicht alles aus dem Lager mitnehmen, und ich möchte vermeiden, dass sie noch etwas einbüßen. Außerdem sind sie auf diesem Hügel fünfzehn Meter höher, als das Meer bisher jemals gestiegen ist.«

»Genügen fünfzehn Meter tatsächlich?«

»Das kann ich nicht beurteilen, weil die Unterlagen nicht ausreichen.« Raekers Gesichtsausdruck war schwer zu deuten; schließlich hatte er sein ganzes Leben lang Entscheidungen getroffen, wenn die Notwendigkeit dazu bestand, obwohl er die Konsequenzen in jedem Fall verantworten musste.

»Sie müssen trotzdem etwas unternehmen, finde ich«, sagte Rich bedächtig. »Sonst verlieren Ihre Schüler alles, wenn das Meer sie erreicht.«

»Ja, aber ...«

»Zu spät! Sehen Sie nur!« Das Besatzungsmitglied von vorhin unterbrach den Biologen und wies auf einen der Bildschirme. Raeker und Rich wussten bereits, was dort zu sehen sein würde, bevor sie den Kopf weit genug gewandt hatten. Ihre Vermutung bestätigte sich.

Um Stunden zu früh überflutete das Meer die Ausläufer der niedrigeren Hügel im Osten. Einige Sekunden lang schwiegen alle Anwesenden betroffen. Dann zerstörte Raeker blitzschnell die Vorstellung, die Rich sich von ihm gemacht hatte –

dass er ein unbeholfener, unpraktischer, unentschlossener »Wissenschaftlertyp« sei. Als er sah, dass seine Schüler in Gefahr waren, handelte und sprach er überraschend schnell und energisch.

»Nick! Betsey, Jim und Jane! Seht einmal kurz nach Osten, und fangt dann sofort mit der Arbeit an. Seht zu, dass ihr alle Schriftstücke, besonders aber die Karten, auf dem Floß festbindet. Lasst aber genügend Seile übrig, damit ihr euch selbst auch anbinden könnt. Ihr und die Karten seid wichtiger als alles andere, *denkt immer daran!* Wenn das geschafft ist, braucht ihr nur noch dafür zu sorgen, dass ihr eure Waffen nicht verliert. Los, an die Arbeit!«

Nick erkundigte sich, was aus der Herde werden sollte, aber Raeker unterbrach ihm mitten im Satz.

»Kümmert euch nicht um das Vieh! Im Augenblick ist alles andere wichtiger! Denkt nur an euch, die Karten und Waffen!«

Nicks Freunde hatten bereits mit der Arbeit begonnen; der Befehlston, in dem der Lehrer mit ihm sprach, führte dazu, dass Nick ebenfalls wortlos zu arbeiten begann. Die Männer an Bord der *Vindemiatrix* beobachteten den Wettlauf, der sich zwischen den Bemühungen der Eingeborenen und dem heranflutenden Meer ergab, mit angehaltenem Atem.

Raeker stellte einige Berechnungen an und kam zu dem Schluss, dass der Regen das Meer bereits ziemlich verwässert haben musste. Das bedeutete selbstverständlich, dass das Floß keineswegs mehr schwimmfähig war. Das spezifische Gewicht der Luftkissen betrug fast die Hälfte der Dichte normaler Schwefelsäure; in der verdünnten Säure war ihre Tragfähigkeit jedoch gleich null.

Raeker hatte sich nicht geirrt. Das Meer flutete heran, löschte augenblicklich die Feuer aus und verdunkelte für kurze Zeit die Augen des Roboters, bis die Maschine sich auf die neuen Verhältnisse umgestellt hatte. Dann zeigten die Bildschirme an Bord der *Vindemiatrix* die unbeweglichen Gestalten der vier Eingeborenen auf dem Floß, das kaum zwanzig Zentimeter über dem Meeresboden schwebte. Es bewegte sich nur sehr langsam, und Raeker schickte den Roboter hinterher.

11 Organisation; Enthüllung; Erklärung

Aminadabarlee litt unter den langen Nächten von Tenebra; aber die Männer, die während dieser Zeit mit ihm zu tun hatten, hatten noch mehr auszuhalten. Der Drommianer konnte es kaum ertragen, um sich herum Menschen zu sehen, die mit den verschiedensten Arbeiten beschäftigt waren, von denen keine Einfluss auf die Rettung seines Sohnes hatte – und das zwei ganze Tage lang. Er ärgerte sich darüber, obwohl er genau wusste, dass nichts unternommen werden konnte, solange die Eingeborenen auf Tenebra zur Bewegungslosigkeit verdammt oder gar bewusstlos waren. Diese Überlegung hatte keinen Einfluss auf seine Gefühle, die ihm sagten, irgendjemand – oder eigentlich sogar *jeder* – müsse *etwas* tun.

Angesichts dieser Tatsache war es kein Wunder, dass Rich völlig damit ausgelastet war, Aminadabarlee bei halbwegs erträglicher Laune zu halten. Bisher war der riesige Drommianer noch nicht gewalttätig geworden, aber die meisten Wissenschaftler waren vorsichtig genug, ihm nach Möglichkeit aus dem Weg zu gehen. Die Zahl der Vorsichtigen erhöhte sich ständig, hatte Raeker festgestellt.

Raeker selbst machte sich in dieser Beziehung keine Sorgen, denn er vertraute darauf, dass der Diplomat sich wie bisher beherrschen würde. Außerdem hatte er genügend zu tun und konnte sich nicht um anderer Leute Probleme kümmern. Zum Glück hatte der Roboter bisher noch nicht eingreifen müssen, um die hilflos treibenden Eingeborenen vor Meerestieren zu schützen, denn vorläufig waren noch keine aufgetaucht. In gewisser Beziehung war das eine Erleichterung, obwohl Raeker vom beruflichen Standpunkt aus enttäuscht war. Er hätte zu gern die geheimnisvollen Lebewesen gesehen, die in einer der vergangenen Nächte Nicks Herde dezimiert hatten.

Wenige Stunden später wurde die Strömung plötzlich so schwach, dass sie das Floß und die vier Passagiere nicht mehr bewegen konnte. Raeker brauchte den Roboter nicht mehr zu steuern und wäre fast in seinem Sessel vor den Bildschirmen eingeschlafen.

Als der Tag anbrach, verdampfte das überschüssige Wasser; das Floß und seine Insassen stiegen langsam empor. Unglücklicherweise kenterte es jedoch dabei, sodass Raeker einige Stunden lang zusehen musste, wie seine Schüler hilflos mit den Köpfen nach unten hängend im Meer trieben. Schließlich blieb das Floß in einem der zahlreichen Teiche, der nicht weiter austrocknete, sodass der Roboter eingesetzt werden musste.

Der Teich war zum Glück so seicht, dass die Maschine das Floß ohne Weiteres vor sich her bis ans Ufer schieben konnte. Als die vier Eingeborenen wieder atmen konnten, dauerte es nicht mehr lange, bis sie aus der Bewusstlosigkeit erwachten.

Unterdessen war auch der Bathyskaph aus dem Meer aufgetaucht. Er lag wie das Floß in einem Teich, saß aber auf Grund. Auf diese Weise fanden Easy und ihr Freund sich in einer Burg mit Wassergraben wieder, der für Swift und seine Leute ein unüberwindbares Hindernis darstellte.

Denn Swift war bereits wieder aufgetaucht, obwohl der abgetriebene Bathyskaph in der vergangenen Nacht eine beträchtliche Entfernung zurückgelegt haben musste. Das Meer war nicht mehr zu sehen, berichtete Easy; der Sturm hatte das Schiff weit landeinwärts getragen. Sie schien sich aber trotzdem keine Sorgen zu machen, denn ihrer Erzählung nach kam sie glänzend mit Swift aus. Easy zuckte nicht einmal mit der

Wimper, als Raeker Nicks Missgeschick schilderte und hastig hinzufügte, dass die Eingeborenen sich jetzt in Sicherheit befanden.

Im Augenblick dachte Raeker nicht so sehr an die Rettung der beiden Kinder, sondern eher an die Notlage seiner Schüler. Gewiss, Nick, Betsey, Jim und Jane waren noch einmal davongekommen und hatten sogar die Karten und ihre Waffen gerettet – aber was war aus dem Lager geworden? Raeker fiel es schwer, optimistisch zu bleiben, wenn er daran dachte, welche Schwierigkeiten der Verlust der Herde mit sich bringen konnte. Deshalb war er angenehm überrascht, als sich herausstellte, dass wenigstens der Karren mit den beweglichen Besitztümern der Gruppe noch an seinem Platz stand. Die Herde war nirgendwo zu sehen.

»Ich glaube, wir können etwas Zeit sparen«, sagte er schließlich, als feststand, welche Gegenstände noch zu gebrauchen waren. »Wir machen uns auf den Weg zur Küste und nehmen das Floß mit. Der Karren bleibt hier, und wir hinterlassen eine Nachricht für die anderen, die uns entweder folgen oder ein neues Lager einrichten. Wir unternehmen die ersten Versuche mit dem Floß und suchen die Küste ab, bis es dunkel wird.«

»Wie meinst du das?«, erkundigte sich Nick. »Sollen wir nur so lange suchen, dass wir vor Anbruch der Dunkelheit dieses Lager erreichen, oder die Suche erst bei Anbruch der Dunkelheit abbrechen?«

»Wir suchen so lange wie möglich und bewegen uns erst in der Dämmerung landeinwärts«, entschied Raeker.

»Dann müssen die anderen sofort nach ihrer Ankunft das Lager verlegen und zu uns nach Süden kommen. Ohne die Herde sind wir auf das angewiesen, was wir tagsüber erlegen.«

»Ohne die Herde? Ich dachte, Jim und Jane hätten einige Stück Vieh gefunden?«

»Richtig, aber längst nicht alle. Wir dürfen keine mehr schlachten, bevor nicht wieder Junge geschlüpft sind. Diesmal waren nicht einmal Schuppen zu finden.«

»Vielleicht haben die Tiere sich nur verlaufen.«

»Möglich, aber das macht keinen Unterschied für uns. Wenn wir jetzt alle aufbrechen, können wir nicht nach ihnen suchen.«

Raeker überlegte angestrengt. Der Verlust der Herde bedeutete einen schweren Schlag für die Eingeborenen; die Ausbildung und Erziehung, die ihnen bisher vermittelt worden waren, genügten allein nicht, um aus Nomaden ein Kulturvolk mit geistigen Interessen zu machen. Ohne die Herde würden Raekers Schüler ihre Zeit damit verbringen müssen, Nahrung zu beschaffen und auf die Jagd zu gehen. Trotzdem würden sie überleben; Easy und ihr Begleiter mussten jedoch vermutlich sterben, wenn sie nicht bald gerettet wurden. Deshalb bestand das Problem eigentlich nicht darin, ob und wie viele Eingeborene nach der Herde suchen sollten, sondern wer von ihnen mit dem Floß an die Küste marschieren sollte.

Selbstverständlich war anzunehmen, dass zwei Eingeborene das Floß weniger als vier belasten und unter Umständen zum Kentern bringen würden. Andererseits konnten vier es rascher fortbewegen – Raeker fiel plötzlich ein, dass er vergessen hatte, mit Nick darüber zu sprechen, wie das Floß überhaupt fortbewegt werden sollte. Vermutlich würden die Eingeborenen Paddel herstellen müssen, denn auf einem praktisch windstillen Planeten war Segeln kaum möglich. Wenn das Floß aber mit Muskelkraft fortbewegt wurde, war es bestimmt besser, so viele Muskeln wie möglich zur Verfügung zu haben.

»Ihr macht euch jetzt alle auf den Marsch zum Meer. Das Problem mit der Herde können wir später lösen. Wenn das Floß euch nicht alle trägt, gehen die Überzähligen zurück und suchen nach dem Vieh. Zunächst haben die Rettungsmaßnahmen den Vorrang.«

»Wird gemacht.« Nick gab die zustimmende Antwort nicht so bereitwillig, wie Raeker annahm, denn schließlich hatte er sein ganzes Leben lang gehört, dass die Herde der wichtigste Besitz der Gruppe sei. Wenn die Suche nach dem Bathyskaph plötzlich noch wichtiger war, musste der Lehrer großen Wert darauf legen; Nick war keineswegs dieser Meinung und machte sich deswegen Sorgen.

Die vier Eingeborenen konnten das Floß ohne Mühe transportieren, obwohl heftige Windstöße sie am Vorankommen hinderten – heute blies der Sturm noch heftiger als am Abend zuvor, überlegte Nick. In gewisser Beziehung war das sogar ein Vorteil; ein letzter Blick auf die wenigen Tiere, die jetzt die ganze Herde darstellten, zeigte ein riesiges Schwebetier, das von dem Wind weitergetrieben wurde und trotz aller Anstrengungen nicht wieder zu der fast hilflosen Herde zurückkonnte. Nick wies seine Begleiter auf diese Tatsache hin, um zu verhindern, dass sie sich Sorgen machten, die nicht gerechtfertigt waren.

Als sie kurze Zeit später die wenigen Kilometer bis zur Küste zurückgelegt hatten, verloren sie keine Zeit, das Floß auszuprobieren. Sie trugen es in tieferes Wasser, setzten es ab und kletterten hinauf.

Es zeigte sich trotz der Belastung durch die vier Eingeborenen schwimmfähig – gerade noch. Die Luftkissen sanken so tief ein, dass die vier mit den Füßen im Meer standen. Trotzdem bestand die größte Schwierigkeit nicht darin, an der Oberfläche zu bleiben, sondern in dem labilen Gleichgewichtszustand der ganzen Konstruktion. Nicks Freunde waren zwar alle gleich alt, aber ihr Körpergewicht unterschied sich teilweise beträchtlich voneinander. Das Floß sank ständig an einer

Seite tiefer ein, worauf die Eingeborenen sich hastig an die gegenüberliegende Seite zurückzogen, die nun ihrerseits zu sinken begann. Sie brauchten einige Minuten, bis sie gelernt hatten, wie sie ihr unterschiedliches Gewicht verteilen mussten, um allzu heftige Schwankungen zu vermeiden.

Etwas länger dauerte es allerdings, bis sie gelernt hatten, wie man mit den Paddeln umging, die sie unter Fagins Anleitung hergestellt hatten. Der Roboter selbst konnte hier nicht mehr viel ausrichten; wenn er an der Küste blieb, war auf den Bildschirmen nicht mehr deutlich genug zu erkennen, was sich auf dem Meer abspielte. Folgte er jedoch dem Floß, dann riss die Verbindung mit Nick ab, denn die Grenzschicht zwischen Schwefelsäure und Luft verschluckte Schallwellen fast völlig.

»Warum lassen Sie Ihre Leute überhaupt suchen?«, erkundigte sich Aminadabarlee bei Raeker. »Der Roboter kann schneller an der Küste entlangrollen, als sie das lächerliche Floß fortbewegen können, und der gestrandete Bathyskaph schwimmt ohnehin nicht im Meer. Warum geben Sie Ihren Schülen nicht die Anweisung, die Maschine *zu Fuß* zu begleiten, wenn Sie meinen, dass sie etwas ausrichten können?«

»Sie haben durchaus recht, *Councillor*«, antwortete Raeker ungerührt, »aber leider sind die beiden Kinder eben nur per Floß erreichbar. Wir würden Zeit verlieren, wenn Nick und seine Freunde zurückkommen müssten, um das Floß zu holen, nachdem sie festgestellt haben, wo der Bathyskaph liegt.«

»Richtig«, antwortete der Drommianer. Raeker warf ihm einen erstaunten Blick zu, denn dieses Eingeständnis hatte er keineswegs erwartet; aber er hatte nicht genügend Zeit, sich mit den Gründen dafür zu befassen, denn Nick musste weiterhin beobachtet werden. Dann erinnerte er sich jedoch an Richs Ermahnungen und wandte sich nochmals an den Diplomaten. »Mir ist eben eingefallen, wie Sie uns helfen könnten,

Sir. Sie haben doch mit Ihrem Sohn gesprochen. Glauben Sie, dass er sich besser fühlen würde, wenn er eine nützliche Beschäftigung hätte?«

»Zum Beispiel?«

»Nun, wenn er Sprachen so rasch lernt, wie Easy Rich es angeblich kann, wäre er vielleicht eher in der Lage, etwas von den Höhlenbewohnern zu erfahren. Swift weiß ganz offensichtlich, wo Nicks Lager und der Bathyskaph sich befinden; uns wäre schon viel damit geholfen, wenn jemand aus ihm herausbekommen könnte, wie man von einem zum anderen kommt.«

Raeker konnte den Gesichtsausdruck des Drommianers nicht deuten, aber in der Stimme des anderen schwang eine gewisse Hochachtung mit.

»Das ist der erste vernünftige Vorschlag, den ich seit fünf Wochen von einem Menschen gehört habe«, sagte er. »Ich werde Aminadorneldo erklären, was er zu tun hat.«

Aminadabarlee machte sich sofort auf den Weg in die Nachrichtenzentrale der *Vindemiatrix;* der Bildschirm in Raekers Kontrollraum war in einer Ecke untergebracht, in der sein massiger Körper kaum genügend Platz fand. In der Nachrichtenzentrale herrschte reger Betrieb, und der Drommianer erkannte das Gesicht des Mädchens auf dem Bildschirm, um den sich die Männer scharten. Sein Sohn war ebenfalls zu sehen, stand allerdings im Hintergrund – wie immer, überlegte Aminadabarlee – und hörte schweigend zu. Die Männer lauschten aufmerksam, und der Drommianer tat unbewusst das Gleiche, ohne sich sofort in den Vordergrund zu drängen.

»Wir bekommen immer wieder die gleiche Antwort«, berichtete Easy eben. »Zuerst schien er überrascht zu sein, dass wir überhaupt danach fragten; jetzt ist er darüber hinweg, behauptet aber nach wie vor, dass Nick und Fagin ihm gesagt haben, wo wir sind.«

»Das klingt reichlich merkwürdig«, meinte einer der Wissenschaftler. »Sind Sie wirklich davon überzeugt, dass Sie ihn richtig verstanden haben?«

»Völlig«, antwortete Easy, ohne sich aus der Ruhe bringen zu lassen. »Swift behauptet, dass alle seine Informationen von Nick stammen, der sie wiederum von dem Roboter haben soll. Ich kann mich nicht mehr genau daran erinnern, was Nick dem Späher erzählt hat, aber vielleicht ergibt sich aus den Tonbandaufzeichnungen ein Hinweis. Entweder ist der Späher selbst auf die richtige Idee gekommen, oder Swift hat seinen Bericht entsprechend ausgewertet. Ich halte allerdings die erste Lösung für wahrscheinlicher.«

Easy Rich war nicht leicht zu erschüttern und wusste genau, was sie sagte. Aminadabarlee war natürlich anderer Meinung; seit Easy zugegeben hatte, dass sie sich nicht mehr genau an eine Unterhaltung erinnern konnte, die sie selbst verfolgt hatte, war sie beträchtlich in seiner Achtung gesunken. Andererseits konnte er sich selbst nicht erklären, was die Höhlenbewohner der unverfänglichen Beschreibung einer unbekannten Gegend hatten entnehmen können.

Dann fiel ihm plötzlich etwas ein, und er ließ sich auf das Deck sinken, um ungestört nachdenken zu können. Vielleicht geschah dann endlich etwas; er schämte sich fast bei dem Gedanken daran, dass er bisher die gesamte Planung Menschen überlassen hatte. Wenn sie nur einen Augenblick lang den Mund halten würden, damit er denken konnte … Aber die Wissenschaftler dachten gar nicht daran, sondern unterhielten sich weiter mit dem Mädchen.

»Mir ist eben etwas eingefallen«, sagte einer der Geophysiker plötzlich aufgeregt. Aminadabarlee überlegte weiter und achtete nicht auf den Mann. »Vielleicht klingt es ein bisschen komisch – aber die primitiven Wilden auf der Erde und anderen Planeten hatten sozusagen einen sechsten Sinn. Unsere Vorfahren wussten zum Beispiel ganz genau, wann der Frühling bevorstand …«

»Was hat das mit Tenebra zu tun?«, fragte ein anderer.

»Tenebra hat praktisch kein Wetter, wenn man das Wort im strengen Sinn gebraucht; aber die dortige Geomorphologie verändert sich so regelmäßig, dass man fast von jahreszeitlich bedingten Schwankungen sprechen kann. Ich habe eben an Folgendes gedacht: Nick hat dem Späher erzählt, dass der Bathyskaph einige Tage lang bewegungslos in einem See schwamm, bevor er von einem Fluss ins Meer geschwemmt wurde.

Wenn wir die Verhältnisse auf Tenebra richtig beurteilen, muss es sich dabei um einen *neuen* Fluss gehandelt haben! Diese Information genügt vermutlich für jeden Eingeborenen – jedenfalls für alle, die in ihrer Jugend mit den Überlieferungen ihres Stammes vertraut gemacht worden sind. Wahrscheinlich wussten sie nicht genau, wo sie diesen Fluss zu suchen hatten; aber immerhin war ihnen die Gegend bekannt, in der er zu finden sein musste.«

»Hat jemand in letzter Zeit nachgesehen, ob aus dem Laboratorium Alkohol fehlt?«, fragte einer der Zuhörer. Diese Bemerkung machte den anderen wütend, sodass er jetzt seine Behauptung unbedingt beweisen wollte.

»Miss Rich!«, rief er. »Sie haben gehört, was ich eben ausgeführt habe. Fragen Sie doch Swift, ob er weiß, wann neue Flüsse oder Hügel entstehen. Fragen Sie ihn, wie er es wagt, in einer Höhle zu leben, die jederzeit über ihm zusammenbrechen kann!«

»Wird gemacht«, versprach Easy. Ihr Gesicht verschwand von dem Bildschirm. Aminadabarlee war zu wütend, um darauf zu achten. Wie kam dieser vorlaute Trottel auf die unverschämte Idee, anderer Leute Überlegungen als seine eigenen anzupreisen? Nur noch eine Minute, dann hätte Aminadabarlee den gleichen Vorschlag gemacht. Andererseits war er vielleicht doch nicht so gut, wenn man nüchtern darüber nachdachte – aber warum sollte man ihn nicht ein wenig verbessern?

Aminadabarlee wollte sich bereits mit seinem Sohn deswegen in Verbindung setzen, als ihm auffiel, dass der Junge ebenfalls nicht mehr auf dem Bildschirm zu sehen war. Nun, das war vielleicht ganz gut so; das Mädchen brauchte bestimmt den Beistand eines intelligenten Wesens. Kurze Zeit später kehrten die beiden Kinder an den Bildschirm zurück.

»Sie scheinen recht zu haben«, sagte Easy zu dem Geophysiker. »Die Eingeborenen konnten gar nicht verstehen, dass jemand *nicht* weiß, wann Erdbeben, neue Flussläufe und Hügel zu erwarten sind. Sie selbst sind so daran gewöhnt, dass sie kaum noch sagen können, auf welche Anzeichen besonders zu achten ist.« Die Wissenschaftler starrten sich überrascht an.

»Lassen Sie sich alles darüber erzählen, Miss Rich«, bat einer von ihnen. »Schreiben Sie alles auf, und geben Sie es an uns weiter, selbst wenn Sie es nicht verstehen. Dann brauchen wir später nur noch mit Raekers Schülern zusammenzuarbeiten und weitere Untersuchungen anzustellen.«

Diese unsinnige Aufforderung brachte Aminadabarlee an den Rand der Verzweiflung. Er drängte die Männer rücksichtslos beiseite, richtete sich vor dem Bildschirm zu voller Größe auf, blickte an Easy vorbei und sprach hastig auf seinen Sohn ein. Die Wissenschaftler unterbrachen ihn nicht; niemand wollte sich mit dem Riesen anlegen, weil keiner beurteilen konnte, wie der Drommianer darauf reagieren würde. Außerdem hatte *Councillor* Rich an Bord der *Vindemiatrix* verbreiten lassen, dass der Diplomat in keiner Weise belästigt oder behindert werden dürfe.

Aminadorneldo versuchte den Redestrom seines Vaters einige Male zu unterbrechen, hatte aber keinen Erfolg damit, denn der Drommianer schwieg erst, als ihm nichts mehr einfiel, was er im Augenblick hätte sagen können. Zur allgemeinen Überraschung antwortete dann jedoch nicht der Junge, sondern Easy Rich, allerdings in ihrer Muttersprache, weil selbst sie die hohen Töne der anderen Sprache nicht hervorbringen konnte.

»Wir haben ihn bereits verständigt, Sir. Doktor Raeker hat mich gebeten, Sie davon zu benachrichtigen, sowie ich Gelegenheit dazu hätte; Sie hatten den Kontrollraum gerade verlassen, und ich habe Sie eben erst gesehen. Nick ist verständigt worden, wie gesagt, und das Floß müsste noch vor Anbruch der Dunkelheit die Stelle der Küste erreichen, die uns am nächsten liegt. Dann soll es landeinwärts transportiert werden; Swift meint, dass die Scheinwerfer des Bathyskaphen vom Meer aus zu sehen sein müssen, deshalb ist der Roboter in das Lager zurückgekehrt, um dort den Rest der Gruppe abzuholen und auf den Weg hierherzubringen.«

Der Drommianer schien verblüfft zu sein, aber er war wenigstens höflich genug, in ihrer Muttersprache zu antworten.

»Sie haben also Swift bereits gebeten, Ihnen den Weg von dem Lager zu dem Bathyskaph zu erklären?«, fragte er langsam.

»Ja, natürlich. 'Mina ist schon vor einer halben Stunde auf diese Idee gekommen. Ich hätte Sie oder Doktor Raeker früher informieren müssen.« Die Mitteilung, dass sein Sohn diesen Vorschlag gemacht hatte, beruhigte Aminadabarlee wieder; die anwesenden Wissenschaftler fragten sich allerdings im Stillen, ob das Mädchen wirklich die volle Wahrheit sagte.

Schließlich kannten sie das Alter des jungen Drommianers und hatten in den vergangenen Wochen Gelegenheit gehabt, Easy Rich besser kennenzulernen.

»Wie lange braucht man, um bis zu Ihnen zu kommen – wann kann Nick dort sein, meine ich?«, erkundigte sich Aminadabarlee.

»Swift sagt, dass er am späten Nachmittag eintreffen müsste, wenn er marschiert wäre; wie lange die Fahrt mit dem Floß dauert, kann er natürlich nicht beurteilen.«

»Haben Sie ihm von dem Floß erzählt?«

»Selbstverständlich. Er hatte sich bereits überlegt, wie er den Bathyskaph erreichen könnte; der Teich, in dem wir liegen, ist zum Waten zu tief, und seine Leute können anscheinend nicht schwimmen. Ich habe ihm den Vorschlag gemacht, ein Floß aus Holz zu bauen, aber das Holz auf diesem komischen Planeten ist schwerer als Wasser.«

»Sie scheinen sich ja glänzend mit diesen Leuten zu unterhalten. Beherrschen Sie ihre Sprache bereits wirklich so gut?«

»Ziemlich gut, aber wir sind noch etwas zu langsam. Das soll Sie aber keineswegs davon abhalten, Swift eine Frage zu stellen, Sir. Möchten Sie etwas von ihm erfahren?«

»Danke, im Augenblick nichts«, antwortete der Diplomat hastig. »Haben Sie zufällig daran gedacht, Ihrem Freund Swift ein Floß in der Art vorzuschlagen, wie Nick eines gebaut hat?«

»Selbstverständlich, aber das erwies sich als undurchführbar. Seine Leute können jede Menge Häute heranschaffen, wissen jedoch nicht, wie man luftdichte Säcke daraus macht. Nick hat sie zusammengeklebt, aber die Höhlenbewohner sind nicht imstande, Leim herzustellen, und ich konnte ihnen auch nicht helfen. Swift wartet jetzt, bis Nick mit seinem Floß kommt.«

»Und dann nimmt er es ihm natürlich weg, nehme ich an.«

»Oh, nein! Er hat durchaus nichts gegen Nick. Ich habe ihm erzählt, wer Nick ist – dass der Roboter die Eier gestohlen hat, die Swifts Leute in der Höhle zurückgelassen hatten. Ich glaube, dass er jetzt ein wenig auf die Maschine zornig ist, aber das spielt schließlich keine Rolle. Ich habe ihm versprochen, ihm alles beizubringen, was er wissen möchte, und dass Nick, der schon eine Menge gelernt hat, ihm ebenfalls helfen wird. Wir kommen recht gut miteinander aus.«

Der Drommianer war verblüfft und ließ sich seine Verblüffung deutlich anmerken. »Hat Doktor Raeker Ihnen das alles vorgeschlagen?«

»Nein, ich bin selbst darauf gekommen – oder besser gesagt, 'Mina und ich haben uns das alles allein ausgedacht. Es wäre doch besser, wenn wir die Höhlenbewohner zu Freunden hätten; vielleicht wären sie gar nicht imstande gewesen, den Bathyskaph zu beschädigen, aber wir wollten jedenfalls nichts riskieren.«

»Richtig.« Aminadabarlee war noch immer einigermaßen überrascht. Er beendete das Gespräch durchaus höflich – Easy gegenüber hatte er sich nie zu Äußerungen hinreißen lassen, die regelmäßig Bestandteil seiner Unterhaltungen mit Raeker oder anderen Menschen waren – und machte sich auf den Weg in den Kontrollraum. Die Wissenschaftler stellten dem Mädchen schon wieder alle möglichen Fragen, bevor er den Raum verlassen hatte.

An diesem Tag schien er jedoch dazu verurteilt zu sein, immer nur zu den ungünstigsten Zeiten von einem Raum zum anderen unterwegs zu sein. Vorher war er auf dem Korridor gewesen, als Easy Raeker und Nick die Stelle beschrieben hatte, an der sich der Bathyskaph befand; jetzt war er wieder unterwegs, während die beiden Suchteams, die den Vulkan entdeckt hatten, zurückkehrten und ihrem Lehrer Bericht erstatteten. Diesmal hatte er sogar in seiner Kabine eine kurze Pause eingelegt, um zu essen, sodass er erst in den Kontrollraum kam, als der Bericht längst zu Ende war.

Unterdessen waren die vier Eingeborenen in Begleitung des Roboters nach Süden aufgebrochen, wobei sie den Karren mit den restlichen Besitztümern der Gruppe hinter sich herzogen. Unterwegs mussten sie einen endlosen Strom von Fragen aller Art beantworten, die von den aufgeregten Wissenschaftlern der *Vindemiatrix* gestellt wurden. Einige der Männer waren in der Nachrichtenzentrale geblieben, aber die meisten drängten sich jetzt im Kontrollraum zusammen. Der noch immer leicht verwirrte Drommianer brauchte einige Minuten, bis er begriff, was hier diskutiert wurde.

»Vielleicht lässt sich die Entfernung durch Triangulation bestimmen – der Wind über dem Lager und dem Bathyskaph bläst doch darauf zu.«

»Aber dazu müsste man die genaue Position der beiden Punkte kennen. Außerdem wissen wir nicht, wie stark der Coriolis-Faktor die Windrichtung beeinflusst.«

»Auf einem Planeten wie Tenebra bestimmt nur geringfügig. Aber ihr dürft nicht von falschen Voraussetzungen ausgehen – der Berg ist bereits auf den Karten eingezeichnet. Deshalb müsste man die Windrichtung als Hilfsmittel benützen können, um die Position unseres Bathyskaphen festzustellen, falls …«

Gesprächsfetzen dieser Art drangen an das Ohr des Drommianers und erhöhten seine Verwirrung noch mehr. Wenig später, als er erraten hatte, dass irgendwo auf Tenebra ein Vulkan entdeckt worden sein musste, begann er zu verstehen, was hier diskutiert wurde; er konnte sich gut vorstellen, wie sich ein Vulkan, der ungeheure Hitze ausstrahlen musste, auf die dichte Atmosphäre des Planeten auswirkte. Dann fiel ihm eine andere Frage ein, die er sofort beantwortet haben wollte.

»Wie stark kann der Wind eigentlich werden? Besteht eine Gefahr für die Kinder, wenn das Meer jede Nacht weiter landeinwärts flutet und den Bathyskaph mit sich trägt? Ist zu erwarten, dass die Kinder bis in die Nähe des Vulkans geschwemmt werden?«

»Nein, deswegen brauchen Sie sich vorläufig noch keine Sorgen zu machen, Sir«, antwortete einer der Wissenschaftler. »Ob Wind oder nicht, das Meer besteht in größerer Entfernung von der normalen Küste auf jeden Fall zum größten Teil aus Wasser, in dem unser Bathyskaph nicht schwimmfähig ist. Außerdem möchte ich wetten, dass Wasser bereits kilometerweit von dem Vulkan entfernt verdampft.«

»Trotzdem könnte das Schiff weitergetrieben werden, denn zwischen Flüssigkeiten und Gasen besteht doch dort unten kaum ein Unterschied.«

»Der Unterschied besteht aber in der Viskosität, die ...« Aminadabarlee hörte schon gar nicht mehr zu; er hatte wieder einen Grund zur Sorge, und er machte sich gern Sorgen. Er ging so rasch wie möglich in die Nachrichtenzentrale zurück, weil er verhindern wollte, dass sich während seiner Abwesenheit etwas Wichtiges ereignete. Glücklicherweise erreichte er sein Ziel, ohne die Männer über den Haufen zu rennen, die ihm in dem Korridor begegneten.

Die Wissenschaftler hatten die Unterhaltung mit Easy abgebrochen, als die neue Attraktion auftauchte. Der Bildschirm, über den die Verbindung mit dem gestrandeten Bathyskaph hergestellt wurde, war dunkel. Aminadabarlee überlegte nicht erst, ob die Kinder vielleicht schliefen oder sich nur mit den Höhlenbewohnern unterhielten; gleichfalls dachte er nicht darüber nach, ob er die Frage, die ihn im Augenblick beschäftigte, überhaupt mit den beiden diskutieren sollte. Wahrscheinlich hätte er Raeker für den gleichen Versuch getadelt; aber seine eigene Ungeschicklichkeit war natürlich eine andere Sache.

»Miss Rich! Aminadorneldo!«, rief er mit schriller Stimme in das Mikrofon. Als nach einer Minute noch keine Antwort zu hören war, wiederholte er den Ruf – diesmal allerdings bereits wesentlich ungeduldiger. Jetzt erschien Easy auf dem Bildschirm und rieb sich den Schlaf aus den Augen; der Drommianer schien diese Geste jedoch nicht zu verstehen oder ignorierte sie absichtlich.

»Wo ist mein Sohn?«, fragte er.

»Im Bett.« Easy war zu müde, um höflich zu antworten.

»Na, vielleicht genügt es, wenn ich nur mit Ihnen spreche. Haben Sie gehört, dass die Wissenschaftler herausbekommen haben, was den Wind verursacht?«

»Ja; soweit ich informiert bin, ist daran ein Vulkan schuld. Ich bin kurz danach eingeschlafen. Hat sich etwas Neues ergeben?«

»Eigentlich nicht. Aber einem dieser ›Wahrsager‹ ist eingefallen, dass der Bathyskaph vielleicht jede Nacht etwas weiter auf den Vulkan zutreibt und Sie wirklich in Schwierigkeiten geraten könnten. Was hält Ihr Freund Swift davon? Er weiß doch angeblich alles über diesen Planeten und hat den Bathyskaph bisher jeden Morgen gefunden.«

»Jedenfalls erreichen wir den Vulkan innerhalb der nächsten Tage bestimmt nicht – bisher ist noch kein Lichtschein zu erkennen.«

»Sie erkennen ihn nicht; viel wichtiger ist, was die Eingeborenen sehen und glauben. Haben Sie Swift danach gefragt?«

»Nein. Ich habe erst jetzt von diesem Problem erfahren. Trotzdem mache ich mir keine Sorgen; wenn die Höhlenbewohner das Licht gesehen hätten, wären wir benachrichtigt worden –

sie hätten es nämlich für die Scheinwerfer des Roboters gehalten. Wenn überhaupt, erreichen wir den Vulkan frühestens in einigen Tagen – bestimmt nicht schon morgen.«

»Wie kann man nur so kurzsichtig sein? Ich kann einfach nicht begreifen, wie die Menschen es je geschafft haben, eine Zivilisation zu entwickeln. Intelligente Leute planen voraus.«

»Intelligente Leute ziehen aber auch keine voreiligen Schlüsse«, antwortete das Mädchen wütend; es hatte offenbar zum ersten Mal seit dem Unfall die Geduld verloren. »Ich mache mir keine Sorgen wegen übermorgen oder der Zeit danach, weil wir morgen bereits Tenebra verlassen werden. Seien Sie bitte so freundlich, Mister Sakiiro mitzuteilen, dass er die Pinasse bereithalten möchte, damit er uns aufnehmen kann.«

Easy kehrte dem Bildschirm wortlos den Rücken zu und verschwand.

12 Kapitulation; Operation; Levitation

Als Nick den Bathyskaph erreichte, war Easy wieder wach. Er hatte ihn ohne große Mühe gefunden, denn die Scheinwerfer waren schon von der Küste aus deutlich erkennbar gewesen. Der Wind blies genau auf den Lichtschein zu, aber Nick und seine Freunde, die zu diesem Zeitpunkt noch nichts von der Existenz eines Vulkans wussten, brauchten sich keine Sorgen zu machen, ob sie das richtige Licht vor sich hatten. Sie kamen ans Ufer, nahmen das Floß auf die Schultern und begannen zu marschieren.

Fagin und die vier anderen Mitglieder der Gruppe waren bereits vor ihnen eingetroffen; zu Lande kam selbst der Roboter rascher voran als das schwer zu bewegende Floß. Swift schien in bester Stimmung zu sein, denn er unterhielt sich leutselig mit den Neuankömmlingen, obwohl er sie nicht gerade überschwänglich begrüßt hatte. Er hielt sie offenbar für *seine* Leute – Angehörige seines Stammes, die nach langer Abwesenheit zurückgekehrt waren und jetzt wieder eingegliedert werden mussten. Solange keiner von ihnen seine Autorität als Häuptling zu untergraben versuchte, würde er bestimmt mit sich reden lassen.

Als John, Nancy, Oliver, Dorothy und der Roboter erschienen waren, hatte Swift sie sofort gefragt, wie man Feuer machen konnte. Easy, die wegen der geringeren Entfernung einen Vorsprung von fast zwei Sekunden besaß, hatte John gebeten, es ihm zu zeigen, bevor Raeker überhaupt wusste, was der Häuptling wollte. John, der erfahren hatte, dass die Stimme aus dem

Bathyskaph einem Angehörigen der Rasse des Lehrers gehörte, gehorchte ohne Zögern. Er benutzte seinen Feuerbohrer und hatte innerhalb von zwei oder drei Minuten eine Flamme entfacht.

Swift wollte daraufhin das Gerät selbst ausprobieren; und bis Nick, Betsey, Jim und Jane mit dem Floß herangekommen waren, hatte er bereits selbst ein Feuer entzündet und war folglich in glänzender Laune.

Das war mehr, als man von den Männern an Bord der *Vindemiatrix* behaupten konnte. Aminadabarlee war wieder einmal davon überzeugt, alle Menschen seien missmutig und unhöflich; diesmal hatte er allerdings wirklich Grund zu dieser Annahme. Jeder Wissenschaftler an Bord, der in der Zwischenzeit mit Easy Rich gesprochen hatte, war auf den Drommianer böse. Das Mädchen war heute nicht in der gleichen guten Stimmung wie sonst, sondern weigerte sich strikt, irgendjemandem zu erklären, weshalb die Pinasse schon heute warten sollte, weil es fürchtete, dass Aminadabarlee davon hören würde.

Selbstverständlich war das eine kindische Reaktion auf das unhöfliche Benehmen des Drommianers; aber schließlich war Easy eben doch ein Kind, obwohl sie fast erwachsen wirkte. Ihr Vater wurde vorgeschickt, um sie zum Sprechen zu bringen. Er hatte jedoch nur einen kurzen Blick mit ihr gewechselt und dann zu den anderen gesagt: »Bitte, sorgen Sie dafür, dass Mister Sakiiro die Pinasse flugbereit machen lässt. Ich glaube, dass die Anbringung der Zusatztriebwerke einige Zeit erfordert.« Er ignorierte die Fragen der Wissenschaftler und verließ wortlos den Raum, um in seine Kabine zurückzukehren.

»Was sollen wir jetzt tun?« Die Frage war keinesweg rhetorisch gemeint, denn der Geophysiker, der sie gestellt hatte, war ein guter Freund der Familie Rich.

»Wir können uns nur an das halten, was er gesagt hat«, meinte ein anderer. »Rich scheint überzeugt zu sein, dass seine Tochter keinen Unsinn geredet hat.«

»Ich weiß, dass er davon überzeugt ist; aber ist sie sich denn ganz sicher? Natürlich kennt er sie besser als jeder andere, aber gelegentlich überschätzt er sie doch. Er ist überzeugt; aber wir wissen überhaupt nichts. Was sollen wir also tun?«

»Am besten verständigen wir Saki«, schlug ein anderer vor. »Selbst wenn die kleine Rich sich geirrt hat, kann es nicht schaden, wenn die Pinasse startbereit gemacht wird. Warum macht ihr denn alle so betretene Gesichter?«

»Weil wir uns vorstellen können, was aus Easy und ihrem Vater wird, wenn sie unrecht hat«, antwortete der Geophysiker. »Wenn sie mehr weiß als wir, ist alles in bester Ordnung; aber wenn dieses zehnbeinige Wiesel sie nur so geärgert hat, dass sie Märchen erzählt hat, um sich zu rechtfertigen ...« Er schüttelte besorgt den Kopf. »Jetzt glaubt sie noch an ihre eigenen Worte – und ihr Vater ebenfalls. Aber wenn diese Hoffnung sich zerschlägt ...« Er beendete die Diskussion, indem er Richs Bitte an die Ingenieure weitergab.

Raeker hatte in dem Kontrollraum gegessen und gelegentlich sogar dort geschlafen; er wusste nicht einmal, wie lange er sich dort bereits aufhielt. Der Roboter war nur noch ein unbeteiligter Zuschauer, der die Ereignisse registrierte. Seine Schüler schienen in Swifts Stamm aufgenommen worden zu sein und erhielten ihre Anweisungen von dem Häuptling selbst oder von Easy aus dem Bathyskaph. Niemand fragte Fagin um Rat, aber trotzdem überstürzten sich die Ereignisse, sodass Raeker ihnen kaum noch folgen konnte.

Er wusste, dass Easy einen Streit mit Aminadabarlee gehabt hatte, obwohl er den genauen Hergang nicht erfahren hatte. Er war davon unterrichtet worden, dass Easy den Planeten noch im Laufe dieses Tages zu verlassen beabsichtigte, konnte sich aber ebenso wenig wie alle anderen vorstellen, wie sie das bewerkstelligen wollte. Zudem hatte er genügend mit Aminadabarlee zu tun gehabt, der ihn davon zu überzeugen versuchte, dass es besser gewesen wäre, von Anfang an – also vor nunmehr sechzehn Jahren – mit Swifts Stamm in Verbindung zu treten, anstatt die Schüler völlig isoliert aufzuziehen.

Raeker hatte keineswegs unhöflich sein wollen, aber die Vorgänge auf Tenebra hatten seine Aufmerksamkeit so in Anspruch genommen, dass er den Drommianer unbeabsichtigt schwerer als jemals zuvor gekränkt hatte. Diese Erkenntnis dämmerte ihm schließlich auch, aber er hatte im Augenblick einfach nicht die Zeit, sich wegen der Folgen dieser Unhöflichkeit Sorgen zu machen.

Er sah, was die Eingeborenen taten, begriff aber nicht, was sie damit bezweckten, und wusste niemand, der es ihm hätte erklären können. Trotzdem kam Raeker nicht auf den Gedanken, dass Easy an dieser Nachrichtensperre schuld sein könnte; er ahnte nicht, wie sorgfältig sie zu vermeiden versuchte, dass irgendwelche Hinweise an Bord der *Vindemiatrix* gelangten, wo Aminadabarlee davon erfahren würde. Er konnte nur beobachten, aufmerksam zuhören und versuchen, die spärlichen Informationen wie ein Puzzlespiel zusammenzusetzen.

Das Floß wurde in den Teich geschoben; dann fuhren Nick, Betsey und Swift zu dem Bathyskaph hinüber und legten neben einem der Bullaugen an. Raeker konnte das Treffen zwischen den Eingeborenen und den Insassen des Schiffes zwar beobachten, aber die Unterhaltung nicht verfolgen – Easy benützte selbstverständlich die Außenlautsprecher, und der Roboter stand zu weit entfernt, um das Gespräch aufnehmen zu können. Die Unterhaltung dauerte ziemlich lange, aber Raeker war nicht imstande, aus dem Verhalten der Eingeborenen auf das Gesprochene zu schließen.

Das Gespräch wurde erst gegen Abend abgebrochen; dann kehrte das Floß ans Ufer zurück, und die Eingeborenen machten sich marschbereit. Ein Dutzend Höhlenbewohner schleppte das Floß, andere zogen den Karren. Swift schien erst jetzt die Anwesenheit des Roboters zu bemerken; er befahl ihm, den anderen zu folgen, wobei Nick als Dolmetscher fungieren musste. Raeker stimmte sofort zu; der Marsch sollte offensichtlich landeinwärts führen, wo keine Gefahr bestand, nachts vom Meer überrascht zu werden.

»Wie finden wir morgen das große Schiff wieder?«, erkundigte er sich – nicht so sehr, weil ihn die Frage wirklich interessierte, sondern weil er eine weitere Demonstration der außergewöhnlichen Fähigkeiten der Eingeborenen erwartete. Eigentlich hatte er nicht gehofft, dass Swift überhaupt antworten würde, aber der Häuptling befand sich offenbar in bester Stimmung – kein Wunder, denn er hatte schließlich einen sehr erfolgreichen Tag hinter sich.

Nachdem die Eingeborenen sich in Marsch gesetzt hatten, ging Swift neben dem Roboter her und sprach ununterbrochen auf ihn ein. Nick übersetzte jedes Wort, während der Häuptling genau beschrieb, wo er den Bathyskaph am nächsten Morgen zu finden erwartete, und weshalb. Die Geophysiker an Bord der *Vindemiatrix* rieben sich die Hände und beobachteten die Tonbandgeräte, die das Gespräch aufzeichneten. Die einzigen Lebewesen zwischen Tenebra und Altair, die nicht von der allgemeinen fröhlichen Stimmung angesteckt wurden, waren Aminadabarlee und Raeker.

Swift erklärte den langsamen Marsch bereits nach zwei Stunden für beendet. Da es bereits zu regnen begonnen hatte, ließ er seine Leute Holz sammeln und befahl Nick, die Feuerstellen auszusuchen. Nick und seine Freunde gehorchten widerspruchslos; Raeker hatte den Verdacht, dass sie die Gelegenheit begrüßten, ihre Kenntnisse unter Beweis stellen zu können. Die Höhlenbewohner verteilten sich und übten an den einzelnen Holzstapeln selbst mit den Feuerbohrern, bis alle Feuer brannten.

Sechzehn Jahre lang hatte das Entzünden der Feuer eine achtundvierzigstündige Ruheperiode an Bord der *Vindemiatrix* eingeleitet, weil während der Nächte auf Tenebra nichts als Regen zu erwarten war. Diesmal lagen die Dinge anders; überall fanden lebhafte Diskussionen statt, die in einigen Fällen fast in einen Streit ausarteten. Die Ingenieure waren eifrig damit beschäftigt, die Pinasse mit Zusatztriebwerken auszurüsten. Die beiden Diplomaten hätten am liebsten kein Wort miteinander gewechselt, aber beruflicher Ehrgeiz ließ eine derartige Unhöflichkeit nicht zu. Wer ihre Unterhaltung jedoch verfolgte, hatte das unangenehme Gefühl, vor einem Atommeiler zu stehen, der gleich durchbrennen würde.

Einige Wissenschaftler beobachteten die Bildschirme des Roboters – vielleicht hofften sie tatsächlich, dass sich etwas ereignen würde, aber vermutlich wollten sie nur Raeker Gesellschaft leisten. Der Biologe verließ den Raum nicht mehr; er hatte das bestimmte Gefühl, dass die Ereignisse einem Höhepunkt zusteuerten, obwohl er sich nicht vorstellen konnte, wie dieser Abschluss aussehen würde. Im Verlauf der Nacht verstärkte sich dieses Gefühl immer mehr – besonders dann, wenn er einen der beiden Diplomaten sah oder sprechen hörte.

Tatsächlich hatte sein bisher bewiesenes Selbstvertrauen einen schweren Schlag erlitten; er fragte sich, wie er seinen Schülern die notwendigen Arbeiten an dem Bathyskaph erklären sollte, selbst wenn sie ihm wie früher zuhörten. Wenn sie aber nicht wollten oder nicht konnten, dürfte er Rich und

Aminadabarlee nicht wieder unter die Augen treten; er war allmählich selbst davon überzeugt, dass nur er sie dazu überredet hatte, keine anderen Rettungsversuche einzuleiten.

Trotz dieser Befürchtungen, die ihn kaum schlafen ließen, überstand er die Nacht irgendwie. Der Start der Pinasse lenkte ihn für kurze Zeit ab – er wäre am liebsten mitgeflogen, aber schließlich siegte doch der gesunde Menschenverstand. Von Zeit zu Zeit spielten sich in dem Lager der Eingeborenen Szenen ab, die ihn unter anderen Umständen sicher zum Lachen gebracht hätten.

Die Höhlenbewohner konnten sich nicht recht an die Feuer gewöhnen und hatten vorläufig noch nicht die geringste Vorstellung davon, wie man sie richtig gebrauchte und was man von ihnen erwarten durfte. Nick und seine Freunde waren ständig damit beschäftigt, Swifts Leuten zu erklären, dass die Feuer den Regen nur dann abhielten, wenn sie brannten, dass das Holz die ganze Nacht lang reichen würde, dass rechtzeitig Brennmaterial nachgelegt werden musste und dass man dabei aber auf keinen Fall übertreiben durfte, wie es die Höhlenbewohner mit Begeisterung taten. Raeker verfolgte diese Belehrungen nicht im Einzelnen, aber aus den Bemerkungen seiner Schüler wurde deutlich, dass sie sich über die Ungeschicklichkeit der anderen ärgerten. Das war ein gewisser Trost für ihn; wenn Nick und seine Freunde sich den Höhlenbewohnern überlegen fühlten, würden sie vielleicht eher bereit sein, auf ihren alten Lehrer zu hören.

Als der Morgen herankam, war weder dem Lager noch dem Bathyskaph etwas zugestoßen; als die Wassermassen am Fuß des Hügels verdampft waren, brach der Stamm zu der Stelle auf, wo Swift nach einem zweistündigen Marsch den Bathyskaph zu finden erwartete. Die Eingeborenen schienen anzunehmen, dass das Schiff sich nicht weit bewegt haben würde.

Raeker wusste nicht, ob er der Vorhersage des Häuptlings Glauben schenken sollte; er wusste vor allem nicht, ob er wirklich daran glauben *wollte*. Wenn sie sich als zutreffend erwies, hatten die Geophysiker allen Grund zur Freude; aber das bedeutete auch, dass Easy ihren bisherigen Optimismus bestätigt fand. Er konnte sich beim besten Willen nicht vorstellen, auf welche Weise der Bathyskaph nach Easys Meinung einen Punkt erreichen sollte, an dem er mit der Pinasse zusammentreffen konnte. Die wenigen Minuten, in denen er geschlafen hatte, waren voller Albträume gewesen, in denen Vulkane, Schwebetiere und geheimnisvolle Seeungeheuer eine Hauptrolle spielten.

Die Geophysiker waren sprachlos, als die Eingeborenen die Stelle erreichten, an der sich das Schiff befinden sollte – und sich doch keineswegs befand. Sie summten wie ein ganzer Bienenschwarm und überboten sich gegenseitig mit den wildesten Theorien, ohne dass einer auf den anderen gehört hätte. Aminadabarlee fiel in Ohnmacht und stellte ein weiteres Problem dar, weil kein Mensch wusste, was man mit ihm anstellen sollte. Zum Glück wachte er aber schon bald wieder auf.

Kurze Zeit später wurde der Bathyskaph an genau der Stelle entdeckt, wo die Eingeborenen ihn vor achtundvierzig Stunden zurückgelassen hatten. Die beiden Väter waren natürlich erleichtert, aber die Wissenschaftler rätselten weiter, bis einer auf die Idee kam, dass das Wasser eben nicht mehr genügend Tragfähigkeit besessen habe, denn in dieser Entfernung von der Küste bestand das Meer fast nur noch aus reinem Wasser. Raeker schüttelte nur den Kopf, als er diese Erklärung hörte, mit der die Wissenschaftler zufrieden zu sein schienen. Er fragte sich, welche Ausrede Swift sich hatte einfallen lassen, erkundigte sich aber nicht danach.

Er war wieder einmal damit beschäftigt, die Eingeborenen durch die Augen des Roboters zu beobachten, um herauszufinden, was sie vorhatten.

Der Stamm ging in kleinen Gruppen auf die Jagd – das war anhand der Bewaffnung zu erkennen –, wobei jede Gruppe von einem Schüler begleitet wurde, der seine Axt mitnahm. Das Floß überquerte den Teich, bis es den Bathyskaph erreicht hatte; Swift und andere schienen sich dort mit Easy zu unterhalten, während sie das Schiff untersuchten. Schließlich versuchten sie sogar die Oberseite des Bathyskaphen zu erklettern, sprangen aber rasch wieder auf das Floß, als der runde Schiffskörper sich zu drehen begann.

Einer der Eingeborenen fiel dabei in den Teich, verlor das Bewusstsein und musste von den übrigen mühsam ans Ufer geschoben werden. Im Verlauf der Rettungsaktion gelangte das Floß etwas näher an den Roboter, sodass Raeker ein Gespräch zwischen Nick und Betsey verfolgen konnte.

»Auf diese Weise könnten wir eine Menge Zeit sparen. Wenn die beiden Lehrer da drinnen nichts dagegen einzuwenden haben, *rollen* wir das Ding einfach ans Ufer und arbeiten dann daran weiter.«

»Wahrscheinlich müssen wir es auf jeden Fall tun, wenn Swift erst einmal auf die Idee kommt«, antwortete Betsey. »Vielleicht fragen wir lieber erst die Lehrer.«

»Einverstanden.« Die beiden Eingeborenen schoben das Floß in den Teich und paddelten zu dem Schiff zurück. Raeker wusste, was dort besprochen werden sollte, und rief die Ingenieure an.

»Kann der Bathyskaph beschädigt werden, wenn er auf den Rücken gedreht wird?«, fragte er ohne weitere Einleitung. »Die Eingeborenen wollen ihn aus dem Teich rollen!«

Die Männer in der Konstruktionsabteilung sahen sich gegenseitig an und zuckten mit den Schultern.

»Eigentlich kaum«, antwortete schließlich einer von ihnen. »Der Bathyskaph ist stabil genug gebaut. Die Kinder purzeln vielleicht durcheinander, aber sonst ist nichts zu befürchten.«

»Gott sei Dank«, sagte Raeker erleichtert und sah wieder auf die Bildschirme. Das Floß war bereits wieder unterwegs, um Swift aufzunehmen, der am Ufer stand. Als Nick, Betsey und der Häuptling den Bathyskaph erreicht hatten, begannen Betsey und Swift an der Außenseite nach oben zu klettern, wodurch sich der Schiffskörper drehte. Die beiden bewiesen eine überraschende Geschicklichkeit und dirigierten das Schiff auf das Ufer zu, während Nick das Floß für Notfälle in Bereitschaft hielt.

Zwei Umdrehungen genügten, um das Schiff in seichtes Wasser zu bringen, wo die übrigen Eingeborenen zugreifen konnten. Nach drei weiteren Umdrehungen stand der Bathyskaph in der richtigen Lage am Ufer, wo sich eine Komplikation ergab, weil er zurückrollte, als der Druck gegen die Außenwand nachließ. In diesem Augenblick griff Raeker helfend ein und gab Nick den guten Rat, einige größere Holzstücke unter den Schiffskörper zu schieben. Als der Bathyskaph endlich sicher in der Nähe des Roboters stand, dachte Raeker, dass jetzt die Zeit für ein Informationsgespräch gekommen sei, und benützte den Lautsprecher der Maschine.

»Guten Morgen, Easy. Jetzt sind wir endlich beisammen.«

»Guten Morgen, Doktor Raeker. Ja, Ihre Schüler sind hier. Ich dachte, dass wir ohne sie auskommen würden, aber sie haben uns doch viel helfen können. Bleiben Sie hier, um den Rest zu beobachten?«

Der Biologe war einigermaßen verblüfft, um es milde auszudrücken.

»Beobachten? Die Arbeit fängt doch erst an! Ich verständige jetzt die Ingenieure und lasse sie zuhören, während ich Nick und den anderen erkläre, was sie zu tun haben; Sakiiros Leute wären bereits hier, wenn sie gewusst hätten, dass die Arbeit so rasch beginnen kann. Wir müssen feststellen, welche Drähte korrodiert sind und sie dann …« An dieser Stelle wurde er von Easy unterbrochen.

»Tut mir leid, Doktor, aber mir wäre es lieber, wenn Nick die Finger von den Drähten ließe. Ich verstehe selbst nichts davon und glaube nicht, dass er fehlerlos arbeiten könnte. Wir starten ohnehin bald, deshalb möchte ich Sie bitten, ihn von den Inspektionsluken fernzuhalten, falls sie wirklich offen stehen.« Easy sprach so freundlich wie immer, aber der bestimmte Tonfall ihrer Stimme ließ die Worte fast wie einen Befehl erklingen. Raeker war überrascht und empört.

»Was soll das heißen, Miss Rich?«, erkundigte er sich wütend. »Warum muss Nick plötzlich lieber die Finger von den Drähten lassen? Wer soll denn sonst die Arbeit ausführen? Vielleicht etwa Swift? Wir haben uns bereits vor einigen Wochen auf diesen Plan geeinigt, und Sie können jetzt nicht einfach …«

»Doch, doch, ich *kann!*«, unterbrach ihn Easy freundlich, aber bestimmt. »Swift tut, was ich sage, und Nick tut, was Swift anordnet. Wir wollen es zunächst mit Swifts Idee versuchen; ich bin davon überzeugt, dass wir Erfolg haben, aber wenn etwas schiefgeht, kommen wir gern auf Ihren Vorschlag zurück.«

Raeker sah sich hilflos um; das Mädchen hatte recht. Er konnte ihr seinen Willen nicht aufzwingen. Vielleicht Easys Vater …? Nein; Richs Gesichtsausdruck zeigte deutlich eine gewisse Zufriedenheit. Der Biologe zuckte mit den Schultern und fügte sich in das Unvermeidbare.

»Okay, Easy. Wollen Sie mir nicht wenigstens erklären, was Swift vorhat? Warum haben Sie zu diesem ungebildeten Höhlenbewohner mehr Vertrauen als zu Nick und mir?«

»Die anderen Wissenschaftler halten ihn keineswegs für ungebildet«, antwortete Easy spitz. »Wenn ich Ihnen den Plan erkläre, erfährt Aminadabarlee davon und macht meinen Vater nervös. Sehen Sie uns ruhig zu; es dauert bestimmt nicht mehr lange.«

»Was hält Ihr junger Freund von dem Gedanken, seinen Vater nicht zu informieren?«

»Du hast nichts dagegen, nicht wahr, 'Mina?«

»Nein«, stimmte der junge Drommianer zu. »Dad hat mir gesagt, dass ich alles tun muss, was Easy sagt, und außerdem war er nicht nett zu ihr. Wir werden es ihm schon zeigen!«

Raeker zog die Augenbrauen hoch und war plötzlich wieder in etwas optimistischerer Stimmung. Wenn die beiden diesen Aminadabarlee hereinlegen wollten ...

Dann wurde offenbar, was Swift vorhatte. Eine Gruppe von Jägern erschien und schleppte ein Schwebetier hinter sich her. Die gefährlichen Fangarme und Nesselfäden waren entfernt worden – deshalb hatte also jede Gruppe einen mit einer Axt bewaffneten Eingeborenen mitgenommen –, und die meisten der Gaszellen waren durchlöchert, damit das Tier am Boden blieb. Andererseits waren noch genügend Zellen gefüllt, über deren beabsichtigte Verwendung jetzt kaum noch ein Zweifel bestehen konnte.

Die Wasserstoffzellen des Bathyskaphen waren selbstverständlich mit Druckausgleichventilen ausgerüstet, die verhinderten, dass in den einzelnen Zellen ein gefährlicher Überdruck entstehen konnte. Diese Öffnungen waren normalerweise geschlossen, aber es war durchaus möglich, von außen ein dünnes Rohr in sie hineinzuschieben und die Zelle mit Gas oder einer Flüssigkeit zu füllen.

Genau das taten die Eingeborenen unter Nicks Anleitung jetzt; Raeker konnte nicht erkennen, was sie als Rohr benutzten, war aber keineswegs überrascht, dass sie eines improvisiert hatten. Der Transfer des Gases von einer Zelle in die andere gelang natürlich nicht restlos, aber niemand schien sich deswegen Sorgen zu machen. Schließlich standen Schwebetiere in jeder beliebigen Menge zur Verfügung.

»Jetzt sehe ich auch, was Sie vorhaben«, sagte Raeker nach wenigen Minuten durch den Roboter. »Aber vielleicht hat die Sache doch einen Haken.«

»Welchen?«, erkundigte Easy sich sofort, woraus zu entnehmen war, dass auch sie gewisse Zweifel empfand.

»Der Bathyskaph ist so konstruiert, dass er Wasserstoffgas braucht, um schweben zu können. Woher wissen Sie denn, dass dieses Zeug das Schiff so hoch trägt, dass Sie die Triebwerke zünden können, selbst wenn ein Ingenieur an Bord kommt, um ...«

»Warum glauben Sie, dass es nicht Wasserstoff ist?«

»Warum glauben Sie, dass es welcher ist?«

»Welche Gase kann es Ihrer Meinung nach vermutlich auf Tenebra geben?«

»Oh, ziemlich viele, nehme ich an ... Nein, vielleicht doch nicht; ich weiß es nicht, weil ich mich noch nie mit diesem Problem beschäftigt habe.« Raeker wurde plötzlich einiges klar. »Sie haben mit unseren Ingenieuren gesprochen!«

»Selbstverständlich. Ich wollte nicht unhöflich sein, aber von wem hätte ich sonst etwas über die Konstruktion des Bathyskaphen erfahren können? Ich gebe gern zu, dass Sie Tenebra wie Ihre Hosentasche kennen, aber das war für meine Zwecke nicht ausreichend.«

»Aha«, sagte Raeker nachdenklich. »Richtig, ich habe mich vielleicht nicht genügend mit der Maschine befasst, sondern vor allem an die Rolle gedacht, die Nick und seine Gruppe spielen sollten. Aber wie steht es mit der elektrischen Anlage;

brauchen Sie die nicht doch? Was wollen Sie tun, wenn die Zellen genug Gas enthalten, um den Bathyskaph einige Meter anzuheben, sodass die Eingeborenen ihn nicht mehr erreichen können – aber noch zu wenig, um genügend Auftrieb zu liefern? Wäre es nicht besser, wenn Swifts Leute das Schiff wenigstens festhalten würden? Vielleicht warten Sie überhaupt lieber ...«

Lautes Gelächter unterbrach ihn. Es kam nicht von Easy, die einen Augenblick lang beeindruckt gewesen war, sondern von den Wissenschaftlern, die hinter Raeker in dem Kontrollraum standen. Raeker merkte, dass sie über ihn lachten. Er war wütend; dann fiel ihm ein, dass er selbst schuld daran war. Er stimmte in das Gelächter ein, während einer der Wissenschaftler ihm einen kleinen Vortrag über Elementarphysik zu halten begann.

Um mehr handelte es sich nämlich im Grunde genommen wirklich nicht. Nick machte von der Erkenntnis Gebrauch, die er während der ersten Versuche mit dem Floß gewonnen hatte, und sorgte dafür, dass immer mehr vordere als hintere Zellen gefüllt wurden. Als der Bathyskaph langsam nach oben schwebte, wurde er natürlich von dem Wind auf den Vulkan zugetrieben; er stieg zunächst nur so wenig, dass die beiden Kinder Gelegenheit hatten, das glühende Innere des Kraters aus verhältnismäßig niedriger Höhe zu betrachten. Das Schiff sank erschreckend rasch, als es wärmere Luftschichten erreichte, stieg aber rechtzeitig wieder auf, weil die Gasfüllung der Zellen sich ebenfalls erwärmte. Als der Lichtschein allmählich unter ihnen versank, warteten Easy und Aminadorneldo freudig erregt auf die Ankunft der Pinasse.

Epilog Kooperation

»Ich habe Ihnen doch gesagt, dass die meisten Menschen dumm und unfähig sind!« Aminadabarlee dachte nicht daran, seine lieb gewordenen Ideen plötzlich aufzugeben. »Sie bereiten wochenlang eine umständliche Rettungsaktion vor und müssen dann schließlich zugeben, dass ein primitiver Eingeborenenhäuptling mit keinerlei Schulbildung mehr Grips als alle hier anwesenden Wissenschaftler hat. Sie vergeuden sechzehn Jahre, um dort unten Ihre Schüler auszubilden, und lernen dann in einer Woche mehr von den Wilden, mit denen Sie nie zuvor in Verbindung getreten waren.«

»Vermutlich hätten die Eingeborenen versucht, den Roboter aufzufressen, wenn er sich ihnen genähert hätte«, widersprach Easy. »Sie müssen berücksichtigen, dass 'Mina und ich Swift kennengelernt haben. Er respektiert den Roboter nur deshalb, weil er mit ihm sprechen und etwas von ihm lernen kann. Unter anderen Umständen hätte er ihn wahrscheinlich ignoriert oder sogar zerstört.«

Aminadabarlee warf seinem Sohn einen fragenden Blick zu; der junge Drommianer nickte zustimmend. »Na, jedenfalls lässt sich mit Swifts Leuten wesentlich mehr anfangen, was ich demnächst beweisen werde.«

»Wie?«, erkundigte sich Raeker.

»Indem ich veranlasse, dass Dromm eine eigene Expedition nach Tenebra schickt – in spätestens zwei oder drei Monaten. Wir können ebenso gut wie Sie mit Swift sprechen und werden

Ihnen beweisen, was man mit den richtigen Methoden aus ihm herausholen kann.«

»Wäre es nicht für alle Beteiligten besser, wenn die Forschung koordiniert würde, damit die Ergebnisse beiden Seiten zugute kommen?«

»Das sieht Ihnen wieder ähnlich!«, antwortete der Drommianer gereizt. »Ich lege keinen Wert mehr auf eine Zusammenarbeit mit Menschen und werde dafür sorgen, dass ganz Dromm sich dieser Auffassung anschließt. Du hast doch Swifts Dialekt ziemlich gut gelernt, nicht wahr, mein Junge?«

»Ja, aber ...«

»Dann ist alles in bester Ordnung. Ich weiß, dass du Easy magst, und ich nehme sogar an, dass sie sich nach der Zeit, die sie in deiner Gesellschaft verbracht hat, vorteilhaft von den übrigen Menschen unterscheidet; aber ich weiß auch, dass sie eine seltene Ausnahme darstellt. Hier, nimm das Mikrofon des Roboters! Du kannst dich mit Swift in Verbindung setzen und ihm etwas von mir ausrichten.«

»Aber das kann ich nicht, Dad.« Selbst die Menschen erkannten deutlich, dass der junge Drommianer sich unbehaglich fühlte.

»Du kannst nicht? Was soll das heißen? Eben hast du noch behauptet, du hättest seine Sprache gut genug gelernt ...«

»Ich verstehe sie wirklich ziemlich gut. Aber ich kann sie nicht aussprechen.«

»Soll das bedeuten, dass du nur zugehört hast, während Easy mit den Eingeborenen gesprochen hat? Ich schäme mich für dich! Du weißt doch, dass man keine Gelegenheit vorübergehen lassen darf, eine neue Sprache zu lernen.«

»Ich habe die Gelegenheit nicht verpasst, Dad.« Aminadorneldo sah seinen Vater an, der den Kopf schüttelte.

»Jetzt möchte ich nur wissen, was du wirklich getrieben hast!« Die Stimme des Drommianers war schriller als je zuvor. Aminadorneldo warf Easy einen hilflosen Blick zu.

»Schon gut, 'Mina«, sagte das Mädchen. »Komm, wir zeigen es ihm.«

Die beiden Kinder stellten sich so vor dem Mikrofon auf, dass sie sich gegenseitig im Auge behalten konnten. Nachdem Easy auf den Sprechknopf gedrückt hatte, begannen sie gleichzeitig zu sprechen, wobei Easy die tiefen Töne übernahm, während der Drommianer die hohen erzeugte.

Sekunden später drang ein ähnliches Geräusch aus dem Lautsprecher, das Raeker sofort erkannte, obwohl er nur wenig davon verstand. Easy begann zu antworten und dirigierte dabei ihren »kleinen« Freund mit einer Hand, damit Aminadorneldo wusste, welches Wort als Nächstes kam. Die beiden hatten sich offensichtlich auf eine Art Taubstummensprache geeinigt; sie sprachen zwar sehr viel langsamer als Swift, aber der Eingeborenenhäuptling schien sie ohne Weiteres zu verstehen.

»Swift ist hier, *Councillor*«, sagte Easy einen Augenblick später. »Was wollten Sie ihm ausrichten lassen? Bitte, fangen Sie an; das Übersetzerteam steht ganz zu Ihrer Verfügung. Ich hoffe, dass Sie es 'Mina nicht verübeln werden, dass er mit einem Menschen zusammenarbeitet. Es gibt nämlich keine andere Methode.«

Niemand lachte.

Dritter Teil

STÜTZPUNKT AUF DHRAWN

1 Boxenstopp

Beetchermarlf spürte, wie die Vibrationen sich verliefen, als sein Fahrzeug zum Stehen kam, aber er blickte instinktiv hinaus, bevor er das Steuer der *Kwembly* losließ. Natürlich war die Mühe vergeblich. Die Sonne – oder vielmehr jener Körper, den er sich als *die* Sonne vorzustellen versuchte – war bereits vor ungefähr zwanzig Stunden untergegangen. Der Himmel war noch zu hell, als dass man Sterne hätte sehen können, doch nicht mehr hell genug, dass sie auf dem fast eintönigen Schneefeld, das sie umgab, Einzelheiten erkennen konnten. Bei einem Blick nach hinten, in die einzige Richtung, in die er vom Zentrum der Brücke aus nicht zu schauen vermochte, hätte die Spur der *Kwembly* ihm vielleicht als Fixpunkt gedient; aber von seinem Posten am Steuer aus war kein Hinweis auf die Geschwindigkeit auszumachen.

Der Kapitän, der hinter dem Steuermann auf einer erhöhten Plattform ausgestreckt lag, verstand die Kopfbewegung des anderen richtig. Falls er sich darüber amüsierte, so verbarg er es. Nach nahezu zwei menschlichen Lebensaltern auf Mesklins unberechenbaren Ozeanen hatte selbst er sich an das Gefühl der Ungewissheit nicht gewöhnen, kaum damit abfinden können. Das Kommando über ein Fahrzeug, das er nicht völlig begriff, die Fortbewegung über Land statt über See und das Bewusstsein, dass seine Heimatwelt weiter als drei Parsec entfernt lag, waren keineswegs geeignet, um sein Selbstvertrauen zu stärken, und er empfand Verständnis dafür, dass es dem Jüngeren daran mangelte.

»Wir stehen, Steuermann. Arretiere die Steuerung und führe deine hundertstündliche Inspektion durch. Wir bleiben hier für zehn Stunden.«

»Jawohl.« Beetchermarlf verriegelte das Steuer. Er sah auf die Uhr und stellte fest, dass seine Wache noch länger als eine Stunde dauerte, und so begann er, die Trossen zu untersuchen, die die Lenkstange mit den Antriebsrädern der *Kwembly* verbanden.

Die Untersuchung gestaltete sich einfach, da man sich nicht die Mühe gemacht hatte, wichtige Teile der Maschinerie hinter Verkleidungen zu verbergen. Die Erbauer des mächtigen Fahrzeugs und der elf gleichartigen Vehikel hatten sich um das Aussehen nicht gekümmert. Es brauchte nur ein paar Sekunden, um sich davon zu überzeugen, dass die wenigen Zentimeter Trossen, die sich auf dem Deck der Brücke befanden, keine Ermüdungserscheinungen aufwiesen. Der Steuermann gestikulierte dem Kapitän, dass alles in Ordnung sei, klopfte auf das Deck, um sich anzukündigen, wartete auf die Bestätigung von unten, öffnete die Steuerbordklappe und verschwand über die Rampe abwärts, um seine Inspektion fortzusetzen.

Ohne großes Interesse sah Dondragmer ihm zu. Er hatte andere Sorgen, und der Steuermann war ein verlässlicher Segler. Für einen Moment verdrängte er das Problem der Steuerung aus seinen Gedanken und richtete das Vorderteil seines vierzig Zentimeter langen Körpers auf, bis sein Kopf die Höhe der Sprechröhre erreichte. Ein Pfiff, dem Ton einer Sirene ähnlich, den man durch einen mesklinitischen Taifun gehört hätte und der in dem Schweigen von Dhrawns Schneefeldern der Lächerlichkeit nicht entbehrte, verschaffte ihm die Aufmerksamkeit der übrigen Mannschaft.

»Hier spricht der Kapitän. Wir halten zehn Stunden lang zu Inspektionszwecken. Teilt die Routinewache ein. Das Forschungspersonal trifft nach Absprache mit der Brücke die üblichen Maßnahmen. Flüge finden erst statt, wenn die Scouts überholt worden sind. Kraftstation, bestätigen!«

»Kraftstation, verstanden.« Die Stimme aus der Sprechröhre klang ein wenig tiefer als Dondragmers.

»Versorgungskontrolle, bestätigen!«

»Versorgungskontrolle, verstanden.«

»Kommunikationsraum, bestätigen!«

»Verstanden.«

»Kervenser, zur Bereitschaft auf die Brücke! Ich gehe hinaus. Laboratorium, gebt mir die Außenwerte durch!«

»Einen Moment, Kapitän.« Die Pause, bis die Stimme zurückkehrte, währte kurz. »Temperatur 77; Druck 26,1; Wind mit Geschwindigkeit 200 p.h. aus 21 Grad; Sauerstoffanteil normal bei 0,0122.«

»Danke. Anscheinend nicht zu übel.«

»Ja. Wenn es erlaubt ist, begleite ich dich, um von der Oberfläche einige Proben zu holen. Dürfen wir den Bohrer aufstellen? In eine ausreichende Tiefe können wir in weniger als zehn Stunden vordringen.«

»Gut. Ich verlasse die Schleuse wahrscheinlich vor euch, da ihr Zeit zur Vorbereitung des Bohrgeräts braucht, aber ich werde Anweisung geben, dass man für Beleuchtung sorgt, sobald es erforderlich wird. Unterrichte Kervenser darüber, wie viele Männer deine Gruppe umfasst, damit er eine Eintragung ins Logbuch vornimmt.«

»Danke, Kapitän. Wir fangen sofort an.«

Dondragmer ließ seinen Kopf zurück auf Deckhöhe sinken; natürlich würde er, obwohl die Maschinen stillstanden, die Brücke nicht vor dem Eintreffen der Ablösung verlassen. Kervenser ließ einige Minuten lang auf sich warten, weil er die eigene Ablösung erst über die wahrzunehmenden Pflichten informieren musste. Das Warten störte ihn nicht, denn er hing ohnehin allerlei Gedanken nach. Dondragmer pflegte sich niemals zu sorgen (das Nervensystem der Meskliniten war außerstande, auf solche Weise auf Ungewissheit zu reagieren), aber es war ihm lieber, sich anbahnende Situationen zu durchdenken.

Die Tatsache, dass er sich zehn- oder 15 000 Kilometer von jeder Hilfe entfernt befand, sollte die *Kwembly* jemals beschädigt werden, betrachtete er lediglich als Hintergrund, nicht als spezielles Problem. Dieser Umstand unterschied sich grundsätzlich nicht von jenen Situationen, denen er im Verlauf seines Lebens auf Mesklins weiten Ozeanen ausgesetzt gewesen war. Die Ursache seiner Unruhe, die sein gewöhnlich sehr stabiles Selbstvertrauen beeinträchtigte, war vielmehr die Maschine, die seinem Befehl unterstand. Sie entsprach in keiner Hinsicht der flexiblen Floßkonstruktion, die seiner Vorstellung von einem Schiff entsprach. Man hatte ihm versichert, sie werde schwimmen, wenn sich die Gelegenheit ergab; und während der Tests auf dem fernen Mesklin, wo man sie erbaut hatte, war sie tatsächlich geschwommen. Anschließend jedoch war sie zerlegt, in ein Fährschiff verladen und in eine Kreisbahn um Mesklin gebracht worden. Dann hatte man sie in ein interstellares Raumschiff verfrachtet, nach dem Sprung über drei Parsec an Bord einer Fähre anderer Konstruktion hinab auf Dhrawns Oberfläche geschafft, wo sie wieder montiert wurde. Dondragmer hatte Demontage und Montage der *Kwembly* und der anderen elf Fahrzeuge persönlich überwacht, doch sämtliche sonstigen Arbeiten waren ohne seine Beteiligung geschehen. Darin lag der hauptsächliche Grund für seine Absicht, das Fahrzeug nun zu verlassen; er hatte eine hohe Meinung von Beetchermarlf und dem Rest der ausgesuchten Mannschaft, aber er neigte dazu, sich von allem selbst zu überzeugen.

Davon aber erwähnte er nichts, als Kervenser die Brücke betrat. Es bedurfte keiner Worte. Wahrscheinlich dachte der Erste Offizier ohnehin das Gleiche.

»Die Inspektionen werden durchgeführt. Die Forschungsgruppe wird draußen eine Bohrung vornehmen. Ich möchte mich auf der Oberfläche umschauen.« Mehr sagte Dondragmer nicht, als er seinen Posten übergab. »Falls etwas anfällt, kannst du mir mit den Scheinwerfern signalisieren. Aber das überlasse ich dir.«

Kervenser ließ leichthin zwei seiner Zangen schnappen. »Ich komme zurecht, Don. Viel Spaß.« Der Kapitän verließ die Brücke durch die noch geöffnete Klappe, durch welche seine Ablösung aufgetaucht war, insgeheim sicher, dass Kervenser nicht so gleichmütig war, wie er tat.

Vier Decks tiefer und zehn Meter heckwärts der Brücke befand sich die Hauptluftschleuse. Dondragmer verharrte auf seinem Weg mehrmals, um sich mit Mannschaftsmitgliedern zu unterhalten, die im Rumpf der *Kwembly* zwischen Kabeln, Verstrebungen und Rohrwerk arbeiteten. Als er die Schleuse erreichte, hatten sich von dort bereits vier Wissenschaftler mit ihrem Bohrgerät versammelt und muhten sich mit ihren Schutzanzügen ab. Kritisch sah der Kapitän zu, wie sie ihre langen Körper und zahlreichen Beine in die transparenten Hüllen steckten, den Sitz prüften und die Zufuhr von Wasserstoff und Argon kontrollierten. Schließlich winkte er sie zufrieden in die Schleusenkammer und begann ebenfalls, einen Schutzanzug anzulegen. Als er aus dem Fahrzeug kam, hatten die anderen beim Aufstellen ihrer Apparaturen schon gute Fortschritte gemacht.

Er warf ihnen nur einen kurzen Blick zu, während er für einen Moment auf dem Absatz der Rampe zögerte, die von der Schleuse hinab zum Boden führte. Er wusste, was sie taten, und konnte sich auf sie verlassen, aber dergleichen galt keineswegs für das Wetter. Noch während er die äußere Schleusenpforte hinter sich schloss, blickte er zu dem kleinen Stück Himmel auf, das zu sehen die sich über ihm wölbende Hülle des Fahrzeugs gestattete.

Die Dunkelheit wuchs sehr, sehr langsam, während Dhrawns zwei Monate dauernde Rotation die schwache Sonne weiter unter den Horizont trug. Wie auf seinem Heimatplaneten schien auch hier der Horizont rundum etwas oberhalb seiner Sichthöhe zu liegen. Die schwerkraftbelastete Atmosphäre, die diesen optischen Verzerrungseffekt verursachte, pflegte die Sterne, sofern man sie überhaupt sah, zu heftigem Blinken zu bringen. Dondragmer blickte zum südlichen Himmelspol, aber das Zwillingsgestirn Fomalhaut und Sol, das dort Wache hielt, war noch unsichtbar.

Einige rasch nach Westen treibende Zirruswolken zeigten sich. Offensichtlich wehten die Winde in mehreren Hundert Metern Höhe in entgegengesetzter Richtung zu den Oberflächenwinden, was am Tage zumeist der Fall war. Dondragmer wusste, dass sich das kurzfristig ändern konnte; im nur wenige Tausend Kilometer westlicher liegenden Land löste der Sonnenuntergang stärkere Temperaturschwankungen als hier aus, und womöglich schlug das Wetter innerhalb der nächsten Stunden um. Welcher Art ein solcher Wetterumschlag sein konnte, vermochte er mit seinen auf Mesklins Ozeanen gewonnenen Erfahrungen allerdings nicht vorauszusehen, obwohl er von der Meteorologie und Physik der Fremden viel hatte lernen können.

Doch im Moment wirkte die Wetterlage vielversprechend. Er setzte seinen Weg über die Rampe fort – die Schleuse lag an der Steuerbordseite – und marschierte durch den Schnee etwa einhundert Meter ostwärts, teilweise, um den Rest des Himmels begutachten zu können, zum Teil, um einen allgemeinen Überblick über das Fahrzeug zu erhalten, bevor er sich seinen Zustand näher ansah.

Im Westen wirkte der Himmel nicht bedrohlicher als in den anderen Richtungen, und er schenkte ihm nur einen kurzen Blick.

Die *Kwembly* sah unverändert aus. Einen Menschen hätte sie wahrscheinlich an eine große, unregelmäßige Zigarre auf einer niedrigen Tischplatte erinnert. Sie war ungefähr dreißig Meter lang, zwischen sechs und acht Meter breit und erhob sich an ihrem höchsten Punkt etwa sechs Meter über den Schnee. Tatsächlich gab es zwei solche Stellen: die obere Wölbung der Hülle und die Kommandobrücke. Letztere war ein sechs Meter durchmessender kreuzförmiger Aufsatz, dessen fast kantige Umrisse die sanften Kurven des Hauptkörpers ein wenig störten. Die Brücke befand sich dicht hinter dem Bug, sodass es dem Steuermann, dem Kommandanten und den im Brückenbereich tätigen Mannschaften möglich war, den Untergrund während der Fahrt bis fast vor die Bugwalzen zu beobachten.

Zwischen der Bodenplattform des Fahrzeugs und der Schneeschicht lag etwa ein Meter. Die Plattform ruhte auf einem Satz dicht aneinandergereihter, bereifter Walzen, deren Einzelaufhängung es über das verwirrende Netz von Trossen gestattete, die *Kwembly* in äußerst engem Radius zu wenden, ohne dass die Kontrolle über das Fahrzeug wesentlich eingeschränkt wurde. Die Walzen waren von der Hülle durch eine Art pneumatische Matratze getrennt, die die Trossenspannung sicherte und durch kleinere Bodenunebenheiten hervorgerufene Erschütterungen auffing.

Eine raupenähnliche Gestalt bewegte sich langsam über die dem Kapitän zugewandte Seite des Fahrzeugs, vermutlich Beetchermarlf, der mit der Inspektion der Trossen fortfuhr. Etwa zwanzig Meter neben dem Fahrzeug war der niedrige Bodenturm errichtet worden. Über die mit Klammereisen besetzte Hülle kletterten andere Mannschaftsmitglieder und prüften die Fugen. Für einen Meskliniten war dies eine nervenaufreibende Aufgabe. Akrophobie war eine normale psychische Eigenschaft bei Geschöpfen von einem Planeten, dessen Polgravitation mehr als den sechshundertfachen Wert der Erde betrug, und selbst die ihnen vertraute Schwerkraft machte nur ein Drittel davon aus. Dhrawns vergleichsweise schwache Anziehungskraft, knapp 400 Meter per Sekundenquadrat, erleichterte das Klettern ein bisschen, doch die Inspektion der Hülle blieb die unbeliebteste Pflicht. Dondragmer kroch zurück über das verhärtete Bodengemisch aus weißen Kristallen und braunem Sand, nur da und dort von dürrem Gestrüpp unterbrochen, und erklomm das Fahrzeug, um die Mannschaften bei ihrer Tätigkeit zu unterstützen.

Die großen, gewölbten Platten der Hülle bestanden aus Borfasern, die eine sauerstoff- und fluorhaltige Verbundmasse zusammenhielt. Sie waren auf einer Welt hergestellt worden, die keiner der Meskliniten jemals gesehen hatte, obwohl die meisten Mannschaftsmitglieder zu ihren Bewohnern Beziehungen unterhielten. Die menschlichen Chemotechniker hatten die Einzelteile der Hülle so konstruiert, dass sie jedem voraussehbaren korrosiven Agens widerstehen sollten, in dem Bewusstsein, dass Dhrawn einer der wenigen Orte des Universums war, an dem es in dieser Hinsicht wahrscheinlich noch schlimmer stand als auf ihrer eigenen Sauerstoff/Wasser-Welt. Sie kannten die Schwerkraftverhältnisse nur zu gut. Sie hatten all diese Faktoren berücksichtigt, als sie die Rumpfplatten und die Verbundmasse synthetisierten, sowohl die lösbare Verbundmasse, die man während der Tests auf Mesklin verwendet hatte, wie auch die vermutlich endgültige, mit der das Fahrzeug auf Dhrawn montiert worden war. Dondragmer hegte volles Vertrauen in die Fertigkeit jener Männer, aber er vergaß nicht, dass sie die Bedingungen, unter denen ihr Produkt sich bewähren musste, niemals persönlich erfahren hatten und auch erwarten konnten, es nie tun zu müssen. Mit anderen Worten, die Fallschirmpacker wurden niemals zum Springen aufgefordert – aber dieser paradoxe Witz wäre an einen Meskliniten nur vergeudet gewesen.

Sosehr der Kapitän die Theorie respektierte, so genau wusste er jedoch um die Kluft zwischen ihr und der Praxis, und daher begutachtete er die Nahtstellen zwischen den Rumpfplatten mit außerordentlicher Sorgfalt.

Als er sich davon überzeugt hatte, dass die Rumpfplatten noch dicht und fest aneinanderhafteten, hatte der Himmel sich merklich verfinstert. Auf ein Klopfen gegen die Wand der Brücke und einige Gesten hin hatte Kervenser mehrere Außenscheinwerfer eingeschaltet. In ihrem Licht beendeten die Mannschaften ihre Arbeit und kletterten hinab auf das Schneefeld.

Beetchermarlf tauchte von unterhalb des Rumpfes auf und meldete, dass die Ruderleinen in ausgezeichnetem Zustand seien. Das am Bohrturm beschäftigte Personal hatte inzwischen Proben mehrerer Erdschichten gewonnen und sie – in Anbetracht der Außentemperatur – Stück für Stück unverzüglich ins Laboratorium gebracht. Wie es schien, existierte beinahe das gesamte Wasser der Oberfläche in Form von Schnee, also jedenfalls unterhalb der Schmelztemperatur, aber keiner wusste, ob dies auch für tiefere Schichten galt.

Aufgrund der künstlichen Beleuchtung konnte man den Himmel schlechter beobachten. Als erste Warnung vor einem Wetterumschlag kam ein plötzlicher Windstoß. Die *Kwembly* schaukelte ein wenig auf ihren Rädern, und die Ruderleinen begannen zu singen, als der Wind sie packte. Die Meskliniten waren nicht verunsichert. Sie unter Dhrawns Schwerkraftverhältnissen fortzublasen wäre eine Aufgabe für einen beachtlichen Tornado gewesen. Sie wogen etwa das, was ein lebensgroßes Abbild von ihnen aus Gold auf der Erde gewogen hätte. Dondragmer, der reflexartig seine Klauen in die harschige Schneeschicht grub, ließ sich vom Wind nicht beeindrucken; allerdings ärgerte er sich über seinen Fehler, die Wolken, die den Wind begleiteten, nicht rechtzeitig bemerkt zu haben. Aus den flockigen Zirruswolken, die zuvor in mehreren Hundert Metern Höhe trieben, hatte sich in halber Höhe das typische stratosphärische Windgewölk gebildet. Noch gab es keinen Niederschlag, aber keiner der Matrosen bezweifelte, dass es bald dazu kommen musste. Es ließ sich jedoch nicht vorhersehen, welche Form er annehmen oder wie heftig er sein werde. Nach menschlichem Zeitmaß befanden sie sich nun eineinhalb Jahre auf Dhrawn, aber das war beileibe nicht lange genug, um alle Eigenheiten einer Welt kennenzulernen, die weitaus größer als ihre eigene war. Sogar der vierfache Zeitraum, der etwa einem Bahnumlauf von Dhrawn – also einem »Jahr« – entsprach, hätte dazu nicht ausgereicht.

Der Kapitän hob die Stimme, sodass sie den Wind übertönte. »Alles an Bord. Berjendee, Reffel und Stakendee helfen beim Abtransport des Bohrgeräts. Wer als Erster an Bord geht, richtet Kervenser aus, er möge die Maschinen in Bereitschaft halten und sich darauf einstellen, den Bug in Windrichtung zu drehen, sobald alle wieder im Fahrzeug sind.« Dondragmer wusste, bereits während er den Befehl erteilte, dass er sich möglicherweise als undurchführbar erwies. Höchstwahrscheinlich hatte die Generalinspektion gegenwärtig eine Stufe erreicht, die das Anwerfen der Maschine verbot. Er dachte nicht länger daran, nachdem er die Anweisung gegeben hatte. Falls möglich, würde man sie befolgen, und seine Aufmerksamkeit wurde anderweitig beansprucht. Die Bohrausrüstung besaß absoluten Vorrang; sie diente jenen Forschungszwecken, die der Anlass für den Aufenthalt der Meskliniten auf Dhrawn waren. Selbst Dondragmer, der menschlichen Intentionen und Motiven verhältnismäßig stärker vertraute als viele Meskliniten, vermutete, dass ein durchschnittlicher menschlicher Wissenschaftler die Bohrausrüstung weitaus höher bewertet hätte als das Leben von zwei oder drei mesklinitischen Matrosen.

Das Forschungspersonal hatte die Bohrspitze bereits eingeholt und schickte sich an, sie an Bord zu schaffen, als er sich dazugesellte. Die Kurbelwelle und der Getriebekasten folgten, sodass lediglich der Stützrahmen und das Turmgestänge zurückblieben. Dies waren weniger kritische Objekte, da sie ohne menschliche Unterstützung ersetzt werden konnten, aber obwohl der Wind sich nicht verstärkte, brachten der Kapitän und seine drei Helfer sie ebenfalls in Sichcrheit. Als sie das erledigt hatten, waren die anderen bereits im Fahrzeuginneren verschwunden, und auf der Brücke wurde Kervenser gewiss schon ungeduldig.

Zufrieden führte Dondragmer die Gruppe die Rampe hinauf und durch die äußere Schleusentür, die er hinter sich schloss. Sie standen nun auf einem meterbreiten Vorsprung, der an ein ebenso breites Becken voll flüssigen Ammoniaks grenzte, das die einwärtige Hälfte der Schleusenkammer bildete. Die am schwersten beladenen Mitglieder der Gruppe kletterten über die Klammereisen, die denen außen auf der Hülle glichen, in die Flüssigkeit; die anderen und der Kapitän sprangen einfach hinein. Unter dem Ammoniakspiegel reichte die jenseitige Schleusenwand bis in etwa 120 Zentimeter Tiefe. Zwischen dem Boden des Tanks und der Unterkante der inneren Schleusenwand lag ein Zwischenraum von knapp achtzig Zentimeter. Indem sie diesen Spalt vorsichtig durchquerten, gelangten sie auf einen zweiten, gleichartigen Vorsprung. Von dort aus gewährte ihnen die innere Schleusenpforte Zutritt in den Mittelabschnitt der *Kwembly*.

Ein schwacher Geruch von Sauerstoff haftete ihnen an. Ein paar Blasen der Außenatmosphäre pflegten stets alles zu begleiten, das durch die Schleuse ging, aber der allgegenwärtige Ammoniakdunst und die zahlreichen im Rumpfinnern angebrachten Katalysatorflächen hatten sich schon lange als ausreichend erwiesen, dieses Ärgernis auszugleichen. Die Mehrheit der Mesklinіten hatte gelernt, sich an dem Geruch nicht mehr sonderlich zu stören, zumal jeder wusste, dass geringe Spuren dieses Gases harmlos waren.

Die Forscher streiften ihre Schutzanzüge ab und entfernten sich mit ihren Apparaturen und den Behältern, in die sie die Bodenproben zum Schutz gegen das flüssige Ammoniak gepackt hatten. Dondragmer entließ die anderen auf ihre Stationen und kletterte zur Brücke hinauf. Kervenser machte Anstalten, die Kommandostation zu räumen, als der Kapitän in der Klappe erschien, doch Dondragmer winkte ihn zurück und begab sich auf die Steuerbordseite des Aufbaus. An Deck gab es mehrere Transparentflächen. Die menschlichen Konstrukteure hatten ursprünglich die gesamte Brücke aus transparentem Material konstruieren wollen, doch dabei hatten sie die mesklinitische Psyche nicht in Rechnung gestellt. Auf der Hülle umherzukriechen, empfanden die Mesklinіten als schlimm genug, aber in rund fünf Meter Höhe auf einer Transparentfläche zu stehen, das hielten sie für jenseits aller Vernunft. Der Kapitän verharrte am Rand einer der Scheiben und blickte vorsichtig hinab.

Die fahle Oberfläche rings um das mächtige Fahrzeug hatte sich nicht verändert; der Wind, der die Hülle schüttelte, vermochte anscheinend den Schnee, den eine vierzigfache Erdgravitation verhärtet hatte (und niemand wusste, wie lange schon), nicht zu lockern. Selbst die Wirbel, die am Rumpf der *Kwembly* entstanden, zeigten keinerlei Wirkungen, obwohl Dondragmer fest damit gerechnet hatte, dass sich zumindest zu Füßen der Räder Schneemulden bilden würden. Weiter entfernt, an der Grenze der Scheinwerferlichtkegel, gab es nichts zu erkennen außer den zurückgelassenen Bohrlöchern und sich im Wind biegendes Gestrüpp. Er beobachtete es mehrere Minuten lang, um zu sehen, ob der Wind es ausreißen würde, aber schließlich wandte er seine Aufmerksamkeit zum Himmel.

Zwischen den Wolkenbänken begannen sich einige helle Sterne zu zeigen, doch das südpolare Zwillingsgestirn war noch immer nicht zu sehen. Es stand nur wenige Grad über dem südlichen Horizont – teilweise ebenfalls ein Resultat der Refraktion – und war derzeit von Wolken verhangen. Anzeichen von Regen oder Schnee gab es noch nicht, und man konnte nicht sagen, zu welchem Niederschlag, falls überhaupt, es kommen würde. Die Außentemperatur lag nach wie vor unter der Schmelztemperatur reinen Ammoniaks und weit unter der von Wasser, aber ein gemischter Niederschlag war sowieso am wahrscheinlichsten. Welche Wirkung ein solcher Niederschlag auf das nahezu pure Wassereis der Oberfläche haben mochte, wagte Dondragmer allerdings nicht vorauszusagen; er wusste über die gegenseitige Löslichkeit von Wasser und Ammoniak Bescheid, hatte jedoch nie versucht, sich Phasendiagramme oder Gefrierpunkttabellen der verschiedenen Mischungen einzuprägen. Falls der Schnee schmolz, erhielt die *Kwembly* vielleicht eine Chance, ihre Schwimmfähigkeit unter Beweis zu stellen. Er war nicht begierig darauf, sie zu erproben.

Kervenser unterbrach seine Überlegungen.

»Kapitän, wir sind in vier oder fünf Minuten fahrbereit. Sollen wir die Maschinen anwerfen?«

»Noch nicht. Ich hatte befürchtet, der Wind könnte den Schnee unter dem Fahrzeug lösen und es ins Rutschen bringen, und in diesem Fall wollte ich in der Lage sein, den Bug nach Bedarf auszurichten; aber anscheinend ist diese Gefahr vorerst nicht akut. Die Inspektionen sollen fortgesetzt werden, außer an Einrichtungen, deren Kontrolle ein Warnsignal verhindern würde, sollte ein Notstart erforderlich sein.«

»Bereits veranlasst, Kapitän. Als vor ein paar Minuten dein Befehl übermittelt wurde, habe ich vorgesorgt.«

»Gut. Die Außenscheinwerfer bleiben eingeschaltet. Wir werden die nähere Umgebung unter Beobachtung halten, bis die zehnstündige Frist abgelaufen ist oder der Wind aufhört, falls er sich nicht innerhalb dieser Frist legt.«

»Zu dumm, dass wir nicht wissen, wann das sein wird.«

»Stimmt. Zu Hause dauert ein Sturm selten länger als einen Tag. Diese Welt rotiert so langsam, dass Sturmzonen die Größe eines Kontinents erreichen und mehrere Hundert Stunden zu ihrer Auflösung benötigen. Wir müssen warten, bis diese Sturmzone sich ausgetobt hat.«

»Du meinst, wir können nicht weiterfahren, bevor sich der Wind gelegt hat?«

»Ich bin nicht sicher. Eine Luftaufklärung wäre zu riskant, aber ohne sie kommen wir nicht schnell genug voran. Ob sich der Aufwand für die Menschen lohnen würde, wenn wir sie bemühten?«

»Mir passt es nicht, so zu hetzen. Man kann ein Gelände nicht richtig untersuchen, wenn man nicht für eine Weile anhält. Wir würden vermutlich viel übersehen, was diese komischen Menschen interessant fänden.«

»Mir scheint, dass sie genau wissen, wonach sie suchen – etwas, das ihnen zu entscheiden erlaubt, ob Dhrawn ein Planet ist oder ein Stern; und sie lassen es sich etwas kosten. Ich gestehe, dass es für Leute, die mit nichts als Routine beschäftigt sind, allmählich langweilig wird.«

Kervenser schluckte die Bemerkung ohne Kommentar. Er wusste, dass sein Kommandant ihn niemals absichtlich kränken würde, nicht einmal nach seinem kleinen Seitenhieb auf die Menschen. In dieser Beziehung unterschied sich Dondragmer deutlich von den meisten Mannschaftsmitgliedern, die die Überzeugung hegten, dass die Fremden so viel mitnahmen, wie sie erwischen konnten – so, wie es jeder gute Händler hielt. Der Kommandant dagegen hatte mehr Zeit in enger Zusammenarbeit mit menschlichen, drommianischen und paneshkischen Wissenschaftlern zugebracht als nahezu jeder andere Mesklinit und war – da er eine ziemlich tolerante Einstellung hatte – zu einer Haltung gelangt, die viele der anderen Meskliniten nur aus Respekt vor den Fremden als »nachgiebig« bezeichneten. Diskussionen um diese Problematik ergaben sich selten, und diesmal wurden sie durch Beetchermarlfs Erscheinen unterbunden. Er meldete die Beendigung der Generalinspektion. Dondragmer entließ ihn mit dem Befehl, die Ablösung für das Steuer auf die Brücke zu schicken, und schwieg bis zu deren Eintreffen. Takoorch gehörte keineswegs zu den schweigsamen Typen; er betrat die Brücke und verlor kaum Zeit, ehe er das anfing, was er unter einer Konversation verstand. Kervenser, wie üblich von der Fantasie und der Frechheit des anderen erheitert, ließ ihn gewähren; Dondragmer ignorierte ihn völlig und fing bloß gelegentlich eine Äußerung auf. Er war mehr an den Vorgängen auf der Oberfläche interessiert, so wenig sich dort im Augenblick auch abzuspielen schien. Er löschte die Brückenbeleuchtung und alle Außenscheinwerfer bis auf die untersten und verschaffte sich damit eine bessere Aussicht nach oben, ohne den Ausblick nach unten zu verlieren. Die Bewölkung riss nun stärker auf, aber die Wolkenfetzen trieben so schnell dahin wie zuvor. Das Geräusch des Sturms war ebenfalls unverändert. Allmählich tauchten weitere Sterne auf. Einmal sah er kurz einen der beiden Wächter, wie die mesklinitischen Matrosen das Zwillingsgestirn des Südpols benannt hatten, tief über dem südlichen Horizont aufblinken. Er hätte nicht sagen können, welcher der beiden Sterne es war; Sol und Fomalhaut besaßen – von Dhrawn aus gesehen – fast die gleiche scheinbare Helligkeit, und ihr durch die dichte Atmosphäre des Planeten verursachtes Flackern machte eine Beurteilung aufgrund der Färbung unzuverlässig. Das Aufblitzen war, da die Wolken sich noch nicht gänzlich verzogen hatten, fast augenblicklich verschwunden.

»... der ganze Steuerbordfloßverbund trieb ab, und ich saß ganz allein darauf ...«

Noch blieben Regen und Schnee aus, und die Wahrscheinlichkeit sank, dass es zu einem Niederschlag kam, weil der Himmel sich immer mehr aufklärte. Der Kapitän empfand Erleichterung. Auf eine Anfrage hin, die er über eine der Sprechröhren ans Laboratorium richtete, informierte man ihn darüber, dass die Temperatur sank; sie lag nun bei 75, also drei Grad unter dem Ammoniakschmelzpunkt. Es konnte noch Schwierigkeiten mit einem gemischten Niederschlag geben, aber die Tendenz war günstig.

»... auf den Inseln südlich und westlich von Dingbar. Ein Sturm hatte uns an den Strand geworfen, wir lagen weit landeinwärts auf dem Trockenen, und die Hälfte der Balken war zerschmettert. Ich ...«

Nun waren fast alle Sterne sichtbar, die Wolkenbänke beinahe ganz verschwunden. Natürlich waren die Konstellationen vertraut. Die meisten helleren benachbarten Sterne hatten ihre Position nach der Überwindung der Distanz von drei Parsec kaum verschoben. Sich auf einige unbedeutende Veränderungen einzustellen, hatte Dondragmer schon genug Zeit gehabt, und sie fielen ihm nicht mehr auf. Er versuchte nochmals, die beiden Wächter ausfindig zu machen, doch wieder ohne Erfolg. Vielleicht hingen weit im Süden noch immer Wolken. Um sich mit Sicherheit davon überzeugen zu können, war es mittlerweile zu dunkel. Es half auch nichts, als er die unteren Scheinwerfer für einen Moment löschte. Damit erregte er jedoch die Aufmerksamkeit der beiden anderen, und die Flut von Takoorchs Anekdoten versiegte vorübergehend.

»Neuigkeiten, Kapitän?« Kervensers gelöste Stimmung wich augenblicklich wachsamer Einsatzbereitschaft.

»Vielleicht. Über uns zeigen sich die Sterne, aber nicht im Süden. Am ganzen Horizont nicht. Sieh's dir an.«

Der Erste Offizier kam der Aufforderung nach, und als er eine der wenigen elektrischen Kontrollen berührte, zuckte hinter der Brücke ein Lichtkegel aufwärts. Dondragmer richtete den Scheinwerfer gegen den westlichen Horizont. Kervenser stieß einen winselnden Laut aus, etwa das Äquivalent eines menschlichen Grunzens, als der Scheinwerferstrahl sich in Bodennähe stärker von der Dunkelheit abhob.

»Nebel!«, rief der Steuermann. »Dünn, aber er nimmt die Sicht.« Dondragmer machte eine zustimmende Geste, während er an eine Sprechröhre trat.

»Laboratorium!«, pfiff er. »Anscheinend liegt extrem schwacher Niederschlag vor. Ich möchte wissen, worum es sich handelt und wie es sich auf die Wassereisschicht auswirken könnte.«

»Es wird eine Weile dauern, bis wir eine Probe eingeholt haben, Kapitän«, lautete die Antwort. »Wir beeilen uns. Werden wir ausgeschleust oder sollen wir durch die Hülle analysieren?«

Der Kapitän schwieg einen Moment lang, lauschte dem Wind und entsann sich, wie unangenehm es draußen war.

»Ihr werdet ausgeschleust. Sputet euch.«

»Schon unterwegs, Kapitän.«

Auf Dondragmers Wink deaktivierte der Erste Offizier den Scheinwerfer, und die drei begaben sich an die Steuerbordseite der Brücke, um die Einsatzgruppe zu beobachten.

Als die Schleuse geöffnet wurde, hatte der Dunst sich schon erheblich verdichtet. Zwei raupenhafte Gestalten erschienen, die zwischen sich einen zylinderförmigen Gegenstand trugen. Sie marschierten vorwärts bis zu einer Stelle, die fast genau unter den Beobachtern lag, und stellten ihr Gerät auf – im Prinzip nicht mehr als ein Trichter, dessen Öffnung man gegen den Wind richtete und der am anderen Ende einen Filter besaß. Mehrere Minuten vergingen, bevor die beiden der Ansicht waren, die Probe sei nun umfangreich genug, doch schließlich räumten sie das Gerät ab, legten den Filter in einen Behälter, um die Probe vor der Schleusenflüssigkeit zu schützen, und machten sich auf den Rückweg.

»Ich vermute, sie werden einen Tag benötigen, um zu entscheiden, worum es sich handelt«, grollte Kervenser.

»Das bezweifle ich«, sagte der Kapitän. »Sie haben Schnelltestmethoden für Wasser-Ammoniak-Lösungen entwickelt. Ich glaube, Borndender sagte etwas davon, dass die Dichte bei einer genügenden Probenmenge zu Testzwecken ausreicht.«

»Warum brauchen sie dann so lange?«

»Sie können doch noch kaum die Schutzanzüge abgelegt haben«, wies ihn der Kapitän geduldig zurecht.

»Warum müssen sie sie ablegen, bevor sie die Probe im Laboratorium abliefern? Weshalb ...«

Ein Pfiff aus einer Sprechröhre unterbrach ihn. Dondragmer meldete sich.

»Reines Ammoniak, Kapitän, vermutlich in Form von gefrorenen Tropfen; jedenfalls bildet es im Filter eine dünne Reifschicht und löste einige Bestandteile der Außenatmosphäre, als es hier im Labor schmolz. Sollte man in den nächsten Minuten Sauerstoff riechen, so stammt es daher. Es könnte die Hülle vereisen, und falls es sich auf der Brücke niederschlägt, dürfte die Sicht etwas gestört werden, aber ob weitere Schwierigkeiten entstehen können, vermag ich nicht abzusehen.«

Dondragmer war imstande, sich andersgeartete Folgen auszumalen, aber er akzeptierte die Information ohne Kommentar.

»Ähnliches ist während unseres ganzen bisherigen Aufenthalts noch nicht passiert«, bemerkte er. »Ich frage mich, ob womöglich ein jahreszeitlich bedingter Wetterumschlag bevorsteht. Diese Welt nähert sich gegenwärtig ihrer Sonne. Ich wünschte, die Menschen hätten Dhrawn etwas länger studiert, bevor sie uns anwarben, um sie von uns erkunden zu lassen. Es wäre mir lieber, wir wüssten, was uns in nächster Zeit erwartet. Kervenser, die Maschinen anwerfen! Wir drehen den Bug in Windrichtung. Du steuerst mit Minimalgeschwindigkeit geradeaus, solange die Sicht gut genug ist. Falls sich das ändert, drehst du scharf backbord bei, sodass wir in bereits bekanntem Gelände bleiben. Achte auf die Walzen, und gib mir sofort Bescheid, wenn du den Eindruck hast, dass sie stocken. Schicke einen Matrosen zur Beobachtung an die Heckluke; unsere Spur könnte sich als aufschlussreich erweisen. Verstanden?«

»Die Befehle, ja. Womit du rechnest, nein.«

»Vielleicht irre ich mich, aber falls ich recht habe, lässt sich wahrscheinlich nichts dagegen tun. Der Gedanke, die Walzen unter Umständen mit Muskelkraft freilegen zu müssen, gefällt mir ganz und gar nicht. Hoffen wir das Beste.«

»Jawohl, Kapitän.« Kervenser wandte sich seiner Aufgabe zu, und als die Fusionsmotoren der *Kwembly* anliefen, trat der

Kapitän vor einen Plastikblock von zehn Zentimeter Höhe und Breite und dreißig Zentimeter Länge, der neben seiner Station lag. Er schob eine seiner Zangen in eine kleine Öffnung an der Seite des Blocks, nahm eine Schaltung vor und begann zu sprechen.

2 Haupttribüne

Seine Stimme wurde mit hoher Geschwindigkeit übermittelt, aber sie war lange unterwegs. Die Funkwellen trugen sie durch Dhrawns schwere, aber in den höheren Schichten wesentlich dünnere Atmosphäre und durch das All jenseits davon. Auf ihrem Weg wurden sie schwächer, doch eine halbe Minute nach der Ausstrahlung war ihre Energie noch ausreichend, um auf eine Richtantenne von etwa drei Metern Durchmesser einzuwirken. Die Antenne erhob sich aus einem ungefähr hundert Meter durchmessenden und etwa halb so langen, zylinderförmigen Körper; sie bildete das eine Ende des Objekts, das der Hantel eines Gewichthebers ähnelte. Es rotierte langsam um seine Längsachse und um den Mittelpunkt zwischen den beiden »Gewichten«.

Der elektrische Impuls, den die Wellen in der Antenne auslösten, schnellte in einen stecknadelkopfgroßen Kristall, der ihn gleichrichtete, ihn speicherte und seine gespeicherte Kraft verwandte, um einen Elektronenstrom auszusteuern, den ein nebenliegender fingerlanger Generator lieferte. Dadurch wurde ein erstaunlich altmodischer dynamischer Kontakt in einem etwa fünfzig Quadratmeter großen Raum aktiviert, der im Zentrumsbereich des Zylinders lag. Nur zweiunddreißig Sekunden nachdem Dondragmer zu sprechen begonnen hatte, wurden seine Worte an den Ohren von drei der insgesamt fünfzehn in dem Raum sitzenden Menschen akustisch reproduziert. Er wusste nicht, welcher davon gerade anwesend sein mochte, und so bediente er sich der menschlichen Sprache, die er schneller erlernt hatte als die eigene; daher konnten alle drei ihn verstehen.

»Dies ist ein Zwischenbericht von der *Kwembly*. Wir haben vor zweieinhalb Stunden gestoppt, um die routinemäßige Generalinspektion sowie Bodenuntersuchungen durchzuführen. Zu diesem Zeitpunkt stand der Wind bei etwa 200 Kabel, kam aus westlicher Richtung, der Himmel war teilweise bewölkt. Kurz nach Aufnahme der Arbeiten erreichte die Windgeschwindigkeit etwa 3000 Kabel ...«

Einer der menschlichen Zuhörer wandte etwas verwirrt den Kopf und sah seinen Nachbarn fragend an.

»Ein mesklinitisches Kabel misst rund fünfzig Meter, Boyd«, sagte der andere leise. »Die Windgeschwindigkeit stieg also von etwa acht Kilometer pro Stunde auf über neunzig Kilometer.«

»Danke, Easy.« Sie wandten ihre Aufmerksamkeit wieder dem Lautsprecher zu.

»Inzwischen sind wir völlig von Nebel eingeschlossen, der ständig dichter wird, und wagen nicht, die Fahrt auf dem planmäßigen Kurs fortzusetzen. Nach Auskunft meiner Wissenschaftler besteht der Nebel aus gefrorenen Ammoniakpartikeln. Mir scheint, dass man bei der herrschenden Außentemperatur, die bei siebzig Grad liegt, mit der Gefahr rechnen muss, dass der Nebel die Wassereisschicht teilweise verflüssigt. Ich weiß, dass das Fahrzeug schwimmfähig ist, aber ich bezweifle, dass ein möglicher Schmelzvorgang große Tiefenwirkung haben wird, und so frage ich mich, was geschehen soll, wenn die Flüssigkeit wieder vereist und unsere Walzen festfrieren. Ich habe noch vor keinem derartigen Problem gestanden, aber die Aussicht, das Fahrzeug womöglich mit Muskelkraft aus dem Eis befreien zu müssen, finde ich wenig erfreulich. Es befindet sich keine dafür geeignete Ausrüstung an Bord. Ich möchte euch mit dieser Meldung darauf hinweisen, dass wir möglicherweise länger in diesem Gebiet bleiben müssen als vorgesehen. Ich unterrichte euch laufend von der Entwicklung. Sollten wir endgültig festsitzen, wären wir dankbar, wenn ihr euch etwas ausdenken könnt, um unsere Wissenschaftler beschäftigt zu halten. Sie haben bereits die meisten Aufgaben ausgeführt, die bei Routinestopps vorgesehen waren.«

»Danke, Don«, antwortete Easy. »Wir bleiben in Verbindung. Ich werde unsere Meteorologen fragen, ob sie feststellen können, welchen Umfang diese Nebelbank hat und wie lange sie voraussichtlich anhält. Vielleicht haben sie schon aufschlussreiches Material zur Verfügung, da ihr euch nun schon seit einem Tag auf der Nachtseite befindet. In diesem Fall könnten sogar schon Strömungsbilder vorliegen. Genau bin ich über die Möglichkeiten ihrer Instrumente nicht informiert. Jedenfalls forsche ich nach und informiere dich.«

Die Frau drückte die Sprechtaste und wandte sich an die beiden anderen, während ihre Erwiderung von Funkwellen hinab nach Dhrawn getragen wurde.

»Ich wünschte, ich könnte aus Dons Stimme schließen, ob er ernstlich besorgt ist oder nicht«, bemerkte sie. »Jedes Mal, wenn diese Geschöpfe auf dieser schrecklichen Welt in eine neue Gefahr geraten, frage ich mich, wie wir bloß die Dreistigkeit aufbringen konnten, sie loszuschicken – und woher sie nur den Mut genommen haben, sie zu betreten.«

»Selbstverständlich wurden sie weder durch eine Täuschung noch durch Zwang zu dieser Expedition veranlasst«, sagte einer ihrer beiden Kollegen. »Ein Mesklinit, der die längste Zeit seines Lebens als Segler zugebracht und seinen Heimatplaneten vom Äquator bis zum Südpol bereist hat, macht sich gewiss keine Illusionen über die Aspekte einer solchen Forschungs- und Pionierarbeit. Selbst wenn wir es gewollt hätten, wäre es uns nicht gelungen, sie hereinzulegen.«

»Mein Verstand weiß das natürlich auch, Boyd, aber mein Herz will es nicht immer glauben. Als die *Kwembly* nur 800 Kilometer vom Ausgangspunkt entfernt schon im Sand feststeckte, habe ich nächtelang nicht schlafen können, bis sie das Fahrzeug wieder befreit hatten. Als Densigerefs *Smof* in eine Felsspalte gerutscht war, gehörte ich zu den wenigen, die Barlennans Entscheidung, ein anderes Fahrzeug zur Bergungshilfe abzukommandieren, vorbehaltlos guthießen. Als die Besatzung der *Esket* spurlos verschwand, darunter zwei gute Freunde von mir, widersetzte ich mich der Absicht von Alan und Barlennan, Hilfe zu schicken, und ich glaube noch immer, dass sie dabei waren, einen Fehler zu begehen. Ich weiß, dass diese Forschungsaufgabe erfüllt werden muss und die Meskliniten sie im vollen Bewusstsein ihrer Risiken übernommen haben, aber wenn eine der Besatzungen in Gefahr gerät, bin ich außerstande, mich der Vorstellung zu erwehren, dass ich mich dort unten an ihrer Seite befinde, an ihren Diskussionen um die auftauchenden Schwierigkeiten und ihren Auseinandersetzungen um eventuelle Rettungsaktionen teilnehme. Ich vermute, dass man mich deshalb vielleicht hinauswirft, aber so bin ich nun einmal.«

Boyd Mersereau kicherte.

»Mach dir keine Sorgen darum, Easy. Du hast diesen Job genau deshalb bekommen, weil du auf diese Weise reagierst. Denke bitte daran, dass uns neun Millionen Kilometer und 40 G von Barlennan und seinen Leuten trennen. Sollte es jemals zu einem heftigen Zerwürfnis zwischen ihm und uns kommen, wird er wahrscheinlich nach Gutdünken verfahren. Falls es dazu kommt, wird es für uns von großem Vorteil sein, dass er jemand unter uns kennt, von dem er volle Unterstützung erwarten kann. Bitte ändere dich kein bisschen, Easy, ja?«

»Hmm.« Elise Hoffman verriet durch nichts, ob sie erleichtert oder amüsiert war. »Genau das sagt Ib auch immer, aber ich habe es als voreilig abgetan.«

»Sicherlich ist er manchmal vorschnell, aber das disqualifiziert ihn nicht zwangsläufig. Einiges kannst du ihm ruhig glauben.«

»Danke, Easy«, unterbrach Dondragmers eingehende Antwort die Unterhaltung. Diesmal gebrauchte er seine Sprache, die die anderen nicht besonders gut verstanden. »Ich bin um jede Information außerordentlich froh. Du brauchst Barlennan nicht zu benachrichtigen, wenn du nicht unbedingt Wert darauf legst. Wir befinden uns bis jetzt keineswegs in ernsten Schwierigkeiten, und er ist ohnehin mehr als genug beansprucht. Die Resultate kannst du unserem Labor über Kanal zwei durchgeben. Wir lassen alle vier Geräte eingeschaltet.«

Der Mesklinit verstummte, und Aucoin, der dritte menschliche Zuhörer, erhob sich und sah zu Easy hinüber. Sie übersetzte die Mitteilung.

»Das bedeutet Arbeit«, meinte er. »Wir hatten für die *Kwembly* eine Anzahl ausgedehnterer Programme eingeplant, die an die gegenwärtig laufenden anschließen sollten, aber wenn Dondragmer wirklich eine Verzögerung befürchtet, werde ich lieber prüfen, was er an Ort und Stelle durchführen kann. Soweit ich seine Äußerungen inhaltlich begriffen habe, rechnet er nicht damit, die Fahrt bald fortsetzen zu können. Ich werde mich nach seiner exakten Position erkundigen, frage die Meteorologen nach ihrer Meinung, und anschließend findet ihr mich im Planungsbüro.«

»Wahrscheinlich sehen wir uns im Meteorologischen Labor«, sagte Easy. »Ich werde die von Dondragmer angeforderten Informationen besorgen, wenn du die Stellung hier hältst, Boyd.«

»Gut, für ein Weilchen jedenfalls. Ich muss mich um die eigene Arbeit kümmern. Du hättest Don sagen sollen, wer am Apparat bleibt, damit er die nächste Meldung nicht in seiner Heimatsprache durchgibt. Heißt sie nicht Stennish oder so? Allerdings, da wir von hier aus ohnehin wenig für ihn tun können, fallen sechzig Sekunden zusätzliche Verzögerung wohl nicht ins Gewicht.«

Die Frau zuckte die Achseln, sprach einige mesklinitische Worte ins Mikrofon, winkte Mersereau zu und entfernte sich, bevor Dondragmer die Durchsage empfangen hatte. Alan Aucoin war bereits gegangen.

Das Meteorologische Labor lag fast unmittelbar über dem Kommunikationsraum, näher an der Kreiselachse des Zylinders. Die Möglichkeiten der Körperertüchtigung waren außerordentlich beschränkt, und so hatte man bei der Konstruktion der Raumstation auf Lifts verzichtet; das Interkom sollte ausschließlich bei Notfällen eingesetzt werden. Easy Hoffman hatte die Wahl zwischen einer Wendeltreppe entlang der symmetrischen Zylinderachse und einer Anzahl von Leitern. Da sie nichts bei sich trug, störte es sie nicht, die Treppe zu benutzen. Binnen kaum einer Minute erreichte sie das Labor.

Die beeindruckendste Einrichtung des Labors bestand aus zwei sechs Meter durchmessenden hemisphärischen 3D-Karten von Dhrawn. Sie waren mit Hinweisen auf Temperaturen, Druckverhältnissen in verschiedenen Höhen, Windgeschwindigkeiten und anderen Daten versehen, die über die Messsatelliten in niederem Orbit und die mesklinitischen Forschungsgruppen hereinkamen. Ein grüner Lichtpunkt nördlich des Äquators markierte die planetare Basis der Expedition, und neun schwächere gelbe Punkte, unregelmäßig um den grünen Punkt verteilt, gaben die Positionen der Fahrzeuge an. Auf der kartografischen Wiedergabe der Oberfläche des gigantischen

Planeten wirkte das Gebiet, das die Meskliniten bisher erkundet hatten, lächerlich klein, obwohl es sich, nahm man die Basis als Mittelpunkt, jeweils etwa 12 000 Kilometer weit nach Osten und Westen sowie ungefähr 30 000 beziehungsweise 40 000 Kilometer nach Norden und Süden hin erstreckte. Das Gebiet lag westlich einer Zone, die die Meteorologen als Tiefdruckregion Alpha bezeichneten. Die gelben Lichtpunkte – ausgenommen zwei davon, die sich in kälteren westlichen Zonen befanden – bildeten um die Tiefdruckregion Alpha einen groben Halbkreis. Man trug sich mit dem Gedanken, Alpha mit einem Ring von Messstationen zu umgeben, aber bislang war kaum ein Viertel des riesigen Gebiets kartografisch erfasst. Die Kosten waren hoch gewesen – nicht so sehr in finanzieller Hinsicht, zumal Easy dazu neigte, den monetären Aufwand lediglich als Gradmesser für die Anstrengungen zu betrachten, sondern an Leben. Ihre Augen suchten den rot umrandeten gelben Fleck innerhalb des Randgebiets der Tiefdruckregion Alpha, der die Position der *Esket* angab. Sieben Monate – dreieinhalb Dhrawn-Tage – waren verstrichen, seit die Besatzung das letzte Lebenszeichen gegeben hatte, obschon die Sender des Fahrzeugs noch funktionierten. Gelegentlich dachte Easy an ihre Freunde Kabremm und Destigmet; und dann und wann verdarb sie Dondragmer die Stimmung – obwohl sie dieser Wirkung nicht sicher sein konnte –, indem sie zum Kommandanten der *Kwembly* über die beiden sprach.

»Hallo, Easy.« Die Begrüßung unterbrach ihre düsteren Gedanken. »Hallo, Mom.«

»Hallo«, sagte sie. »Ein Freund möchte eine Vorhersage. Könnt ihr ihm helfen?«

»Wenn sie das Innere der Station betrifft, sicher«, antwortete Benj.

»Sei nicht zynisch, Junge. Du bist alt genug. Es ist für Dondragmer auf der *Kwembly.*« Sie wies auf das gelbe Licht auf der Karte und erläuterte die Lage. »Alan kann euch die exakte Position geben, falls es euch nützt.«

»Wahrscheinlich kaum etwas«, gestand Seumas McDevitt. »Wenn du Zynismus nicht magst, muss ich mich vorsichtig ausdrücken; aber das Lämpchen dort zeigt eigentlich nicht das Fahrzeug an, sondern vielmehr ein mehrere Hundert Kilometer durchmessendes Areal, innerhalb dessen es sich befindet. Ich bezweifle, dass wir so eine Vorhersage treffen können, die präzise genug ist, um etwas zu taugen.«

»Ich war nicht einmal sicher, ob ihr überhaupt genug Material für irgendeine Vorhersage besitzt«, erwiderte Easy. »Soviel ich weiß, entwickelt sich das Wetter auch auf dieser Welt von Westen her, und die westlichen Zonen liegen nun seit Tagen im Dunkeln. Könnt ihr über solche Areale genug verwendbare Daten erhalten?«

»Oh, sicher.« Benj hatte den Sarkasmus abgelegt, und der Enthusiasmus, der ihn bewogen hatte, sich der atmosphärischen Physik zu widmen, setzte sich durch. »Reflektiertem Sonnenlicht entnehmen wir ohnehin nur den geringsten Teil der Messdaten. Fast alles entstammt der planetaren Eigenstrahlung. Dhrawn gibt selbst mehr Strahlung ab, als er von der Sonne erhält; du kennst ja die alte Diskussion, ob Dhrawn nun ein Planet oder ein Stern sei. Wir können die Bodentemperatur feststellen, einiges über die Bodenbeschaffenheit, kennen die Verfallszeiten und sind imstande, die Wolkenbildung zu verfolgen. Mit den Winden ist es schwieriger ...« Er zögerte, als er bemerkte, dass McDevitts Blick auf ihm ruhte; das Gesicht des Meteorologen war ausdruckslos. Der Mann begriff den Grund des Zögerns sofort und nickte ihm zu, bevor der Ausbruch von Selbstvertrauen versiegen konnte. McDevitt war nie Lehrer gewesen, aber er verstand mit jungen Leuten umzugehen. »Mit den Winden ist es schwieriger, weil die Wolkenhöhe nie mit absoluter Gewissheit ermittelt werden kann, und auch, weil adiabatische Temperaturschwankungen oftmals mehr darüber Aufschluss geben als Luftmassenprofile. Unter den herrschenden Schwerkraftverhältnissen vermindert sich die atmosphärische Dichte bei je hundert Meter Höhenzuwachs um jeweils die Hälfte, und daraus entstehen enorme Temperaturschwankungen, die …« Er verstummte erneut, doch diesmal sah er seine Mutter an. »Bist du mit diesen Angelegenheiten vertraut, oder soll ich sie genauer erklären?«

»Aufgrund deiner Darlegungen würde ich nur ungern quantitative Probleme lösen müssen«, antwortete Easy, »aber ich kann mir von den Verhältnissen ein ausreichendes Bild machen. Ich habe den Eindruck, dass ihr darüber im Zweifel seid, ob ihr vorhersagen könnt, wann der Nebel sich verziehen wird. Würde ein Bericht über Oberflächendruck und Windverhältnisse euch die Arbeit erleichtern? Die *Kwembly* hat Instrumente an Bord, wie ihr wisst.«

»Vielleicht«, räumte McDevitt ein, während Benj wortlos nickte. »Kann ich mit der *Kwembly* in direkten Kontakt treten? Wird mich jemand verstehen? Mein Stennish ist noch nicht besonders gut.«

»Ich werde dolmetschen, falls ich mit euren Spezialtermini klarkomme«, sagte Easy. »Es wäre jedoch besser, wenn du versuchen würdest, die Sprache unserer kleinen Freunde zu erlernen. Viele von ihnen beherrschen die unsere ganz gut, aber sie schätzen es, wenn man sich auch umgekehrt die Mühe macht.«

»Ich weiß. Ich habe vor, mich damit zu beschäftigen. Wenn du mir helfen könntest, würde ich mich freuen.«

»Selbstverständlich, falls ich die Zeit aufbringe; aber du bist weitaus häufiger mit Benj als mit mir zusammen.«

»Benj? Er ist erst vor drei Wochen mit mir eingetroffen und hat wie ich keine Möglichkeit gehabt, sich um das Sprachproblem zu kümmern. Wir haben uns beide mit dem Observations- und Computernetz vertraut machen müssen.«

Easy lächelte ihren Sohn an. »Er wird dir allerhand beibringen können, obschon ich zugeben muss, dass er sein Stennish hauptsächlich von mir und nicht von den Meskliniten gelernt hat. Er wollte unbedingt etwas können, das seine Schwester nicht kann. Du darfst es mir als mütterlichen Stolz anrechnen, aber ich glaube, er wird dir vorzüglichen Unterricht erteilen. Aber das hat Zeit; ich hätte die Informationen für Dondragmer gerne baldmöglichst. Er sagte, der Wind komme derzeit mit einer Geschwindigkeit von ungefähr neunzig Kilometer pro Stunde aus westlicher Richtung, falls diese Angaben euch dienlich sind.«

Der Meteorologe überlegte einen Moment lang.

»Ich füge sie dem bereits gespeicherten Material hinzu und lasse alles durchrechnen«, sagte er schließlich. »Dann haben wir etwas vorzuweisen, wenn er anruft, und falls die numerischen Details, die er uns gibt, zu stark abweichen, können wir ohne Weiteres einen zweiten Durchgang machen. Warte einen Augenblick.«

Er und der Junge wandten sich den Geräten zu. Von der Tätigkeit, die sie während der darauf folgenden Minuten entfalteten, verstand die Frau wenig. Natürlich wusste sie, dass die beiden Daten in den Computer eingaben, der auf ihre gezielte Auswertung programmiert war. Anscheinend vermochte Benj die ihm zugeteilte Arbeit ohne Überwachung zu bewältigen, und sie freute sich darüber. Man hatte ihr und ihrem Ehemann zu verstehen gegeben, dass die mathematischen Fähigkeiten des Jungen den Anforderungen, die sein Interessengebiet stellte, womöglich nicht gerecht würden. Die Tätigkeit, die er gegenwärtig ausübte, war natürlich bloß Routine, die jedermann ohne besondere Vorkenntnisse und nach kurzer Einweisung erledigen konnte, aber Easy zog eine ermutigendere Interpretation vor.

»Natürlich gibt es immer Unsicherheitsfaktoren«, bemerkte McDevitt, während der Computer den Input zu ordnen begann. »Das Zentralgestirn beeinflusst die Oberflächentemperatur von Dhrawn nur sehr wenig, aber man darf den Effekt nicht völlig vernachlässigen. In den drei Jahren, in denen wir den Planeten nun observieren, hat er sich beständig der Sonne genähert. Außer den Daten, die uns das halbe Dutzend Robotsonden übermittelt hat, besaßen wir keine Berichte von der Oberfläche, bis die Meskliniten den Forschungsauftrag übernahmen, aber auch ihre Messungen haben erst einen winzigen Bruchteil der Oberfläche erfasst. Unsere Möglichkeiten der Vorhersage beruhen fast ausschließlich auf empirischen Methoden, und wir verfügen einfach noch nicht über genug Daten, um atmosphärische Gesetzmäßigkeiten aufdecken zu können.«

Easy nickte. »Das ist mir klar«, sagte sie, »und Dondragmer auch. Trotzdem habt ihr mehr Informationen als er, und ich glaube, in der gegenwärtigen Situation ist ihm der kleinste Hinweis willkommen. Wäre ich dort unten, Tausende Kilometer von jeder Hilfe entfernt, in einer Maschine, die sich im Teststadium befindet, und sogar außerstande zu sehen, was ringsum vorgeht – nun, ich kann aus Erfahrung sagen, wie froh man da über eine Verbindung nach draußen ist. Nicht bloß wegen der Möglichkeit des Gesprächs, sondern damit die anderen sehen, was man durchmacht.«

»Wir hätten verdammte Schwierigkeiten, ihn zu sehen«, sagte Benj. »Sogar bei ungetrübter Atmosphäre sind neun Millionen Kilometer eine immense Strecke für ein Teleskop.«

»Natürlich, aber du weißt wohl, wie ich das meine«, antwortete seine Mutter gelassen. Benj hob die Schultern und sagte nichts mehr; das gespannte Schweigen, das ihrem Wortwechsel folgte, währte etwa eine halbe Minute, dann spuckte die Maschinerie ein Blatt mit geheimnisvollen Symbolen aus. McDevitt nahm es; die beiden anderen beugten sich über seine Schultern, um es ebenfalls sehen zu können, obwohl zumindest Easy nichts davon verstand. Der Junge brauchte nur fünf Sekunden, um den Text zu lesen, dann gab er einen Laut wie eine Mischung aus einem Schnaufer und einem Kichern von sich. Der Meteorologe blickte zu ihm auf.

»Nur zu, Benj. Diesmal kannst du so sarkastisch sein, wie du willst. Ich rate davon ab, dieses Resultat unzensiert an Dondragmer zu übermitteln.«

»Wieso? Stimmt etwas nicht?«, erkundigte sich die Frau.

»Nun, die meisten Daten haben wir natürlich über die Messsatelliten bekommen. Ich habe die Angaben über den Wind eingegeben und einen minimalen Unsicherheitsfaktor berücksichtigt. Ich weiß nicht, welche Instrumente in den Fahrzeugen verfügbar und wie präzise sie sind, oder wie genau man sie durchgegeben hat; *ungefähr* neunzig Kilometer Windgeschwindigkeit, sagtest du. Den angeblichen Nebel habe ich übergangen, da keine Daten vorliegen. Nach dieser Computerrechnung beträgt die Sichtweite unter normalen Lichtverhältnissen – normal für menschliche Augen, das heißt also auch etwa für mesklinitische, schätze ich – dreiunddreißig Kilometer, Zerrfaktor ein Grad.«

Easy hob die Brauen. »Wie erklärst du dir das? Ich dachte, die alten Scherze über die Wettervorhersage seien längst überholt?«

»In Wirklichkeit sind sie nur schal geworden. Ich erkläre es mir ganz einfach durch die Tatsache, dass wir nicht genügend

Daten haben und haben können. Die offensichtliche Fehlerquelle ist der Mangel an detaillierter topografischer Erfassung der Oberfläche. Ein Wind mit einigermaßen respektabler Geschwindigkeit ändert seine Luftmassentemperatur ziemlich rasch, wenn er einen Hügel hinauf- oder hinabwehen muss, selbst wenn die Erhebung auch relativ flach ist; Benj hat das eben schon erklärt. Unsere topografischen Kenntnisse wurden aufgrund dieses Effekts gewonnen, aber sie sind kaum mehr als skizzenhaft. Ich brauche exakte Messungen von Dondragmer. Wollte Aucoin nicht die genaue Position der *Kwembly* ermitteln?«

Easy hatte keine Zeit zu einer Antwort, da Aucoin persönlich in diesem Moment hereinkam. Er hielt sich nicht mit Grußworten auf und setzte offensichtlich voraus, dass Easy den Meteorologen bereits die Hintergrundinformationen gegeben hatte.

»Acht Strich vier fünf fünf Grad südlich des Äquators und sieben Strich neun zwei drei Grad östlich des der Landungsstelle nächstliegenden Meridians. Näher ging es nicht. Sind ein paar Hundert Meter Toleranz für eure Zwecke untragbar?«

»Heute neigen hier wohl alle zum Sarkasmus«, murmelte McDevitt ärgerlich. »Danke, es wird reichen. Easy, können wir hinunter in den Kommunikationsraum und mit Dondragmer Rücksprache halten?«

»Geht in Ordnung. Darf Benj mitkommen, oder hat er hier noch zu tun? Ich möchte gerne, dass er Dondragmer ein bisschen kennenlernt.«

»Und beiläufig seine linguistische Begabung demonstriert, wie? Klar, er darf mit. Du auch, Alan?«

»Nein, ich habe noch jede Menge zu erledigen. Trotzdem würde ich gerne über die Einzelheiten jeder vertrauenswürdigen Vorhersage unterrichtet werden, und über alle Nachrichten

Dondragmers, die die Planung wesentlich beeinflussen können. Ich bin im Planungsbüro.«

Der Meteorologe nickte. Aucoin verließ das Labor, und die drei anderen folgten ihm, wandten sich jedoch abwärts und begaben sich über die Leitern in den Kommunikationsraum. Mersereau war inzwischen gegangen; ein anderer Mann saß auf seinem Platz. Er winkte ihnen zu und kehrte an die eigene Arbeit zurück. Die übrigen Anwesenden schenkten der Gruppe wenig Beachtung. Die Stationen wurden nicht nach strenger Schichteinteilung besetzt, doch hatte sich die Regel eingebürgert, dass im Kommunikationsraum niemals weniger als zehn Personen anwesend sein durften. Man hatte herausgefunden, dass ein Schichtdienst ein Phänomen hervorrief, das sich am ehesten mit der einschläfernden Wirkung vergleichen ließ, die eine endlos lange Allee auf einen Autofahrer ausübte.

Die zu den vier Kommunikatoren der *Kwembly* gehörenden Lautsprecher befanden sich vor einer Reihe von sechs Sesseln. Die damit korrespondierenden Bildschirme waren darüber angebracht. Jeder Platz war mit einem Mikrofon und einem Selektor ausgestattet; der Selektor erlaubte es, entweder mit nur einem oder mit allen vier Geräten der *Kwembly* gleichzeitig in Verbindung zu treten.

Easy setzte sich und schaltete das Mikrofon ihres Sessels auf den Kanal, der sie mit Dondragmers Kommandobrücke verband. Auf dem korrespondierenden Bildschirm gab es kaum etwas zu erkennen, da die Kamera auf die Bugfenster der Brücke gerichtet war und die Sicht nach draußen in der Tat durch Nebel schwer behindert wurde. In der unteren linken Ecke des Bildschirms konnte man die Plattform des Steuermanns und einen Teil des gerade Diensthabenden sehen. Die Brückenbeleuchtung war gedämpft, aber die Außenscheinwerfer ließen den Nebel als grauen Vorhang sichtbar werden.

»Don!«, rief Easy. »Hier spricht Easy. Bist du auf der Brücke?« Sie drückte einen Zeitauslöser und schaltete den Selektor auf das im Labor der *Kwembly* befindliche Gerät um. »Borndender«, sagte sie, »die verfügbaren Informationen reichen zur Erstellung einer Wettervorhersage nicht aus. Ich habe Verbindung mit eurer Brücke aufgenommen, aber ich wäre dankbar, wenn du uns so exakt wie möglich die gegenwärtige Temperatur, die Windgeschwindigkeit, den Außendruck, Quantitätswerte, den Nebel betreffend, und ...«

Sie zögerte.

»... und die gleichen Informationen über die letzten Stunden«, ergänzte Benj, wobei er sich ebenfalls des Stennish bediente, »mit möglichst genauen Zeitangaben.«

»Wir sind wieder empfangsbereit, sobald eure Brücke ihre Durchsage beendet hat«, sagte die Frau.

»Wir könnten auch alle Daten über die genaue Zusammensetzung von Atmosphäre, Nebel und Schnee gebrauchen«, fügte ihr Sohn hinzu.

»Gibt es weiteres Material, das ihr als bedeutsam erachtet, ist es uns ebenfalls willkommen«, versicherte Easy abschließend. »Ihr seid auf der Oberfläche, wir nicht. Ihr müsst euch doch sicher auch schon ein paar eigene Gedanken über das Wetter auf Dhrawn gemacht haben.« Der Zeitauslöser klingelte. »Eure Brücke meldet sich. Wir erwarten eure Durchsage, sobald der Kapitän fertig ist.«

Die ersten Worte des Sprechers überlagerten ihren Schlusssatz. Die Brücke hatte prompt geantwortet. »Hier spricht Kervenser, Mrs. Hoffman. Der Kapitän hält sich unten im Versorgungskontrollraum auf. Ich rufe ihn, wenn nötig, aber wir brauchen schnellstmöglich einen guten Rat. Die Sichtweite beträgt jetzt nicht einmal mehr eine Körperlänge, und wir wagen uns nur noch im Kreis zu bewegen. Jedes Mal, wenn wir seitwärts zur Windrichtung geraten, hat man das Gefühl, das Fahrzeug müsse sogleich umkippen. Die Sichtflächen sind schwer vereist. Die Walzen sind noch eisfrei, da wir sie in Bewegung halten, aber die Ruderleinen können jeden Moment festfrieren, und sie freizulegen, dürfte strapaziöse Arbeit erfordern. Wahrscheinlich ist es unmöglich, bevor der Wind aufhört, weil die Gefahr besteht, dass die Schutzanzüge ebenfalls vereisen. Irgendwelche Vorschläge?«

Easy wartete geduldig, bis Kervenser seine Durchsage beendete. Dann fasste sie die Nachricht zusammen, die sie zuvor dem Labor der *Kwembly* gegeben hatte, und vermied auch diesmal eine Erwähnung des Computerresultats, dass das Wetter eigentlich klar sein müsse. Die Meskliniten wussten längst, dass die menschliche Wissenschaft nicht unfehlbar war – die meisten besaßen eine weitaus realistischere und gesündere Vorstellung von ihren Grenzen als die meisten Menschen; doch wenn es sich umgehen ließ, sollte man keinen allzu schlechten Eindruck machen. Natürlich, sie war keine Meteorologin, aber wahrscheinlich wäre Kervensers Reaktion auf das lächerliche Resultat wenig differenziert ausgefallen.

Die Gruppe erwartete schweigend die Antwort des Ersten Offiziers. Benj benötigte für die Übersetzung, die er McDevitt zumurmelte, nur wenige Augenblicke länger, als die Durchsage selbst beanspruchte. Als die Antwort schließlich kam, bestand sie aus kaum mehr als einer Bestätigung und dem freundlichen Hinweis, dass man wirklich *sehr* dringend hilfreiche Informationen brauche; die Wissenschaftler der *Kwembly* würden das angeforderte Material umgehend durchgeben.

Easy schaltete einen Rekorder ein, um spezielle technische Termini zu registrieren, bevor sie an die Übersetzung ging, aber die Meldung kam in menschlicher Sprache. Offensichtlich war Borndender am Gerät. McDevitt machte sich Notizen, wobei Benj ihm über die Schultern blickte.

Es war Easy durchaus recht, nicht immer und alles übersetzen zu müssen. Sie beherrschte das Stennish gut, aber es enthielt viele seltsame Wörter, die verwirrend vieldeutig waren. Eigentlich, so wusste sie, hätte diese Tatsache sie nicht verwundern dürfen, aber sie vermochte nichts dagegen zu tun; und nichts gegen ihr Empfinden, dass die Meskliniten eine Kulturstufe repräsentierten, die der menschlichen zur Zeit Robin Hoods oder Harun al Raschids entsprach, obwohl während der letzten fünfzig Jahre einige Hundert von ihnen eine sehr umfassende wissenschaftliche und technische Ausbildung genossen hatten. Diesen Vorzug hatte man keiner breiten Öffentlichkeit zuteilwerden lassen; die Auffassung, es sei schädlich, »Rückständigen« zu viel fortgeschrittenes Wissen zu vermitteln, besaß zahlreiche Anhänger.

Nachdem Borndender seine Durchsage beendet hatte, murmelte McDevitt einen hastigen Dank ins nächste Mikrofon und verließ eilig, gefolgt von seinem Assistenten, den Raum. Easy ließ eine korrekte Bestätigung folgen und unterbrach die Verbindung. Dann, nachdem sie entschieden hatte, dass ihre Anwesenheit im Meteorologischen Labor sinnlos wäre, lehnte sie sich im Sessel zurück, damit sie einen guten Überblick über alle vier Bildschirme erhielt, und erwartete die weiteren Ereignisse.

Mersereau kehrte einige Minuten nach dem Verschwinden der beiden Meteorologen zurück, inzwischen über den neuesten Stand der Dinge informiert. Doch sonst schien überhaupt nichts mehr geschehen zu wollen.

Easy spielte mit dem Gedanken, mit Kervenser nochmals eine Konversation zu beginnen; sie kannte den Ersten Offizier fast so gut wie den Kapitän und mochte ihn gern. Aber das Bewusstsein, dass die Verzögerung zwischen den jeweiligen Durchsagen unvermeidlich war, entmutigte sie, wie oftmals, wenn es nichts Wichtiges zu besprechen gab und sie daran dachte, ein belangloses Gespräch zu führen.

Sogar zwischen ihr und Mersereau gab es kaum etwas zu sagen, das nicht schon gesagt worden wäre. Ein Jahr Zusammenarbeit bot genug Gelegenheit, um den Gesprächsstoff größtenteils auszuschöpfen, abgesehen von beruflichen Angelegenheiten und persönlichen Interessen. In persönlichen Dingen hatte sie mit Mersereau wenig gemeinsam, obschon er ihr durchaus sympathisch war, und ihre professionellen Tätigkeiten überschnitten sich nur bei der Kommunikation mit den Meskliniten.

Folglich war es sehr still im Kommunikationsraum. Alle paar Minuten schickte dieses oder jenes der Fahrzeuge einen Bericht, der unverzüglich weitergeleitet wurde; aber die Mehrzahl der Anwesenden hatte für Geplauder nicht mehr Anlass als Easy und Mersereau. Sie begann zu kalkulieren, wann die Meteorologen mit ihrer neuen Vorhersage kommen würden und wie brauchbar diese sein mochte. Vermutlich diskutierten sie noch – Easy kannte ihren Sohn nur zu gut. Doch die beiden mussten bald eintreffen.

Aber bevor sie kamen, änderte sich die Lage. Urplötzlich erregte der Bildschirm, der die Brücke der *Kwembly* zeigte, ihre Aufmerksamkeit. Das Bild war bislang ruhig gewesen, mit grauen, von gefrorenem Ammoniak verhangenen Sichtflächen, im Vordergrund ein fast regloser Körperausschnitt des Steuermanns, der die *Kwembly* beharrlich im Kreis lenkte, wie Kervenser befohlen hatte.

Dann wurden die Fenster plötzlich klar, aber nach wie vor ließ sich wenig erkennen; der Aufnahmewinkel der Kamera erlaubte innerhalb des Scheinwerferlichts keinen Ausblick auf die Oberfläche. Zwei andere Meskliniten tauchten auf, drängten sich an eine der Scheiben, starrten hinaus und gestikulierten in unmissverständlicher Bestürzung. Mersereau deutete auf einen anderen Schirm; auch im Labor herrschte Aufregung. Eine Meldung blieb aus. Offensichtlich waren die Meskliniten zu sehr mit einem akuten Problem beschäftigt.

In diesem Moment kehrten die beiden Meteorologen zurück. Easy nahm dies aus dem Augenwinkel wahr und wandte sich nicht um. »Habt ihr diesmal eine taugliche Vorhersage?«, fragte sie nervös.

»Ja«, behauptete McDevitt kurz. »Soll Benj den Text übersetzen?«

»Nein. Offenbar sind sie in ernsten Schwierigkeiten. Du kannst selbst sprechen, weil Dondragmer in dieser Situation auf der Brücke ist oder sich dort einfinden wird, bevor die Durchsage eintrifft. Hier, nimm das Mikrofon.«

Der Meteorologe kam der Aufforderung wortlos nach. Er rückte sich im Sessel zurecht und begann zu sprechen.

»Dondragmer, die Sichtminderung wird ungefähr neunzehn Stunden lang anhalten. Die Temperatur sinkt, und der Nebel wird sich in Ammoniakkristalle verwandeln, die sich auf euren Fenstern nicht niederschlagen. Nach Ablauf von weiteren fünf Stunden wird der Wind sich allmählich gelegt haben. Bis dahin dürfte die Temperatur so niedrig sein, dass ihr euch um einen eutektischen Schmelzprozess nicht mehr zu sorgen braucht. Für fünfundvierzig Stunden werden höhere Wolkenfelder ...« Er sprach weiter, aber Easy hörte nicht länger zu.

Ehe McDevitt den zweiten Satz beendet hatte, lange bevor seine Nachricht Dhrawn erreichte, war ein weiterer Mesklinit auf die Brücke geeilt, dessen groteskes Gesicht nunmehr fast den ganzen Bildschirm ausfüllte. Einer seiner zangenbewehrten Arme langte zur Seite, verschwand außerhalb des Blickfelds; Easy wusste, dass er den Sender aktivierte. Sie war nicht überrascht, dass die Stimme des Kapitäns weitaus ruhiger klang, als sie es unter ähnlichen Umständen mit ihrer Stimme zuwege gebracht hätte.

»Easy, oder wer gerade am Apparat ist, bitte sofort dringende Meldung an Barlennan weitergeben. Die Temperatur ist in den letzten Minuten auf 103 Grad gestiegen, der Reifbelag der Sichtflächen ist abgeschmolzen, und das Fahrzeug schwimmt.«

3 Nervenzentrum

Dondragmer hatte die Meldung in menschlicher Sprache durchgegeben, aber die Zeit, die eine Übersetzung beansprucht hätte, wäre womöglich geeignet gewesen, den Schock für McDevitt ein wenig zu lindern. Das Schlimmste daran, erzählte der Meteorologe später, war die Erkenntnis, dass seine Wettervorhersage unterwegs nach Dhrawn war und sich dagegen nichts mehr tun ließ. Für einen winzigen Sekundenbruchteil kam ihm der aberwitzige Gedanke, sofort in ein Schiff zu stürzen, den Funkwellen hinterherzurasen und sie irgendwie aufzuhalten. Natürlich war die Idee bloß eine Ausgeburt seiner momentanen Verzweiflung; innerhalb von zweiunddreißig Sekunden konnte viel geschehen, doch nicht so etwas. Davon abgesehen war keiner der Tender, die der Raumstation zur Verfügung standen, mit Überlichtantrieb ausgerüstet. Man setzte sie hauptsächlich zur Betreuung der unbemannten Messsatelliten ein.

Easy, die im Nachbarsessel saß, schien die Diskrepanz zwischen der Vorhersage und Dondragmers Meldung gar nicht aufgefallen zu sein; zumindest verzichtete sie darauf, McDevitt die Art von Blick zuzuwerfen, die ihm schon zur Genüge bekannt war. Nun, deshalb saß sie an diesem verantwortungsvollen Platz.

Sie bediente den Selektor und richtete ihre Aufmerksamkeit auf einen kleineren Bildschirm, der sich über den vier anderen befand. Zuerst leuchtete ein Indikator rot auf; dann, als sie weitere Schaltungen vornahm, wurde er grün, und zugleich erschien die Wiedergabe eines büroähnlichen Raums samt einem ganzen Dutzend Meskliniten, die sich darin aufhielten, auf dem Bildschirm. Easy begann sofort zu berichten.

Sie fasste sich kurz. Mehr als eine Wiederholung von Dondragmers Meldung konnte sie sowieso nicht übermitteln, und sie war fertig damit, ehe irgendetwas auf dem Schirm darauf schließen ließ, dass man sie empfing.

Als endlich eine Reaktion erfolgte, war sie immerhin zufriedenstellend. Sämtliche sichtbaren Raupenwesen eilten hinüber zum Kommunikator. Easy hatte das mesklinitische Mienenspiel niemals zu deuten gelernt, aber die wild gestikulierenden Arme und schnappenden Zangen schlossen jedes Missverständnis aus. Eines der Geschöpfe schoss durch eine halbkreisförmige Tür aus dem Raum und wirkte dabei wie ein schwarzroter Blitz; ein sich schnell bewegender Mesklinit bei vierzigfacher Erdschwerkraft schien für das menschliche Auge keine Beine mehr zu besitzen.

Im Kommunikationsraum der Station entwickelte sich eine gedämpfte Unterhaltung. Es war nicht ungewöhnlich, dass eins der Fahrzeuge in Schwierigkeiten geriet. Zumeist nahmen die vor Ort befindlichen Meskliniten derartige Zwischenfälle mit weitaus mehr Gelassenheit auf als die zum hilflosen Zuschauen verurteilten Menschen. Der Kommunikationsraum füllte sich allmählich mit Zuschauern. Easy und Mersereau widmeten ihre Aufmerksamkeit den vier Bildschirmen, die den visuellen Kontakt zur *Kwembly* hielten, und beachteten den anderen nur beiläufig.

Den Bildern war nicht zu entnehmen, dass das Fahrzeug schwamm, da die Kameras jede eventuelle Rumpfbewegung mitvollzogen, und es gab kaum unbefestigte Gegenstände an Bord. Die Mannschaft bestand nahezu vollständig aus erfahrenen Seeleuten, die sich im Verlauf ihres Lebens die Angewohnheit zugelegt hatten, nichts ungesichert umherliegen zu lassen. Easy bemühte sich, auf dem Bildschirm, der die Brücke der *Kwembly* zeigte, etwas von der Außenwelt zu erspähen, das einen Hinweis auf die Vorgänge gab, aber sie vermochte nichts auszumachen.

Dann wurde ihr die Sicht wieder entzogen, als Dondragmer zurück in den Vordergrund trat und seine Meldung ergänzte.

»Anscheinend besteht keine unmittelbare Gefahr. Wir schwimmen gleichmäßig. Der Flüssigkeitspegel befindet sich in Höhe von Deck 2. Magnetkurs ist 66. Unsere Wissenschaftler versuchen, die Flüssigkeit zu analysieren. Falls wir nicht gegen eine solide Bodenformation treiben, kann uns nichts geschehen. Sämtliche Maschinen und Geräte funktionieren einwandfrei. Das ist vorerst alles. Wenn ihr unsere Positionsänderung über die Messsatelliten verfolgen könnt, sind wir für weitere Informationen dankbar. Sagt Barlennan, dass vorläufig alles in Ordnung ist.«

Easy schaltete ihr Mikrofon um und wiederholte den Bericht des Kapitäns beinahe wortgetreu. Sie sah, dass ihre Durchsage mitgeschrieben wurde. Sie hoffte, dass der Mesklinit irgendwelche Fragen stellen würde; nicht, dass sie eine Antwort gewusst hätte, aber sie spürte, wie sie wieder einmal das Gefühl der Hilflosigkeit, der Nutzlosigkeit überkam. Der Mesklinit jedoch bestätigte die Information lediglich und strebte mit seinen Notizen aus dem Raum. Easy fragte sich, wie weit er es bis zum Kommandanten haben mochte. Keiner der Menschen besaß eine genauere Vorstellung von der Anlage der mesklinitischen Basis.

Tatsächlich war der Weg nur kurz. Den Großteil der Strecke legte der Mesklinit außerhalb des Kommunikationsraums zurück. Seine Rasse hegte eine tief verwurzelte Abneigung gegen jede Art massiver Objekte über den Köpfen, die sie auch auf einem Planeten, dessen Gravitation nur einen Bruchteil der Gravitation ihrer Heimatwelt Mesklin ausmachte, nicht zu überwinden vermochten. Die Dachkonstruktionen der Basis bestanden fast ausschließlich aus einem dünnen, elastischen Transparentmaterial, das von Mesklin stammte. Lediglich das Terrain diktierte Abweichungen von der üblichen, ausgedehnt wie eine Stadt angelegten mesklinitischen Flachbauweise. Ein Mesklinit verschwendete keinen Gedanken an ein Fundament oder Obergeschosse. Die *Kwembly* und die anderen Fahrzeuge, die zahlreiche Decks umfassten, waren im Prinzip menschliche und paneshkische Entwürfe.

Der Mesklinit durchquerte etwa 200 Meter nicht überdachter Korridore, bevor er das Büro des Kommandanten erreichte; es lag an der Nordseite der verschachtelten Konstruktion. Der Stützpunkt befand sich am Rand einer 180 Zentimeter hohen Klippe, die sich jeweils fast einen Kilometer weit nach Osten und Westen erstreckte und von der ein Dutzend künstlicher Rampen abwärts führte. Am Boden zu Füßen der Klippe standen zwei der mächtigen Expeditionsfahrzeuge, deren Brückenaufbauten die Transparentdächer der Basis dennoch überragten. Die Wand von Barlennans Raum war ebenfalls transparent und gab den Blick direkt auf das nähere der beiden Fahrzeuge frei; das andere stand einige Hundert Meter weiter östlich. Bei den Vehikeln bewegten sich einige in Schutzanzüge gehüllte Meskliniten, die daneben wie Zwerge wirkten.

Barlennan beobachtete gerade die Mechaniker, als der Bote ins Büro stürzte und ohne Formalitäten die Nachricht herunterhaspelte. Als der Kommandant sich umwandte und den Text in Empfang nahm, hatte er den Inhalt bereits gehört.

Natürlich war er alles andere als zufrieden damit. Seit Eingang der ersten Meldung hatte er genug Zeit gehabt, sich einige

Fragen zu stellen, und diese Durchsage beantwortete keine davon. Der Kommandant bezwang seine Ungeduld.

»Mir scheint, bisher ist noch kein brauchbares Material von den menschlichen Meteorologen gekommen.«

»Nichts, wovon wir wüssten. Allerdings könnten sie der *Kwembly* etwas durchgegeben haben, ohne uns zu informieren.«

»Möglicherweise. Sind unsere Wetterexperten ebenfalls benachrichtigt worden?«

»Das ist mir unbekannt. Vielleicht hat Guzmeen es veranlasst, obwohl sie mit dem Bescheid ohnehin nicht viel anfangen können.«

»Nun gut. Ich möchte sowieso persönlich mit ihnen sprechen. Ich halte mich für die nächste halbe Stunde dort auf. Sag das auch Guz!«

Der Mesklinit vollführte eine zustimmende Zangenbewegung und entfernte sich. Barlennan verließ sein Büro durch eine andere Tür und strebte langsam westwärts durch die Gebäudekomplexe. Die meisten der auf seinem Weg befindlichen Rampen, die die Gebäude der Basis miteinander verbanden, führten aufwärts, und als er schließlich nach Süden abbog, befand er sich ungefähr einen Meter über seinem Büro, aber noch unterhalb der Brückenhöhe der beiden geparkten Fahrzeuge. Das Transparentmaterial über den Zwischenräumen der Gebäude wölbte sich hier etwas straffer, da der nahezu reine Wasserstoff im Innern der Basis mit wachsender Höhe nicht so rasch an Druck verlor wie das weitaus dichtere Gasgemisch von Dhrawns Atmosphäre. Der Hang, auf dem man die Basis errichtet hatte, war für hiesige Verhältnisse eine recht ansehnliche Erhebung. Der Außendruck entsprach fast genau dem, der auf Mesklin in Höhe des Meeresspiegels herrschte.

Da Dhrawns Atmosphäre etwa zwei Prozent Sauerstoff enthielt, beugten die Meskliniten sehr umsichtig dem Entstehen von Lecks vor. Barlennan entsann sich noch der fatalen Folgen einer Sauerstoff-Wasserstoff-Explosion, deren Zeuge er kurz nach seiner ersten Begegnung mit Menschen geworden war.

Der Forschungskomplex war der höchstgelegene der Basis. Er unterschied sich von den anderen dadurch, dass er etwas besaß, das entfernt einem zweiten Stockwerk ähnelte; auf dem Dach war eine Anzahl von Instrumenten montiert, die man über Rampen, die durch flüssigkeitsgefüllte Schleusen führten, erreichen konnte. Die Instrumente stammten beileibe nicht alle von den fremden Auftraggebern; die Meskliniten verstanden die in fünfzig Jahren erworbenen Kenntnisse mit der ihnen eigenen Geschicklichkeit vorzüglich zu verbinden. Allerdings hatten sie sich erst nach ihrer Landung auf Dhrawn veranlasst gesehen, eigene Initiative zu entfalten.

Barlennan verriet seinen Auftraggebern nichts von solchen Dingen. Er mochte die Menschen ganz gern, wenn auch nicht in dem Maße wie Dondragmer; immer war ihm ihre verblüffend kurze Lebensspanne bewusst, die verhinderte, dass er jene Menschen, mit denen er zusammenarbeitete, kennenzulernen vermochte, bevor andere sie ablösten. Inzwischen hatte es sich zu einem Bestandteil mesklinitischer Höflichkeit entwickelt, in Gesprächen mit Menschen, Drommianern und Paneshken die Frage des Alters zu vermeiden. Zugleich bemühten die Meskliniten sich, nicht in stärkere Abhängigkeit von ihnen zu geraten als unumgänglich; niemand wusste, ob der nächste Partner gleichermaßen kooperationsbereit sein würde. Dondragmers Vertrauen in sie war eine krasse Ausnahme.

Die mesklinitischen Wissenschaftler, die der Kommandant nun aufsuchte, dachten nicht anders darüber. Sie sahen ihr Hauptinteresse darin, die Lage selbst unter Kontrolle zu bringen. »Nur ein Besuch oder hat jemand Schwierigkeiten?«

»Schwierigkeiten, fürchte ich«, antwortete Barlennan. Kurz schilderte er Dondragmers Situation, dann ging er voran in den Nebenraum, dessen Boden eine Karte der Tiefdruckzone Alpha bildete. Sie war noch recht unvollständig. Barlennan wusste, dass noch sehr viel Arbeit vor ihnen lag. Dennoch war die Karte für ihn ermutigender, als ihr Gegenstück in der einige Millionen Kilometer entfernten Raumstation die Menschen zu ermutigen vermochte. Beide zeigten das Gebiet, in dem sich die Fahrzeuge bewegten, und einiges vom Profil der Landschaft. Die Meskliniten hatten ihre Eintragungen mit schwarzen Linien vorgenommen, die sich wie ein Spinnengewebe über die Fläche erstreckten und an die Skizze eines Nervensystems erinnerten.

Jene Daten, die die Meskliniten ohne direkte menschliche Unterstützung erlangt hatten, konzentrierten sich an der Stelle, die der Position der *Esket* entsprach, und waren rot vermerkt. Deshalb würde es in diesem Raum niemals eine Kamera geben, solange Barlennan die Expedition befehligte.

Im Moment jedoch richtete er seine Aufmerksamkeit auf einen Punkt, der einige Dutzend Zoll südlich der Position der *Esket* lag und in dessen Bereich es außerordentlich wenig Eintragungen gab. Die Linie, die den von der *Kwembly* zurückgelegten Weg darstellte, verlief recht isoliert. Barlennan hatte das vordere Ende seines Körpers so weit erhoben, wie es ohne Unbequemlichkeit möglich war, und musterte aus zehn oder zwölf Zentimeter Höhe düster die Karte, während die Wissenschaftler sich um ihn scharten. Seine Haltung zeugte weder von besonderem Optimismus noch von besonderem Pessimismus. Der Kommandant war sich selbst nicht darüber klar, welche dieser möglichen Auffassungen von der Lage der Dinge ihn bewogen hatte, nahezu zwanzig Wissenschaftler zu bemühen, die nun geduldig seine Informationen und Fragen erwarteten. Ohne jede Einleitung begann er zu sprechen.

»Dort befand sich die *Kwembly*, als ihr letzter Bericht einging«, erklärte er. »Sie überquerte ein Schneefeld aus Wasserschnee, das hier beginnt.« Er kroch zu einer etwa 120 Zentimeter nordwestlich der Positionsmarkierung liegenden Stelle hinüber. »Es erstreckt sich zwischen zwei Gebirgsketten, die wir bisher nur flüchtig erkundet haben. Destigmets Ballons sind so weit nach Süden nicht vorgedrungen – oder die Meldung hat uns nicht erreicht. Während eines Routinestopps der *Kwembly* kam plötzlich starker Wind auf, dem dichter Nebel aus reinem oder fast reinem Ammoniak folgte. Dann stieg die Temperatur abrupt um mehrere Grad, ein Schmelzprozess setzte ein, und die *Kwembly* begann zu schwimmen und wurde vom Wind ungefähr ostwärts getrieben. Wir benötigen eine Erklärung und sehr dringend konstruktiven Rat. Warum stieg die Temperatur, warum schmolz der Schnee? Besteht zwischen diesen Vorgängen ein Zusammenhang? Die höchste gemeldete Temperatur betrug doch lediglich 103 Grad, lag also sechs- oder siebenundzwanzig Grad unter der Wasserschmelztemperatur. Weshalb entstand der Wind? Wie lange wird er voraussichtlich anhalten? Er treibt die *Kwembly* in die warmen Regionen innerhalb der Tiefdruckzone Alpha, südlich der Position der *Esket*.« Heftig deutete er auf einen grellrot markierten Ausschnitt der Karte. »Lässt sich feststellen, wie weit es sie treiben kann? Ich möchte diesen unfreiwilligen Abstecher nicht hinnehmen, und selbstverständlich möchte ich noch weniger Dondragmer verlieren. Wir werden jede mögliche Unterstützung von den Menschen anfordern, aber ihr müsst eure Gehirne auch anstrengen. Einige von euch haben Dhrawns Klima zu analysieren versucht; liegen Resultate vor, die weiterhelfen könnten?«

Seinen Ausführungen folgte mehrere Minuten langes Schweigen. Für eine Weile schien sich kein konstruktiver Gedanke zu ergeben. Dann entfernte sich einer der Wissenschaftler mit der Bemerkung, er wolle eine Tabelle einsehen; nach dreißig Sekunden kam er zurück.

»Der Temperaturanstieg und der Schmelzvorgang sind erklärlich«, sagte er. »Das Schneefeld bestand aus Wassereis, der Nebel aus Ammoniak. Als sie sich vermischten, verursachte die Lösungswärme den Temperaturanstieg. Lösungen aus Wasser und Ammoniak sind von eutektischer Beschaffenheit, die einen Schmelzvorgang bereits bei einundsiebzig Grad ermöglicht.«

Die anderen Wissenschaftler gestikulierten beifällig mit ihren Zangen. Barlennan hatte nicht alles begriffen, erhob jedoch keinen Einwand. Noch standen Fragen offen.

»Lässt sich daraus schließen, wie weit die *Kwembly* abgetrieben werden kann?«

»So einfach nicht. Wir brauchen Angaben über die vormalige Ausdehnung des Schneefelds. Da sich nur die *Kwembly* in diesem Bereich aufhält, sind wir auf die Informationen der Menschen angewiesen. Du weißt, wie wenig sie uns nutzen. Bei der Hälfte kann man Eis und Wolken nicht unterscheiden. Außerdem wurden ihre Karten allesamt vor unserer Landung angefertigt.«

»Auf jeden Fall müsst ihr alles versuchen«, ordnete Barlennan an. »Mit etwas Glück sollte man wenigstens feststellen können, ob die östliche Bergkette die Fortbewegung der *Kwembly* hemmen wird. Dann dürfte das Fahrzeug kaum mehr als um einige 100 000 Kabel abgetrieben werden.«

»Richtig«, antwortete einer der Wissenschaftler. »Wir prüfen das. Ben, Dees, kommt mit, ihr kennt euch mit den Fotos besser aus als ich.« Die drei verschwanden durch die Tür. Die anderen teilten sich in kleine Gruppen und begannen halblaut zu diskutieren. Barlennan duldete dieses Verhalten ein paar Minuten lang, bis er entschied, dass hier etwas mehr Zielstrebigkeit angebracht war.

»Wenn die Eisschicht aus purem Wasser bestand, kann dort lange kein Ammoniakniederschlag stattgefunden haben. Weshalb hat sich das so plötzlich geändert?«

»Mit einiger Wahrscheinlichkeit dürfte der Wetterumschlag jahreszeitlich bedingt sein«, lautete die Antwort. »Die Annahme liegt nahe, dass das Plateau während einer Jahreszeit nur Wasserniederschlag kennt und während der nächsten ausschließlich Ammoniakniederschlag. Wir werden uns damit beschäftigen, aber dies ist einer jener Anlässe, bei denen uns Datenmaterial, das die gesamte Oberfläche des Planeten und ein volles Jahr umfasst, von allergrößtem Nutzen wäre. Die Menschen haben es anscheinend wie immer schrecklich eilig; sie hätten diese Welt länger beobachten sollen, bevor sie uns hier abgesetzt haben.«

Barlennan machte eine Geste, deren menschliches Äquivalent ein nichtssagendes Grunzen sein mochte. »Du musst dir lediglich vergegenwärtigen, dass du hier bist, um genau dieses Gesamtmaterial zu sammeln.«

»Natürlich. Wirst du die *Kalliff* oder die *Hoorsh* zu Dondragmers Unterstützung ausschicken? Diese Sache ist selbstverständlich anders gelagert als im Fall der *Esket.*«

»Gewiss, aber wir müssen warten; der Wind kann die *Kwembly* in mehr als nur eine Richtung treiben. Macht euch an die Arbeit, während ich mir etwaige Maßnahmen überlege.«

»In Ordnung, Kommandant.« Der Wissenschaftler wollte sich abwenden, aber Barlennan fügte hinzu: »Noch etwas, Jemblakee. Bestimmt gehst du jetzt in den Kommunikationsraum, um mit deinen menschlichen Kollegen zu sprechen. Erwähne nicht, dass wir von der Lösungswärme und diesen ... diesen eutektischen Prozessen wissen. Sie sollen zuerst davon sprechen, und falls sie es tun, dann spiel den Beeindruckten. Klar?«

»Völlig.« Der Wissenschaftler und sein Kommandant hätten sich verständnisvoll angegrinst, wären ihre Gesichter einer derartigen Mimik fähig gewesen. Jemblakee ging hinaus, und nach einem Moment des Überlegens tat Barlennan das Gleiche. Er beabsichtigte, sich alsbald ebenfalls mit der Raumstation in Verbindung zu setzen; aber falls es zu einer Auseinandersetzung kam, was er für sehr wahrscheinlich hielt, musste er zunächst Klarheit über sein weiteres Vorgehen gewinnen. Einige der zweibeinigen Giganten, zum Beispiel jener namens Aucoin, der anscheinend sehr viel Einfluss besaß, pflegten jede Ergänzung oder gar Gefährdung von Reserveausrüstungen nur widerstrebend zu gestatten, gleichgültig, wie wichtig eine solche Maßnahme vom Standpunkt der Meskliniten aus erschien. Diese Haltung war, da die Fremden die Kosten trugen, absolut verständlich. Barlennan sah darin jedoch keineswegs einen Hinderungsgrund, seine Absichten nach Möglichkeit durchzusetzen, und gewöhnlich gelang ihm dies am besten über jene besonders sympathische Frau namens Hoffman. In dieser Hinsicht bedeutete die Unregelmäßigkeit, mit der die Menschen ihren Bereitschaftsdienst ausübten, einen Nachteil, einen ordnungsgemäßen Schichtdienst hätte Barlennan längst durchschauen können, und es wäre ihm möglich gewesen, ausschließlich während der Schichten, die die Frau versah, mit der Raumstation Kontakt aufzunehmen. Er hatte sich bereits häufig gefragt, ob der Bereitschaftsdienst nicht absichtlich so unregelmäßig eingerichtet worden war, um genau diese Taktik zu vereiteln. Erkundigen konnte er sich kaum.

Das Kommunikationszentrum der Basis lag weit genug vom Forschungskomplex entfernt, um ihm unterwegs ausreichend

Gelegenheit zum Nachdenken zu geben. Es lag jedoch auch nahe genug bei seinem Büro, um eine Pause für einige Notizen einlegen zu können, bevor er sich auf ein Gespräch einließ.

Hauptthema würde die Frage einer Hilfsaktion für den Fall sein, dass Dondragmers Fahrzeug beschädigt wurde. Vermutlich, nach ihrer Haltung bei dem nun mehrere Monate zurückliegenden Zwischenfall mit der *Esket* zu schließen, würden die Zauderer an Bord der Station sich dagegen aussprechen, die *Kalliff* auszuschicken. Natürlich konnten sie Barlennan im Ernstfall nicht hindern, seine eigenen Absichten in die Tat umzusetzen, weder in dieser noch irgendeiner anderen Frage, aber der Kommandant zog es vor, diese Tatsache nicht betonen zu müssen. Deshalb war ihm Easy Hoffman als Diskussionspartnerin lieber als die anderen Menschen; anscheinend neigte sie aus irgendwelchen Gründen dazu, für die Meskliniten Partei zu ergreifen, wenn es zu Unstimmigkeiten kam. Sie war ausschlaggebend dafür gewesen, dass es bei dem Zwischenfall mit der *Esket* nicht zu einer offenen Auseinandersetzung gekommen war – abgesehen davon, dass Barlennan niemals die leiseste Absicht zur Aussendung eines Hilfsfahrzeugs gehegt und nur die Gelegenheit genutzt hatte, um Aucoin abzutasten.

Nun, er konnte sich immerhin einmal informieren, wer gegenwärtig in der Station Dienst tat. Er hob seinen vierzig Zentimeter langen Raupenkörper vom Boden seines Büros und betrat den Korridor. Dies war der Moment, in dem der Wind die Basis erreichte.

Der Nebel ließ noch einige Minuten lang auf sich warten. Barlennan, der seine Pläne sofort änderte, als die Transparentdächer sich zu kräuseln begannen, machte sich auf den Rückweg zum Forschungskomplex; doch bevor er aufschlussreiche Informationen einholen konnte, begannen die Sterne zu verschwinden. Innerhalb weniger Minuten zeigten die Lichter nur noch eine dichte graue Decke über der Basis.

Die Dächer des Forschungskomplexes waren solider als die der Korridore und vibrierten nicht unter dem Wind, aber das Geräusch, das man von draußen hörte, war laut genug, um manchen der Wissenschaftler zu der Frage anzuregen, wie stabil die Gebäude wirklich sein mochten. In Gegenwart des Kommandanten brachten sie ihre Bedenken nicht zum Ausdruck, doch die gelegentlichen Blicke, die sie zur Decke warfen, sagten alles.

Schließlich sah Barlennan ein, dass seine Anwesenheit höchst nutzlos bleiben musste, da er kein Wissenschaftler war und die Wissenschaftler eine Gruppe innerhalb des Basispersonals bildeten, der er keine Befehle geben konnte. Auf seine einzige Frage erhielt er die Auskunft, dass die Windgeschwindigkeit etwa die Hälfte der von Dondragmer gemeldeten Stärke betrug. Daraufhin beschloss er, seine ursprüngliche Absicht, das Kommunikationszentrum aufzusuchen, nunmehr zu verwirklichen.

Unterwegs fiel ihm etwas ein, das ihn zu höchster Eile antrieb. Als er in den Kommunikationsraum stürzte, hatte er bereits vergessen, dass ihm daran gelegen gewesen war, mit Easy Hoffman zu reden. Er begann zu sprechen, bevor er richtig vor dem Sender stand, und Easys Anblick, als der Bildschirm sich erhellte, bedeutete für ihn eine angenehme Überraschung.

»Wir haben nun ebenfalls Wind und Nebel«, fing er unvermittelt zu berichten an. »Einige von uns halten sich noch außerhalb der Basis auf, hauptsächlich an den geparkten Fahrzeugen beschäftigte Mechaniker. Momentan kann ich meinerseits nichts für sie tun, aber ihr könnt über die Kommunikatoren feststellen, was vorgeht. Ich bin nicht allzu beunruhigt, da die Windgeschwindigkeit weit unter jener liegt, die Don gemeldet hat. Aber durch den Nebel lässt sich überhaupt nichts mehr erkennen, sodass ich um eine Auskunft über das Befinden der Mechaniker froh wäre.«

Während er noch sprach, hatte Easys Abbild auf dem Schirm ebenfalls zu reden begonnen; jedoch handelte es sich, da die Durchsage des Kommandanten die Raumstation noch nicht erreicht haben konnte, natürlich um keine Antwort. Vermutlich erledigte sie gegenwärtig einen anderen Anruf. Derartige Überschneidungen waren unter den gegebenen Umständen keineswegs ungewöhnlich und wurden längst routinemäßig abgewickelt. Der Kommandant wollte sich erkundigen, worum es ging, doch das plötzliche Erscheinen eines Offiziers, der zu berichten begann, sobald er Barlennan erblickte, hinderte ihn daran.

»Kommandant, alle Gruppen bis auf zwei haben sich zurückgemeldet. Die eine der fraglichen Gruppen arbeitete in der *Hoorsh*, die andere befand sich bei Vermessungsarbeiten für den neuen Komplex zwanzig Kabel nordwärts. Die beiden Gruppen bestehen aus acht beziehungsweise zwanzig Personen.«

Barlennan machte die Geste des Verstehens, indem er alle vier Zangen gleichzeitig schnappen ließ. »Über die Gruppe in der *Hoorsh* werden wir gleich eine Auskunft von der Raumstation erhalten. Was wurde über die neuen Wetterverhältnisse festgestellt? Ist jemand verletzt?«

»Niemand, Kommandant. Der Wind erwies sich nur als geringes Hindernis; die Gruppen kamen zurück, weil die Sicht zur Fortführung der Arbeiten zu schlecht ist. Einige konnten den Rückweg nur schwer finden. Ich vermute, dass der Vermessungstrupp sich noch unterwegs befindet, falls man es nicht vorgezogen hat, an der Einsatzstelle zu warten. Die Mechaniker in der *Hoorsh* haben vielleicht gar nichts bemerkt. Falls der Kontakt zu lange unterbrochen bleibt, werde ich einen Kurier schicken.«

»Und wie willst du verhindern, dass er sich verirrt?«

»Indem ich ihm einen Kompass mitgebe. Außerdem müsste es unbedingt jemand sein, der das Gelände sehr gut kennt.«

»Ich bin nicht überzeugt ...« Barlennans Einwand wurde vom Kommunikator unterbrochen.

»Barlennan«, ertönte Easys Stimme, »die Kommunikatoren in der *Hoorsh* und der *Kalliff* funktionieren einwandfrei. Soweit wir erkennen können, hält sich in der *Kalliff* niemand auf, nichts rührt sich. In der *Hoorsh* befinden sich mindestens drei, vielleicht fünf Personen im Versorgungskontrollraum. Wie du weißt, fällt es uns schwer, euch Meskliniten voneinander zu unterscheiden. Allem Anschein nach sind die Fahrzeuge intakt. Jack Bravermann versucht, die *Hoorsh* zu kontaktieren, aber ich habe den Eindruck, dass kein Grund zur Besorgnis besteht. Wenn die *Kwembly* von einem viel stärkeren Wind als dem in eurem Gebiet herrschenden nicht beschädigt wurde, dürfte die Basis keineswegs gefährdet sein.«

»Ich bin nicht sonderlich beunruhigt. Wenn du noch einen Augenblick am Apparat bleibst, werde ich deine vorletzte Durchsage zu beantworten versuchen.« Barlennan wandte sich an den Cheffunker. »Ich nehme an, der Text liegt inzwischen vor.«

»Ja, Kommandant. Interessant, aber nicht dringend. Dondragmer hat einen weiteren Zwischenbericht gegeben. Die *Kwembly* schwimmt noch immer, aber er glaubt, dass sie einoder zweimal festen Boden berührt hat. Der Wind hält unvermindert an.«

Der Kommandant gestikulierte eine Bestätigung und wandte sich wieder dem Kommunikator zu. »Danke. Ich bleibe für eine Weile im Kommunikationszentrum, damit ich von allen wichtigen Veränderungen umgehend erfahre. Sind eure Meteorologen mittlerweile zu brauchbaren Resultaten gekommen? Oder haben sie wenigstens eine Erklärung für den Wetterumschlag?«

Die anderen im Kommunikationsraum anwesenden Mesklinen bemerkten sehr wohl, dass Barlennan sich, während er seine Fragen vortrug, um eine ausdruckslose Haltung bemühte. Einige wunderten sich, weil er sich so anstrengte, da es höchst unwahrscheinlich war, dass die Menschen seine Körperhaltung zu deuten vermochten; doch wer ihn besser kannte, wusste genau, dass er in dieser Hinsicht niemals ein Risiko einging. Immerhin gab es ein paar Menschen, die sich – vor allem Easy Hoffman – in die mesklinitische Mentalität recht gut einzufühlen vermochten und überdies Stennish so gut beherrschten, wie die menschlichen Sprechorgane es erlaubten.

Interessiert, ob man es der Frau ansehen könne, falls ihr die Gezwungenheit des Kommandanten auffiel, beobachteten die übrigen Mesklinen die Bildschirme. Das gesamte Kommunikationspersonal war mit der menschlichen Mimik hinreichend vertraut; die Mehrzahl konnte wenigstens ein Dutzend der Menschen am Gesicht oder an der Stimme erkennen. Der Kommandant hatte persönlich dafür gesorgt, dass die Befähigung dazu nachdrücklich trainiert wurde. Als Barlennan seinen Blick für einen Moment vom Schirm abwandte, fand er ihre Neugier amüsant, obwohl er sich über den eigenen Eifer ein bisschen ärgerte.

Die Frau hatte die Durchsage offensichtlich empfangen und eine Antwort zu formulieren begonnen, als ihre Aufmerksamkeit plötzlich abgelenkt wurde. Mehrere Sekunden lang hörte sie irgendeiner Durchsage zu, den Blick seitwärts gerichtet, bevor sie sich wieder dem Gerät zuwandte, das sie mit der Basis verband.

»Kommandant, Dondragmer hat einen neuen Bericht durchgegeben. Die *Kwembly* steht wieder auf Grund, trotz unverminderter Strömung. Das Fahrzeug hängt fest, obwohl die Räder keine Bodenberührung haben. Vorerst steht die *Kwembly*, und Dondragmer behauptet, dass der Flüssigkeitsspiegel sinkt.«

4 Small Talk

Beetchermarlf fühlte sich seltsam hilflos. Ohne Bodenberührung folgte der Rumpf der *Kwembly* selbst der schwächsten Welle. Theoretisch war das Fahrzeug seetüchtig, aber die Ruder, die die Manövrierfähigkeit erlaubten, ließen sich am leichtesten auf trockenem Boden montieren.

Dondragmer hatte kurz mit dem Gedanken gespielt, ein paar Leute in Schutzanzügen nach draußen zu schicken, um die Montage durchführen zu lassen, doch dann war ihm das Risiko zu hoch erschienen. Die Wahrscheinlichkeit, dass die Ausläufer der Strömung sie erreichten, bevor eine solche Montage beendet werden konnte, war sehr groß.

Der Steuermann hatte die gleichen Überlegungen angestellt, aber nicht ausgesprochen. Beetchermarlf war jung, doch nicht mehr so jung, dass es ihn zu der Annahme verleitet hätte, seine Vorgesetzten könnten offensichtliche Sachverhalte übersehen. Er vertraute dem Kapitän restlos.

Allmählich begann es ihn jedoch zu stören, dass Dondragmer keinerlei Befehle erteilte. Irgendetwas, so dachte er, müsste endlich getan werden; sie konnten sich doch unmöglich einfach immer weiter nach Osten abtreiben lassen. Er sah auf den Kompass; ja, nach Osten, das war endgültig. In dieser Richtung gab es Bodenerhebungen, wie die letzte Luftaufklärung festgestellt hatte, und ihrer Farbe nach bestanden sie aus massivem Gestein, nicht aus Eis. Wenn die *Kwembly* lediglich auf geschmolzenem Wassereis schwamm, musste sie bald auflaufen. Beetchermarlf hegte hinsichtlich der Stabilität der Hülle eine nicht minder positive Meinung als der Kapitän, aber auf Dhrawn gegen ein Riff zu prallen, schien ihm keineswegs angenehmer, als dies auf Mesklin der Fall gewesen wäre.

Immerhin, schon wegen der atmosphärischen Dichte dieses Gebiets, dürfte der Wind sie nicht allzu weit abtreiben, und außerdem bildeten die Walzen unterhalb des Flüssigkeitspegels einen Hemmfaktor. Nach Auskunft der Luftaufklärung war das Schneefeld ebenmäßig gewesen, sodass auch die Flüssigkeit sich gleichmäßig verteilen musste. Traf dies zu, würde eine Kontrolle der atmosphärischen Druckverhältnisse dies beweisen können ... Die Eingebung blieb haften; der Steuermann blickte zum Kapitän hinauf, zögerte und sprach den Gedanken schließlich doch aus.

»Kapitän, wäre es nicht ratsam, den Außendruck zu kontrollieren? Wenn das Plateau einen Abfluss besitzt, treiben wir abwärts, und damit ändert sich der Druck, sodass ...« Dondragmer unterbrach ihn.

»Die Oberfläche war eben ... Aber nein, du hast recht. Wir sollten uns überzeugen.« Er reckte sich zu der Reihe von Sprechröhren hinauf und rief das Laboratorium. »Born, wie steht es mit dem Druck? Ich setze voraus, dass ihr euch darum kümmert.«

»Natürlich. Die Sicherheitsblasen an Bug und Heck sind, seit wir zu schwimmen begonnen haben, ständig expandiert. Inzwischen liegen wir um sechs Körperlängen tiefer. Ich bereite gerade die Freisetzung von mehr Argon vor.«

Dondragmer bestätigte und wandte sich wieder an den Steuermann.

»Ich hätte daran denken sollen. Die Luftaufklärung muss einen Hang übersehen haben, über den das Wasser nun abwärts fließt.«

»Das Fahrzeug ist auch unter raueren Bedingungen noch sicher, Kapitän. Ich wüsste nicht, was wir sonst tun könnten.«

»Etwas auf jeden Fall«, sagte Dondragmer grimmig. Er erhob sich erneut zu den Sprechröhren und stieß jenen heulenden Pfiff aus, der allgemeine Aufmerksamkeit forderte. Dann bog er den Kopf zurück, sodass er sich in gleicher Entfernung zu allen Röhren befand, und sprach so laut, dass man ihn auf allen Stationen verstehen musste.

»Alle legen so schnell wie möglich die Schutzanzüge an. Die Stationen können zu diesem Zweck verlassen werden, sind jedoch umgehend wieder zu besetzen.« Er ließ sich zurück auf seine Kommandoplattform sinken. »Hole unsere beiden Anzüge auf die Brücke«, sagte er zu Beetchermarlf. »Schnell!«

Nach neunzig Sekunden war der Steuermann mit den Schutzanzügen zur Stelle. Er schickte sich an, dem Kapitän beim Ankleiden zu helfen, aber Dondragmer winkte ab. Zwei Minuten später hatten sie sich in die Anzüge gezwängt und befanden sich wieder an ihren Stationen; nur die Köpfe blieben noch frei.

Die Eile erwies sich als überflüssig. Weitere bange Minuten vergingen, während Beetchermarlf mit dem nutzlosen Steuer spielte und Dondragmer sich fragte, wann endlich neue Informationen von den menschlichen Wissenschaftlern kommen würden. Er hoffte, dass sich über die Messsatelliten feststellen ließ, mit welcher Geschwindigkeit die *Kwembly* sich bewegte; aber er wusste, dass solche Daten nicht nach Belieben erhältlich waren. Zwar befanden sich mehr als dreißig Messsatelliten im Orbit, doch sie alle kreisten weniger als 5000 Kilometer über der Oberfläche, und man hatte sich nicht die Mühe gemacht, ihre Umlaufbahnen exakt aufeinander abzustimmen, sodass weder die Kameras noch die Mikrowellenabtastung die planetare Oberfläche vollständig zu erfassen vermochten; die

Kommunikation war keineswegs ihr Hauptzweck. Die Kommunikatoren der bemannten Raumstation arbeiteten relaisunabhängig, da die Station in einem synchronen Orbit neun Millionen Kilometer über dem Meridian schwebte, in dessen Bereich die Basis lag. Außerdem hielt Dondragmer die Umlaufgeschwindigkeit der Messsatelliten, die mehr als 130 Kilometer je Sekunde betrug, für eine unausschaltbare Fehlerquelle. Seine Hoffnung, auf diesem Wege Angaben über die Geschwindigkeit der *Kwembly* zu erhalten, war daher nicht besonders groß. Aber das spielte keine Rolle, da er sie ohnehin nie bekam.

Einmal, etwa eine halbe Stunde nachdem sie abzutreiben begonnen hatten, durchlief ein kurzer Stoß die *Kwembly*. Gleichmütig gab der Kapitän eine Meldung an die Raumstation durch, dass sie wahrscheinlich Boden berührt hätten. Die gesamte Mannschaft teilte seine Meinung, und die Spannung unter den Mesklinitern wuchs.

Das Ende kündigte sich kaum merklich an. Auf einen Pfiff aus der Sprechröhre, die die Brücke mit dem Laboratorium verband, folgte die Meldung, dass der Druck noch schneller steige und eine zusätzliche Anreicherung der Atmosphäre des Fahrzeuginnern mit Argon notwendig geworden sei, um die Sicherheitsblasen vor dem Platzen zu bewahren. Man spürte nichts davon, dass die Geschwindigkeit zunahm, aber die Implikation dieser Meldung war deutlich genug. Der Rumpf sank immer tiefer unter den Wasserspiegel. Wie schnell bewegten sie sich in horizontaler Richtung? Der Kapitän und der Steuermann sahen einander an, und obwohl sie die Frage nicht laut stellten, war klar, dass sie beide beschäftigte. Noch mehr Minuten verstrichen. Die Spannung stieg.

Dann gab es ein donnerndes Krachen, und der Rumpf der *Kwembly* neigte sich ruckartig seitwärts; ein zweites Krachen, und das Fahrzeug kippte heftig nach Steuerbord. Mehrere

Sekunden lang schwankte es wild, und jene Mannschaftsmitglieder, die sich in den Bereichen von Bug und Heck aufhielten, spürten außerdem, dass es eine andere Richtung einschlug, doch der Nebel versperrte noch immer jede Sicht auf die Ursache dieser Vorgänge.

Schließlich erfolgte ein weiteres, noch lauteres Krachen, und die *Kwembly* rollte ungefähr sechzig Grad steuerbordwärts; diesmal stabilisierte sie sich nicht. Kratzende, scharrende Geräusche ließen darauf schließen, dass sie sich noch leicht bewegte, aber an der Schräglage des Rumpfs änderte sich nichts. Erstmals konnte man draußen das Wasser hören.

Dondragmer und der Steuermann blieben unversehrt. Für Geschöpfe, die eine zweihundertfache Erdgravitation als normal und eine sechshundertfache lediglich als geringfügige Unbequemlichkeit betrachteten, bedeuteten solche Erschütterungen nichts. Sie befanden sich noch an ihren Stationen und hatten nicht einmal ihren Griff um die Klammereisen gelockert. Der Kapitän hielt Verletzungen unter der Mannschaft für unwahrscheinlich. Seine nächsten Worte bewiesen, dass er wesentlich vorausblickender dachte.

»Sofortige Meldung von allen Stationen!«, rief er in die Sprechröhren. »Prüft die gesamte Hülle und meldet alle Risse oder Brüche. Das Laborpersonal auf die Notstation. Achtet auf eventuell eindringenden Sauerstoff. Versorgungskontrolle, stoppt die Zirkulation, bis die Sauerstofftests abgeschlossen sind. Vorwärts!«

Anscheinend waren die Sprechröhren noch intakt, denn sofort kamen bestätigende Pfiffe. Während die Meldungen eingingen, begann Beetchermarlf sich zu entspannen. Er hatte nicht wirklich erwartet, dass die Hülle, die ihn von Dhrawns giftiger Atmosphäre trennte, eine derartige Erschütterung überstehen würde. Sein Respekt vor der fremden Technik stieg um mehrere Grade. Als endlich alle Meldungen vorlagen, stellte sich sogar heraus, dass die Rumpfstruktur keine ernsten Schäden, nicht einmal sichtbare Risse erlitten hatten. Ob die Dichtungen an jenen Stellen der Hülle, an denen sich normale Durchlässe für Instrumente und Trossen befanden, beeinträchtigt worden waren, würde sich erst nach einer Weile feststellen lassen. Druckkontrolle und Sauerstofftests mussten ohnehin schon routinemäßig fortgeführt werden.

Die Energieversorgung funktionierte ebenfalls noch einwandfrei. Die fünfundzwanzig voneinander unabhängigen Wasserstoffkonverter waren solide, absolut stoßsichere Einheiten, deren bewegliche Teile kaum größer waren als die Moleküle des gasförmigen Mediums, das sie verarbeiteten. Man hätte sie bedenkenlos einer Dampframme aussetzen können.

Die meisten Außenscheinwerfer waren jedoch zerstört oder zumindest erloschen; sie konnten jedoch ersetzt werden. Einige funktionierten noch, und vom überfluteten Teil der Brücke konnte man nach draußen schauen. Rings um den aus dem Wasser ragenden Teil der Brücke behinderte der Nebel nach wie vor die Sicht. Dondragmer kroch mit äußerster Vorsicht zu der tief liegenden Seite und warf einen kurzen Blick auf die Ansammlung rundlicher Felsen verschiedener Größe, zwischen denen sein Fahrzeug sich verkeilt hatte. Dann kletterte er zurück auf seine Kommandoplattform, schaltete das Funkgerät ein und machte die Durchsage, von der Barlennan ungefähr eine Minute später Kenntnis erhalten sollte. Ohne auf eine Antwort zu warten, begann er dem Steuermann Befehle zu erteilen.

»Beetch, du übernimmst die Brücke für den Fall, dass eine Durchsage von der Raumstation kommt. Ich werde persönlich eine vollständige Inspektion durchführen, besonders der Luftschleusen. Ich halte viel von der Fahrzeugkonstruktion, aber mit einer solchen Kollision hatte sicher niemand gerechnet. Womöglich können wir nur die kleinen Notschleusen benutzen, da die Hauptschleuse anscheinend unterhalb des Wasserspiegels liegt. Vielleicht ist sie sogar von außen blockiert. Plaudere ein wenig mit den Menschen, falls du Lust dazu hast. Wir können ihre Sprache gar nicht gut genug beherrschen.«

Wie gewöhnlich klopfte Dondragmer auf die Bodenluke, bevor er sie öffnete, nach unten verschwand und Beetchermarlf allein ließ.

Der Steuermann verspürte im Augenblick kein Bedürfnis nach seichter Konversation mit der Besatzung der Raumstation. Es gab zu viel, worüber sich nachdenken ließ.

Unter den gegenwärtigen Umständen fand er es nicht besonders erfreulich, die Brückenwache übernehmen zu müssen. Der fragliche Zustand der Hauptluftschleuse beunruhigte ihn nicht allzu sehr. Die kleinen Notschleusen reichten aus. Dann fiel ihm jedoch ein, dass man durch sie keine Versorgungsausrüstung auszuladen vermochte. Nun, zurzeit bestand noch keine Notwendigkeit, die *Kwembly* zu verlassen, doch falls das Fahrzeug bewegungsunfähig war, würde man sich mit diesem Problem auseinandersetzen müssen.

In diesem Fall war jedoch ohnehin die Kernfrage, welchen Sinn es überhaupt haben würde, die *Kwembly* zu räumen. 18 000 Kilometer – nahezu vierzehn Millionen Kabel – waren eine sehr, sehr weite Strecke, vor allem, wenn man sie mit Ausrüstungsgegenständen beladen zurücklegen musste. Und ohne die Versorgungsapparaturen konnten sie eine Evakuierung vergessen. Die Meskliniten besaßen zwar einen erstaunlich strapazierfähigen Organismus mit Temperaturtoleranzwerten, die noch immer auf den Unglauben menschlicher Biologen stießen, aber mit dem Sauerstoff war es eine andere Sache. Sein Außendruck betrug gegenwärtig vermutlich ungefähr fünfundzwanzig Kilogramm je Quadratzentimeter, mehr als genug also, um jeden Meskliniten innerhalb von Sekunden zu töten. Vorerst war es die wichtigste Aufgabe, das mächtige Fahrzeug wieder auf die Walzen zu stellen. Wie und wann dies getan werden konnte, hing hauptsächlich von den Strömungsverhältnissen der Flüssigkeit ab, die den gestrandeten Rumpf umflutete. Innerhalb der Strömung zu arbeiten, würde nicht unmöglich, aber schwierig und gefährlich sein. Man musste nicht bloß mit Schutzanzügen, sondern auch mit Ballast und Verbindungsleinen ans Werk gehen.

Natürlich war es möglich, dass diese Flüssigkeitsturbulenz nicht bestehen blieb. Sie war offensichtlich erst mit dem Wetterumschlag entstanden und konnte genauso plötzlich wieder verschwinden. Allerdings existierte durchaus, wie Beetchermarlf wusste, ein Unterschied zwischen Wetter und Klima. Wenn dieser Wasserfluss jahreszeitlich bedingt war, konnte er für die Meskliniten durchaus zu lange anhalten. Ein Jahr auf Dhrawn war etwa achtmal so lang wie ein Jahr auf der Erde und mehr als anderthalb mal so lang wie ein Jahr auf Mesklin.

In dieser problematischen Situation konnten von den Menschen gelieferte Informationen vielleicht von Nutzen sein. Die Fremden hatten Dhrawn eingehend über beinahe ein halbes lokales Jahr hinweg und beiläufig für einen sehr viel längeren Zeitraum studiert. Einige Kenntnisse der jahreszeitlichen Veränderungen mussten sie besitzen. Der Steuermann überlegte, ob es unangebracht wäre, wenn er eine entsprechende Frage an jemand in der Raumstation richtete, da der Kapitän es bis jetzt nicht getan hatte. Andererseits hatte ihm Dondragmer den Gebrauch des Kommunikators freigestellt und nicht erwähnt, was gesagt oder nicht gesagt werden durfte.

Die Tatsache, dass es noch andere Dinge als bloß den Zwischenfall mit der *Esket* gab, die nicht mit den menschlichen

Auftraggebern der Expedition diskutiert werden sollten, war über die Ranghierarchie niemals bis zu Beetchermarlf vorgedrungen. Der junge Steuermann hatte sich beinahe schon entschlossen, mit der Raumstation Verbindung aufzunehmen, als eine Stimme aus dem Gerät ihm zuvorkam. Sie bediente sich seiner Sprache, wenn auch mit einem entsetzlichen Akzent.

»Dondragmer, ich weiß, dass du beschäftigt sein dürftest, aber falls du nicht sprechen kannst, würde ich mich freuen, wenn jemand anders die Zeit aufbringt. Ich bin Benjamin Hoffman, Assistent des Meteorologischen Labors, und hätte gern in zwei Angelegenheiten ein wenig Unterstützung von euch. Mir selbst ist auch an etwas Sprechpraxis gelegen. Man dürfte wohl kaum überhören, dass ich sie brauche. Was uns im Labor hier angeht, so ist es uns wirklich peinlich, dass wir zwei falsche Wettervorhersagen hintereinander gemacht haben. Es mangelt uns ganz einfach an Detailinformationen. Ihr habt auf euren Fahrten sehr viele Messautomaten aufgestellt, aber wie du weißt, erfassen sie bei Weitem nicht den gesamten Planeten. Da brauchbare Vorhersagen für euch so nützlich sein werden wie für uns, gedachte ich mit einigen eurer Wissenschaftler ein paar Probleme detaillierter zu besprechen.«

Der Steuermann antwortete umgehend.

»Der Kapitän befindet sich nicht auf der Brücke, Benjamin Hoffman. Ich bin Beetchermarlf, einer der Steuerleute, und habe gegenwärtig Brückenwache. Ich wäre ebenfalls erfreut, mich in eurer Sprache üben zu können, wenn mein Dienst es erlaubt. Wir haben Schwierigkeiten, aber du wirst nicht über alle Einzelheiten informiert sein. Für einen ausführlichen Bericht hatte der Kapitän noch keine Zeit. Ich will versuchen, dir die Situation so vollständig wie möglich zu schildern, und möchte einige Gedanken vortragen, die mir gekommen sind, nachdem der Kapitän die Brücke verlassen hat. Du kannst die Informationen für euch speichern und meine Meinung kommentieren, wenn du es wünschst. Wenn du zu der Auffassung gelangst, dass sie es nicht wert sind, dem Kapitän mitgeteilt zu werden, will ich darauf verzichten. Er wird ohnehin genug zu tun haben.« Beetchermarlf verstummte. Er fragte sich plötzlich, ob es richtig war, einen dieser Fremden mit seinen Überlegungen zu behelligen, die ihm mittlerweile selbst recht armselig erschienen. Immerhin mussten jedoch die Tatsachen, die er zu berichten hatte, von Nutzen sein. Es gab zahlreiche Details, von denen die Menschen noch nichts wissen konnten. Als Benjs Erwiderung aus dem Lautsprecher drang, hatte der Steuermann einen Teil seines Selbstvertrauens bereits wiedererlangt.

»Fein, Beetchermarlf. Der Rekorder steht bereit. Wenn eure Experten beschäftigt sind, sollten wir zwei uns über die Wetterlage unterhalten. Wahrscheinlich erhältst du Informationen über die Resultate ihrer Arbeit. Du bist vor Ort und kannst alles sehen. Und falls du einer der Seeleute bist, die Barlennan auf Mesklin rekrutiert hat, verstehst du selbstverständlich etwas vom Wetter. Nach meiner Kenntnis musst du auf Mesklin eine zweimal so lange Zeitspanne wie mein Lebensalter mit dem Studium wissenschaftlicher und technischer Methoden zugebracht haben. Die Voraussetzungen für ein konstruktives Gespräch sind also gut. Fangen wir an!«

Diese Worte stellten Beetchermarlfs Moral vollständig wieder her. Erst zehn von Mesklins Jahren waren verstrichen, seit man begonnen hatte, einigen auserwählten Mesklinniten fremdes Wissen zu vermitteln. Dieser Mensch musste fünf Jahre alt sein oder sogar jünger. Natürlich ließ dies keinerlei Schlüsse auf den Reifegrad zu. Aber unter Berücksichtigung der Aura von Normalität, die alle Fremden zu umgeben schien, vermochte sich Beetchermarlf einen Fünfjährigen schlichtweg als überlegenes Wesen vorzustellen.

Er entspannte sich, soweit dies auf einem Boden mit einer Schräglage von sechzig Grad möglich war, und begann seine Schilderung der Situation der *Kwembly*. In allen Einzelheiten berichtete er von dem Weg, den das Fahrzeug genommen hatte, bis zu seinem plötzlichen Ende. Minuziös beschrieb er, was man gegenwärtig von der Brücke aus sehen konnte. Er erklärte, in welcher Position das Fahrzeug nun festsaß, und schilderte die Folgen, die die Mannschaft zu erwarten hatte, falls die *Kwembly* sich nicht wieder flottmachen ließ. Er gab sogar eine detaillierte Beschreibung der Struktur der Luftschleusen und erläuterte, warum die Hauptschleuse aller Wahrscheinlichkeit nach unpassierbar war. »Es würde dem Kapitän die Entscheidung erleichtern«, schloss er, »könntet ihr herausfinden, ob und wann das Wasser ablaufen wird. Falls das gesamte Schneefeld schmilzt und vom Plateau abfließt, werden wir hier, so schätze ich, fast ein Jahr lang festliegen und uns entsprechend einrichten müssen. Sollte die Aussicht bestehen, dass wir trockenes Land erreichen können, ohne allzu viel Zeit zu verlieren, würden wir es gerne wissen.«

Diesmal dauerte es länger als vierundsechzig Sekunden, bis Benjs Antwort kam. Auch er hatte nun Stoff zum Nachdenken erhalten.

»Ich habe alle Informationen gespeichert und sie hinauf ins Planungsbüro geschickt«, meldete er schließlich. »Die Laboratorien erhalten Kopien. Mir ist jedoch schon jetzt klar, dass es verdammt schwierig sein wird, über die weitere Entwicklung des auf dem Plateau entstandenen Flusses Voraussagen zu machen; ohne mehr Datenmaterial ist es vielleicht sogar unmöglich. Wie du bereits sagtest, unterliegt das gesamte Schneefeld womöglich einem jahreszeitlich bedingten Schmelzprozess. Ich weiß nicht, wie genau eure Luftaufklärung dieses Gebiet erfasst hat, und ich weiß nicht, wie tauglich die Satellitenfotos sind, aber ich wette, dass es, selbst wenn die Karten vervollständigt sind, noch genug Anlass zu Meinungsverschiedenheiten gibt. Wir wissen nach wie vor viel zu wenig über den Planeten.«

»Aber ihr habt bereits viele Erfahrungen mit zahlreichen anderen Planeten gesammelt«, erwiderte Beetchermarlf. »Ich glaubte, das würde uns weiterhelfen.«

Wieder ließ die Antwort länger auf sich warten, als die Entfernung allein zu erklären vermochte.

»Es stimmt, dass die Menschen und ihre Freunde auf vielen Planeten Erfahrung gesammelt haben, und ich kenne jede Menge Lektüre darüber. Ärgerlicherweise nutzen sie uns in diesem Fall nichts. Grundsätzlich gibt es drei Arten von Planeten. Die eine nennen wir den terrestrischen Typ, der meiner Heimatwelt entspricht; solche Planeten sind klein, dicht und praktisch ohne reinen Wasserstoff. Der zweite ist der jovianische Typ oder Typ zwei, im Allgemeinen wesentlich größer und erheblich weniger dicht, weil der ursprüngliche Wasserstoffvorrat, so nehmen wir jedenfalls an, erhalten blieb. Wir kannten nur diese beiden Arten, bevor wir die Grenzen unseres Sonnensystems überschritten, denn darin gibt es nur diese beiden Typen. Typ drei ist sehr groß, sehr dicht und äußerst schwer einzuordnen. Unsere Theorie, dass die Planeten vom Typ eins ihren reinen Wasserstoff wegen ihrer kleinen Initialmasse verloren und die Planeten vom Typ zwei ihn wegen ihrer größeren Masse behielten, reichte aus, solange wir den Typ drei noch nicht kannten. Unsere Vorstellung war gänzlich zufriedenstellend und überzeugend, solange wir nicht zu viel wussten. Dhrawn ist ein Planet vom Typ drei. Man findet einen solchen Planeten niemals im Bereich einer Sonne, die einen Planeten vom Typ eins besitzt. Dafür muss es einen Grund geben, aber wir kennen ihn noch nicht. Wir wurden erst auf den Typ drei aufmerksam, als unsere Völkergemeinschaft die interstellare Raumfahrt in größerem Umfang zu betreiben begann. Aber wir waren außerstande, den Typ drei persönlich zu erforschen, sowenig wie wir es mit dem jovianischen Typ vermochten. Wir konnten ein paar sehr teure Spezialroboter absetzen, die ziemlich unergiebige Informationen übermittelten, mehr nicht. Unter allen Völkern, die wir kennen, ist eure Spezies die einzige, die der Gravitation eines Typ drei oder dem Druck eines Typ zwei zu widerstehen vermag.«

»Aber ist Mesklin nach deiner Beschreibung nicht ein Typ drei? Inzwischen müsst ihr viel über ihn wissen; mit uns steht ihr seit ungefähr zehn Jahren in Kontakt, und einige von euch haben sogar schon Mesklins Äquatorzone betreten.«

»Der Kontakt besteht sogar schon seit fünfzig eurer Jahre. Leider ist Mesklin kein Typ drei, sondern ein etwas merkwürdiges Typ-zwei-Exemplar. Er besäße so viel Wasserstoff wie alle anderen jovianischen Typen, hätte er nicht eine so rasche Eigenrotation, die ihm einen Achtzehn-Minuten-Tag und eine Form wie ein Spiegelei gibt. Eine ähnliche Welt haben wir zuvor nicht und seither nicht mehr gefunden. Jedenfalls ist mir nichts davon bekannt. Deshalb hat die Völkergemeinschaft trotz immenser Schwierigkeiten solche Anstrengungen und so viel Zeit aufgewandt, um mit euch einen dauerhaften Kontakt herzustellen und diese Expedition nach Dhrawn zu ermöglichen. In dreißig Jahren haben wir uns mittels der Messsatelliten Kenntnisse über diese Welt angeeignet, und die seismografischen Geräte, die ihr hergestellt habt, werden uns weitere Informationen liefern und hoffentlich mancherlei Zweifel ausräumen. Das Gleiche gilt für eure chemischen Forschungen. Noch fünf oder sechs eurer Jahre, und wir wissen genug, um erklären zu können, warum es einen solchen Planeten gibt, oder wenigstens, ob man ihn einen Planeten oder einen erkalteten Stern nennen muss.«

»Du meinst, ihr habt nur mit den Bewohnern von Mesklin Kontakt aufgenommen, um mehr über Dhrawn erfahren zu können?«

Warten. Beetchermarlf dachte über seine Frage nach und kannte die Antwort fast, als sie endlich eintraf.

»Nein, keineswegs. Jeder Kontakt mit einer anderen Spezies besitzt seinen eigenen Wert. Ich habe keine Ahnung, wann das Expeditionsprojekt eingeleitet wurde. Meine Mutter oder Dr. Aucoin müssten es wissen. Jedenfalls war das lange vor meiner Geburt. Natürlich kann ich mir vorstellen, dass man die Chance nutzen wollte, als feststand, dass ihr imstande seid, auf einer Welt wie Dhrawn zu leben und zu arbeiten.«

Beetchermarlf und Benj diskutierten noch länger als eine Stunde über die Gründe für Aktivitäten wie das Projekt Dhrawn und warum man solche gewaltigen Anstrengungen unternahm und so ungeheuer viel Kapital investierte, obwohl vorerst noch keine handfesten Erfolge in Aussicht standen. Benj verteidigte sich nicht allzu gut. Er vermochte zwar die üblichen Antworten über die Macht der Neugier zu erteilen, die Beetchermarlf in gewissem Maße einsah; er besaß auch genug Geschichtskenntnisse, um darlegen zu können, wie sehr die Menschheit und auch einige andere Spezies vom Aussterben bedroht gewesen waren, bevor sie den Wasserstofffusionskonverter entwickelten; aber er war zu jung, um überzeugend auseinandersetzen zu können, wie sehr der Fortbestand jeder Kultur davon abhing, dass sie ihre Kenntnisse und Erkenntnisse über die Gesetze des Universums ständig erweiterte. Das Gespräch wurde in keiner Phase hitzig, da die Übermittlungsverzögerung zwischen den jeweiligen Argumenten es den beiden gestattete, ihre Gemüter zwischenzeitlich abzukühlen. Ergiebig war die Diskussion aber lediglich in Bezug auf Benjs Stennish-Kenntnisse.

Ihr Gespräch wurde unterbrochen, als Beetchermarlf plötzlich eine Veränderung bemerkte. Während der vergangenen Stunde hatte er seine ganze Aufmerksamkeit dem Gespräch gewidmet. Die schräg liegende Brücke und die gurgelnde Flüssigkeit waren in den Hintergrund seines Bewusstseins gerückt. So war er sehr überrascht, als er am Himmel funkelnde Lichter bemerkte und sie als die Sternkonstellation des Orion identifizierte. Die Nebel waren gewichen.

Er sah sich um und stellte fest, dass der Wasserspiegel rings um die Brücke ein wenig gesunken zu sein schien. Zehn Minuten aufmerksamer Beobachtung überzeugten ihn, dass er sich nicht täuschte. Der Spiegel sank tatsächlich.

Während der zehn Minuten, in denen er nach draußen blickte, hatte sich Benj natürlich nach dem Grund seines Schweigens erkundigt, und nun erteilte der Steuermann ihm die Auskunft. Der Junge verständigte unverzüglich McDevitt, und sogleich fanden sich mehrere interessierte Menschen im Kommunikationsraum der Raumstation ein, um sich über die Neuigkeit zu informieren. Der Steuermann gab einen kurzen Bericht durch. Dann erst begann er, durch die Sprechröhren nach Dondragmer zu rufen.

Der Kapitän befand sich im Heckbereich hinter der Laborsektion, als ihn der Ruf erreichte. Nachdem der Steuermann seine Meldung beendet hatte, trat eine Pause ein, und Beetchermarlf erwartete, der Kapitän werde einige Sekunden später auf der Brücke erscheinen; doch offensichtlich widerstand Dondragmer dieser Versuchung. Anscheinend war er, sehr zur Überraschung des jungen Steuermanns, über die Meldung nicht im Geringsten erstaunt.

»Versuche, den Grad der Wasserspiegelsenkung so exakt wie möglich zu bestimmen!«, lautete sein Befehl. »Sobald eine Änderung eintritt, informiere die Menschen und mich unverzüglich.«

Beetchermarlf bestätigte den Befehl und kletterte über die schräg liegende Brücke zu einer Stelle, an der er den gegenwärtigen Wasserstand notierte, indem er in dessen Höhe an einer der Sichtflächenverstrebungen einen kleinen Kratzer anbrachte. Er setzte den Kapitän und die menschlichen Zuhörer von dieser Maßnahme in Kenntnis, kehrte zu seiner Station zurück und widmete der Markierung fortan seine volle Aufmerksamkeit. Die Wellen, die gegen den Rumpf der *Kwembly* rollten, erschwerten ihm die Schätzung der Wasserspiegelsenkung für eine ganze Weile. Unterdessen kamen von der Raumstation zwei oder drei ungeduldige Anfragen, die er, soweit es seine beschränkten Kenntnisse der menschlichen Sprache zuließen, höflich beantwortete. Schließlich meldete Benj, dass er wieder am Kommunikator saß. Den größten Teil der Zeitspanne, die verging, bis Takoorch erschien, um Beetchermarlf abzulösen, verbrachten die beiden, indem sie sich gegenseitig ihre Heimatwelten schilderten, die gegenseitigen Missverständnisse über die Erde und Mesklin auszuräumen versuchten und dabei, obwohl es keinem von ihnen zu Bewusstsein kam, eine herzliche Freundschaft zu entwickeln begannen.

Sechs Stunden später kehrte Beetchermarlf zurück, um seinerseits Takoorch abzulösen – nach mesklinitischem Zeitmaß war eine übliche Dienstschicht von vierundzwanzig Tagen verstrichen –, und stellte fest, dass der Wasserspiegel mittlerweile fast fünfundzwanzig Zentimeter unterhalb der Markierung lag. Takoorch informierte ihn, dass der Mensch namens Benj soeben seine Ruheperiode beendet habe und wiederum am Funkgerät saß. Sobald er zu seiner Station zurückgekehrt war, aktivierte er den Sender.

»Ich bin wieder auf Wache, Benj. Ich weiß nicht, was Tak dir zuletzt berichtet hat, aber der Wasserspiegel ist um eine halbe Körperlänge gesunken, und die Strömung ist merklich schwächer geworden. Der Wind hat fast aufgehört. Irgendwelche Neuigkeiten von euren Wissenschaftlern?«

»Dein Freund Takoorch hat uns bereits informiert«, antwortete Benj. »Hier liegen noch keine neuen Ergebnisse vor, aber nach den Kenntnissen, die ich von eurer Situation und hinsichtlich der Fahrzeugkonstruktion habe, schätze ich, dass ihr in sechzig oder siebzig Stunden auf dem Trockenen liegen dürftet, vorausgesetzt, das Wasser sinkt in dem Maße weiter wie bisher. Das kann geschehen, wenn es durch einen Kanal abfließt, doch damit ist, obwohl ich ungern pessimistisch bin, kaum zu rechnen. Ich vermute, dass der Wasserspiegelabfall sich verlangsamen wird, bevor die gesamte Wassermenge abgeflossen ist.«

»Du könntest recht haben«, pflichtete Beetchermarlf bei. »Andererseits lässt sich das Fahrzeug vielleicht bei schwächerer Strömung aus der Verkeilung befreien, bevor das Plateau wieder trocken liegt.« Diese Bemerkung hatte geradezu prophetischen Charakter. Sie war noch unterwegs zur Raumstation, als ein Pfiff aus einer der Sprechröhren seine Aufmerksamkeit erforderte.

»Beetchermarlf! Gib den Menschen Bescheid, dass du unverzüglich von Kervenser abgelöst wirst, und melde dich umgehend im Schutzanzug an der hinteren Steuerbord-Notschleuse. Ich möchte eine Untersuchung der Walzen und der Ruderleinen. Ich teile dir zwei Begleiter zu. Sorgfalt ist mir wichtiger als Schnelligkeit. Sollten irgendwelche Schäden vorliegen, die sich einfacher reparieren lassen, solange wir festsitzen, möchte ich es wissen. Anschließend verschaffe dir einen allgemeinen Überblick. Ich möchte mir eine Vorstellung davon machen können, wie hartnäckig wir verkeilt sind und wie viel Arbeit es uns abverlangen wird, das Fahrzeug flottzumachen. Unabhängig davon werde ich mir die Verhältnisse persönlich ansehen, aber ich möchte auch deine Meinung dazu hören.«

»Jawohl, Kapitän«, bestätigte der Steuermann. Fast hätte er vergessen, Benj von seiner Abkommandierung zu informieren, da dieser Befehl ihn aufrichtig erstaunte; nicht etwa aufgrund der Tatsache, dass er nach draußen geschickt wurde, sondern weil der Kapitän ausgerechnet ihn ausgesucht hatte, um die eigene Beurteilung der Lage durch seine Beobachtungen zu überprüfen.

Eine halbe Minute später fand sich Beetchermarlf bei der bezeichneten Schleuse ein, wo der Kapitän und vier Matrosen, alle in Schutzanzüge gekleidet, ihn bereits erwarteten. Die Matrosen hielten ein aufgerolltes Seil bereit.

»Also los, Beetch«, empfing ihn der Kapitän. »Stakendee geht zuerst hinaus und befestigt seine Verbindungsleine am nächsten Klammereisen. Du folgst ihm, dann kommt Praffen. Jeder befestigt seine Leine an einer anderen Stelle. Hier – ohne Ballast würdet ihr schwimmen.« Er reichte dem Steuermann vier einhakbare Gewichte.

Schweigend machten sich die drei auf den Weg durch die winzige Schleuse. Sie war ein U-förmiges, flüssigkeitsgefülltes Becken und funktionierte ebenso wie die Hauptschleuse, jedoch lag der Boden so tief, dass die Schräglage der *Kwembly* ihre Funktion nicht behinderte. Beetchermarlf tauchte direkt in die Strömung und war sehr froh um Staks Unterstützung, während er die eigene Sicherheitsleine verankerte.

Eine Minute später hatte sich das dritte Mitglied der Gruppe zu ihnen gesellt. Gemeinsam kletterten sie hinab auf den Grund. Das Gestein, das sie bereits von der Brücke aus bemerkt hatten, wies eine seltsam keilförmige Anordnung auf, die in Strömungsrichtung wies. Auf den ersten Blick hatte Beetchermarlf den Eindruck, dass das Fahrzeug im Winkel dieser Felskeile festhing, doch obwohl mehrere Außenscheinwerfer noch intakt waren, konnte man die Sichtverhältnisse nicht gerade als ideal bezeichnen.

Das Trio umrundete das Heck, um einen Blick unter den Fahrzeugboden zu werfen. Dorthin drang noch wesentlich weniger Licht, aber es wurde sofort klar, dass es einiges zu berichten gab.

Die *Kwembly* hatte auf einem Satz von sechzig Walzenrädern gestanden, jedes etwa neunzig Zentimeter dick und zweimal so lang, verteilt auf fünf in Längsrichtung verlaufende Zwölferreihen. Jede Walze besaß einen eigenen Motorblock mit Raum für die Installation einer Krafteinheit. Zum Zeitpunkt der Havarie waren zehn der fünfundzwanzig Konverter, über die die *Kwembly* verfügte, an Heck und Bug in zwei nach vorn weisenden v-förmigen Anordnungen von Motoren installiert gewesen. Nun waren achtzehn Walzen vom Heck des Fahrzeugs, einschließlich der fünf mit Krafteinheiten versehenen, verschwunden.

5 Havarie

Nicht alle Walzen waren, streng genommen, völlig verschwunden. Mehrere sah man zwischen dem Gestein liegen, offenbar solche, die sich beim letzten Aufprall gelöst hatten. Ob einige schon bei den vorherigen Kollisionen verloren gegangen waren, ein paar Kilometer weiter stromaufwärts, ließ sich im Moment nicht feststellen. Dafür konnte man sich später interessieren; es war vordringlich, den Fahrzeugschaden zu begutachten, und der Steuermann machte sich an die Durchführung dieser Aufgabe.

Der Fahrzeugbug war anscheinend völlig unbeschädigt geblieben; die Walzen waren noch alle vorhanden, die Ruderleinen in gutem Zustand. In Höhe der Rumpfmitte hatte sich die Aufhängung einiger Walzen gelockert. Der Schaden am Heck erwies sich allerdings als reichlich entmutigend. Backbords hatte Reihe 1 die hinteren fünf Walzen verloren, den Reihen 2 und 3 fehlten jeweils die letzten vier, Reihe 4 die drei hinteren und Reihe 5 – auf der Steuerbordseite – die letzten beiden. Da mehrere der abgerissenen Walzen in der Nachbarschaft lagen, bestand eine gute Chance, dass man auch die restlichen fand.

Die drei waren überrascht, wie wenig der Walzenverlust die Rumpfkonstruktion beeinträchtigt hatte. Beetchermarlf und seine Begleiter waren nie mit der Herstellung dieser Fahrzeuge beschäftigt gewesen. Sie hatten nicht die leiseste Ahnung, welche Probleme es mit sich brachte, eine Maschine zu bauen, die von hochmodernen Energie-Einheiten angetrieben, aber von Geschöpfen gesteuert werden sollte, die sich noch in der Phase der Fortbewegung durch Wind und Muskelkraft befanden. Deshalb erfolgte die Steuerung auch durch mechanische Kraftübertragung statt durch Servoautomatik; deshalb waren die Luftschleusen so einfach und nicht narrensicher angelegt. Und das Versorgungssystem erforderte nicht bloß manuelle Handhabung, sondern war auch von mesklinitischen Wissenschaftlern und Technikern entworfen und hergestellt worden.

Einigen Hundert Meskliniten hatte man umfassende Kenntnisse des fremden Wissens vermittelt, diese aber nicht in der ganzen mesklinitischen Kultur verbreitet. Fast alle »Graduierten« befanden sich nun auf Dhrawn, zusammen mit zumeist jungen, ausreichend intelligenten Seeleuten aus Barlennans Volk, die sich freiwillig gemeldet hatten; Beetchermarlf war einer davon. Sie waren es, denen die Aufgabe zufiel, die Instandhaltung und die Reparaturen ohne menschliche Hilfe zu erledigen. Für die Konstruktion eines Fahrzeugtyps, der den Bedingungen auf Dhrawn gewachsen war und sich zugleich mit einer gewissen Sicherheit von Meskliniten beherrschen ließ, musste man unbedingt Material und Gerät mit überdurchschnittlichen Qualitäten verwenden. Eigentlich hätte Beetchermarlf kaum überrascht sein dürfen.

Selbstverständlich lag der Hauptgrund für den Einsatz der Meskliniten in ihrer Intelligenz. Roboter hatten sich bereits in den Anfängen der Raumforschung als ungenügend erwiesen. Die Intelligenz der Meskliniten ließ sich offenbar mit der von Menschen, Drommianern und Paneshken vergleichen; eine ziemlich wundersame Tatsache, da diese vier Planeten ihre Lebensformen innerhalb sehr unterschiedlich langer geologischer Zeiträume entwickelt hatten. Fest stand auch, dass die Meskliniten erheblich langlebiger waren als Menschen; was dies auf lange Sicht für die Kontaktpflege bedeutete, war mindestens so problematisch wie die ganze Expedition. Es war in jeder Hinsicht ein Risikoprojekt, in dem die Mesklinten die meisten Risiken trugen. Die gigantische Raumbarke, die in der Nähe der bemannten Raumstation den Planeten umkreiste und für eine eventuell notwendige Evakuierung der Basis vorgesehen war, konnte man kaum mehr als eine Geste nennen, vor allem bezüglich jener Mannschaften, die in den Fahrzeugen unterwegs waren.

Diese Hintergründe waren den drei Seeleuten, die die *Kwembly* untersuchten, nicht gegenwärtig. Sie waren lediglich überrascht und erleichtert, konstatieren zu können, dass die Walzen anscheinend nicht abgerissen, sondern nur aus den Aufhängungen gesprungen waren, und dass sie wahrscheinlich, falls man sie fand, wieder montiert werden konnten. Nach dieser befriedigenden Erkenntnis erkundete Beetchermarlf – in dem Umkreis, den die Sicherheitsleine zuließ – den Grund und entdeckte zwölf der verlorenen Walzen, einige davon beschädigt. Die drei sammelten alle, die sie erreichen und transportieren konnten, am Heck der *Kwembly*. Der Steuermann erwog, die Sicherheitsleinen zu verlängern, um in weiterem Umkreis zu suchen, doch entschied er sich, zunächst Dondragmer Bericht zu erstatten und dessen Zustimmung einzuholen. Er wunderte sich, dass der Kapitän, obschon er die Absicht geäußert hatte, sich einen eigenen Überblick zu verschaffen, bisher nicht erschienen war.

Den Grund erfuhr er, als er mit seinen Begleitern das Heck umrundete, um zur Schleuse zurückzukehren. Dondragmer und acht andere räumten vor der Hauptluftschleuse Gestein beiseite, das den Ausgang versperrte.

Die Schutzanzüge besaßen keine spezielle Kommunikationsausrüstung, und die Schallübermittlung zwischen ihrem Füllgemisch aus Wasserstoff und Argon und der Flüssigkeit, die sie umgab, war außerordentlich schlecht; aber die mesklinitischen

Sprechwerkzeuge – sie waren rings um jenes, einem schwimmenden Ansaugstutzen ähnelnde Organ angeordnet, das bei den wasserstoffatmenden Mesklinten die Lungen ersetzte – gehörten ebenfalls zu jenen Dingen, die menschliche Biologen seit Langem beschäftigten. Der Steuermann zog die Aufmerksamkeit des Kapitäns mit einem tiefen Pfeifton auf sich und gestikulierte ihm, er möge ihm um das Heck des Fahrzeugs folgen.

Dondragmer, in der Annahme, es liege etwas Wichtiges vor, befahl seiner Gruppe, die Arbeit fortzusetzen, und kam der Aufforderung nach. Ein kurzer Blick und einige erläuternde Sätze Beetchermarlfs informierten ihn über die Situation.

Er überlegte ein paar Sekunden lang und beschloss, die Suche nach den noch fehlenden Walzen nicht sofort weiterzuführen. Der Wasserspiegel sank nach wie vor; es war sicherer und leichter, nach ihnen Ausschau zu halten, wenn die Flüssigkeit abgelaufen war, vorausgesetzt, sie mussten darauf nicht zu lange warten. Unterdessen konnten die Reparaturen an den bereits geborgenen Walzen aufgenommen werden. Beetchermarlf bestätigte den diesbezüglichen Befehl und machte sich daran, verbogene Kleinteile, die sie mit den Walzen gerettet hatten, zu sortieren.

Umsicht war geboten; einige Teile waren leicht genug, um von der Strömung fortgespült zu werden, und mit mehreren war dies bereits geschehen. Der Steuermann besorgte sich einen transportablen Scheinwerfer und postierte einen Matrosen ein paar Meter weiter stromabwärts, damit alle Kleinteile aufgefangen wurden, die mit der Strömung abtrieben.

Nach achtstündiger Arbeit waren drei der Walzen wieder betriebsbereit. Einige Teile besaßen nicht ihre vorherige Qualität, denn Beetchermarlf und seine Helfer hatten nach Kräften improvisieren müssen, wobei sie sich sowohl eigener wie auch fremder Materialien bedienten. Ihre Werkzeuge waren ausschließlich eigene Fabrikate; die mesklinitische Kultur hatte handwerkliche Fertigkeiten recht ausgeprägt entwickelt, und Sägen, Hämmer, Zangen – das ganze Sortiment üblicher Werkzeuge – waren den Seeleuten bestens vertraut.

Der Wasserspiegel sank weiterhin, und die Strömung wurde schwächer. Dondragmer befahl dem Reparaturtrupp, die Tätigkeit aus dem unmittelbaren Umkreis des Fahrzeugs zu verlagern, in der Erwartung, dass es alsbald aus der Verkeilung rutschen werde. Seine Vorsicht erwies sich als berechtigt, als die *Kwembly* aus ihrer Schräglage von 60 Grad in eine von nur noch 30 Grad kippte, wodurch zwei weitere Walzenreihen Bodenberührung erhielten. Zwei Meskliniten mussten sich zwischen Felsen in Deckung werfen, um nicht zermalmt zu werden.

Infolge dieses Ereignisses wurde jedoch offensichtlich, dass die *Kwembly*, wenn der Wasserstand weiter sinken sollte, nicht zurück in die Horizontale geraten würde. Die Backbordseite ruhte nun zwischen den Reihen 1 und 2 auf einem Felsen von ungefähr vier Meter Durchmesser, der zur Hälfte im Flussbett steckte, ein Objekt, das sich nicht hätte bewegen lassen, selbst wenn das Gewicht des Fahrzeugs nicht darauf gelastet hätte. Beetchermarlf setzte die Reparaturen fort, musste sich aber verwundert fragen, wie der Kapitän die *Kwembly* wohl aus dieser Position befreien wollte. Nicht viel klarer war ihm, was geschehen sollte, wenn es gelang. Ein Flussbett voller Geröll war wohl das Letzte, was die Fahrzeugkonstrukteure bei ihren Überlegungen berücksichtigt hatten. Planeten mit hoher Gravitation tendierten zu einer relativ ebenen Oberfläche, ein Schluss, den man aus den Verhältnissen auf Mesklin gezogen hatte, und daran hatten die Konstrukteure sich orientiert.

Dondragmer, der sich ebenfalls mit dem Problem auseinandersetzte, wie man das Fahrzeug flottmachen könne, war die Lösung bereits näher als der Steuermann. Der Erste Offizier und die Wissenschaftler waren nicht minder hilflos als er, doch keiner von ihnen empfand, trotz der beunruhigenden Lage, die gleiche Sorge wie der Kapitän; seine Stimmung entsprach allerdings nicht ganz den menschlichen Vorstellungen von Besorgnis. Er verschwieg ihnen nämlich ein Gespräch, das er erst vor wenigen Stunden mit der Raumstation geführt hatte.

Bei einem Zwischenbericht, den Dondragmer ziemlich optimistisch hielt, erwähnte er, dass er sich über das weitere Vorgehen noch nicht klar sei, sich jedoch in Kürze damit beschäftigen zu wollen; er fügte hinzu, es stünde ihnen ja genug Zeit zur Verfügung.

Easy, die mit ihm in Verbindung stand, widersprach seiner Auffassung. »Du hast vielleicht nicht so viel Zeit, wie du annimmst. Nach euren Angaben sind die Steine im Flussbett weitgehend abgeschliffen. Diese Form können sie nur durch anhaltenden oder häufigen Strömungseinfluss erhalten haben. Wir fürchten, dass der gegenwärtige Wasserfluss lediglich das erste Rinnsal eines bevorstehenden ausgedehnten Tauwetters ist und dass ihr, falls ihr eure Position nicht bald verlassen könnt, einer wesentlich stärkeren Strömung ausgesetzt sein dürftet.«

Dondragmer hatte kurz nachgedacht. »Was wir tun können, tun wir bereits. Falls eure Wissenschaftler irgendwelche halbwegs zuverlässigen Aussagen über diese Wasserflut machen können, umso besser; andernfalls müssen wir uns zurechtfinden. Jedenfalls, ich danke dir für den Hinweis.«

Der Kapitän war an seine Arbeit zurückgekehrt. Er kannte keine Panik; in Notsituationen schien er sogar beherrschter zu sein als sonst. Grundsätzlich entsprach seine Philosophie genau dem, was er soeben formuliert hatte: zu tun, was machbar war. Im Augenblick hätte er nur zu gerne gewusst, was überhaupt machbar war.

Das Hauptproblem war der große Felsen. In Mesklins Äquatorzone oder auf der Erde hätte man die *Kwembly* sicherlich mit Muskelkraft aus ihrer Lage hinab in die Horizontale hieven können – nicht aber unter Dhrawns Gravitation. Vier Walzen ruhten auf dem hinderlichen Felsen selbst, und mehrere der Reihe 5 hatten Bodenkontakt. Keine davon enthielt Konverter, diese konnten jedoch jederzeit installiert werden. Wenn man die vier Walzen auf dem Felsen, die bugwärts davor befindlichen und einige der Reihe 5 antriebsfähig machte ... Warum sollte es ausgeschlossen sein, dass sie die *Kwembly* zurück auf den Boden brachten?

Es war zweifellos möglich. Nicht etwa Mangel an Überzeugung bewog Dondragmer, den Plan den Menschen zu unterbreiten; er trug ihn vor, ohne um Rat zu fragen. Der Mann, der die Durchsage hörte, war weder Techniker noch Ingenieur und erteilte eine vorsichtig formulierte Zustimmung. Routinemäßig gab er den Text an das Planungsbüro weiter, damit er vervielfältigt und verteilt werde. Folglich dauerte es ungefähr eine Stunde, bis er in die Hände eines Technikers gelangte, der überrascht die Brauen hob, rasch ein maßstabgerechtes Fahrzeugmodell begutachtete und sich dann an den Computer setzte und zwei Minuten lang Berechnungen anstellte.

Der Techniker war nicht sonderlich sprachbegabt, aber das war nicht der einzige Grund, weshalb er sich auf die Suche nach Easy Hoffman machte. Er kannte Dondragmer kaum und wusste nicht, wie Meskliniten auf Kritik reagierten; er arbeitete mit Drommianern zusammen, da einige davon am Projekt beteiligt waren, und erachtete es als sicherer, im Umgang mit anderen Spezies die offiziellen Kontaktleute vorzuschicken. Er fand Easy, und sie begaben sich in den Kommunikationsraum.

Benj war dort, wie immer, wenn er keinen Dienst versah. Inzwischen hatte er mit weiteren Meskliniten Freundschaft geschlossen, aber Beetchermarlf mochte er am liebsten. Sein Stennish hatte sich ganz erheblich gebessert.

Als Easy und der Techniker eintraten, lauschte er gerade einer von Takoorchs Anekdoten, weshalb es ihm nicht allzu leidtat, sofort durchsagen zu müssen, dass eine wichtige Nachricht für Dondragmer vorliege.

Mehrere Minuten verstrichen, bevor der Kapitän auf der Brücke erschien; wie die übrige Besatzung arbeitete er nahezu ununterbrochen, aber zum Glück hielt er sich im Fahrzeug auf, als die Durchsage eintraf.

»Ich bin am Apparat, Easy«, erklang schließlich seine Stimme. »Tak sagte, es sei dringend. Ich höre.«

»Es geht um die Methode, mit der du das Fahrzeug flottmachen willst, Don«, begann sie. »Wir haben von der Situation keine vollständige Vorstellung, aber zwei Aspekte finden unsere Techniker besorgniserregend. Der eine: Wenn die Bugwalzen anrollen, sind noch etwa zwei Meter Rumpflänge – und damit eure Brücke – auf den Felsen gestützt; habt ihr euch überzeugt, dass die Hülle nicht aufschlagen kann, wenn das Fahrzeug sich in Bewegung setzt? Zweitens: In dem Moment, bevor die *Kwembly* in die Horizontale zurückkehrt, wird das Gewicht den Unterbau einseitig belasten; vielleicht fängt die Pneumatik den Stoß auf, aber darüber gibt es keine Gewissheit. Unter Dhrawns Schwerkraft könnte das Fahrzeug bei einem dieser Manöver entzweibrechen. Habt ihr das berücksichtigt?«

Dondragmer gestand sich ein, dass er das tun sollte, ehe er seine Absicht ausführte. Er gab dies Easy gegenüber auch zu, bedankte sich und kroch zur Hauptluftschleuse, die mittlerweile wieder passierbar war.

Draußen hatte die Strömung sich inzwischen so abgeschwächt, dass man keine Sicherheitsleinen mehr benötigte. Schon ragten die größeren Felsen aus dem Wasser, und er musste einige davon überklettern, um zu einem Punkt zu gelangen, von dem aus er das ganze Missgeschick zu überschauen vermochte.

Der Anblick behagte ihm ganz und gar nicht. Wahrscheinlich hatten die Menschen recht. Das Risiko war hoch, viel zu hoch für ein vernünftiges Lebewesen.

Die Antwort auf das Problem befand sich buchstäblich in Dondragmers Sichtweite, aber es verging noch eine Stunde, bevor er darauf stieß. Ein menschlicher Psychologe, als er später davon erfuhr, war deshalb enttäuscht; er forschte nach prinzipiellen Unterschieden zwischen der menschlichen und der mesklinitischen Psyche, doch er entdeckte, wie er es selbst nannte, ungewöhnlich viele Ähnlichkeiten.

Die Lösung erforderte natürlich Arbeit. Auch die kleinsten Steine waren schwer. Andererseits gab es zahlreiche davon. Die ganze Besatzung der *Kwembly* – Beetchermarlf und seine Helfer, die weiter den Reparaturarbeiten nachgingen, ausgenommen – machte sich daran, unter dem Heck des festsitzenden Fahrzeugs eine Rampe aus Gestein aufzuschichten.

Damit wurde auch Beetchermarlfs Aufgabe erleichtert, da man nun Stellen des Rumpfes erreichen konnte, die zuvor nicht zugänglich gewesen waren. Die beiden Gruppen beendeten ihre Tätigkeit fast gleichzeitig; auf vier Walzen musste jedoch wegen fehlender Teile verzichtet werden.

Der Kapitän hatte die meiste Zeit damit verbracht, zwischen dem Funkgerät – er hoffte noch auf eine brauchbare Vorhersage über die zu erwartende Flutentwicklung – und den Einsatzgruppen hin und her zu eilen. Als die Gesteinsrampe fertiggestellt war, stand das Wasser kaum noch einen Meter hoch, und die Strömung hatte fast völlig aufgehört; das Gewässer war nun eher als Teich denn als Fluss zu bezeichnen.

Inzwischen herrschte endgültig Nacht; die Sonne war seit nahezu einhundert Stunden unter dem Horizont verschwunden. Das Wetter war wieder gänzlich klar, und man sah die Sterne heftig blinken. Außerhalb der Scheinwerferreichweite war es fast völlig finster. Dhrawn besaß keinen Mond, und die Sterne lieferten nicht mehr Licht als am Nachthimmel Mesklins oder der Erde. Die Temperatur war unverändert.

Dondragmers Wissenschaftler registrierten die Oberflächenverhältnisse so exakt, wie ihre Kenntnisse und ihre Geräte es ermöglichten, und gaben die Resultate an die Raumstation durch. Der Kapitän hatte sich einige Informationen versprochen, aber schließlich rief er sich ins Bewusstsein, dass die Menschen nicht zwangsläufig verpflichtet waren, ihn ständig zu unterrichten. Die Berichte waren schlichtweg Bestandteile der Aufgabe, die die Meskliniten übernommen hatten. Er hatte die Wissenschaftler aufgefordert, sich Gedanken über die Situation zu machen. Borndenders Antwort, mit der er die Aufforderung, die er für sarkastisch hielt, quittierte, lautete dahingehend, dass er nur zu gerne alles versuchen werde, wenn die Menschen ihn ausreichend mit Datenmaterial über andere Zonen des Planeten versorgten, das Vergleichsmöglichkeiten bot. Der Kapitän hatte nicht im Mindesten sarkastisch sein wollen. Wie sich erklären ließ, warum ein Fahrzeug auf Wasser oder Ammoniak schwamm, und wie sich erklären ließ, warum an einem bestimmten Tag zwischen Stunde 40 und Stunde 100 über der Basis 2,3 Millikabel Niederschlag fielen, machte für ihn wenig Unterschied. Er hegte den Verdacht, dass der Wissenschaftler ihn absichtlich missverstand; wenn es um Ausreden ging, waren Meskliniten geradezu verblüffend menschenähnlich, und Borndender war anscheinend über die eigene Hilflosigkeit ziemlich verstimmt. Ohne sich näher zu äußern, erwiderte der Kapitän, nützliche Ideen seien willkommen, und verließ das Labor.

Auch die Wissenschaftler mussten die *Kwembly* räumen, als die letzten Vorbereitungen für das Manöver getroffen wurden. Borndender murrte, aber Dondragmer ließ sich auf keine Diskussion ein; er hatte keinen Vorschlag gemacht, sondern einen Befehl erteilt, und nicht einmal die Wissenschaftler zweifelten sein Recht dazu an. Nur der Kapitän selbst, Beetchermarlf und ein im Versorgungskontrollraum stationierter Techniker namens Kensnee blieben an Bord. Eigentlich hatte Dondragmer, da er ohnehin die Verantwortung für das Manöver trug, das Steuer persönlich übernehmen wollen, doch es war unbestreitbar, dass Beetchermarlf das Steuersystem besser kannte und in kritischen Momenten rascher und sicherer zu reagieren vermochte.

In der Menge raupenähnlicher Geschöpfe, die sich in sicherem Abstand von dem riesigen Fahrzeug sammelte, verbreitete sich Spannung. Dondragmer, der die Besatzung von der Brücke aus nicht sehen konnte, blieb gelassen; Beetchermarlf dagegen teilte ihre Unruhe. Die menschlichen Zuschauer verfolgten das Geschehen über einen Kommunikator, den man aus dem Versorgungskontrollraum geholt und auf einem etwa einhundert Meter entfernten, aus dem Wasser ragenden Felsen platziert hatte; sie waren ebenfalls ruhig, außer Easy und Benj.

Der Junge schenkte dem Bildschirm, der mit der Außenkamera korrespondierte, kaum Beachtung, sondern konzentrierte sich auf den, der die Szene auf der Brücke wiedergab und worauf Beetchermarlf zu sehen war. Der Steuermann war von seiner Aufgabe stark beansprucht.

Als die *Kwembly* sich rückwärts zu schieben begann, konnte einer der Menschen sich eines heftigen Kommentars nicht enthalten. »Zum Teufel, warum hat man auf der Brücke nicht wenigstens Fernsteuerungskontrollen installiert? Ich begreife nicht, wie der arme Bursche feststellen soll, ob eine der Walzenreihen vollen Bodenkontakt bekommt, gar nicht davon zu reden, wie er erkennen könnte, ob und wie sie auf das Steuer reagiert.«

»Barlennan wünschte keine Installationen, die von seinen Leuten nicht unter Einsatzbedingungen repariert werden könnten«, erläuterte Mersereau. »Die Konstrukteure haben das eingesehen. Da ... sie rutschen schön langsam hinab!«

Aus dem Lautsprecher drang ein Chor von Pfeiftönen, leicht gedämpft, da die meisten der Geschöpfe, die sie ausstießen, sich unter Wasser aufhielten. Für einen endlos scheinenden Moment schwebten zwanzig oder mehr Walzen in der Luft, als das Heck der *Kwembly* auf die Gesteinsrampe rutschte, dann schlitterte das Fahrzeug ins Wasser und rollte rückwärts. Der Techniker, der sich mit Dondragmers Plan kritisch beschäftigt hatte, verdrehte die Augen. Der Bug wippte auf und nieder, bis die Erschütterung sich verlaufen und das Gewicht sich wieder ausbalanciert hatte. Das Fahrzeug stand. Die Besatzung strömte zur Hauptluftschleuse, ohne dass sich jemand um den Kommunikator kümmerte. Easy dachte daran, den Kapitän zu erinnern, entschied jedoch, dass es taktvoller war zu warten.

Dondragmer hatte das Gerät keineswegs vergessen. Als die ersten Besatzungsmitglieder aus der Schleuse auftauchten, hallte seine Stimme auch schon durch die Sprechröhren.

»Kervenser! Reffel! Sofort die Scouts startklar machen. Reffel, du machst eine zehnminütige Nordostaufklärung; vorher nimmst du den Kommunikator an Bord. Kervenser, du erkundest zehn Minuten im südwestlichen Bogen. Borndender, gib mir Bescheid, wenn sämtliche Laborapparaturen wieder verladen sind. Beetchermarlf und Takoorch, ihr kontrolliert die Trossenspannung.«

Easy und ihre Kollegen beobachteten interessiert über die Außenkamera, wie die beiden winzigen Helikopter sich aus dem auf der Rumpfoberseite liegenden Hangar erhoben; der eine entfernte sich südwärts, während der andere sich dem Kommunikator näherte und vermutlich daneben, außerhalb des Aufnahmewinkels der Kamera, landete. Das Bild schaukelte, während Reffel den Kommunikator in den Helikopter lud. Easy schaltete einen Rekorder ein, da die weiteren Aufnahmen für die noch bevorstehende kartografische Arbeit vielleicht von Nutzen waren.

Dondragmer hätte es zu schätzen gewusst, den entsprechenden Bildschirm ebenfalls sehen zu können, aber ihm blieb nichts anderes übrig, als auf Reffels und Kervensers Berichte zu warten. Reffel, der den Kommunikator an Bord hatte, bemühte sich keineswegs, seine Eindrücke unverzüglich durchzugeben; sie erschienen ihm nicht dringend. Die Aufklärungsflüge führten zu der Erkenntnis, dass die *Kwembly* in einem etwa fünfzehn Kilometer weiten Tal stand, dessen Felsränder für Dhrawns Verhältnisse ziemlich hoch waren. Die Hänge besaßen Neigungswinkel zwischen zwanzig und dreißig Grad. Im Westen gab es keine Anzeichen für eine neue Flutwelle. Teiche wie jener, in dem die *Kwembly* stand, existierten nun zahlreiche im Tal. Im Osten erstreckte sich die Landschaft aus Gestein und Teichen so weit, wie Reffel geflogen war. Dondragmer leitete die Informationen an die Raumstation weiter, dachte für eine Weile darüber nach und beorderte dann Reffel zurück zu seiner Station.

»Kerv, du unternimmst einen zweiten Flug. Die Steuerleute werden noch stundenlang zu tun haben. Du folgst dem westlichen Talverlauf eine Stunde lang und siehst dich um, ob irgendwo Wasser zufließt. Dafür kannst du dir drei Stunden Zeit lassen, falls du nicht vorher zu klaren Ergebnissen kommst oder wegen schlechter Sicht umkehren musst. Ich gebe die Brückenwache ab. Richte Stakendee aus, dass er sie übernehmen soll, bevor du startest.«

Selbst Meskliniten ermüdeten, doch Dondragmers Annahme, nun sei der richtige Zeitpunkt zum Ausruhen gekommen, war – wie Barlennan später bemerkte – eher unglücklich. Als der Kapitän darauf beharrte, er habe sowieso nicht das Geringste tun können, widmete sein Kommandant ihm das mesklinitische Äquivalent eines verächtlichen Schnaufers und kommentierte, er hätte sich etwas ausdenken müssen. Dondragmer verzichtete auf den Hinweis, sein Versäumnis habe sich schließlich nicht als folgenschwer erwiesen, obwohl er sich eingestehen musste, dass es zuerst anders ausgesehen hatte.

Fast acht Stunden waren seit Kervensers zweitem Start verstrichen, als vor der Tür des Quartiers, das der Kapitän bewohnte, der Pfiff eines Matrosen erscholl. Dondragmer antwortete, und der andere fasste die neue Situation in einem knappen Satz zusammen.

»Kapitän, Kervenser und die Steuerleute sind noch draußen, und der Teich, in dem wir stehen, ist gefroren.«

6 Politik

Im Planungsbüro herrschten Ungeduld und Verwirrung, aber bisher hatte noch niemand die Nerven verloren. Ib Hoffman, vor zwei Stunden von einem einmonatigen Kurierflug zur Erde und nach Dromm zurückgekehrt, hatte sich praktisch noch nicht geäußert und sich lediglich informieren lassen. Easy, die neben ihm saß, hatte überhaupt noch nichts gesagt, doch sie spürte, dass bald etwas geschehen musste, das die Diskussion in konstruktive Bahnen lenkte. Sich gegenseitig die Schuld zuzuschieben, vergeudete nur kostbare Zeit. Noch hilfloser gebärdeten sich die Wissenschaftler am anderen Tischende; sie staunten noch immer darüber, dass ein Tümpel gefrieren konnte, obwohl die Temperatur gestiegen war. Falls ihr Mann nicht endlich eingriff, so beschloss sie, würde sie es tun müssen.

»Ich kenne die Argumentation, und ich akzeptiere sie nach wie vor nicht!«, schnauzte Mersereau. »Klar, komplexere Apparaturen verlangen weniger Personal, aber auch Spezialinstrumente und für Wartung und Reparatur speziell ausgebildetes Personal. Wären die Fahrzeuge voll automatisiert, wie einige Leute es wünschten, befänden sich nun vielleicht bloß einhundert Meskliniten auf Dhrawn anstatt eine *erste* Truppe von 1000; andererseits lägen womöglich bereits alle Fahrzeuge still, weil wir gar nicht genug Ersatzteile liefern könnten. Außerdem ist die Zahl technisch geschulter Meskliniten noch zu gering. Ich war einverstanden, Barlennan auch; es schien vernünftig. Aber du und Barlennan, ihr gingt sogar weiter. Er war gegen Helikopter; vielleicht spielte die mesklinitische Akrophobie wirklich eine Rolle dabei, doch jedenfalls sah er ein, dass die Fahrzeuge ohne Luftaufklärung in einer Stunde nur wenige Kilometer würden überwinden können. Wir haben ihn überzeugt. Aber es waren auch viele Ausrüstungsgegenstände im Gespräch, die wir gerne bereitgestellt und die sich ausgezahlt hätten; er hat sie uns ausgeredet. Keine Waffen; ich räume ein, dass sie wahrscheinlich nutzlos wären. Aber keine Funksprechgeräte? Keine Interkoms in der Basis? Es ist reiner Blödsinn, dass Dondragmer sich mit einer neun Millionen Kilometer entfernten Raumstation in Verbindung setzen muss, um seine Meldungen an Barlennan in der Basis durch uns übermitteln zu lassen. Bis jetzt ergaben sich nie Nachteile, da Barlennan den Fahrzeugen ohnehin nicht unmittelbare Unterstützung gewähren kann, aber jetzt *ist* es nachteilig, da Dons Erster Offizier in der Umgebung der *Kwembly* verschwunden ist. Er kann sich zehn Kilometer entfernt aufhalten oder einhundert Kilometer, und in der ganzen Galaxis gibt es keine Möglichkeit, mit ihm in Kontakt zu treten, weder von hier noch vom Fahrzeug aus. Warum war Barl gegen Sprechfunkgeräte, Alan? Und warum du?«

»Aus genau jenem Grund, den du soeben erwähnt hast«, antwortete Aucoin mit einer Spur Unfreundlichkeit in der Stimme. »Das Instandhaltungsproblem.«

»Du beliebst zu scherzen. Es gibt kein Instandhaltungsproblem. Seit eineinhalb Jahren sind in der Basis und in den Fahrzeugen sechzig Kommunikatoren im Einsatz, und es hat nie auch nur das kleinste Problem gegeben. Du weißt es, und auch Barlennan muss es wissen. Außerdem, warum übermitteln wir die Durchsagen der Fahrzeuge persönlich an die Basis? Eine Relaisautomatik täte es besser und schneller, und niemand kann mir einreden, dass es in dieser Raumstation Instandhaltungsprobleme mit Relaiseinheiten geben kann. Wer hält hier wen zum Narren?«

Easy wand sich unbehaglich; das war Zündstoff, der einen heftigen Streit entfachen konnte. Ihr Mann bemerkte ihre Regung und berührte besänftigend ihren Arm. Er würde sich darum kümmern. Antworten konnte Aucoin natürlich allein.

»Niemand will irgendjemand zum Narren halten. Es geht nicht um das Instandhaltungsproblem, und ich gebe zu, dass die Wortwahl falsch war. Es dreht sich um Moral. Die Meskliniten sind eine fähige und sehr von sich selbst überzeugte Rasse. Auf ihren lächerlichen Floßbauten segeln sie Tausende von Kilometern weit über die Ozeane ihrer Welt, Monate von der Heimat und von jeder Hilfe abgeschnitten. Wir gelangten zu der Auffassung, dass es, gestaltete man die Kommunikation zu leicht, ihr Selbstvertrauen tendenziell unterhöhlen könnte. Mesklinten sind keine Menschen, obwohl ihre Psyche der unseren in vieler Hinsicht ähnelt. Jedenfalls, Barlennan stimmte in der Frage des Nahfunkverkehrs mit uns überein; er selbst warf sie auf und hat sich nie über Kommunikationsschwierigkeiten beklagt.«

»Bei uns«, bemerkte Ib in diesem Moment. Aucoin schnitt eine überraschte, dann verwirrte Miene. »Ja, Alan, bei uns hat er sich nie beklagt. Was er davon hält, wissen wir nicht.«

»Aber weshalb sollte er sich nicht beschweren oder gar darauf verzichten, Geräte anzufordern, wenn ihm klar wird, dass er sie braucht?«

»Das weiß ich auch nicht«, gestand Hoffman. »Ich denke nur an die Erfahrungen, die wir mit Barlennan während der ersten Verhandlungen vor einigen Jahrzehnten gemacht haben. Er verhielt sich hochgradig kooperativ und tat während des Unternehmens Schwerkraft alles für uns, was wir verlangt haben; dann, am Ende, konfrontierte er uns mit einer Erpressung, von der fünf von zehn Menschen, sieben von zehn Paneshken und neun von zehn Drommianern noch immer meinen, wir hätten uns nicht auf sie einlassen dürfen. Ihr wisst so gut wie ich, dass die Vermittlung fortgeschrittener Technologie, selbst wissenschaftlicher Grundkenntnisse, an nichtindustrielle Kulturen die Ökologen bis zur Weißglut treibt, weil sie den Standpunkt vertreten, dass jede Rasse ein Recht auf eigenständige Entwicklung hat; dass die Überängstlichen deshalb in Geheul ausbrechen, weil wir angeblich die bösen Fremden bewaffnen; dass die Historiker übel auf uns zu sprechen sind, weil wir ihnen das kulturgeschichtliche Vergleichsmaterial verderben; dass die Administrationen sich ärgern, weil wir ihnen Probleme aufhalsen, denen sie noch nicht gewachsen sind.«

»Das größte Problem sind diese Ängstlichen, die du erwähnt hast«, warf Mersereau ein. »Diese Hohlköpfe, die glauben, jede nichtmenschliche Rasse würde unser Feind, sobald sie nur über die technischen Kapazitäten verfügt. Deshalb haben die Meskliniten ausschließlich Apparaturen erhalten, die sie unter keinen Umständen nachbauen können, wie die Konvertereinheiten, die sich ohne zahlreiche Hilfsmittel, zum Beispiel Gammadiffraktionskameras, nicht analysieren lassen. Alans Argument klingt gut, aber es ist bloß eine Ausrede. Du weißt, dass ein Mesklinit ein teilautomatisiertes Raumboot zu fliegen sehr wohl lernen könnte, wenn man die Kontrollen für seine Zangen modifiziert, und in dieser Raumstation ist kein Wissenschaftler, der nicht froh wäre, Proben von Dhrawns Oberfläche geliefert zu bekommen.«

»Das stimmt nicht alles, aber es enthält viel Wahrheit«, entgegnete Hoffman ruhig. »Ich teile deine Meinung über die Ängstlichen, aber es ist eine Tatsache, dass bei den modernen billigen Energiequellen die Möglichkeit einer interstellaren Kriegsführung nicht mehr so ausgeschlossen ist, wie man früher annahm. Euch ist bekannt, warum diese Raumstation so große Räume hat, obwohl es Platzverschwendung ist und viele von uns sie ungemütlich finden. Der durchschnittliche Drommianer, entdeckte er einen Raum, den zu betreten ihm unmöglich ist, würde sofort den Verdacht hegen, wir verheimlichten ihm etwas. Die Drommianer kennen kein Privatleben und sind – nach unseren Vorstellungen – ziemlich paranoid. Hätten wir ihnen die Teilhabe an unserer Technologie verwehrt, ihr Planet hätte sich in einen Vulkan von Verfolgungswahnsinnigen verwandelt, weitaus gefährlicher als alle Verrückten, die die Erde jemals hervorgebracht hat. Ich habe keine Ahnung, ob die Meskliniten ähnlich reagieren würden, aber ich schätze, ihre Ausbildung auf Mesklin stattfinden zu lassen war die geschickteste Lösung.«

»Nachdem die Meskliniten die Vermittlung von Kenntnissen erpresst hatten, ja.«

»Eben«, bestätigte Hoffman. »Aber das sind Nebenprobleme. Der entscheidende Punkt ist gegenwärtig, dass wir nicht wissen, was Barlennan wirklich denkt oder plant. In einer Beziehung können wir allerdings absolut sicher sein: Er hätte niemals seine Einwilligung gegeben, dass wir ihn und 2000 andere Meskliniten auf eine fast völlig unerforschte, sogar für seine Rasse sehr gefährliche Welt schicken, besäße er dafür nicht selbst einen guten Grund.«

»Den haben wir ihm geliefert«, deutete Aucoin an.

»Ja, indem wir sein Erpressungsmanöver imitierten. Wir erklärten uns zur Fortführung der Lehrtätigkeit auf Mesklin nur unter der Bedingung bereit, wenn er für uns die Expedition nach Dhrawn übernehmen würde. Ich räume gerne ein, dass Barlennan ein Idealist sein mag, aber ich kann nicht abschätzen, in welchem Maß sein Idealismus von Patriotismus bestimmt ist.

Aber auch diese Dinge gehören nicht hierher; die Meskliniten waren mit der Zusammenstellung der Ausrüstung einverstanden, warum auch immer. Wir können ihnen weiterhin mit Informationen über physikalische Vorgänge helfen, die sie nicht kennen und die sich ihre Wissenschaftler kaum selbst zugänglich machen können, denn wir verfügen über Computer. Ein unerhört teures Expeditionsfahrzeug ist auf Dhrawn festgefroren, und einhundert Meskliniten sitzen darin fest. Wenn wir Barlennan dazu bewegen können, neue Ausrüstung zu akzeptieren, nun gut; aber was lässt sich tun, um Dondragmer baldmöglichst zu helfen? Das ist mir unklar. Ich sehe nicht die geringste Möglichkeit.«

»Vermutlich hast du recht, Ib, aber ich kann nicht anders, ich muss an Kervenser denken und wie viel vernünftiger es gewesen wäre, wenn …«

»Er hätte eins der Geräte mitnehmen können. Die *Kwembly* hat vier Kommunikationseinheiten an Bord, alle transportabel. Die Entscheidung, eine mitzuführen oder nicht, lag ganz bei Kervenser und dem Kapitän. Lassen wir das Jammern und versuchen wir es lieber mit einigen konstruktiven Überlegungen.«

Mersereau schwieg, ein wenig irritiert durch Ibs energische Formulierung, aber jedenfalls war seine Auseinandersetzung mit Aucoin vorerst beendet. Der Planer ergriff wieder die Initiative und wandte sich an die am anderen Tischende sitzenden Wissenschaftler, die ihre Unterhaltung inzwischen eingestellt hatten. »Nun, McDevitt, habt ihr euch einigen können, was da auf Dhrawn vermutlich geschehen ist?«

»Nicht restlos, aber wir haben eine Theorie, die zu prüfen sich lohnen dürfte. Du weißt, dass die *Kwembly* berichtete, die Temperatur sei seit der Nebelbildung nicht gesunken; es sei sogar zu einem sehr schwachen Anstieg gekommen. Seit das Fahrzeug feststeckt, seien die Barometerwerte langsam gestiegen. Die gemeldeten Temperaturen lagen weit unter den Gefrierpunkten von reinem Wasser und reinem Ammoniak, aber erheblich über dem der eutektischen Ammoniakmonohydratlösung. Wir hatten vermutet, dass das Tauwetter durch die Reaktion zwischen Ammoniaknebel und Wasserschneeschicht ausgelöst wurde; Dondragmer hatte diese Möglichkeit befürchtet. Trifft dies zu, könnte der Gefrierprozess infolge der Verdunstung des in der eutektischen Lösung enthaltenen Ammoniaks entstanden sein. Wir bräuchten Ammiditätsmessungen ...«

»Was?«, unterbrachen Hoffman und Aucoin spontan und wie aus einem Mund.

»Verzeihung. Fachsprache. Ammoniakteildruckwerte im Verhältnis zum Sättigungsgrad, analog dem Verhältnis des Wasserfeuchtigkeitsgrads. Solche Messungen müssten wir haben, um zu entscheiden, ob die Vermutung zutrifft, und die Mesklinten haben sie nicht vorgenommen.«

»Könnten sie es?«

»Ich bin sicher, dass sich eine Methode mit ihnen erarbeiten ließe. Wie viel Zeit das beansprucht, weiß ich nicht. Wasserdunst würde nicht stören; sein Ausgleichsdruck liegt in diesem Temperaturbereich um vier oder fünf Werte niedriger als beim Ammoniak. Es dürfte nicht allzu schwierig sein.«

»Mir ist klar, dass es sich mehr um eine Hypothese handelt als um eine ausgereifte Theorie. Bildet sie eine ausreichende Grundlage, um Maßnahmen einzuleiten?«

»Das hängt von den Maßnahmen ab.« Aucoin machte eine ungeduldige Geste, und der Meteorologe sprach hastig weiter.

»Ich meine, ich würde auf dieser Grundlage keine Aktionen entwickeln, die nach dem Prinzip ›alles oder nichts‹ ablaufen, aber man könnte alles versuchen, was nicht kostbare Materialvorräte der *Kwembly* erschöpft oder das Fahrzeug in noch größere Gefahr bringt.«

Der Planer nickte. »Nun gut. Möchtest du bleiben und uns weiter mit Anregungen versorgen, oder wäre es effektiver, diese Angelegenheit umgehend mit den Meskliniten zu besprechen?«

McDevitt verzog die Lippen und dachte einen Moment lang nach. »Wir verständigen uns regelmäßig mit ihnen, aber bis jetzt ist von ihrer Seite mehr nützliches Material gekommen als von …« Er verstummte; Easy und ihr Mann unterdrückten ein Lächeln. Aucoin, der den *Fauxpas* anscheinend nicht bemerkt hatte, nickte nochmals. »Gut. Informiert uns, wenn euch irgendwelche neuen Ideen kommen, die Erfolg versprechend sein könnten.«

Die vier Wissenschaftler versprachen es und verließen den Raum. Die zehn übrigen Konferenzteilnehmer schwiegen für einige Minuten, bis Aucoin endlich aussprach, was alle dachten.

»Finden wir uns damit ab«, sagte er langsam. »Der richtige Streit kommt erst, wenn wir diesen Bericht an Barlennan weiterleiten.«

Ib Hoffman schnellte in seinem Stuhl hoch. »Das habt ihr noch nicht?«, schnauzte er.

»Bis jetzt weiß er nur, dass die *Kwembly* gestrandet, aber nichts davon, dass sie plötzlich festgefroren ist.«

»Warum nicht?« Easy spürte die Drohung in der Stimme ihres Mannes; sie überlegte, ob sie schlichten sollte. Aucoin reagierte auf die Frage mit Überraschung.

»Das weißt du so gut wie ich. Ob er es jetzt, in zehn Stunden oder in einem Jahr erfährt, macht keinen Unterschied. Er kann kurzfristig gar nichts für Dondragmer tun, und wenn er überhaupt etwas unternehmen könnte, dann etwas, das wir wahrscheinlich auch diesmal ablehnen würden.«

»Und das wäre?«, fragte Easy freundlich.

»Eins der bei der Basis bereitstehenden Fahrzeuge zur Unterstützung losschicken, wie er es im Falle der *Esket* wollte.«

»Du wärst auch jetzt dagegen.«

»Selbstverständlich, aus den gleichen Gründen, die Barlennan damals akzeptiert hat. Es geht nicht bloß darum, dass wir diese beiden Fahrzeuge für andere Aufgaben vorgesehen haben, aber das ist *ein* Grund. Was du auch von mir denken magst, Easy, ich schätze Leben nicht als wertlos ein, weil es nichtmenschliches Leben ist. Dennoch bin ich dagegen, weil ich immer gegen Vergeudung von Zeit und Hilfsmitteln bin. Die Änderung des Vorgehens inmitten einer Operation führt gewöhnlich zu beidem.«

»Wenn du immer behauptest, dass dir mesklinitisches Leben nicht weniger als menschliches bedeutet, wie kannst du dann so etwas sagen?«

»Easy, du ignorierst die Tatsache, dass sich die *Kwembly* ungefähr 13 000 Kilometer von der Basis entfernt befindet. Ein Hilfsfahrzeug benötigte etwa 200 bis 250 Stunden, um sie zu erreichen. Überdies ist sie von ihrer ursprünglichen Route abgetrieben worden, und womöglich ist das Plateau jetzt nicht länger passierbar.«

»Wir könnten die Richtung anhand von Satellitenfotos bestimmen.«

»Zweifellos. Das ändert jedoch nichts an der Tatsache, dass Barlennan, wenn Dondragmer die gegenwärtigen Schwierigkeiten nicht selbst zu bewältigen vermag, nichts zu seiner Unterstützung tun kann, *falls* die *Kwembly* akuter Gefahr ausgesetzt ist; *falls* sie lediglich vorübergehend festgefroren ist, können ihr in sich geschlossenes Versorgungssystem und die Fusionskonverter sie lange genug am Leben erhalten, bis Barlennan und wir uns eine langfristige und risikolose Hilfsmaßnahme ausgedacht haben.«

»Wie bei Destigmets *Esket*«, antwortete die Frau mit einer Spur Bitterkeit in der Stimme. »Sieben Monate sind vergangen, und du würgst, wie damals, noch immer jede Diskussion über eine Rettungsaktion ab!«

»Damals war die Situation völlig anders. Die *Esket* steht noch – unverändert, soweit die Kameras diesen Schluss zulassen – an ihrem Platz, aber die Besatzung ist verschwunden. Wir haben nicht die geringste Vorstellung, was ihr widerfahren sein kann, aber da niemand an Bord ist, müssen wir annehmen, dass sie umgekommen ist. Auch Meskliniten können, wenn sie nichts als ihre Schutzanzüge mitführen, auf Dhrawn nicht sieben Monate lang überleben.«

Easy wusste keine Antwort. Rein logisch betrachtet hatte Aucoin völlig recht; aber Easy vermochte sich mit dem Gedanken, dass das Problem sich nur logisch lösen ließ, nicht abzufinden. Ib wusste, wie sie empfand, und kam zu der Einsicht, dass es angebracht sei, wieder einzulenken. Grundsätzlich teilte er, in gewissen Grenzen, die Meinung des Planers, aber ihm war klar, dass seine Frau wohl kaum damit einverstanden sein konnte.

»Das dringendste aller Probleme ist«, sagte Hoffman, »dass einige von Dondragmers Leuten noch außerhalb des Fahrzeugs sind. Wie ich es verstehe, befinden zwei sich unter dem Eis – und niemand kann sagen, ob der Tümpel nicht bis auf den Grund gefroren ist. Ich vermag die Chancen für Meskliniten, die sich – wenn auch in Schutzanzügen – in einer solchen Lage befinden, nicht abzuschätzen. Temperaturschwankungen dürften ihnen nicht schaden, aber niemand weiß, welchen anderweitigen physiologischen Beschränkungen sie unterliegen. Was Dondragmers Ersten Offizier angeht, der auf seinem Aufklärungsflug überfällig ist, so können wir nicht unmittelbar helfen, da er keinen Kommunikator an Bord hat; aber die *Kwembly* verfügt über einen zweiten Helikopter. Hat Dondragmer die Absicht geäußert, mit der anderen Maschine, die mit einer Kamera ausgestattet ist, nach seinem Ersten Offizier suchen zu lassen, und hat er deshalb Unterstützung von uns angefordert?«

»Seit einer halben Stunde hat er sich nicht gemeldet«, erwiderte Mersereau.

»Dann empfehle ich dringend, dass wir ihm einen entsprechenden Vorschlag unterbreiten.«

Aucoin nickte zustimmend und sah dann zu Easy hinüber. »Deine Aufgabe, würde ich sagen.«

»Als ob man mir das sagen müsste.« Easy stand auf, kniff Ib im Vorbeigehen in ein Ohrläppchen und ging hinaus.

»Der nächste Punkt«, sagte Hoffman. »Ich meine, dass Barlennan über die neueste Situation der *Kwembly* informiert werden muss.«

»Weshalb sollten wir uns mehr Ärger einhandeln als erforderlich?«, fragte Aucoin. »Ich streite mich ungern mit jemand, dem es freisteht, ob er mir zuhören will oder nicht.«

»Streit dürfte sich erübrigen. Erinnere dich, dass er in dieser Beziehung schon einmal mit uns übereinstimmte.«

»Vor einigen Minuten hast du angedeutet, dass du an seiner Aufrichtigkeit zweifelst.«

»Er hätte der *Esket*, wäre ihm wirklich daran gelegen gewesen, gegen unseren Rat ein Hilfsfahrzeug schicken können. Er tat es, wie du dich entsinnst, bei mehreren anderen Anlässen.«

»Ja, aber diese Fahrzeuge, die in Schwierigkeiten waren, lagen in der Nähe der Basis, und schließlich haben wir sein Verhalten doch gebilligt«, entgegnete Aucoin.

»Weil wir wussten, dass er es ohnehin tun würde.«

»Nein, weil deine Frau auf Barlennans Seite stand und uns überredete. Und unglücklicherweise spricht deine Argumentation dagegen, ihn über die neue Situation zu unterrichten.«

»Und auf welcher Seite stand sie, als es um die *Esket* ging? Ich bin dafür, Barlennan zu informieren, und nicht bloß der Aufrichtigkeit wegen, sondern weil er früher oder später merken wird, dass wir Expeditionsberichte zensieren.«

»Zensur würde ich es nicht nennen. Wir haben nie etwas verändert.«

»Aber ihr habt die Übermittlung oftmals verzögert, um zu prüfen, ob er etwas erfahren durfte oder nicht, und das ist kein Verhalten, das wir mit ihm vereinbart haben. Schon im eigenen Interesse täten wir gut daran, uns sein Vertrauen so lange wie möglich zu erhalten.«

Mehrere andere Konferenzteilnehmer, die während des Streitgesprächs geschwiegen hatten, fingen nun nahezu gleichzeitig an zu reden, und Aucoin benötigte einige Sekunden, um den Sinn ihrer Äußerungen zu erfassen, doch schließlich wurde ihm klar, dass sie Ibs Standpunkt befürworteten. Der Planer nickte würdevoll; es entsprach nicht seiner Art, sich gegen das ganze Team zu stellen. »Also gut. Sobald die Sitzung beendet ist, geben wir Barlennan die vollständige Nachricht durch.« Er sah Ib an. »Das heißt, falls Easy es nicht schon getan hat. Was ist der nächste Punkt?«

Einer der Männer, der bisher vorwiegend nur zugehört hatte, meldete sich nun zu Wort. »Ib, du oder Alan, ihr habt vor ein paar Minuten behauptet, dass Barlennan damit einverstanden gewesen sei, die Menge komplizierten Expeditionsgeräts auf ein absolutes Minimum zu beschränken. So viel war mir auch bekannt; aber du, Ib, hast ebenfalls erwähnt, dass du an seiner Ehrlichkeit gewisse Zweifel hegst. Beruhen diese Zweifel auf der Tatsache, dass er die Helikopter akzeptiert hat?«

Hoffman schüttelte den Kopf. »Nein. Unsere Argumente, die wir für ihre Verwendung vorbrachten, waren überaus stichhaltig, es überraschte mich lediglich, wie schnell er sich darauf einließ.«

»Aber Mesklinien sind von Natur aus akrophobisch. Die Vorstellung zu fliegen muss jemanden, der von einer Welt mit derartiger Gravitation stammt, doch schlichtweg unvorstellbar anmuten.«

Ib lächelte grimmig. »Stimmt. Aber als Erstes unternahm Barlennan, nachdem er den Handel mit den Leitern des Unternehmens Schwerkraft zustande gebracht hatte, einen Flug mit einem selbst gebauten Heißluftballon, und zwar in Mesklins Polarzone, wo die Gravitation am höchsten ist. Was Barlennan auch motivieren mag, Akrophobie ist es nicht. Ich misstraue ihm nicht regelrecht; doch ich bin mir nicht sicher hinsichtlich seiner Denkweise, wenn diese etwas vage Formulierung erlaubt ist.«

»Ich denke ähnlich darüber«, warf Aucoin ein. »Und ich glaube, damit sind wir uns vorerst einig. Ich schlage vor, dass wir uns in sechs Stunden noch einmal besprechen. Inzwischen können wir Überlegungen anstellen, im Kommunikationsraum den Mesklinien zuhören oder mit ihnen reden; jedenfalls etwas, das sich eignet, uns vielleicht neue Anregungen zu liefern.«

Einer der Wissenschaftler meldete sich nochmals. »Ich kann nicht anders, ich muss mich immer wieder mit der *Esket* beschäftigen, wenn eins der Fahrzeuge Schwierigkeiten hat, selbst wenn sie eindeutig natürlicher Art sind.«

»Ich schätze, so geht es uns allen«, erwiderte Aucoin.

»Je länger ich darüber nachdenke, umso mehr verfestigt sich mein Verdacht, dass sie auf einen intelligenten Gegner gestoßen ist. Immerhin wissen wir, dass es auf Dhrawn anderes Leben gibt als nur das Gesträuch und die Pseudoalgen, die die Mesklinien gefunden haben. Quantitativ widerspräche eine solche Beschränkung den atmosphärischen Verhältnissen; irgendwo muss ein kompletter ökologischer Komplex existieren, und zwar, wie ich vermute, in den wärmeren Regionen.«

»Wie die Tiefdruckzone Alpha.« Hoffman erweiterte den aufgeworfenen Gedanken. »Ich halte die Möglichkeit, dass eine intelligente Spezies Dhrawn bewohnt, für erwägenswert. Bisher haben wir hier keine Spur entdeckt, und die Mesklíniten sind ihr noch nicht begegnet; aber fünfundzwanzig Milliarden Quadratkilometer sind eine Menge Land. Die Idee ist plausibel, und du bist keineswegs der Erste, dem sie gekommen ist; Easys Angaben zufolge hat auch Barlennan schon daran gedacht, im Verlauf der Debatte um die *Esket*, aber aufgrund der Ausdehnung unerkundeten Gebiets wollte er keine Suche durchführen. Selbstverständlich wollten wir nichts erzwingen.«

»Warum nicht?«, fragte Mersereau. »Kämen wir mit Eingeborenen in Kontakt, wie damals auf Mesklin, das Projekt liefe weitaus zügiger! Wir wären nicht mehr so abhängig von ... oh!«

Aucoin lächelte düster. »Genau«, sagte er. »Nun *haben* wir einen Grund, an Barlennans Aufrichtigkeit zu zweifeln. Ich behaupte nicht, er sei ein eiskalter Politiker, der das Leben seiner Leute opfert, um seine Teilhabe am Dhrawn-Projekt zu sichern, aber die Besatzung der *Esket* war mit Gewissheit ohnehin *längst* nicht mehr zu retten gewesen, als er zugestimmt hatte, die *Kalliff* nicht auszuschicken.«

»Da ist noch ein anderer Aspekt«, konstatierte Hoffman nachdenklich.

»Welcher?«

»Ich weiß nicht, ob es sich zu erwähnen lohnt, aber die *Kwembly* steht unter dem Befehl von Dondragmer, seit langer Zeit einer von Barlennans Partnern, und nach herkömmlichen Vorstellungen müssten die beiden sehr eng befreundet sein. Besteht die Möglichkeit, dass Barlennan sich davon beeinflussen lässt und wider alle Vernunft eine Rettungsaktion einleitet? Diese Raupe ist nicht einfach der Kommandant einer Expedition. Seine Kaltblütigkeit ist eine rein physische Eigenschaft.«

»Darüber habe ich auch schon nachgedacht«, erwiderte der Chefplaner. »Schon vor Monaten habe ich mich sehr gewundert, dass er Dondragmer überhaupt auf Erkundung schickte, aber ich habe mich dann nicht weiter darum gekümmert. Selbstverständlich weiß niemand von uns genug über die mesklinitische Psyche im Allgemeinen und Barlennans Motive im Besonderen, um derartige Dinge in der Planung zu berücksichtigen. Man muss diese Frage jedoch auf die Liste der unbeantworteten setzen. Unterhalten wir uns noch über die beiden Besatzungsmitglieder, die anscheinend unter der *Kwembly* eingefroren sind; aber dann müssen wir die Sitzung wirklich beenden.«

»Ein Fusionskonverter kann ein Drahtgebilde ganz nett erhitzen, und Widerstände sind keine besonders komplizierten Gegenstände«, führte Mersereau aus. »Überhaupt wäre Heizgerät auf Dhrawn beileibe nicht fehl am Platze. Hätten wir nur …«

»Aber wir haben nicht«, unterbrach ihn Aucoin ungeduldig.

»Du solltest mich ausreden lassen. Trotzdem, die Konverter der *Kwembly* stellen eine gewaltige Energiequelle dar. Es muss sich doch irgendwelches Metall an Bord befinden, aus dem man Widerstände oder Lichtbogen herstellen könnte. Ob die Meskliniten eine so heikle Angelegenheit zu verwirklichen vermögen, kann ich nicht beurteilen. Auch ihrer Temperaturverträglichkeit müssen Grenzen gesetzt sein. Immerhin können wir uns ja erkundigen, ob sie schon eine ähnliche Idee hatten.«

»Du übersiehst eines. In den Fahrzeugen gibt es kaum Metall, und ich wäre überrascht, würde mesklinitisches Tauwerk sich plötzlich als leitfähig erweisen. Aber ich bin nicht dagegen, dass wir Dondragmer fragen. Easy ist wahrscheinlich noch im Kommunikationsraum; sie kann dir helfen, falls erforderlich. Und jetzt machen wir Schluss.«

Mersereau nickte, während er bereits zur Tür ging, und die Versammlung löste sich auf. Aucoin folgte ihm, wogegen die übrigen Personen den Raum durch andere Türen verließen. Nur Hoffman blieb am Tisch zurück.

Sein Blick wirkte grüblerisch, sein Gesicht auf eine Weise nachdenklich verzogen, die ihn älter als seine vierzig Jahre wirken ließ.

Er mochte Barlennan. Dondragmer mochte er, wie seine Frau, sogar noch mehr. Er hatte nicht den leisesten Anlass, den Ablauf des Dhrawn-Projekts zu bemängeln. Abgesehen von jenem Erpressungsmanöver vor einem halben Jahrhundert gab es keinen konkreten Grund, dem mesklinitischen Kapitän zu misstrauen. Den Menschen die mögliche Existenz von Eingeborenen vorzuenthalten, dafür konnte es einfach kein Motiv geben, ganz gewiss nicht.

Die gelegentlichen Meinungsverschiedenheiten zwischen ihnen und den Mesklініten ließen sich als unbedeutend einstufen. Dergleichen geschah zehnmal häufiger zwischen Menschen und Drommianern. Nein, es gab keine Berechtigung zu der Annahme, dass die Mesklініten bereits eigenen, von den menschlichen Plänen unabhängigen Absichten nachgingen.

Dennoch, Barlennan hatte keine Helikopter gewollt und sie erst nachträglich akzeptiert; derselbe Barlennan, der, kaum dass er sich einige wissenschaftliche Kenntnisse angeeignet hatte, einen Heißluftballon baute und ihn flog.

Er hatte darauf verzichtet, der *Esket* Hilfe zu schicken, obwohl zur vollständigen Erfüllung des Forschungsprogramms ausnahmslos alle Fahrzeuge erforderlich waren – und trotz der

Tatsache, dass sich ungefähr einhundert seiner Gefährten an Bord befanden.

Er hatte Sprechfunkgeräte abgelehnt, obschon ihr Nutzen auf der Hand lag. Seine Argumentation gegen sie war ebenso lächerlich haltlos wie unüberwindbar hartnäckig gewesen.

Er hatte, fünfzig Jahre zuvor, nicht bloß beiläufig die Chance wahrgenommen, für Meskliniten fremdes Wissen zu erlangen, sondern seine Weitergabe von seinen nichtmesklinitischen Auftraggebern erzwungen.

Ib Hoffman vermochte sich schlichtweg des Eindrucks nicht zu erwehren, dass Barlennan insgeheim erneut etwas im Schilde führte.

Er fragte sich, wie Easy darüber dachte.

7 Eiswagen

Beetchermarlf und Takoorch wurden, als der Teich gefror, davon nicht minder überrascht als die übrige Besatzung der *Kwembly*. Stundenlang hatten sie sich für die Vorgänge in der näheren Umgebung nicht interessiert, weil das Labyrinth der Ruderleinen und Trossen komplizierter war als die Takelage eines alten Segelschiffs. Beide kannten ihre Aufgabe und mussten sich daher kaum untereinander verständigen. Außerdem gab es, wenn ihr Blick schon einmal abschweifte, ohnehin wenig zu sehen. Über ihnen befand sich der riesige Rumpf des Fahrzeugs, seitlich hing die wulstige pneumatische Matratze über den beiden, und im Rest ihres Blickfelds lagen nur Walzen und die Finsternis von Dhrawns Nacht, die alles, was außerhalb der Reichweite ihrer kleinen Lampen lag, völlig einhüllte.

So bemerkten auch sie – ebenso wie das Personal im Innern der *Kwembly* – nicht die winzigen Kristalle, die sich auf dem Wasserspiegel zu bilden begannen. Sie hatten die Untersuchung der Walzenreihe 1 auf der Backbordseite abgeschlossen und wollten sich der Reihe 2 annehmen, als sie feststellten, dass sie in der Falle saßen. Takoorchs Nachladelampe war schwächer geworden, und er suchte nach dem nächsten Fusionskonverter, um sie aufzuladen; die Krafteinheit steckte in einer Walze von Reihe 1. Er war reichlich verblüfft, dass er den Konverter weder erreichen noch überhaupt sehen konnte; einige Sekunden lang tastete er umher, dann rief er Beetchermarlf. Sie brauchten fast zehn Minuten, um sich davon zu überzeugen, dass sie rundum von einer undurchsichtigen weißen Wand eingeschlossen waren, die ihren Körperkräften widerstand und den Raum zwischen den äußeren Walzen sowohl in der Horizontalen wie auch in der Vertikalen – bis hinauf unter die pneumatische Matratze – gänzlich ausfüllte. Diesseits der Wand konnten sie sich noch frei bewegen.

Ihre Werkzeuge waren zu stumpf und zu klein, um dem Eis beikommen zu können, aber damit fanden sie sich erst nach einer Stunde unwirksamen Scharrens und Kratzens ab. Bis dahin war keiner der beiden ernstlich beunruhigt; offensichtlich hielt das Eis die *Kwembly* fest, und man würde es ohnehin von oben aufbrechen müssen, um das Fahrzeug freizulegen. Natürlich war ihr Wasserstoffvorrat begrenzt, doch bedeutete ein Mangel daran weitaus weniger Gefahr für sie, als ein Sauerstoffmangel für einen Menschen bedeutet hätte. Zehn oder zwölf Stunden lang hatten sie noch Zeit, um etwas zu tun, und wenn ihre Wasserstoffzufuhr ein bestimmtes Maß unterschritt, würden sie vorerst nicht mehr als ihr Bewusstsein verlieren und mit eingeschränkten Körperfunktionen weiterleben; erst nach fünfzig bis einhundert Stunden mochten ihre Organismen irreparable Schäden erleiden.

Tatsächlich blieben die beiden gelassen genug, um wieder an ihre Arbeit zu gehen, und begannen bereits, sich den äußeren Walzen der Reihe 2 zuzuwenden, als sie eine weitere, diesmal erheblich bestürzendere Entdeckung machten.

Das Eis drang langsam weiter vor. Nicht schnell, aber offenbar unaufhaltsam. Keiner der beiden wusste auch nur um eine Spur besser als Ib Hoffman, wie es ihnen bekommen würde, wenn sie bis zur Bewegungsunfähigkeit darin einfroren, wie das wohl zu erwarten war. Und beide verspürten nicht das geringste Bedürfnis nach dieser Erfahrung.

Immerhin verfügten sie noch über Licht. Nicht alle Krafteinheiten befanden sich in äußeren Walzen, und Takoorch lud seine Lampe auf, sodass sie eine genauere Begutachtung ihres Gefängnisses vornehmen konnten. Beetchermarlf hoffte, in Bodennähe oder oben, unterhalb der pneumatischen Matratze, einen eisfreien Zwischenraum zu finden; ihm war nicht klar, ob der Gefrierprozess vom Grund oder vom Wasserspiegel her eingesetzt hatte, denn er war nicht mit der Tatsache vertraut, dass Eis auf flüssigem Wasser schwamm. In diesem Augenblick wirkte seine Unkenntnis sich jedoch vorteilig aus, da er andernfalls zu einem Fehlschluss gelangt wäre. Selbstverständlich hatten die Kristalle sich an der Wasseroberfläche zu formen begonnen, aber da sie von höherer Dichte waren als die Flüssigkeit, lagerten sie sich ab und schmolzen wieder, als sie in ammoniakhaltigeres Flüssigkeitsniveau gerieten. Aus diesem Prozess scheinbarer Umsetzung resultierte eine fast sofortige und vollständige Verflüchtigung des Ammoniakgehalts der Flüssigkeit, und zwar bis zu einem Grad, der zu einem nahezu augenblicklichen Erstarren der Flüssigkeit führte. Folglich konnten die beiden keinerlei Lücken finden.

Eine Zeit lang lagen sie zwischen den Walzen, dachten lediglich nach und beobachteten das Vordringen des Eises. Sie führten kein Zeitmessgerät mit sich und konnten die Geschwindigkeit des Gefrierprozesses daher nicht beurteilen. Takoorch äußerte die Meinung, dass er sich verlangsamte; Beetchermarlf war dessen weniger sicher.

Ab und zu hatte einer von ihnen eine Idee, aber der andere fand stets einen Fehler darin.

»Wir könnten kleinere Steine forträumen«, bemerkte Takoorch einmal. »Warum sollten wir nicht einen Tunnel unter dem Eis schaffen?«

»Und wohin?«, konterte sein Gefährte. »Die nächste Uferstelle ist vierzig oder fünfzig Kabel entfernt, jedenfalls nach meinem letzten Überblick. Diese Entfernung können wir unmöglich mithilfe eines Tunnels überwinden, bevor uns die Atemluft ausgeht, selbst wenn das Grundwasser vom Gefrierprozess nicht erfasst worden sein sollte; das anzunehmen ist jedoch unbegründet.«

Takoorch gab durch eine zustimmende Gebärde zu verstehen, dass er dies einsah, und verfiel wieder in Schweigen, während das Eis um einige Millimeter näher kroch.

Etwas später kam Beetchermarlf ein anderer Gedanke. »Unsere Lampe muss ein bisschen Wärme abstrahlen, obwohl wir sie durch die Anzüge nicht spüren. Warum sollte sich mit ihr kein Weg durch das Eis schmelzen lassen?«

»Versuchen können wir's«, lautete Takoorchs lakonische Antwort.

Sie begaben sich vor die frostige Barriere. Beetchermarlf errichtete einen Hügel aus kleinen Steinen und legte die auf Maximalleistung geschaltete Lampe darauf, sodass der Lichtkegel aus unmittelbarer Nähe auf das Eis fiel. Dann beobachteten sie den schmalen Raum zwischen Lampe und Eis.

»Da fällt mir ein«, sagte Takoorch, während sie warteten, »dass wir auch etwas Körperwärme besitzen. Könnte das nicht einen Schmelzprozess unterstützen?«

»Vielleicht.« Beetchermarlf zweifelte daran. »Überzeugen wir uns zunächst, welche Wirkung die Lampe hat.« Takoorch gestikulierte zustimmend, und die beiden schwiegen erneut.

Takoorch war jedoch keine Persönlichkeit, die längeres Schweigen zu ertragen vermochte, und bald darauf äußerte er eine neue Idee. »Unsere Messer sind gegen das Eis ziemlich wirkungslos, aber womöglich lässt sich diese erwärmte Stelle leichter ausschaben.« Er öffnete eines der Klappmesser, die sie stets bei sich trugen, und wollte sich an die Arbeit machen.

»Warte noch«, verlangte Beetchermarlf. »Wir sollten uns erst vergewissern, ob die Wärme überhaupt einen Effekt hat.«

»Wenn uns das Messer weiterhilft, wen interessiert dann, ob die Wärme es begünstigt oder nicht?«, erwiderte Takoorch. Beetchermarlf fand darauf keine gescheite Antwort und ließ, indem er eine Bemerkung über die Kontrollierbarkeit von Experimenten murmelte, ihn gewähren. Der Mesklinit begann mit der winzigen Klinge das Eis zu bearbeiten. Körperwärme, Lampenwärme und Messer zusammen erwiesen sich jedoch als der Aufgabe nicht gewachsen; das Eis drang weiter vor. Sie mussten die Lampe vom Steinhügel nehmen und zusehen, wie die kristalline Wand ihn einhüllte.

»Wir haben nicht mehr viel Zeit«, bemerkte Takoorch, während er die Umgebung ringsum ausleuchtete. »Nur zwei Krafteinheiten sind noch zugänglich. Sollen wir die Lampe nachladen oder hältst du die Mühe für überflüssig?«

»Da wir nichts anderes tun können, tun wir wenigstens das«, antwortete Beetchermarlf. »Zu dumm, dass die Einheiten in unserer Lage zu nichts anderem zu gebrauchen sind. Sie liefern genug Energie, um das Eis zu beseitigen, wüssten wir nur eine Methode, sie für diesen Zweck zu verwenden.«

»Die Einheiten lassen sich leicht aus den Walzen entfernen, aber was wir danach mit ihnen anstellen könnten, weiß ich auch nicht. Elektrischen Strom haben wir also, doch mir ist unklar, wie wir damit das Eis beiseiteräumen sollten. Hier und jetzt könnten wir mit der Elektrizität nichts anderes als die beiden Walzen in Bewegung setzen.«

»Wahrscheinlich würde die Elektrizität eher uns als das Eis beiseiteräumen. Ich kenne mich zwar nicht besonders gut aus, aber ich weiß genau, dass sie töten kann. Lass dir etwas anderes einfallen.«

Takoorch verzichtete auf eine weitere Äußerung. Wie sein Gefährte hatte er nur eine kurze Ausbildung in fremder Wissenschaft erhalten; beide hatten sich freiwillig für das Dhrawn-

Projekt gemeldet, weil sie mehr zu lernen hofften. Ihre allgemeinen Physikkenntnisse entsprachen etwa denen Benjamin Hoffmans, als er zehn oder zwölf gewesen war. Sachbeurteilungen, für die kein Anschauungsmodell zur Verfügung stand, fielen ihnen recht schwer.

Selbstverständlich mangelte es ihnen keineswegs an der Fähigkeit zur Abstraktion. Beide kannten Wärme als häufigste gewöhnliche Energieform, obwohl sie sich diese nicht als Partikelbewegung vorstellten. Es war Beetchermarlf, der schließlich auf einen anderen elektrischen Effekt verfiel.

»Tak! Erinnerst du dich an die Erklärung, warum wir den Motoren nicht zu viel Energie zuführen sollen, bevor das Fahrzeug sich bewegt? Die Menschen sagten, es beschädige die Motoren, wenn wir zu schnell beschleunigen.«

»Stimmt. Nicht mehr als Viertelkraft bis einhundert Kabel in der Stunde.«

»Wir kommen noch an die Energie-Einheiten ran und an die Motoren. Warum werfen wir die Motoren nicht an? Sie werden heißlaufen, da die Walzen sich nicht bewegen können.«

»Warum glaubst du, dass sie heißlaufen? Sie haben nie gesagt, die Motoren würden heißlaufen, sondern bloß, dass es ihnen schade.«

»Ich weiß, aber worum könnte es sich sonst handeln? Jede Energie, die nicht anders verbraucht wird, verwandelt sich in Hitze.«

»Das hört sich wenig vernünftig an«, meinte der ältere Seemann. »Aber jetzt kann uns jeder Versuch recht sein. Schließlich war keine Rede davon, dass Motorenschäden das ganze Fahrzeug zerstören würden; wenn es uns umbringt, sind wir kaum schlimmer dran.«

Beetchermarlf schwieg nachdenklich; die Möglichkeit, dass sie die *Kwembly* gefährden konnten, hatte er nicht berücksichtigt. Je länger er darüber nachdachte, umso weniger fühlte er sich berechtigt, dies Risiko einzugehen. Er betrachtete die relativ kleine Energie-Einheit, die in der nächsten Walze steckte, und fragte sich, ob die unsachgerechte Anwendung dieses Dings ein so gewaltiges Fahrzeug wirklich ruinieren könne. Dann entsann er sich der weitaus riesigeren Maschine, die ihn und seine Gefährten nach Dhrawn befördert hatte, und kam zu dem Schluss, dass mit Energiequellen, die so ungeheure Massen durch den Himmel zu bewegen mochten, leichtfertiger Umgang nicht ratsam war. Ihren Gebrauch, wäre er mit ihrer korrekten Handhabung vertraut gewesen, hätte er niemals gescheut; aber ein absichtlicher *Missbrauch* erschien ihm bei Weitem zu bedenklich.

»Du hast recht«, stimmte er zu – unangebrachterweise, da Takoorch sich schließlich bereit erklärt hatte, den Versuch zu wagen. »Wir müssen anders vorgehen. Hätten die Walzen Bewegungsfreiheit, würden die Motoren oder die Krafteinheiten keine Schäden erleiden, aber die Walzenbewegung würde das restliche Wasser in diesem Hohlraum erwärmen.«

»Bist du sicher? Ich wüsste nicht, dergleichen schon gehört zu haben. Außerdem werden die Walzen durch das Fahrzeuggewicht gegen den Boden gepresst.«

»Richtig. Du wolltest graben, also grabe; das Eis kommt näher.«

Beetchermarlf machte selbst den Anfang und begann Gesteinsbrocken von der Auflagefläche einer der Walzen wegzuräumen. Sogar für mesklinitische Muskeln war das harte Arbeit. Die Steine lagen dicht gedrängt, und außerdem gab es kaum anderen Platz dafür. Die unter der Walze befindlichen Steine konnten nicht herausgehoben werden, bevor die an ihren Rändern entfernt waren. Die beiden arbeiteten wie besessen, um die Walze freizulegen, und es erschreckte sie, wie langsam sie vorankamen.

Als sie schließlich rings um die Walze einen Graben geschaffen hatten und die Steine unterhalb der Auflagefläche zu bewegen versuchten, erwies sich dies als noch entmutigender. Die *Kwembly* besaß eine Masse von 200 Tonnen. Auf Dhrawn bedeutete dies ein Gewicht von acht Millionen Kilogramm, verteilt auf die achtundfünfzig noch vorhandenen Walzen. 150 000 Kilogramm – knapp kalkuliert – waren zu viel für einen Meskliniten, dessen Gewicht sogar in Mesklins Polarzone wenig mehr als 150 Kilogramm betrug. Hätte Dhrawns Gravitation nicht die Oberflächenschichten enorm verdichtet, vielleicht wären die *Kwembly* und die anderen Fahrzeuge im Boden versunken, ehe sie einen Meter zurücklegten.

Kurz, die Steine unter der Walze saßen buchstäblich felsenfest. Die beiden vermochten nichts zu tun, um die Lage eines davon auch nur im Geringsten zu verändern. Sie verfügten über nichts, das sich als Hebel hätte verwenden lassen können; die geringen Seillängen, die sie mitführten, waren ohne die üblichen Bestandteile eines Flaschenzugs nutzlos; ihre Körperkräfte blieben unzureichend – eine sehr ungewohnte Erfahrung für Angehörige ihrer Spezies.

Das vordringende Eis stimulierte immerhin ihre Denkprozesse. Es hätte auch Panik auslösen können, aber keiner der beiden Seeleute besaß eine Neigung zu dieser Art von Gemütsregung. Wieder war es Beetchermarlf, der die Initiative ergriff.

»Tak, komm heraus. Ich weiß, wie wir die Steine beseitigen können.« Während er sprach, erklomm er bereits die Walze, und Takoorch verstand sofort, worum es ging. Wortlos verschwand er hinter der benachbarten Walze. Beetchermarlf streckte sich und schob seinen Vorderkörper in die etwa dreißig Zentimeter breite Öffnung des im Schaft der Walzenaufhängung befindlichen Motorblocks, die den Konverter enthielt, ein rechteckiges Objekt, versehen mit den gewöhnlichen manuellen Kontrollen und den zusätzlichen Ösen, die die Leinensteuerung von der Brücke aus ermöglichten. Er konnte wenig sehen, da ihre Lampe am Grund zurückgeblieben und es über der Walze dunkel war, aber er benötigte kein Licht. Die Anordnung der manuellen Kontrollen war einfach genug, um sich auch im Finstern und mit von Schutzfolie umhüllten Zangen ertasten zu lassen.

Vorsichtig betätigte er die Hauptschaltung, die den kleinen Reaktor anwarf; dann, mit noch größerer Behutsamkeit, aktivierte er den Motor. Beides funktionierte prompt; die Walzenhälften beiderseits des Aufhängeschafts begannen sich zu drehen, und einen Moment lang hörte er das Mahlen und Scheppern von Gestein. Als es verstummte, schaltete Beetchermarlf die Energiezufuhr ab und kletterte von der Walze, um die Wirkung zu begutachten.

Der Plan war gelungen, so gelungen, wie ein Computerprogramm mit einem logischen Fehler zu gelingen pflegte: Man erhielt eine Antwort, aber nicht die gewünschte. Wie es der Steuermann vorgesehen hatte, war das Gestein durch die Walzendrehung niedergedrückt worden; vergessen jedoch hatte er den Effekt der pneumatischen Matratze. Das Eigengewicht der Walze und der Druck, den die Gasfüllung der Pneumatik von oben auf sie ausübte, hatte die Walze nunmehr in den Bodentrichter gepresst. Die gesamte Fahrwerkeinheit hatte sich um etwa zehn Zentimeter gesenkt.

Takoorch kam von der Nachbarwalze herüber und betrachtete schweigend das Resultat.

Keiner der beiden war zu beurteilen in der Lage, welchen Dehnungsspielraum die Matratze noch besaß oder wie tief man noch graben musste, bis die Walze keine Bodenberührung mehr hatte, obschon sie alle Konstruktionseinzelheiten der *Kwembly* genau kannten. Die Pneumatik war kein einteiliger Gasbehälter, sondern bestand aus dreißig Zellen, von denen jede zwei Walzen zugeordnet war. Aber aufgrund des Rumpfgewichts, das darauf lastete, schien es sehr zweifelhaft, ob es sich bewerkstelligen ließ, einer einzelnen Walze Freiraum zu verschaffen.

»Nun, dann weiter«, bemerkte Takoorch, während er seine Zangen unter einen Stein schob. »Vielleicht ist das Gestein nun wenigstens etwas gelockert.«

»Um länger weiterzugraben, haben wir nicht mehr genug Zeit. Das Eis dehnt sich noch immer aus. Wahrscheinlich müssten wir das Loch noch um eine ganze Körperlänge vertiefen, um die Walze freizulegen. Lass die Steine, Tak. Wir müssen etwas anderes probieren.«

»Ich möchte bloß wissen, was.«

Beetchermarlf nahm die Lampe, kletterte zurück auf die Walze und dann an der Aufhängung empor; Takoorch folgte ihm neugierig. Oben begann der junge Steuermann die Matratze mit seinem Messer zu bearbeiten.

Takoorch protestierte. »Aber du kannst doch nicht das Fahrzeug beschädigen!«

»Das lässt sich später reparieren. Es ist mir ebenso unangenehm wie dir, und ich würde das Gas gerne durch das reguläre Ventil ausströmen lassen, aber wir kommen nicht heran, und wenn wir die Walze nicht bald entlasten, gelingt es uns nie.«

Er säbelte weiter, während er sprach. Die Arbeit war kaum leichter als das Graben. Das Material war außerordentlich stabil, da es einem Druck von über 200 Kilogramm je Quadratzentimeter widerstehen musste. Immer wieder schnitt Beetchermarlf in eine Stelle der prallen Oberfläche, und jedes Mal drang die Klinge ein wenig tiefer ein. Takoorch, endlich von der Notwendigkeit der Maßnahme überzeugt, unterstützte ihn.

Dennoch dauerte es mehrere Minuten, bis sich der Erfolg einstellte. Das erste Anzeichen war eine Kette winziger Blasen. Noch einige Schnitte, und ein Strom von Blasen drang aus der Matratze, der den beiden die Sicht nahm. Langsam, aber mit unmöglich zu ignorierender Beständigkeit, sank der Behälter in sich zusammen. Die ausströmenden Blasen wurden weniger. Das Gas sammelte sich am oberen Ende der Eiswand. Zuerst erwartete Beetchermarlf, die Hülle würde völlig erschlaffen; das Gewicht der untergehängten Walze verhinderte dies jedoch.

»Ich versuche es noch einmal«, sagte Beetchermarlf und begann nochmals die Walze zu ersteigen. Diesmal nahm er die Lampe mit, doch nicht wegen besserer Sicht bei der Handhabung der Kontrollen, sondern um die Reaktion der Fahrwerkeinheit genauer verfolgen zu können. Während er die Maschine erneut anwarf, hielt er die Walze unter Beobachtung. Als sie zu rotieren begann, wippte der Stützschaft auf und nieder; doch er sah und hörte deutlich, dass sie nun entlastet war und sich auf der Stelle drehen konnte; die Drehbewegung höhlte den Untergrund aus. Einige Sekunden später spürte er auch den Sog, als die Walzenrotation das Wasser des Hohlraums, in dem sie sich befanden, umzuwälzen begann. Er musste sich plötzlich mit aller Kraft festklammern, um nicht unter die Walze gerissen zu werden. Es dauerte ein paar Augenblicke, bis er sich von diesem Schreck erholt hatte; selbst der widerstandsfähige Organismus eines Meskliniten ertrug es kaum, durch den vielleicht nur Millimeterbruchteile breiten Spalt zwischen dem steinigen Untergrund und der Walze gezogen zu werden; zumindest sein Schutzanzug wäre ruiniert gewesen.

Takoorch, der auch diesmal hinter der Nachbarwalze Deckung vor dem Gestein gesucht hatte, das die Walzenrotation anfangs unvermeidlich aufwirbelte, kam wieder zum Vorschein. »Gleich werden wir wissen«, bemerkte er, »ob die Wasserbewegung wirklich Wärme erzeugt.«

»Das wird sie«, entgegnete Beetchermarlf. »Außerdem schleift die Walze über Gestein, und du weißt, dass Reibung Wärme verursacht. Behalte das Eis im Auge. Inzwischen justiere ich den Konverter auf Minimalleistung, damit der Motorblock unbeschädigt bleibt.«

Takoorch entfernte sich – nach wie vor ziemlich pessimistisch – und ließ sich vor dem Eiswall nieder, um abzuwarten, ob sich etwas änderte. An dieser Stelle spürte man den Sog nicht allzu stark, aber da er nicht besonders viel Ballast bei sich trug, seilte er sich zur Sicherheit an einem mittelgroßen Felsen an.

Er vermochte nicht recht zu begreifen, wie die bloße Wasserumwälzung das Eis zum Schmelzen bringen sollte, aber Beetchermarlfs Hinweis auf die Reibungswärme leuchtete ihm ein. Nebenbei, obwohl er es nie in Worte gefasst hätte, schätzte er die Meinung des jüngeren Steuermanns höher als die eigene, und so rechnete er schließlich doch damit, das Eis in kurzer Frist schmelzen zu sehen.

Er wurde nicht enttäuscht; nach fünf Minuten gewann er den Eindruck, dass der Eiswall an Undurchsichtigkeit verlor und sich etwas mehr von dem Untergrund außerhalb des Hohlraums erkennen ließ; nach zehn Minuten war er dessen völlig sicher und benachrichtigte Beetchermarlf von der Tatsache durch einen fröhlichen Pfeifton. Der andere kletterte vom Motorblock herab, um sich persönlich davon zu überzeugen, und kam zum gleichen Schluss. Das Eis wich zurück. Unverzüglich begann Beetchermarlf weitergehend zu planen.

»Ausgezeichnet, Tak. Wir werfen die anderen Motoren an, sobald sie eisfrei sind und wir an die Kontrollen gelangen können. Auf diese Weise müssten wir in der Lage sein, die *Kwembly* freizuschmelzen.«

»Willst du die Gaszellen über allen mit Konvertern ausgestatteten Fahrwerkeinheiten anstechen?«, fragte Takoorch. »Das würde die pneumatische Matratze um ein Drittel ihrer Gasfüllung berauben.«

Beetchermarlf stutzte. »Daran habe ich gar nicht gedacht. Nun, eigentlich könnten wir es ... nein, das wäre schlecht. Aber wenn wir an eine weitere Energie-Einheit herankommen, können wir sie an den Motor der zweiten Walze der bereits entleerten Zelle anschließen, sodass wir die doppelte Wärmeentwicklung erhalten. Und dann ... ich weiß es auch nicht. Vielleicht sollten wir noch ein paar Walzen freizugraben versuchen – nein, das hat sich nicht gelohnt ... Mir fällt nichts mehr ein. Doch womöglich genügen zwei laufende Walzen.«

»Hoffen wir es«, sagte Takoorch zweifelnd. Die Unsicherheit des Jüngeren enttäuschte ihn nun, aber er wusste keine besseren Vorschläge anzubieten. »Was soll ich tun?«, fügte er hinzu.

»Am besten verfolgst du den Schmelzprozess und nimmst den nächsten zugänglichen Konverter an dich«, antwortete Beetchermarlf. »Wir schließen ihn an diesen Motor an« – er deutete auf die Nachbarwalze – »und setzen ihn ebenfalls in Gang. Ich gehe wieder hinauf und überwache den Motorblock. Einverstanden?«

Takoorch machte eine zustimmende Geste und schickte sich an, den Verlauf der Eisbarriere rundum zu untersuchen. Er marschierte einige Male im Kreis am Eiswall entlang und beobachtete hocherfreut, wie er sich überall zurückzog. Die Entdeckung, dass der Schmelzprozess sich im gleichen Maße verlangsamte, wie der Hohlraum sich erweiterte, dämpfte seine Freude ein wenig, aber überrascht war er nicht darüber. Er überlegte, welche der noch unerreichbaren Energie-Einheiten als Erste eisfrei werden musste, nahm in der Nähe Platz und wartete.

Der Gemütszustand, in dem er sich dabei befand, ließ sich für menschliche Vorstellungen nicht exakt beschreiben. In menschlichem Sinne war er weder geduldig noch ungeduldig. Er wusste, dass Warten bisweilen unvermeidlich war, und wurde durch diese Unbequemlichkeit emotional so gut wie gar nicht berührt. Er war, sowohl nach menschlichem wie auch mesklinitischem Durchschnitt, ziemlich intelligent und fantasievoll, aber er kannte keinerlei Bedürfnis, sich das Warten durch irgendwelche Tagträumereien zu erleichtern oder zu verkürzen. Eine halb bewusste mentale »Uhr« veranlasste ihn zur regelmäßigen Begutachtung der Fortschritte des Schmelzprozesses. Besser konnte man den mentalen Zustand des Meskliniten während des Wartens nicht beschreiben.

Selbstverständlich schlief er nicht, noch war er unachtsam, denn als ein plötzliches Rumpeln und ein Kollern von Steinen erfolgte, reagierte er prompt. Die Stelle, an der er lag, befand sich nicht weit von der rotierenden Walze entfernt, sodass ihm sofort klar wurde, was geschehen sein musste.

Beetchermarlf erfasste es nicht weniger rasch, und schneller, als je ein Mensch zu handeln vermocht hätte, unterbrach er die Energiezufuhr. Die beiden Meskliniten trafen sich zwei oder drei Sekunden später neben der Walze, die nun zum Stillstand kam.

Sie war inzwischen in äußerst schlechter Verfassung. Das Walzenmaterial war überaus strapazierfähig, und unter normalen Fahrtbedingungen wäre es noch viele Monate lang unbeeinträchtigt geblieben; doch rücksichtslose Rotationsreibung auf der Stelle, auf steinigem Untergrund, beanspruchte das Material doch zu stark.

Die Steine, über denen die Walze rotiert war, hatten sich unter der Einwirkung der Rotation erheblich abgeflacht. Nach sorgfältiger Untersuchung konstatierte der junge Steuermann, dass weniger die oberflächliche Reibung als ein vormals runder Stein, den die Walzenrotation innerhalb etwa einer Stunde zu einem messerscharfen Gebilde zurechtgeschabt hatte, die Ursache des Walzenausfalls war. Takoorch pflichtete ihm bei; der tiefe Schlitz, der rund um die Walze verlief, war nur zu eindeutig.

Es gab keine Frage, was zu tun sei, und sie taten das Machbare sofort. In weniger als fünf Minuten entfernten sie den Konverter aus der Fahrwerkeinheit und installierten ihn an der benachbarten Walze, die infolge der Entleerung der Gaszelle ebenfalls von der Überbelastung befreit worden war. Beetchermarlf warf die Maschine ohne Zögern an; es kümmerte ihn nicht, dass unter Umständen auch diese Walze beschädigt werden konnte.

Takoorch war mittlerweile ziemlich unbehaglich zumute. Der Ausfall der Walze hatte seinen Optimismus ganz erheblich gedämpft, und er bezweifelte, ob die andere lange genug durchhalten würde, um ihnen einen Weg ins Freie zu verschaffen. Nach ein paar Minuten angestrengten Überlegens kam ihm der Gedanke, dass eine Konzentration erwärmten Wassers auf eine Stelle den Schmelzprozess in eine bestimmte Richtung beschleunigen könne, und er trug diese Idee seinem Gefährten vor. Beetchermarlf ärgerte sich, dass ihm dies nicht schon längst eingefallen war. Während der folgenden halben Stunde schichteten die beiden einen Steinwall auf, der ihre Wärmequelle zum Hohlrauminnern hin abschirmte und das Warmwasser, das die Walzenrotation aufwühlte, so gut wie möglich gegen die Eisbarriere leitete. Takoorch sah seine Erwartung zufriedenstellend erfüllt; das Eis auf der Steuerbordseite der *Kwembly* wich nun rascher zurück.

Natürlich war er nicht gerade glücklich. Ihm schien es kaum wahrscheinlicher als Beetchermarlf, dass diese Walze die überhöhte Beanspruchung länger aushalten würde als die andere; falls sie sich verschliss, bevor es einen Weg nach draußen gab, ließ sich wohl kaum noch etwas zu ihrer persönlichen Rettung unternehmen. In einer solchen Situation vermochte mancher Mensch sich gelassen hinzusetzen und darauf zu hoffen, dass Freunde ihm zu Hilfe eilten, und an diese Hoffnung konnte er sich bis zum letzten Augenblick klammern. Die mentale Konstitution nur weniger Meskliniten neigte zu dieser Haltung, und die beiden Steuermänner zählten nicht dazu. Das Stennish kannte ein Wort, das Easy stets mit »Hoffnung« zu übersetzen pflegte, doch in Wahrheit stimmten die beiden Begriffe nicht ganz überein.

Takoorch jedenfalls, von seiner nicht einwandfrei definierbaren Stimmung dazu getrieben, bezog zwischen der rotierenden Walze und dem schmelzenden Eis Stellung und beobachtete beides. Beetchermarlf überwachte wiederum den Motorblock.

Da sie unter dieser Walze den Untergrund nicht ausgehöhlt hatten, waren die Reibungsintensität und die Wärmeentwicklung diesmal stärker, folglich kam es auch zu einem schnelleren Verschleiß der Walzenbereifung. Das Rumpeln, das die Zerstörung des Belagmaterials begleitete, ertönte bereits eine erschreckend kurze Zeitspanne nach Fertigstellung des Steinwalls.

Wieder reagierten die beiden Meskliniten sofort und gleichzeitig, ohne sich zu verständigen. Beetchermarlf deaktivierte den Konverter und verließ eilends den Motorblock; Takoorch erreichte die Eisbarriere nur deshalb früher, weil er bloß die halbe Strecke zurückzulegen hatte. Beide begannen mit ihren Messern wie rasend die frostige Oberfläche zu bearbeiten; sie wussten, dass sie sich nahe an der Steuerbordseite der *Kwembly* befanden. Vielleicht würden ihre Messer, bevor der Gefrierprozess erneut einsetzte, die restliche Eisschicht durchbrechen können …

Takoorchs Klinge zerbrach innerhalb der ersten Minute. Einige der Menschen in der Raumstation hätten sich sehr für die Laute interessiert, die der Steuermann daraufhin ausstieß, aber nicht einmal Easy Hoffman wäre es gelungen, sie zu deuten. Beetchermarlf unterbrach die Äußerungen des anderen mit einer Geste. »Bleib hinter mir und bewege dich so schnell, wie du es vermagst, damit das Wasser sich nicht beruhigt. Ich kratze weiter.«

Der ältere Steuermann gehorchte; mehrere Minuten verstrichen, in denen man kein Geräusch außer dem Scharren der Klinge vernahm. Beetchermarlf kam voran, aber es war offensichtlich, dass die Arbeit, da das Wasser abkühlte, wieder schwieriger wurde. Keiner der beiden wusste es, aber tatsächlich war der einzige Grund, weshalb das Wasser in ihrem Gefängnis so lange in flüssigem Zustand geblieben war, der, dass das Einsetzen des Gefrierprozesses rings um die *Kwembly* das Entweichen des Ammoniaks aus dem Bereich unter ihrem Rumpf unterbunden hatte. Das Eis *unter* dem Fahrzeug bildete sich lediglich, da nach und nach winzige Ammoniakmengen zwischen den Eiskristallen durchsickerten. Der Kapitän hätte allerdings auch in Kenntnis der Sachlage nicht mehr für seine beiden unter dem Rumpf gefangenen Steuerleute tun können. Und Beetchermarlf, hätte man ihn in diesem Moment informiert, würde nicht ernsthaft darüber nachgedacht haben; er war viel zu beschäftigt. Sein ganzes Trachten richtete sich ausschließlich darauf, mit der Klinge so viel Eis wie möglich zu lösen, ohne zu riskieren, dass sie brach.

Aber sie brach. Aus welchem Grund auch immer, jedenfalls besaß der Messergriff, den er mit seinem rechten vorderen

Zangenpaar hielt, plötzlich keine Klinge mehr, und das Bruchstück, das vor ihm lag, ließ sich von seinen Zangen nicht besser handhaben als eine bloße Klinge von menschlicher Hand. Verärgert warf er den Griff beiseite, und da er sich unter Wasser befand, war ihm nicht einmal das Vergnügen vergönnt, einen heftigen Aufprall zu hören.

Takoorch begriff sofort. Sein Kommentar, hätte man ihn neun Millionen Kilometer über Dhrawns Oberfläche vernommen, wäre als Zynismus ausgelegt worden, doch Beetchermarlf fasste ihn nur als zutreffend auf.

»Hältst du es für besser, hier unter der Steuerbordseite einzufrieren, oder sollen wir uns unter die Rumpfmitte begeben? Der Zeitunterschied wird nicht groß sein, schätze ich.«

»Keine Ahnung. An der Seite finden sie uns *vielleicht* rascher, aber das hängt davon ab, an welcher Stelle sie zuerst durchstoßen; vorausgesetzt, es gelingt ihnen überhaupt. Falls nicht, ist es ohnehin gleichgültig. Ich würde nur zu gerne wissen, welche Auswirkungen es hat, wenn eine Person einfriert.«

»Nun, man wird sehen«, sagte Takoorch.

»Vielleicht. Denke an die *Esket.*«

»Was hat das hiermit zu tun? Dies ist ein echter Notfall.«

»Nur, dass eine Menge Personen nicht wissen, was dort geschehen ist.«

»Ich begreife. Auf jeden Fall, ich persönlich ziehe es vor, mich unter der Rumpfmitte aufzuhalten und mir Gedanken zu machen, solange ich kann.«

Beetchermarlf war überrascht. »Was gibt es nachzudenken? Wir werden hierbleiben, bis man uns herausholt oder ein Tauwetter uns befreit.«

»Trotzdem bleibe ich nicht an dieser Stelle. Übrigens, glaubst du, es würde genug Wärme erzeugen, wenn wir die Walze ohne

Bereifung rotieren lassen, um wenigstens einen Teil des Wassers am Gefrieren zu hindern?«

»Versuche es, wenn du willst. Ohne Reibung, vermute ich, kann man diesen Effekt nicht erwarten, und bei ungebremster Rotation würde ich der Walze lieber nicht zu nahe kommen. Finde dich damit ab, Tak, dies ist Wasser – Wasser, kein heimatlicher Ozean; und sobald es gefriert, stecken wir darin fest. Wir können nicht hinaus – oh!«

»Was?«

»Du hattest recht, Tak. Man soll niemals zu denken aufhören. Tut mir leid. Komm mit!«

Neunzig Sekunden später, nachdem sie sich mit einiger Mühe durch die Schlitze der Matratze gezwängt hatten, die von ihren Messern stammten, befanden die beiden Meskliniten sich in der vom Gas nahezu völlig entleerten Zelle der pneumatischen Matratze in Sicherheit, außerhalb des Wassers.

8 Finger in der Suppe

Dondragmer hatte seinen Wissenschaftlern befohlen, vor der Hauptluftschleuse den Bohrer aufzustellen und eine Eisprobe zu entnehmen, da er die Gefahr, dass sich einer der vermissten Steuerleute direkt darunter befinden könnte, als gering erachtete. Die Bohrung ergab, dass der Tümpel, in dem die *Kwembly* stand, zumindest an dieser Stelle bis auf den Grund gefroren war. Es bestand Hoffnung, dass dies nicht für den Bereich unterhalb des Rumpfes galt, von wo weder Wärme noch Ammoniak rasch entweichen konnten; aber der Kapitän verwarf den Vorschlag einer Schrägbohrung, da die Wahrscheinlichkeit, dass die beiden verschwundenen Steuerleute sich dort unten aufhielten, am höchsten war. Sie hatten dort unten zu tun gehabt, und man konnte sich kaum vorstellen, dass ihnen das Einsetzen des Gefrierprozesses entgangen war, falls sie gerade woanders gewesen waren.

Auf jeden Fall gab es keine sichere Methode, sich mit ihnen in Verbindung zu setzen. Die Plastikhülle der *Kwembly* war selbstverständlich schallleitfähig; Klopfzeichen hätten das Verständigungsproblem gelöst, wäre nicht die pneumatische Matratze gewesen. Trotz der geringen Erfolgsaussichten befahl Dondragmer einem Matrosen, das tiefste Deck vom Heck bis zum Bug mit einer Brechstange abzuklopfen. Das Resultat war negativ, das hieß, nicht aufschlussreich. Es ließ sich nicht feststellen, ob sich unter dem Rumpf jemand befand, ob die Klopflaute nicht durchdrangen oder ob die beiden einfach keine Möglichkeit hatten zu antworten.

Auf dem Eis arbeitete eine Einsatzgruppe, aber man hatte den Kapitän bereits informiert, dass nur mit langsamen Fortschritten zu rechnen war. Auch mit der ungeheuren Muskelkraft von Mesklinitten ließ sich hier nur wenig erreichen. Werkzeuge von der Größe einer Nagelfeile, gehandhabt von vierzig Zentimeter langen und – unter irdischen Bedingungen – zehn Kilogramm schweren Raupen, würden eine lange Zeit brauchen, um ein Fahrzeug von der Größe der *Kwembly* vom Eis zu befreien, von dem man überdies nicht wusste, bis in welche Tiefe es sich erstreckte.

Unterdessen startete der zweite Helikopter nochmals, gesteuert von Reffel. Der Kommunikator befand sich noch an Bord, und die menschlichen Beobachter untersuchten die Landschaft, die die Scheinwerfer der kleinen Maschine enthüllten, nicht weniger sorgfältig als Reffel. Außerdem fluchten sie nicht minder herzlich als der Pilot über die Länge von Dhrawns Nächten. Die angebrochene Nacht würde noch länger als 600 Stunden währen, und vor Sonnenaufgang war jede wirklich effektive Suchaktion ausgeschlossen.

Die Beschaffenheit mesklinitischer und menschlicher Augen verlangte es, das Scheinwerferlicht in einem ziemlich stark gebündelten Strahl zu konzentrieren, der nur wenige Meter Gelände erleuchtete. Reffel flog langsam im Zickzackkurs über das Tal nach Westen. In der Raumstation wurden die Bilder, die seine Kamera übermittelte, aufgezeichnet, reproduziert und den Topografikern zugeleitet. Die Suche nach Kervenser war vorerst kaum Erfolg versprechend; doch nebenbei lieferte sie immerhin Informationsmaterial.

Dondragmer war nicht buchstäblich *besorgt* um seinen Ersten Offizier und die Steuerleute, da er sich nicht zu sorgen vermochte. Angemessen formuliert: Er war beunruhigt, aber er hatte für die Vermissten alles getan, was er tun konnte, und darauf wandte sich seine Aufmerksamkeit anderen Dingen zu. Grundsätzlich beschäftigten ihn zwei Fragen. Er hätte gern gewusst, wann das Eis aller Wahrscheinlichkeit nach wieder schmelzen und wann eine weitere Flutwelle folgen würde. Außerdem hätte er viel für einen ausführbaren Vorschlag gegeben, wie sich das Fahrzeug schnell und sicher aus dem Eis befreien ließ. Beide Wünsche hatte er sowohl den Menschen wie auch seinen eigenen Wissenschaftlern vorgetragen, wobei er jedoch den Letzteren gegenüber klarstellte, dass er keineswegs ein Blitzprogramm forderte. Die ursprünglichen Forschungsaufgaben blieben vorrangig. Man konnte Dondragmer nicht unbedingt kaltblütig nennen, aber seine Wertvorstellungen umfassten auch die Auffassung, dass selbst seine letzte Handlung eine nützliche sein müsse.

Die Menschen reagierten auf diese bemerkenswert sachliche und nichtmenschliche Gelassenheit unterschiedlich. Die Meteorologen und Planetologen hielten sie für selbstverständlich. Die meisten von ihnen besaßen wahrscheinlich keine genaueren Kenntnisse vom Schicksal der *Kwembly*. Easy Hoffman, die im Kommunikationsraum geblieben war, nachdem sie Barlennan, wie Aucoin es wollte, vollständig in Kenntnis gesetzt hatte, war nicht überrascht. Falls sie überhaupt emotional reagierte, so mit Respekt für die Fähigkeit des Kapitäns, in einer persönlich gefährlichen Situation jede Panik zu vermeiden.

Ihr Sohn dachte sehr viel anders darüber. McDevitt, ein taktvoller und freundlicher Mann, dem die sich entwickelnde Freundschaft zwischen dem Jungen und Beetchermarlf nicht entgangen war, hatte ihn vorübergehend von der Mitarbeit im Meteorologischen Labor entbunden. Seither war Benj aus dem Kommunikationsraum nicht mehr wegzudenken.

Er hatte schweigend zugesehen, während Dondragmer den Helikopter und die Einsatztruppe ausschickte. Der Meinungsaustausch zwischen den menschlichen und den mesklinitischen Wissenschaftlern hatte ihn durchaus interessiert; McDevitt war nur zögernd zu weiteren Wettervorhersagen zu überreden gewesen, da er die Meinung hegte, man habe seinen Beruf nun genug belächelt, aber schließlich versprach er, sein Bestes zu tun. Dann, nachdem diese Angelegenheiten in die Wege geleitet worden waren und Dondragmer anscheinend nichts mehr zu tun gedachte, als auf seiner Brücke zu liegen und zu warten, wurde Benj unbehaglich zumute. Geduld war nicht seine Stärke. Einige Minuten lang wand er sich in seinem Sessel vor den Bildschirmen in der Hoffnung, dass etwas geschehen mochte. Endlich konnte er sich nicht mehr länger zurückhalten.

»Wenn gegenwärtig niemand Durchsagen zu machen hat, darf dann ich mit Don und seinen Wissenschaftlern sprechen?« Easy sah ihn an und dann die übrigen Anwesenden. Diese zuckten die Achseln, worauf sie nickte. »Nur zu. Ich weiß nicht, ob jemand von ihnen zum Schwatzen aufgelegt ist, aber Schlimmeres als eine Ablehnung kannst du dir nicht einhandeln.«

Benj nahm sich nicht die Zeit zu erklären, dass er beileibe kein Schwätzchen im Sinn hatte. Er schaltete sein Mikrofon auf Dondragmers Brückenkommunikator um und begann zu sprechen.

»Don, hier ist Benj Hoffman. Wie ich sehe, lässt du deine Matrosen Eis hacken. In euren Krafteinheiten steckt eine Menge Energie, mehr als alle Meskliniten innerhalb eines Jahres mit ihren Muskeln erzeugen können. Haben deine Wissenschaftler schon einmal daran gedacht, euren Bohrer mit Konverterenergie anzutreiben oder diese irgendwie in Wärme umzuwandeln? Außerdem, hacken deine Matrosen lediglich Eis oder versuchen sie, unter den Rumpf an Beetchermarlf und Takoorch heranzukommen? Ich weiß, wie wichtig es ist, die *Kwembly* wieder flottzumachen, aber das Eis unter dem Rumpf muss ohnehin entfernt werden. Ich halte es für möglich, dass einiges von dem Wasser unter dem Fahrzeug noch nicht gefroren ist und dass deine beiden Steuerleute darin überlebt haben. Grabt ihr gezielt Tunnel, oder pickt ihr nur im Eis herum?«

Einige der Zuhörer runzelten bei dieser Wortwahl die Stirn, aber niemand unterbrach den Jungen oder äußerte sich dazu. Die meisten sahen nur fragend oder prüfend zu Easy hinüber und entschieden sich, nichts zu sagen, was als Kritik an ihrem Sohn hätte ausgelegt werden können. Manche beschäftigten sich sowieso mit den gleichen Fragen, hatten sich jedoch nicht überwinden können, sie in Anwesenheit der anderen zu stellen.

Wie üblich bei den Gesprächen zwischen der Raumstation und Dhrawn besaß nun auch Benj genug Zeit, während er die Antwort erwartete, darüber nachzudenken, welche anderen Dinge er noch hätte sagen oder wie er die gesagten besser hätte formulieren können. Die Mehrzahl der im Kommunikationsraum anwesenden Zuhörer kannten diese Überlegungen nur zu gut aus eigener Erfahrung. Ein paar amüsierten sich. Alle empfanden eine gewisse Sympathie. Einige glaubten fest, dass er der Versuchung, eine besser formulierte Fassung seiner Durchsage durchzugeben, bevor die Antwort eintraf, nicht widerstehen könne. Als Dondragmers Erwiderung aus dem Lautsprecher drang, ohne dass Benj dies getan hatte, enthielt man sich jeden Beifalls. Aber jene, die Easy gut kannten, bemerkten die Zufriedenheit in ihrer Miene. Nicht einmal sie hätte auf Benj gewettet.

»Hallo, Benj! Wir tun für die Vermissten, was wir können. Ich fürchte, es gibt keine Möglichkeit, irgendwelche unserer Werkzeuge mit Konverterenergie zu versorgen. Außer den Helikoptern, einigen Laborapparaturen und den Scheinwerfern sind sie nicht dazu geeignet. Und selbst wenn, kommen wir doch nicht an die Konverter heran; sie liegen alle unter dem Eis. Sicherlich entsinnst du dich, Benj, dass wir es vorgezogen haben, von komplizierter Ausrüstung so unabhängig wie möglich zu bleiben. Fast alle verfügbaren Gegenstände, die wir nicht selbst herstellen konnten, dienen unmittelbaren Forschungszwecken.« Ib Hoffman war nicht anwesend und hörte diesen letzten Satz nicht. Unglücklicherweise, denn später kostete es ihn lange Zeit, ihn nach der Erinnerung seines Sohnes zu rekonstruieren.

»Das ist mir bekannt, aber …«, Benj verstummte. Er wusste nichts weiter zu sagen. Die Scheinwerfer – so wusste er – konnten als Erhitzer nicht benutzt werden; es waren solide elektrolumineszente Geräte ohne Leuchtröhren oder Glühbirnen, nicht nur für eine unbeschränkte Funktionsdauer konstruiert, sondern auch für Dhrawns Atmosphäre mit ihrem freien Sauerstoff und enormen Druckwerten. Hätte Beetchermarlf dies gewusst, er würde weniger Zeit verschwendet haben. »Könnt ihr nicht einfach den Stromausstoß eines Konverters durch einige Drähte leiten und das Eis mit der entstehenden Hitze schmelzen oder ihn ins Wasser abgeben? Es muss noch viel Ammoniak enthalten und würde sicher leiten.«

Eine weitere Pause folgte, die Benj verwandte, um seine Vorschläge auf Fehler zu prüfen.

»Vermutlich kenne ich mich in dieser Art von Physik nicht genug aus, aber Borndender und seine Leute müssten das beurteilen können«, antwortete Dondragmer zweifelnd. »Genauer gesagt, ich weiß nicht, welche Drähte und welcher Strom dafür geeignet wären. Sind gewöhnliche Ausrüstungen wie Scheinwerfer oder Motoren an die Krafteinheiten angeschlossen, unterliegt die Kopplung automatischen Sicherheitsschaltungen. Doch ich besitze keine Vorstellung von etwaigen Begleiterscheinungen oder davon, ob die Sicherheitsschaltungen der Energie-Einheiten funktionieren, wenn wir mit einfachen, direkten Stromkreisen arbeiten. Ich würde mich über weitere

Informationen freuen, aber nach wie vor bleibt unklar, welches Leitmaterial wir verwenden sollten. In der *Kwembly* gibt es nicht viel Metall. Selbstverständlich gibt es nichts, das als Leitmaterial für Starkstrom vorgesehen wäre. Du hast wohl recht, dass man das Eis selbst als Leiter benutzen könnte, aber hältst du das für ratsam, solange sich Beetchermarlf und Takoorch unter ihm befinden? Falls ihr uns genug detaillierte Informationen liefern könnt, die uns irgendeine Erfolg versprechende Maßnahme erlauben, werden wir gern alles versuchen. Bis dahin vermögen wir nur zu tun, was im Rahmen unserer Möglichkeiten steht. Ich bin über die *Kwembly*, Kervenser, Beetchermarlf und Takoorch genauso beunruhigt, wie du es wahrscheinlich bist.«

Der Schlusssatz des Kapitäns entsprach nicht völlig der Wahrheit, aber der Irrtum war unbeabsichtigt. Er vermochte nicht wirklich zu erfassen, wie tief eine Freundschaft sich in kurzer Zeit ohne persönlichen Kontakt zwischen den beiden Seiten entwickeln konnte. Seine Kultur kannte weder ein ausgedehntes Postwesen noch Amateurfunk. Der Gedanke, dass eine fernmündliche Verbindung emotionale Bedeutung gewinnen konnte, war ihm zwar nicht vollständig fremd; immerhin hatte er zu Barlennans Mannschaft gehört, als die *Bree* vor Jahren Tausende von Kilometern der mesklinitischen Ozeane überquert hatte und Charles Lackland sie per Funk begleitete; dennoch gehörte echte Freundschaft für ihn in eine andere Kategorie. Jahre später, als er von Lacklands Tod erfuhr, hatte er lediglich herkömmliches Bedauern empfunden. Dondragmer wusste, dass Benj und der junge Steuermann ausführliche Gespräche geführt hatten, doch er hatte das meiste davon nicht mitbekommen; hätte er es, so wären ihm die sich dabei entfaltenden Gefühle wahrscheinlich nicht völlig verständlich geworden.

Zum Glück ahnte Benj nichts davon, sodass er keinen Grund dazu sah, an den Worten des Kapitäns zu zweifeln. Allerdings befriedigte ihn weder die Antwort noch die unveränderte Situation. Er war der Meinung, dass besonders für Beetchermarlf entschieden zu wenig getan wurde; er war zum Zuhören verdammt, aber konnte persönlich keine Hilfe leisten. Er musste hier untätig herumsitzen und auf Berichte warten. Selbst viele Menschen, die reifer und geduldiger als Benj Hoffman waren, hätten sich mit dieser erzwungenen Untätigkeit nicht weniger schwer abfinden können.

Seine Empfindungen flossen in seine nächsten Worte deutlich genug ein. Easy hob die Hand zu einer protestierenden Geste, ließ sie aber wieder sinken. Es war zu spät, und es bestand ja die Chance, dass der Mesklinit Wortwahl und Tonfall anders interpretierte als die menschlichen Zuhörer. »Aber du kannst doch nicht einfach dort auf deiner Plattform liegen und nichts tun!«, rief Benj. »Deine Steuerleute könnten in diesem Moment ersticken. Weißt du, wie viel Atemluft sie in ihren Schutzanzügen mitführten?«

Diesmal erlag er der Versuchung. Innerhalb von Sekunden begriff er, was er geäußert hatte, und kaum eine halbe Minute später befand sich eine Durchsage, von der er hoffte, dass sie besser formuliert war, unterwegs nach Dhrawn. »Ich weiß, es ist nicht so, dass du überhaupt nichts unternimmst, aber ich begreife einfach nicht, wie du es fertigbringst, nur auf Ergebnisse zu warten. Ich würde persönlich nach draußen gehen und Eis hacken oder etwas anderes tun, aber hier oben in der Raumstation kann ich das nicht.«

»In Bezug auf Rettungsaktionen habe ich bereits alles gegenwärtig Mögliche veranlasst«, lautete Dondragmers Erwiderung auf den ersten Teil von Benjs Durchsage. »Es besteht noch für viele Stunden kein Anlass, sich über die Atemluftvorräte zu beunruhigen. Wir reagieren auf Atemluftmangel nicht in der gleichen Weise wie Menschen. Selbst wenn die Wasserstoffkonzentration für die beiden zu gering wird, um bei Bewusstsein bleiben zu können, werden ihre Körperfunktionen über Stunden hinweg nur langsam schwächer. Du brauchst dich also vorerst nicht zu beunruhigen. Alle unsere Werkzeuge befinden sich bereits im Einsatz; draußen gäbe es für mich nichts zu tun, und es würde länger dauern, bis ich über euch die Berichte von Reffel erhalte. Vielleicht kannst du mir sagen, wie seine Suche nach Kervenser verläuft. Ich nehme an, dass sie noch erfolglos ist, denn der Scheinwerfer des Scouts ist noch sichtbar und seine Flugweise unverändert. Womöglich könnt ihr mir einige Geländebeschreibungen durchgeben. Ich würde gern so viel wie möglich über dieses Gebiet wissen.«

Easy unterdrückte erneut eine Äußerung, bevor Benj ihre Absicht bemerkte. Während der Junge seine Aufmerksamkeit dem Bildschirm widmete, der die von dem im Helikopter befindlichen Kommunikator übermittelten Bilder wiedergab, fragte sie sich, ob Dondragmer ihren Sohn nur abzuwimmeln versuchte, oder ob er einen wirklichen Begriff von dem menschlichen Bedürfnis nach Geschäftigkeit und dem Gefühl der Nützlichkeit besaß. Letzteres war unwahrscheinlich, aber selbst Easy Hoffman, die die mesklinitische Natur wahrscheinlich besser kannte als jeder lebende Mensch, war sich dessen nicht sicher.

Benj hatte den betreffenden Bildschirm längere Zeit nicht beobachtet und musste sich deshalb erkundigen, ob es inzwischen Neuigkeiten gab. Einer der Beobachter antwortete knapp, dass bis jetzt nichts als eine steinübersäte Oberfläche, unterbrochen von gefrorenen Tümpeln, ähnlich jenem, in dem die *Kwembly* steckte, in Sicht gekommen sei. Noch gäbe es keine Spur von dem anderen Helikopter oder seinem Piloten. Vorerst rechnete auch niemand damit. Hätte Kervenser nur in geringer Entfernung Bruch erlitten, wäre das Ereignis wahrscheinlich vom Fahrzeug aus gesehen worden. Benj gab die Information weiter und fügte eine Frage hinzu. »Warum sucht Reffel so langsam und sorgfältig in der Nähe des Fahrzeugs? Befand sich Kervenser nicht schon lange außer Sicht?«

Diesmal verschaffte die Antwort der Hilflosigkeit des Jungen ein wenig Erleichterung. »Doch, Benj. Es schien mir vernünftiger, uns erst einen vollständigen Überblick der unmittelbaren Umgebung zu verschaffen und die Suche dann auszudehnen, zumal sich hieraus der Vorteil ergibt, dass mehr Informationen für eure Wissenschaftler gesammelt werden. Falls sie jedoch darauf warten können, richte Reffel bitte aus, er solle sich westwärts halten, solange er das Licht der Brücke sehen kann, und dort die Suche fortsetzen.«

»Selbstverständlich, Kapitän.« Die Unterhaltung war auf Stennish geführt worden, sodass keiner der anwesenden Wissenschaftler sie verstanden hatte. Benj hielt sich nicht damit auf, ihre Zustimmung einzuholen, bevor er die Anweisung in derselben Sprache weitergab. Offenbar bereitete Benjs Akzent Reffel keine Schwierigkeiten, denn sogleich wandte sich seine kleine Maschine nach Westen.

»Und was soll mit unseren Karten werden? Wir sind jetzt mitten in der Arbeit«, grollte ein Topografiker.

»Der Kapitän wollte es so«, antwortete Benj knapp.

»So? Hätte ich ihn verstanden, ich hätte mich dagegen ausgesprochen, aber ich vermute, dass es nun zu spät ist. Darf man wenigstens annehmen, dass diese Lücke später gefüllt wird?«

»Ich frage Dondragmer«, antwortete der Junge mit einem unsicheren Blick zu seiner Mutter. Sie trug jene ausdruckslose Miene zur Schau, die er nur allzu gut kannte. Glücklicherweise verließ der Wissenschaftler, nicht ohne einige erboste Bemerkungen zu murmeln, den Kommunikationsraum, und Benj wandte seine Aufmerksamkeit wieder dem Bildschirm zu, der mit dem Kommunikator von Reffels Helikopter korrespondierte, bevor Easy ihre ernste Maske fallen ließ. Mehrere andere der Anwesenden, die den Inhalt des Gesprächs mit Dondragmer erfasst hatten, zeigten ebenfalls eine gewisse Erheiterung. Aus mancherlei Gründen bereitete es ihnen Vergnügen, wenn die Wissenschaftler eins ausgewischt bekamen. Benj bemerkte davon nichts. Er sorgte sich noch immer um Beetchermarlf.

Dondragmers Versicherung, dass Wasserstoffmangel kein akutes Problem sei, hatte ihn ein wenig beruhigt, aber der Gedanke, die beiden vermissten Steuerleute könnten ebenfalls im Eis festfrieren, quälte ihn genug. Unter dem Rumpf der *Kwembly* mochte dies längere Zeit beanspruchen, doch ausbleiben würde es letztlich nicht. Es konnte sogar schon geschehen sein. Etwas musste getan werden können.

Hitze schmilzt Eis. Hitze ist Energie. Die *Kwembly* verfügte über genug Energie, um unter dem Einfluss von Dhrawns Gravitation fahren zu können, aber es gab keinen Weg, ihre Energie zum Schmelzen des Eises zu verwenden. Besaß das Fahrzeug nicht irgendwelche Wärmequellen innerhalb seines Versorgungssystems, die sich demontieren und auf der Oberfläche einsetzen ließen?

Nein. Es war unwahrscheinlich, dass die Meskliniten auf Dhrawn jemals Wärmequellen benötigten. Selbst jene Gebiete des Planeten, die keine Eigenwärme zu besitzen schienen, wurden von der Sonne auf Temperaturen um die fünfzig Grad gehalten. Jene Regionen, in denen sie noch für viele Jahre hauptsächlich zu tun haben würden, zum Beispiel im Zentrum des Tiefdruckgebiets Alpha, waren für sie eher zu warm als zu kalt. Die *Kwembly* besaß ein Kühlsystem, das sich mittels der Konverter in Betrieb setzen ließ, doch soweit Benj wusste, war es seit dem ersten Testlauf niemals mehr benutzt worden. Man erwartete, es erst während der Erkundungen im Zentralbereich des Tiefdruckgebiets Alpha, also nicht vor Ablauf eines weiteren Erdjahres, vielleicht sogar erst später gebrauchen zu müssen. Das Schicksal der *Esket* hatte einige der ursprünglichen Pläne ein wenig ins Wanken gebracht.

Aber eine Kühlanlage war unvermeidlich, auch eine Wärmepumpe. So viel war Benj klar. Und wenigstens theoretisch ließ die Funktion der meisten Pumpen sich umkehren. Das Kühlsystem musste irgendwo außerhalb der Fahrzeughülle eine Vorrichtung zur Abgabe von Wärme haben. Wo befand sie sich? Konnte sie verlegt werden? Dondragmer musste es wissen. Aber war ihm dieser Gedanke nicht auch schon gekommen? Vielleicht nicht. Er war alles andere als einfältig, aber seine Kenntnisse in Physik hatte er erst lange nach Abschluss seiner mesklinitischen Reife von Nichtmeskliniten erhalten. Sie waren vermutlich nicht Bestandteil jener Grundkenntnisse, die die meisten intelligenten Wesen mit der Vorstellung von Allgemeinwissen verbanden. Bei diesem Gedanken nickte Benj, brauchte noch zwei oder drei Sekunden, um sich zu versichern, dass die Sache einen Versuch wert war, und langte nach seinem Mikrofonschalter.

Diesmal entstand, während er seine Durchsage machte, keine Heiterkeit. Keiner war ausreichend über die technischen Details der Fahrzeuge informiert, doch alle kannten sich in Physik so weit aus, um sich darüber zu ärgern, nicht selbst schon früher auf diesen Gedanken verfallen zu sein. Sie erwarteten Dondragmers Antwort mit der gleichen Ungeduld wie Benj.

»Das Kühlsystem ist eine unserer elektronischen Anlagen, deren Funktion ich, wie ich zugebe, nicht in allen Einzelheiten begreife«, lautete die Antwort des Kapitäns, als sie endlich die

Raumstation erreichte. Zum Unmut einiger Zuhörer bediente er sich noch immer seiner eigenen Sprache. »Seit dem Abnahmetest war es nicht mehr in Betrieb; das Wetter war bisweilen ziemlich warm, aber nicht unerträglich. Zu beschreiben ist die Anlage ziemlich leicht; in allen Räumen des Fahrzeugs befinden sich Metallplatten, die kalt werden, wenn wir dem Kühlsystem Energie zuführen. Da ist eine Metallstange, eine Art Schleife, die von beiden Seiten der Hülle aus bis zur Oberseite verläuft. Sie beginnt in Hecknähe, führt auf der Backbordseite ungefähr bis zur Rumpfmitte, dann etwa vier Körperlängen hinter der Brücke über den Rumpf und auf der anderen Seite wieder nach hinten zum Heck und endet dort. Ich vermute, dass diese Schlinge der Hitzeradiator ist. Mir ist klar, dass das Kühlsystem über ein solches Teil verfügen und dass es sich außerhalb des Rumpfs befinden muss. Allerdings könnte diese Stange gar nicht höher über dem Eis liegen, als es schon der Fall ist. Und selbst wenn sie sich genug erhitzen würde, um Eis zu schmelzen, könnte ich mir nicht vorstellen, dass sie es aus dieser Höhe vermag. Ebenso sehe ich ein, dass sie sich hinreichend erhitzen lässt, indem man Elektrizität hindurchleitet, aber der Gedanke, sie für diesen Zweck von der Hülle zu lösen, missfällt mir ein wenig.«

»Ich nehme an, es würde das Kühlsystem zerstören«, pflichtete Benj bei. »Vor allem, falls man die Stange nachher nicht mehr befestigen kann. Doch vielleicht ist es halb so schlimm. Ich werde einen Techniker zu finden versuchen, der das Kühlsystem genau kennt. Ich werde mich wieder melden.«

Ohne auf eine Antwort von Dondragmer zu warten, stemmte sich der Junge aus dem Sessel und eilte aus dem Kommunikationsraum.

Kaum war er verschwunden, baten die Beobachter, die die mesklinitische Sprache nicht beherrschten, Easy um eine Zusammenfassung des Gesprächs. Als Benj mit einem Techniker zurückkehrte, der ebenfalls kein Stennish verstand, sodass der Junge für ihn zu übersetzen gezwungen war, hörte man unter den übrigen Anwesenden manchen erleichterten Stoßseufzer. Die beiden nahmen vor den Bildschirmen Platz, und Benj ließ sich von dem Techniker genau informieren, was er zu sagen hatte, bevor er sein Mikrofon einschaltete. »Ich soll dem Kapitän ausrichten, dass die Radiatorstange vorwiegend mit Nägeln auf der Hülle der *Kwembly* befestigt ist, die nicht tief in der Hülle sitzen und entfernt werden können, ohne den Rumpf zu beschädigen. Um die Stange wieder zu befestigen, kann man die unter den Materialvorräten befindliche Verbundmasse benutzen. An den Austrittstellen beiderseits des Hecks wird man sie jedoch absägen müssen. Einmal entfernt, kann man die Stange als Erhitzer verwenden, indem man ihre Enden einfach mit den Kontakten einer Energie-Einheit verbindet. Ich kann dem Kapitän versichern, dass die Gefahr eines Kurzschlusses nicht besteht, da die Konverter eigene Sicherheitsvorrichtungen enthalten. Ist es so richtig, Mr. Katini?«

»Das ist es«, nickte der kleine grauhaarige Techniker. Er gehörte zu jenen Leuten, die am Entwurf und an der Herstellung der Fahrzeuge beteiligt gewesen waren, und war überdies einer der sehr wenigen Menschen, die sich häufig für längere Zeit im Gebiet von Mesklins 3-G-Äquator aufzuhalten pflegten. »Ich glaube nicht, dass es schwierig sein wird, Dondragmer das zu erklären, auch ohne Übersetzung; ich kann es ihm auch persönlich sagen. Er ist bei unseren Gesprächen mit der menschlichen Sprache immer gut zurechtgekommen.«

Benj nickte, begann jedoch auf Stennish in sein Mikrofon zu sprechen. Easy hatte den Verdacht, dass er sich im Moment unerhört wichtig fühlte, und hoffte, dass er sich keine herbe Enttäuschung bereitete, aber sie sah keine Notwendigkeit zum

Eingreifen. Sie musste zugeben, dass er seine Dolmetschertätigkeit ausgezeichnet bewältigte. Er musste aus den Gesprächen mit seinem Freund Beetchermarlf viel gelernt haben. In mancher Beziehung war er sogar besser als sie; er knüpfte Analogien, die ihr niemals eingefallen wären.

Bei seiner nächsten Antwort bediente der Kapitän sich der menschlichen Sprache. Der Junge schaute ein wenig verblüfft drein und bestätigte den Verdacht seiner Mutter durch den raschen, unsicheren Blick, den er ihr zuwarf. Sie hielt ihren Blick eisern auf den Bildschirm gerichtet.

»Ich habe verstanden«, ertönte die Stimme des Meskliniten mit leichtem Akzent, den er nicht ganz vermeiden konnte. »Dennoch möchte ich zuvor zwei Erklärungen. Erstens, wie können wir die Stange anschließend wieder mit dem Kühlsystem verbinden? Ich bezweifle, dass Verbundmasse allein die richtige Methode ist. Ich möchte die Anlage nicht für immer außer Betrieb haben, da Dhrawn sich seiner Sonne nähert und das Wetter allmählich wärmer wird. Zweitens, wenn wir Elektrizität in das Eis oder ins Schmelzwasser leiten, besteht irgendeine Gefahr für Personen, die sich darin aufhalten? Können die Anzüge genug Schutz bieten? Ich vermute, sie sind wegen ihrer Transparenz ziemlich gute Isolatoren.«

Der Techniker begann sofort, die Antwort durchzugeben, während Benj sich wunderte, welcher Zusammenhang zwischen Transparenz und Elektroleitfähigkeit bestehen möge und wieso Dondragmer sich damit auskannte.

»Die Montage lässt sich einfach bewerkstelligen. Drückt die Metallenden fest aneinander, und umwickelt die Kontaktstellen mit in Verbundmasse getränktem Gewebe. Deine Zweifel an der Leitfähigkeit der Verbundmasse sind berechtigt. Achtet darauf, dass nichts davon zwischen die Kontaktstellen gerät. Wegen der Anzüge brauchst du dich nicht zu sorgen. Sie gewähren ausreichenden Schutz. Ich nehme an, es würde ohnehin eine beträchtliche Voltstärke erfordern, um einem von euch Schaden zuzufügen, weil sich eure Körperflüssigkeiten nicht polarisieren. Auf jeden Fall, wenn die Sache überhaupt funktioniert, dann wird sie gut funktionieren. Es könnte allerdings zu heiß für euch werden, um in der Nähe zu bleiben.« Katini schwieg und wartete auf Dondragmers Antwort. Benj war noch in Gedanken versunken, und alle anderen innerhalb der Hörweite befindlichen Personen hatten ihren Blick auf den Bildschirm gerichtet, der mit der Brücke korrespondierte. Nachdem der Kapitän sich der menschlichen Sprache zu bedienen begonnen hatte, interessierten sich nunmehr auch jene für die Vorgänge, die andernfalls geduldig eine Übersetzung abgewartet hätten.

»In Ordnung«, kam schließlich Dondragmers Antwort. »Wir werden die Metallstange abmontieren und als Erhitzer zu verwenden versuchen. Wir werden einen der Kommunikatoren draußen aufstellen, sodass ihr die Arbeiten verfolgen und uns rechtzeitig darauf hinweisen könnt, wenn wir etwas falsch machen. Die ganze Situation gefällt mir überhaupt nicht. Es missfällt mir, Dinge tun zu müssen, deren Folgen mir unklar sind, und dies außerdem zu einem Zeitpunkt, an dem die Wetterentwicklung sich nicht absehen lässt. Ich habe den Befehl über dieses Fahrzeug, und ich wünschte, ich hätte mehr von eurer Technologie und Wissenschaft gelernt. Ich bin überzeugt, dass ich mich auf euch verlassen kann, aber dies ist das erste Mal seit Jahren, dass ich in so wenigen Dingen sicher bin.«

Benj antwortete, wobei er seiner Mutter um einen Sekundenbruchteil zuvorkam.

»Soviel ich weiß, warst du der erste Mesklinit, der die volle Bedeutung der Naturwissenschaften wirklich erfasst hat und der sich am meisten um das Zustandekommen der Lehrtätigkeit auf Mesklin bemüht hat. Was meinst du damit, du wünschtest dir, mehr gelernt zu haben?«

Easy mischte sich ein. Wie zuvor Benj bediente sie sich Dondragmers Sprache.

»Du weißt viel mehr als ich, Don, und hätten dich Katinis Worte nicht überzeugt, würdest du diese Befehle nicht erteilen. Du stehst wieder vor einer neuen Herausforderung. Es ist wie damals vor fünfzig Jahren, lange vor meiner Geburt, als dir plötzlich zu Bewusstsein kam, dass unsere euch fremdartig anmutende Wissenschaft lediglich aus Kenntnissen bestand, die die euren überschritten. Nun stehst du vor der Tatsache, dass niemand, nicht einmal ein Kapitän, alles wissen kann und manchmal fachmännischen Rat benötigt. Finde dich damit ab, Don, und beruhige dich!«

Easy lehnte sich zurück und sah ihren Sohn an, der als einziger im Raum ihre Durchsage vollständig mitbekommen hatte. Der Junge blickte verwirrt, beinahe erschrocken drein. Welchen Eindruck auch immer ihre Äußerungen bei Dondragmer hinterlassen würden, wenn die Durchsage ihn erreichte – Benjamin Ibsen Hoffman jedenfalls hatten sie schockiert. Diese Erkenntnis war unangenehm für eine Mutter, und sie musste gegen den Drang ankämpfen, etwas zu sagen. Der Ausruf einer menschlichen Stimme half ihr dabei.

»He! Was ist denn mit dem Helikopter?«

Alle Augen richteten sich auf den Bildschirm, der mit Reffels Kommunikator verbunden war. Eine Sekunde lang herrschte völliges Schweigen. Dann schnauzte Easy: »Benj, gib Dondragmer Bescheid, während ich Barlennan verständige!«

9 Durchkreuzte Absichten

Das Wetter über der Basis war schon vor einer Weile aufgeklart. Der Ammoniaknebel hatte sich in die unerforschte Zentralregion des Tiefdruckgebiets Alpha verzogen und der Wind sich in eine leichte Nordwestbrise verwandelt. Die Sterne funkelten hell und zogen die Aufmerksamkeit der Mesklinten auf sich, die sich gerade draußen oder in den Korridoren aufhielten. Jene, die sich in den hell erleuchteten Räumen unterhalb der Transparentdächer befanden, bekamen davon allerdings nichts mit.

Da Barlennan sich in der Forschungssektion an der Westseite der Basis aufhielt, als Easy ihn anrief, erreichte die Nachricht ihn nicht sofort. Einer von Guzmeens Untergebenen brachte ihm die Meldung und nahm befehlsgemäß keine Rücksicht darauf, dass Barlennan in einer Konferenz war. Er übergab die Notiz dem Kommandanten, der sich mitten im Satz unterbrach, um sie zu lesen. Bendivence und Deeslenver, die Wissenschaftler, mit denen er gerade verhandelte, warteten schweigend, bis er den Text studiert hatte; lediglich ihre Körperhaltung ließ ihre Spannung erkennen.

Barlennan las die Durchsage zweimal und wandte sich schließlich an den Boten. »Ich nehme an, das ist soeben erst hereingekommen.«

»Ja, Kommandant.«

»Und wie lange liegt Dondragmers letzte Durchsage zurück?«

»Nicht lange. Weniger als eine Stunde, schätze ich. Es muss aus den Aufzeichnungen ersichtlich sein. Soll ich nachschauen?«

»Wenn du es ungefähr weißt, ist es nicht so dringend. Zuletzt hatte ich die Meldung erhalten, dass die *Kwembly*, nachdem sie einige Stunden lang den Fluss hinabgetrieben war, auf Grund gelaufen sei, und das ist schon eine ganze Weile her. Da Guz nichts mehr verlauten ließ, dachte ich, ansonsten sei alles in Ordnung. Hat er in den üblichen Abständen Zwischenberichte empfangen oder die Menschen danach gefragt?«

»Ich weiß es nicht, Kommandant. Ich hatte nicht die ganze Zeit über Dienst. Soll ich mich erkundigen?«

»Nein, ich werde mich selbst darum kümmern. Guz soll mir nichts mehr hierhermelden, nur alle Durchsagen notieren.« Der Bote verschwand, und Barlennan wandte sich wieder den Wissenschaftlern zu. »Manchmal frage ich mich, ob wir nicht doch mehr Sprechfunkverkehr hier haben sollten. Ich möchte wissen, wie lange Don benötigt hat, um uns zu erreichen; aber bevor ich zu Guzmeen gehe, will ich noch einige andere Dinge besprechen.«

Bendivence machte eine Geste, die einem Achselzucken entsprach. »Wenn du es willst, können wir das einrichten. Im Labor sind Telefone, die ganz gut funktionieren; wir könnten in der ganzen Basis Leitungen legen, falls wir unser Metall dafür verwenden wollen.«

»Noch nicht. Bleiben wir beim Thema. Hier, lest das. Die *Kwembly* steckt in Eis oder etwas Ähnlichem fest, und ihre beiden Helikopter sind verschwunden. Einer hatte einen Kommunikator an Bord und stand mit der Raumstation in Verbindung.«

Deeslenver deutete seine Erregung durch ein leises Summen an und griff nach der Notiz. Wortlos gab Bendivence sie an ihn weiter. Deeslenver las sie, wie Barlennan vor ihm, zweimal durch, ehe er zu sprechen begann.

»Man sollte meinen, die Menschen besäßen ein paar Informationen mehr, da sie doch alles so genau beobachten. Das hier besagt nur, dass Kervenser von einem Flug nicht zurückkehrte und der Kontakt mit dem zweiten Helikopter, der mit einem Kommunikator an Bord nach ihm suchte, plötzlich abbrach; der Bildschirm wurde ganz unvermittelt schwarz.«

»Ich könnte mir einen Grund dafür denken«, bemerkte Bendivence.

»Ich auch«, gab der Kommandant zur Antwort. »Die Frage ist nicht, wodurch der Bildschirm plötzlich leer blieb, sondern warum es zu diesem Zeitpunkt und an diesem Ort geschah. Wir dürfen annehmen, dass Reffel den Kommunikator abgedeckt hat. Es wäre gut gewesen, wir wären auf diese Methode gekommen, ehe wir die *Esket* aus dem Verkehr gezogen haben. Das hätte unser Vorgehen gewaltig erleichtert. Irgendetwas muss ihm vor die Kamera geraten sein, das nicht recht in die *Esket*-Geschichte passte. Aber was? Die *Kwembly* liegt fünf oder sechs Millionen Kabel von der *Esket* entfernt. Vielleicht befand sich eins der Luftschiffe in der Gegend, aber was hätte es da zu suchen?«

»Das werden wir wohl erst erfahren, wenn Destigmet das nächste schickt«, antwortete der Wissenschaftler sachlich. »Was mich interessiert: Warum haben wir von Kervensers Verschwinden nicht früher erfahren? Wie konnte Reffel losfliegen und ebenfalls verschwinden, ehe wir überhaupt informiert wurden? Ob Dondragmer den Menschen zu spät Meldung erstattet hat?«

»Das bezweifle ich sehr«, meinte Barlennan. »Bestimmt hat er Kervensers Verschwinden sofort durchgegeben. Vergiss nicht, der Bote erwähnte, dass inzwischen schon andere Meldungen eingetroffen waren. Vielleicht hat Guzmeen es für nicht so wichtig gehalten, um uns umgehend einen Boten zu schicken. Das können wir in wenigen Minuten herausfinden.«

»Andererseits habe ich mich erst kürzlich gefragt, ob die Menschen dort oben die Informationen immer sofort und vollständig weiterleiten. Ein- oder zweimal hatte ich den Eindruck, dass sie erst einiges Material sammeln, bevor sie eine Gesamtdurchsage machen. Es kann sich um Nachlässigkeit handeln, aber vielleicht täusche ich mich auch.«

»Oder sie wählen sorgsam aus, was wir zu hören bekommen«, sagte Bendivence. »Wir könnten die halbe Truppe verlieren, ohne etwas davon zu erfahren, wenn die Menschen es so handhaben. Ich kann mir vorstellen, dass sie befürchten, wir könnten uns von dem Auftrag zurückziehen und unseren Heimtransport verlangen, wie es im Vertrag abgemacht ist, falls sich das Risiko als zu groß erweist.«

»Das wäre möglich«, gab Barlennan zu. »Daran habe ich noch gar nicht gedacht. Für sehr wahrscheinlich halte ich es nicht, aber je länger ich die Situation betrachte, umso mehr denke ich an eine Möglichkeit, die Ereignisse zu überprüfen; schließlich sollten wir sicher sein, dass sie sich nicht jedes Mal Zeit für eine Konferenz nehmen, um zu beschließen, was sie uns erzählen, wenn irgendetwas mit einem der Forschungsfahrzeuge nicht klappt.«

»Hältst du so etwas wirklich für möglich?«, fragte Deeslenver.

»Das ist schwer zu sagen. Gewiss, wir waren nicht ganz ehrlich zu ihnen, aber nach unserer Auffassung haben wir triftige Gründe. Das stört mich nicht weiter. Wir wissen, dass einige dieser Menschen raffinierte Strategen sind, und es ist sicherlich unser Fehler, wenn wir es mit ihnen nicht aufzunehmen vermögen. Allerdings wüsste ich nur zu gerne, ob diese Eigentümlichkeiten in der Kommunikation auf Nachlässigkeit beruhen oder zu ihren Methoden gehören. Einen Weg, um das zu prüfen, wüsste ich schon; aber damit will ich noch warten. Ich bin für jeden anderen Vorschlag sehr dankbar.«

»Und wie lautet deiner?«

»Natürlich denke ich an die *Esket.* Selbstverständlich würde das sehr viel Zeit beanspruchen. Vor Sonnenaufgang trifft kein Luftschiff mehr ein, und bis dahin sind es noch etwa 1200 Stunden. Gewiss, wir könnten noch in der Nacht die *Deedee* losschicken ...«

»Hätten wir die Orientierungslichter aufgestellt, wie ich es vorgeschlagen ...«, begann Deeslenver.

»Zu riskant. Die Gefahr, dass man sie sieht, wäre zu groß. Wir wissen leider nicht, wie gut die Instrumente der Menschen sind und was sie von der Raumstation aus zu erkennen vermögen. Die Wahrscheinlichkeit, dass man auf der Nachtseite des Planeten Lichter bemerkt, ist schlichtweg zu hoch. Deshalb habe ich deine Anregung verworfen, Dee; andernfalls, so räume ich ein, wäre sie sehr gut gewesen.«

»Unsere Metallvorräte reichen für so ausgedehnte Installationen sowieso noch nicht aus«, fügte Bendivence hinzu. »Im Augenblick fällt mir nichts ein. Aber wie gut die Menschen Lichter zu erkennen vermögen, ließe sich sehr leicht testen.«

Wie? Die beiden anderen Meskliniten stellten die Frage nicht verbal, sondern durch Veränderung der Körperhaltung.

»Indem wir ganz unschuldig fragen, ob es ihnen möglich sei, die Scheinwerfer der verschwundenen Helikopter auszumachen.«

Barlennan erwog den Vorschlag. »Ausgezeichnet. Das lässt sich machen. Wenn sie sagen, sie könnten es nicht, besitzen wir natürlich keine Gewissheit, ob es stimmt; aber sicherlich fallen uns im Laufe der Zeit noch andere Kontrollmethoden ein.«

Er ging voran aus dem Kartenraum, wo die Diskussion stattgefunden hatte; die drei Meskliniten marschierten durch die verzweigten Korridore der Basis zum Kommunikationsraum. In den meisten Korridoren war es relativ dunkel. Die Auftraggeber der Expedition hatten beileibe nicht mit Leuchtkörpern gegeizt, doch Barlennan selbst hatte eine sparsame Verteilung veranlasst. Der Anblick der Sterne über den Korridoren verlieh den Meskliniten das beruhigende Gefühl, dass ihnen nichts auf den Kopf fallen konnte; Mesklins Sonne, von den Menschen 61 Cygni genannt, gehörte zu den gegenwärtig unter dem Horizont stehenden Sternen.

Unterwegs blickte Barlennan mehr aufwärts als voraus; er versuchte, die Raumstation auszumachen, deren Leuchtbake immerhin die Leuchtstärke eines Sterns vierten Helligkeitsgrades besaß. Der langsam über den Himmel wandernde Funke war der beste Zeitmesser, der den Meskliniten zur Verfügung stand; sie stellten ihre Pendeluhren, die erhebliche Unregelmäßigkeiten aufwiesen, nach ihm.

Sterne und Funke verschwanden, als die drei den hell erleuchteten Kommunikationsraum betraten. Guzmeen meldete Barlennan, dass noch keine Neuigkeiten über die beiden Helikopter vorlägen.

»Welche Berichte hat Dondragmer durchgegeben, seitdem die *Kwembly* festsitzt? Ich meine, während der letzten 130 Stunden. Weißt du, seit wann sein Erster Offizier verschwunden ist?«

»Nur ungefähr. Es wurde nicht erwähnt, zu welchem Zeitpunkt das geschah. Und ich ging davon aus, es sei soeben erst geschehen, und habe nicht gefragt. Beide Fälle wurden innerhalb einer Stunde durchgegeben.«

»Und du hast dich nicht gewundert, warum die Meldungen von Kervensers und anschließend Reffels Verschwinden so kurz hintereinander kamen, obwohl zwischen beiden Vorfällen doch eine längere Zeitspanne verstrichen sein musste?«

»Ich habe mich gewundert. Jedenfalls dachte ich, es sei besser, dir die Entscheidung über eine Rückfrage zu überlassen.«

»Glaubst du, Don hätte Kervensers Verschwinden nicht sofort gemeldet?«, mischte Bendivence sich ein. »Ihm könnte die

Idee gekommen sein zu warten, bis Kervenser wiederauftauchen würde, um dann den Zwischenfall herunterzuspielen.«

Barlennan musterte den Wissenschaftler abschätzend, antwortete jedoch, ohne zu zögern. »Das glaube ich nicht. Zwischen Dondragmer und mir existieren Meinungsverschiedenheiten, aber es gibt Dinge, die keiner von uns beiden tun würde.«

»Auch wenn die Verschleppung dieser Angelegenheit bedeutungslos wäre? Schließlich hätten doch weder die Menschen noch wir umgehende Hilfe leisten können, selbst wenn wir sofort davon erfahren hätten.«

»Sollte Dondragmer tatsächlich auf eine unverzügliche Meldung von Kervensers Verschwinden verzichtet haben, so aus zweifellos berechtigtem Anlass. Persönlich jedenfalls bezweifle ich sehr, dass er die Schuld an der Verzögerung trägt. Guz, welche Menschen gaben dir die Berichte? War es immer derselbe?«

»Nein, Kommandant. Ich kenne die Stimmen nicht alle, und sie versäumen es oft, sich zu identifizieren. Die Hälfte aller Durchsagen erfolgt in der menschlichen Sprache, den Rest machen vorwiegend die Hoffman-Menschen. Von dem jungen Hoffman-Menschen hatte ich den Eindruck, dass er sehr oft mit der *Kwembly* in Kontakt gestanden hat, und ich nahm an, dass nichts Ernstes geschehen sein könne, wenn man sich beiläufiges Geplauder leistet.«

»Nun gut. Wahrscheinlich hätte ich ebenso reagiert. Doch mittlerweile habe ich einige Fragen an die Menschen zu richten.« Barlennan nahm vor dem Apparat Platz; der Bildschirm war leer. Er betätigte den Rufschalter und wartete geduldig. Er hätte bereits sprechen können und damit Zeit gespart, aber er wollte zunächst wissen, welcher der Menschen sich zeigen würde.

Das Gesicht, das schließlich auf dem Bildschirm erschien, war ihm unbekannt. Auch fünfzig Erdenjahre währender Umgang mit Menschen hatte Barlennan noch nicht befähigt, Familienähnlichkeiten sicher zu beurteilen; jeder Mensch dagegen hätte Benj sofort als Easys Sohn bezeichnet. Guzmeen erkannte den Jungen, aber Benj entledigte ihn der Aufgabe, Barlennan in Kenntnis zu setzen.

»Hier ist Benj Hoffman«, sagte der Junge. »Seit dem letzten Anruf von meiner Mutter vor zwanzig Minuten sind von der *Kwembly* keine weiteren Nachrichten eingetroffen. Gegenwärtig sind keine Wissenschaftler oder Techniker anwesend, sodass ich, falls technische Probleme anliegen, erst jemand holen müsste. Solltet ihr Einzelheiten über die Ereignisse wissen wollen, kann ich allerdings Auskunft geben, weil ich seit sieben Stunden im Kommunikationsraum bin und wahrscheinlich alle Fragen zu beantworten vermag. Ich warte.«

»Ich habe zwei Fragen«, entgegnete Barlennan. »Die erste betrifft das Verschwinden des zweiten Helikopters. Ich möchte wissen, wie weit er von der *Kwembly* entfernt war, als die Verbindung abbrach, oder, falls die Entfernung nicht bekannt ist, wie lange er sich zu diesem Zeitpunkt bereits unterwegs befand.

Zweitens interessiert mich, ob ihr in der Lage seid, von der Raumstation aus die Scheinwerfer der Helikopter zu erkennen. Ich vermute, ihr könnt es nicht mit bloßem Auge, aber vielleicht besitzt ihr optische Instrumente, von denen ich nichts weiß.«

Benjs Abbild auf dem Schirm hob einen Finger und nickte, als Barlennan soeben zu sprechen aufhörte, aber der Junge wartete mit der Erwiderung, bis ihn die ganze Durchsage erreicht hatte.

»Die erste Frage kann ich beantworten«, begann er, »und Mr. Cavanaugh sucht schon jemand, der hinsichtlich der zweiten Bescheid weiß. Kervenser startete vor ungefähr elf Stunden, und erst acht Stunden später, als die *Kwembly* inzwischen festgefroren und Beetchermarlf und Takoorch unter dem Eis gefangen waren, besann man sich auf ihn; Reffel nahm den anderen Helikopter – mit einem Kommunikator an Bord – und machte sich auf die Suche. Später führten wir eine Diskussion mit Dondragmer, die uns alle interessierte, und einige Minuten lang beachtete niemand den Bildschirm, der mit Reffels Kommunikator verbunden war; plötzlich stellte jemand fest, dass der Schirm nichts mehr zeigte. Er war nicht weiß, wie es zutrifft, wenn der Sender ausfällt, sondern *schwarz*, als fiele einfach kein Licht mehr in die Kamera.«

Barlennan sah zu Guzmeen und den Wissenschaftlern hinüber. Keiner sagte etwas; es erübrigte sich. Niemand hatte den Bildschirm beachtet, als Reffel die Kamera abdeckte! Mit solchem Glück durfte man wahrlich nicht jeden Tag rechnen.

Benj hatte seine Durchsage noch nicht beendet. »Das Mikrofon war nicht eingeschaltet, da niemand mit Reffel gesprochen hatte, und nun weiß keiner auch nur im Geringsten, was ihm zugestoßen sein könnte. Seitdem ist kaum eine halbe Stunde vergangen, das ergibt ungefähr zweieinhalb Stunden zwischen Kervensers Verschwinden und dem von Reffel. Auf die andere Frage kann ich noch keine Antwort geben; Mr. Cavanaugh ist noch nicht zurück.« Barlennan war ein wenig verwirrt, da der Junge die menschlichen Zahlwörter benutzte, die auf einem anderen numerischen System basierten; doch nach einigen Umrechnungen kam er zurecht.

»Ich schließe aus deinen Angaben«, sagte er, »dass wir über die vollständige Situation der *Kwembly* und Kervensers Verschwinden mit erheblicher Verspätung informiert wurden. Kennst du den Grund dafür? Mir ist klar, dass wir nichts hätten tun können, aber ich halte es für angebracht, dass man mich mit Nachrichten von den Fahrzeugen auf dem neuesten Stand hält. Mein Kommunikatorpersonal hat mir erzählt, dass du oft mit der *Kwembly* in Kontakt gestanden hast; also kannst du mir vielleicht Auskunft geben, was eigentlich los ist. Ich warte.«

Für seine Schlussbemerkung hatte Barlennan mehrere Motive. Zunächst wollte der Kommandant mehr über Benj Hoffman erfahren, weil der Junge die mesklinitische Sprache gut beherrschte und sich, falls Guz recht hatte, gerne mit Meskliniten unterhielt. Wenn er den anderen Hoffman-Menschen ähnelte, gäbe es ein weiteres promesklinitischen Besatzungsmitglied auf der Station. Und für diesen Fall war es wichtig zu prüfen, welchen Einfluss er besaß. Außerdem wollte sich der Kommandant unauffällig Guzmeens Einschätzung, Benj habe häufig mit Mannschaftsmitgliedern der *Kwembly* geplaudert, bestätigen lassen. Schließlich spielte auch eine Rolle, dass Benj für einen Menschen – und das fiel sogar Barlennan auf – viel zu jung war, um bereits ernsthafter Arbeit nachzugehen: Wortwahl und umständliche Umschreibungen von Sachverhalten verrieten dies nur zu deutlich. Diese Tatsache mochte sich als nützlich erweisen, *falls* sich eine nähere Bekanntschaft knüpfen ließ.

Die Antwort des Jungen, als sie endlich eintraf, war in der einen Hinsicht unergiebig, in der anderen jedoch vielversprechend. »Ich habe keine Ahnung, warum du über das Festfrieren der *Kwembly* und Kervensers Verschwinden nicht sofort informiert worden bist«, bekannte er. »Ich glaubte, das hätte man getan. Ich habe sehr viel mit Beetchermarlf gesprochen, einem von Dons Steuerleuten. Als ich erfuhr, dass er unter dem Eis steckt, habe ich mich hauptsächlich darum gekümmert, wie man ihm wohl helfen könnte. Ich gebe zu, dass man dir eher hätte Bescheid geben sollen. Wenn du willst, erkundige ich mich, warum das versäumt wurde; meine Mutter müsste es wissen, oder Mr. Mersereau. Ich war nicht ständig im Kommunikationsraum, er ist nicht mein Arbeitsbereich. Ich kam nur, um mit Beetchermarlf zu reden, wenn ich Zeit dazu hatte. Gewöhnlich arbeite ich nämlich im Meteorologischen Labor; ich mache dort eine Art Praktikum, nach dessen Ablauf man entscheidet, ob ich eine weitergehende Ausbildung auf diesem Gebiet erhalte. Doch während der letzten Tage hatte ich viel Zeit, um mit Beetchermarlf zu sprechen.« Seine fünfzigjährige Erfahrung gestattete es Barlennan, den Sinn des menschlichen Wortes *Tag* sofort zu durchschauen.

»Natürlich machen meine Sprachkenntnisse mir es leichter«, plapperte der Junge weiter, »Gründe für häufige Aufenthalte im Kommunikationsraum zu finden, und inzwischen sieht man es ganz gerne, wenn ich hier ein bisschen aushelfe. Ich habe eure Sprache von meiner Mutter gelernt, die sie schon seit zehn Jahren beherrscht, seit mein Vater am Dhrawn-Projekt mitarbeitet ... Dort kommt Mr. Cavanaugh mit Tebbetts, einem unserer Astronomen. Sie werden deine zweite Frage beantworten, während ich wegen der anderen Sache nachforsche.«

Benjs Gesicht auf dem Bildschirm wich einem anderen, einem breiten, dunklen Kopf, dessen Anblick Barlennan ziemlich verblüffte. Noch nie war ihm ein bärtiger Mensch begegnet, obschon er sich an die Verschiedenartigkeit der menschlichen Behaarung längst gewöhnt hatte. Tebbetts besaß lediglich ein kleines Bärtchen im Stil van Dykes, aber für mesklinitische Augen stellte es eine drastische Abweichung von der normalen Physiognomie dar. Barlennan sagte sich, dass es taktlos sein würde, Näheres über diese Abnormität zu erfragen. Es war besser, sich später bei Benj zu erkundigen.

Zur Erleichterung des Kommandanten störte der Gesichtsbewuchs nicht das Sprechvermögen des Menschen. Tebbetts war offensichtlich bereits über die Frage informiert, denn er begann ohne Umschweife mit seiner Antwort. »Wir können von hier aus eure sämtlichen Lichtquellen, auch die transportablen, mühelos erkennen. Dazu verwenden wir Instrumente, die wir Teleskope nennen. Innerhalb weniger Minuten können wir nahezu jede beliebige Lichtquelle ausfindig machen; hast du einen diesbezüglichen Wunsch?«

Diese überraschende Frage brachte Barlennan in Verlegenheit. Während der Minuten, die seit seinem Gespräch mit den beiden Wissenschaftlern verstrichen waren, hatte er mehr und mehr die Überzeugung gewonnen, die Menschen würden seine Frage verneinen. Selbstverständlich hätte der Kommandant, wäre er etwas vorausschauender gewesen, nicht so geantwortet, wie er es nun tat. »Dann sollte es euch leichtfallen, die Position der *Kwembly* auszumachen; ihr kennt ihren ungefähren Aufenthaltsort ohnehin besser als ich, und die Brückenbeleuchtung dürfte eingeschaltet sein. Die beiden Helikopter sind erst vor relativ kurzer Zeit verschwunden; sie sind mit Scheinwerfern ausgerüstet. Ich würde vorschlagen, dass ihr das Gebiet rings um die *Kwembly* im Umkreis von, sagen wir, 300 Kilometern absucht und mich benachrichtigt, wenn ihr Lichter entdeckt. Würde das lange dauern?«

Die Übermittlungsverzögerung gab Barlennan Zeit genug, um seine Worte zu bereuen; in der Tat bemerkte er seinen Fehler, bevor die Durchsage die Baumstation erreichte, aber es war zu spät. Die Antwort erleichterte ihn ein wenig; vielleicht wirkte sein Fehler sich nicht allzu schwerwiegend aus – vorausgesetzt, die Menschen entdeckten in der Nähe der *Kwembly* nicht mehr als zwei Lichter.

»Ganz so einfach ist es nicht«, sagte Tebbetts. »Ich sprach davon, dass wir die Lichtquellen erkennen können, aber ihre exakte Position zu bestimmen dürfte – vor allem aus dieser Entfernung – schwerer sein. Falls die verschwundenen Helikopter zu Bruch gegangen sind, funktionieren ihre Scheinwerfer höchstwahrscheinlich nicht mehr. Jedenfalls, ich werde dir zu helfen versuchen.«

»Wie steht es mit ihren Energie-Einheiten?«, fragte Barlennan, nun entschlossen, sich auch über die möglicherweise schlimmste Folge seines Missgeschicks zu informieren. Als die Frage die Raumstation erreichte, hatte Tebbetts den Kommunikationsraum bereits verlassen, um sein Versprechen zu erfüllen; zum Glück vermochte Benj Auskunft zu geben, ohne seinerseits rückzufragen, weil dieser Sachverhalt zu den Grundkenntnissen über das ganze Projekt gehörte, in die man ihn ausführlich eingeweiht hatte.

»Die Fusionskonverter strahlen Neutrinos ab, die wir registrieren können«, erklärte er dem Kommandant. »Allerdings kommt sehr viel Neutrinostrahlung von der Sonne und überlagert die Neutrinoquellen auf Dhrawn, sodass wir Letztere nur äußerst schwer zu lokalisieren vermögen. Die Messsatelliten verzeichnen die Neutrinoabsorption der verschiedenen Gebiete des Planeten, und wir hoffen, in einigen Jahren ein komplettes Röntgenbild – das ist wohl der beste Vergleich – von Dhrawn zu besitzen; ich meine, ziemlich genaue Kenntnisse über Dichte und Zusammensetzung des Planeteninnern. Du weißt, dass man noch immer diskutiert, ob man Dhrawn einen Planeten oder einen Stern nennen soll – beziehungsweise, ob seine extremen Temperaturverhältnisse von einem stetigen schwachen Fusionsprozess im Innern oder von Oberflächenradioaktivität herrühren. Aber ich bin nahezu sicher, dass sich die verschwundenen Helikopter nicht aufgrund der Neutrinostrahlung ihrer Konverter – falls sie überhaupt noch intakt sind – ausfindig machen lassen.«

Es gelang Barlennan, seine grenzenlose Erleichterung über diese Angaben zu verbergen; nun fasste er sich kurz. »Danke. Man kann nicht alles haben. Bitte informiere mich, wenn euer

Astronom zu einem Ergebnis gekommen ist, gleichgültig zu welchem. Du verstehst, dass ich über das Schicksal meiner Mitarbeiter beunruhigt bin.« Barlennan, der mehr Umgang mit Menschen gepflegt hatte, war in der Lage gewesen, aus Benjs Äußerungen mehr hinsichtlich der Empfindungen des Jungen abzuleiten als Dondragmer.

»Es könnte besser sein, aber auch übler«, bemerkte er zu den beiden Wissenschaftlern. »Jedenfalls taten wir gut daran, das Blinksystem nicht aufzubauen. Selbstverständlich hätten sie es gesehen.«

»Nicht zwangsläufig«, entgegnete Deeslenver. »Der Mensch sagte, sie *können* Lichter sehen, aber daraus schließe ich keineswegs, dass es ihre Gewohnheit ist, danach Ausschau zu halten. Sie werden ihre Instrumente für wichtigere Zwecke einsetzen.«

»Das Risiko ist trotzdem zu groß«, sagte Barlennan. »Gegenwärtig würde es uns ohnehin nichts nützen, weil sie gerade ihre besten Instrumente auf uns richten.«

»Aber sie wollen doch die Nachbarschaft der *Kwembly* absuchen, die mehrere Millionen Kabel von uns entfernt liegt.«

»Stell dir vor, *du* müsstest einen bestimmten Teil des Planeten mit einem Teleskop untersuchen. Was für eine Mühe würde es dich schon kosten, das Gerät auf einen anderen Teil zu richten?«

Deeslenver pflichtete dem Argument mit einer Geste bei. »Also warten wir entweder bis Sonnenaufgang oder veranlassen einen Sonderflug, falls du nach wie vor die *Esket* einzusetzen beabsichtigst. Ich gestehe, dass mir noch nichts anderes eingefallen ist. Ich weiß noch nicht einmal, wie ein brauchbarer Test beschaffen sein sollte.«

»Das ist weniger wichtig. Wir wollen hauptsächlich herausfinden, wie schnell und wie vollständig die Menschen Nachrichten an uns weiterleiten. Ich werde mir innerhalb der nächsten zwei Stunden etwas ausdenken. War in Kürze nicht ohnehin ein Forschungsflug eingeplant?«

»So bald nicht«, sagte Bendivence. »Außerdem stimme ich mit dir dahingehend nicht überein, dass Einzelheiten bedeutungslos sind. Sicher willst du sie nicht darauf stoßen, dass *wir* etwas mit dem Ausfall der *Esket* zu tun haben. Selbstverständlich sind die Menschen nicht blöde.«

»Das habe ich keineswegs angenommen. Der Test muss den Charakter irgendeines ganz natürlichen Vorfalls haben. Wir werden der Tatsache Rechnung tragen, dass die Menschen über die natürlichen Vorgänge auf dieser Welt viel weniger wissen als wir. Ihr kehrt nun zurück in die Forschungssektion; sagt allen Beteiligten, dass der Start vorverlegt wird. In zwei Stunden habe ich für Destigmet eine Nachricht geschrieben.«

»In Ordnung.« Die beiden Wissenschaftler verschwanden durch die Tür; Barlennan folgte ihnen langsam. Ihm kam zu Bewusstsein, wie wichtig der Hinweis von Bendivence war. Was ließ sich im Bereich der Kameras der *Esket* tun, ohne dass den Menschen der Verdacht kam, dass Meskliniten dafür verantwortlich waren? Oder ohne dass sie einen berechtigten Grund zur Verzögerung der Meldung erhielten? Es bestand immerhin die Möglichkeit, dass die Verzögerung, die im Falle der *Kwembly* aufgetreten war, lediglich aus Missverständnissen resultierte; jeder der Menschen konnte geglaubt haben, ein anderer kümmere sich um die Weitergabe. Von Barlennans Standpunkt aus hätte so etwas ungeheuerliche Unfähigkeit und völlige Desorganisation, ein geradezu unentschuldbares Durcheinander bedeutet; aber es war nicht das erste Mal, dass er den Menschen so etwas zutraute, jedenfalls einigen.

Der Test musste selbstverständlich durchgeführt werden, und die Kommunikatoren der *Esket* erboten sich als geeignete

Werkzeuge; die Sender funktionierten noch, aber natürlich musste die Besatzung es sorgfältig vermeiden, vor die Kameras zu geraten. Es war lange her, dass die Menschen das letzte Mal von dem »verlorenen« Fahrzeug gesprochen hatten. Auf den Gedanken, dass Kameras sich verdecken ließen, war man erst gekommen, nachdem Destigmet mit der Errichtung der zweiten, den Menschen unbekannten Basis begonnen hatte, und Barlennan war bisher, trotz wiederholter Anfragen Destigmets und seines Ersten Offiziers Kabremm, dagegen gewesen, diese Maßnahme an dem Fahrzeug nachzuholen, weil er die *Esket* bei den Menschen nicht wieder ins Gespräch bringen wollte. Naturgemäß war die Situation unbefriedigend, da die Besatzung sehr viele Unbequemlichkeiten hinnehmen musste; und nun, so überlegte Barlennan, vermochte man vielleicht zwei Fische in einem Netz zu fangen. Die plötzliche Verdunklung eines oder gar aller Bildschirme in der Raumstation würde zweifellos die Aufmerksamkeit der Menschen erregen. Ob sie einen Grund sahen, den Vorfall zu verschweigen, ließ sich nicht voraussagen; aber man musste es versuchen.

Der Plan gefiel Barlennan immer besser, und er genoss das Gefühl, ein großes Problem allein gelöst zu haben, bis einer von Guzmeens Boten erschien. »Kommandant! Guzmeen sagt, du möchtest sofort zurück in den Kommunikationsraum kommen. Einer der Menschen, der namens Mersereau, hat sich gemeldet. Er behauptete, auf der *Esket* sei etwas im Gange – etwas habe sich im Laboratorium bewegt!«

10 Schwerwiegende Panne

An Barlennans Seite zu bleiben, als der Kommandant urplötzlich die Richtung änderte, kostete den Kurier einige Mühe, jedoch gelang es ihm. Der Kommandant setzte es als selbstverständlich voraus, dass der andere ihm folgte.

»Sind weitere Einzelheiten bekannt? Wann hat sich etwas gerührt und was?«

»Keine Einzelheiten. Der Mensch erschien ohne Ankündigung auf dem Bildschirm und sagte wörtlich: In der *Esket* geht etwas vor. Sagt es dem Kommandanten. Mehr habe ich nicht gehört, weil Guzmeen mich sofort hierherbeorderte.«

»War das exakt die Formulierung? Benutzte er unsere Sprache?«

»Nein, die menschliche. Genau sagte er Folgendes ...« Der Kurier wiederholte die Durchsage im Originalwortlaut. Barlennan konnte dem Text nicht mehr entnehmen als der Übersetzung.

»Also wissen wir nicht, ob sich jemand hat sehen lassen, etwas vor die Linse geriet oder ...«

»Ersteres bezweifle ich, Kommandant. Der Mensch hätte einen von uns sicherlich erkannt.«

»Mag sein. Nun, womöglich sind inzwischen Details durchgegeben worden.«

Diese Annahme traf allerdings nicht zu. Boyd Mersereau war nicht einmal auf dem Bildschirm zu sehen, als Barlennan den Kommunikationsraum betrat. Zu seiner Überraschung war überhaupt niemand zu sehen. Der Kommandant warf Guzmeen einen finsteren Blick zu, aber der Kommunikationsoffizier widmete ihm nur das Äquivalent eines Achselzuckens. »Nach der Durchsage ist er sofort verschwunden.«

Barlennan betätigte die Rufschaltung, aber Boyd Mersereau hatte momentan andere Sorgen. Die meisten, obgleich nicht alle, betrafen Vorgänge auf Dhrawn, aber nicht im Zusammenhang mit der *Esket*.

Sein Hauptinteresse galt der Beruhigung von Aucoin, der verärgert war, weil man ihn von den Gesprächen zwischen Dondragmer und Katini sowie zwischen dem Kapitän und Tebbetts nicht in Kenntnis gesetzt hatte. Er beschuldigte auch den jungen Hoffman, unverantwortlich und ohne offizielle Erlaubnis gehandelt zu haben. Allerdings erlaubte er sich seinerseits keine Äußerungen, die Easy hätten in Rage bringen können. Er betrachtete sie – begründeterweise – als wichtigstes Mitglied der Kommunikationsgruppe. Folglich ertrugen Mersereau und die anderen geduldig das Geschimpfe des Planers.

Boyd pflegte dergleichen nicht sonderlich ernst zu nehmen; schon vor Jahren hatte er gelernt, Vorgesetzte zu beschwichtigen, ohne dafür viel Mühe aufzuwenden, indem er sich einfach mit Geduld wappnete. Vorwiegend erforderte der Stand der Dinge bei der *Kwembly*, die sogar die Neuigkeiten über die *Esket* in den Hintergrund drängten, nun volle Aufmerksamkeit. Boyd war etwas besorgt, mehr aber nicht. Die vermissten Meskliniten waren keine persönlichen Freunde von ihm. Er war zivilisiert genug, sich über ihr Verschwinden in gleichem Maße zu beunruhigen, als wären es Menschen, aber natürlich standen sie ihm nicht so nahe wie etwa die Besatzung der Raumstation.

Das Problem, wenn auch kein ungewöhnliches, war die *Kwembly* selbst. Es hatten sich schon die meisten Fahrzeuge in

Nöten befunden; fast alle hatten sich früher oder später herausgewunden. Kurz, Mersereau hätte sich lediglich in seine Aufgaben vertieft, wäre er sich selber überlassen gewesen.

Doch das war er keineswegs. Benj Hoffman mischte sich nachdrücklich in die ganze Angelegenheit ein und verstand es, seine Empfindungen auszudrücken, und nicht allein durch Bemerkungen, obwohl er damit beileibe nicht sparte. Sogar wenn er schwieg, verbreitete er Unruhe. Boyd wurde immer wieder in Diskussionen um Methoden verwickelt, wie die *Kwembly* aus dem Eis zu befreien sei, oder um die Auswirkungen einer neuen Flutwelle auf die Situation der beiden Steuerleute. Er musste sich beinahe häufiger mit derlei Fragen auseinandersetzen als mit jenen Aspekten, deren Analyse ihm eine vernünftige und korrekte Lagebeurteilung ermöglichen sollte. Diese Arbeitsumstände allerdings ärgerten auch ihn. Weder Beetchermarlf noch Takoorch oder gar Kervenser standen im Mittelpunkt seiner Aufmerksamkeit; sein Hauptproblem war der Zusammenhalt der Besatzung.

Benj, ob er nun schweigend neben ihm saß oder irgendwelche Äußerungen tat, blieb jedenfalls hartnäckig lästig. Mersereau konnte sich dessen kaum erwehren. Easy wusste sehr wohl Bescheid, doch unternahm sie nichts, um das Verhalten ihres Sohnes in weniger nervenzermürbende Bahnen zu lenken, denn sie teilte seine Gefühle. Teilweise aufgrund ihres Geschlechts und teilweise infolge ihrer Verbundenheit mit den Mesklíniten empfand sie für Beetchermarlf und Kervenser – und sogar für Takoorch – eine ausgeprägte Zuneigung. Außerdem hatte sie sich, ungefähr fünfundzwanzig Jahre zuvor, in einer ziemlich ähnlichen Notlage befunden, als eine Kette unglückseliger Zufälle dazu führte, dass sie in einem Forschungsgefährt auf einem Hitzeplaneten mit hohen Druckverhältnissen festsaß.

In der Tat ging sie noch weiter, als ihr Sohn es gewagt hätte. Dondragmer mochte nicht abgeneigt sein, eine Hilfstruppe zu jener Stelle zu schicken, an der die Verbindung mit Reffel abgerissen war; wahrscheinlich würde er es aber nicht riskieren, einen der drei verbliebenen Kommunikatoren mitzuschicken. Doch Easy gelang es – zum Teil durch eigene Argumente und teilweise, indem sie Mersereau dazu bewegte, sie zu unterstützen –, den Kapitän zu überzeugen, dass das Risiko größer sei, wenn er *keinen* Kommunikator mit auf den Weg gebe.

Auch diese Diskussion wurde in Aucoins Abwesenheit geführt; Mersereau fragte sich, während er noch auf Easys Seite mit Dondragmer argumentierte, wie er diesen Schritt dem Planer gegenüber rechtfertigen solle. Benj grinste hinter seinem Rücken.

In diese Angelegenheit verwickelt, schenkte Boyd dem Zuruf eines der anderen Beobachter, dass sich Objekte über den Bildschirm bewegten, der das Laboratoriumsinnere der *Esket* wiedergab, kaum Beachtung. Er schaltete sein Mikrofon um und übermittelte die Feststellung an die Basis, dann setzte er, ohne eine Entgegnung abzuwarten, das Gespräch mit der *Kwembly* fort. Später behauptete er, ihm sei überhaupt nicht zu Bewusstsein gekommen, dass es um die *Esket* ging, und er habe die Meldung für eine Routinesache gehalten, die es, da er anderweitig beansprucht war, so rasch wie möglich abzuwimmeln galt.

Benj hatte sich noch weniger dafür interessiert. Das Scheitern der *Esket* hatte sich lange vor seiner Ankunft in der Raumstation ereignet, und der Name sagte ihm fast gar nichts, obwohl seine Mutter einmal ihre verschollenen Freunde Destigmet und Kabremm erwähnte.

So blieb es Easy überlassen, als Einzige wirklich auf die Meldung zu reagieren. Sie bekam kaum mit, was Mersereau tat oder sagte, und sie dachte nicht daran, Barlennan zu informieren, bevor sie selbst Näheres wusste. Sie wechselte unverzüglich den Platz, begann die Bildschirme, die zu den Kommunikatoren der *Esket* gehörten, zu beobachten und vergaß alles andere.

Barlennans Rückruf brachte ihm daher nur sehr wenig Informationen. Easy, der man die Anfrage durchgab, hatte persönlich nichts gesehen, und inzwischen rührte sich nichts mehr auf den Bildschirmen. Der Mann, der die Vorgänge bemerkt hatte, wusste nur auszusagen, dass zwei Objekte, ein Stück Seil oder Kabel und ein kurzes Rohrstück, über den Boden des Laboratoriums gerollt seien. Möglicherweise habe etwas die *Esket* aus ihrer ursprünglichen Lage geschoben, obwohl seit mehreren terranischen Monaten kein Lebenszeichen mehr aus dem Fahrzeug gekommen war; womöglich hatte auch das Fahrzeug selbst durch irgendeine Ursache einen Stoß erhalten, doch konnte man sich eine solche Ursache kaum vorstellen.

Die Ungewissheit, die aus diesen Angaben resultierte, verdross Barlennan außerordentlich. Es war möglich, dass jemand von Destigmets Mannschaft sich unvorsichtig verhalten hatte. Es konnte auch eine natürliche Ursache vorliegen, wie zu glauben die Menschen es anscheinend vorzogen. Die dritte Möglichkeit war, dass sie den Vorfall erfunden hatten. Der Kommandant neigte unter den gegebenen Umständen am ehesten zu letzterer Annahme.

Er rätselte vergeblich daran herum, was die Menschen mit der Erfindung einer derartigen Begebenheit zu erreichen gedachten. Um eine Falle konnte es sich kaum handeln; wie hätte eine Falschreaktion aussehen sollen? Die Meldung war mysteriös. Barlennan musste zugeben, dass er außerstande war, die Motive der Menschen zu begreifen. Spekulationen mochte er ohnehin nicht. Er hatte keine Wahl, musste davon ausgehen, dass die Meldung auf Tatsachen beruhte. Er würde bei einem eventuellen Trick der Menschen den Spieß umdrehen. Er brauchte im Moment nichts zu unternehmen, außer sich mit Destigmet zu verständigen, und das erforderte bloß eine Nachricht an die *Deedee*.

Anlässlich dieser Überlegungen stieß er auf eine andere Methode, den Wahrheitsgehalt der von den Menschen übermittelten Berichte zu überprüfen. Die Meldung war anscheinend sehr schnell weitergegeben worden. Und Easy Hoffman musste damit zu tun haben.

Der Gedanke, dass Easys Beteiligung der Situation einen besonderen Charakter verlieh, wäre Barlennan und Aucoin gemeinsam gewesen, aber der Planer wusste noch immer nichts von dem Ereignis auf der *Esket*. Mersereau war nach wie vor zu beschäftigt, um überhaupt darüber nachzudenken.

»Easy!« Boyd wandte sich vom Mikrofon ab. »Offenbar haben wir Don überzeugt. Er gibt dem sechsköpfigen Suchtrupp einen Kommunikator mit. Übrigens möchte er sich seiner Schätzung der Entfernung, in der Reffel verschwand, gern vergewissern. Ich glaube, die Position wurde festgestellt, aber ich weiß nicht, ob man sie registriert hat. Möchtest du den Apparat übernehmen, während ich mich bei der Kartografie erkundige, oder willst du selbst nachfragen?«

»Ich bleibe lieber an dieser Station. Benj soll hinauf, falls er es fertigbringt, den Blick für ein paar Minuten von den Bildschirmen zu lösen.« Fragend schaute sie den Jungen an; der nickte und machte sich sofort auf den Weg. Er blieb länger fort, als sie erwarteten, und als er schließlich zurückkam, wirkte er leicht niedergedrückt.

»Sie sagten, sie könnten mir nur die Aufzeichnung des ersten Teils von Reffels Flugstrecke geben; er ist außerhalb des kartografierten Geländes verschwunden. Die Karten erfassen das Tal westwärts nur einen Kilometer weit.«

Mersereau grunzte enttäuscht. »Das hatte ich vergessen.« Er wandte sich wieder zum Mikrofon und gab das wenig hilfreiche Resultat an Dondragmer weiter.

Der Kapitän war weder besonders überrascht noch sonderlich verunsichert. Er hatte die Frage der Entfernung bereits mit Stakendee besprochen, der den Suchtrupp leitete. »Ich meine, dass die Empfehlung der Menschen, einen Kommunikator mitzunehmen, gut war«, hatte er erklärt. »Der Transport wird umständlich sein, und die Möglichkeit, dass er verloren geht, behagt mir keineswegs, aber er vermindert das Risiko, euren Trupp zu verlieren. Ich beunruhige mich noch immer wegen einer möglichen neuen Flutwelle, und die Menschen können noch keine endgültige Voraussage machen. Sie sind aber ebenfalls der Auffassung, dass so etwas wie ein jahreszeitliches Tauwetter bevorsteht. Über den Kommunikator kann ich euch eine direkte Warnung durchgeben, wenn eindeutige Informationen eintreffen sollten, und ihr könnt mich benachrichtigen, falls ihr etwas findet.«

»Mir ist unklar, wie wir uns verhalten sollen, falls tatsächlich eine weitere Flutwelle kommt«, sagte Stakendee. »Natürlich würden wir umkehren, wenn die *Kwembly* noch erreichbar ist; wenn nicht, müssten wir uns auf die Nordseite des Tals zurückziehen, die mir näher zu liegen scheint. Im Zweifelsfall wäre ich mir aber nicht sicher; es würde uns nichts nützen, die Flutwelle zu überleben, während die *Kwembly* vielleicht um eine Jahresreise weiter abtreibt.«

»Daran habe ich auch schon gedacht«, meinte der Kapitän, »und ich weiß bis jetzt keine Antwort. Werden wir nochmals abgetrieben, dürfte dies mit hoher Wahrscheinlichkeit die Zerstörung des Fahrzeugs zur Folge haben. Ich vermag gegenwärtig nicht zu beurteilen, ob es ratsam ist, unsere Versorgungsausrüstung auf der Talseite zu stationieren, bevor wir die

Räumarbeiten fortsetzen. Auf jeden Fall solltet ihr nun aufbrechen; je schneller die Suchaktion abgeschlossen ist, umso weniger brauchen wir zu befürchten, dass eine Flutwelle euch überrascht.«

Stakendee machte eine Geste der Zustimmung. Fünf Minuten später sah Dondragmer ihn und seine Gruppe die Hauptluftschleuse verlassen. Mit dem Kommunikator, den zwei der Raupenwesen auf ihren Rücken beförderten, bot die Gruppe einen grotesken Anblick. Sie bog um den Bug der *Kwembly*, der nach Nordwesten wies, und entfernte sich westwärts. Dondragmer beobachtete für eine Weile ihre entschwindenden Lichter, wandte sich jedoch, lange bevor sie außer Sicht gerieten, anderen Dingen zu.

Auf der Hülle arbeiteten Mannschaften daran, die Radiatorstange zu demontieren. Dondragmer hatte den Befehl zu dieser destruktiven Maßnahme nur ungern erteilt, aber nach Erwägung der Risiken lag es nicht in seiner Natur, sich mit weiteren Zweifeln zu plagen. Ihn interessierte lediglich noch, dass der Hülle so wenig Schaden wie möglich zugefügt wurde. Er beabsichtigte, sich später, sobald der schwierigste Teil der Demontage, die Trennung der Stange von den beiden Konduktoren, in Angriff genommen wurde, nach draußen zu begeben und die Arbeit persönlich zu überwachen. Vorerst aber genügte es, dass Praffens die Aufsicht hatte.

Das Problem, das der Kapitän gegenüber Stakendee aufgeworfen hatte, bedurfte längeren Durchdenkens. Die Anlagen des Versorgungssystems waren leicht demontierbar und transportabel, sodass die Abkommandierung einiger Teams zu diesem Zweck die Räumarbeiten nicht wesentlich verzögern würde; doch falls eine Flutwelle kam und die *Kwembly* abtrieb, während die Versorgungsanlagen am Ufer lagerten, konnte die Situation bedrohlich werden. Das System bildete einen geschlossenen Kreislauf, funktionierte mit mesklinitischen Pflanzen und hing von Konverterenergie ab. Naturgemäß umfasste seine Vegetationsquantität gerade genug zur Versorgung der Besatzung. Es mochte möglich sein, nur einen Teil des Systems auszulagern und dann die beiden getrennten Vegetationsbestände auszudehnen, bis die Umstände ihn zwangen, sich zwischen festem Land und dem Fahrzeug zu entscheiden; neue Tanks herzustellen war einfach, aber um beide Kulturen zu solchem Umfang zu erweitern, dass jede davon die ganze Besatzung mit Wasserstoff versorgen konnte, würde wahrscheinlich mehr Zeit erfordern, als ihnen zur Verfügung stand.

Bei dieser Gelegenheit wurde wieder einmal offenbar, wie nachteilig es war, dass die gesamte Kommunikation über die Raumstation lief. Eine der hauptsächlichen und vorrangigen Aufgaben der Besatzung der *Esket* war es, das Versorgungssystem zu modifizieren oder ein neues zu konstruieren, mit dem Ziel, die Versorgung einer größeren Personenzahl zu gewährleisten. Vielleicht war dieses Projekt bereits vor Monaten erfolgreich abgeschlossen worden, aber Dondragmer erhielt schlichtweg nicht die erforderlichen Informationen, um über den neuesten Stand Bescheid zu wissen.

Seine Gedankengänge wurden vom Kommunikator unterbrochen.

»Kapitän! Hier spricht Benj Hoffman. Würde es euch zu viel Mühe bereiten, einen der Kommunikatoren so aufzustellen, dass wir die Demontage des Radiators beobachten können? Womöglich genügt es, wenn du den Brückenkommunikator an die Steuerbordseite schiebst und die Kamera auf das Heck richtest.«

»Das lässt sich einfach bewerkstelligen«, antwortete der Kapitän. Da der Kommunikator unter Dhrawns Schwerkraftverhältnissen weniger als 250 Kilogramm wog, machten ihm lediglich die recht unhandlichen Ausmaße zu schaffen. Innerhalb weniger Sekunden schob er den Kommunikator in eine Position, die er für geeignet hielt. Der Junge bestätigte seine Meinung.

»Danke, so ist es gut. Ich sehe an Steuerbord die Oberfläche, die Hauptluftschleuse und ein paar deiner Leute auf der Hülle. Entfernungen lassen sich nur schwer schätzen, aber ich kenne die Größe der *Kwembly*, die Lage der Hauptluftschleuse und eure Körpergröße, sodass ich mir ein Bild machen kann. Die Eisfläche, die ich sehe, erstreckt sich, wie ich annehme, rund fünfzig oder sechzig Meter über die Hauptluftschleuse hinaus.«

Dondragmer war verblüfft. »Ich sehe mindestens dreimal so weit – nein, warte; du benutzt euer Dezimalsystem, also sehe ich nicht ganz so weit, aber zweifellos weiter als du. Wahrscheinlich sind Augen besser als die Linsen der Kameras. Ich wünschte mir allerdings, du würdest nicht bloß diesen Bildschirm beobachten. Oder werden die übrigen Bildschirme, die die *Kwembly* zeigen, von anderen kontrolliert? Ich möchte möglichst mit dem Suchtrupp, der soeben aufgebrochen ist, in Kontakt bleiben. Nach dem Zwischenfall mit Reffel bin ich erheblich beunruhigt.«

Dondragmer rang mit einander widerstrebenden Gefühlen, während er die Durchsage machte. Einerseits war er ziemlich sicher, dass Reffel die Kamera absichtlich abgedeckt hatte, doch konnte er sich noch weniger als Barlennan vorstellen, weshalb dies sich als notwendig hätte erweisen sollen; andererseits behagte ihm das ganze *Esket*-Manöver nicht. Niemals hätte er sich dazu hinreißen lassen, Barlennans Pläne mutwillig zu durchkreuzen, aber es wäre ihm keineswegs unlieb gewesen, wenn die ganze Angelegenheit aufgeflogen wäre. Selbstverständlich konnte Reffel auch in echte Schwierigkeiten geraten sein; traf dies zu, befand er sich nur wenige Kilometer entfernt und konnte – falls er noch lebte – das Fahrzeug auch zu Fuß erreichen.

»Alle vier Bildschirme sind genau vor mir«, meldete sich Benj. »Im Moment bin ich ihr einziger Beobachter, aber es befinden sich andere Leute im Raum. Mutter sitzt vor den Bildschirmen der *Esket*. Hat man dir schon gesagt, dass sich dort etwas gerührt hat? Mr. Mersereau ist gerade hinaus und hat wohl wieder Streit mit Dr. Aucoin. Auf dem Schirm von Reffels Kommunikator ist noch immer nichts zu sehen. Der Suchtrupp marschiert; ich kann nicht viel erkennen, die Lichter, die er mitführt, sind beileibe nicht so gut wie die Scheinwerfer der *Kwembly*. Ich fürchte, ich kann die Gruppe nicht warnen, wenn sich etwas nähert, und außerdem ist da die Verzögerung.«

»Würdest du die Gruppe bitte darauf aufmerksam machen«, forderte Dondragmer. »Der Führer heißt Stakendee. Er beherrscht die menschliche Sprache nicht allzu gut. Es könnte sein, dass er sich zu sehr darauf verlässt, von euch gewarnt zu werden.«

Die Antwort des Jungen ließ beträchtlich länger auf sich warten, als allein durch die Übermittlungsverzögerung erklärlich war. Vermutlich gab er den Hinweis sofort weiter, ohne zuvor zu bestätigen. Der Kapitän beschloss, ihm daraus keinen Vorwurf zu machen; Benj Hoffman war sehr jung. Dondragmer hatte genug zu tun und tat dies, bis Benjs Stimme erneut die Brücke erreichte.

»Ich habe es Stakendee ausgerichtet. Er hat versprochen, sehr vorsichtig zu sein; sie sind aber noch nicht weit von der *Kwembly* entfernt. Das Gelände ist sehr steinig und daher unübersichtlich; ich bezweifle, dass sich dort wirksam suchen lässt. Die Helikopter sind klein, und ihr Meskliniten seid noch kleiner.«

»Wir haben das berücksichtigt«, erwiderte Dondragmer. »Sind die Vermissten tot, wird man sie schwerlich finden können, doch andernfalls vermögen sie auf Rufe zu antworten oder ihrerseits um Hilfe zu rufen. Bei Nacht hört man selbstverständlich weiter, als man sieht. Außerdem könnte das für ihr Verschwinden verantwortliche Etwas größer oder leichter zu erkennen sein.« Der Kapitän besaß eine ziemlich genaue Vorstellung davon, wie Benj den letzten Satz kommentieren würde; und er behielt recht.

»Dem zu begegnen, das dafür verantwortlich ist, hilft uns nicht, wenn dabei noch mehr Personen verloren gehen.«

»Doch, falls wir feststellen können, worum es sich handelt. Ich bitte dich, mit Stakendees Gruppe engen Kontakt zu halten, Benj. Im Ernstfall macht es keinen Unterschied, doch immerhin erfährst du von allen Ereignissen eine halbe Minute früher als ich. Die Demontage der Radiatorstange erreicht nun eine schwierige Phase, und ich muss nach draußen. Sobald ich auf die Brücke zurückkehre, melde ich mich wieder.«

Der Kapitän wartete, bis Benj bestätigt hatte, dann begab er sich hinunter zur Hauptluftschleuse und legte einen Schutzanzug an; er verließ das Fahrzeug jedoch nicht durch die Schleuse, sondern ging über die Rampe zurück auf die Brücke und nahm den Weg durch eine der kleinen Notschleusen, die auf die Rumpfoberseite führte. So vermied er es, von außen auf die Rumpfoberseite klettern zu müssen.

Auf dem Plastik der Hülle, die sich allseits abwärts wölbte, fühlte er sich ein wenig unwohl, doch hatte er es schon lange gelernt, auch in größeren Höhen seine Selbstbeherrschung zu bewahren. Seine Zangen packten ein Klammereisen nach dem anderen, während er sich zum Heck bewegte, zu der Stelle, an der die elektrischen Kontakte der Radiatorstange aus der Hülle traten. Die Vernagelung, so stellte er nach einem kurzen Überblick fest, hatte sich leicht lösen lassen; an diesen beiden Verbindungen jedoch musste man die Stange auf eine Weise vom im Rumpfinnern befindlichen Kühlsystem trennen, die keine spätere Wiederherstellung gestattete. Schweißen und Löten waren Techniken, die Dondragmer nur theoretisch kannte, und da überdies gegenwärtig die Voraussetzungen fehlten, gab es lediglich die Möglichkeit, die Stange abzusägen. Der Kapitän wollte ganz besonders sicher sein, dass die Stange dabei keinen Schaden erlitt, der eine spätere Verwendung ausschloss, wenn man sie für ihren ursprünglichen Zweck wieder einsetzen würde.

Die mesklinitischen Sägen waren, wie man ihm versichert hatte, der Aufgabe durchaus gewachsen. Sorgfältig suchte Dondragmer die Stellen aus, an denen die Stange abgetrennt werden sollte, und befahl zwei Matrosen, sich an die Arbeit zu machen. Er warnte den Rest der Mannschaft, sie solle sich entfernen, wenn die Stange gelöst sei; das hieß, nicht nur die Hülle zu verlassen, sondern auch die nähere Umgebung des Fahrzeugs. Sein Plan sah vor, die Stange über die Steuerbordseite auf die Oberfläche abzusenken, aber ihm war klar, dass sie sich selbstständig machen konnte, und auch einem Mesklinitenten würde es schlecht bekommen, sich darunter aufzuhalten, wenn sie von der Rumpfoberseite fiel.

Die Arbeiten beanspruchten fast eine Stunde. Der Kapitän interessierte sich sehr für eventuelle Ergebnisse der Suchaktion, doch er wollte sich zunächst um einen anderen Teil des Erhitzerprojekts kümmern. Er kehrte zurück ins Fahrzeug und suchte das Laboratorium auf, wo Borndender eine Energie-Einheit einsatzfertig machte. Der Aufwand war gering; je eine polarisierte Fassung an den beiden Seiten des Konverterblocks sollte die Stange unter elektrischen Strom setzen. Falls irgendwelche Veränderungen erforderlich sein würden, so eher an der Stange als an der Krafteinheit. Dem Kapitän dies zu erläutern dauerte nur einen Augenblick, und er eilte, von den Worten des Wissenschaftlers überzeugt, wieder auf die Brücke. Erst dort, als er eine Verbindung mit Benj herzustellen versuchte, bemerkte er, dass er noch seinen Schutzanzug trug; sich durch den Anzug mit Borndender zu unterhalten, war problemlos, nicht aber, das Gleiche über ein Funkgerät mit einem Menschen zu tun. Er entblößte gerade genug von seinem Körper, um sein seltsames Sprechwerkzeug freizulegen, bevor er sich meldete.

»Ich bin wieder auf der Brücke, Benj. Was gibt es von Stakendees Gruppe zu berichten?« Während er auf die Antwort wartete, schälte er sich vollends aus dem Schutzanzug. Er beließ ihn auf dem Brückendeck, da er bis zu ihrem Eintreffen nicht genug Zeit haben würde, ihn in der Kammer neben der Hauptluftschleuse zu deponieren, wohin er gehörte.

»Bis jetzt nichts von Bedeutung, Kapitän«, lautete die Antwort des Jungen. »Nach meiner Schätzung hat die Gruppe mittlerweile ungefähr fünf Kilometer zurückgelegt und noch keine Spur von einem der Helikopter entdeckt. Stakendee behauptet, er habe in einigen Hundert Metern Höhe Wolken bemerkt, die sich der Position der *Kwembly* näherten; ich selbst konnte nicht gut genug sehen, deshalb kann ich dir das nicht bestätigen. Natürlich kann ein Helikopter gegen ein Hindernis prallen, wenn er tief fliegt und plötzlich in Wolken gerät; eure Maschinen verfügen über keine Blindfluginstrumente. Aber Stak meint, die Wolken seien zu klein gewesen, um einen Piloten zu desorientieren.«

Dondragmer neigte dazu, diesen Zweifel zu teilen, und das hätte er sogar, wären seine Vermutungen nicht anderer Art gewesen. Ein Blick nach oben bestätigte ihm, dass bislang keinerlei Wolken die *Kwembly* erreicht hatten; ringsum blitzten Sterne. Falls sich tatsächlich welche näherten, mussten sie sich, als die Helikopter starteten, noch sehr viel weiter westlich befunden haben. Das bedeutete nichts in Bezug auf Kervensers Verschwinden, da er schon sehr weit vom Fahrzeug entfernt gewesen sein konnte; aber Reffel könnte ihnen begegnet sein. Dondragmer widmete seine Aufmerksamkeit wieder Benj, der den Bericht fortsetzte.

»Stak sagt, dass das Flussbett eine merkliche Steigung erfährt, aber er hat nicht erklärt, woran er das feststellen kann.« Druckwechsel, vermutete Dondragmer; innerhalb der Schutzanzüge spürte man ihn stärker. Beim Gang über die Hülle der *Kwembly* machten sich schon beachtliche Druckunterschiede bemerkbar. »Außerdem besteht das Flussbett in ihrer Gegend aus bloßem Fels, mit Eis in den Spalten.«

»Gut. Danke, Benj. Sind eure Meteorologen schon zu einem Schluss hinsichtlich der Wahrscheinlichkeit einer neuen Flutwelle gelangt?«

Der Junge kicherte; doch dieser Laut sagte dem Meskliniten nichts.

»Nein, Dr. McDevitt kommt zu keinen zuverlässigen Resultaten. Dr. Aucoin hat sich sehr darüber aufgeregt, aber mein Chef hat ihm erläutert, dass es auf der Erde einige Jahrhunderte gedauert hat, bevor man akzeptable Wettervorhersagen für wenigstens zehn Tage treffen konnte, und dass jeder an Zauberei glauben müsse, der verlangt, nach einigen Jahren für eine Welt von Dhrawns Größe perfekte Vorhersagen zu erhalten, obwohl wir erst ein winziges Gebiet erforscht haben, in dem Temperaturen zwischen fünfzig und 1000 Grad Kelvin herrschen. Er sagte auch, die *Kwembly* hätte noch Glück gehabt; nach den Computern hätte sie durch die Temperaturschwankungen in vierzig anderlei Schwierigkeiten geraten können. Ich fand es lustig, wie Dr. Aucoin plötzlich *ihn* zu beruhigen versuchte. Meistens ist es nämlich umgekehrt.«

»Schade, dass ich das Gespräch nicht hören konnte«, antwortete Dondragmer. »Hast du deinem Chef von den Wolken erzählt, die Stakendee gesehen haben will?«

»Selbstverständlich. Dr. McDevitt war sehr interessiert daran und möchte, falls sie die *Kwembly* erreichen, möglichst genau über den Zeitpunkt informiert werden. Verzeihung ... das hätte ich früher sagen sollen.«

»Das spielt keine Rolle«, meinte Dondragmer. »Der Himmel ist hier völlig klar. Rechnet er damit, dass sich neuer Nebel bildet?« Trotz seiner natürlichen Unfähigkeit, Sorge zu empfinden, verbrachte der Kapitän die nächste Minute mit einem vagen Gefühl des Unbehagens.

»Davon hat er nichts erwähnt, und ich glaube, er wird es auch nicht tun. Er hat sich schon zu häufig geirrt, um weiter voreilige Aussagen zu machen ... Einen Moment! Da ist etwas auf dem Schirm von Stakendees Kommunikator.« Dondragmer spürte, wie die Muskulatur seiner zahlreichen Beine sich anspannte. »Ich sehe ein Licht, anscheinend heller als die Lampen der Gruppe, aber ich kann die Entfernung nicht recht beurteilen. Ich bin nicht sicher, ob Staks Leute es schon bemerkt haben, aber eigentlich müssten sie's ... Mutter, willst du dir das anschauen? Soll ich Barlennan verständigen? Ja, Stak hat es gesehen, die Gruppe hält an. Das Licht bewegt sich nicht mehr. Stak hat das Kommunikatormikrofon aktiviert, aber nichts ist zu hören. Jetzt haben sie den Kommunikator abgestellt; ich sehe alle sechs. Sie schalten ihre Lampen aus, und nun sieht man nur noch das andere Licht. Und ich höre jemand pfeifen ... Staks Leute haben ihre Lampen wieder eingeschaltet, zwei nähern sich dem Kommunikator, er wird aufgehoben, sie tragen ihn weiter vorwärts. Sie leuchten das Gelände ab, sodass ich sehr gut alles sehen kann ... Dort ist ein schmales Rinnsal; es ist wieder ein wenig Nebel in der Luft. Hinter dem anderen Licht bewegt sich etwas; jetzt wird es deutlicher, kommt näher – es ist ungefähr so groß wie ein Mesklinit. Vielleicht Kervenser oder Reffel ... Ja, ich bin fast sicher, dass es ein Mesklinit ist, er befindet sich bloß noch ein paar Meter weit entfernt; die anderen durchqueren die Flüssigkeit und bewegen sich auf ihn zu. Sie unterhalten sich, aber so leise, dass ich überhaupt nichts verstehen kann. Alle wuseln durcheinander, und ringsum ist keiner, den ich fragen könnte, wer da aufgetaucht ist, doch sie werden es ohnehin gleich melden, schätze ich. Jetzt kommt auch schon wieder Ordnung in die Gruppe, sie nähert sich dem Kommunikator. Zwei sehe ich direkt vor der Kamera; der eine ist Stakendee, glaube ich, und der andere ...«

Eine Stimme unterbrach ihn aus unmittelbarer Nähe. Sie erreichte nicht allein seine Ohren, sondern auch drei eingeschaltete Mikrofone und somit drei verschiedene Empfänger auf Dhrawn, wo sie drei sehr unterschiedliche Reaktionen hervorrief.

»Kabremm!«, schrie Easy. »Wo hast du in all den Monaten gesteckt?«

11 Drahtspiele

Es war wirklich nicht Kabremms Schuld, doch Barlennan verzieh ihm erst viel später. Der Kommunikator hatte außerhalb der Lichtkegel gestanden, und als der Ankömmling sich zu Stakendees Gruppe gesellte, hatte er das Gerät nicht sehen können. Erst als er bis auf vierzig oder fünfzig Zentimeter herangekommen war, bemerkte er es. Selbst in diesem Augenblick war er nicht sonderlich beunruhigt; für ihn wirkten alle Menschen gleich, und deshalb vermutete er, dass für Menschen auch alle Meskliniten gleich aussahen. Zwar hätte er sich niemals absichtlich vor die Kamera begeben, aber nun, da es einmal geschehen war, würde jeder hastige Rückzug weitaus verdächtiger wirken als ein selbstverständliches Benehmen.

Als Easys Stimme, die seinen Namen rief, aus dem Lautsprecher drang, war es bereits vierundsechzig Sekunden zu spät, um noch etwas zu tun. Stakendee wollte beim Klang der Stimme reflexartig nach dem Verschluss für das Objektiv der Kamera greifen, der auf dem Kommunikator lag, doch ihm wurde noch rechtzeitig klar, dass er die Sache höchstens verschlimmern würde. Die beiden besaßen nicht die geringste Vorstellung, was sie nun unternehmen sollten. Keinen der beiden konnte man einen Experten für Intrigen nennen, obwohl man auf Mesklin in politischen Fragen nicht minder entschlossen vorging als in kommerziellen. Auch schnelle Denker waren beide nicht, allerdings – im Gegensatz zu Dondragmer – begeisterte Befürworter von Barlennans *Esket*-Manöver. Sie begriffen deshalb immerhin, dass ihr Missgeschick, was immer sie nun tun oder unterlassen würden, wahrscheinlich mit den Maßnahmen, die Barlennan oder Dondragmer gegenwärtig trafen, in Konflikt geraten musste. Eine Koordination war unmöglich. Nach einigen Sekunden dachte Stakendee daran, Kabremm als einen der Vermissten – Reffel oder Kervenser – auszugeben, aber er bezweifelte, dass er damit Erfolg haben würde. Mrs. Hoffman musste völlig sicher gewesen sein, als sie den Namen so laut rief, und Kabremms Reaktion passte nicht dazu.

Nach Hoffmans Frage war kein Wort mehr von der Raumstation gekommen; offenbar erwartete man eine Antwort. Auch Barlennan hatte Easy gehört und befand sich gleicherweise in einer peinlichen Lage. Warum Kabremm sich in der Nähe der *Kwembly* herumtrieb, ließ sich nur vermuten, obschon der Zwischenfall mit Reffels Kommunikator ihn ein wenig darauf vorbereitet hatte; nur eines der drei Luftschiffe wurde für den Pendelverkehr zwischen der *Esket* und der Basis eingesetzt; die anderen unterstanden Destigmet und befanden sich meistens auf Forschungsflügen. Andererseits war Dhrawn so groß, dass es eines geradezu unwahrscheinlichen Zufalls bedurft hätte, wäre eines der Forschungsschiffe in der Nähe der *Kwembly* aufgetaucht.

Dennoch, dergleichen musste geschehen sein. So etwas war einfach Pech, fand Barlennan, wozu sich die Tatsache gesellte, dass der einzige Mensch im Universum, der Kabremm mit ziemlicher Sicherheit zu identifizieren in der Lage war, ausgerechnet in dem Moment zur Stelle hatte sein müssen, als Kabremm sich blicken ließ.

Nun wussten die Menschen also, dass die Besatzung der *Esket* nicht ausgelöscht war. Für einen solchen Fall war nicht vorgesorgt worden; keine abgesprochene Ausrede existierte, deren Kabremm sich hätte bedienen können. Vielleicht griff Dondragmer ein; Barlennan konnte sich in dieser Beziehung völlig auf ihn verlassen, gleichgültig wie der Kapitän über die ganze Angelegenheit dachte, aber was würde er tun? Die Schwierigkeit lag darin, dass Barlennan nicht zu erfahren imstande war, wie Dondragmer sich zu Kabremms Erscheinen äußerte, und deshalb nicht wusste, was er selber, wenn die zweifellos zu erwartenden Fragen der Menschen kamen, ihnen sagen sollte. Wahrscheinlich war es die sicherste Taktik, sich absolut unwissend zu stellen und freundlich einen detaillierten Bericht Dondragmers anfordern zu lassen. Jedenfalls würde der Kapitän Kabremm, den anscheinend die ganze Schuld an dieser Entwicklung traf, daran hindern, noch mehr verräterische Tollheiten zu begehen.

Für Barlennans Gemütszustand war es ein Glück, dass er nicht wusste, *wo* Kabremm aufgetaucht war. Easy hatte ihm gegenüber einige Sekunden vor dem Zwischenfall erwähnt, dass Benj gerade eine Schilderung der Ereignisse durchgebe, die auf einem Bildschirm zu sehen seien, der zu einem Kommunikator der *Kwembly* gehöre; andernfalls hätte der Kommandant angenommen, Kabremm wäre vor die Linse eines Kommunikators der *Esket* gelaufen. So nahm er an, der Zwischenfall habe sich in oder bei der *Kwembly* zugetragen, nicht aber fünf Kilometer von ihr entfernt. Die fünf Kilometer waren so nachteilig, wie 5000 es gewesen wären, da jede Verständigung zwischen den Fahrzeugen und der Basis ausschließlich über die Raumstation der Menschen erfolgte, und Dondragmer war wie Barlennan außerstande, böse Folgen abzuwenden.

Es gelang dem Kapitän dennoch, wenn auch ganz unbeabsichtigt. Er hatte Easys Ausruf ebenfalls vernommen, ihn aber als kaum mehr denn eine Ablenkung empfunden, da seine Überlegungen sich vollständig mit Benjs Schilderung beschäftigten. In der Tat hatte ein gewisser Aspekt ihn in solchem Maße beunruhigt, dass er sich zu etwas verleiten ließ, das zu vermeiden ihn die bisherigen Erfahrungen mit der Kommunikation gelehrt hatten. Während Benj noch sprach, richtete er eine dringende Anfrage an die Raumstation.

»Bitte, bevor du etwas anderes unternimmst, berichte mir Näheres über diese Flüssigkeit, die durch das Flussbett rinnt! Sollte das als Ankündigung einer neuen Flut zu werten sein, gib Stak bitte Folgendes durch: Er soll mit zweien seiner Leute und dem Kommunikator weiter stromaufwärts marschieren und ständig über die Natur des Rinnsals berichten, vor allem, ob es anschwillt. Die drei anderen sollen dem Rinnsal folgen und feststellen, wie nahe es bereits der *Kwembly* gekommen ist. Sobald sie das in Erfahrung gebracht haben, sollen sie die entsprechenden Informationen durchgeben, damit du sie an mich weiterleiten kannst. Wir müssen, falls wirklich eine zweite Flutwelle bevorsteht, unverzüglich das Fahrzeug und das Tal verlassen. Bitte bestätige und übermittle Stakendee diese Befehle sofort!«

Die Durchsage erreichte die Station, als Easy soeben der Ausruf entfahren war. Mersereau und Aucoin waren noch abwesend, und Benj zögerte nicht, Dondragmers Anweisungen umgehend weiterzugeben. Easy dachte eine oder zwei Sekunden lang nach, beschloss dann, das Problem Kabremm aufzuschieben, und informierte Barlennan von Dondragmers Befürchtungen. Wenn Don die Situation als Notfall betrachtete, konnte man schlecht etwas dagegen einwenden; er musste es am besten beurteilen können. Dennoch wandte sie ihren Blick nicht von jenem Bildschirm, auf dem noch immer Kabremm zu sehen war; sein Auftauchen bedurfte immerhin einer Erklärung. Nach der Wiederholung von Dondragmers Befehlen fügte sie einen eigenen Bericht hinzu, der dem Kommandant einige Sachverhalte verdeutlichte. »Barl, ich weiß nicht, in welchem Umfang du über den Lauf der Ereignisse informiert bist. Don hat einen Suchtrupp ausgeschickt und ihm einen Kommunikator mitgegeben; er sollte nach Kervenser und Reffel Ausschau halten, aber bis jetzt hat er nur dieses Rinnsal entdeckt, das Don so große Sorgen bereitet, und ist bei dieser Gelegenheit Kabremm begegnet. Ich habe keine Ahnung, wie er an diesen mehrere Tausend Kilometer von der *Esket* entfernten Ort kommt, aber ich denke, er wird es berichten, und wir setzen dich sofort davon in Kenntnis. Die Neuigkeit wird ebenso erfreulich wie aufschlussreich sein, es muss für Meskliniten eine Möglichkeit geben, zumindest in einigen Gebieten dieses Planeten ohne menschliche Hilfsmittel zu überleben.«

Barlennans Antwort umfasste lediglich die übliche Bestätigung und einige knappe Dankesworte. Easys Schlusssatz hatte in seinem Hirn neue Spekulationen ausgelöst.

Benj hatte der Durchsage seiner Mutter kaum Beachtung geschenkt, da er selbst ein Gespräch führte. Er übermittelte Dondragmers Anweisungen dem Suchtrupp, der sich befehlsgemäß aufteilte; dann berichtete er dem Kapitän, dass die Aufträge erledigt würden, jedoch vermochte er sich wieder einmal eines Kommentars nicht zu enthalten. »Kapitän, mir ist klar, dass die Auslagerung der Versorgungsanlagen mit einer Menge Arbeit verbunden sein wird, aber sicher kannst du genug Leute abkommandieren, um die Arbeiten am Erhitzer fortsetzen zu lassen. Du wirst das Fahrzeug doch nicht vorschnell aufgeben, oder? Beetch und sein Freund stecken noch darunter; du kannst sie nicht einfach vergessen.«

Dondragmer hatte sich mittlerweile ein grundsätzlich stimmiges Bild von Benjs Persönlichkeit gemacht, obschon manche Details sich seinem Begriffsvermögen schlichtweg entzogen. Er antwortete so taktvoll, wie er es vermochte. »Selbstverständlich gebe ich die *Kwembly* nicht auf, solange eine angemessene Chance besteht, das Fahrzeug zu erhalten, aber das Vorhandensein von Flüssigkeit in nur wenigen Kilometern Entfernung drängt mir den Schluss auf, dass die Gefahr einer neuen Flut nunmehr sehr groß ist. Die Metallstange, die wir von der Hülle getrennt haben, wird in wenigen Minuten abgesenkt. Sodann werden sich nur noch Borndender und ein Helfer mit diesem Erhitzer beschäftigen. Die gesamte andere Besatzung, außer Stakendees Gruppe, versteht sich, wird sofort mit der Auslagerung von Pflanzen, Tanks und Leuchtkörpern beginnen und sie ans Ufer schaffen. Ich möchte meine Steuerleute nicht im Stich lassen, aber wenn ich die sichere Information erhalte, dass erneut Hochwasser auf uns zukommt, müssen wir schnellstens einen höher gelegenen Platz aufsuchen. Ich vermute, dass dir diese Vorstellung missfällt, aber gewiss begreifst du, dass ich keine Wahl habe.« Dabei beließ er es, ohne sich dafür zu interessieren, ob Benj darauf antworten wollte; es gab zu viel anderes zu berücksichtigen.

Er sah zu, als man das schwere Metallgestänge, das als Erhitzer verwendet werden sollte, zur Steuerbordseite der *Kwembly* schob. Man hatte Seile daran befestigt, die durch die Klammereisen der Hülle verliefen und von auf dem Eis befindlichen Seeleuten gehalten wurden, die langsam, nach Praffens Befehlen, Seillänge um Seillänge nachgaben. Praffen lag auf der Plattform der Helikopterschleuse, beobachtete das Herablassen der Stange und gestikulierte Anweisungen. Das untere Ende der Stange glitt abwärts, und das jenseitige Ende näherte sich dem Meskliniten; es schien, als würde es ihn vom Rumpf stoßen, und der Anblick machte Dondragmer ein bisschen nervös, aber Praffen ließ die Stange unter seinem Körper hindurchgleiten, bemüht, genug Beine auf der Plastikhülle zu behalten, dabei stets wenigstens drei Zangenpaare um Klammereisen gelegt. Nach diesem persönlichen Wagnis wies er die Matrosen an, rascher Seil nachzugeben; es beanspruchte weniger als fünf Minuten, die ganze Stange hinab auf das Eis zu bekommen.

Während der Schlussphase dieser Operation hatte der Kapitän erneut seinen Schutzanzug angelegt und das Fahrzeug verlassen; draußen gab er mit lautstarken Pfeiftönen eine Reihe von Befehlen. Gehorsam bewegten sich die Meskliniten zur Hauptluftschleuse, um sich an die Auslagerung der Versorgungsvorrichtungen zu machen; der Kapitän kehrte zurück auf die Brücke, um wieder mit Benj und über diesen mit Stakendee Kontakt aufzunehmen.

Der Junge hatte, während die Radiatorstange vom Rumpf entfernt worden war, nichts gesagt, obwohl er die Arbeit über den Brückenkommunikator hatte verfolgen können; Erläuterungen dazu waren überflüssig. Die Abkommandierung fast der gesamten Besatzung versetzte ihn ein wenig in Missstimmung, denn wenn nahezu die ganze Besatzung mit der Räumung des Fahrzeugs beschäftigt war, konnten keine unmittelbaren Maßnahmen zur Rettung der beiden Steuerleute getroffen werden. Das Auftauchen zweier Meskliniten – Benj wusste nicht, welcher der beiden Borndender war – mit einer Energie-Einheit lenkte ihn etwas von seinen unwilligen Gedankengängen ab. Die Stange lag nun in jener Form, in der sie ursprünglich auf dem Rumpf der *Kwembly* gesessen hatte, auf dem Eis. Sie glich einer überdimensionalen Haarnadel mit Querverstrebungen, die vormals, entsprechend der Rumpfform, gewölbt gewesen, doch nun unter der Schwerkraft plattgedrückt worden waren. Das Gerätteil besaß also in gesamter Länge guten Kontakt mit der Eisoberfläche.

Die Meskliniten vergeudeten ein paar Minuten mit dem Versuch, die Stange geradezubiegen; Benj gewann den Eindruck, dass sie sie so dicht wie möglich neben dem Rumpf zu deponieren beabsichtigten. Schließlich fiel ihnen jedoch auf, dass die beiden Enden der Stange sowieso ziemlich eng beieinander bleiben mussten, damit sie in die Konvertereinheit passten; also ließen sie die Stange liegen und brachten die Einheit ans Heck. Der eine begutachtete die Öffnungen des Kastens und die Enden der Stange, wobei der andere ihm zuschaute.

Benj konnte die Einheit auf dem kleinen Bildschirm nicht besonders gut erkennen, aber er war mit derartigen Geräten vertraut. Die Konverter der Meskliniten entsprachen weitgehend dem Standard und hatten für den Gebrauch auf Dhrawn nur geringfügig modifiziert werden müssen. Die Elektrizität, die Borndender brauchte, war durch unterschiedliche Kontaktarten zugänglich; an zwei gegenüberliegenden Seiten des Kastens gab es energetisierbare Kontaktplättchen, und überdies wies der Kasten mehrere ein- und zweipolige Normalsteckdosen auf. Die Verwendung der Plättchen wäre am einfachsten gewesen, doch wie Benj nachträglich erfuhr, hatten die Meskliniten dies als zu riskant verworfen und es vorgezogen, es mit den Fassungen zu versuchen, deren Verwendung jedoch erforderte, dass sich die Enden der Stange hineinschieben ließen. Borndender wusste bereits, dass die Stange etwas zu dick war und an den Enden zurechtgefeilt werden musste; er hatte die erforderlichen Werkzeuge mitgebracht, und es gab dabei keine Probleme. Die bearbeiteten Enden einwärts zu biegen, erwies sich schon als schwerer. Während die beiden sich noch damit abmühten, strömten die übrigen Besatzungsmitglieder, beladen mit den hydroponischen Tanks, ihren Pumpen, Lampen und Energiekonvertern, aus der Hauptschleuse; sie marschierten hinüber zur Nordseite des Tals. Borndender widmete ihnen nur einen kurzen Blick, wobei er überlegte, ob er jemand um Unterstützung bitten könne.

Das Zurechtbiegen der Enden war nicht ein Problem bloßer Körperkraft, denn die eines Mesklíniten war der Aufgabe sicherlich gewachsen. Nicht daran mangelte es den beiden Wissenschaftlern, sondern an ausreichender Standfestigkeit. Das Eis bestand aus fast purem Wasser mit geringen Spuren von Ammoniak und besaß eine entsprechend schlüpfrige Oberfläche; unter normalen Umständen behinderte die Glätte die Mesklíniten aufgrund ihrer Vielbeinigkeit keineswegs bei der Fortbewegung. Nun aber, als Borndender und sein Assistent genügend Druck auf die Enden der Stange auszuüben versuchten, um sie zu verbiegen, erwiesen ihre 10 Kilogramm Körpermasse sich als zu gering dafür. Das Metall wollte nicht nachgeben, und die langen Körper der beiden Mesklíniten rutschten und glitten in grotesken Verrenkungen immer wieder ab. Dieser Anblick genügte, um Benj trotz seiner Besorgnis zu einem Kichern zu veranlassen, und Seumas McDevitt, der soeben aus dem Meteorologischen Labor kam, erging es nicht anders.

Borndender löste das Problem schließlich; er holte das Bohrgerät aus der *Kwembly* und bohrte ein halbes Dutzend Löcher ins Eis, in die er Rahmenteile des Bohrturms versenkte. Den flachen mesklinitischen Hintern gegen das Gestänge gelehnt, erhielten die beiden nun genug Rückhalt für den Einsatz ihrer Muskeln. Auf diese Weise gelang es endlich, die Enden der Radiatorstange in die gewünschte Form zu bringen.

Nach Abschluss der Feilarbeiten war es einfach, die Enden in die vorgesehenen Kastenfassungen zu schieben. Es erforderte nicht mehr als das Anheben der beiden verbogenen Enden um etwa fünf Zentimeter bis auf Höhe der beiden Fassungen. Recht zögernd – was auch den Menschen nicht entging – wandte sich Borndender dann den Kontrollen der Krafteinheit zu. Seine Zuschauer waren nicht minder gespannt; Dondragmer war, da er nur die Zusicherung der Menschen besaß, nicht gänzlich davon überzeugt, dass die Operation dem Fahrzeug nicht schaden könne; und Benj und McDevitt hegten ebenfalls einige Zweifel hinsichtlich der Wirksamkeit des improvisierten Erhitzers.

Ihre Zweifel wurden rasch zerstreut. Die eingebauten Sicherheitsschaltungen funktionierten ausreichend, soweit es die Apparatur selbst betraf; sie konnten allerdings die Außenaufladung nicht exakt analysieren, kontrollierten aber den Energieausstoß und verhinderten den Aufbau allzu hoher Spannung. Natürlich hatte Borndender auf Minimalleistung geschaltet. Der Widerstand blieb mehrere Sekunden lang erhalten, und dabei wäre es wohl auch geblieben, hätten sich die Enden der Stange nicht über dem Eis befunden.

Über die größte Länge der Stange hinweg klappte alles. Im Augenblick der Energieabgabe erhob sich eine Wolke mikroskopisch kleiner Eiskristalle, als rings um die Stange Wasser verdunstete und in der Luft wieder gefror. Die Wolke verbarg zunächst das Geschehen, aber die Stange begann in die Eisoberfläche einzusinken. Die letzten Zentimeter der beiden Stangenenden, die über dem Eis in der Krafteinheit steckten, zeigten für etwa drei Sekunden keine Spur von Aufladung, doch dann begannen sie zu glühen. Der Metallwiderstand wuchs natürlich mit dem Grad der Erhitzung, und die Einheit lieferte, um die Stromstärke konstant zu halten, plötzlich höhere Spannung. Die zusätzliche Hitze konzentrierte sich fast völlig in den bereits überhitzten Abschnitten. Einen Moment lang erhellte ein zuerst rotes, dann grellweißes Glühen die Eiswolke und veranlasste Dondragmer, sich auf die andere Seite der Brücke zu flüchten, während Borndender und sein Kollege sich flach auf das Eis pressten.

Die menschlichen Zuschauer schrien auf; McDevitt rief, die Einheit könne nicht explodieren, aber aufgrund der Übermittlungsverzögerung waren diese Reaktionen natürlich nutzlos. Das eine Ende der Stange schmolz, und die Energie-Einheit schaltete sich automatisch ab. Borndender, einigermaßen überrascht, weil er noch lebte, deaktivierte nachträglich die manuelle Kontrolle und machte sich, ohne erst dem Kapitän zu berichten, an die Untersuchung der Komplikation. Er brauchte nicht lange; er war ein gründlicher Denker und besaß sehr viel mehr menschliches Wissen als etwa die beiden Steuerleute, die einige Meter entfernt noch immer auf Rettung warteten. Er verstand die Fusionskonverter sowohl theoretisch wie praktisch; natürlich hätte er keinen konstruieren können, aber er vermochte die Ursachen von Fehlfunktionen zu ergründen, obwohl er seiner schwerpunktmäßigen Spezialausbildung nach mehr Chemiker war als Physiker.

Mit einiger Überraschung verfolgten die beiden Menschen – und Dondragmer mit gewissem Unbehagen –, wie die beiden Wissenschaftler sich anschickten, den Erhitzer wieder einsatzfähig zu machen und die Operation erneut zu wiederholen. Das abgeschmolzene Ende der Stange wurde erneut zurechtgefeilt, umgebogen, in die Fassung geschoben; mit dem Bohrgerät schufen die beiden ein Loch, in das sie den Konverter stellten, sodass auch die Fassungen sich in Höhe der Eisoberfläche befanden und die Radiatorstange nunmehr vollständig auflag. Dann bedeckten sie die ganze Vorrichtung mit beim Bohren gelösten Eisbrocken und ließen nur die Kontrollen frei. Nach diesen Vorbereitungen schaltete Borndender den Konverter wieder ein und entfernte sich diesmal hastiger.

Die weiße Eiswolke schoss erneut empor, schwoll an und breitete sich aus. Sie hüllte die ganze Seite der *Kwembly* ein, nahm Dondragmer – und den Menschen – die Sicht. Von den Außenscheinwerfern erhellt, erregte sie die Aufmerksamkeit der Mannschaften, die sich inzwischen dem Ufer näherten, und von Stakendees Gruppe, die sich einige Kilometer weiter westlich aufhielt. Die ganze Stange versank in schmelzendem Eis, das als heißer Dampf himmelwärts schoss und sich dort wieder zu Eiskristallen verdichtete. Das kochende Wasserloch grub sich tiefer in die Eisschicht; sanfter Wind trieb den Eisnebel davon. Schließlich erreichte die Heißwasserentwicklung den Rumpf der *Kwembly*, und Dondragmer, der den kochenden Pfuhl für einen Moment durch den wirbelnden Eisnebel erkennen konnte, kam plötzlich ein fürchterlicher Gedanke. Eilig hüllte er sich in seinen Schutzanzug und stürzte hinunter zur Hauptschleuse. Dann zögerte er; in dem Anzug vermochte er nicht zu spüren, ob das Fahrzeug sich bedrohlich erwärmte, und Thermometer gab es nur im Laboratorium. Er dachte kurz daran, eines zu holen, aber der Zeitverlust schien ihm zu riskant; entschlossen öffnete er die Sicherheitsventile der Schleuse. Er hatte keine Ahnung, ob die Hitze lange genug anhalten würde, um die Ammoniakfüllung der Schleuse zum Sieden zu bringen – die Hülle der *Kwembly* war hervorragend isoliert, doch an nichts war dem Kapitän weniger gelegen als an kochendem Ammoniak an Bord seines Fahrzeugs. Auf jeden Fall war ihm nach seiner Maßnahme erheblich wohler zumute; hastig begab er sich zurück auf die Brücke, um die weiteren Vorgänge zu beobachten.

Eine sanfte Westbrise gestattete ihm gelegentlichen Ausblick auf die Oberfläche, da sie den Eisnebel fortwehte; inzwischen hatte das Heißwasserloch sich bedeutend ausgedehnt, aber nach einigen Minuten gewann er den Eindruck, dass nun eine Grenze erreicht war. Manchmal sah er die beiden Wissenschaftler, die umhereilten, um sich einen Überblick zu verschaffen. Zuletzt verharrten sie ungefähr unterhalb der Brücke.

Eine Zeit lang schien der Flüssigkeitsspiegel unverändert zu bleiben, doch keiner der Beobachter wusste eine Erklärung dafür. Später einigten sie sich darauf, dass das Heißwasser noch flüssige Wasserreservoirs unter der *Kwembly* erreicht haben musste, die zum Verdampfen volle fünfzehn Minuten benötigten. Nach deren Ablauf ragten die ersten Steine des Flussbetts aus dem Heißwasserpfuhl. Plötzlich fiel Dondragmer ein, dass es womöglich erforderlich war, die Energie-Einheit zu deaktivieren, bevor ein weiteres Stück der Stange schmolz; die bereits fehlende Länge würde es schwierig genug machen, die Radiatorstange wieder mit dem Kühlsystem zu verbinden. Nun, da die Stange immer tiefer auf den Grund sank, fragte er sich, wie sie an die Kontrollen des Konverters gelangen sollten. Er vergeudete keine Zeit damit, sich über die Wissenschaftler zu ärgern, weil sie kein Zugseil an der Schaltung befestigt hatten; schließlich hatte er selbst nicht rechtzeitig daran gedacht. Er legte erneut den Schutzanzug an und verließ das Fahrzeug durch die kleine Brückenschleuse. Die Rumpfwölbung entzog ihm den Ausblick nach unten, und so rasch die schlechte Sicht es erlaubte, begann er über die Klammereisen der Hülle abwärtszuklettern. Unterwegs rief er bereits zu den beiden Wissenschaftlern hinab. »Lasst die Stange nicht noch einmal schmelzen! Schaltet ab!«

Einem bestätigenden Pfeifton entnahm er, dass man ihn gehört hatte, aber andere Auskünfte erteilte man ihm nicht. Er setzte den Abstieg fort, bis er die Plattform des Rumpfaufbaus betrat, wo ihn lediglich noch die pneumatische Matratze von der dampfenden Wasserfläche trennte. Unter den herrschenden Druckverhältnissen blubberte das kochende Wasser nicht, aber natürlich war es heiß, und der Kapitän gab sich nicht der Täuschung hin, der Anzug würde ihm genügend Schutz bieten. In diesem Moment kam ihm – mit reichlicher Verspätung – zu Bewusstsein, dass er möglicherweise soeben seine beiden vermissten Steuerleute tödlich verbrüht hatte.

Die Konvertereinheit befand sich weiter heckwärts, aber das nächste begehbare Eis lag am Bug. Es würde ohnehin ein Problem sein, die Einheit zu erreichen, da sie zweifellos mittlerweile unter dem Heißwasserspiegel saß. Dondragmer begab sich zum Bug; von dort aus war die Sicht klar, aber die beiden Wissenschaftler waren nirgends zu erblicken. Vermutlich versuchten sie bereits am Heck vergeblich, seinem Befehl nachzukommen. Der Kapitän betrat solides Eis und geriet, als er den Pfuhl zu umrunden begann, wiederum in den seine Sicht behindernden Eisnebel. Er stieß, während er den Weg fortsetzte, eine Reihe fragender Pfiffe aus, die zu seiner Beruhigung ausnahmslos beantwortet wurden. Jedenfalls waren die beiden noch nicht ins Wasser gefallen.

Als er sich zu ihnen gesellte, hatten sie noch keinen Erfolg zu verzeichnen. Der Konverter befand sich nicht bloß außer Reichweite, sondern war auch nicht mehr zu sehen. In den Pfuhl zu tauchen wäre reiner Wahnsinn gewesen, bevor nicht das gesamte Heißwasser verdampft war. Das allerdings konnte nicht allzu lange dauern; die Menge der Steine, die man schon zwischen der Dampfsäule erkennen konnte, zeugte davon, dass die Stange bald auf ihnen zum Liegen kommen musste. Mehrere Minuten lang erwog der Kapitän das Risiko, und binnen dieser Zeitspanne sank der Wasserspiegel tatsächlich bis dicht über den Grund ab, sodass er es schließlich wagte, sich über die Kante rutschen und auf einen der rundlichen Felsen fallen zu lassen.

Die Aufschlagswucht entsprach der bei einem Sturz aus acht Stockwerken Höhe auf der Erde, und diesen Aufprall empfand sogar der Mesklinit als heftig. Dennoch blieb er unverletzt und beherrscht. Mit einem kurzen Pfiff verständigte er die beiden Wissenschaftler davon, dass er heil gelandet war, verbot ihnen aber, ihm zu folgen. Der nächste Felsen, der ihm genug

Platz bot, lag mehr als eine Körperlänge entfernt, war aber gut zu erkennen, und dazwischen ragten ein paar Quadratzentimeter eines anderen Steins aus dem restlichen Heißwasser. Dondragmer streckte seinen Raupenkörper, krümmte sich, stützte etwa ein Dutzend Beine auf die wenigen Quadratzentimeter des flacheren Felsens, wölbte seinen Vorderkörper zu dem dritten Stein hinüber und zog den übrigen Körper hinterher. Diese raupentypische Bewegung beanspruchte nur zwei Sekunden. Von seiner neuen Position aus erwies sich der nächste Schritt als schwieriger. Der Fahrzeugrumpf, an dem er sich orientiert hatte, war kaum noch sichtbar; außerdem umgaben den Kapitän an dieser Stelle größere Wasserrestflächen. Er zögerte, überlegte, kalkulierte; aber die Entscheidung wurde ihm schließlich abgenommen. Das Zischen und Brodeln der Dampfsäule verstummte, und unter dem Druck von Dhrawns Atmosphäre brach sie augenblicklich zusammen. Dondragmer fand sich damit ab, dass ein weiteres Stück der Radiatorstange verloren war, entspannte sich und wartete, während die Wasserreste abkühlten, der Dunst sich verflüchtigte und der Nebel aus Eiskristallen sich verzog. Unterdessen wurde es ihm reichlich warm, aber solange sich unter ihm noch heißes Wasser befand, vermochte er der Versuchung, zurück auf die Eisoberfläche zu klimmen, leicht zu widerstehen. Er wartete.

Jedenfalls lebte er noch, als die Sicht sich klärte; er war ungefähr einen Meter von der Konvertereinheit entfernt. Nun, da er sich ungehindert umschauen konnte, erreichte er sie auf dem Umweg über einige unregelmäßig verteilte Steine. Er schaltete die Einheit ab. Die beiden Wissenschaftler hatten sich inzwischen an der Kante über ihm an einer Stelle eingefunden, von der aus sie vermutlich den neuen Schaden am besten begutachten konnten. Direkt gegenüber, unter dem Rumpf der *Kwembly*, klaffte ein finsterer Hohlraum, in den das

Licht der Außenscheinwerfer nicht eindrang. Der Kapitän verspürte wenig Lust, die Höhle zu betreten; sehr wahrscheinlich würde er darin die beiden toten Steuerleute entdecken. In der Raumstation bemerkte man sein Zögern.

»Warum steht er da untätig neben dem Konverter?«, murmelte McDevitt. »Ach, ich schätze, auf dem verbliebenen Wasser hat sich noch keine ausreichend dicke Eisschicht gebildet.«

»Nicht nur deshalb, wette ich.« Benjs Tonfall ließ den Meteorologen den Blick vom Schirm wenden.

»Was ist los?«, fragte er.

»In diesem Loch stecken Beetch und sein Freund, dessen bin ich sicher. Wie sollten sie sich vor dem kochenden Wasser gerettet haben? Ich wette, daran hat der Kapitän überhaupt erst jetzt gedacht. Hätte er es geahnt, er würde nicht zugelassen haben, dass die beiden Wissenschaftler so rücksichtslos vorgingen. Man kann sich leicht vorstellen, was nun aus Beetch geworden ist!«

McDevitt überlegte hastig; ein vernünftiger Kommentar würde den Jungen weder überzeugen noch beruhigen, zumal McDevitts vernünftigster Schluss die Annahme nahelegte, dass Benj wahrscheinlich recht hatte. Aber er bemühte sich. »Es sieht übel aus, aber ich würde nicht so schnell aufgeben. Ich zweifle daran, dass der Erhitzer das gesamte Eis unter dem Rumpf aufgelöst hat, und das heiße Wasser muss sie nicht unbedingt erreicht haben; andernfalls besteht die Möglichkeit, dass sie sich auf der anderen Seite, die wir nicht einsehen können, an die Oberfläche retten konnten. Vielleicht war dieses Loch auch gar nicht ihr Aufenthaltsort.«

»Auch wenn sie nicht unmittelbar ins Heißwasser gerieten, so muss das Wassereis, in dem sie steckten, doch den Schmelzpunkt erreicht haben, und diese Temperatur genügt bei einem

Meskliniten für einen Hitzschlag. Ich dachte, das Zeug sei gefroren, weil es Ammoniak verlor, und nicht wegen des Temperaturabfalls.«

»Das war meine Vermutung«, gestand der Meteorologe, »aber selbstverständlich besitze ich noch keinerlei Gewissheit. Mir liegen nicht genug Messergebnisse vor. Ich räume ein, dass deine beiden kleinen Freunde unter Umständen tot sind; aber wir wissen so wenig über die Vorgänge dort unten, dass es verfrüht wäre, jede Hoffnung aufzugeben. Warten wir ab, wir können sowieso nichts tun. Dondragmer wird sich darum kümmern, sobald er es kann.«

Benj fasste sich einigermaßen und begann sich einzureden, dass tatsächlich noch nichts entschieden sei; sein Blick, der eigentlich der Tätigkeit von Stakendees Gruppe gewidmet sein sollte, wich jedoch nicht mehr von dem Bildschirm, auf dem der Kapitän zu sehen war.

Mehrere Male streckte Dondragmer seinen Vorderkörper aus, jedes Mal zog er ihn wieder zurück. Endlich hatte er sich anscheinend zu der Auffassung durchgerungen, dass die zwischen dem Gestein entstandene Eisschicht sein Gewicht tragen würde, und schob seinen langen Raupenkörper Zentimeter um Zentimeter auf die Oberfläche hinaus. Dann verharrte er für einen Moment, als erwartete er, dass etwas geschehe; das Eis hielt, und er setzte seinen Weg fort, auf den Rumpf der *Kwembly* zu. Die Menschen beobachteten ihn; Benjs Hände waren zu Fäusten geballt, und auch der Meteorologe war gespannter als gewöhnlich.

Hören konnten sie nichts, und so vernahmen sie den Pfiff, der plötzlich über das Eis hallte, ebenfalls nicht; er drang nicht durch den Brückenaufbau bis an das Mikrofon des anderen Kommunikators, der auf dem Brückendeck stand. Sie vermochten nicht einmal zu erraten, warum Dondragmer, als er gerade unter dem Rumpf in dem Hohlraum verschwinden wollte, auf einmal herumfuhr. Sie sahen ihn nur zurück über das Eis eilen und ihn, als er unterhalb des Standorts der beiden Wissenschaftler ankam, heftig nach oben gestikulieren, offenbar gleichgültig gegenüber dem, was den beiden Steuerleuten widerfahren sein mochte.

12 Gelenkte Extrapolation

Dondragmer war keineswegs gleichgültig, aber für ihn war es absolut normal, die ganze Aufmerksamkeit einer neuen Angelegenheit zu schenken, die wahrscheinlich rasche Maßnahmen erforderte, bevor man sich einer alten Sache annahm, die sich wahrscheinlich nicht mehr ändern ließ. Er hatte die beiden Steuerleute durchaus nicht vergessen, aber als ein ferner Pfeifton ihm den Ausruf zutrug: »Hier endet der Bach!« – da änderte er seine Absichten augenblicklich und rigoros.

Er konnte nicht ermitteln, woher die Stimme kam, weil er sich etwa einen halben Meter unterhalb der ursprünglichen Eisoberfläche aufhielt, doch Borndender meldete, er sehe in ungefähr einem halben Kilometer Entfernung Licht schimmern. Auf Befehl des Kapitäns erkletterte der Wissenschaftler den Fahrzeugrumpf, um von dort einen besseren Ausblick zu erhalten, während sein Kollege sich anschickte, ein Seil zu suchen, mit dem er dem Kapitän aus dem Eisloch helfen wollte. Hierüber verging einige Zeit. Die Matrosen hatten, mit der ihnen eigenen Sorgfalt, sämtliches Seilwerk, das für das Herablassen der Radiatorstange gebraucht worden war, zurück in die Lagerräume des Fahrzeugs geschafft, und als Skrenda – Borndenders Assistent – die *Kwembly* durch die Hauptschleuse zu betreten versuchte, fand er sie von einer klaren, etwa drei Zentimeter dicken Eisschicht versiegelt, die einen Teil der Steuerbordseite bedeckte und bei der es sich offenbar um einen Niederschlag des aus dem Schmelzpfuhl aufgestiegenen Dampfs handelte. Zum Glück ragten die meisten Klammereisen weit genug aus der Schicht, dass er in der Lage war, die Brückenschleuse zu erreichen.

Borndender rief in das Loch hinab, dass sich zwei Lichter näherten. Der Kapitän befahl ihm, die Ankömmlinge anzurufen, und der Wissenschaftler brüllte einige Fragen über das Flussbett, dann lauschten die beiden wachsam auf Antwort; auch mesklinitischen Stimmen fiel es schwer, auf diese Entfernung zwei Lagen Schutzanzugmaterial zu durchdringen. Als Dondragmer endlich aus der Grube heraus war, stand fest, dass es sich bei den Ankömmlingen um jenen Teil von Stakendees Gruppe handelte, der stromabwärts geschickt worden war; sie hatten das Ende des Rinnsals weniger als einen Kilometer vom Fahrzeug entfernt gefunden; über Details konnte man sich noch nicht verständigen.

Als die drei schließlich eintrafen, begriff der Kapitän ihre Beschreibung nicht ganz; sie passte zu nichts, was er sich vorzustellen vermochte. »Der Bach behielt über die gesamte stromabwärtige Strecke gleichen Umfang bei«, berichteten die Matrosen. »Er scheint keinen Zufluss zu besitzen und nirgendwohin abzufließen. Er wand sich ein Stück weit durch das Gestein des Flussbetts, bis wir die seltsamsten Dinge entdeckten. Wir stießen auf eine Art von Eisdamm, um den die Flüssigkeit ihren Weg nahm, und nach einem halben Kabel kam wieder so ein Damm. Uns schien es, als gefriere ein Teil der Flüssigkeit, sobald sie das Eis zwischen den Steinen erreichte, aber nur eine gewisse Menge am Anfang; das nachfließende Wasser blieb flüssig, bis es auf neues Eis stieß. Die Dämme türmten sich jeweils bis zu ungefähr einer halben Körperlänge auf, bevor das Wasser zu gefrieren aufhörte und weiterfloss. Den letzten Damm, an dem der Gefrierprozess noch nicht beendet war, fanden wir vor wenigen Minuten. Wir hatten diese helle Wolke gesehen und überlegten uns, ob wir uns zurückmelden sollten, für den Fall, dass ein Unglück geschehen sei, aber dann einigten wir uns, dem Wasserlauf bis zu dem Punkt zu folgen, an dem er von der *Kwembly* fortzuführen begann.«

»Gut«, sagte der Kapitän. »Ihr seid sicher, dass der Bach nicht anschwoll?«

»Ja, soweit wir es beurteilen konnten.«

»Nun gut. Vielleicht haben wir mehr Zeit, als ich glaubte, und diese Flüssigkeit ist kein Vorzeichen einer neuen Flut. Wenn ich nur wüsste, warum sie unterwegs teilweise zu diesen merkwürdigen Dämmen gefror.«

»Wir besprechen das am besten mit den Menschen«, schlug Borndender vor, der es sich auch nicht erklären konnte, dies aber nicht zu deutlich eingestehen wollte.

»Richtig. Sie werden Messdaten und Analysen verlangen. Ich vermute, ihr habt keine Probe von der Flüssigkeit mitgebracht?«

»Ja, Kapitän. Wir hatten nichts, worin sie sich befördern ließ.«

»In Ordnung. Born, verschaffe dir Behälter und hole etwas von der Flüssigkeit; analysiere sie so genau und so schnell, wie du es vermagst. Einer der drei wird dich hinführen. Ich suche inzwischen die Brücke auf und informiere die Menschen.« Er wandte sich an die Gruppe. »Ihr zwei anderen verseht euch mit Werkzeugen und fangt an, die Hauptschleuse vom Eis zu befreien.« Dondragmer beendete das Gespräch, indem er die eisverkrustete Hülle der *Kwembly* zu erklimmen begann.

Benj und McDevitt hatten ihn unter Beobachtung gehalten, obwohl es keinem der beiden leichtfiel, Meskliniten voneinander zu unterscheiden. Nun sahen sie ihn auf die Brücke zurückkehren. Besonders Benj war, seit die Suche unter dem Fahrzeug eine Unterbrechung erfahren hatte, noch viel nervöser geworden; vielleicht waren die Steuerleute tatsächlich nicht unter dem Rumpf; vielleicht gehörten sie zu den drei Ankömmlingen; vielleicht, vielleicht … Auch McDevitt, obschon seiner Natur nach ein ruhiger und gelassener Mann, wurde allmählich ungeduldig, als der Kapitän sich schließlich wieder meldete.

Sein Bericht faszinierte den Meteorologen, aber seinen jungen Mitarbeiter vermochte er natürlich nicht zu beruhigen. Benj kämpfte mit sich, ob er unterbrechen und nach Beetchermarlf fragen sollte, aber zuletzt sah er ein, dass er damit zu viel sinnlose Verwirrung stiften würde. Und als die Durchsage des Kapitäns endete, begann McDevitt unverzüglich zu antworten.

»Dies ist nicht mehr als eine Vermutung, Kapitän«, sagte er, »aber vielleicht wird dein Wissenschaftler sie nach der Analyse der Probe erhärten können. Es ist möglich, dass der Teich, in dem ihr steckt, ursprünglich aus einer Ammoniak-Wasser-Lösung bestand – es gab schon Hinweise darauf. Die Lösung gefror, nicht weil die Temperatur sank, sondern weil ein Großteil des Ammoniaks verdampfte und deshalb ihr Gefrierpunkt sich nach oben verschob. Der Nebel, in den ihr vor diesem ganzen Ärger gerietet, bestand aus Ammoniak, wie eure Wissenschaftler berichteten. Ich nehme an, er kam aus den kühleren Zonen im Westen. Sein Niederschlag reagierte mit dem Wassereis und schmolz es, teilweise durch Eutektikbildung und zum Teil durch Wärmeentwicklung. Das verursachte die erste Flutwelle. Als der Ammoniaknebel weiterzog, begann die Lösung durch Verdunstung wieder Ammoniak zu verlieren, und der Gefrierpunkt der verbleibenden Mischung stieg über die herrschende Temperatur. Die verdünnte Lösung gefror wieder. Ich glaube, dass der Nebel, dem Stakendee begegnete, ebenfalls aus Ammoniak besteht und die Ursache für das Entstehen des Flüssleins ist, das er entdeckt hat. Wenn der Nebel auf das Wassereis in eurer Umgebung trifft, vermischen sich die beiden Substanzen; solange die Mischung zu arm an Ammoniak ist, bilden sich diese Eisdämme, die deine Leute beschrieben haben, und das nachfließende Ammoniak muss einen Weg daran vorbei finden. Ich schlage vor, ihr versucht, das Rinnsal auf das Fahrzeug zuzuleiten; falls die Flüssigkeitsmenge groß genug ist, dürfte das euer Problem lösen.« Benj hörte trotz seiner schlechten Stimmung genau zu; er fragte sich, ob auch die Computer Ammoniak und Wärme als gleichwertige Faktoren behandeln würden.

»Du meinst, wir brauchen mit keiner zweiten Flut zu rechnen?«, fragte Dondragmer.

»Das glaube ich«, erwiderte McDevitt. »Der von Stakendee gemeldete Nebel dürfte mittlerweile das Plateau überquert haben, und hätte er einen neuen Schmelzprozess verursacht, müsste die daraus resultierende Flut längst gekommen sein. Ich schätze, der gesamte höher gelegene Schnee wurde bereits mit der ersten Flutwelle vom Plateau gespült. Sollte die neue Nebelbank euch noch nicht erreicht haben, kenne ich wahrscheinlich den Grund. Das Gebiet, in dem Stakendee in den Nebel geriet, liegt etwas höher als die Position der *Kwembly*, und der von Westen kommende Wind weht talabwärts. Bei Dhrawns Gravitation und seiner atmosphärischen Zusammensetzung muss das einen schrecklichen Föhn verursachen – adiabatische Erwärmung bei Druckanstieg –, und der Nebel dürfte wohl in dem Bereich, wo Stakendee ihn bemerkte, auch verdunsten.«

Dondragmer benötigte eine Weile, um diese Angaben zu überdenken. Nach Ablauf der normalen Übermittlungsverzögerung folgte eine längere Pause, sodass McDevitt daran zu zweifeln begann, sich deutlich genug ausgedrückt zu haben; doch endlich kam eine weitere Frage des Kapitäns.

»Aber wenn der Ammoniaknebel einfach verdunstet, nimmt er lediglich Gasform an, und das Ammoniak muss noch ringsum in der Atmosphäre enthalten sein. Warum schmilzt es das Eis nicht, wie es geschieht, wenn es sich in Form von flüssigen Tropfen befindet? Wirkt hier ein physikalisches Gesetz, das ich im Unterricht versäumt habe?«

»So einfach kann ich das nicht beantworten, aber Ammoniakkonzentration und Wetterlage können natürlich am Ausbleiben der Schmelzwirkung schuld sein«, meinte der Meteorologe. »Ich werde noch einmal alles durchkalkulieren, sobald Borndender mir die neuen Daten geliefert hat. Auf der Basis der bisherigen Gesamtdaten scheint meine Annahme logisch, aber ich räume ein, dass einige Aspekte unklar bleiben. Unser Problem sind die zahlreichen Variablen; mit Wasser allein steht es schlimm genug, aber Wasser und Ammoniak schaffen eine schier unbegrenzte Anzahl davon. Um jedoch konkret zu werden: Ich sehe Stakendee auf dem anderen Bildschirm, und er marschiert noch immer neben dem Rinnsal durch den Nebel; es ist nur ein paar eurer Körperlängen breit, und zwar auf der gesamten Strecke, die die Gruppe bislang zurückgelegt hat.«

»Das klingt immerhin beruhigend«, lautete die Antwort. »Jedenfalls melde ich mich wieder, wenn Borndenders Resultate vorliegen. Bitte beobachtet Stakendee weiterhin. Ich gehe hinaus, um unter dem Rumpf nachzuschauen; dabei war ich eben unterbrochen worden.« Der Meteorologe hatte noch etwas sagen wollen, aber er wusste, dass Dondragmer außer Hörweite sein würde, wenn seine Durchsage eintraf, und so schwieg er. Vielleicht nahm er auch ein wenig Rücksicht auf Benj. Sie verfolgten aufmerksam, der Mann fast so teilnahmsvoll wie sein junger Mitarbeiter, wie der schwarz-rote Raupenkörper sich in seinem Schutzanzug über den Rumpf schob; vorübergehend geriet er, während er abwärts kletterte, aus ihrem Blickfeld, doch dann tauchte er bei der Stützvorrichtung wieder auf, die Borndender im Eis aufgebaut hatte und an der noch das Seil befestigt war, mit dem man ihm aus der Grube geholfen hatte.

Sie sahen ihn an dem Seil erneut in das Schmelzloch hinabklettern. Ein Mesklinit an einem Seil, unter vierzigfacher Erdschwerkraft, bot einen ganz besonderen Anblick, auch wenn der Höhenunterschied, den er überwinden musste, nicht viel größer als seine Körperlänge war. Einen Moment lang dachte sogar Benj nicht mehr an Beetchermarlf. Das Eis auf dem Boden des Lochs beunruhigte den Kapitän diesmal nicht; vermutlich hatte der Gefrierprozess längst den Untergrund erreicht. Er näherte sich ohne Zögern der Steuerbordseite der *Kwembly* und verlangsamte sein Tempo erst dicht vor dem finsteren Hohlraum.

Zum größten Teil war die *Kwembly* natürlich noch festgefroren. Das Schmelzloch hatte ihre Walzen auf ungefähr zwei Meter Seitenlänge freigelegt, doch über diesen Raum hinaus und auf der Backbordseite reichte das Eis nach wie vor bis über die Pneumatik. Dondragmer machte sich keine Hoffnung, die beiden Steuerleute lebend unter dem Fahrzeug zu finden; würden sie noch leben, hätten sie diese Höhle längst verlassen. Andererseits rechnete er keineswegs zwangsläufig damit, ihre Leichen zu finden; wie McDevitt hatte auch er sich überlegt, dass die beiden nicht unbedingt in diesem Hohlraum gesteckt haben mussten. Es hatte zwei andere unerklärliche Fälle von Verschwinden gegeben; Dondragmer besaß hinsichtlich des Verbleibens von Reffel und Kervenser zwar durchaus begründete Vermutungen, aber von jeder Gewissheit war er weit entfernt.

Unter dem Rumpf, außerhalb des Scheinwerferlichts, war es stockdunkel. Obwohl Dondragmer noch genug zu sehen vermochte – eine natürliche Anpassung an den raschen Helligkeitswechsel, der bei der achtzehnminütigen Rotation Mesklins herrschte –, entgingen ihm einige Details. Er sah die beiden von den Steuerleuten beschädigten Walzen und den Steinwall, den sie aufgeschichtet hatten, um das Wasser auf das Eis zuzuleiten; nicht aber bemerkte er den Schlitz in der Matratze, hinter dem die beiden schließlich ihre letzte Zuflucht gefunden hatten. Der Anblick bestätigte dem Kapitän, dass sich zumindest einer von ihnen vorübergehend hier aufgehalten hatte; der Schluss lag nahe, dass die beiden erst später, nachdem sie diese Schäden angerichtet hatten, an anderer Stelle im vordringenden Eis eingeschlossen wurden, doch ein solcher Fall ließ sich selbstverständlich nur schwer erklären. Der Kapitän untersuchte rasch die Eiswände der Höhle, begutachtete die beiden Walzen von allen Seiten, blickte jedoch nicht nach oben; er kannte sich mit der Fahrzeugkonstruktion aus und war deshalb überzeugt, dass es in dieser Richtung kein Entkommen gegeben haben konnte.

Schließlich kehrte er zurück ans Licht und damit in den Aufnahmebereich des Kommunikators. Die Tatsache, dass er allein auftauchte, bedeutete für Benj so etwas wie eine Erleichterung; der Junge hatte erwartet, den Kapitän zwei Leichen an die Oberfläche schleifen zu sehen. Seine Erleichterung war kurz, denn die brennende Frage blieb: Wo war Beetchermarlf? Dondragmer kletterte aus der Grube und verschwand aus dem Blickfeld. Womöglich befand er sich auf dem Weg zur Brücke, um einen detaillierten Bericht durchzugeben. Benj, der inzwischen alle Symptome von Schlaflosigkeit aufwies, wartete schweigend und mit geballten Fäusten.

Doch eine Durchsage blieb aus. Der Kapitän hatte zwar vorgehabt, den Menschen das zu berichten, was er unter dem Rumpf entdeckt hatte, aber als er über die Hülle empor zur Brücke kroch, verharrte er, um mit einem der beiden Matrosen zu sprechen, die sich bemühten, die Hauptschleuse von der Eiskruste zu befreien.

»Über die Ereignisse, als eure Gruppe den Bach fand, bin ich nur seitens der Menschen informiert worden«, sagte er. »Gibt es Einzelheiten, die ich wissen sollte? Mir ist bekannt, dass ihr jemand begegnet seid, aber man hat mir nicht gesagt, ob es Kervenser oder Reffel war. Wer war es? Sind die Helikopter intakt? Es kam zu einer Unterbrechung, weil irgendjemand Kabremm in der *Esket* umherlaufen sah, aber fast gleichzeitig habe ich eine dringende Anfrage durchgegeben, weil diese Flüssigkeit mich beunruhigte. Wen habt ihr getroffen?«

»Es war Kabremm.«

Beinahe hätte Dondragmer die Zangen von den Klammereisen gelöst.

»Kabremm? Destigmets Erster Offizier? Hier? Und ein Mensch hat ihn erkannt, weil er vor *eurem* Kommunikator auftauchte?«

»Es sieht so aus, Kapitän. Er sah den Kommunikator erst, als es schon zu spät war. Niemand von uns glaubte, dass ein Mensch Meskliniten voneinander unterscheiden könne, bis wir diesen Ausruf hörten.«

»Aber was treibt er hier? Dieser Planet ist dreimal so groß wie Mesklin; warum muss er denn ausgerechnet hier sein?«

»Kabremm hatte keine Gelegenheit, uns viel zu erzählen. Wir erhielten deine Befehle und nahmen sie zum Anlass, aufzubrechen und ihn dabei von der Kamera fortzuschaffen, aber wie ich gehört habe, liegt etwa fünf Millionen Kabel weiter stromabwärts eine Eisschicht, sehr nahe bei der *Esket*, und etwas Ähnliches wie ein Eisfluss schiebt sich langsam in die Warmzonen. Die *Esket*, die Minen und die Farmen liegen genau auf seinem Weg.«

»Farmen?«

»So nennt Destigmet sie. Eigentlich ein Stützpunkt mit sehr vielen hydroponischen Tanks. Destigmet schickte also die *Gwelf* unter Kabremm stromaufwärts, um herausfinden zu lassen, wie gefährlich dieser Eisfluss ihnen werden könne. In der Nähe der Stelle, an der wir ihn trafen, hatten sie das Luftschiff wegen des Nebels verankert; sie konnten sich weiterhin am Flussbett orientieren, aber sie waren nicht mehr in der Lage, es genau zu beobachten.«

»Also müssen sie eingetroffen sein, nachdem die Flut uns hierhergetrieben hat; wenn sie das Flussbett erkundeten, wie können sie dann die Lichter der *Kwembly* übersehen haben?«

»Ich weiß es nicht, Kapitän. Falls Kabremm es Stakendee gesagt hat, habe ich es nicht gehört.«

Dondragmer vollführte das Äquivalent eines Achselzuckens. »Ich vermute, Kervenser und Reffel begegneten der *Gwelf*, und Reffel deckte die Kamera mit dem Verschluss ab, um das Luftschiff den Blicken der Menschen zu entziehen; aber ich begreife nicht, warum nicht wenigstens Kervenser zurückgekommen ist und uns informiert hat.«

»Leider kann ich weder die eine noch die andere Frage beantworten, Kapitän«, meinte der Matrose.

»Dann muss das Flussbett, in dem wir stecken, sich nach Norden wenden, wenn es zum Standort der *Esket* führt.« Der andere nahm völlig richtig an, dass Dondragmer lediglich einen Gedanken laut ausgesprochen hatte, und schwieg dazu. Auch der Kapitän sagte eine oder zwei Minuten lang nichts, bis er seine Überlegungen laut ergänzte. »Die große Frage lautet, ob auch der Kommandant es gehört hat, als der Mensch Kabremms Namen ausrief ... ich denke, es wird Mrs. Hoffman gewesen sein; sie allein kennt uns so genau. Und wenn, glaubte er wahrscheinlich so wie ich, dass jemand in der *Esket* unvorsichtig war. Ihr habt den Ruf aus eurem Kommunikator gehört und ich aus meinem, aber sie gehören beide zur *Kwembly* ... Soviel ich weiß, gibt es in der Raumstation nur einen, aber sehr großen Kommunikationsraum; doch wir wissen nicht, wie nahe beieinander die verschiedenen Geräte installiert sind. Barl kann den Ausruf vernommen haben oder nicht. Zusammengefasst: Ein Mensch hat ein Besatzungsmitglied der *Esket* identifiziert, nicht bloß lebendig, obwohl es schon längst tot sein müsste, sondern auch fünf oder sechs Millionen Kabel von dem Ort entfernt, an dem es vorgeblich starb. Wir haben keine Ahnung, wie sicher sich dieser Mensch war; vielleicht sicher genug, um Kabremms Namen zu rufen, doch womöglich zu unsicher, um seine Beobachtung den anderen Menschen mitzuteilen. Wir wissen nicht, ob Barlennan über den Vorfall informiert ist; noch schlimmer, wir können nicht erfahren, welche Auskunft er erteilt, wenn die Menschen ihn danach fragen. Wahrscheinlich wird er es für das Beste halten, Unkenntnis und Erstaunen vorzutäuschen, aber selbstverständlich würde ich mich lieber mit ihm abstimmen.«

»Wäre es nicht ausreichend, du stellst dich ebenfalls unwissend?«, bemerkte der Matrose.

»Das geht nicht mehr«, erwiderte der Kapitän. »Ich habe den Menschen bereits gesagt, dass eure Gruppe zurückgekehrt ist, und nun kann ich sie unmöglich davon überzeugen, dass unterwegs überhaupt nichts geschehen sei. Ich würde gerne versuchen, Mrs. Hoffman einzureden, es sei Kervenser oder Reffel gewesen, dem ihr begegnet seid, aber auch das ist ausgeschlossen, solange nicht wenigstens einer von beiden wieder zur Stelle ist. Wie ist es ihr gelungen, Kabremm zu identifizieren? Wie unterscheidet sie uns überhaupt voneinander? Durch Körperfärbung und Beinhaltung? Oder wodurch? Wenn meine Vermutung über Reffel stimmt, müsste er bald zurückkommen. Ich wünschte, er sähe Kabremm ähnlicher ... Ich könnte versuchen, Reffel als Kabremm zu präsentieren, wüsste ich nur, was Barl tun wird, falls er überhaupt Bescheid weiß. Ich habe immer befürchtet, dass einmal so etwas geschieht, seit der Kommandant den Trick mit der *Esket* durchgeführt hat; solange die gesamte Fernkommunikation über die Raumstation läuft, musste man schlichtweg mit Schwierigkeiten bei der Koordination rechnen ...« Er verstummte und dachte wieder kurz nach. »Hat Kabremm mit euch Absprachen über eine weitere Verständigung getroffen?«

»Davon weiß ich nichts, Kapitän. Wir hatten wenig Zeit zur Unterhaltung, bevor uns deine Befehle durchgegeben wurden.«

»Na gut. Macht weiter. Mir wird schon etwas einfallen.«

»Es hat mich nur eines immer beunruhigt«, sagte der Matrose, während er zugleich Eis loszubrechen fortfuhr, »nämlich die Frage, was geschieht, *wenn* die Menschen von unserem Tun erfahren. Ich rede mir beständig ein, dass sie uns nicht auf Dhrawn zurücklassen werden; so entschlossen sind sie nicht, nicht einmal in Vertragsangelegenheiten; aber sie *könnten* es, solange wir keine eigenen Raumschiffe besitzen.«

»Anscheinend sind die Menschen wohlwollende Wesen«, antwortete Dondragmer. »Soweit ihre kurzen Lebensspannen dies zulassen, auch recht verlässlich; ich persönlich traue ihnen in dem Maße wie jedem anderen auch. Dennoch *sind* sie anders, und niemand weiß, was sie für einen angemessenen Grund zu unangenehmen Maßnahmen halten. Deshalb, wie du weißt, wollte Barlennan uns ohne ihr Wissen auf dieser Welt unabhängig machen; einige von ihnen würden uns ganz gerne in Abhängigkeit belassen.«

»Ich weiß.«

»Die Minen waren ein großer Schritt voran, die Luftschiffe ein wahrer Triumph; doch wir kommen noch für lange Zeit nicht ohne die menschlichen Energiekonverter zurecht ... Aber solche Unterhaltungen lösen keine Probleme. Ich muss mich nun mit den Menschen in Verbindung setzen. Ich hoffe, es erweckt keinen Verdacht, wenn ich Kabremm nicht erwähne.

Macht weiter, und gebt mir Bescheid, sobald die Schleuse wieder passierbar ist.«

Der Seemann machte eine bestätigende Geste, und Dondragmer betrat endlich die Brücke. Zu berichten hatte er genug, und er tat es.

»Zumindest einer der Steuerleute befand sich eine Zeit lang unter dem Rumpf, vielleicht auch beide, aber außer den Spuren von Befreiungsversuchen habe ich nichts entdeckt. Bei diesen Bemühungen sind zwei Walzen zerstört worden, fast jedenfalls. Der Hohlraum ist sehr klein, das heißt, unter dem Fahrzeug befindet sich noch immer beinahe ausschließlich Eis, und ich fürchte, die beiden stecken darin fest. Wir werden sorgfältiger suchen, wenn die Besatzung zurückkehrt und ein paar Matrosen abkömmlich sind. Der Dampf, der aus dem Schmelzloch aufstieg, hat eine Eisschicht auf dem Rumpf abgelagert und die Hauptluftschleuse blockiert; sie muss schnellstmöglich freigelegt werden. Zahlreiche Ausrüstungsgegenstände ließen sich gegenwärtig nicht nach draußen bringen, müssten wir das Fahrzeug jetzt räumen, und anderes, das sich draußen befindet, bekommen wir, falls eine völlige Räumung sich erübrigt, nicht wieder hinein. Außerdem hat die Verwendung der Radiatorstange als Erhitzer eine ganze Körperlänge abgeschmolzen, und ich kann mir nicht vorstellen, wie wir sie wieder mit dem Kühlsystem verbinden sollen. Das ist zwar nicht von akuter Bedeutung, aber falls wir die *Kwembly* retten können, werde ich es mir zweimal überlegen, ob ich ohne funktionstüchtiges Kühlsystem allzu weit ins Gebiet der Tiefdruckzone Alpha vordringe. Wir verfügen über so gut wie kein Metall, und nach allem, was ich vom Kühlsystem verstehe, muss der Außenradiator unbedingt ein elektrischer Konduktor sein. Richtig?«

Der Kapitän wartete mit erheblichem Interesse auf die Antwort. Er glaubte genug technische Fragen aufgeworfen zu haben, um die Menschen von Kabremm und der *Esket* abzulenken; er wusste, dass dergleichen nicht klappen würde, säße er in der Raumstation. Natürlich war Benj Hoffman jung, aber wahrscheinlich nicht die einzige Person im Kommunikationsraum.

Es war Benj, der antwortete; anscheinend interessierte die technische Problematik ihn jedoch wenig. »Wenn du meinst, sie sitzen im Eis fest, warum lässt du nicht sofort nach ihnen suchen? In den Schutzanzügen könnten sie doch überlebt haben, oder? Mir scheint, je länger du die Suchaktion aufschiebst, umso mehr verringert sich ihre Chance. Ist das nicht im Moment das wichtigste Problem?«

Easys Stimme drang aus dem Gerät, bevor Dondragmer eine Antwort formulieren konnte; sie klang, als spreche sie ebenso ihren Sohn an wie den Kapitän. »Es ist keineswegs das Wichtigste. Die *Kwembly* ist entscheidend für das Überleben der ganzen Besatzung, Benj. Der Kapitän verhält sich beileibe nicht herzlos. Ich weiß, wie du mit deinem Freund fühlst, und es ist gut so; aber jemand mit Verantwortung darf nicht bloß fühlen, sondern ist auch zum Denken verpflichtet.«

»Ich dachte, du stündest auf meiner Seite.«

»Ich teile deine Empfindungen; aber das hindert mich nicht an der Einsicht, dass der Kapitän recht hat.«

»Barlennan würde wohl ebenso reagieren. Hast du dich bei ihm erkundigt, was Dondragmer tun soll?«

»Nein, aber er kennt die Situation; falls du das bezweifelst – dort ist das Mikrofon. Ich stelle dir anheim, ihm eine eigene Darstellung zu geben. Ich glaube nicht, dass er Dondragmer oder einem anderen Fahrzeugbefehlshaber in eine Entscheidung dreinredet, wenn er selbst nicht zur Stelle ist, um die Lage beurteilen zu können.«

Eine Pause folgte; Benj suchte nach Worten, um seine Meinung zu untermauern. Er war noch jung genug, um zu glauben, dass irgendein inhumaner Aspekt jeder Entscheidung innewohne, die bestimmte Notwendigkeiten in den Vordergrund schob. Nach zehn Sekunden Schweigen – über die gewöhnliche Verzögerung hinaus – gelangte Dondragmer zu der Auffassung, dass die Durchsage beendet und eine Antwort angebracht sei.

»Mrs. Hoffman – ich glaube, das war ihre Stimme – hat absolut recht, Benj. Ich habe weder Beetchermarlf noch Takoorch vergessen, aber du musst begreifen, dass ich die Verantwortung für noch mehr Leben trage. Würdest du bitte veranlassen, dass sich einige eurer Techniker mit dem Problem des Kühlsystems beschäftigen? Übrigens, da sehe ich gerade – ihr wahrscheinlich auch – Borndender auf dem Rumpf; das Laborresultat wird gleich vorliegen, und falls Mr. McDevitt anwesend ist, möchte er einen Moment lang warten. Wenn nicht, verständige ihn bitte, damit er kommt.«

Die menschlichen Zuschauer hatten in der Tat den Meskliniten, der außerhalb der Brücke über den Rumpf kroch, ebenfalls bemerkt, doch Borndender war nicht einmal von Easy erkannt worden. Ehe Benj etwas zu sagen vermochte, meldete sich McDevitt. »Ich bin noch hier, Kapitan, und warte. Falls Borndender außer den chemischen Daten auch Angaben über Temperatur und Druck liefern kann, wäre mir das sehr recht.«

Benj fühlte sich nach wie vor ziemlich unglücklich, aber er begriff, dass nun nicht der richtige Zeitpunkt für neuerliche Unterbrechungen war; außerdem betrat soeben sein Vater den Kommunikationsraum, gefolgt von Aucoin und Mersereau. Höflich räumte Benj den Sessel für den Planer, aber seine Hoffnung, dass die Streitigkeit von eben unerwähnt bleiben würde, war gering. Als Easy, während sie die drei Männer über die jüngsten Ereignisse informierte, entgegen seiner Erwartung die Frage nach den beiden vermissten Steuerleuten aussparte, empfand er nicht einmal Enttäuschung; er war zu verärgert und erregt. Ihre Berichterstattung wurde durch Dondragmers nächste Durchsage unterbrochen.

»Borndender sagt, die Flüssigkeit bestehe aus drei Achtel Ammoniak und fünf Achtel Wasser. Die Außentemperatur beträgt 71, der Druck 26,6; der Wind kommt ungefähr aus Nordwest – bei 21 Grad – und weht mit 120 p.h., also nur eine leichte Brise. Wird das euren Computern genügen?«

»Es wird ein bisschen weiterhelfen; ich bin schon unterwegs«, versicherte McDevitt, als er aus dem Sessel glitt und zur Tür eilte. Bevor er sie aufriss, drehte er sich noch einmal um. »Benj, du kommst wohl besser mit. Es tut mir leid, dich hier rauszuholen, aber ich brauche dich für den Input.«

Easy zeigte ihre Erleichterung nicht, als Benj sich wortlos seinem Vorgesetzten anschloss. Einerseits galt diese Erleichterung der Tatsache, dass McDevitt es verstanden hatte, die Aufmerksamkeit des Jungen auf Angelegenheiten zu richten, worin er weniger falsch machen konnte; andererseits galt sie der Tatsache, dass ihr Sohn sich mehr beherrschte, als sie erwartet hatte. Aucoin schenkte der Abberufung des Jungen keine Beachtung; er war noch dabei, sich ein Bild vom gegenwärtigen Stand der Dinge zu machen.

»Ich nehme an, dass Barlennan inzwischen vollständig informiert ist, wie wir es vor ein paar Stunden vereinbarten«, sagte er. »Hat sich ansonsten irgendetwas zugetragen, wovon ich noch nichts weiß?« Easy blickte rasch auf, um festzustellen, ob die Miene des Planers Ärger ausdrückte, aber anscheinend war ihm keineswegs bewusst, dass seine Äußerung unter Umständen als Kritik ausgelegt werden konnte. Sie überlegte kurz, bevor sie antwortete.

»Ja. Vor ungefähr drei Stunden bemerkte Cavanaugh Bewegungen auf einem der Bildschirme, die zur *Esket* gehören.

Er sah irgendwelche Objekte über den Boden des Laboratoriums rollen oder gleiten. Ich habe den Schirm unter Beobachtung gehalten, doch seither hat sich nichts mehr ereignet. Dann, etwa eine Stunde später, begegnete der Suchtrupp, den Don wegen der beiden verschwundenen Helikopter ausgesandt hatte, einem Meskliniten, und natürlich dachten wir zuerst, es sei einer der Piloten; aber als er dicht vor die Kamera kam, erkannte ich Kabremm, den Ersten Offizier der *Esket*.«

»9000 Kilometer von dem Ort entfernt, an dem die Besatzung der *Esket* wahrscheinlich umgekommen ist?«

»Ja.«

»Hast du Barlennan davon erzählt?«

»Ja.«

»Was meinte er dazu?«

»Gar nichts. Er bestätigte die Durchsage und enthielt sich jeden Kommentars.«

»Erkundigte er sich nicht einmal, wie sicher du seist, Kabremm erkannt zu haben? Oder woran du ihn erkannt haben willst?«

»Nein.«

»Nun, wenn es ihm gleichgültig ist, mir darf es das nicht sein. Wie hast du diesen Kabremm identifiziert, und wie sicher warst du dir?«

»Ich war vor dem Verlust der *Esket* eng mit ihm befreundet; für mich ist er ganz einfach unverwechselbar in Körperfärbung, Haltung und Gang, so wie du und Ib und Boyd.«

»War das Licht gut genug, dass du seine Färbung erkennen konntest? Dort unten herrscht jetzt Nacht.«

»Die meisten Lampen erhellten den Bereich direkt vor der Kamera, und Kabremm bewegte sich vorwiegend im Gegenlicht, aber etwas Licht kam auch von seitwärts.«

»Bist du mit den beiden Vermissten ausreichend vertraut, um behaupten zu können, dass es keiner von ihnen war? Weißt du genau, dass keiner der beiden Kabremm ähnelt?«

Easy errötete. »Keinesfalls war es Kervenser, Dons Erster Offizier. Ich fürchte, Reffel kenne ich nicht genügend, um sicher sein zu können; an diese Möglichkeit habe ich noch nicht gedacht. Ich sah den Meskliniten und rief den Namen ziemlich reflexbedingt aus. Anschließend konnte ich nicht mehr tun, als eine Meldung machen; zu diesem Zeitpunkt bestand ohnehin Kontakt mit der Basis, und Barlennan – oder wer dort gerade Dienst hatte – konnte meinen Ausruf kaum überhört haben.«

»Also besteht Grund zu der Annahme, dass sich Barlennan lediglich deshalb nicht geäußert hat, weil er deine Überzeugung, Kabremm sei aufgetaucht, für einen lächerlichen Irrtum hielt und dich nicht kränken wollte?«

»Das wäre möglich.« Easy überwand sich nicht dazu, einen reuevollen Tonfall in ihre Stimme einfließen zu lassen, aber ihr war durchaus bewusst, dass ihre Meinung nicht unbedingt als objektiv gelten konnte.

»Dann, so glaube ich«, sagte Aucoin langsam und nachdenklich, »unterhalte ich mich wohl besser selber mit Barlennan. Du sagtest, in der *Esket* habe sich nichts mehr gerührt, seit Cavanaugh diese Objekte bemerkte?«

»Ich habe nichts gesehen. Der Brückenkommunikator ist nach draußen gerichtet, in die Dunkelheit, aber die drei anderen Räume, die Kommunikatoren besitzen, sind gut erleuchtet; und nur vor der Kamera im Labor hat sich etwas bewegt.«

»In Ordnung. Nach meinen Erfahrungen beherrscht Barlennan unsere Sprache so gut, dass ich deine Hilfe nicht zu beanspruchen brauche.«

»Er wird dich verstehen. Du meinst, ich soll während des Gesprächs den Raum verlassen?«

»Nein, nein, selbstverständlich nicht. Im Gegenteil, mir wäre es lieber, wenn du zuhörtest und mich warnst, falls sich irgendein Missverständnis entwickeln sollte.« Aucoin legte eine Hand auf den Mikrofonschalter, aber bevor er ihn betätigte, sah er Easy noch einmal an. »Es verstimmt dich doch nicht, dass ich mich bei Barlennan vergewissern möchte, was es mit Kabremms angeblichem Erscheinen auf sich hat, oder? Unser Hauptproblem ist die *Kwembly*, aber ich möchte in dieser Sache Gewissheit haben. Außerdem will ich vermeiden, dass Barlennan, nachdem du Kabremm nun schon erwähnt hast, den Eindruck gewinnt, wir würden Berichte ... zensieren. Das waren Ibs Worte, wenn ich mich richtig entsinne.« Er wandte sich ab und nahm die Rufschaltung vor.

Barlennan hielt sich gerade im Kommunikationsraum auf, sodass kein Zeitverlust entstand. Aucoin identifizierte sich, nachdem er jeden Zweifel daran, dass der Kommandant sein Gesprächspartner war, ausgeräumt hatte, und begann seine Durchsage. Easy, Ib und Boyd hielten sie für unerträglich scheinheilig, aber sie kamen nicht umhin, die Feinfühligkeit, mit welcher der Planer seine Gedanken in Worte kleidete, aufrichtig zu bewundern. Es war keine Rede aus dem Stegreif, sondern eine Art manipulatorisches Kunstwerk, das Aucoin schon seit Langem, mindestens seit ihrer letzten Konferenz, so schloss Ib, vorbereitet haben musste. Er erwähnte, dass Easy Kabremm erkannt haben wollte, doch so beiläufig, dass es der Frau beinahe entgangen wäre. Ohne auszusprechen, dass er an eine Täuschung glaubte, ließ er anklingen, dass er dem Vorfall keine Bedeutung beimaß.

Es war geradezu eine Schande, wie selbst Easy später anmerkte, dass so fein geschliffene und wohlerwogene Worte an den Kommandant gänzlich verschwendet waren. Natürlich vermochte Aucoin so wenig wie die anderen Menschen zu ahnen, dass der Fall Kabremm ihn gegenwärtig am stärksten beunruhigte, dass er sich seit zwei Stunden mit nichts anderem beschäftigte. Unter der Gefahr des völligen Zusammenbruchs seines groß angelegten Täuschungsmanövers hatte er diese Stunden mit ebenso wütenden wie verwickelten Überlegungen zugebracht. Als Aucoin sich meldete, besaß Barlennan immerhin bereits Klarheit über die ersten Schritte eines neuen Plans. Er wartete so ungeduldig auf eine Gelegenheit, dessen Verwirklichung anlaufen zu lassen, dass er den wohlgesetzten Worten des Planers kaum Beachtung schenkte. Als die Durchsage schließlich abbrach, wusste er genau, was er antworten wollte, aber seine Erwiderung hatte bemerkenswert wenig mit dem zu tun, was der Planer angesprochen hatte.

Die eingetretene Pause war von Aucoin jedoch keineswegs in Erwartung einer Antwort eingelegt worden; er war noch nicht fertig und hatte nur für einen Moment gezögert, um ein paar Aspekte, die er hinzuzufügen beabsichtigte, zu durchdenken. Als er die Durchsage fortsetzen wollte, hielt Mersereau ihn zurück. »Die Unterbrechung war so lange, dass Barlennan glauben wird, du seist fertig und wartest auf eine Antwort«, erklärte er. »Wahrscheinlich hat er schon zu reden begonnen.«

Gehorsam wartete der Planer; gegen die Gewohnheiten im Kommunikationsraum konnte und wollte er sich nicht stemmen. Er dachte sich eine sarkastische Äußerung für den Fall aus, dass Mersereau sich irrte, aber die Stimme des Kommandanten erreichte die Raumstation nur eine Sekunde nach Ablauf der Übermittlungsverzögerung – rascher, als wirklich jemand damit gerechnet hatte.

»Inzwischen habe ich hinsichtlich Kabremms Auftauchen sehr viel Überlegungen angestellt«, sagte Barlennan, »und nur eine Theorie wirkt einigermaßen wahrscheinlich auf mich. Wie du weißt, haben wir jederzeit die Möglichkeit berücksichtigt, dass auf Dhrawn eine intelligente Rasse existieren könnte. Eure Wissenschaftler waren sogar schon vor unserer Landung davon überzeugt, dass es hochentwickeltes Leben geben müsse – wegen des hohen Sauerstoffanteils der Atmosphäre, sagten sie. Bisher haben wir nur ein paar niedrige Pflanzen und Tiere von nur mikroskopischer Größe entdeckt, aber die *Esket* ist weiter in die Tiefdruckzone Alpha vorgedrungen als alle anderen Forschungsfahrzeuge, und die Umweltbedingungen dort sind anders. Die Temperaturen sind höher, so viel steht fest, und wir können kaum ahnen, in welchem Umfang diese Tatsache andere Faktoren zu beeinflussen vermag. Bis heute galt die Möglichkeit, dass die *Esket* intelligentem Leben begegnet sei, nur als eine Möglichkeit unter vielen, die nicht mehr Rückhalt als andere besaß. Allerdings lässt sich nicht anzweifeln, und eure Wissenschaftler haben es wiederholt betont, dass kein Besatzungsmitglied der *Esket* ohne Versorgungsausrüstung oder ähnliche Vorrichtungen so lange Zeit hätte überleben können. Die Besatzung kann selbstverständlich auch nicht die Entfernung überwunden haben, die zwischen der unveränderten Position der *Esket* und der gegenwärtigen Position der *Kwembly* liegt. Daraus ziehe ich den Schluss, dass Kabremms Auftauchen in der Nähe der *Kwembly* als stichhaltiger Beweis dafür betrachtet werden muss, dass Destigmets Mannschaft von Eingeborenen des Planeten Dhrawns überwältigt und gefangen genommen wurde. Ich weiß nicht, wie es möglich war, dass Kabremm dem Suchtrupp begegnete; vielleicht ist er entflohen, aber ich könnte mir nicht erklären, wie er das unter solchen Umständen gewagt haben sollte. Es ist wahrscheinlicher, dass die Eingeborenen ihn absichtlich geschickt haben, um mit uns in Kontakt zu treten. Ich wünsche ausdrücklich, dass diese Theorie zur Beurteilung an Dondragmer übermittelt wird und dass er Kabremm – falls er noch zur Verfügung steht – eingehend nach allen erhältlichen Informationen befragt. Man hat mir nicht mitgeteilt, ob er sich noch beim Suchtrupp befindet oder nicht. Werdet ihr das an Dondragmer weitergeben?«

Mehrere Stückchen des Mosaiks, das sich in Ib Hoffmans scharfsinnigem Bewusstsein zu bilden begonnen hatte, rutschten urplötzlich an den richtigen Platz. Seine wortlose Bewunderung für den Kommandant blieb unbemerkt, sogar von Easy.

13 Befremdliche Fakten, überzeugende Fiktionen

Barlennan war außerordentlich zufrieden mit seiner Durchsage. Er hatte nicht die geringste Kleinigkeit falsch formuliert. Ungünstigstenfalls konnte man ihn verwegener Spekulationen bezichtigen. Wenn einige der Menschen nicht schon einen dringenden Verdacht hegten, gab es keinen Grund für sie, seine vorgebliche Theorie nicht an den Kapitän der *Kwembly* weiterzuleiten. Er war überzeugt, sich auf Dondragmer verlassen zu können, vor allem was den listigen Hinweis anging, dass Kabremm für eine weitere Befragung womöglich nicht zur Verfügung stünde. In gewisser Hinsicht war es nachteilig, sich so viel früher des Tricks mit den angeblichen Eingeborenen bedienen zu müssen; es hätte ihm besser gefallen, die Menschen zu diesem Gedanken zu verleiten, ohne ihn selbst auszusprechen. Aber Barlennan wusste nur zu gut, dass jeder Plan, der sich unter veränderten Umständen nicht modifiziert anwenden ließ, ein armseliger Plan war.

Aucoin war reichlich verunsichert. Persönlich hatte er nie daran gezweifelt, dass Easy einer Täuschung erlegen war, weil er die *Esket* schon lange so gut wie völlig abgeschrieben hatte, und dass Barlennan ihre Auffassung teilte, versetzte ihm einen ernsten Schlag. Er wusste, dass Easy bei Weitem die kompetenteste Person in der Raumstation war, um einen Meskliniten zu identifizieren; allerdings hatte er nicht damit gerechnet, dass auch die Meskliniten um diese Tatsache wussten. Er ärgerte sich nun darüber, den beiläufigen Konversationen zwischen Menschen – hauptsächlich Easy – und Mesklíniten während der letzten Monate nicht genügend Beachtung geschenkt zu haben. Er hatte offenbar bestimmte Aspekte aus dem Blickfeld verloren, der Kardinalfehler aller Vorgesetzten.

Jedenfalls sah er keinen Anlass, Barlennans Forderung zurückzuweisen. Er musterte die anderen. Easy und Mersereau sahen ihn erwartungsvoll an; die Hand der Frau lag auf dem Mikrofonselektor in der Armlehne ihres Sessels. Das Gesicht ihres Mannes zeigte ein unerklärliches Lächeln, das Aucoin einen Moment lang etwas verwirrte, doch als sich ihre Blicke trafen, nickte Hoffman, als habe er die Theorie des Mesklíniten analysiert und sie für vernünftig befunden. Der Planer zögerte noch eine Sekunde länger und sprach dann in sein Mikrofon: »Wir werden das sofort erledigen, Kommandant.«

Er nickte Easy zu, die prompt ihren Selektor betätigte und die Meldung an Dondragmer weiterzuleiten begann. Während sie dies tat, kehrte Benj zurück, dem offensichtlich neue Informationen auf den Lippen lagen, aber er beherrschte sich, als er bemerkte, dass gerade ein Gespräch mit der *Kwembly* geführt wurde. Sein Vater beobachtete den Jungen, während Easy dem Kapitän Barlennans Theorie übermittelte, und vermochte seine Erheiterung nur mühsam zu verbergen. Man sah Benj nur allzu deutlich an, dass er die Idee restlos akzeptierte. Nun, er war jung, und seine Mutter war anscheinend auch ein wenig unkritisch.

»Barlennan möchte deine Meinung dazu hören und ganz besonders weitere Informationen von Kabremm«, schloss Easy ihren Bericht. »Das ist alles ... nein, warte ...« Sie hatte Benj bemerkt. »Mein Sohn ist aus dem Meteorologischen Labor zurückgekommen und hat anscheinend Neuigkeiten für dich.«

»Mr. McDevitt hat die jüngsten Messdaten verarbeitet«, begann Benj ohne jede Einleitung zu sprechen. »Er hat sich in seiner Annahme über die Ursache des Schmelz- und Gefrierprozesses sowie über die Natur der Wolken, die Stakendee gesehen hat, nicht getäuscht. Die Möglichkeit besteht, dass ihre Kondensation zunehmen und den Fluss anwachsen lassen wird. Er schlägt vor, dass du möglichst exakt den Zeitpunkt verzeichnest, wann die Wolken die *Kwembly* erreichen, wie er es schon einmal erwähnt hat. Er sagt, je später dies eintreten wird, umso schlimmere Ausmaße wird die entstehende Flut annehmen. Ich verstehe das nicht, aber so lauten die Computerergebnisse. Ich soll dich ausdrücklich darauf hinweisen, dass die Wahrscheinlichkeit einer Fehlinformation auch diesmal nicht geringer ist als bei früheren Gelegenheiten. Er hat sich ausführlich über die Gründe geäußert, weshalb er so wenig sicher sein könne, aber davon habe ich dir ja schon einmal erzählt.«

Dondragmers Antwort erreichte die Raumstation fast sofort nach Ablauf der Übermittlungsverzögerung. »Ausgezeichnet, Benj. Bitte richte Barlennan aus, dass seine Idee vernünftig klingt, das heißt, sie bietet zumindest eine vernünftige Erklärung für das Verschwinden meiner beiden Helikopter. Ich hatte bisher keine Gelegenheit, mich persönlich von Kabremm informieren zu lassen – falls er es wirklich war; ich habe ihn nicht gesehen. Er ist nicht bei der *Kwembly* aufgetaucht. Ihr müsstet besser wissen als ich, ob er sich noch bei Stakendee befindet. Ich werde Maßnahmen für den Fall einleiten, dass die Vermutung des Kommandanten sich als richtig erweist. Hätte ich früher an diese Möglichkeit gedacht, würde ich selbstverständlich nicht fast die gesamte Mannschaft nach draußen geschickt haben, um den Notfall-Stützpunkt am Ufer des Flussbetts errichten zu lassen. Aber dieser Entschluss dürfte trotzdem richtig gewesen sein. Ich sehe keine Chance, das Fahrzeug in einem angemessenen Zeitraum flottzumachen. Und wenn Mr. McDevitt sich auch nur annähernd sicher ist, dass eine neue Flut auf uns zukommen kann, müssen wir die Räumung der *Kwembly* kurzfristig abschließen. Kommt es noch einmal zu einer solchen Strömung, während die *Kwembly* im Gestein festhängt, dürfte sie wohl auseinanderbrechen. Wir müssen das Fahrzeug rechtzeitig verlassen. Sobald der Notfall-Stützpunkt steht, werde ich weiterhin versuchen, die *Kwembly* flottzumachen, vorausgesetzt, die neue Flutwelle ist noch nicht unterwegs; über Einzelheiten können wir uns noch einigen, aber um neue Pläne zu entwickeln, haben wir nicht mehr genügend Zeit. Im Norden sehe ich sich bewegende Lichter; ich nehme an, dass die Besatzung den Rückweg angetreten hat. Ich werde den Kommunikator in diese Richtung rücken, sodass du sie gut sehen kannst.«

Das Bild auf dem Schirm verschwamm und wurde erst wieder deutlich, nachdem der Kapitän die Kommunikatoreinheit abgestellt hatte. Der Ausblick war nicht sonderlich aufschlussreich; nördlich der *Kwembly* herrschte fast völlige Dunkelheit, in der man lediglich einige Lichtflecken sah. Um Dondragmers Behauptung, dass sie sich bewegten, beipflichten zu können, bedurfte es langer und sorgfältiger Beobachtung. Easy wollte schon verlangen, dass die Kamera in die ursprüngliche Position gebracht werden solle, als Benj sich einmischte. »Du meinst, du hast jede Hoffnung aufgegeben, Beetchermarlf, Takoorch und die anderen zu finden? Du willst das Fahrzeug räumen und sie ihrem Schicksal überlassen? Ich weiß, dass du noch die Verantwortung für fast einhundert andere Besatzungsmitglieder trägst, aber manchmal scheint mir das eine schlechte Entschuldigung dafür zu sein, dass man nicht einmal versucht, jemand zu retten.«

Easy war verblüfft und ziemlich enttäuscht über die Äußerung ihres Sohns und fühlte sich versucht, den Jungen zurechtzuweisen und sich bei Dondragmer zu entschuldigen. Es kostete sie jedoch Zeit, eine richtige Formulierung zu finden, die ihren eigenen Empfindungen nicht widersprach; Benj sah darin eine Bestätigung seines Protests. Aucoin und Mersereau hatten das Gespräch nicht genau verfolgt, weil beide mit Barlennan beschäftigt waren, und Benj hatte seine Vorwürfe in Stennish vorgetragen. Ib Hoffmans Miene war für die übrigen Anwesenden nicht zu deuten, doch Easy wären die Anzeichen seiner Erheiterung nicht entgangen, wäre ihr Blick auf ihn gerichtet gewesen. McDevitt trat gerade ein, aber zu spät; er bemerkte nichts anderes als Easys ungewöhnlichen Gesichtsausdruck. Diesmal dauerte es erheblich länger als die übliche Übermittlungsverzögerung, bevor Dondragmer antwortete. Weder aus Tonfall noch Wortwahl konnte man schließen, ob er verärgert war. »Ich habe sie keineswegs aufgegeben, Benj. Die Ausrüstungen, die wir auszulagern beabsichtigen, umfassen auch so viele Konverter wie möglich, sodass wir auch jene aus den Motorblöcken unter dem Rumpf herausholen, die wir erreichen können. Bei dieser Gelegenheit werden wir sehr sorgfältig nach Spuren der beiden Steuerleute suchen. Falls wir sie finden, werden wir sie aus dem Eis befreien. Andererseits ist es auch möglich, dass sie das Einsetzen des Gefrierprozesses bemerkten, bevor das Wasser bis auf den Grund gefroren war, und an anderer Stelle eingeschlossen wurden, während sie nach einem Hohlraum im Eis suchten.«

Benj nickte mit leicht gerötetem Gesicht; Easy ersparte es ihm, sich zu entschuldigen. »Danke, Kapitän«, sagte sie. »Wir verstehen dein Verhalten. Wir wollten dich nicht ernsthaft verdächtigen, du hättest die Absicht, deine Leute im Stich zu lassen; die Formulierung war etwas unglücklich. Könntest du den Kommunikator wieder auf den erleuchteten Teil des Geländes richten? Wir können in der anderen Richtung nicht viel erkennen.«

»Außerdem wäre es gut«, ergänzte McDevitt, ohne zwischen Easys und seinen Worten eine Pause eintreten zu lassen, »wenn du einen Konverter opfern würdest, um die Scheinwerfer in Betrieb zu halten; und du solltest den Brückenkommunikator so ausrichten, dass wir den Rumpf sehen können. Auf diese Weise können wir die Flut beobachten, wenn sie kommt, was innerhalb der nächsten drei bis fünfzehn Stunden der Fall sein wird, wie ich nahezu sicher bin. Außerdem ließe sich dann besser feststellen, ob es sich anschließend noch lohnt, nach dem Fahrzeug zu suchen, und vielleicht auch *wo.* Ich weiß, dass dir dann bloß noch zwei Kommunikatoren bleiben, aber die Sache scheint es mir wert zu sein.«

In dieser Angelegenheit entschied sich Dondragmer anscheinend wieder sehr schnell; seine Antwort traf beinahe unmittelbar nach Ablauf der vierundsechzig Sekunden Verzögerung ein. »Ja, wir werden es so machen. Ich wollte die Scheinwerfer ohnehin in Betrieb lassen, da wir bis zur letzten Minute auf dem Eis zu tun haben werden. Dein Vorschlag passt ausgezeichnet dazu. Wie ihr zweifellos seht, habe ich den Kommunikator auf die Steuerbordseite gerichtet. Ich muss die Brücke nun verlassen; die Besatzung wird in Kürze hier sein, und ich möchte sie sofort für die noch unerledigten Arbeiten einteilen, sobald sie eintrifft.«

Wieder begann Benj zu sprechen, ohne sich zuvor mit jemand abzustimmen. »Könntest du uns eine Nachricht geben, falls ihr Beetch lebend findet?«

Diesmal kam keine Antwort mehr. Vermutlich war Dondragmer in seinen Schutzanzug gestiegen und nach draußen gegangen, nachdem er seine letzte Durchsage gemacht hatte. Für die Menschen gab es nichts zu tun, als zu warten.

Aucoin hatte inzwischen mit Easys Hilfe Dondragmers Antwort an die Basis übermittelt und bereits Barlennans Bestätigung erhalten. Der Kommandant bat darum, dass man ihn möglichst vollständig über alle Neuigkeiten von der *Kwembly* informiert, ganz besonders über weiterführende Gedanken Dondragmers. Aucoin versprach es und wandte sich mit der Bitte an Easy, dem Kapitän die Durchsage weiterzugeben. Er erhielt zur Antwort, dies werde geschehen, sobald Dondragmer wieder mit der Raumstation Kontakt aufnähme. »In Ordnung«, meinte der Planer mit einem Nicken. »Wenigstens hat bisher noch niemand davon gesprochen, ein Hilfsfahrzeug auszusenden. Hoffentlich bleibt es dabei.«

»Ich persönlich«, erwiderte Easy, »hatte schon daran gedacht, die *Kalliff* oder die *Hoorsh* auszuschicken, als die *Kwembly* festfror.«

»Das habe ich geahnt. Ich bin erfreut, dass du darauf verzichtet hast, Barlennan diesen Vorschlag zu unterbreiten. Ich hoffe sehr, dass er nicht auf die Idee kommt, es selber vorzuschlagen, weil ich jedes Mal von euch überredet wurde, wenn ihr beide anderer Meinung seid als ich.« Easy sah Aucoin an und dann ihr Mikrofon. Ihr Mann entschied, dass eine Ablenkung angebracht sei, und unterbrach das bedrohliche Schweigen mit einer Frage.

»Alan, was hältst du von Barlennans Theorie?«

Aucoin runzelte die Stirn. Er und Easy wussten genau, warum Ib diese Frage gerade jetzt aufwarf, aber sie ließ sich ohnehin kaum ignorieren; und Easy kam schließlich zu der Auffassung, dass Ibs Ablenkungsmanöver in diesem Augenblick wohl passend war.

»Die Idee ist faszinierend«, sagte der Planer langsam, »aber ich halte sie nicht für sehr wahrscheinlich. Dhrawn ist ein großer Planet, falls man ihn überhaupt einen Planeten nennen kann, und ich finde es seltsam ... Nun, ich weiß nicht, ob es seltsamer ist, dass wir so schnell intelligentem Leben begegnen, oder seltsamer, dass dies nur einem der Fahrzeuge widerfuhr. Selbstverständlich gibt es keine Zivilisation, die elektromagnetische Energie benutzt; wir hätten sie sofort entdeckt, als wir uns für Dhrawn zu interessieren begannen. Handelte es sich jedoch um eine Zivilisation auf niedriger Kulturstufe, wie hätte sie der Besatzung der *Esket* beikommen können?«

»Ohne Kenntnis ihrer physischen und mentalen Fähigkeiten – ganz zu schweigen vom Stand ihrer Kultur – lässt sich das nicht einmal erraten«, entgegnete Hoffman. »Kamen nicht einige der ersten Indianer, denen Kolumbus begegnete, sogar in Spanien zu Rang und Würden?«

»Ich glaube, das ist ein sehr konstruierter Vergleich, um es gelinde auszudrücken. Der *Esket* können praktisch unendlich viele Dinge zugestoßen sein, ohne dass sie intelligentem Leben begegnet ist. Das weißt du so gut wie ich; du hast mir bei der Auflistung der Möglichkeiten geholfen, bis wir zu dem Schluss kamen, dass solche Spekulationen sinnlos sind. Ich bin der Meinung, dass Barlennans Theorie nur um sehr wenig wahrscheinlicher geworden ist als zuvor.«

»Du glaubst noch immer, dass meine Identifizierung von Kabremm ein Irrtum war, oder?«, fragte Easy.

»Ja, das fürchte ich. Außerdem überzeugt mich der Gedanke, dass auf Dhrawn eine intelligente Rasse existieren soll, einfach nicht. Es gibt Dinge, die schlichtweg unwahrscheinlich sind.«

Hoffman kicherte. »Die menschliche Fähigkeit, Wahrscheinlichkeiten einzuschätzen, stand schon immer auf schwachen Füßen«, führte er aus. »Die Chance dürfte nicht zu niedrig zu bewerten sein. Denke daran, was wir an intelligentem Leben in dem sehr kleinen Raumvolumen innerhalb von fünf Parsec um Sol gefunden haben, mit nur vierundsiebzig bekannten Sternen und etwa 200 sonnenlosen Planeten: zwanzig Spezies auf ungefähr unserer Entwicklungsstufe, die ihre Energiekrise sicher überwunden haben; acht Spezies, einschließlich der Bewohner von Tenebra und Mesklin, denen sie noch bevorsteht; acht, die sie nicht zu überstehen vermochten und ausgestorben sind; drei, die ebenfalls versagt haben, aber für die es noch Hoffnung gibt; und jede davon, erinnere dich, existiert innerhalb eines historischen Zeitraums von 100 000 Jahren um diesen entscheidenden Zeitpunkt ihrer Geschichte! Und das trotz der Tatsache, dass die Planeten von sehr unterschiedlichem Alter sind. Ich erwähne nur Panesh mit seinen neun Milliarden Jahren und Tenebra mit vielleicht einem Zehntel dieses Alters. Dahinter steckt bestimmt mehr als nur Zufall, Alan.«

»Womöglich besaßen Panesh, die Erde und die älteren Planeten in ihrer Vergangenheit bereits Kulturen; vielleicht entwickelt jeder Planet alle zehn Millionen Jahre eine neue Kultur.«

»Dann müssten diese frühen intelligenten Rassen von Anfang an so intelligent gewesen sein, dass sie auf ihren Planeten absichtlich keine Fossilien hinterließen. Meinst du, die Existenz der Menschheit auf der Erde wird in einer Milliarde Jahre nicht mehr geologisch nachweisbar sein trotz ausgebeuteter Kohleflöze und zahlloser Bierbüchsen? Das kaufe ich dir nicht ab, Alan.«

»Vielleicht nicht, aber ich bin keineswegs Mystiker genug, um anzunehmen, dass irgendwelche Superwesen die Rassen in diesem Teil des Weltraums unbemerkt und auf geheimnisvolle Weise einer gemeinsamen hohen Zivilisationsstufe zuführen.«

»Ob du der Superwesenhypothese anhängst oder ob du die ESFA-Theorie vorziehst, spielt keine Rolle. In dieser Problematik haben wir es mit mehr als nur Wahrscheinlichkeiten zu tun, und deshalb kannst du deine Kritik an Barlennan nicht ausschließlich auf die Gesetze der Wahrscheinlichkeit stützen.

Du musst nicht glauben, dass er recht hat, aber ich würde dringend dazu raten, ihn ernst zu nehmen. Ich tue es.«

Diese Diskussion, wie schon die vor einigen Stunden stattgefundene Besprechung, hätte Dondragmer außerordentlich interessiert. Doch selbst wenn es ihm möglich gewesen wäre zuzuhören, er war bei Weitem zu beschäftigt. Mit der Rückkehr des Großteils seiner Mannschaft (einige waren natürlich auf der höher gelegenen Talseite zurückgeblieben, um die Versorgungsanlagen zu betreuen), musste er umgehend die weiteren Arbeiten verteilen und häufig auch persönlich mit anpacken. Er kommandierte zwanzig Matrosen ab, um dem Trio zu helfen, das bereits dabei war, die Hauptluftschleuse vom Eis zu befreien. Eine noch größere Gruppe schickte er unter den Rumpf, versehen mit Lampen und Werkzeugen, um jede zugängliche Energie-Einheit sicherzustellen. Der Kapitän hielt sein Benj gegenüber abgegebenes Versprechen und befahl dieser Gruppe, sehr genau nach Spuren von Beetchermarlf und Takoorch zu suchen. Sie fanden jedoch nichts.

Einige Zeit später kehrten sie mit zwei Konvertern, bei denen es sich um jene handelte, die die beiden Steuerleute bei ihren Befreiungsversuchen benutzt hatten, und zwei weiteren, die durch den Erhitzer freigelegt worden waren, an die Oberfläche zurück. Die übrigen Einheiten, so berichteten sie, seien nicht zugänglich.

Unterdessen hatte sich der Rest der Besatzung wieder im Innern des Fahrzeugs eingefunden, indem man die anderen verfügbaren Schleusen benutzte: die kleinen an der Brücke, die beiden größeren, durch die gewöhnlich die Helikopter starteten, und die beiden kleinen Notschleusen an Bug und Heck.

An Bord bekam jeder sofort zu tun. Dondragmer hatte während ihrer Abwesenheit nicht nur mit den Menschen gesprochen, sondern auch die Einzelheiten geplant. Einige verpackten die Nahrungsvorräte, während andere Tauwerk, Lampen, Fusionskonverter und andere Ausrüstungsgegenstände zum Abtransport vorbereiteten. In den Korridoren, die zur Hauptluftschleuse führten, stapelte sich schnell sehr viel verschiedenartiges Material, um nach Freilegung der Schleuse nach draußen geschafft zu werden.

Von dem Gerumpel und Gelärme, das mit dieser Tätigkeit verbunden war, drang unglücklicherweise nichts durch das Material der pneumatischen Matratze, in der Beetchermarlf und Takoorch noch immer steckten. Soweit es sich später rekonstruieren ließ, mussten die beiden sich wenige Minuten vor dem Einsatz des Erhitzers dorthin zurückgezogen haben. Das dicke, gummiartige Material der Matratze absorbierte jedes Geräusch. Hätten die auf der Oberfläche arbeitenden Mesklniten Anlass gehabt, sich lautstark zu verständigen, ihre Pfiffe wären vielleicht durch die Hülle gedrungen; aber es gab kaum etwas zu sagen, weil alle ihre Aufgabe genau kannten. Die Elastizität des Materials verschloss den Schlitz, durch den die Steuerleute eingedrungen waren, so dicht, dass kein Lichtschimmer sie erreichte. Überdies hielt die Stimmung der beiden – eine typisch mesklinitische Mischung aus Geduld und Fatalismus – sie zurück, sich von der Lage außerhalb ihres provisorischen Schutzraums zu überzeugen, bevor die Wasserstoffvorräte ihrer Anzüge gefährlich geschrumpft sein würden. Deshalb wurden die beiden Steuerleute, kaum mehr als achtzig Zentimeter von einigen ihrer draußen tätigen Kameraden entfernt, auch jetzt nicht gefunden.

Nachdem die dringendsten Arbeiten der Fahrzeugräumung erledigt waren, erteilte Dondragmer zweien seiner Matrosen einen Sonderauftrag. »Ihr geht stromaufwärts in nordwestlicher Richtung, bis ihr Kabremm und die *Gwelf* findet«, befahl er. »Informiert ihn über unsere Maßnahmen. Wir werden unsere

Beleuchtungsanlagen so aufstellen, dass sich nur die Apparaturen menschlicher Herkunft im Licht befinden. Das wird es ihm ermöglichen, die *Gwelf* außerhalb dieses Areals zu landen, ohne von den Menschen gesehen zu werden. Erklärt ihm, dass der Kommandant anscheinend den Trick mit den Eingeborenen früher als beabsichtigt ausspielen will, infolge Kabremms Auftauchen vor Stakendees Kommunikator.

Anschließend sucht ihr Stakendee und setzt ihn ebenfalls in Kenntnis. Achtet darauf, dass ihr nicht in den Kamerabereich eines Kommunikators geratet; sobald ihr euch seiner Gruppe zu nähern glaubt, schaltet eure Lampen aus. Ich werde über die Raumstation mit ihm Verbindung halten, aber natürlich kann ich diese Nachricht nicht durchgeben lassen. Ihr versteht.«

»Jawohl, Kapitän«, antworteten die beiden wie aus einem Mund und entfernten sich.

Die Stunden verstrichen. Die Hauptschleuse war freigelegt und geöffnet, und man hatte fast das gesamte Material nach draußen geschafft, als ein Anruf von der Raumstation erfolgte. Der Kommunikator aus dem Laboratorium stand nun an der Oberfläche, sodass Dondragmer direkt erreicht werden konnte. Der Anrufer war Benj.

»Stakendee hat gemeldet, dass der Strom merklich breiter und schneller fließt und dass die Wolken sich in Regen verwandeln. Ich habe ihm auf meine Verantwortung hin geraten, den Rückweg anzutreten.«

Der Kapitän blickte zum noch wolkenlosen Himmel empor und dann nach Westen. »Danke, Benj. Genau das hätte ich auch getan. Wir verlassen die *Kwembly* in kurzer Zeit. Die Vorschläge von Mr. McDevitt sind berücksichtigt worden. Bitte, gib dies an Barlennan weiter; sage ihm, dass wir mit aller Vorsicht auf mögliche Eingeborene achten werden; falls sie, wie er anscheinend vermutet, Kabremm als Kontaktperson vorgeschickt haben, werde ich mich bemühen, friedliche Beziehungen zu ihnen herzustellen. Ich habe Kabremm noch immer nicht persönlich gesehen, und ihr habt ihn seit seinem Auftauchen nicht mehr erwähnt, sodass ich über ihn so gut wie nichts weiß. Kümmere dich darum, dass man mich über Barlennans Überlegungen und Absichten informiert; Gleiches werde ich von meiner Seite aus zu tun versuchen, aber es ist keineswegs ausgeschlossen, dass sich die Ereignisse überschlagen. Beobachtet eure Bildschirme gut. Das ist vorläufig alles; wir brechen jetzt auf.« Der Kapitän stieß einen gellenden Pfiff aus, der zum Glück für die menschlichen Ohren vom Sender nicht in seiner tatsächlichen Lautstärke übertragen wurde. Die Mescliniten bildeten eine unregelmäßige Kolonne, und innerhalb von zwei Minuten waren sie aus dem Fokus des Brückenkommunikators verschwunden. Der andere Kommunikator zeigte nichts als das Licht der Lampen, die an der Spitze der Kolonne getragen wurden. Die Mescliniten, die nur zwei oder drei Meter von der Kamera entfernt vorbeimarschierten, ließen sich ganz deutlich erkennen, während sie mit ihren Lasten über das steinige Gelände kletterten, mehr allerdings nicht. Der Kolonne konnten zu beiden Seiten ganze Heerscharen von Eingeborenen auflauern, ohne dass die Menschen dies zu erkennen imstande sein würden. Aucoin war weder der Erste noch der Letzte, der Dhrawns 1500 Stunden dauernde Rotation verfluchte; es galt noch über 600 Stunden abzuwarten, bevor das schwache Tageslicht von Lalande 21185 zurückkehrte.

Der Fluss war noch schmal, als die Kolonne ihn durchquerte, obwohl Stakendee, der sein Anschwellen gemeldet hatte, sich nur wenige Kilometer weiter westlich befand. Benj gelangte zu der Auffassung, dass Stakendees Gruppe den Fluss ebenfalls alsbald überqueren sollte, damit sie sich am anderen Ufer der Kolonne anschließen konnte. Allerdings trug er seinen Vorschlag

Dondragmer vor, statt sich direkt an Stakendee zu wenden. Der Kapitän, der der beiden Kuriere gedachte, die er stromaufwärts geschickt hatte, riet hastig dazu, die Flussüberschreitung so lange wie möglich zu verschieben, damit Stakendee das Anschwellen der Flut beobachten konnte. Benj und Easy akzeptierten diese Ausrede. Ib Hoffman, der genau wusste, dass der Spähtrupp keine Chronometer mitführte und deshalb über die Flutentwicklung gar keine vernünftigen Angaben machen konnte, war einige Sekunden lang recht verwirrt. Dann lächelte er verschmitzt.

Die nächsten beiden Stunden gab es kaum etwas zu beobachten. Die Besatzung der *Kwembly* erklomm das steinige Ufer, erreichte die Stelle, an der die zuerst abtransportierten Ausrüstungsgegenstände deponiert worden waren, und begann, so etwas wie ein Lager zu errichten.

Natürlich wurden die Versorgungseinrichtungen vorrangig betreut. Am zweitwichtigsten waren die Nahrungsvorräte. Die Meskliniten erledigten die hiermit verbundenen Arbeiten schnell und routiniert. Dondragmer, ein erfahrener Seemann, vermochte die bei einer Havarie anfallenden Probleme glänzend zu bewältigen.

Schließlich setzte Stakendees Gruppe über den Fluss und erreichte bald darauf das im Aufbau befindliche Lager. Dondragmer hatte der Durchquerung zugestimmt, nachdem über Benj eine Durchsage gekommen war, in der rein zufällig der Name eines der beiden Kuriere fiel, die er ausgeschickt hatte.

Folglich blieb das Anwachsen des Ammoniak-Wasser-Stroms sowohl menschlichen als auch mesklinitischen Augen verborgen. Der Anblick wäre allerdings höchst interessant gewesen. Zuerst handelte es sich um nicht mehr als ein dünnes Rinnsal, das von den höheren Ebenen des Flussbettes von einer Bodenkuhle zur nächsten sickerte. In dem Maße, wie der Nebel kondensierte, begannen neue, schmale Zuflüsse den Hauptstrom von beiden Seiten zu speisen, wodurch der Fluss tiefer wurde und anschwoll. Da und dort gefror er vorübergehend, als Wasser, das aus stromaufwärts gelegenen vereisten Tümpeln stammte, mit aus dem Nebel sich ablagerndem Ammoniak eine eutektische Verbindung einging, die bei der herrschenden Temperatur jedoch unvermeidlich in flüssigen Zustand übergehen musste. Die Temperatur betrug etwa 174 Grad Kelvin und ungefähr 71 Grad nach der von den mesklinitischen Wissenschaftlern benutzten Skala.

Die Flut verstärkte sich, während sie sich der *Kwembly* näherte; mehr und mehr Wassereis schmolz, und die Aggregatprozesse wurden komplizierter. Das Ammoniak verwandelte eine Zeit lang Eis in Flüssigwasser, und die Mischung rann stromabwärts. Dann erstarrte der Strom infolge der Anreicherung mit Ammoniak für eine Weile wie das Wachs einer erloschenen Kerze, um sich anschließend, als das untergelagerte Eis mit der Mischung eine Reaktion einging, wieder zu verflüssigen.

Endlich erreichte die Flut das Loch, das man auf der Steuerbordseite der *Kwembly* in die Eisschicht geschmolzen hatte, sodass die Menschen die Entwicklung fortan beobachten konnten. Zu diesem Zeitpunkt bestand der sogenannte Strom aus einer verwirrenden Vielfalt von flüssigen und gefrorenen Verbindungen und erstreckte sich über ungefähr drei Kilometer. Das Eis löste sich nach und nach auf.

So weit stromabwärts standen noch keine Wolken am Himmel, doch war die Atmosphäre so mit Ammoniak gesättigt, dass es zu kondensieren begann. Das ammoniakarme Wassereis, das eine Schicht zwischen dem Felsuntergrund und dem Flüssigkeitsstrom bildete, begann dadurch zu tauen und löste sich allmählich auf. Die Flüssigkeit neigte erneut zur Erstarrung, als sie noch mehr Ammoniakdunst absorbierte, aber ihr Vordringen bereicherte sie auch um mehr Wassereis. Sehr langsam, so unauffällig, dass weder die Menschen noch die beiden in der Matratzenzelle hockenden Meskliniten die Veränderung bemerkten, löste das Eis seine Umklammerung um die *Kwembly*, und schließlich lag das Fahrzeug auf den Felsen.

Inzwischen hatte sich das gesamte Flussbett mit Flüssigkeit gefüllt, die nur noch wenige Eisschollen mitführte. Eine sehr schwache Strömung begann sich zu entwickeln. Unbemerkt von den Menschen und unbemerkt von den beiden Meskliniten schickte die *Kwembly* sich an, mit dieser Strömung zu treiben, so sanft, dass weder die Augen der Menschen noch das Nervensystem der Steuerleute auch nur die leiseste Bewegung registrierten.

Der Fluss, der sich auf dem großen Plateau gebildet hatte, wand sich durch eine Kette von Hügeln, die für Dhrawns Verhältnisse respektable Bodenerhebungen waren; er kam aus dem Nordwesten und floss etwa 6000 Kilometer weit nach Südosten. Die erste Flutwelle hatte das Fahrzeug über einen Pass in der Nähe des südöstlichen Endes der Flusslänge und in eine niedrige Region am Rande der Tiefdruckzone Alpha gespült. Diese Flut war das erste recht zögernde Anzeichen für die jahreszeitliche Wetteränderung gewesen, die aus Dhrawns Annäherung an seine Sonne resultierte. Die zweite Flut würde erst aufhören, nachdem der gesamte Schnee geschmolzen war, über ein Erdjahr später.

Die *Kwembly* bewegte sich so schwach, weil sie nur langsam freischmolz; daran änderte sich auch nichts, als sie schließlich weiter abtrieb, denn der inzwischen völlig verflüssigte Strom war zu breit und tief. Beetchermarlf und Takoorch waren vielleicht ein wenig durch den fallenden Wasserstoffdruck verwirrt, doch selbst wenn sie die leisen Bewegungen des Fahrzeugs bemerkt hätten, würden sie diese wahrscheinlich ihren eigenen Körperbewegungen auf dem flexiblen Material der Pneumatik zugeschrieben haben.

Das Tiefdruckgebiet Alpha war keineswegs Dhrawns wärmste Region. Die lokalen Schmelzeffekte jedoch, die auf jedem Planeten dazu tendierten, die radioaktiven Elemente zu konzentrieren, erwärmten sie an zahlreichen Stellen bis zum Schmelzpunkt von Wassereis, also um mehr als 200 Grad Kelvin über der Temperatur, die die Strahlung von Lalande 21185 allein verursacht hätte. Ein Mensch hätte in diesem Gebiet ohne komplizierte technische Schutzvorrichtungen leben können, wären nicht die kolossalen Gravitations- und Druckverhältnisse gewesen. Das wirklich heiße Gebiet Dhrawns, die Tiefdruckzone Beta, lag 60 000 Kilometer weiter nördlich.

Die *Kwembly* wurde unaufhaltsam in Regionen mit erhöhten Temperaturen abgetrieben, die den Fluss in seinem flüssigen Zustand hielten, obwohl er Ammoniak an die Atmosphäre verlor. Etwa 500 Kilometer von der Stelle entfernt, an der die Besatzung das Fahrzeug geräumt hatte, trieb es in einen breiten, flachen See. Es strandete im weichen Schlamm des Deltas, das der Fluss bildete. Der mächtige Rumpf stemmte sich naturgemäß gegen die Strömung, und diese begann sich neben dem Fahrzeug einen neuen Kanal zu graben. Nach ungefähr einer halben Stunde rutschte das Fahrzeug seitwärts hinein und schwamm erneut. Es war der Ruck, der bei diesem Vorgang erfolgte, welcher die Aufmerksamkeit der beiden Steuerleute erregte und sie veranlasste, aus ihrem Versteck zu kommen.

14 Rettungsmannschaft

Die Behauptung, Benj habe Beetchermarlf auf den ersten Blick erkannt, wäre schlichtweg unwahr gewesen. Tatsächlich handelte es sich bei der raupenähnlichen Gestalt, die als Erste die Rumpfoberseite erklomm, um Takoorch. Dennoch war es der Name des jüngeren Steuermanns, der plötzlich aus vier auf Dhrawn befindlichen Lautsprechern drang.

Einer davon stand auf der Brücke der *Kwembly*, und der Ruf verhallte ungehört. Zwei waren in Dondragmers Lager aufgestellt, das einige Hundert Meter neben dem breiten, schnell dahinfließenden Strom, der nun das Tal ausfüllte, aufgeschlagen war. Der vierte befand sich in Reffels Helikopter, der dicht neben dem Luftschiff *Gwelf* stand.

Die beiden Flugapparate warteten ungefähr einen Kilometer westlich von Dondragmers Lager; Kabremm hatte nicht näher landen wollen, um jede Gefahr auszuschalten, dass ihm ein zweiter ähnlicher Fehler unterlief. Wahrscheinlich hätte er die alte Landungsstelle auf der anderen Talseite, wo er mit Stakendee zusammengetroffen war, gar nicht verlassen, würde das Anschwellen des Flusses ihn nicht dazu gezwungen haben. Die Sichtbehinderung durch den Nebel minderte seine Bereitschaft zu starten erheblich. Reffel verspürte sogar noch weniger Lust. Aber sie hatten keine Wahl gehabt. Also hatte Kabremm das Luftschiff aufsteigen lassen, bis es klare Schichten erreichte; Reffel folgte ihm in geringstmöglichem Abstand. Nachdem sie sich erst einmal über der nur wenige Meter dicken Schicht des Ammoniaknebels befanden, vermochten sie zu navigieren und steuerten die Lichter von Dondragmers Lager an, bis Kabremm, dem das Luftschiff unterstand, entschieden hatte, sie seien nun nahe genug. Wenn die Menschen die *Gwelf* zu Gesicht bekommen hätten, wäre das ein noch schlimmerer Fehler gewesen als jener, den er bereits begangen hatte; Kabremm wusste noch immer nicht, was er Barlennan sagen sollte, wenn sie sich das nächste Mal begegneten. Er und Reffel hatten einige recht unangenehme Stunden verbracht, bevor sie aus dem Ausbleiben eindeutiger menschlicher Kommentare den Schluss zogen, dass Reffel die Kamera rechtzeitig abgedeckt hatte, als er in Sichtweite der *Gwelf* geriet.

Nun standen Dondragmer und Kabremm in nahezu unmittelbarer Verbindung; sie hatten sich abstimmen können, was sie tun und sagen würden, falls es durch Kabremms Missgeschick zu weiteren Verwicklungen kam. Damit hatte der Kapitän ein beunruhigendes Problem gelöst; dennoch beschäftigte er sich mit anderen Vorbeugungsmaßnahmen.

Benjs unverkennbare Stimme, die Beetchermarlfs Namen rief, unterbrach ihn bei der Einleitung einer dieser Maßnahmen. Er war gerade dabei, sämtliche Besatzungsmitglieder der Reihe nach in Augenschein zu nehmen, um herauszufinden, ob eines davon Kabremm hinreichend ähnelte; diese Aufgabe wurde durch den Umstand erschwert, dass er den Offizier der *Esket* monatelang nicht gesehen hatte. Besonders gut kannte er ihn ohnehin nicht, die Zeit, die *Gwelf* aufzusuchen, hatte er bisher nicht erübrigen können, und Kabremm selbst wollte aus verständlichen Gründen mit dem Lager keine nähere Bekanntschaft machen. Sein Plan sah vor, sämtliche Besatzungsmitglieder, die Kabremm einigermaßen ähnelten, unauffällig, wie selbstverständlich und regelmäßig vor den Kameras auftreten zu lassen, um Easy Hoffmans Gewissheit, den Ersten Offizier der *Esket* erkannt zu haben, nachhaltig zu erschüttern. Der Versuch schien ihm den Aufwand wert zu sein.

Trotz allem hatte er den Gedanken an das Schicksal der *Kwembly* und der beiden Steuerleute während der zwölf Stunden, seit deren die Lichter des Fahrzeugs nun verschwunden waren, niemals ganz verdrängen können, und so erregte der Ausruf seine ungeteilte Aufmerksamkeit.

»Kapitän«, ergänzte die Stimme des Jungen, »soeben sind zwei Meskliniten aufgetaucht, sie klettern über den Rumpf der *Kwembly*. Ich kann mich nicht mit ihnen verständigen, bevor sie die Brücke betreten, aber es können nur Beetch und Tak sein. Sie müssen irgendwo unter dem Fahrzeug gesteckt haben, ihr konntet sie nur nicht finden. Ich denke, die *Kwembly* lässt sich nun doch retten, denn zwei Personen vermögen sie doch zu steuern, oder?«

Dondragmers Gedanken begannen zu rasen. Er hatte sich keine Vorwürfe gemacht, weil er das Fahrzeug geräumt hatte, obwohl die Flut sich schließlich als Befreier vom Eis erwiesen hatte. Seine Entscheidung war nach der vorherigen Sachlage die einzig vernünftige gewesen. Als sich herausstellte, dass sie gefahrlos im Fahrzeug hätten verbleiben können, gab es kein Zurück mehr. Der Kapitän hatte – als typischer Mesklinit – keinen Gedanken an Eventualitäten vergeudet, für die es ohnehin zu spät war. Er hatte, als sie das Fahrzeug verließen, die Chance, es bergen zu können, für gering gehalten, und als die *Kwembly* erneut abtrieb, intakt und keineswegs zerschmettert, wusste er, dass die Chance noch viel geringer geworden war als zuvor; vielleicht nicht gleich null, aber nicht groß genug, um ernsthafter Erwägung würdig zu sein.

Doch nun war die Wahrscheinlichkeit wieder gestiegen. Die *Kwembly* war nicht nur funktionstüchtig, auch die beiden

Steuerleute lebten und befanden sich an Bord. Man konnte womöglich etwas tun, falls …

»Benj!«, rief Dondragmer, als seine Überlegungen bis zu diesem Punkt gediehen waren. »Bitte eure Wissenschaftler, so genau wie möglich zu ermitteln, wie weit die *Kwembly* inzwischen von uns entfernt ist! Beetchermarlf kann sie allein steuern, aber es gibt noch andere Apparaturen, um die er und Takoorch sich kümmern müssen. Und benachrichtigt Barlennan!«

Benj kam den Wünschen rasch und zuverlässig nach. Er war nicht länger übermüdet, besorgt und übellaunig. Mit der Räumung der *Kwembly* vor zwölf Stunden hatte er jede Hoffnung, seinen Freund lebend wiederzusehen, restlos aufgegeben und den Kommunikationsraum verlassen, um seinen längst überfälligen Schlaf nachzuholen. Er hatte geglaubt, nicht schlafen zu können, aber sein Organismus belehrte ihn eines Besseren. Neun Stunden später hatte er wieder seinen üblichen Dienst im Meteorologischen Labor aufgenommen. Nur ein Zufall brachte ihn, einige Minuten bevor die beiden Steuerleute ihre Zufluchtsstätte verließen, in den Kommunikationsraum zurück. McDevitt hatte ihn wegen der allgemeinen Messdaten, die regelmäßig von den anderen Fahrzeugen durchgegeben wurden, dorthin geschickt, und der Junge nutzte die Gelegenheit, um sich für ein paar Minuten vor den Bildschirmen aufzuhalten, die zu den Kommunikatoren der *Kwembly* gehörten.

Er bestätigte die Durchsage des Kapitäns und eilte hinaus. Easy, die mittlerweile ebenfalls ausgeschlafen hatte, setzte Barlennan von den Neuigkeiten in Kenntnis und schaltete zurück zu Dondragmer, um eine Frage zu stellen.

»Das sind zwei der Vermissten. Glaubst du, dass es noch eine Chance gibt, deine beiden Helikopterpiloten zu finden?«

Dondragmer formulierte seine Antwort sehr sorgfältig, aber vielleicht war es gerade diese Sorgfalt, die zu seinem Fehler führte. Wo Reffel sich aufhielt, wusste er selbstverständlich, denn zwischen der *Gwelf* und dem Lager waren ständig Boten unterwegs; Kervenser jedoch war weder von der Besatzung des Luftschiffs noch von jemand anderem gesehen worden. Er war tatsächlich spurlos verschwunden, und der Kapitän erachtete seine Überlebenschance als sehr gering, noch geringer als die Chance, die er anfangs zur Rettung der *Kwembly* gesehen hatte. Es war also völlig unverfänglich, über Kervenser zu reden; sein Fehler lag darin, Reffel fast ganz zu vergessen. Die stennishen Formen von Singular und Plural waren so eindeutig wie die der menschlichen Sprache, und während er seine Durchsage machte, ertappte Dondragmer sich mehrmals dabei, dass er nur von einem der Piloten sprach. Anscheinend bemerkte Easy nichts, aber der Kapitän war anschließend beunruhigt.

»Das ist schwer zu entscheiden. Falls es in dem nunmehr überfluteten Gebiet zu einem Absturz kam, bezweifle ich stark, dass er noch lebt. Das ist wirklich ein Unglück, nicht nur wegen Kervenser, sondern auch, weil wir die Helikopter nun einsetzen könnten, um weitere Mannschaften zur *Kwembly* zu fliegen, damit sie beim Manövrieren helfen; und sollte sich herausstellen, dass die beiden Steuerleute die *Kwembly* allein nicht zurückzubringen vermögen, könnten wir sie mit den Helikoptern abholen. Es ist bedauerlich, dass eure Wissenschaftler den Sender, den Reffel an Bord hatte, nicht lokalisieren können, im Gegensatz zu denen der *Kwembly*.«

»Du wunderst dich nicht als Einziger darüber«, antwortete Easy. »Ich weiß nicht genug über die Geräte, um dir zu erklären, warum die Impulsstärke von der Bildbeschaffenheit abhängt, denn ich glaubte auch immer, Welle sei Welle; doch offensichtlich hat es damit zu tun. Entweder steht Reffels Kommunikator in totaler Finsternis, oder er ist zerstört ... Wie ich sehe, sind eure Versorgungsanlagen aufgebaut und arbeiten.«

Der letzte Satz entsprang beileibe keiner Absicht, das Thema zu wechseln; Easy hatte soeben den ersten guten Ausblick auf die Anlagen gewonnen und war aufrichtig neugierig. Sie umfassten Dutzende – vielleicht mehr als hundert – von rechteckigen transparenten Tanks, die insgesamt eine Fläche von etwa zwölf Quadratmetern besetzten; jeder Tank war zu einem Drittel mit Flüssigkeit gefüllt, durch die Blasen aus purem Wasserstoff gurgelten, aus dem Mesklins Atmosphäre bestand. Die Pflanzen, welche die mit Kohlenwasserstoffen gesättigten biologischen Abfälle der Mesklinitien oxidierten und Wasserstoff freisetzten, waren einzellige Arten, die entfernt irdischen Algen ähnelten. Sie eigneten sich zum Verzehr, aber die Mesklinitien hatten sie nicht unter dem Gesichtspunkt des Wohlgeschmacks ausgewählt; die Tanks, in denen die Äquivalente von Obst und Gemüse gezüchtet wurden, hatten sich als zu groß erwiesen, um aus dem Fahrzeug transportiert werden zu können.

Dondragmer ging auf Easys Bemerkung ein. »Ja, wir verfügen über ausreichend Atemluft und Nahrung. Das wirkliche Problem lautet: Was sollen wir tun? Von dem planetologischen Gerät konnten wir kaum etwas auslagern; wir sind außerstande, unsere Arbeit fortzusetzen. Es ist denkbar, dass wir die Basis zu Fuß erreichen, doch müssten wir die Anlagen etappenweise befördern, das heißt, jeweils ein paar Kilometer entfernt ein weiteres Lager errichten, die Anlagen nach und nach dorthin schaffen und diese Verlagerung immer wieder vornehmen, bis wir eintreffen. Und das, da die Basis ungefähr 16 000 eurer Kilometer entfernt liegt, würde Jahre dauern. Sollen wir für die Expedition noch von Nutzen sein, brauchen wir die *Kwembly*.«

Dem vermochte Easy nur beizupflichten, obwohl sie eine Alternative sah, die der Kapitän nicht erwähnt hatte. Natürlich, Aucoin missbilligte diese Möglichkeit. Oder würde er das, unter diesen Umständen, nicht länger aufrechterhalten? Eine ausgebildete und fähige Forschungsmannschaft war von hohem Wert, und diesen Aspekt musste man wohl stärker als bisher beachten.

Mehrere Minuten verstrichen, bis Benj mit den Informationen zurückkehrte, und mit ihm kamen einige interessierte Wissenschaftler.

»Kapitän«, begann Benj, »die *Kwembly* bewegt sich noch, aber äußerst langsam, ungefähr zwanzig Kabel in der Stunde. Sie befindet sich – oder befand sich vor sechs Minuten – etwa 500 Kilometer von deinem Lager entfernt, das sind mehr als 233 000 Kabel. Es gibt gewisse Unsicherheitsfaktoren, wie Höhenunterschiede und Flusswindungen, aber etwaige Abweichungen dürften geringfügig ausfallen.«

»Danke«, erwiderte der Kapitän. »Steht ihr mit den beiden Steuerleuten bereits in direktem Kontakt?«

»Noch nicht, aber sie sind inzwischen im Fahrzeuginnern. Ich bin sicher, dass sie den Brückenkommunikator bald ausfindig machen, obwohl sie sich wahrscheinlich zuerst um wichtigere Dinge kümmern werden. Die Atemluftvorräte ihrer Schutzanzüge dürften mittlerweile ziemlich erschöpft sein.«

Diese Annahme war absolut richtig. Die beiden Steuerleute benötigten lediglich einige Minuten, um sich zu vergewissern, dass das Fahrzeug verlassen und die Versorgungsanlagen ausgelagert waren; damit standen die beiden vor dem Problem, die Atmosphäre im Innern des Fahrzeugs auf möglicherweise eingedrungenen Sauerstoff zu untersuchen. Keiner der beiden besaß für die Durchführung von Tests genügend chemische Grundkenntnisse, und keiner war richtig mit den Routinetests vertraut, die Borndender und seine Kollegen immer anwandten; sie berieten schon über die ziemlich drastische Methode, sich einfach mittels ihres Geruchssinns vom Sauerstoffgehalt der Innenatmosphäre zu überzeugen, als Beetchermarlf die Idee kam, man habe vielleicht zu wissenschaftlichen Zwecken einen Kommunikator an Bord zurückgelassen, mit dem sie sich an die Menschen wenden konnten. Im Labor fanden sie keins der Geräte; doch nach ihm war die Brücke der wahrscheinlichste Platz; und zehn Minuten nach dem Betreten der *Kwembly* war Beetchermarlfs Meldung unterwegs zur Raumstation. Benj verschob die beabsichtigten Begrüßungsworte und leitete die Durchsage sofort an Dondragmer weiter. Der Kapitän rief seine Wissenschaftler, schilderte ihnen die Situation der beiden, und für die nächste halbe Stunde entwickelte sich eine äußerst rege Übermittlungstätigkeit: Borndender gab Erläuterungen, Beetchermarlf wiederholte sie, ging ins Labor, um die erforderlichen Gerätschaften auszusuchen, kam zurück auf die Brücke, um sich bei einer Kleinigkeit zu vergewissern ...

Endlich gelangten beide Seiten zu der Auffassung, dass die Anweisungen verstanden worden waren. Benj teilte diese Meinung; er wusste genug von Chemie und Physik, um feststellen zu können, dass Beetchermarlf sich nicht in die Luft sprengen würde. Seine einzige Sorge war, er könne die Tests nachlässig handhaben und eine gefährliche Sauerstoffkonzentration übersehen. Bestand lediglich die Gefahr einer Vergiftung, oder bargen Wasserstoff-Sauerstoff-Mischungen noch andere Risiken? Er war sich nicht sicher, doch solche Gemische besaßen auf jeden Fall andere Eigenschaften. Er blieb angespannt, bis Beetchermarlf auf die Brücke kam und meldete, die Tests seien abgeschlossen. Die Katalysatorflächen im Innern der *Kwembly* waren noch aktiv, und die Ammoniakkonzentration der Innenatmosphäre war hoch genug, um eine Reaktion mit Sauerstoff zu gewährleisten. Die Steuerleute hatten bereits ihre Schutzanzüge abgestreift; sie rochen keinen Sauerstoff. Sie würden wenigstens eine Zeit lang an Bord bleiben können.

Das nächste Problem war die Navigation. Benj unterrichtete seinen Freund über die Position des Fahrzeugs, die Geschwindigkeit und die Richtung seiner Bewegung. Das genügte Beetchermarlf. Die Sterne waren sichtbar, und überdies besaß er einen hervorragenden Magnetkompass. Dhrawns Magnetfeld war erheblich stärker als das der Erde, zur Bestürzung jener Wissenschaftler, die eine Wechselbeziehung zwischen Magnetfeldstärke und Rotationsgeschwindigkeit von Planeten schon lange als gesicherte Erkenntnisse betrachtet hatten.

Beetchermarlf war viel jünger als Takoorch, aber es gab keine Diskussion darüber, wer gegenwärtig an Bord das Kommando führte. Die Tatsache, dass Benj, statt sich formell an die *Kwembly* zu wenden, stets Beetchermarlf beim Namen rief, mochte viel zur Erhöhung der Autorität des jungen Steuermanns beigetragen haben. Easy und einige andere Menschen vermuteten, dass Takoorch es ohnehin nicht sonderlich eilig hatte, in der gegenwärtigen kritischen Lage allzu viel Verantwortung zu übernehmen. Er neigte dazu, Beetchermarlfs Vorschlägen ohne wesentliche Einwände zuzustimmen.

»Wir treiben noch, und wenn dieser Fluss nicht einen recht seltsamen Verlauf nimmt, werden wir uns auf ihm nur immer weiter von den anderen entfernen«, fasste der jüngere Mesklinit ihre Lage schließlich zusammen. »Unsere erste Aufgabe, um das Fahrzeug manövrierfähig zu machen, wird sein, an einige der mit Konvertern ausgestatteten Walzen Ruder zu montieren. Zwei Reihen beiderseits des Hecks und eine in der Mitte unterm Bug müssten genügen. Tak und ich gehen nun hinaus und beginnen mit der Montage. Benj, bitte halte den Bildschirm unter Beobachtung; wir belassen den Kommunikator in seiner gegenwärtigen Stellung.«

Beetchermarlf wartete nicht auf Antwort. Er und sein Gefährte schlüpften wieder in die Schutzanzüge und holten die Ruder aus dem Lagerraum; sie waren auf Mesklin erprobt worden, aber niemand konnte genau voraussagen, wie sie sich bewähren würden. Die Ruderblätter waren kleinflächig, da ihnen oberhalb der Walzen nur wenig Spielraum zur Verfügung stand.

Ihre Montage bereitete den beiden Steuerleuten ziemliche Mühe. Ruder und Werkzeuge mussten auf einmal nach draußen gebracht werden, da sie nirgendwo etwas ablegen konnten, während das Fahrzeug noch schwamm. Ständig verhedderten sie sich in den Sicherheitsleinen. Die mesklinitischen Zangen waren weniger praktische Greiforgane als menschliche Hände, doch wurde dieser Nachteil ein bisschen dadurch gelindert, dass sie alle vier Paare simultan benutzen konnten, weil diese keiner menschlichen Rechts- oder Linkshändigkeit ähnelnden motorischen Asymmetrie unterlagen. Die Notwendigkeit künstlichen Lichts gestaltete die Arbeit zusätzlich schwieriger. Es stellte sich heraus, dass sie zur Montage von zwölf Rudern ganze fünfzehn Stunden brauchten.

Mittlerweile entfernte sich die *Kwembly*, obschon sie sich noch bewegte, nicht weiter von Dondragmers Lager. Anscheinend schwamm sie in einem etwa sechs Kilometer durchmessenden Strudel. Beetchermarlf nutzte dies zu ihrem Vorteil, als er schließlich die Motoren anwarf. Für einige Sekunden schien es, als wolle jedes Resultat ausbleiben; dann aber bemerkten die beiden Steuerleute und die Menschen, wie sich langsam, sehr langsam eine Bugwelle entwickelte. Der mächtige Rumpf schob sich träge vorwärts. Beetchermarlf orientierte sich am Zwillingsgestirn Sol und Fomalhaut und riss das Steuer hart herum. Es dauerte eine halbe Minute, bevor die Sterne ringsum zu wandern begannen, als die *Kwembly* beidrehte, behäbig und majestätisch zugleich. Einige Male handhabte Beetchermarlf das Steuer zu heftig; er brauchte eine ganze Weile, um sich an die neue Reaktionsweise des Fahrzeugs zu gewöhnen, doch zuletzt gelang es ihm, es auf ungefähr südlichen Kurs zu bringen.

Zunächst war er sich dessen nicht sicher; er vermutete lediglich, dass dieser Kurs sie an jene Stelle zurückbringen werde, an der die *Kwembly* in den Strudel geraten war; von dort aus allerdings, so glaubte er, würde der Strudel sie einem Drall nach Osten aussetzen.

Einige Zeit verstrich, bevor die Richtantennen der Messsatelliten und die Computer es ermöglichten, seine Annahme zu bestätigen; doch als dies geschah, lief die *Kwembly* sehr sanft auf Grund.

Sofort leitete Beetchermarlf volle Kraft in die vordersten, mit Konvertern ausgestatteten Walzen, entzog den mit Rudern versehenen Walzen die Energie und ließ das Fahrzeug auf den Strand rollen.

»Wir haben den See verlassen«, berichtete er. »Doch nun ergibt sich ein neues Problem. Setzen wir den Weg über Land mit montierten Rudern fort, dürften sie bald ruiniert sein. Entfernen wir sie jetzt, und es stellt sich heraus, dass wir uns auf einer Insel befinden, verlieren wir mehr Zeit damit, sie wieder zu montieren. Ich halte es für ratsam, einen Erkundungsgang zu machen, um hierüber Klarheit zu erhalten; das würde aber auch einige Zeit beanspruchen. Ich wäre dankbar, könntet ihr mir diesbezügliche Hinweise geben oder den Kapitän nach seinen Befehlen fragen. Wir warten.«

Dondragmer brauchte mit seiner Antwort nicht zu zögern, als die Anfrage ihm übermittelt wurde. »Die beiden sollen nicht von Bord gehen, sondern warten, bis die Kartografen festgestellt haben, ob das Fahrzeug sich an jenem Ufer befindet, auf dem auch unser Lager steht, oder auf dem anderen. Nach ihrer Geländebeschreibung schätze ich, dass der Strudel eine ostwärtige Strömungsrichtung besitzt, das wäre die rechte Seite; wir befinden uns indes auf dem linken Ufer. Wenn geklärt ist, auf welchem Ufer sie stehen, sollen sie ... nein, halt! Mir fällt etwas Besseres ein. Sie sollen weiterhin nach Süden steuern, bis sie glauben, die Flussmündung erreicht zu haben, und dann flussaufwärts zu lenken versuchen. Ich weiß, sie können nur langsame Fahrt machen, stellenweise womöglich gar nicht durchkommen; aber zu Orientierungszwecken scheint mir das sicherer zu sein.«

»Ich gebe Beetch und den Kartografen sofort Bescheid, Kapitän«, bestätigte Benj. »Ich besorge mir eine Kartenkopie und versuche sie selbst auf dem neuesten Stand zu halten; damit können wir künftig Zeit sparen.«

Die Richtungsdaten erwiesen sich nicht als völlig zuverlässig. Zwar ließ die Position der *Kwembly* sich ziemlich exakt bestimmen, aber natürlich stand der Verlauf des Flusses, den sie hinabgetrieben war, weniger genau fest. Nach weiteren Diskussionen entschied man, Beetchermarlf solle das Fahrzeug wieder ins Wasser bringen und es möglichst nahe am Ufer westwärts lenken, das hieß, so nahe wie die Scheinwerfer der *Kwembly* und etwaige Sandbänke es erlaubten. Wenn er die Mündung entdeckte, sollte er nach Dondragmers Weisung verfahren; falls nicht, weiter in Ufernähe bleiben, bis die Wissenschaftler gewiss sein konnten, dass er die Mündung verfehlt hatte, und in diesem Fall nach Süden steuern.

Es erwies sich als möglich, das Ufer während der Fahrt innerhalb des Scheinwerferlichts zu halten, aber es dauerte zwei Stunden, bis sie den Fluss erreichten, der sich hinter der Mündung westwärts krümmte, eine Tatsache, die man bei der Lokalisierung der *Kwembly* übersehen hatte, während sie stromabwärts getrieben war. Die Mündung selbst machte jedoch einen Knick nach Osten, ein Umstand, der höchstwahrscheinlich für die Strudelbildung verantwortlich war.

Das Delta, das dem Ufer eine Nordkrümmung verlieh, war eine Warnung. Die beiden Meskliniten – Beetchermarlf am Steuer und Takoorch auf der Backbordseite der Brücke, am besten Beobachtungsposten – lenkten das Fahrzeug um die reichlich unregelmäßige Halbinsel, wobei sie mehrfach bemerkten, dass die Walzen sich durch lockeren Schlammgrund wühlten, fanden schließlich eine Durchfahrt und steuerten die *Kwembly* gegen die Strömung. Sie kamen nun bloß noch langsam vorwärts, aber sie hatten es keineswegs eilig; Dondragmer hatte dem Versuch, überhaupt gegen die Strömung anzukommen, ganze sechs Stunden eingeräumt. In diesem Zeitraum legten sie ungefähr zehn Kilometer zurück. Ließ diese Geschwindigkeit sich beibehalten, würde das Fahrzeug etwa ein bis zwei Tage nach Mitternacht im Lager eintreffen, also nach einer Woche im Zeitmaß der Menschen.

Reine Ungeduld brachte den Plan schließlich zu Fall. Natürlich traf die Schuld keinen Meskliniten; es war Aucoin, der die Auffassung durchsetzte, eineinhalb Kilometer je Stunde sei eine zu geringe Geschwindigkeit. Dondragmer kümmerte es wenig, und er erhob keine Einwände gegen den Vorschlag, mit der Rückführung der *Kwembly* einige Forschungsaufträge zu verbinden. Auf Wunsch des Planers dirigierte er das Fahrzeug ans Ufer und auf festes Land, und auf seinen Befehl demontierten die Steuerleute sämtliche Ruder. Letzteres war, wie sich ergab, leichter zu bewerkstelligen als ihre Montage; sie konnten auf Sicherheitsleinen verzichten, Werkzeug und Geräteteile während der Arbeit abstellen. Als Benj den Kommunikationsraum das nächste Mal betrat, musste er zur Kenntnis nehmen, dass die *Kwembly* nunmehr eine Geschwindigkeit von zehn Kilometer je Stunde hatte und flaches, nur gelegentlich von Gestein oder Gestrüpp durchsetztes Gelände durchquerte. Die Oberfläche dieses Gebiets bestand aus verfestigten Ablagerungen; die Planetologen äußerten die Meinung, bei dieser Ebene müsse es sich um eine Hochwasserzone handeln, und das leuchtete Benj durchaus ein.

Beetchermarlf zeigte sich so gesprächig wie sonst, aber es war eindeutig, dass er der Unterhaltung nicht seine volle Aufmerksamkeit schenkte. Sowohl er wie auch Takoorch konzentrierten sich, soweit ihr Augenlicht und die Scheinwerfer es ermöglichten, auf das Gelände, für dessen Befahrbarkeit es natürlich – ohne zuvorige Luftaufklärung – keine Garantie gab, sodass sie die Geschwindigkeit von zehn Kilometer je Stunde nicht zu überschreiten wagten.

Während sich Stunde um Stunde dahinschleppte und sie Dutzende von Kilometern überwanden, ohne den Kurs ändern zu müssen – außer in Fällen, wenn der Fluss außer Sicht geriet –, überkam die beiden ein allmählich wachsendes Gefühl der Sicherheit, der Gefahrlosigkeit. Ein Mensch hätte reagiert, indem er die Geschwindigkeit langsam steigerte. Die Reaktion der Meskliniten bestand darin, zu stoppen und eine Rast einzulegen. Aucoin, als er einmal zufällig den Kommunikationsraum betrat, bemerkte bei dieser Gelegenheit, dass das Fahrzeug stand; zunächst glaubte er, die beiden nähmen eine Routinekontrolle vor, aber dann sah er einen der Meskliniten untätig auf dem Brückendeck liegen. Auf seine Frage, weshalb das Fahrzeug stehe, erteilte Takoorch die schlichte Auskunft, er habe eine gewisse Leichtfertigkeit verspürt. Der Planer verließ den Kommunikationsraum in sehr nachdenklicher Stimmung.

Seit einigen Kilometern war das Gelände steiniger geworden; verfestigte Sedimente bildeten nach wie vor die Oberfläche, aber die Felsbrocken, die herausragten, wurden immer häufiger und großflächiger. Die Planetologen ergingen sich in allerlei Spekulationen über die Natur der unter den Sedimenten liegenden Bodenformation, aber mit so wenig konkreten Informationen und Daten mussten sie sich mit der Nutzlosigkeit ihres Rätselratens abfinden. Die Beschaffenheit der Oberfläche verleitete einige der Beobachter allerdings zu der Annahme, dass die Schicht von Sedimenten sich verlaufen und die *Kwembly* in Kürze einen Untergrund erreichen werde, der so hart sein könnte wie jener, auf dem Dondragmer sein Lager errichtet hatte.

Als sie die Fahrt fortsetzten, sahen die Steuerleute sich indes bald und immer häufiger gezwungen, unüberwindbaren Felsformationen auszuweichen, und gelegentlich mussten sie sogar die Geschwindigkeit drosseln. Die Planetologen verlangten mehrmals, das Fahrzeug möge stoppen und Sedimentproben entnehmen, ehe es zu spät sei, aber Aucoin wies das mit dem Hinweis zurück, die Proben würden ohnehin erst in einem Jahr in der Raumstation eintreffen; die Wissenschaftler erwiderten, ein Jahr Wartezeit sei ihnen lieber als die mehreren Jahre, die es noch dauern würde, verzichtete man jetzt auf die Probensammlung.

Doch als die *Kwembly* erneut anhielt, geschah es auf Beetchermarlfs Initiative. Der Anlass war geringfügig – oder schien es jedenfalls; der vorausliegende Grund wirkte ein bisschen dunkler und war von jenem, auf dem das Fahrzeug ruhte, durch eine scharfe Grenzlinie getrennt, die auf dem Bildschirm nicht sichtbar war, doch die beiden Mesklinïten erkannten sie gleichzeitig und entschieden zugleich, ohne viel Worte, dass sich eine Untersuchung aus der Nähe empfahl. Beetchermarlf informierte die Menschen. Prompt bedrängten zwei Planetologen Easy, sie möge die beiden Steuerleute überreden, Bodenproben zu nehmen. Sie war der Meinung, dass auch Aucoin es unter diesen Umständen nicht länger ablehnen würde, und willigte ein, das Anliegen vorzutragen, sobald sie Dondragmers Stellungnahme vorliegen habe.

Diesmal erlaubte der Kapitän den Ausstieg, schlug jedoch ergänzend vor, dass die beiden zuerst mit den Scheinwerfern die Umgebung begutachten sollten. Diese Anregung erwies sich als umsichtig. Etwa einhundert Meter voraus floss ein schmales Bächlein vorbei und mündete in den Fluss. Als sie die Scheinwerfer nach Steuerbord richteten, erkannten sie, dass der Zufluss parallel zur Fahrtrichtung der *Kwembly* einen Bogen beschrieb, seinen Verlauf etwa in Heckhöhe änderte und dann im Nordwesten verschwand. Das Fahrzeug stand auf einer nur wenige Hundert Meter breiten Halbinsel. Für Mesklíniten wie auch Menschen schien es am wahrscheinlichsten, dass die dunklere Bodenfärbung von dem parallel zum Ufer der Halbinsel fließenden Bach herrührte, aber niemand war sicher genug, um dies ohne nähere Untersuchung – also ohne Ausstieg – endgültig entscheiden zu wollen.

Draußen verwischte sich, trotz zusätzlich mitgeführter Lampen, der Farbunterschied. Die beiden Mesklíniten sammelten und verpackten die gewünschten Bodenproben und wandten sich dann dem Bach zu; er war flach, floss aber schnell und war bestenfalls drei oder vier Körperlängen breit. Die Mesklíniten konnten die Zusammensetzung der Flüssigkeit nicht auf Anhieb ermitteln, füllten jedoch für spätere Zwecke einen Behälter damit. Sie folgten dem Bachverlauf landeinwärts. Nach einer gewissen Strecke vermochten auch die Mesklíniten eindeutig zu konstatieren, dass dieser Zufluss noch nicht lange existierte; die Flüssigkeit stürzte mit beachtlicher Gewalt durch die Bodenrinne, war aber noch dabei, sie auszuwaschen, Sedimente zu lockern und fortzuspülen. Da der Bach nur wenige Zentimeter tief war, entnahm Beetchermarlf, indem er hineinkletterte, auch dem Bachgrund eine Probe. Die beiden entschlossen sich, für zehn weitere Minuten stromaufwärts zu marschieren. Bevor die Frist ablief, fanden sie die Quelle des Zuflusses, kaum einen halben Kilometer von der *Kwembly* entfernt; sie sprudelte heftig inmitten des Quellbeckens, gespeist aus einem unterirdischen Arsenal. Beetchermarlf, der sich bis in die Mitte wagte, wurde vom zentralen Flüssigkeitsstrahl von sämtlichen Füßen gerissen und um eine halbe Körperlänge rückwärts geworfen.

Irgendetwas Besonderes gab es nicht zu tun; eine Filmkamera besaßen sie nicht, keiner hatte ernsthaft erwogen, den Kommunikator mitzuschleppen, und verschiedene Proben hatten sie bereits gesammelt. Sie kehrten zur *Kwembly* zurück und gaben eine mündliche Beschreibung der Ortsverhältnisse an die Raumstation durch. Sogar die Wissenschaftler stimmten zu, dass es am besten sei, die beiden würden den Weg zum Lager nun fortsetzen, hauptsächlich allerdings, damit die Proben so rasch wie möglich in Borndenders Besitz und sie zu den Resultaten der Analysen kamen. Jedenfalls konnten die Steuerleute sich fortan dort nützlicher machen. Sie warfen die Motoren wieder an.

Das Fahrzeug erreichte den Bach und durchquerte ihn; die Pneumatik fing die leichte Erschütterung, die dadurch entstand, so gut wie vollständig auf. Die beiden Meskliniten auf der Brücke spürten überhaupt nichts davon.

Wenigstens acht Sekunden lang.

Das Fahrzeug war erst zur Hälfte auf die dunkelfarbige Bodenfläche gerollt, als der Unterschied zwischen ihr und den helleren Sedimenten sich auch schon zu zeigen begann. Auf der

Brücke registrierte man ein leichtes Schlingern. Fast gleichzeitig kam die Vorwärtsbewegung zum Erliegen; sie konnten nicht das Geringste dagegen tun, als die *Kwembly* – ohne festen Grund, ohne Halt – plötzlich in den Schlamm, als den die dunkle Schicht sich entpuppte, einzusinken begann. Sie sank bis über die Walzenreihen ein; sank weiter, bis die pneumatische Matratze im Schlamm begraben war und die Schwimmfähigkeit des Fahrzeugs ein weiteres Einsinken verhinderte. Unterdessen stieß der Rumpf gegen zwei Felsformationen, von denen der eine mit dem Heck kollidierte, dicht hinter der Pneumatik, der andere mit der Steuerbordseite, etwa einen Meter vor der Hauptluftschleuse. Man vernahm ein scheußliches Scharren und Knarren, als der Rumpf sich schräg vornüber und backbordwärts neigte; dann lag die *Kwembly* still.

Und diesmal, wie Beetchermarlfs Geruchssinn ihm nur zu deutlich verriet, hatte die Hülle irgendwo ein Leck bekommen. Sauerstoff drang ein.

15 Zusammenfassung

»Es läuft auf Folgendes hinaus«, sagte Aucoin, der am Tischende saß. »Wir müssen die Raumbarke hinunterschicken. Tun wir das nicht, sind die *Kwembly* und die beiden Meskliniten verloren. Dondragmer und die restliche Mannschaft sind nicht einsatzfähig, bis ein Rettungsfahrzeug, zum Beispiel die *Kalliff*, sie abholt. Unglücklicherweise ist es möglich, dass es niemand etwas nutzt, wenn wir die Barke einsetzen. Wir wissen nicht, warum der Boden unter der *Kwembly* nachgab, und der Barke könnte, sobald sie landet, das Gleiche widerfahren. Der Verlust der Barke wäre ein sehr schwerer Schlag. Auch wenn wir zuerst bei Dondragmers Lager landen und die Besatzung zum Standort der *Kwembly* fliegen, haben wir keine Gewähr, dass – selbst wenn sie sicher aufsetzen kann – die Besatzung das Fahrzeug zu reparieren imstande ist. Und Beetchermarlfs Angaben zufolge bezweifle ich das außerordentlich. Die schlimmsten Lecks konnten sie abdichten, aber es dringt noch immer Sauerstoff ein. Obendrein besitzt noch niemand eine halbwegs vernünftige Vorstellung davon, wie wir das Fahrzeug aus dem Schlamm – oder was das sein mag – befreien sollen. Und es gibt weitere Argumente gegen den Einsatz der Raumbarke. Bedienen wir uns der Fernsteuerung, ist aufgrund der unvermeidbaren Verzögerung von sechzig Sekunden jedes Manöver in Bodennähe ausgeschlossen. Ein computerisiertes, also automatisches Landungsmanöver ist möglich, aber die Risiken haben sich seit Beginn der Raumfahrt nicht gemindert. Ebenso gut könnte man den Meskliten einen Schnellkurs verpassen und sie das Ding selber fliegen lassen.«

»Diese Alternative würde ich keineswegs so lächerlich darstellen, Alan«, warf Easy mit ruhiger Stimme ein. »Die *Kwembly* ist sicherlich nicht das letzte Fahrzeug, das in Not gerät. Dhrawn ist eine sehr große, wenig erforschte Welt, und ich fürchte, früher oder später werden wir einen Mangel an einsatzbereiten Fahrzeugen haben. Außerdem sind die Steuersysteme der Barke ohnehin weitgehend computerisiert, und der Rest ist Sache eines Knopfdrucks. Ich räume ein, die Gefahr ist groß, dass jemand ohne vorherige Erfahrung dabei abstürzt, aber bietet eine andere Methode Beetchermarlf und Takoorch eine höhere Chance zum Überleben?«

»Ich glaube, schon«, erwiderte Aucoin ruhig.

»Also, was zum ... Was soll das eigentlich?«, maulte Mersereau. »Wir haben ...« Easy hob eine Hand, und entweder diese Geste oder ihre Miene brachten Boyd zum Schweigen.

»Welche andere Maßnahme, *die du mit gutem Gewissen vorschlagen kannst,* hältst du für geeignet, um die *Kwembly*, die Steuerleute oder den Rest von Dondragmers Besatzung zu retten?«, fragte sie.

Aucoin besaß genug Anstand, um zu erröten, aber seine Antwort fiel gelassen aus. »Wie ich schon sagte: Wir schicken die *Kalliff* von der Basis und holen sie ab.«

Der Äußerung folgte sekundenlanges Schweigen, während rings um den Tisch Heiterkeit über die Gesichter huschte. Schließlich meldete sich Ib Hoffman zu Wort.

»Glaubst du wirklich, Barlennan wird zustimmen?«, fragte er unschuldig.

»Es läuft darauf hinaus«, sagte Dondragmer zu Kabremm, »dass wir hierbleiben und nichts tun können, bis Barlennan ein Hilfsfahrzeug schickt. Ich stelle mir vor, er wird diesmal eine ausreichende Begründung liefern können, nachdem er im Falle der *Esket* darauf verzichtet hat …«

»Das dürfte einfach sein«, antwortete der Erste Offizier der *Esket.* »Einer der Menschen war dagegen, und der Kommandant gab nach. Diesmal braucht er nur nachdrücklicher zu fordern.«

»Als ob dies das erste Mal nicht einige Menschen zur Genüge verwundert hätte! Doch wir werden sehen. Entschließen wir uns zu warten, wissen wir nicht, wie lange es dauern wird, bis ein Fahrzeug eintrifft; wir haben keine Ahnung, ob das Gebiet zwischen uns und der Basis durchgängig befahrbar ist. Ihr seid geflogen, und wir sind einen Teil der Strecke geschwommen. Warten wir nicht, lässt sich zweierlei tun. Erstens könnten wir die *Kwembly* zu erreichen versuchen, oder die Basis, wobei wir einem eventuell ausgeschickten Hilfsfahrzeug unterwegs begegnen. Die zweite Möglichkeit halte ich für günstiger, weil wir nicht wissen, ob wir die *Kwembly* überhaupt zu reparieren vermögen; wenn die Menschen Beetchermarlf richtig verstanden haben, ist das sehr zweifelhaft. Sympathisch sind mir beide Lösungen nicht, weil wir auf jeden Fall Zeit vergeuden. Es gäbe wahrlich Wichtigeres zu tun, als auf der Oberfläche dieses Planeten umherzukriechen. Aber es gibt eine dritte Möglichkeit. Ich hielte es für das Beste, mit dem Luftschiff entweder die beiden Steuerleute abzuholen, falls wir die *Kwembly* aufgeben müssen, oder meine Mannschaft und die Anlagen zur *Kwembly* zu fliegen.«

»Aber das …«

»Damit wäre natürlich unser Floß erledigt, soweit es die *Esket* betrifft. Aber setzten wir Reffels Helikopter ein, wäre das Ergebnis nicht anders; wir können nicht erklären, was mit dem Kommunikator geschehen ist. Wie auch immer, ich vertrete die Überzeugung, dass das ganze Manöver die Leben, die freiwillig geopfert werden müssten, nicht wert ist; das *Risiko* war es wert – andernfalls hätte ich gar nicht so lange mitgespielt.«

»Davon habe ich gehört«, erwiderte Kabremm. »Niemand konnte dir das Risiko vollständiger Abhängigkeit von Wesen verdeutlichen, die uns wohl kaum als gleichwertige Geschöpfe betrachten.«

»Nun gut. Bedenke jedoch, dass einige Menschen sich von den anderen in solchem Maße unterscheiden, wie wir uns von den Menschen überhaupt unterscheiden. Die Menschen, das ist klar, sind untereinander ebenso verschieden wie wir. Derjenige, welcher Barlennan die Aussendung eines Hilfsfahrzeugs für die *Esket* ausreden wollte, unterschied sich deutlich von Mrs. Hoffman oder Charles Lackland, doch ich sehe keinen Anlass, den Menschen insgesamt zu misstrauen, wie du es anscheinend tust. Ich bezweifle auch, dass Barlennan so denkt; er hat mehrere Male, während ich darüber mit ihm diskutierte, vom Thema abgelenkt, und das ist nicht seine Art, wenn er einer Sache sicher ist. Ich bin der Meinung, wir sollten die Segel ein wenig reffen und die Menschen im Falle der *Kwembly* um direkte Hilfe bitten; oder wenigstens das Risiko eingehen, alle drei Luftschiffe für eine zügige Bergungsaktion abzukommandieren.«

»Es sind nicht mehr drei«, warf Kabremm ein. »Die *Elsh* ist mit Karfrengin und vier Matrosen seit zwei Dhrawn-Tagen verschwunden.«

»Diese Neuigkeit war noch nicht zu mir vorgedrungen«, erklärte Dondragmer. »Wie hat der Kommandant reagiert? Man sollte meinen, dass auch er es in Erwägung zieht, die Menschen um Hilfe zu bitten, wenn wir überall Personal zu verlieren beginnen.«

»Er weiß es noch nicht. Es befinden sich noch Suchtrupps unterwegs, und wir möchten keinen unvollständigen Bericht abliefern.«

»Was könnte daran vollständiger werden? Karfrengin und die Matrosen sind inzwischen tot. Die Luftschiffe haben keine Versorgungsausrüstung für zwei Dhrawn-Tage.«

Kabremm vollführte das Äquivalent eines Achselzuckens. »Beklage dich bei Destigmet. Ich habe genug Ärger.«

»Warum wurde dein Luftschiff nicht für die Suche eingesetzt?«

»Damit war es beschäftigt, bevor sich dieser Eisfluss der *Esket* zu nähern begann. Destigmet hat mich auf Erkundung geschickt; ich hätte nicht bis hierher kommen sollen, aber der Charakter dieses Phänomens war so schwierig zu beurteilen; die seltsamste Sache, die mir bisher auf dieser seltsamen Welt begegnet ist. Streckenweise strömt der Fluss, manchmal ist er erstarrt; wir kennen keine Methode, die ihn aufhalten könnte, und die zweite Basis bei der *Esket* ist so gut wie dahin.«

»Und natürlich weiß Barlennan auch davon noch nichts.«

»Es gab bislang keine Möglichkeit, ihn zu benachrichtigen. Als wir das Eis bemerkten, brach schon die Dunkelheit an.«

»Mit anderen Worten, wir haben nicht allein meinen Ersten Offizier und einen Helikopter verloren, sondern auch ein Luftschiff mit fünfköpfiger Besatzung, wahrscheinlich die *Kwembly* und unsere geheime Basis. Und unter diesen Umständen befürwortest du noch länger eine Fortsetzung des ganzen Manövers und einen Verzicht auf die Hilfe der Menschen?«

»Mehr denn je. Wenn sie von diesen Schwierigkeiten erfahren, gelangen sie womöglich zu der Auffassung, wir seien nicht länger nützlich, und lassen uns auf Dhrawn im Stich.«

»Unsinn. Niemand verwirft einfach ein so aufwendiges Projekt. Aber ich sehe, wir kommen nicht weiter. Ich wünschte ...«

»Du wünschst dir nichts anderes als eine gute Ausrede dafür, dass du unsere Pläne am liebsten deinen Sauerstoff atmenden Freunden verraten würdest.«

»Du weißt, dass ich so etwas niemals täte. Ich habe ein eigenes Urteil über die ganze Angelegenheit gefällt, aber mir ist klar, dass ich die einmal vorangetriebene Entwicklung nicht nach Gutdünken behindern kann.«

»Umso besser. Nichts dagegen, dass man ein paar Menschen sympathisch findet, aber sie sind wirklich nicht alle wie die namens Hoffman. Du hast es selbst gesagt.«

»Es läuft auf das Folgende hinaus«, sagte Barlennan zu Bendivence. »Es war voreilig, Deeslenver mit der Anweisung, die Kameras abzudecken, zur *Esket* zu schicken. Der Fall *Esket* war anscheinend erledigt gewesen, und nun wird man ihn wieder aufrollen. Den Eingeborenen-Trick früher anwenden zu müssen, hat mir nicht leid getan, aber Destigmets Mannschaft wird die Eingeborenenrolle nicht spielen können, solange wir nicht über sehr viel mehr eigenproduziertes Gerät verfügen, von dem die Menschen keine Ahnung haben. Gäbe es eine Möglichkeit, Dee zurückzubeordern, ich würde es tun. Ich wollte, ich hätte dich die Funkexperimente vorantreiben lassen; wir wären vielleicht nun imstande, mit der *Deedee* in Verbindung zu treten.«

»Es wäre nicht allzu riskant, und ich würde mich freuen, die Arbeit fortführen zu können«, antwortete Bendivence. »Natürlich sind die Menschen in der Lage, die Wellen zu registrieren, aber bei einer Beschränkung auf kurze und nur dringendste Kontakte würden sie ihren Ursprung wahrscheinlich nicht ermitteln können. Um Deeslenver zu erreichen, ist es selbstverständlich zu spät.«

»Nur zu wahr. Ich frage mich nur schon die ganze Zeit, warum keiner der Menschen die Sache mit Kabremm noch mal erwähnt hat. Glaubst du, Mrs. Hoffman hat sich tatsächlich getäuscht? Oder wollten die Menschen *uns* testen? Oder hat Dondragmer den Vorfall zurechtgebogen? Falls sie das Gefühl hat, sich eventuell geirrt zu haben, müssen wir alles noch einmal genau durchdenken …«

»Und was bedeutete diese andere Meldung, dass sich etwas in der *Esket* gerührt habe?«, meinte der Wissenschaftler. »Ein anderer Test? Oder stimmt die Meldung? Seit 150 Stunden haben wir keinen Kontakt mehr mit der zweiten Basis. Falls die *Esket* durch natürliche Ursachen bewegt wird, ist es für alle Maßnahmen zu spät.«

»Befindet sich die *Esket* in echten Schwierigkeiten, müssen wir uns darauf verlassen, dass Destigmet sie zu lösen vermag«, sagte der Kommandant. »Unsere Hauptprobleme sind noch immer Dondragmer und die *Kwembly*. Ich gehe davon aus, dass er einen guten Grund hatte, das Fahrzeug zu räumen, aber die Folgen sind verheerend. Wären nicht die beiden Steuerleute an Bord, wir könnten das Fahrzeug vergessen und die *Kalliff* zu Dondragmers Lager schicken.«

»Können wir das nicht ohnehin? Hat der Mensch namens Aucoin es nicht vorgeschlagen?«

»Doch. Ich sagte, ich müsse es mir überlegen.«

»Warum?«

»Weil die Chance, dass die *Kalliff* eintrifft, bevor es für Dondragmer und die übrige Besatzung zu spät ist, außerordentlich gering ausfällt. Erinnere dich an das Schneefeld, das die *Kwembly* überquerte. Du kannst dir vorstellen, wie es nun in diesem Gebiet aussieht. Natürlich, wir könnten den Menschen die Wahrheit sagen, sie bitten, sich mit Destigmet in der *Esket* in Verbindung zu setzen und ihn ein Luftschiff zur Rettung der beiden Steuerleute aussenden zu lassen.«

»Damit würden wir unsere noch immer vielversprechenden Pläne zerstören«, antwortete Bendivence nachdenklich. »Daran ist dir gewiss so wenig gelegen wie mir; andererseits können wir die beiden unmöglich ihrem Schicksal ausliefern.«

»Keinesfalls«, pflichtete Barlennan bedächtig bei. »Allerdings glaube ich kaum, dass wir ihre Chance wesentlich vermindern, wenn wir einfach abwarten, ob sich eine andere Möglichkeit ergibt.«

»Und welche?«

»Falls es uns gelingt, die Menschen davon zu überzeugen, dass wir eine Rettungsaktion nicht aus eigener Kraft durchzuführen vermögen, könnte es sein, vor allem, wenn *zwei* Hoffmans es gutheißen, dass sie ihrerseits etwas unternehmen.«

»Aber was können sie tun? Notfallplan I sieht vor, dass das Schiff, das sie ›Barke‹ nennen, automatisch in der Nähe dieser Basis landet. Sie können es unmöglich fernsteuern, denn bei einer Minute Verzögerung ist die Manövrierfähigkeit so beeinträchtigt, dass es zu Bruch gehen dürfte. Sie können es auch nicht bemannt landen, denn es ist für *unsere* Bedürfnisse eingerichtet; außerdem würde Dhrawns Gravitation einen Menschen wie Farbe übers ganze Deck verteilen.«

»Du solltest die Fremden nicht unterschätzen, Ben. Vielleicht sind sie nicht gerade geistreich, aber ihre Ahnen hatten genug Zeit, allerlei Erfindungen zu entwickeln, von denen wir noch nichts wissen. Ich würde es nicht tun, kämen die beiden Steuerleute dadurch in größere Gefahr als gegenwärtig; ich schätze jedoch, es ist besser, den Menschen nahezulegen, dass sie die Rettungsaktion selbst durchführen. Besser jedenfalls, als müssten wir unsere Pläne aufgeben.«

»Es läuft darauf hinaus«, sagte Beetchermarlf zu Takoorch, »dass wir zwischen Leckabdichten und Luftreinigung die Zeit finden, allen Beteiligten klarzumachen, dass sich eine Bergung der *Kwembly* lohnt. Sie aus eigener Kraft funktionstüchtig zu halten wäre die beste Methode, aber ich bezweifle, dass wir es schaffen. Dein Leben und meines gelten bei den Menschen nicht viel, außer bei Benj, der keine Befehle geben kann. Könnten wir aber die Versorgungsanlagen instand und die Innenatmosphäre frei von Sauerstoff halten, Fortschritte bei der Freilegung und der Reparatur des Fahrzeugs erzielen, *dann* sehen sie womöglich ein, dass eine Rettungsaktion den Aufwand wert ist. Selbst wenn es sie nicht überzeugt, müssen wir es in unserem eigenen Interesse versuchen; aber könnten wir Barlennan ausrichten lassen, dass wir die *Kwembly* befreit haben und wieder unterwegs sind, dürfte das einige Personen freuen, besonders den Kommandanten.«

»Meinst du, das gelingt uns?«, fragte Takoorch.

»Du und ich, wir sind die Ersten, die es zu überzeugen gilt«, antwortete der jüngere Steuermann. »Mit den anderen werden wir es dann leichter haben.«

»Alles läuft darauf hinaus«, sagte Benj zu seinem Vater, »dass wir für zwei Leben die Raumbarke nicht riskieren wollen, obwohl sie zu Rettungszwecken vorgesehen wurde.«

»Das stimmt nur halb«, entgegnete Ib Hoffman. »Ihr Einsatz ist eigentlich nur für den Fall gedacht, dass das ganze Projekt scheitert und wir die Basis evakuieren müssen. Davon einmal abgesehen, die Barke ist auf eine Landung in der Nähe der Basis programmiert, und ohne Programmänderung wird sie automatisch an keinem anderen Fleck landen. Sie lässt sich zwar fernsteuern, aber nicht aus dieser großen Entfernung, ohne dass erhöhte Absturzgefahr besteht. Gewiss, wir könnten das Computerprogramm ändern und eine automatische Landung für einen anderen Ort eingeben, aber möchtest du die Barke wirklich, sei es nun automatisch oder ferngesteuert, in der Nähe deiner Freunde landen? Bedenke, die Barke besitzt einen Protonenantrieb, eine Masse von 13 500 Kilogramm und müsste unter vierzigfacher Erdschwerkraft eine angemessen weiche Landung hinlegen; und die Düsen sind am Heck weit verteilt, um eine Kraterbildung zu verhindern. Die Folgen kannst du dir leicht ausmalen.«

Benj runzelte die Stirn. »Aber könnten wir die Raumstation nicht in eine engere Kreisbahn bringen, um die Verzögerung bei der Fernsteuerung zu mindern?«

Ib sah seinen Sohn überrascht an. »Das weißt du … jedenfalls solltest du es. Dhrawn besitzt eine 3471-fache Erdmasse und eine Rotationsperiode von 1500 Stunden. Eine synchrone Kreisbahn, die uns konstant über dem Äquator halten soll, kann daher nicht niedriger als zwölf Millionen Kilometer verlaufen. Eine nur 200 Kilometer über der Oberfläche verlaufende Kreisbahn würde uns eine Umlaufgeschwindigkeit von 180 Kilometern je Sekunde verleihen und uns innerhalb von vierzig Minuten einmal um Dhrawn tragen. Davon würden wir einen bestimmten Teil der Oberfläche jeweils für nur zwei oder drei Minuten im Sichtbereich haben.«

Benj winkte ungeduldig ab. »Das ist mir alles bekannt. Aber wir unterhalten bereits einen ganzen Schwarm von Messsatelliten in engerer Kreisbahn. Sie enthalten Relais, denn sie übermitteln ja laufend Daten an die Computer. Warum sollte nicht ein Kontroller auf einem der Messsatelliten abgesetzt werden, die Relais benutzen und das Landemanöver von dort aus fernsteuern? Aus dieser Entfernung kann die Verzögerung höchstens eine Sekunde betragen.«

»Weil …«, begann Ib; dann verstummte er und schwieg für volle zwei Minuten. Benj störte seine Überlegungen nicht; er pflegte stets genau zu spüren, wann er eine vernünftige Äußerung getan hatte. »Es gäbe eine mehrere Minuten lange Unterbrechung in der Übermittlung der Neutrinomessungen«, sagte Ib schließlich.

»Was zählt das schon bei viele Jahre währenden Messungen?« Benj erlaubte sich gewöhnlich keinen Sarkasmus gegenüber seinen Eltern, aber er begann sich wieder zu erregen. Sein Vater nickte schweigend und überlegte weiter. Fünf Minuten verstrichen, obwohl die Zeitspanne Benj viel länger schien; dann richtete Ib Hoffman sich auf.

»Du hast völlig recht, Junge. Sichere Landung und sicherer Start lassen sich bei einsekündiger Verzögerung gewährleisten, aber einen Abstecher können wir uns damit noch immer nicht erlauben; allerdings werden wir ohne auskommen.«

»Es ginge!«, rief Benj begeistert. »Zurück in die Kreisbahn mit der Barke, den neuen Landeplatz wählen und wieder hinab damit!«

»Gewiss, aber davon rede lieber nicht. Seit Beginn des gesamten Projekts suche ich nach einer Begründung; jetzt habe ich eine.«

»Begründung? Wofür?«

»Dafür, genau das zu tun, worauf Barlennan seit Langem abzielt: mesklinitische Piloten in die Barke zu bekommen. Ich vermute, er will eines Tages ein eigenes interstellares Raumschiff besitzen, damit er zwischen den Sternen das gleiche Leben führen kann wie auf Mesklins Ozeanen. Doch vorerst wird er sich mit einem kleinen Ausflug begnügen müssen.«

»Du glaubst, das ist seine Absicht? Übrigens, wenn Mesklinten das zu lernen vermögen, warum hat man nicht schon Piloten ausgebildet?«

»Lernen können sie es zweifellos, und gedacht hat man schon früher daran.«

»Und warum wurde darauf verzichtet?«

»Darauf möchte ich jetzt nicht eingehen. Ich bin gern so stolz auf meine Spezies, wie die Umstände es erlauben, und die

Erklärung ist leider geeignet, diesen Stolz ein bisschen zu erschüttern.«

»Ich verstehe«, antwortete Benj. »Aber wieso nimmst du an, dies nun ändern zu können?«

»Weil sich nun Aspekte ergeben haben, die den menschlichen Stolz in anderer Hinsicht verletzen. Ich werde ins Planetologische Labor gehen und die Wissenschaftler verspotten. Ich werde die Chemiker fragen, warum sie nicht wissen, worin die *Kwembly* eingesunken ist, und wenn sie sagen, weil sie keine Bodenproben haben, frage ich sie, warum nicht. Ich werde sie fragen, warum sie sich mit seismischen und Neutrinomessungen plagen, obwohl ein mesklinitischer Pilot ihnen Proben über Proben vor ihrem Labor aufstapeln könnte. Für den Fall, dass dergleichen nicht genügt, denke dir inzwischen alle herzzerreißenden Klagen über die Grausamkeit aus, mit der man deinen Freund Beetchermarlf einem schrecklichen Los ausliefern will. Wenn Aucoin wegen der Kosten mault, die der Einsatz der Barke verursacht, springe ich ihm mit beiden Füßen auf den Bauch. Außerdem: Benutzen wir die Barke nie, waren die Anschaffungskosten umsonst. Ich weiß, dass diese Logik eine winzige Lücke aufweist, aber wenn du sie unter Dr. Aucoins Ohren aussprichst, verpasse ich dir die erste Ohrfeige, seit du sieben warst, und glaube nicht, dass mein Arm im letzten Jahrzehnt erschlafft sei.«

»Du solltest dich nicht über *mich* ärgern, Vater.«

»Das tue ich auch nicht. Ich bin weniger verärgert als besorgt.«

»Besorgt? Worum?«

»Darum, was Barlennan und seinen Leuten auf diesem Himmelskörper, den deine Mutter stets ›diesen furchtbaren Planeten‹ nennt, noch zustoßen mag.«

»Aber warum? Und warum jetzt mehr als zuvor?«

»Weil mir allmählich klar wird, dass Barlennan eine intelligente, energische, wissensdurstige, tatkräftige und relativ gebildete Persönlichkeit ist, so wie es mein Sohn vor sieben Jahren war, und an dein Tauchabenteuer entsinne ich mich noch sehr gut. Komm mit. Wir müssen einen Astronautenlehrgang organisieren.«

Epilog Lektionen

Aus 300 Kilometern Entfernung war die Barke nur als sterngroßes Objekt sichtbar, das das schwache Licht von Lalande 21185 reflektierte. Benj hatte sie beobachtet, als sie sich näherte und eine Position bezog, die der Pilot für recht nahe an der Raumstation erachtete, aber die beiden besprachen keinerlei technische Einzelheiten; es war so angenehm, endlich eine Unterhaltung ohne die jeweils eine Minute dauernden Verzögerungen führen zu können, dass Benj und Beetchermarlf ausschließlich plauderten.

»Wir müssen aufhören, Beetch«, sagte der Junge, als er aus dem Mittelschacht Tebbetts' Pfeifen vernahm. »Dein Instrukteur ist unterwegs.«

»Ich bin bereit«, kam die Antwort. »Welche Sprache will er diesmal benutzen?«

»Keine Ahnung; er hat es mir nicht gesagt.«

Der bärtige Astronom wandte sich zunächst an Benj. Die beiden trieben schwerelos im Beobachtungsraum, der im Mittelabschnitt der Raumstation lag. Tebbetts hatte die Barke mit seinem Schüler längsseits zu sehen erwartet, aber hinter der Transparentwand erkannte man auf der einen Seite nur die Sonne und auf der anderen die matte Scheibe Dhrawns. »Wo ist er denn, Benj? Hoffentlich verspätet er sich nicht. Sogar mit Nomogrammen statt mit Computern müsste er mittlerweile korrekter manövrieren können.«

»Dort ist es.« Der Junge deutete auf das blinkende Objekt. »300 Kilometer entfernt, in einer 17,8-Minuten-Kreisbahn um die Raumstation.«

Tebbetts blinzelte. »Aber das ist doch lächerlich. Er soll beschleunigen und …«

»Das macht er durchaus. Beschleunigung 200 G – das entspricht dem Gravitationswert in seinem Heimathafen auf Mesklin, und die Rotationsdauer stimmt mit der von Mesklin überein. Er sagt, so wohl habe er sich nicht mehr gefühlt, seit er für Barlennan arbeitet.«

Der Astronom lächelte bedächtig. »Ja, ich verstehe. Wirklich verständlich. So etwas hätte ich mir denken können. Ich glaube, ich muss ein bisschen mehr auf ihn eingehen. Würdest du unsere Unterhaltung überwachen? Für das heutige Training fehlen mir einige Stennish-Vokabeln, schätze ich.«

»Zu dumm, dass die *Kwembly* schließlich doch noch geborgen werden konnte«, bemerkte Aucoin. »Aber Dondragmers Mannschaft leistet hervorragende Geländestudien, während sie auf die *Kalliff* wartet. Die Lösung, nur die beiden Steuerleute an Bord zu nehmen und nicht die ganze Mannschaft, war sicherlich die beste; ohne erfahrene mesklinitische Piloten wäre das Risiko einer zweiten Landung ganz schön hoch gewesen … Aber nun haben wir Schwierigkeiten mit der *Smof.* Bei diesem Verschleiß werden uns die Fahrzeuge ausgehen, bevor wir die Tiefdruckzone Alpha zur Hälfte erforscht haben. Kennt jemand den Kapitän der *Smof* so gut, wie Easy Dondragmer kennt? Du nicht, Easy? Weißt du, ob man erwarten darf, dass er mit der Situation allein fertig wird? Oder sollen wir die Barke runterschicken, ehe das Training der beiden Meskliniten beendet ist?«

»Tebbetts meint, dass Beetchermarlf nunmehr eine Oberflächenlandung durchführen kann, vorausgesetzt, es treten keine mechanischen Komplikationen auf«, berichtete ein Ingenieur. »Ich persönlich hätte keine Bedenken.«

»Kann sein, aber ich würde es vorziehen, Beetchermarlf und Takoorch das Training fortsetzen zu lassen. Die Planetologen sollen einen geeigneten Landeplatz in der Umgebung der *Smof* lokalisieren, aber wir greifen noch nicht ein. Ich möchte, dass die Besatzung der *Smof* ihr Bestes gibt, um das Fahrzeug zu retten, und nicht in Versuchung gerät, es in Erwartung einer sicheren Rettung voreilig aufzugeben.« Ib Hoffman zeigte ein wenig Unruhe, sagte aber nichts. In gewisser Hinsicht hatte Aucoin wahrscheinlich recht. »Gibt es inzwischen endgültige Resultate über das Phänomen, an dem die *Kwembly* gescheitert ist?«, erkundigte sich der Planer übergangslos. »Die Proben, die Beetchermarlf besorgt hat, liegen nun seit Wochen im Labor.«

»Ja«, antwortete ein Chemiker. »Es handelt sich um ein faszinierendes Beispiel von Oberflächenaktivität. Der Stoff ist sensitiv gegenüber Natur und Größe der auf ihn einwirkenden Mineralienpartikel, Wasser- und Ammoniakanteile, der Temperatur und des Drucks. Die Hauptursache war natürlich das Gewicht der *Kwembly* – die beiden Meskliniten vermochten sich auf dem Untergrund gefahrlos zu bewegen. Ausgelöst durch ein Druckmaximum, das überschritten wurde, verlor das Zeug plötzlich seine Festigkeit ...«

»Gut, gut«, sagte Aucoin, »halten Sie den Rest schriftlich fest. Lassen solche Schichten sich erkennen, bevor man darauf steht?«

»Hmm. Ja, glaube ich. Messungen der Strahlungstemperatur dürften ausreichen; oder wenigstens so viel verraten, dass man sicherheitshalber weitere Tests durchführen kann.«

Aucoin nickte und wandte sich anderen Fragen zu. Forschungsberichte, Presseberichte, Versorgungsmaßnahmen, Planungsaussichten. Er war noch immer ein wenig erschüttert, nachdem er seinen Fehler eingesehen hatte, verließ sich jedoch darauf, dass ihm niemand etwas anmerkte; außer den Hoffmans, versteht sich … Er musste umsichtiger sein, um verantwortungsvolle und anerkennungswürdige Arbeit leisten zu können. Immerhin, pflegte er beharrlich in Gedanken zu wiederholen, die Mesklinitten sind *wirklich* Leute wie alle anderen, wenn sie auch wie Raupen aussehen.

Ib Hoffmans Aufmerksamkeit schweifte häufig von der Tagesordnung ab, obwohl er wusste, dass wichtige Aufgaben bevorstanden. Seine Überlegungen kreisten immer wieder um die *Kwembly*, die *Smof* und ein Tauchgerät, das beinahe einen elfjährigen Jungen getötet hatte. Die Berichte und Referate schienen kein Ende nehmen zu wollen; Ib bemühte sich um Konzentration.

»Wir machen Fortschritte«, bemerkte Barlennan. »Nachdem wir die Kommunikatoren aus der *Kwembly* entfernt haben, weil sie endgültig aufgegeben wurde, werden wir unbeschränkten Gebrauch von ihr machen können. Außerdem haben wir Reffels Helikopter zur Verfügung, da die Menschen auch ihn für verschollen halten. Jemblakee und Deeslenver sind sich darin einig, dass die *Kwembly* in einem Tag wieder fahrbereit sein wird.« Er blickte zu der schwachen Sonne empor, die fast genau über ihnen stand. »Die menschlichen Chemiker waren hinsichtlich des Schlamms, in dem sie steckte, äußerst hilfreich. Es war komisch, wie sie einen prächtigen Einfall nach dem anderen vortrugen und ständig beteuerten, es seien alles bloß Vermutungen.«

»Zweifel an den eigenen Fähigkeiten scheint geradezu eine menschliche Gewohnheit zu sein«, meinte Guzmeen. »Wann kam diese Neuigkeit?«

»Vor einer Stunde traf die *Deedee* ein und ist schon wieder fort. Das Luftschiff ist gegenwärtig überfordert. Schlimm genug, dass wir die *Elsh* verloren haben, und mit dem Verschwinden von Kabremm und der *Gwelf* begannen dringende Angelegenheiten sich zu verzögern. Vielleicht findet ihn die *Kalliff;* Kenankens Scouts sind gerade dabei, eine Landroute zu Dondragmers Lager auszukundschaften, und bei dieser Gelegenheit entdecken sie womöglich eine Spur. Er ist noch keinen Tag überfällig, sodass noch eine Chance besteht ...«

»Und trotzdem sagst du, wir machen Fortschritte?«

»Sicherlich. Das ganze *Esket*-Manöver, wie du weißt, sollte bezwecken, dass die Menschen uns Raumschiffe in eigener Regie benutzen lassen, und unsere Errungenschaften in der Selbstversorgung sind nur willkommenes Nebenresultat. Wir haben das Ziel viel früher als erwartet erreicht, ohne große Opfer; ja, die zweite Basis, gewiss, die *Elsh* und ihre Besatzung, vielleicht auch Kabremm und ...«

»Aber auch Kabremm und Karfrengin sind unersetzlich. Auf dieser Welt befinden sich nicht viele von uns. Und falls Dondragmer und seine Mannschaft nicht überleben können, bis die *Kalliff* eintrifft, wäre das ein ernster und schwerer Verlust; schließlich sind Wissenschaftler und Techniker darunter.«

»Don ist in keiner echten Gefahr. Das Lager kann jederzeit von Beetchermarlf mit dem menschlichen Raumschiff evakuiert werden – mit *unserem* Raumschiff, meine ich natürlich.«

»Und wenn bei dieser Operation etwas misslingt, verlieren wir unser einziges Raumschiff und unsere beiden einzigen Raumpiloten.«

»Was es mir ratsam erscheinen lässt«, sagte Barlennan nachdenklich, »dass wir etwas von dem verlorenen Boden zurückzugewinnen versuchen sollten. Sobald die *Kwembly* fahrtüchtig ist, soll sie einen geeigneten Platz ausfindig machen und eine neue Zweitbasis errichten. Dons Wissenschaftlern dürfte es nicht schwerfallen, eine gute Stelle zu finden; Dhrawn ist offenbar reich an Metalladern.«

»Wir werden mehr Luftschiffe bauen müssen, vor allem, um die Kommunikation zu beschleunigen; aber vermutlich werden wir auch größere brauchen.«

»Mit diesem Problem habe ich mich schon beschäftigt«, erklärte ein Techniker, der bis dahin geschwiegen hatte. »Haltet ihr es für machbar, aus den Menschen – höflich, versteht sich – mehr Informationen über Luftschiffe herauszuholen? Das haben wir noch nie mit ihnen diskutiert. Wir wissen nicht einmal, ob die Menschen jemals Luftschiffe benutzt haben. Unter Umständen erweist es sich als gar nicht so nachteilig, dass wir in kurzer Zeit zwei von dreien verloren haben; vielleicht hatte die Konstruktion einen grundsätzlichen Fehler.«

Der Kommandant machte eine Gebärde der Ungeduld. »Dummes Zeug. Ich habe niemals eine vollständige wissenschaftliche Ausbildung von den Fremden verlangt, weil eine solche zu lang dauern würde; aber mir war von Anfang an klar, dass ihre Wissenschaften auf der Kenntnis weniger, einfacher Gesetzmäßigkeiten beruhen. Ballons, mit oder ohne Antrieb, sind simple Konstruktionen; ich verstehe das Prinzip restlos. Ein Motor an Bord ändert nicht das Naturgesetz, das dahintersteht.«

Der Techniker musterte den Kommandanten nachdenklich – vorübergehend standen im Mittelpunkt seiner Gedanken nämlich Transistoren und TV-Schaltkreise –, bevor er antwortete. »Ich nehme an, dass ein Zelt, das der Sturm fortreißt, und ein Schiff, in dessen Segel der Wind bläst, ebenfalls Beispiele für die Wirksamkeit einer Gesetzmäßigkeit sind.«

Barlennan enthielt sich einer Entgegnung, da er keine andere als eine zustimmende zu finden vermochte.

Er grübelte noch immer über der Bemerkung des Technikers und versuchte sie herunterzuspielen, nur mit dem Erfolg, dass immer mehr Zweifel ihn heimzusuchen begannen, als ihn – etwa zwanzig Stunden später – ein Bote in den Kommunikationsraum rief. Guzmeen sprach gerade in ein Mikrofon, als der Kommandant eintrat; eine Minute später erschien ein menschliches Gesicht auf dem Bildschirm, das keiner der beiden kannte.

»Ich bin Ib Hoffman, Easys Lebensgefährte und Benjs Vater«, erklärte der Fremde ohne Umschweife. »Ich spreche ungestört zu euch beiden, Barlennan und Dondragmer, denn das gesamte übrige Kommunikationspersonal konzentriert sich gerade auf die Notsituation eines der Fahrzeuge. Ich bediene mich eurer Sprache, so gut ich es vermag, unterstützt von meiner Frau; sie weiß Bescheid, und sie wird mich korrigieren, falls ich zu viele Fehler mache. Ich nenne sehr ungern jemand einen Lügner, egal in welcher Sprache ...

Zunächst, Barlennan, meine herzlichen Glückwünsche. Ich bin nahezu sicher, dass wir, als wir die Raumbarke mesklinitischen Piloten überließen, die halfen, einen deiner vorrangigsten Pläne auszuführen, wahrscheinlich lange bevor du es erwartet oder vorgesehen hattest. Das ist gut. Ich wollte es so. Ich glaube, dass du gerne interstellare Flüge unternehmen willst, und das ist auch in Ordnung; ich werde dir helfen.

Du allerdings hegst anscheinend die Auffassung, dass viele oder gar die meisten Menschen dich davon fernzuhalten wünschen, und ich gestehe, dass manche das tatsächlich wollten; doch ich schätze, die Entwicklung nimmt nun einen anderen Verlauf. Wie viel von meinen Worten du glaubst, vermag ich nicht zu beurteilen; du bist eigenwillig genug, um auch von allen anderen alle möglichen Tricks zu erwarten – zu dumm, aber ich muss dir dennoch sagen, was ich zu sagen habe.

Ich weiß nicht, in welchem Umfang du die Ausgangssituation bewusst herbeigeführt hast, aber ich bin beinahe überzeugt, dass der Ausfall der *Esket* ein Täuschungsmanöver war. Unklarheit besitze ich über die wirkliche Verfassung der *Kwembly*.

Wahrscheinlich weißt du viel mehr über die Verhältnisse auf Dhrawn, als den Berichten zu entnehmen ist. Wir sind hier, um möglichst viel über Dhrawn zu erfahren, und was immer du uns verschweigst, ist ein Verlust für uns. Ich verfüge über keine Beweise und bin obendrein nicht kompetent genug, um dir mit Strafen wegen Vertragsbruch zu drohen, aber ich möchte dich davon überzeugen, dass beiden Seiten besser gedient ist, wenn es zwischen uns keine Geheimnisse gibt. Das Projekt ist in eine Phase getreten, in der ein Verzicht auf vollständige Ehrlichkeit uns sehr viel und dich alles kosten könnte. Um das zu erläutern, will ich dir eine Geschichte erzählen.

Ihr wisst, dass wir Menschen Sauerstoff atmen so wie ihr Wasserstoff; aber weil wir wesentlich größer sind, besitzen wir ein weitaus komplizierteres Atem- und Kreislaufsystem als ihr, dessen Beschaffenheit erfordert, dass wir ausreichend gasförmigen Sauerstoff innerhalb bestimmter, recht eng begrenzter Druckverhältnisse inhalieren.

Mehr als drei Viertel der Erde sind von Wasser bedeckt. Unter Wasser können wir ohne technische Hilfsmittel nicht atmen, aber das Tauchen unter Wasser ist eine beliebte menschliche Sportart. Das Tauchgerät besteht hauptsächlich aus einem Tank voll komprimierter Atemluft und einem Schlauchsystem, das den Tank mit unseren Atemorganen verbindet; sehr einfach also, ganz verständlich und eindeutig.

Vor sechs Erdjahren nun, als mein Sohn Benj elf Jahre alt war, baute er sich ein solches Gerät; er entwarf es – mit meiner Unterstützung – und stellte Druckbehälter, Schläuche, Ventile, was eben dazugehört, selbst her. Gemeinsam testeten wir seine Konstruktion; sie funktionierte perfekt. So gut wie jedes handelsübliche Tauchgerät. Dann testete Benj das Gerät unter Wasser …

Sicherlich seid ihr mit den Grundlagen der Hydrostatik und den Gesetzmäßigkeiten des Gaszustands vertraut, und so werdet ihr begreifen, dass in einer bestimmten Tiefe eine Atemorganfüllung nur noch das halbe Volumen besitzt wie an der Oberfläche; das wusste auch Benj, aber er dachte, eine Tankfüllung für eine Stunde sei – unabhängig von der Tiefe – wirklich für eine Stunde ausreichend, solange der Tankdruck über dem Wasserdruck liege.

Kurz gesagt, so war es aber nicht. Nach einem Drittel der kalkulierten Zeitspanne ging ihm die Atemluft aus, und ich musste ihn retten. Infolge des raschen Druckwechsels und einiger menschlicher Eigenarten, die ihr Meskliniten anscheinend nicht mit uns teilt, kam er beinahe ums Leben. Um eine ausreichende Sauerstoffversorgung unserer Atemorgane zu gewährleisten, müssen wir *normale Luftmengen* inhalieren, ganz abgesehen von Sauerstoffgehalt oder Gesamtdruck, da sonst die Abfallprodukte, vorwiegend Kohlendioxid überwiegen.

Ich möchte beileibe niemandes Intelligenz anzweifeln, wenn ich nun frage, ob man mich verstanden hat, aber ich hätte gerne von euch beiden eine Stellungnahme zu dieser Geschichte.«

Die Antworten waren aufschlussreich, sowohl ihrem Inhalt nach wie auch aufgrund der Zeitspanne, die bis zu ihrem jeweiligen Eintreffen verstrich. Barlennans Kommentar erreichte die Raumstation fast unmittelbar nach Ablauf der Übermittlungsverzögerung; Dondragmers Antwort traf sehr viel später ein, so spät, dass sie sich mit der Durchsage des Kommandanten nicht überschnitt.

»Die Lehre aus dieser Geschichte lautet wohl«, sagte Barlennan, »dass unvollständiges Wissen zu schweren Fehlern führen kann, aber ich begreife den Zusammenhang mit der Gegenwart nicht. Wir wissen, dass unsere Kenntnisse unvollständig sind und unsere Tätigkeit auf Dhrawn deshalb gefährlich ist. Wir wussten es seit jeher. Warum willst du diese Tatsache jetzt besonders betonen? Ehrlich gesagt, ich würde nun lieber Informationen über das Fahrzeug hören, das sich deinen Worten zufolge in Schwierigkeiten befindet. Du gibst mir Anlass zu dem Verdacht, dass du mich behutsam auf den Verlust eines weiteren Fahrzeugs vorbereiten willst; eine solche Häufung von Ausfällen lässt wohl darauf schließen, dass eure Konstrukteure Fehler begangen haben. Beunruhige dich nicht, ich werde dir keine Vorwürfe machen. Niemand konnte alles voraussehen.«

Ib lächelte säuerlich. »In diese Richtung wollte ich unser Gespräch keineswegs lenken, Kommandant, doch deine Antwort enthält einige einleuchtende Aspekte. Dennoch würde ich gerne Dondragmers Antwort hören, bevor ich mich weiter äußere.«

Noch eine volle Minute verstrich, bevor die Stimme des Kapitäns der *Kwembly* die Raumstation erreichte. »Deine Worte waren absolut unmissverständlich«, versicherte Dondragmer, »aber du hättest dich wohl kürzer gefasst, wäre deine Aussage nicht tiefschürfender gedacht. Wie ich vermute, liegt die Kernfrage weniger darin, dass dein Sohn einmal durch Unwissenheit in Schwierigkeiten geriet, sondern eher darin, dass ihm dies trotz der Unterstützung eines überlegenen Erwachsenen widerfuhr. Ich denke, deine Äußerung ist so aufzufassen, dass wir uns während der Erforschung Dhrawns, obwohl ihr Menschen unseren Kenntnissen voraus seid und uns deshalb Unterstützung leisten könnt, zusätzlichen Gefahren aussetzen, sobald wir nach eigenem Gutdünken handeln.«

»Richtig, genau so habe ich es gemeint«, sagte Ib. »Ich ...«

»Einen Moment«, unterbrach Easy. »Solltest du nicht Dondragmers Antwort zunächst an Barlennan weiterleiten?«

»Selbstverständlich.« Ihr Mann gab dem Kommandant eine gestraffte Wiederholung von Dondragmers Durchsage, dann ergänzte er die eigenen Worte. »Ich kann dir nichts aufzwingen, Barlennan, und könnte ich es, würde ich wahrscheinlich darauf verzichten. Ich möchte auch keineswegs eine Enthüllung aller Ereignisse, die sich seit eurer Landung abgespielt haben; es wäre allerdings für beide Seiten vorteilhafter, könnte meine Frau ein kurzes Informationsgespräch etwa mit ihren alten Freunden Destigmet und Kabremm führen; die weitere Entwicklung ließe sich leichter abschätzen. Ich erwarte keine grundlegende Änderung deiner Absichten, Kommandant, aber ich bitte dich, dir diesen Vorschlag genau zu überlegen.«

Barlennan war – als alter Seefahrer – an schnelle Entscheidungen gewöhnt. Außerdem hatten die Umstände ihn bereits zu ähnlichen Erwägungen bewegt. Über allen anderen Plänen stand das Interesse am eigenen Überleben und dem seiner Truppe. Er antwortete sofort.

»Easy kann das Gespräch führen, aber nicht jetzt; die *Esket* liegt ziemlich weit entfernt. Zudem möchte ich zunächst über die Situation jenes Fahrzeugs informiert werden, von dem du sagst, dass es sich in Not befindet. Teile mir lediglich mit, was geschehen ist, damit ich entscheiden kann, wie ihr helfen könnt.«

Ib und Easy Hoffman sahen einander an und grinsten, teilweise vor Erleichterung, zum Teil aus einem Gefühl des Triumphs. Aber es war Benj, der den entscheidenden Kommentar abgab, doch erst später, im Meteorologischen Labor, als er alles McDevitt erzählte; der Blick des Jungen glitt über die riesigen Kartenhälften, die Dhrawns Oberfläche repräsentierten, und verharrte auf dem winzigen Gebiet, dessen Lichtpünktchenmarkierung vom bisher errungenen Wissen zeugte.

»Man darf wohl annehmen, dass er nun dort unten viel sicherer ist.«

Das war eine reichlich nüchterne Feststellung.

ANHANG

Uwe Neuhold

Seltsame Planeten, rätselhafte Kräfte

Hal Clement (eigentlich Harry Clement Stubbs) wurde 1922 im US-Bundesstaat Massachusetts geboren und starb ebendort 2003. Keine weite Reise für einen Science-Fiction-Schriftsteller, möchte man meinen, doch in seiner Gedankenwelt nahm er uns viele Lichtjahre weit mit ins All, zu anderen Welten. In seinem zwischen 1968 und 1975 entstandenen *Schwerkraft*-Zyklus konfrontiert er uns mit zwei großen Themen: Planetologie und Exobiologie. Außerirdisches Leben auf fremdartigen Planeten – das inspirierte vor und nach ihm ganze Generationen von Autoren zu verschiedenartigsten Entwürfen. Manchmal komplex und genau erarbeitet, häufig jedoch banal und noch zu sehr an barocke Vorstellungen von »Mondmenschen« geheftet, die uns Erdlingen nicht nur ähnlich sehen, sondern auch so leben wie wir.

Nicht so Hal Clement: Ausgestattet mit Studien der Astronomie und Chemie wagte er den großen Wurf und überlegte sich, warum Lebewesen eigentlich so aussehen, wie sie eben aussehen. Seit Darwins Evolutionstheorie wissen wir, dass die Eigenschaften von Leben, in welcher Form auch immer, eine Folge der unmittelbaren Umweltbedingungen sind. Dies führte allein auf der Erde zu Milliarden verschiedenartiger biologischer Formen (von denen 90 Prozent bereits wieder ausgestorben sind). Welche Ergebnisse jedoch würde der evolutionäre Prozess im Laufe von Jahrmilliarden auf einem Planeten liefern, wenn dieser ganz anders als die Erde wäre? Gibt es solche Welten überhaupt?

Exzentriker unter den Planeten

Mesklin hat eine im Vergleich zu unserer Erde extreme Form: Er ist siebenmal so breit wie hoch; sein Poldurchmesser von weniger als 30 000 Kilometern steht einem Äquatordurchmesser von rund 80 000 Kilometern gegenüber. Statt eines kugelförmigen Sphäroids ist er ein von seiner äußerst hohen Eigenrotation auseinandergezerrter »American Football«: ein Rotationsellipsoid mit einer fast glatten Oberfläche ohne markante Erhebungen, die die permanenten Stürme mildern könnten.

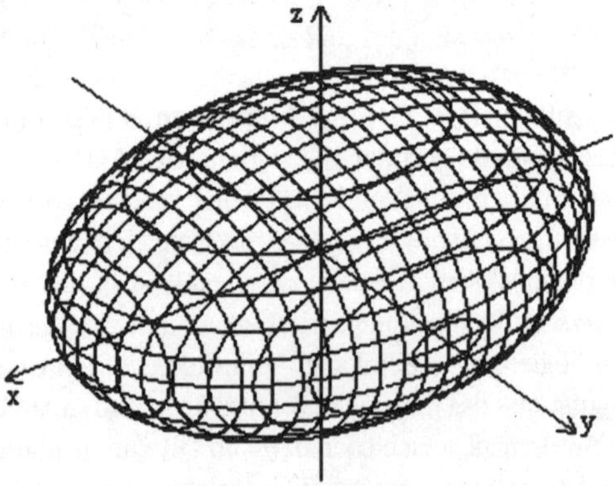

Die Form von Mesklin: Ein Rotationsellipsoid mit hoher Diskrepanz zwischen Länge und Breite

Hinzu kommt die starke elliptische Bahn des Planeten, auf der er von einer Jahreszeit zur nächsten »wirbelt«: Erreicht der Winter in der südlichen Hemisphäre seinen Höhepunkt, steht Mesklin seiner riesigen Sonne am nächsten. Seine Bahngeschwindigkeit wird daher während des Herbstes und Winters noch höher, weshalb dieser nur zwei Monate dauert, Frühling und Sommer hingegen ganze 26 Monate.

Für den noch viel riesigeren Planeten Dhrawn hingegen ersinnt Hal Clement fast umgekehrte Verhältnisse wie auf Mesklin: Seine Anziehungskraft liegt bei relativ geringen 300 Meter pro Sekundenquadrat. Dhrawn rotiert zudem extrem langsam. Das führt unter anderem dazu, dass Sturmzonen nicht nach kurzer Zeit wieder verschwinden, sondern mitunter die Größe eines Kontinents erreichen und mehrere Hundert Stunden zu ihrer Auflösung brauchen können.

Mesklin und Dhrawn entspringen selbstverständlich der Fantasie von Hal Clement, doch die neuesten Erkenntnisse der Exoplanetenforschung zeigen, dass es in den Weiten des Weltraums durchaus exzentrische Himmelskörper gibt. Große Planeten sind natürlich leichter zu entdecken: Die meisten der über 1000 bisher gefundenen Planeten fremder Sterne weisen ein Mehrfaches der Jupitermasse auf. Zwar können Astronomen normalerweise den Planetenradius nicht abschätzen (außer bei relativ kleinen Planeten wie GJ1214b und CoRoT-7b in den Sternbildern Schlangenträger und Einhorn), sehr wohl aber die Masse sowie die Weite seiner Umlaufbahn.

Während CoRoT-7b mit seinen nur 4,8 Erdmassen felsenartig wie unser Planet zu sein scheint, dürften Riesen wie Kepler 7b (mit 0,43 Jupitermassen), HD209458b »Osiris« (mit 0,69 Jupitermassen) oder Formalhaut b (wahrscheinlich drei Jupitermassen) zum Großteil aus Gas rund um einen festen Kern bestehen. Als größter bisher entdeckter Planet gilt TrES-4, der sich im Sternbild Herkules befindet: Mit 231 000 Kilometern Durchmesser ist er rund 70 Prozent größer als Jupiter. Am massereichsten dürfte hingegen der Planet Ypsilon Andromedae mit 4,61 Jupitermassen sein. Dies sind nur vorübergehende Rekorde, denn die Exoplanetenforscher entdecken fast täglich neue, um weit entfernte Sterne kreisende Himmelskörper.

Ein felsiger Planet beginnt jedenfalls als heißes, geschmolzenes Materiegemisch, kühlt jedoch durch Abgabe von Strahlung bald ab. Im verfestigenden Magma entstehen Kristalle auf Eisen- und Silikat-

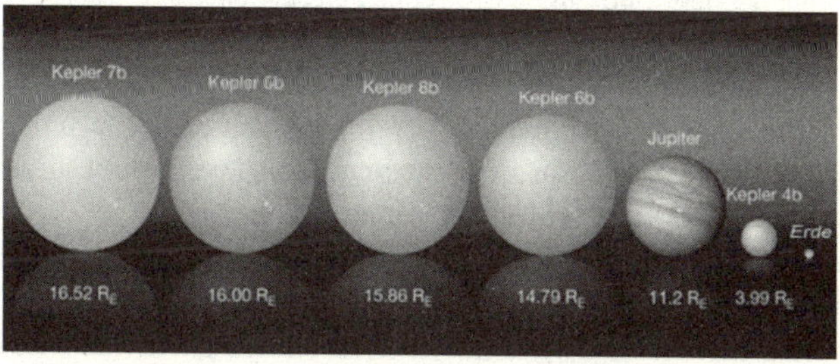

Größenvergleich von Jupiter und Exoplaneten mit Radiusvergleich zur Erde: Mesklin fiele in die Jupiterkategorie, Dhrawn wäre mit seiner 3471-fachen Erdmasse sogar noch gewaltiger als Kepler 7b.

basis. Je nach vorhandenem Sauerstoff wird ein Teil des Eisens nicht in Mineralien gebunden, sondern bleibt flüssig und sinkt durch seine höhere Dichte ins Zentrum des Planeten. Es bildet sich eine Zwiebelstruktur heraus, mit einem Eisenkern und einem überwiegend aus Silikaten bestehenden Mantel, wie bei der Erde. Der Kern eines größeren Planeten ist jedoch anders beschaffen. Bei dem dort herrschenden Druck kann Eisen selbst bei Temperaturen von bis zu 10 000 Kelvin fest werden. Noch höhere Temperaturen treten wahrscheinlich nur bei sehr jungen Planeten auf. Schon ein wenig Abkühlung genügt, um den gesamten Kern einer solchen »Super-Erde« zu verfestigen. Sie besitzt daher normalerweise kein globales Magnetfeld. Auf der Erde schützt uns dieses Feld vor den schädlichen Auswirkungen des Sonnenwinds und der kosmischen Strahlung. Ob auch ohne diesen Schutz Leben entstehen könnte, ist noch nicht restlos geklärt.

Weiter vom Stern entfernte Exoplaneten sind meist wasserreich bzw. dürften sogar von einer dicken Wasserschicht eingehüllt sein. In der Tiefe solcher planetaren Ozeane kommt es zu dem erstaunlichen Phänomen, dass Wasser nicht nur durch Abkühlung gefriert, sondern auch unter sehr starkem Druck. Deswegen bildet sich über dem Silikatmantel ein weiterer Mantel aus weiß glühendem Eis. Es besteht aus Kristallstrukturen namens Eis VII, Eis X und Eis XI, die auf der Erde nicht von Natur aus vorkommen, aber bereits in Labors hergestellt werden konnten. Eine Mischung aus Beobachtungsrückschlüssen und theoretischen Überlegungen ergibt, dass Super-Erden ihr Inneres mit unvorstellbarem Druck komprimieren: Je größer die Masse, desto höher die Dichte. Unter derart extremen Bedingungen kann Felsgestein sogar härter als Diamant werden. Doch welche geheimnisvolle Kraft hält Planeten überhaupt zusammen?

Die Rätsel der Gravitation

Vorab eine Klarstellung: Gravitation ist NICHT gleich Schwerkraft. Sowohl in der Science Fiction als auch in populärwissenschaftlichen Werken treffen wir ab und an auf die fälschliche Gleichsetzung dieser beiden Begriffe.

Gravitation ist die im gesamten von uns beobachtbaren Universum gültige Anziehung, die alle Massen aufeinander ausüben. Sie ist die schwächste der vier bekannten Wechselwirkungen (neben elektromagnetischer Kraft sowie schwacher und starker Wechselwirkung). Im Gegensatz zu den drei anderen Kräften wirkt sie zwar auf große Objekte wie Planeten und Sterne, ist aber im atomaren Bereich vernachlässigbar klein. Von **Schwerkraft** hingegen spricht man nur im Zusammenhang mit konkreten Himmelskörpern, insbesondere der Erde. Sie ist die Kraft, die an deren Oberfläche oder im Inneren auf ein Objekt einwirkt und es zum Mittelpunkt dieses Himmelskörpers zieht. Warum unterscheidet man hier? Weil Himmelskörper unterschiedlich dicht zusammengesetzt sind und sich zumeist drehen, wodurch sie die reine Gravitationswirkung abändern. Mathematisch ausgedrückt: Schwerkraft ist die Resultierende aus der aufgrund der Massenanziehung auf den Körper wirkenden allgemeinen Gravitationskraft und der von der Rotationsbewegung herrührenden Zentrifugalkraft. Die Schwerkraft ist also ein Sonderfall der Gravitation.

Durch Überlegungen zur Schwerkraft berechnete Isaac Newton in seinem 1687 veröffentlichten Gravitationsgesetz als Erster, wie ein schon von Aristoteles vermutetes Naturgesetz dafür sorgt, dass Gegenstände zu Boden fallen und Planeten auf ihren Bahnen bleiben. Offenbar tendieren massereiche Körper dazu, sich gegenseitig anzuziehen, wie hier vereinfacht mit Kugeln veranschaulicht:

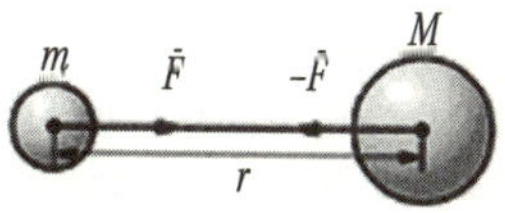

Aus dieser Überlegung heraus postulierte Newton eine unsichtbare, anziehende Kraft F, die zwischen allen Körpern – egal wie massereich – wirkt, und setzte sie in seine berühmte Gravitationsformel:

$$F = G\,\frac{Mm}{r^2}$$

Zwei Objekte mit der Masse M und m ziehen einander mit der Kraft F an. Und zwar umso stärker, je kleiner der Abstand r zwischen ihren Mittelpunkten ist.

Bei einem Körper mit kugelsymmetrischer Massenverteilung (unsere Erde entspricht dem zwar fast, aber nicht ganz) ist die Gravitationskraft F stets zum Mittelpunkt der Masse gerichtet und wächst im Inneren vom Wert null im Mittelpunkt mit dem Abstand bis auf einen Maximalwert an der Oberfläche. Im Außenbereich hingegen fällt der Betrag der Gravitationskraft quadratisch mit dem Abstand ab.

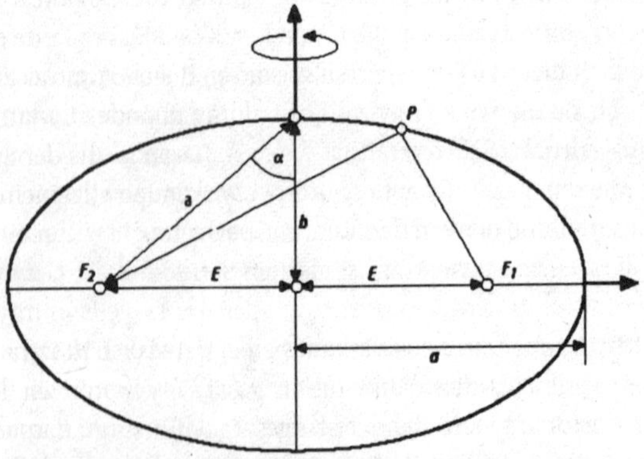

Visualisierung des mathematischen Gravitationspotenzials eines erdähnlichen Rotationsellipsoids

Verstärkt wird diese Kraft laut Newton von einem in der Natur offenbar fix vorkommenden Wert G – der Gravitationskonstanten, die als Naturkonstante überall im uns bekannten Universum den gleichen Wert haben soll, nämlich $G \approx 6{,}6726 \times 10^{-11}\ N\ m^2\ kg^{-2}$. Experimentell wurde dieser Wert erst über 100 Jahre später, nämlich 1798 vom britischen Chemiker Henry Cavendish mithilfe einer Drehwaage bestimmt. Newton fasste die Gravitation zudem als eine fernwirkende Kraft auf, deren Wirkungen sich unendlich schnell (instantan) ausbreiten. Dass die Gravitation tatsächlich auch über riesige Entfernungen wirkt, wurde schließlich 1846 mit der Entdeckung des Planeten Neptun empirisch bestätigt, dessen Existenz aus Störungen der Uranusbahn mithilfe der Newton'schen Gravitationstheorie gefolgert worden war.

Schall wird zum Beispiel über Luftmoleküle übertragen. Licht über Photonen genannte Teilchen. Wodurch aber wird die Gravitation übertragen? Und gilt sie wirklich immer und überall auf dieselbe Weise?

Die Gesetze der klassischen Newton'schen Mechanik wie auch der Gravitation basieren auf den Galilei-Transformationen: Sie sind gekennzeichnet durch die Invarianz der Zeit, wonach die absolute Zeit stets unabhängig vom Bezugssystem ist. Albert Einstein erkannte jedoch im Zuge seiner 1905 formulierten speziellen Relativitätstheorie, dass sich in bewegten Systemen statt der Galilei'schen eine Lorentz-Transformation ergibt: Die Koordinaten der Zeit verändern sich, es kommt zu Längenkontraktion und Zeitdilatation. Wollte Einstein die Gravitation in seine Theorie einbinden, verlangte dies – wie er 1916 in seiner Allgemeinen Relativitätstheorie zeigte – die Invarianz unter allgemeinen Koordinatentransformationen in einer gekrümmten Riemann'schen Raum-Zeit, also unabhängig von Ort und Zeit. Daraus folgte sein epochaler Grundgedanke, die als Folge der gravitativen Beschleunigung beobachtbare Bahnkrümmung von Himmelskörpern als geometrische Eigenschaft der Raum-Zeit aufzufassen. Nach Einstein handelt es sich bei Gravitation somit um keine Kraft im Sinne einer direkten Wechselwirkung zwischen zwei Massen, sondern um etwas Grundlegenderes: um eine Eigenschaft der Raum-Zeit selbst, genauer gesagt um eine Veränderung (Krümmung) von Raum und Zeit durch Objekte mit Masse. Demnach werden die Planeten nicht an einem »unsichtbaren Faden« auf ihren Bahnen um die Sonne gehalten, sondern weil ihre gewaltige Masse die Raum-Zeit um sie herum derart krümmt, dass die kleineren Planetenmassen dieser Verformung folgen wie Kugeln auf einer schrägen Ebene.

Eine weder von Einstein noch von nachfolgenden Physikern je geklärte Frage lautet jedoch: Durch welches Medium oder über welche Teilchen wirkt die Gravitation? Sie kann ja weder nach Newton'scher noch relativistischer Auffassung »spukhaft« durch nichts wirken.

Vielleicht, so dachte man sich, verhält es sich wie bei den anderen drei Grundkräften der Natur, und sie wirkt über Teilchen, die Felder (wie Magnetfelder) erzeugen? Die Suche nach »Gravitationsfeldern« blieb allerdings bisher ergebnislos, weil man auch keine Teilchen – genauer: Feldquanten – fand. Diese in der Theorie als Gravitationsquanten oder Gravitonen bezeichneten Teilchen sollten, ähnlich wie etwa die Gluonen der starken Wechselwirkung, zwischen einander anziehenden Massen ausgetauscht werden. Gravitonen müssten allerdings – da die Gravitation ja instantan wirkt – masselos sein und sich mit Lichtgeschwindigkeit bewegen. Selbst Neutrinos besitzen ein wenig Masse und können dadurch detektiert und nachgewiesen werden. Solange es aber keine Messvorrichtung gibt, die masselose, geisterhafte Teilchen registrieren kann, ist unklar, ob Gravitonen wirklich existieren – oder die Gravitation auf andere Weise wechselwirkt. Immerhin konnte ein 2002 von der Universität von Columbia-Missouri und dem National Radio Astronomy Observatory durchgeführtes Experiment zeigen, dass sich Gravitation nicht unendlich schnell, sondern höchstwahrscheinlich mit Lichtgeschwindigkeit bewegt. Die Gelegenheit für ihre Untersuchung ergab sich, als der Jupiter am 8. September 2002 in geringer Distanz an dem hellen Quasar J0842+1835 vorbeiwanderte. Mit dem VLBI (Very Long Baseline Interferometry) Teleskopnetzwerk konnte Jupiters Schwerkraft als Gravitationslinse genutzt werden, die den Weg des Quasarlichtes zur Erde geringfügig beeinflusste. Wie von der Theorie vorhergesagt, zeigten die Ablenkungen ein Muster, wie es nur von endlicher Gravitationsgeschwindigkeit hervorgerufen werden konnte.

Durch Messung und Beobachtung »wissen« wir zudem, dass Gravitation überall dort ist, wo Masse ist. Und da laut Einsteins berühmter Formel $E = mc^2$ die Masse äquivalent zu Energie ist, ruft auch das Vorhandensein von Energie Gravitation hervor. Aber wie wirkt sich Gravitation nun ihrerseits aus? Wirkt sie denn überhaupt, oder ist sie nicht vielmehr eine der Masse eingeschriebene Eigenschaft nach dem vereinfachten Motto: Alles, was Masse hat, bewegt sich automatisch auf andere Massen zu – und alles, was sich aufeinander zubewegt, hat Gravitation?

Um diese Rätsel zu lösen, wird – so der überwiegende Konsens der Wissenschaftler – eine neue Physik benötigt. Auch die derzeit beste Gravitationstheorie, Einsteins Allgemeine Relativitätstheorie, wird maßgeblich durch eine Symmetrieforderung definiert: Fordert man, eine Theorie möge davon unabhängig sein, wie die Raum-Zeit mit einem Koordinatennetz überzogen ist, so muss man ihr fast zwangsläufig Einsteins geometrische Gravitationskraft hinzufügen. Das Quantisierungsmodell, mit dessen Hilfe die Teilchenphysiker die Quantenversion von Kräften formulieren, scheitert dagegen kläglich, wendet man es auf die Gravitation an. Im Rahmen der Quantentheorien führt die Beschreibung bestimmter Teilchenreaktionen im Allgemeinen zunächst auf »unphysikalische«, unendliche Werte. Eine etwaige Umdefinierung des Modells zur Reduktion dieser Unendlichkeiten würde es jedoch jeder Aussagekraft berauben. Doch auch für die Relativitätstheorie scheint es unumgänglich, die Gravitation analog zu den anderen Kräften als Quantentheorie zu formulieren. Denn andernfalls treten zum Beispiel im Inneren schwarzer Löcher Singularitäten auf, in denen die Raum-Zeit abrupt endet, in Verbindung mit unendlich starken Gravitationskräften und unendlich hohen Energiedichten. Die Relativitätstheorie liefert hier also keine vernünftige Beschreibung der Raum-Zeit. Da es sich hierbei um mikroskopische Raum-Zeit-Abstände handelt, sollten Quanteneffekte eine Rolle spielen – wodurch eine Formulierung im Rahmen der Quantentheorie notwendig wäre.

Das dritte Rätsel der Gravitation – nach Gravitonen und Quantendefinition – sind **Gravitationswellen**. Genauso wie bewegte, elektrisch geladene Teilchen Strahlung in Form elektromagnetischer Wellen aussenden, sollten bewegte Massen Strahlung in Form von Gravitationswellen bewirken. Bei jenen handelt es sich um eine der letzten Vorhersagen der Einstein'schen Allgemeinen Relativitätstheorie, welche die Physiker bisher noch nicht im Experiment verifizieren konnten. Sollte es sich herausstellen, dass es diese Form der Strahlung überhaupt nicht gibt, wären die Fundamente der modernen Physik erschüttert.

Die Newton'sche Gravitationstheorie schließt Gravitationswellen aus, da sich eine Veränderung in der Quelle des Gravitationsfeldes sofort im ganzen Raum auswirken würde, denn laut Newton hat Gravitation eine unendlich hohe Ausbreitungsgeschwindigkeit. Bei Einstein hingegen untersagt bereits die Spezielle Relativitätstheorie, dass eine Wirkung sich schneller als das Licht ausbreiten kann. Und die Allgemeine Relativitätstheorie sieht als Ausbreitungsgeschwindigkeit für Veränderungen des Gravitationsfelds genau die Lichtgeschwindigkeit vor.

Supernovae, verschmelzende Neutronensterne und der Urknall selbst sind Quellen messbarer Gravitationswellen. Nehmen wir als Quelle eines Gravitationsfelds beispielsweise ein enges Paar von Doppelsternen, dann ist das Gravitationsfeld periodischen Änderungen im Rhythmus des Sternumlaufs unterworfen. Diese Änderungen pflanzen sich mit Lichtgeschwindigkeit im Raum fort und stellen eine Gravitationswelle dar. Diese ist nach Einstein nichts anderes als eine Änderung der Raum-Zeit-Krümmung. Streicht diese Veränderung über einen Ort, etwa unsere Erde, sind dort Gezeitenkräfte zu spüren, die mit der Welle einhergehen. Diese wirken senkrecht zur Ausbreitungsrichtung der Gravitationswelle und werden somit Transversalwelle genannt. Die Gezeitenkräfte sind umso stärker, je größer das Gebiet ist, auf das sie wirken. Daher lässt sich die relative Längenänderung, die eine Gravitationswelle hervorruft, als Maß für ihre Stärke verwenden. Laut Berechnungen der theoretischen Physik sollten typische kosmische Gravitationswellen (z. B. von Supernovae) an Orten der Erde relative Längenänderungen der Größenordnung 10^{-22} bewirken, sie sind also extrem schwach und im Alltagsleben nicht zu bemerken. Selbst im »günstigsten« Fall einer Sternexplosion in einer benachbarten Galaxie verändert die Gravitationswelle den Abstand zwischen Erde und Sonne (150 Millionen Kilometer) nur um den Durchmesser eines Wasserstoffatoms – und das auch nur während einiger Tausendstel Sekunden! Trotzdem ist die von ihnen transportierte Energie extrem hoch: Eine wie hier beschriebene Welle mit einer Frequenz von 1 Kilohertz ist über 100 000-mal energiereicher als die elektromagnetische Strahlung des hellsten Sterns am Nachthimmel.

Allerdings ist auch ein kompakter Körper wie unsere Erde für eine Gravitationswelle praktisch völlig »durchsichtig«. Daher sind der Nachweis und die Analyse von Gravitationswellen eine der größten Herausforderungen der modernen Physik.* Die hierfür benötigten, mehrere Hundert Millionen Euro teuren Teleskope bestehen aus zwei rechtwinklig angeordneten, etwa einen Meter dicken und mehrere Kilometer langen Edelstahlröhren, in denen ein extremes Vakuum herrscht. In ihnen breiten sich energiereiche, monochromatische Lichtstrahlen aus, die von hochentwickelten Festkörperlasern stammen. ESA und NASA entwickeln zudem gemeinsam das noch viel ehrgeizigere Projekt LISA (Laser Interferometer Space Antenna) – einen Gravitationswellenempfänger im Weltraum. Sonden formen hierfür ein riesiges gleichseitiges Dreieck mit einer Seitenlänge von fünf Millionen Kilometern, das die Sonne auf der Erdbahn umkreist, um eine überaus genaue Längenmessung zu ermöglichen. Denn Gravitationswellen äußern sich in einer periodisch wechselnden Dehnung und Stauchung des Raums. Leider sind sie die schwächste Form von Strahlung, die uns die Himmelskörper senden. Zu ihrem Nachweis muss eine Änderung von nur 10^{-17} Zentimetern des mehrere Kilometer langen Lichtarmes messbar sein. Dies entspricht einer Änderung des Abstands zwischen Erde und dem Zentrum der Milchstraße um nur einen Zentimeter! Die damit erhofften Entdeckungen wären jedenfalls gewaltig, denn Gravitationswellen geben Einblicke in astrophysikalische Details, die uns ansonsten verborgen bleiben, etwa den inneren Aufbau eines Neutronensterns oder ein genaues Abbild eines Supernova-Kollapses. Da der davon hervorgerufene Puls von Gravitationswellen jedoch derart schwach ist, würden sie sich nur wenig vom Rauschen eines Detektors abheben, das zum Beispiel durch Erschütterungen des Erdbodens (ferne Erdbeben, Meeresbrandung, vibrierende Maschinen) verursacht wird. Darum werden die zurzeit

* Im März 2014 veröffentlichte ein Team des Harvard-Smithsonian Center for Astrophysics, dass es mit dem Teleskop BICEP 2 in der kosmischen Hintergrundstrahlung des Urknalls erstmals konkrete wellenartige Kräuselungen nachweisen konnte. Sollten sich diese tatsächlich als Gravitationswellen herausstellen, wäre es eine der größten Entdeckungen der Naturwissenschaft überhaupt, die Alan Guth, dem Erfinder der »Inflations-Theorie«, wohl den Nobelpreis bescheren würde.

leistungsfähigsten Computer eingesetzt, um Signale von Gravitationswellen im Hintergrundrauschen zu entdecken. Nicht zuletzt könnten wir dadurch mehr über den Urknall herausfinden: Einige theoretische Modelle sagen im Zusammenhang mit der Entstehung unseres Universums und der weiteren Entwicklung von Dichteschwankungen Gravitationswellen voraus, die noch heute das Universum durchlaufen und stark genug wären, mit Detektoren gemessen zu werden. Als weiteres Highlight in der Gravitationsforschung erwarten sich etwa Physiker am Teilchenforschungsinstitut CERN, dass sich bei extrem energiereichen Teilchenkollisionen »Fenster« in andere Universen öffnen könnten, aus denen dortige Gravitationswellen zu uns herüberstrahlen. Dies könnte eine Antwort auf die Frage sein, warum die Gravitation im Kleinen so gering ist: Sie wirkt etwa zwischen zwei Elektronen um den immensen Faktor 10^{42} schwächer als die elektrostatische Kraft (dieses extrem hohe Zahlenverhältnis bezeichnen Physiker als das »Hierarchieproblem«). Hat sich ein Teil der Gravitationsenergie beim Urknall in andere Universen verflüchtigt? Je mehr wir über die Gravitation herausfinden, desto mehr erfahren wir über unsere Welt – und andere Welten, womit wir beim nächsten Thema von Hal Clements *Schwerkraft* wären.

Gravitation und Entwicklung von Lebensformen

Die Meskliniten sind armlange, insektenartige Geschöpfe mit einem in Raupensegmente unterteilten langen Körper, den sie mit ihren sechs Extremitäten aufrichten können und der am Kopfende in zwei scharfe Scheren ausläuft. Wie gut passt dieses Bild zu den Bedingungen auf dem Planeten Mesklin, und wie wahrscheinlich ist die Existenz von Leben auf derartigen Planeten überhaupt?

Ohne zu sehr in das Thema »Extraterrestrisches Leben« einsteigen zu wollen (was den Rahmen sprengen würde) oder die berühmte Drake-Formel für die Wahrscheinlichkeit von Leben im Universum zu bemühen, sei hier nur auf aktuelle Ergebnisse des Kepler-Weltraumteleskops verwiesen, wonach zahlreiche Sterne Planeten besitzen, von denen überraschend viele der Erde ähneln, ja sogar Voraussetzungen für Leben bieten könnten. Aber welche Art von Leben?

Wie wir aus eigener Erfahrung wissen, spürt jedes Lebewesen auf der Erde mehr oder weniger stark die hier herrschende Schwerkraft: Selbst luftig-leicht in der Atmosphäre schwebende Mikroorganismen würden recht schnell zu Boden sinken, wenn sie nicht von Luftströmungen und Aufwinden getragen würden. Seit Galileo Galileis berühmtem Fallgesetz von 1590 wissen wir auch, dass die Schnelligkeit ihres Falls nicht von ihrer Größe oder ihrem Gewicht abhängt, sondern von etwas anderem: der offenbar während des Falls zunehmenden Fallbeschleunigung. Während Galilei übrigens noch mit Kugeln auf schiefen Ebenen experimentierte, die dem Reibungswiderstand unterlagen, bestätigte erst Robert Boyle 1659 in einem Versuch, dass im Vakuum Körper unterschiedlicher Masse tatsächlich gleich schnell fallen.

Die **Fallbeschleunigung** (Formelzeichen g) ist demnach ein Wert für die Beschleunigung, die ein frei fallender Körper im Gravitationsfeld eines Himmelskörpers erfährt. Im Fall der Erde spricht man auch von »Erdbeschleunigung«; diese nimmt zwar aufgrund der Erdabplattung und der ungleichen Massenverteilung vom Äquator nach den Polen hin zu, als gerundeten Wert verwendet man in mittleren Breiten jedoch $g = 9{,}81\ m/s^2$.

Die Schwerkraft an der Erdoberfläche und damit auch die Fallbeschleunigung weichen wegen der breitenabhängigen Korrektur durch die Zentrifugalkraft geringfügig von der Richtung zum Massenmittelpunkt der Erde hin ab. Ihr Betrag erhöht sich zudem aufgrund der abnehmenden Zentrifugalkraft vom Äquator zu den Polen. Dies wird durch die Abplattung der Erde noch verstärkt, da der größere Abstand vom Erdmittelpunkt am Äquator zu einer zusätzlichen Abschwächung der Gravitationswirkung gegenüber der an den Polen führt. Hinzu kommen die unterschiedlich dichten Gesteinsmassen unseres Planeten. Denn nicht nur die Plattentektonik gestaltet die Erdkruste: Gesteinsströme im Erdmantel heben und senken ganze Kontinente, ohne dass Krustenplatten miteinander kollidieren. So ist auch das Schwerefeld der Erde nicht einförmig, sondern variiert. Stellt man sich den Erdball vollständig mit Wasser bedeckt vor, so gäbe es auf diesem Geoid bedingt durch die Gravitation dennoch

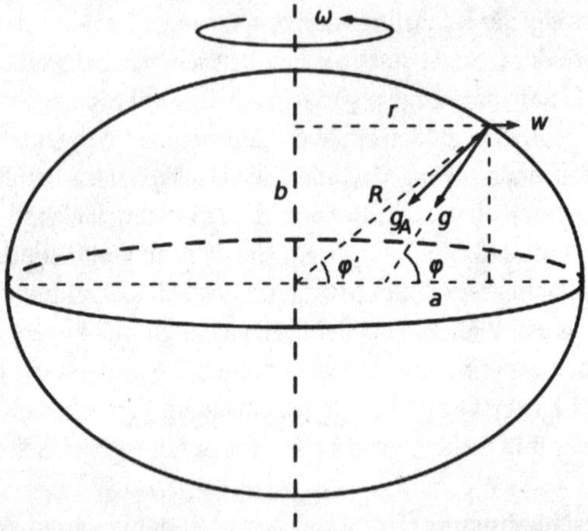

Je nach Abstand zum Erdmittelpunkt variiert die Stärke der Schwerkraft und somit der Fallbeschleunigung.

Beulen und Dellen mit bis zu 200 Metern Höhenunterschied. Diese Anomalien wurden auf mehr als einen Zentimeter genau vermessen von der 2002 gestarteten Satellitenmission GRACE (Gravity Recovery And Climate Experiment). Da sich kleinste Änderungen der Gravitationsbeschleunigung auf den Abstand der zwei GRACE-Satelliten auswirken, lässt sich aus deren Distanzvariationen ein globales räumliches Bild des Schwerefelds und seiner zeitlichen Änderungen erstellen.

Eine Serie von Experimenten an Bord des Spaceshuttles *Columbia* zeigte: Trotz ihrer winzigen Größe können sich Mikroorganismen an Licht, Schwerkraft und anderen Umweltfaktoren orientieren. Und wie Menschen und Tiere spüren auch winzigste Lebewesen, wo oben und unten ist. So erkennt etwa *Euglena gracilis*, ein Fotosynthese betreibender Einzeller, die Richtung der Schwerkraft über einen feinen Dichteunterschied zwischen seinem Inneren und dem ihn umgebenden Wasser. Sogar auf dem Mond mit seiner geringen Schwerkraft würde sich *Euglena* also nach dieser ausrichten können. Pflanzen

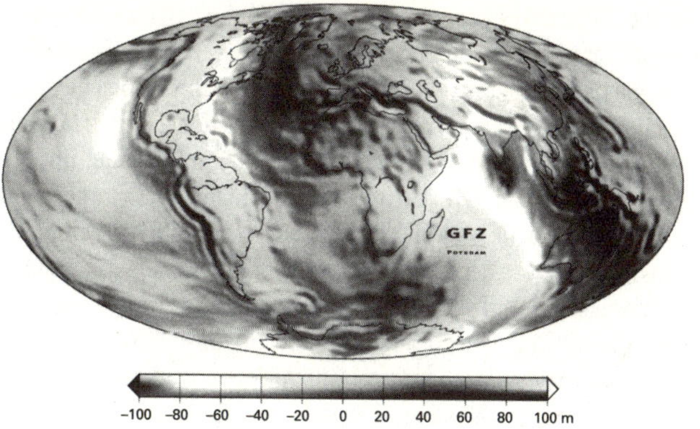

Die GRACE-Messungen zeigen das uneinheitliche Schwerefeld der Erde: Helle Bereiche haben geringere, dunkle Bereiche eine höhere Schwerkraft. (Quelle: Deutsches GeoForschungsZentrum Potsdam)

wiederum haben intrazelluläre Partikel, die ihnen die Richtung der Schwerkraft anzeigen: Meist handelt es sich dabei um Stärkekörner (Statolithen). Sie befinden sich in den Spitzen der Wurzeln, in Trieben und Blättern und stellen sicher, dass Stängel aufwärts und Wurzeln nach unten wachsen. Wie diese hochkomplexen, sensorischen Prozesse ablaufen, ist zwar bis heute nicht völlig geklärt, doch wir können ruhigen Gewissens annehmen, dass Lebewesen wie Einzeller und einfache Pflanzenformen sich im Lauf der Evolution auch an die Schwerkraftverhältnisse größerer oder kleinerer Planeten als der Erde optimal anpassen sollten. Eine schwer zu beantwortende Frage ist natürlich: Wie niedrig oder hoch darf die Schwerkraft eines Planeten maximal sein, um dort die für die Entstehung von Leben nötigen chemischen Prozesse zu ermöglichen? Solange wir keine außerirdischen Lebewesen finden, können wir nur beobachten, wie sich irdisches Leben verhält, wenn man es anderer Schwerkraft zuführt: Bisherige Experimente mit veränderter Schwerkraft (in Zentrifugen und im Erdorbit) zeigen, dass sich irdische Bakterien kaum davon beeinflussen lassen, Pflanzen wiederum passen ihre Wuchsform an die geänderten Verhältnisse an, werden breiter oder dünner, zeigen aber auch Störungen bei Zellteilung, Photosynthese und in ihren Speicherstoffen.

Aufgrund der kurzen experimentellen Laufzeit lässt sich noch nicht sagen, ob sie eine langfristige Schwerkraftveränderung überleben bzw. dort auf lange Sicht fortpflanzungsfähige Nachkommen zeugen können. Eine Schlüsselrolle für das Wachstum dürfte hierbei Molekülkomplexen wie dem Aktomyosin zukommen. Die Aktin-Familie ist eine vielseitige und evolutionär schon sehr alte Gruppe von Proteinen, die sich in nahezu allen Formen organischen Lebens findet. Unter normaler Schwerkraft erfüllt Aktin sowohl bei Pflanzen als auch bei Tieren zwei wichtige Funktionen: Erstens stabilisiert es als Zytoskelett die Struktur der Zellen, zweitens dient es als intrazelluläres Transportsystem. Mit einem weiteren Protein, dem Myosin, verbindet es sich zum Komplex Aktomyosin. Dieser ist gewissermaßen der »Motor« für Bewegungen innerhalb der Zelle, sogar die Muskelbewegungen des Menschen basieren darauf. Eine weitere wichtige Aufgabe erfüllt das von den beiden Proteinen aufgebaute Gerüst: Es reagiert auf Gravitation. An Bord von Höhenforschungsraketen wurde erstmals überprüft, wie sich zum Beispiel die Wurzeln von Kressepflanzen sowie einzelne Zellen von Armleuchteralgen (sogenannte Rhizoiden), die wie Wurzeln funktionieren, in anderer Schwerkraft verhalten: Bereits nach sechs Minuten in der Mikrogravitation reagierten sowohl die Rhizoide als auch Statozyten-Zellen in den Wurzelspitzen der Kresse. Zerstörte man jedoch das Aktomyosinsystem durch chemische Substanzen, verharrten die Statozyten auf der Stelle. Sollten also pflanzenartige Lebewesen auf anderen Planeten existieren, dürften diese jedenfalls ein ähnliches System zur Erkennung der Schwerkraft und damit ihrer Wuchsrichtung nutzen.

Weitere interessante Daten stammen aus Labors auf der Erde, welche die Auswirkungen erhöhter Schwerkraft (Hypergravitation) auf das Erbgut von Pflanzen untersuchten. So beobachtete man etwa an jungen Keimlingen und Zellkulturen von *Arabidopsis thaliana*, dass die Veränderungen in der Genexpression je nach Gengruppe variieren und zudem von der genauen Stärke der Schwerkraft abhängen. So verlief die Genregulation von Zellwandenzymen, Zytoskelettelementen und Signalmolekülen genau entgegengesetzt zu den Prozessen, die unter simulierter Schwerelosigkeit angestoßen wurden. Alles in allem ist das jedoch noch vorsichtige Fazit der Forscher: Aufgrund der erstaunlichen Anpassungsfähigkeiten von Pflanzen könnten sie sich voraussichtlich an unterschiedlichste Schwerkraftverhältnisse im Weltraum anpassen. Dies führt zur Vermutung, dass sich auf anderen Planeten im Lauf der Evolution ebenfalls solche resistenten, wenn auch anders aussehenden »Pflanzen« gebildet haben sollten.

Atmosphäre und Lebensbedingungen

Mesklin rotiert achtzigmal schneller um die eigene Achse als die Erde. Dies verändert einerseits die geologischen und atmosphärischen Bedingungen: die Meere weichen im Sommer Tausende Kilometer weit zurück, Teile des Ozeans verdunsten, schwere Stürme gehören zum Alltag. Die mesklinitische Atmosphäre besteht zudem großteils aus Wasserstoff, der dort die Rolle des irdischen Sauerstoffs einnimmt – und weitaus explosiver ist. Chlor hingegen ist bei Mesklins niedrigen Außentemperaturen ein fester Stoff, der in Verbindung mit Wasserstoff heftig reagiert, wodurch sich ein feiner weißer Staub bildet (Wasserstoffchlorid). Schmelzender Methanschnee gibt seinen Wasserstoff ebenfalls an dieses Element ab, zurück bleibt Kohlenstoff.

Ganz andere Verhältnisse also als auf der Erde. Hier dürfte der Verlust von irdischem Wasserstoff letztlich mit dafür verantwortlich gewesen sein, dass sich vor 2,4 Milliarden Jahren Sauerstoff in der Erdatmosphäre ansammelte. Überhaupt erscheint es verblüffend, wie viele verschiedene Arten von Atmosphäre wir schon allein auf den Planeten finden, die um unsere Sonne kreisen. So erhitzt die Lufthülle der Venus deren Oberfläche auf 460 °C, und es herrscht ein Druck, wie er auf der Erde erst in über 900 Meter Wassertiefe zu finden ist – obwohl beide Planeten fast gleiche Größe und Masse aufweisen. Ungefähr den gleichen Umfang haben auch die Monde von Jupiter und Saturn, Kallisto und Titan. Doch Titans stickstoffreiche Atmosphäre ist sogar dichter als die irdische, während Kallisto eine kaum nennenswerte Lufthülle besitzt.

Viele der Gase auf Planeten entweichen mehr oder weniger rasch ins All, vor allem aufgrund ihrer Wärmebewegungen und chemischen Reaktionen, aber auch durch Einschläge von Kometen und Asteroiden. Diese Verluste erklären viele Auffälligkeiten in unserem Sonnensystem: etwa die Röte des Mars und die dichte Lufthülle der Venus (deren Schicksal eines galoppierenden Treibhauseffekts auch die Erde in ferner Zukunft teilen wird). Leichte Gase wie Wasserstoff sind weniger stark an einen Himmelskörper gebunden als schwere wie Kohlendioxid. Treiben Atome und Moleküle erst mal in die äußere Schicht der Atmosphäre – die Exosphäre –, hält die schnellsten von ihnen nichts mehr davon ab, ins All zu entkommen. Dieser sogenannte Jeans-Verlust ist wesentlich für das Entweichen von Wasserstoff aus der irdischen Atmosphäre verantwortlich: Unsere Erde »atmet« rhythmisch Wasserstoff und Helium in den Weltraum aus. Wie Messungen zudem ergaben, sind Himmelskörper, die keine Atmosphäre (mehr) besitzen, eher starker Erwärmung ausgesetzt, üben aber nur schwache Gravitation aus. Bei Welten mit Atmosphären verhält es sich genau umgekehrt.

Dass nach neueren Erkenntnissen der Exoplanetenforschung auch auf Super-Erden (Planeten mit mehrfacher Erdmasse) lebhafte Plattentektonik herrscht, wirkt sich ebenfalls auf ihre Lufthülle aus und erhöht die Bewohnbarkeit. Auf der Erde reichert die geologische Aktivität, besonders der Vulkanismus, die Atmosphäre kontinuierlich mit Kohlendioxid und anderen Gasen an. Kohlendioxid reagiert mit Kalziumsilikat zu Kalziumkarbonat und Siliziumdioxid, die schließlich als Sedimente auf den Meeresboden gelangen. Wenn die ozeanische Kruste dann wieder per Subduktion in den Mantel abtaucht, nimmt sie die kohlenstoffhaltigen Sedimente mit. So reichert die Subduktion den Mantel erneut mit Kohlenstoff an, der schließlich zum Teil wieder zurück in die Atmosphäre gelangt. Dieser Zyklus wirkt wie ein Thermostat, der die globale Oberflächentemperatur reguliert, was bei uns über Jahrmilliarden hinweg für Temperaturen sorgte, die flüssiges Wasser ermöglichten. Auf ähnliche Weise recycelt die Plattentektonik fortlaufend auch andere Mineralien und Gase, die für Leben wichtig sind – speziell energiereiche Chemikalien wie Schwefelwasserstoff. Dieser könnte vor Entstehung der Fotosynthese als

Energielieferant gedient haben. Wegen der oft stärkeren Konvektion sind auf Super-Erden die Zeitspannen für Entstehung und Subduktion von Platten kürzer, zudem verläuft der Kohlenstoff-Silikat-Zyklus schneller und stabiler. Aus diesem Grund sind Super-Erden vielleicht sogar besonders lebensfreundlich. Auch sorgt ihre größere Masse dafür, dass Atmosphäre und Wasser nicht in den Weltraum entweichen. Theoretische Modelle verschieden großer Super-Erden ergeben eine Vielfalt stabiler erdähnlicher Lebensbedingungen. Wegen ihrer geringen Größe gehört die Erde nur ganz knapp zu dieser Gruppe und ist daher verhältnismäßig instabil und verwundbar.

Wenn wir uns die Landschaft einer solchen Super-Erde vorstellen, könnte sie auf den ersten Blick sogar recht vertraut wirken: Durch geologische Prozesse sind Kontinente entstanden, Gebirge, Meere sowie eine Atmosphäre mit Wolken und Wettererscheinungen. Doch die Kontinentalplatten bewegen sich bis zu zehnmal rascher als auf der Erde. Gebirge wachsen und erodieren schneller und erheben sich wegen der größeren Schwerkraft nicht so hoch – ganz im Gegensatz etwa zum einundzwanzig Kilometer hohen Olympus Mons auf dem relativ kleinen Mars. Auch die Atmosphäre ist dort vermutlich anders zusammengesetzt, weil es stärkere vulkanische Aktivität gibt und weniger Gase ins All entweichen. Für die Existenz von Leben sind dies alles in allem nicht unbedingt schlechte Bedingungen, besonders wenn wir der »Panspermie«-Theorie folgen, wonach sich auf Kometen und Asteroiden reisende Einzeller und Bakterien über zahlreiche Planeten des Weltraums verbreitet haben könnten. Je nach den dort vorgefundenen Bedingungen sollten sie sich entsprechend evolutiv angepasst haben und die in ihrer Umwelt tauglichsten Erscheinungsformen angenommen haben.

Planetenform und Weltbild

In der Schule lernten die Meskliniten, dass ihr Heimatplanet eine große hohle Schale ist. Die meisten Leute wohnen auf dem Grund dieser Schale, weil dort das Körpergewicht am größten ist. Die Philosophen sind der Meinung, dass dieses Gewicht durch die Anziehungskraft einer riesigen Platte hervorgerufen wird, auf der Mesklin aufsitzt. Je weiter man sich dem Rand der Schale nähert, desto weniger wiegt man, weil man sich immer weiter von der Platte entfernt. Dem Argument, dass in diesem Fall jede Fahrt vom Schalenmittelpunkt bergauf gehen und alle Ozeane am niedrigsten Punkt zusammenströmen müssten, begegnen die mesklinitischen Lehrer mit der esoterischen Vermutung, dass die Schwerkraft sich eben nur auf bestimmten Linien ausbreitet. Wir Erdenmenschen mögen darüber schmunzeln, doch auch hier gab und gibt es obskure Theorien, wonach unser Planet in Wahrheit ein Hohlkörper sei, auf dessen gekrümmter Innenseite wir lebten und der uns nur vorgaukelt, er besäße die durch zahlreiche Experimente längst erwiesenen physikalischen Eigenschaften. Das Problem ist eben immer, dass ein relativ kleines Lebewesen wie der Mensch (und mehr noch die Meskliniten) nur einen beschränkten Überblick über seine Umwelt hat. Erst aus der Perspektive des Raumfahrers oder mit Unterstützung von Raumsonden und Satelliten wird die wahre Form eines Planeten offenbart.

Wobei wir uns auch da noch täuschen können: Unser äußerlich so perfekt kugelförmig scheinender blauer Planet ist – unter seiner rund wirkenden Wasseroberfläche – zu einem unregelmäßigen »Geoid« zusammengedrückt, eine veritable »Kartoffel« statt einer Kugel.

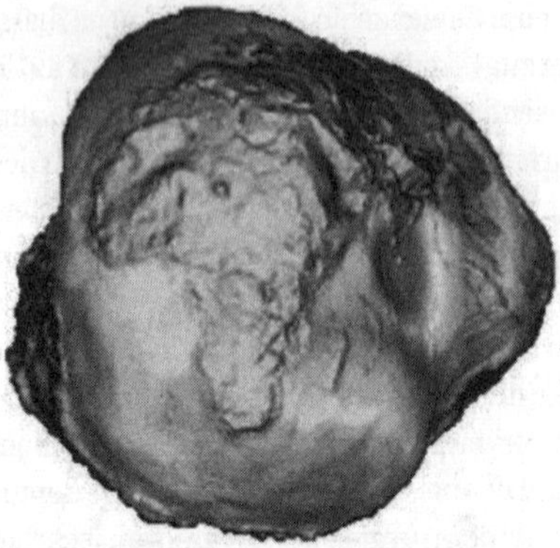

Mehr Kartoffel als Kugel: So sieht die Erde ohne Wasserbedeckung aus. (Quelle: Deutsches GeoForschungsZentrum Potsdam)

Diese Form führt – wie wir weiter oben sahen – in der Tat zu Schwankungen der Schwerkraft: An den (zusammengedrückten und somit dem Erdkern näher stehenden) Polen ist sie geringer als entlang des Äquators; wenngleich sich dieser Effekt nicht auf unsere Sinneswahrnehmung auswirkt, sondern nur mit hochsensiblen Messinstrumenten bemerkbar ist. Doch kann es auf extremeren Planeten als der Erde überhaupt intelligente Wesen geben, die sich über solche Messungen den – wie auch immer geformten – Kopf zerbrechen würden?

Planetare Bedingungen und Kulturentstehung

Es erscheint äußerst unwahrscheinlich, dass sich auf einem Planeten wie Mesklin mit seiner schnellen Rotation und hohen Schwerkraft eine Gesellschaft entwickeln könnte, die auch nur im Entferntesten mit jener der Erde vergleichbar wäre. Wir erinnern uns: Mesklin hat eine Schwerkraft von drei G am Äquator (bei einem Druck von acht Atmosphären-Einheiten), an den Polen herrschen allerdings 700 G. Da fällt ein losgelassener Gegenstand, wie die Meskliniten wissen, nicht mehr einfach so zu Boden, sondern donnert wie ein riesiger Felsen herab. Selbst hierzulande lockeres Geröll wird an Mesklins Boden zu extremer Dichte zusammengeballt. Für Lebewesen wäre es hier unmöglich, etwas zu werfen oder gar selbst zu springen. Und selbst für einen Menschen mit einem Gewicht von beispielsweise 80 Kilogramm wird die Fortbewegung zur Unmöglichkeit, wenn er an den Polen mit seinem Schutzanzug plötzlich das Sechsfache wiegt. Die extrem hohe Schwerkraft führte in Hal Clements Roman dazu, dass die Meskliniten nie Wurfgeschosse oder gar Feuerwaffen entwickelten. Dies hätte auch gar keinen Zweck, denn erstens wären sie zu klein, um die Flugbahn eines Geschosses mit den Augen zu verfolgen, zweitens verlöre eine beispielsweise am Pol abgefeuerte Pistolenkugel auf ihren ersten hundert Metern bereits drei Meter an Höhe. Auch die Erfindung des Fluges war in den schwerkraftstärkeren Regionen Mesklins unmöglich: Ein Flügel, der stark genug wäre, jemanden zu tragen, würde bei dem starken Wind, der für den Auftrieb nötig wäre, sofort zerbrechen.

Selbst hier auf der Erde mit ihren für Menschen idealen Lebensbedingungen genügte schon der erdgeschichtliche Wandel des Klimas, dass sich nicht überall Kulturen entwickelten (denken wir an die Pol- und Wüstenregionen) oder nicht dauerhaft auf hohem Niveau bestehen konnten (etwa die durch anhaltende Trockenheit untergegangenen oder geschwächten Völker Südamerikas). Auch entstand bei uns bisher noch keine intelligente, Technik nutzende Kultur in den Ozeanen – trotz des immens hohen Nahrungs- und Ressourcenreichtums, der dort herrscht. Wie viel unwahrscheinlicher ist das Entstehen einer Kultur dann erst auf einem Planeten mit kontinentgroßen Wüsten, gänzlich fehlenden Landmassen, ständigen Stürmen, schwefeliger Atmosphäre und vor allem extremer Gravitation? Mikroorganismen ja, auch Pflanzen und insektenartige Tiere, vielleicht sogar flach am Boden lebende mesklinitenartige Kerbtiere mit robusten Exoskeletten und Scherenklauen – aber mit ziemlicher Sicherheit keine werkzeugnutzenden, intelligenten Wesen, die sich aufrichten konnten, eine komplexe Sprache entwickelten und Städte bauten. Doch auch hier gilt wie so oft in der wissenschaftlichen Fiktion: Solange kein Naturgesetz definitiv dagegenspricht und solange nicht zumindest sämtliche Planeten unserer Milchstraße genau untersucht wurden – solange könnte eine klitzekleine Chance existieren, dass irgendwo da draußen tatsächlich »Meskliniten« auf einem Supergravitationsplaneten existieren.

Ken Grimwood **Replay – Das zweite Spiel**

Orson Scott Card **Das große Spiel**

Wolfgang Jeschke **Der letzte Tag der Schöpfung**

M. John Harrison **Die Centauri-Maschine**

Gregory Benford **Zeitschaft**

J. G. Ballard **Die Stimmen der Zeit**

J. G. Ballard **Vom Leben und Tod Gottes**

Greg Bear **Blutmusik**

Jack Finney **Zeitspuren**

Frederik Pohl & Cyril M. Kornbluth **Eine Handvoll Venus**

Robert A. Heinlein **Fremder in einer fremden Welt**

Robert Sheckley **Der widerspenstige Planet**

Clifford D. Simak **Als es noch Menschen gab**

Cordwainer Smith **Was aus den Menschen wurde**

Arthur C. Clarke **Die Stadt und die Sterne**

John Wyndham **Die Triffids**

Greg Bear **Äon**

Stephen Baxter **Evolution**

Hal Clement **Schwerkraft**

Iwan Jefremow **Andromedanebel**